150

呂赫若小說全集

——台灣第一才子

◉呂赫若／著
林至潔／譯

聯合文叢 091

目次

呂赫若

前排左起為呂赫若、張之環、中山侑、王井泉、黃得時，後排左起為林博秋、呂泉生、簡國賢、陳逸松。

呂赫若(右一)與友人合影

呂赫若於日本日比谷音樂廳舉行演唱會

呂赫若(左二)與友人合影，左一為王井泉，左三為呂泉生。

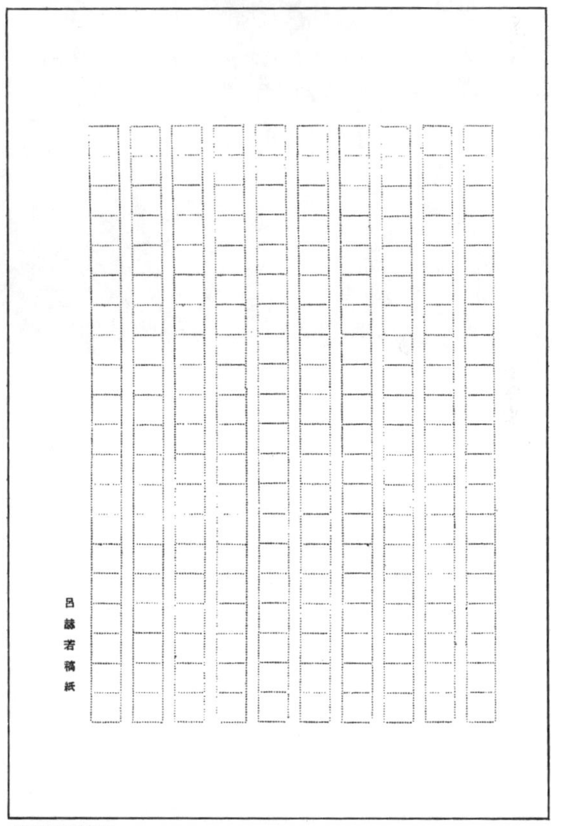

呂赫若稿紙

呂赫若的結婚照

期待復活
——再現呂赫若的文學生命

林至潔

一、前言

呂赫若，生於一九一四年，歿於一九五一年，是才華洋溢的作家，也是跨越日帝和中國統治兩個時代的台灣第一才子。如果文學能反映一個時代的社會和民衆的事物、感情以及意識形態，那麼無疑的，出現於一九三五年文壇的呂赫若，他的文學作品，正是那個時代台灣殖民地人民心靈苦悶的吶喊。他的作品控訴當時的社會經濟結構和家庭組織病態，反映日帝統治下台灣人民的艱困生活，藉著作品來抒發不平之鳴。

二十二歲的處女作〈牛車〉發表於日本《文學評論》雜誌二卷一號，不僅在島內轟動一時，在日本及中國大陸也都受到相當的肯定和重視。如此傑出的作家，在二二八事變後，投身於鹿窟武裝行動，而陷入逃亡毀滅的悲劇命運裡。戰後的台灣文壇，由於文化斷層及白色恐怖的陰影籠罩，呂赫若這個名字對大多數人而言都是陌生的。他的作品大多用日文寫作，因此一般人對他的文學作品的認識、了解也就比較不容易。這幾年來，爲了讓呂赫若的文學生命復活，並重建他在台灣文壇的地位，我把他的作品一一譯出，想介紹給大家認識這位優秀作家的面目。

凡是傑出的作家，都有著與生俱來的特殊「品格」和「資質」，這種特殊的「品格」和「資質」，一旦處在惡劣時代環境裡，便更能發揮他的潛力。他們能夠冷靜敏銳地觀察周遭所發生的事物，透過文學作品去批判，揭露民衆的疾苦和社會矛盾，展現出思考時代的訊息，甚至於爲了理想，不向任何權勢屈服，爲自己的族群、家園和人類的光明遠景而奮鬥。

十九世紀是世界文學藝術達到巔峰的時代，寫實主義的文豪輩出，如法國的巴爾扎克、左拉、莫泊桑，俄國的托爾斯泰、屠格涅夫、杜思妥也夫斯基等，這些文豪都具備特殊的「品格」和「資質」，他們寫出關懷人類的作品，用悲天憫人的同情心敍述弱者的徬徨和苦悶，同時控訴苛酷的生活環境，種種表現都值得讓讀者沉思和批判。

呂赫若身處於日本殖民統治和國民黨官僚跋扈時代，他所發表的文學作品，跟那些文豪的作品比較，有著同樣沉重犀利的思想和風格。他用「理性分析」爲手法，「人道關懷」爲發皇，寫出被欺凌、被壓迫、被剝削人群的心聲。呂赫若迫不及待地想解開這些枷鎖，不惜棄筆，轉爲激進的武裝行動者，爲實現理想而犧牲生命。作爲五〇年代典型的理想主義知識份子，呂赫若的「品格」和「資質」，使得他的文學作品走入世界級作家之列。

二、呂赫若的出身及時代背景

呂赫若，本名呂石堆，一九一四年出生，家居在豐原潭子校栗林村。家境屬小地主階級，在家中排行第二，上有兄長，但其兄長留學日本時死於車禍，是以後來家裡僅有他和父親及繼母三人。

一九二八年，十五歲那年，呂赫若考上台中師範學校。當時師範學校僅收三十五名學生，念師範的學生大多數是窮人家的子弟，靠公費求學，畢業後有職業的保證；呂赫若和別的學生不一樣，出身算是不錯。

翌年，時爲一九二九，整個資本主義世界處於經濟大恐慌時期，紐約股票大跌，市場混亂。因大戰後期才參戰，日本在第一次世界大戰後的十年之間，便迅速地累積了大量資本。在世界資源分配上，日本資本家——尤其大資本家日本皇室獲利甚多，他們維持著特權的利益，而一般老百姓卻在經濟恐慌中造成失業人員增加，他們賤賣勞力，過著物質缺乏的生活，農村竟出現賣子女以求溫飽的現象，社會結構因此明顯的發生巨大的階級差距。日本本土上，遂出現求政治上解脱的呼聲，一般年輕人及學生贊成馬克斯主義，積極進行社會運動以解決政治的困境。

殖民地的台灣人民，被迫供應日本内地物質，廉價被剝奪生產品及勞力，過著更悲慘的日子。留日的台灣學生於是在社會運動上跟進日本。一九二九年，「台灣民衆黨」在第三次大會後開始左傾；一九三一年，「台灣總督府」對台灣的階級性社會運動展開大檢舉，學生和年輕人被捕者不在少數，社會運動遭受嚴重打擊。呂赫若正處在這樣的思潮與政治環境下，他的思想逐漸地傾向於左翼。不過當時年輕學生，他們思想的學習並沒有外人指導，全然都靠自己摸索，有關馬克斯主義的書尚未被禁，因此知識份子閱讀之書，如山川均❶之《資本主義的詭計》，京都大學教授河上肇❷《貧乏物語》，幸德秋水❸《二十世紀之怪物帝國主義》等，都極為普遍。

一九三四年，呂赫若自師範畢業，被分發到新竹峨嵋國小任教，此地都是客家庄，呂赫若與當地居民語言不通，遂轉調南投營盤國小，也就在這個時候開始寫處女作〈牛車〉，一九三五年在日本《文學評論》發表。

呂赫若採用「赫若」作為筆名，主要是擷取他所敬佩的兩位左翼作家——其中一個為中國郭沫若，另一個則是朝鮮作家張赫宙。他各取其中一字組合而成。

一九三六年四月小說〈牛車〉，與楊逵〈新聞配達伕〉（即〈送報伕〉）、楊華的〈薄命〉，同被選入《朝鮮台灣短篇集》，在上海出版，可以說是日據時代第一次被介紹到中國的台灣小說。

一九三七年七月七日日本帝國發動侵華戰爭，八月十五日起，日本帝國的台灣軍司令宣布全台進入戰時體制。在這個時期（一九三七——一九四五）日本統治者除了對於台灣厲行高壓政策和加強經濟掠奪以外，並強化推行皇民化運動，以徹底消滅台灣人民的民族意識和抵抗精神。此時楊逵掌舵的台灣新文學運動擺脫日人領導，成立「台灣新文學社」，期能反映台灣現實生活，說出台灣人的聲音，光榮地完成帶領人民反帝、反封建、反資的新文學運動的階段性任務。在此時呂赫若也活躍於《台灣新文學》雜誌，後來這本雜誌抵不過日本政府當局的壓力，終於一九三七年廢刊。一九四〇年《台灣日日新聞》主編西川滿[4]組成「台灣文藝家協會」，並發行綜合性的文藝雜誌《文藝台灣》。這些代表統治者意識形態的日本文人，其作品都是象牙塔裡的產物，毫不關心台灣民眾的現實生活。對於皇民文學色彩濃厚的《文藝台灣》，台灣作家張文環、黃得時、王井泉等人脫離，另外組成《台灣文學》，由張文環主編，與《文藝台灣》分庭抗爭。《台灣文學》雜誌採季刊發行，以日文刊出。從作品中可以看出這批台灣作家繼承了台灣新文學運動的精神，反日、反封建，刻劃出戰爭時期台灣人民在皇民運動壓迫下的抗爭和苦悶；而呂赫若的文學創作活動在這段時期也相當豐富。

「七七事變」以後，日本帝國侵華戰爭逐日擴大，對於台灣人民的思想統制也日益嚴厲。殖民地台灣的作家，已經不可能用過去的文學觀念來從事寫作，有些作家在極端惡劣的條件下掙扎苦鬥，有些不得不封筆停寫。

一九三九年，台灣的寫作環境惡化之後，呂赫若東渡日本，在東京學習聲樂，進入武藏野音樂學校聲樂科。畢業後曾參加東京東寶劇團演出《詩人與農夫》歌劇，前後有一年多的舞台生活，後來因肺疾遂罷，趕搭太平洋戰爭前夕的最後一班船回來台灣。

一九四二年，自日本回來之後，他在《台灣日日新聞》、《興南新聞》當新聞記者。決戰末期，他與張文環、林博秋、簡國賢、王井泉、呂泉生等人組成「厚生演劇研究會」，在台北永樂座公演《閹雞》。

戰後擔任《人民導報》新聞記者，報導「王添灯筆禍事件」。因爲透過社會事件的觀察參與，所以社會運動意識逐漸形成。此時他也擔任台北第一女中音樂教師，並於中山堂舉行音樂演唱會。二二八事件爆發後，他積極投入左翼的人民解放運動和武力抗爭。分析呂赫若思想傾向於左翼的主要因素，一是戰後目睹來台接收的國民政權的官僚作風與腐化使他失望，遂拋棄「白色祖國」，欲積極地改造社會，而「獻身革命」。另一個因素則是思想上深受建中校長陳文彬的影響。呂赫若參加左翼組織，主編《光明報》。

一九四九年國民黨撤退到台灣時，「台灣省工作委員會」的組織相當活躍，呂赫若的工作壓力也隨著增大，在這年所謂「光明報事件」發生、「基隆中學事件」爆發，台北組織被破壞，許多左翼份子被捕，呂赫若身分暴露，準備逃亡日本，後來前往鹿窟。

鹿窟是台共武裝基地，許多工作被破壞的組織人員都前往深山建設武裝基地，抱著崇高理想貢獻心力。呂赫若當時擔任無線電發報的工作，由於老式的發報機功能不佳，也爲了逃避偵察，他常要跑到幾哩路遠的地方發射，所以工作改爲晚上進行。鹿窟山區的晚上蛇特別多，據當時在基地的同志說，呂赫若是晚上工作時被蛇咬到，延誤了急救的時機，因此而喪生，享年三十八歲。

三、呂赫若的文學藝術

談及呂赫若的文學藝術，首先要了解他的文學思想，因爲作家的哲學內涵決定了他的文學觀及文學傾向。我們從呂赫若的幾篇文學評論及文學雜感中，可以找到他文學思想的源頭。

一九三六年八月發表的〈舊又新的事物〉一文中曾探討文學作品及藝術究竟爲何物。他引用黑格爾的理論，明確的指出一定要個人對現實產生精神共鳴，才能創造得出作品的藝術，根據這一點，呂赫若認爲藝術是意識形態下之產物，所以探討文學藝術，不能撇除它的經濟基礎及社會關係的決定作用。該篇文章中他又談到一九三五年五月，《台灣文藝》刊出了另外一位台灣作家郭天留所報導的史達林時期「全蘇作家大會」的決議報告，其論點主張用唯物史觀、現實主義來從事文學創作；呂赫若在文中特別提到該篇報導相當值得學習。他又在結論中引用了蘇聯文藝理論家盧納查爾斯基的一句話：「藝術是認識現實的特殊形式」來作爲結語。

另一篇文學評論〈關於詩的感想〉發表於一九三六年一月《台灣文藝》。在該篇中他引用了日本一位馬克斯文學理論家森山啓的理論，其理論指出「詩絕對不是脫離客觀現實的東西，詩中如果有價值的東西，經常是跟一定的社會階級必要相結合的生活感情」。另又提到「越是能表現特定社會階級歷史性進步的詩，它的價值便越高」。這是馬克斯主義文學理論中所提及的，呂赫若在該篇中引述這些論點，我們適可以了解呂赫若推崇社會主義的文學觀念。

呂赫若的創作生涯共十三年，從一九三五年發表處女作〈牛車〉掀開創作序幕，至四七年發表最後作品〈冬夜〉爲止，跨越了戰前及戰後兩個時代。戰前日據時代他以日文創作，戰後國民黨統治時代則改以中文創作，呂赫若的文學歷程又可分爲四個階段：

第一階段是一九三五年執筆創作〈牛車〉發表於日本《文學評論》，至三九年他離開台灣負笈日本東京武藏野音樂學校學習聲樂爲止。在這時期的作品，呂赫若以小資產階級知識份子的角度來看殖民地及半封建社會的矛盾，他冷靜敏銳地觀察社會問題。他的作品描述農民的疾苦、農村經濟破產所發生的悲劇、鄉村知識青年的苦悶及婚姻問題、女性命運及宿命性格爲焦點，嘗試現實主義影響下的寫實風格。

特別是這階段的三篇作品，〈牛車〉、〈暴風雨的故事〉、〈逃跑的男人〉與文學評論〈關於詩的感想〉，文學雜感〈兩種空氣〉，另一篇文學雜感〈舊又新的事物〉等文學作品可以說是爲了實踐社會主義的文學觀而寫成。

第二階段，一九三九年至一九四一年。呂赫若在日本求學時期完成了中篇〈季節圖鑑〉、〈藍衣少女〉及長篇《台灣女性》（其中第一篇爲〈春的呢喃〉，第二篇爲〈田園與女人〉），在創作意識上沒有什麼改變，但觀察焦點從農村婦女問題轉移到都市婦女問題，他描述了都市婦女的生活、感性、婚姻問題、人性糾葛所發生的道德危機。寫作技巧較成熟、情感上的描寫更爲細膩，而人物心理變化也極複雜。從他作品的敍述風格與描述技巧來看似乎與日本作家菊池寬、久米正雄的作品相似。可能在赴日求學期間或多或少受日本文學的影響吧！

第三階段，一九四二年至一九四五年。一九四二年，呂赫若從日本歸來，他的創作手法、文學風貌更趨成熟。在這階段，呂赫若的文學題材有所轉變，主要原因是一九三六年日本發動中日戰爭前夕，台灣總督府情報課透過全島警察嚴格管制台灣知識份子的思想。翌年，日本帝國大舉侵略中國，在當時的政治環境之下，呂赫若的作品如〈牛車〉之批判日本政府，就極可能會被列入思想嫌疑犯。呂赫若可能有這樣的顧忌不再寫這類題材。從一九三六年以後，呂赫若開始朝婦女問題及封建家庭從事寫作，探討並且批判。觸及婦女問題的作品，如〈廟庭〉、〈月夜〉、《台灣女性》；批判封建家庭的作品，如〈合家平安〉、〈財子壽〉、〈風水〉。一九四三年〈財子壽〉一作獲得台灣文學獎，此時呂赫若的創作已達到高峰，他的描寫方法及敍述風格，已不只停留於對腐敗現象的片面的描述，他掌握到寫實主義的精髓，經過藝術設計，透過典型人物深入複雜錯綜的人際關係，進而藉由人物心理變化，提出對生命的反省，對社會的批判，展現了呂赫若對事對物的不凡思考。這些小說，不僅是呂赫若個人成熟的代表作，也是台灣文學成熟期的優秀收穫。

一九四四年呂赫若的小說《清秋》由台北清水書店出版，前由台北帝國大學國文系教授瀧田貞治寫序，後由呂赫若寫跋，收〈鄰居〉、〈石榴〉、〈財子壽〉、〈合家平安〉、〈廟庭〉、〈月夜〉、〈清秋〉等短篇。

作家王昶雄❺在評論呂赫若的作品時說，他善於描寫台灣封建家庭的陰暗面，又敍述富農的「家變」而發生的各種悲劇。這樣主題乍看與巴金的小說有異曲同工之妙。但是呂赫若的作品看不到巴金的浪漫和傷感，他的作品更客觀而冷雋，正確地反映了現實。

太平洋戰爭末期，日本政府提出三大政策：一、工業化；二、南進東南亞（後來提出大東亞共榮圈之政治體系）；三、對台灣進行皇民化。此時戰場從中國大陸往東南亞推進，島內也積極實行皇民化，統治當局要求作家配合政策，効忠政府，文學奉公之下，宣傳色彩濃厚的「台灣皇民文學」出現（後來稱爲決戰下的台灣文學）。首先在台灣總督府情報課的要求之下，台日作家分別被派到各地農礦兵工等地參觀，以其見聞寫成歌功頌德的奉公文學。此時以呂赫若在文壇的名氣及地位，當然日本當局不會隨便放過他，呂赫若在這情況之下，使用他高度技巧來僞裝自己，創作了一些作品，如一九四二年的〈鄰居〉，一九四三年的〈玉蘭花〉，一九四四年〈山川草木〉、〈清秋〉、〈百姓〉，一九四五年的〈風頭水尾〉。

〈鄰居〉描述鄰居日本夫婦抱養台灣孩子，發揮母愛，述寫下階層人民間的感情。〈玉蘭花〉寫出主角在七歲孩童時，在家中遇到日本友人的回憶。呂赫若在這裡撇開文化或種族階級的意識，僅談人與人之間如何相處。〈山川草木〉敍述「家變」之後，富家女回鄉，以彈鋼琴的手種田維生的經過。呂赫若在這一篇作品歌頌勞動的偉大和都市知識婦女的自我改造和自我批判。〈清秋〉是寫太平洋戰爭中所謂決戰末期，在砲火陰影下台灣民衆的徬徨與不安。〈百姓〉是寫決戰下的台灣老百姓的生活狀態。〈風頭水尾〉寫出農民勞動者不畏艱難勇敢地和大自然搏鬥的生存勇氣。

從呂赫若在決戰氣氛之下、「奉公文學」時期所發表的五篇作品，我們可以看出在惡劣的政治環境裡，他把嘶聲吶喊的內涵藏在心中燃燒，迴避對戰爭體制的批判，更規避了對瘋狂戰爭扭曲了人性的責難，對尖銳的種族問題的矛盾也暫時不談，但是他更不歌頌皇民化運動！他頌揚人性善良的一面，寫勞動者跟惡劣的大自然搏鬥的勇氣，並描述知識份子自我改造的經過。基於當時的歷史背景，我們知道要應付當局要求寫奉公文學，又不違背民族良知，的確困難。不過當時的作家群中，能用高度思想及藝術手法寫作的，有如楊逵、呂赫若、吳濁流……等人。

第四階段，一九四六年至一九四七年。戰爭結束，台灣光復，呂赫若擔任《人民導報》的記者，在新環境之下嘗試中文的寫作。一九四六年至四七年發表四篇短篇作品：〈故鄉的戰事一——改姓名〉、〈故鄉的戰事二——一個獎〉、〈月光光——光復以前〉及〈冬夜〉。從最後的作品〈冬夜〉發表之後，呂赫若走上了革命的不歸路。

這四篇中文作品在語言表達上不免生澀，美學的結構雖然粗糙，但其思想意義相當的重要。這四篇的內容總結了呂赫若戰前與戰後的體驗及觀察。研究呂赫若的文學藝術，我們不能忽略他戰後的這四篇中文作品，從這四篇中文作品，可以找到呂赫若對戰前日本皇民化運動和戰後對國民黨惡政批判的答案。

呂赫若寫第一篇中文的〈故鄉的戰事一——改姓名〉發表時，終戰未久，他迫不及待地用中文創作，內容反思日據末期皇民化運動，日本當局要求被殖民者改成日本名變爲皇民，呂赫若在這篇作品中，拆穿日本當局虛偽的政治動機及皇民化的欺瞞性。這篇作品在語言及形式皆粗糙，是一篇從日文寫作轉變爲中文寫作的過渡性習作，但呂赫若站在歷史見證的風口。

第二篇〈故鄉的戰事二——一個獎〉，描述台灣民衆在日據末期，處在美軍轟炸及日警嚴厲管制之下的無奈處境。所謂一個獎，是鄉村農民發現田裡有美軍炸彈殘殼，便要向治安單位報告繳庫，否則將受到嚴厲處分並被毒打，沒有繳庫被發現也要挨打。他在小說中形容農民不論如何都被挨打一頓，如中獎一樣。這篇小說刻劃出統治者隱藏在威勢背後貪生怕死的面目，是深刻反諷統治者的一篇作品。

第三篇〈月光光——光復以前〉，寫戰爭末期城市的民衆爲逃避美軍轟炸，在鄉村裡爲覓著一處棲身之地而到村裡租房子，結果房東提出的條件便是全家人都會說國語（日本話）才租給他。呂赫若在這篇小說中指出皇民化運動強迫被殖民者講國語（日語）是違悖人性，這種缺乏人性的運動絕不能獲得人民認同，更不能持久。這篇作品刻劃城市小市民心境，不僅批判，更說出被殖民者的抗拒。

第四篇〈冬夜〉是呂赫若最後一篇作品。寫日據末太平洋戰爭到戰後初期，國民黨官僚跋扈的時代。在國民黨治台當局不當統治之後，物價猛漲，經濟惡化，官僚貪污成習，社會動盪不安，有錢階級花天酒地，無錢階級呼天搶地，使島上籠罩如冬夜般的厄運。呂赫若藉一個女子的淪落風塵和兩度婚姻的遭遇，談及台灣社會從日治末期到光復初期的社會問題。此時日本帝國已敗退，島民尚未獲得安定生活。呂赫若在此預告另一個衝突的風暴正在醞釀，社會動亂即將來臨。這種預告不出意料之外，果眞在他發表作品不到一個月便發生二二八事件。這一篇小說可以說是呂赫若戰後觀察及經歷的重要寫實作品。

呂赫若的中文創作，在文字技巧上雖然缺乏修飾而顯得粗糙，但仍然可以看到他對於時代有著敏銳的觀察力，取材充滿了對於社會的關懷和批判，並堅持寫實的風格。

四、結語

呂赫若無疑是異族統治的殖民時代，最有思想性的台灣作家之一。他出現文壇時，台灣社會的近代化急速展開，近代世界思潮湧入台灣，民衆的知識大開。此時台灣人不再用武裝抗暴，而是以非武裝的政治運動來反抗，繼而以思想啓蒙文學運動，繼續反抗統治者。二、三〇年代的知識份子，如賴和、楊逵都是日據時代政治運動的先驅者，他們政治運動與文學運動並用，形成互動作用，把台灣群衆帶入反抗日本帝國主義及反抗封建社會的解放運動。呂赫若的思想在投入新文學運動時就受到他們的影響，並在客觀環境的衝擊之下，更發揮了現實主義的文學性格。在他的文學世界裡，題材從未脫離台灣社會，也因此培養了特殊的文學品質。在殖民時代，無論環境如何惡劣，呂赫若沒有離開文學本位，更沒有放棄追尋文學藝術的夢想。

光復之後，台灣有過爲期一年餘的多彩多姿的社會政治與文學活動。呂赫若在此時更積極地把戰前與戰後，被日本和中國統治下的兩種經驗寫出來，勾劃出時代的面貌。也許因創作語言由日文轉爲中文，文字上不夠流暢，不可避免地影響作品中人物刻劃的深度和情節的熟練，但可以看出光復後呂赫若在文字上嘗試的努力及可貴的熱情和毅力，留下對時代的見證。

呂赫若在本質上是一位熱愛自己鄉土與充沛著理想主義的文學家，爲了想讓他心愛的鄉土能變成人世間的樂園，他封筆成爲一個改造行動者，尋找他理想世界的源頭。然而在白色恐怖的五〇年代，他跟一批理想主義的精英死在革命的戰場上。也許在別人看起來，他的生命充滿著苦難，但在台灣文壇上，呂赫若留下了璀璨不朽的文學作品。

註釋

❶山川均，政論家，第一次世界大戰後，經常在堤康次郎發行的《新日本》雜誌上發表鼓吹民主、自由等進步思想。著作《資本主義的詭計》是一九二〇年左右，日本進步青年所愛讀的書籍，後影響日本政治界至中日戰爭爲止。

❷河上肇，東京帝大畢業，任京都帝大教授。著作《近世經濟思想史論》、《資本主義經濟學歷史發展史》等。《貧乏物語》反思日本資本主義國家的社會病態，日本進步青年必讀書籍之一。

❸幸德秋水，一九〇一年與片山潛創立社會民主黨。著作《二十世紀之怪物帝國主義》，批判軍國主義的擴張侵略，終於走上帝國主義之途。此著作是作者三十一歲的處女作。

❹西川滿，日本作家，一九四〇年組成「台灣文藝家協會」並發行綜合性的文藝雜誌《文藝台灣》。他是日據時代末期皇民化運動時對台灣文化界頗有影響力的人物。

❺王昶雄，牙醫師，日據時代作家，與呂赫若同時代，一篇代表作〈奔流〉於一九四三年被選入《台灣小說集》，呂赫若在該集中也有〈風水〉一篇被選入。

牛車

1

「傻瓜！可不可以安靜點？」

扭曲那張暴躁到似乎想哭的臉龐，木春毆打弟弟的頭。於是，「啊——」弟弟彷彿劃破咽喉般地大喊，整個人趴到地上，手腳亂動，還把油罐打翻了。「你這傢伙……」木春握緊拳頭，蜷曲上半身。「我要再打你了噢！」不過，抬起的手腕突然失去力氣。木春柔聲地說：

「蠢蛋！哭又能如何？阿母就快要回來了。會弄髒衣服的。」

因爲他憶起之後這個家中又將上演的場面，那是個恐怖的場面。木春已完全倍感威脅。日復一日，傍晚工作完畢歸來的雙親，立刻開始爭吵，最後互相扭打。即將九歲的木春躲在床的暗處凝視一切的動靜。弟弟則號咷大哭。「木春！你是木偶嗎？」阿母咬牙大聲斥責。「喂！和哥哥一起去玩。」悄悄地從床的暗處走出來，木春抓起弟弟直往門外飛奔。然後在田間小路坐下來，仔細地告訴弟弟。「阿城。你不覺得很可怕嗎？在那時候大哭……」

爬到看得到裂痕的餐桌上，木春把手伸進飯桶中。刷！刷！把桶底的米粒抓在一塊捏成圓團，然後讓弟弟的手抓住。

「來！來！不要哭了。來吃這個。再哭，等阿母回來，就要倒楣了。阿城啊。」

弟弟立刻停止哭泣，津津有味地小口咬著。鼻涕和著淚水，與飯一起吞下去。

「好吃吧！」

兄弟兩人早已習慣吃冷飯。阿母早上去工廠的時候，就說這是中午的份。剩飯白天會變冷，但還有些水氣。雙親不在家時，他們自由地看家。想到時，就朝飯桶裡抓起飯來吃。兄弟兩人就是這樣長大的。然後，他們的肚子漸漸隆起，大到像個懷孕的女人。不過，卻不曾生過什麼病。

玩了一整天，筋疲力竭時，耳際響起門口竹門的吱咯聲。木春不由得睜大雙眼。「阿母回來囉！」搖起身旁的弟弟，連忙到門口一瞧。回來的是阿爸楊添丁。

木春以恰似訴說父親一天的外出及表露自己的不滿之口吻說：

「阿爸！今天很早嘛！」

「是啊……」楊添丁的身子轉向孩子們回答說。

「你阿母已經回來了嗎？」

給拉進牛棚的黃牛吃飼料草，他解開鈕釦原地佇立。然後利用斗笠將風灌進胸部。

「是嗎！」父親輕輕點頭。「肚子餓了嗎？」隔了一會兒後問他們。

木春點點頭。

天色越來越暗。傍晚火紅似鮮血的天空，白鷺成列呼嘯飛過。沒有半點風，燠暑逼人。他不禁縮起身子，蚊子成群在前方嗡嗡飛舞。

楊添丁把甘蔗枯葉束點火，拋入灶中，然後站起來，把水倒入鍋中，開始清洗起來。

「木春！要煮飯了。你阿母還沒有回來……」

爲了不使他們哭泣，楊添丁面向望著灶火的孩子們柔聲地說。

接著到後面的田裡巡視一下，母親阿梅就回來了。

她不和丈夫交談，把斗笠和便當盒輕輕放下，再度在廚房裡出現，把最小的小孩拉近，上下盯著他的身體看了一會兒，然後似罵非罵地說：「你又隨便亂躺了。再把衣服弄得這麼髒，就不幫你洗了……」發覺苗頭不對，木春在灶的黑暗處縮起身體。

「怎麼了？怎麼這麼晚……」楊添丁正面看著妻子說。「眞是愚蠢的女人。也不早點回來，難道不覺得孩子們很可憐嗎……」

「哼！說他們很可憐……」阿梅把鍋子從丈夫的手中奪過來似地抓住，然後靠近米桶，冷不防打開蓋子往裡面瞧。

「你如果瞭解到這點，孩子們就不用吃冷飯，而且我也不用去鎮上的工廠。你這個窩囊男人還敢說什麼？」

「什麼？你又來了……」離開灶邊兩、三步。然後衝過來似的，楊添丁停了下來。

「是啊。我已經說過好幾次了。奔波一天，卻賺不到三十錢的男人，不是窩囊是什麼。你看！米桶空空的，令人想哭。好像明天的米會從天上掉下來似的……」

阿梅故意敲打桶子的底板。

「照這樣說來，你認爲是因爲我懶惰的緣故囉？」楊添丁看著不講理的女人，突然間勃然大怒。

「我可是拚足了老命。一刻也不曾懈怠。晚上也無法好好睡，天一亮就出門，你應該也看到這種情形吧。」

「啊！我不想聽。誰知道你出去都在做什麼。仔細一想，大家都知道。在米價昂貴的從前，可以快樂地過日子。卻在米價便宜的今天，每天爲米煩惱。會有這種蠢事嗎？」

「對啊！你說對了！以前輕輕鬆鬆一天就可賺到一圓。現在到處奔波，卻賺不到三十錢。這是什麼原因你知道嗎？」

楊添丁轉身咳嗽。

「要知道什麼？我只知道你在逃避。不是賭博、懶惰，就是去找女人……」

挪開視線，阿梅以灶爲中心，開始忙碌起來。

「不對，都不對。連吃飯時間都來不及的我，怎麼會做這種事？因爲雇主減少。」

楊添丁斬釘截鐵地回答。

「哼！給自己找台階下。雇用與不雇用都在於你。只要認眞地請對方雇用，又怎麼會不被雇用呢？窩囊的人……」

「混蛋！」怒火中燒的楊添丁大叫著挨近，抓住女人的頭髮用力拉扯。阿梅發出悲鳴，身子後仰，抓起身邊的飯碗，扔向男人。最小的孩子開始放聲哭泣。

「貧窮也是因爲時運不濟啊。你這個女人……」

互相揪住一會兒。瞬間想起什麼，楊添丁以血紅的眼睛瞪著老婆。

「……什麼？總歸一句話，你是說我懶惰不賺錢？」

再怎麼遲鈍的楊添丁，也能感覺到自己的家近年來已逐漸跌落到貧窮的谷底。在雙親遺留下來的牛車上迷迷糊糊拍打黃牛的屁股，走在危險、狹窄的保甲道時，口袋裡隨時都有錢。即使在家中發呆，從四、五天前，就有人爭著拜託請他運米、運甘蔗。等到保甲道變成六個楊楊米寬的道路，交通便利時，即使親自登門拜訪，也無功而返。結果，連老婆都得把小孩放在家裡，不是去甘蔗園，就是去鳳梨工廠，否則明天的飯就無著落。是因爲自己不夠認眞嗎……楊添丁自問自答。不！自己還比以前更認眞，一天也不曾懈怠。想到老婆每天衝口說他懶惰、窩囊，脾氣暴躁的他越想越氣，恨不得想把老婆殺掉。等到事後靜靜思考，那也是因爲擔心生活的緣故，於是憎恨之心立刻煙消雲散，這種情形屢見不鮮。他心焦如焚。總之，在生活上，必須與我們眼睛所看不到的壓迫作戰。

曙光乍現。咕嚕！咕嚕！耳際響起空牛車前進的聲音。楊添丁靠近黃牛的旁邊走著。

鄉村夏天的淸晨非常涼爽。雜草上的露水尙重，每踏出一步，就濕潤了腳掌心，讓人有種冰冷的感覺。在道路上可以看到田裡零零星星有幾個農夫，以及牛的身影在眼前晃過。自行車與載貨兩輪車從後面拚命追過遲緩的牛車，突然間看了一下楊添丁的臉，然後揚長而去。

鎮上還在睡夢中。直到出現從鄉下蜂擁而至的一群農夫，整個鎮才被搖醒。不過，鎮中央的二樓還深深陶醉在夢中。只有鎮郊骯髒的白鐵屋頂下的市場，以及破舊的板壁，洋溢著擁擠之喧嘩聲。人們露出大夢初醒的臉，頻頻叫囂著，穿梭在早晨的空氣中。不禁讓人覺得已捲入擔心、競爭、怒號與歡喜的漩渦中。

「噓、噓……」

來到河邊商業地帶的萬發碾米廠門前，楊添丁輕撫牛的鼻筋，讓車子停下來。他把斗笠放在車上，然後慢吞吞地鑽進碾米廠的入口。房間裡的電動機正在嗡嗡響著。四、五個農夫坐著聊天。

「喲！這麼早啊。」

從大清早就坐在辦公桌上拚命撥算盤的碾米廠老闆對楊添丁說。

「陳先生！今天是不是有什麼要搬運的……」

「啊！」米店老闆臉也不抬，輕輕發出不算回答的聲音。但也只是這樣，沒有其他下文，繼續默默熱中撥打算盤。楊添丁就站在泥巴地的房間，凝視所有的動靜。

從剛才就拿出煙管拚命抽著、滿臉皺紋的老翁，似乎在說些什麼。楊添丁這才聽懂他說的話。

「米這麼便宜，還是我出生後第一次遇到。就好像是農夫免費種稻似的。再加上碾米費，不管賣多少米，還是賺不到一錢。眞是蠢話。」

在旁邊聽著的一位滿嘴牙垢的人說：

「老頭！那是因爲你自己在賣米，才會這麼說。你看我。連吃的米都不夠，當然便宜比較好囉。」

「哼！這是你一個人在說。米價高表示景氣好。大家都以高爲目標。越來越便宜的話，你就完蛋了。」

碰！老翁敲打菸草，用力地說。

「原來如此。」農夫們吞下口水屏神凝聽。

「是嗎？對我來說都是一樣的。總之，就是……」

「蠢蛋！」

老翁打斷滿口牙垢的人的話題，口沫橫飛地斥責。

「啊！算好了。八圓五十一錢。與帳目符合……」

把算盤掛到牆上，米店老闆對老翁說。老翁睜大雙眼。

「你看！你看！」以下顎對剛才的農夫表示就是這樣。

「陳先生！今天怎麼樣？」

楊添丁抓住時機，囁嚅地說。

「啊！是你啊？」米店老闆以一副現在才發覺的表情看著楊添丁的臉。「必須要搬走的稻穀是很多……」

「那麼，讓我來吧。」

「不過，已經叫運貨卡車搬走，實在很不湊巧。」

楊添丁悶不吭聲地站著，動也不動地凝視米店老闆的臉。

「不過，陳先生！如果有卡車無法去的地方，也讓我的牛車効勞一下。」

正因爲生活的需要，他無法說些「是嗎？」就走出去。

「說的也是。不過，你也要想想。有時爲了趕時間，雖然我有三、四部載貨兩輪車，還是得租卡車。買賣也沒有做那麼大，而且我也想過要使用你的牛車。我並不是沒有想到從以前就經常爲我搬運的你。不過，現在不能再使用牛車了。你去別處看看吧。」

米店老闆坐在椅子上，以親切的口吻再三叮嚀。

滿臉皺紋的老翁頻頻點頭，交換看著米店老闆與楊添丁，然後插嘴說：

「現在不是牛車的時。大家都在做這種買賣。不！山裡的人都有載貨兩輪車，而且比遲鈍的牛車更好。在我小時候，牛車相當多。現在卻不多見了，不是嗎？總之，它比不上那快速的運貨卡車和載貨兩輪車喲。」

「嗯。不管怎麼說，就是這麼不景氣。我也不能只爲他人著想。買賣還是希望賺錢，如果還是像從前一樣靠著慢吞吞的牛車，那就無法有多大助益。」米店老闆苦笑著說。

「啊！我也覺得靠牛車為生很辛苦……」

突然間覺得筋疲力竭，楊添丁心情浮動，一口氣喝光番茶（粗茶）。

滿臉皺紋的老翁突然想到什麼，把煙管放在肩上。

「不只是牛車。從清朝時代就有的東西，在這種日本天年，一切都是無用的。原本我家的稻穀，就是委託那個放尿溪的水車。可是，當這種碾米機出來後，那個就慢到無話可說。反正都要付出相同的工資，那就決定靠這個囉。不只是我，大家都這麼認為。如今，那個水車已經不見踪影了吧？總之，日本東西很可怕。」

「是啊。」

農夫們聽得目瞪口呆，直盯著老翁的臉。他們認為文明的利器都是日本獨特的東西。覺得自己的事好像被提出來，楊添丁感到厭煩。但是，初次聽到這裡也有和自己類似情形的人，於是燃起他的好奇心，始終佇立不動。

街道已經全亮，陽光燦爛。公車的警笛大響，邊載乘客邊飛駛而過。

一位從店裡眺望此情景、年約三十歲的矮小男人，回頭看著大家的臉說：

「聽你這麼一說，我也突然想起。由於那汽車的緣故，也不知道被折磨到什麼程度。農夫利用時間和鄰居一起抬轎，多少能賺點錢。可是，那個傢伙，如果每一條路都毫不客氣地行駛，那我們的生意就會一落千丈，賺的錢就剛好只夠付稅金……」

「哈！哈！哈！那不是白費力氣嗎？」

「那也是爲了要活下來啊。」米店老闆難得會和他一起笑。

「就是啊。完全是蠢話。因此，我立刻就放棄，把心血全部放在種田。這樣就大概過了三年。」三十歲的男人屈指一算，無限感慨地嘟囔著。

「淸朝時代的東西還是不適合在日本天年。趕快把那些東西收拾起來，做個農夫也能有所得呢。」

你是不是對麻煩的牛車感到棘手啊？米店老闆說著，稍微看了一下楊添丁的臉。

「我也認爲或許當農夫會強過以牛車爲生。不過，那……」

眞是坐享其成又好管閒事——楊添丁憤憤不平地離開萬發碾米廠。

砰地一聲拍打牛背，當牛車開始動起來時，他又擔心現在該往哪裡去。現在即使踏遍鎭上的每一個角落，也找不到肯雇他的人。這是從以前楊添丁早就知道的情形。鎭上的商人都無情。他不免心生怨恨。不過，正因爲爲了生活的需要，他不能把情緒表露於臉上。他下定決心，當別人用不上它的時候，至少十次也要勉強對方用一次。但是，在沒有人雇用他的時候，他就要像這樣遍訪鎭上的舊宅。

咚咚經過陋巷的碎石路，來到田裡時，河岸有間鳳梨罐頭工廠。楊添丁在漆上藍色油漆的辦公室門前停了下來。

運貨卡車就在工廠旁邊，發出噗噗的警笛聲，然後揚長而去。

「喂！不要！不行！不行！」

戴眼鏡、看起來好像很威風的男人，從辦公室裡一看到他，一句話也沒有說，就立刻揮手大聲斥責。

由於對方是個穿西服的男人，楊添丁呆若木雞。冷不防被斥責，他嚇得目瞪口呆。

「不要！不要啊！欸——」

不得已，他又站到別家的製材工廠、米店、批發店等的門前。還是沒有人要雇用他，都婉言拒絕。

「想在這個鎮上賺錢，可眞是越來越難了。啊——還是只能賺到農夫的錢。」

坐在牛車上，身子隨著晃動，楊添丁閉眼陷入沉思中。

2

「哎喲！楊添丁！在這麼好的地方與你相遇。」

「啊，是阿生啊！你要去哪裡？」

楊添丁從車上抬起頭來，就在前面十步的地方，農夫王生望向這邊。那張有稜有角的臉毫無表情，肆無忌憚地向前走了兩、三步。

「最近忙嗎？」

一走近，王生說完這句話，突然跳上牛車，與楊添丁並排蹲著。

「不！剛好相反。」

「哦——這傢伙……依我看來，你過得特別好。首先，只要讓這隻牛走路，就會有錢到手。眞好啊。」

「哼！哪有這麼好的事。也不知道做農夫有多好。」

楊添丁低頭沉思。

「農夫也很辛苦啊。不過，明天你的牛車有空嗎？」王生輕敲著車板問他。

突然間，油然而生某種喜悅的預感，楊添丁不由得坐直身子。

「啊！當然有空。有什麼可以用到我的地方嗎？」

……

隔天早晨，一聽到第一聲雞啼，楊添丁就立刻起床，點亮燈籠。伸手不見五指的房間，煙霧突然冉冉上升，朦朦朧朧亮了起來。拿出毛巾，捲在頭上後，稍微瞄了一眼床上，阿梅與孩子們都伸出手，睡得正酣。楊添丁很快地說：「該走了。」

外頭漆黑，宛如塗上煤焦油。他走去牛圈，給黃牛一束乾草後，就開始拉車。雖說是夏天，冷風颼颼，他不禁縮起脖子，赤腳都沾濕了。喀噠！喀噠！每次車子搖晃前進，蠟燭的黃色火光痙攣似地顫抖後就消失了。咯噔！咯噔！縱貫道路上鋪的小石子，與車輪一摩擦就發出悲鳴。在黑暗中，聲音更加悲淒與大聲。

到達約定的地點，仔細一瞧，王生尙未到達。約好今天早晨要裝載竹籠到名谷芭蕉市。楊添丁把牛車停下來，坐著仰望夜空。

沒有月亮，一片漆黑。只有沒逃掉的星星寥寥可數，微弱地一閃一爍。來自道路附近的農家，只有雞鳴，以戳破紙之勢互相呼應，聽起來相當刺耳。楊添丁心想，這麼早就出來工作者，只有和我類似的人。可是，妻子還說我懶惰、窩囊。啊——楊添丁深深嘆了一口氣。到底我的妻子是個什麼樣的女人。……而且，話說回來，我這麼拚命，也無法賺到錢，這是個什麼樣的世界啊。難道神明也瞎眼了嗎？一時之間，他怨恨不認可自己能工作的神明，悲傷、難爲情的心情襲上心頭。

「喂！你在嗎？」

黑暗中突然響起低沉的聲音。聲音之大令人毛骨悚然。現在的心情立刻飛走。楊添丁大聲回答：「已經等很久了。」站起來提高燈籠讓對方瞧見。……

「已經幾點了？」

是王生。砰！把挑著的竹籠放到牛車旁，立刻忙著解開繩子。好像是他家人的一位姑娘與兩位少年也同樣挑來竹籠。姑娘頭戴斗笠，在燈籠朦朧的陰影下，一個勁兒地舞動雙手。少年們也低下頭。

「兩點左右吧？因爲距離第一聲雞鳴沒多久……」

楊添丁邊迅速地把竹籠堆放到牛車上邊回答。好不容易才找到眼前東西的喜悅之情湧到咽喉，他勇氣百倍地拿出力量。太有幫助了……開朗的心中直呼「太感謝了！太感謝了！」，於是向對方表達感謝之情。

「喂！會幫助貧窮人的，還是只有貧窮人啊。」

鎮上的人不僅不雇用他，還像追狗似地趕他。思及此情景，親睦之感使得楊添丁的聲音顫抖，不時把臉朝向四十歲的男人王生。

「哪裡！這種事……」王生大致以否定的口吻說。他似乎立刻感覺到楊添丁話裡的含意。「起初我也是考慮要帶著家人一起挑過去。但因爲路途遙遠，只好作罷。載貨兩輪車是最理想了。不過，沒有人肯借我。所以才拜託你的。」

把竹籠裝到簡單的牛車上不需花費十分鐘。

向家人交代幾句就讓他們回去後，王生走到牛車的旁邊。

「從現在開始出發到芭蕉市，大約需要多少時間呢？」

從一跨出步伐就頻頻惦記時間的王生問他。

「啊！要三個多小時啊。五點過後就會到達。沒有問題……」

楊添丁不時回頭看對方的臉。

從岔路開始，暗黑的路上響起「喀噠！喀噠！」的聲音。兩、三個燈籠搖搖晃晃地移動。楊添丁立刻感覺那些都是牛車同業。因爲只有他們才會這麼一大清早就組成大隊出門。

「喲——」等清楚看到彼此的樣子時，對方先發出聲音。「你也很早嘛！去名谷嗎？」

「啊！去芭蕉市。好久不曾這樣了。」

轆轤響個不停，牛車三、四輛排成長列。一種類似祭祀的愉快感覺使王生心旌蕩漾。走在前頭的人發出像是老人的聲音，悄悄地在議論些什麼事。

給黃牛一鞭後，楊添丁說：

「怎麼樣啊？景氣好嗎？」

「景氣！啊哈哈……」就在前面的四十歲男人笑著回過頭。

「這個時候走在這種地方，想也知道。如果景氣好的話，這時候正在睡覺呢。」

說的也是。我也是……寂寞湧上楊添丁的心頭。

「這種事是可以預料的。因爲大家都相當淸楚……」

四十歲的男人接著快步走，以嘶啞的聲音開始大聲唱歌。

陳三一時有主意

五娘小姐……

他的歌聲迴盪，衝破黑暗。有人以鼻音附和。

楊添丁無法模仿。如今才驚覺，爲了生活，自己的心已到達無法歌唱、無法快樂的地步。

於是羨慕起開朗唱著歌的人。

牛車在道路的中央前進。

突然間，四十歲的男人停止唱歌，拔出車台的側棒，離隊走近路旁。

提起燈籠一照，石標佇立一旁。

「這個畜生！」鼓起勇氣，他想將石標擊倒。砰！不管他如何毆打，石標始終文風不動。他朝氣勃勃地發牢騷。

「啐！混球……」

「好……我來了。」

飛奔過來的男人立刻找來一塊大石頭。兩個人合力把它抬起來，然後用力丟過去。反覆兩、三次後，石標就被輕易擊倒。

「活該！」

把它拋入田裡後，兩人放聲大笑回到原地。

白天他們每次經過石標的旁邊，總是掀起怒火與反抗心。經常想著要逮住機會來將它擊倒。石標上寫著「道路中央禁止牛車通行」。因爲汽車要在平坦鋪著小石塊的路中央行駛。

「我有繳納稅金啊。道路是大家的。哪有汽車可通行、我們不能通行的道理。」

儘管抱持這種想法，由於白天「大人」很可怕，所以沒有通過這裡的勇氣。因爲他們知道，萬一不留神打路中央經過，被發覺的話，就會被科以罰金。隨著道路中央越來越好，路旁的牛車道卻通行困難。黃色的土面一被堅硬的車輪輾過，就會出現溝痕，看起來像嚴重凹凸的皺紋。因此，車子無法前進，車輪陷入深溝，備極辛苦。再加上完全沒有整修，越發變成崎嶇的山谷。

「這種路能通行嗎？」

在沒有他們在的早晨，是不會經過這種路的。他們一副唯我獨尊的表情，毫不客氣地將平坦的路中央劃出溝道。

「好想看汽車那傢伙哭喪的臉。這時候就敵不過牛車先生吧。哈……」

剛才那位四十歲的男人來到楊添丁的旁邊，一個人開朗地笑著。

「汽車那傢伙的確是個可憎的壞東西。」

楊添丁同意地說。

他們再怎麼沒學問也深知，近年不景氣越發跌落到谷底，都是因爲受到汽車的壓迫。機械奴！畜生！我們的強敵。日本物啊……心中燃起敵愾心。

黑暗中，轆轤聲夾雜著歌聲。大家盡情地歌唱。到處都傳來雞鳴聲，偶爾有狗吠聲，讓人感覺拂曉即將來臨。

從路旁的甘蔗園飛出一條人影。由於正巧是在王生的身邊，他有點吃驚，瞠目以視。不過，立刻明白他就是走在前頭拉牛車者。他的腋下抱著一束甘蔗尾（甘蔗梢子），急急忙忙小跑步。在朦朧的燈籠光線中，看到他剝嫩葉給牛車。

王生悄悄地對旁邊的楊添丁說：

「喂！那樣割下甘蔗尾沒有關係嗎？被逮到會很麻煩吧？」

「什麼話，又不是丟掉……」楊添丁豁出去似地說。「因爲是給黃牛吃。而且現在這時候就是我們的世界。就算把它們全部割下來，也沒有人知道啊。」

何況這麼早就出來做事的只有我——楊添丁的腦海掠過這種想法。

工作完畢離開名谷芭蕉市時，已經將近八點。

天氣非常晴朗，太陽燃燒著街道。

「啊！太有幫助了。四十錢。可以買到四、五天的米。」

楊添丁在心裡盤算著。不可思議的是，沒有睡眠不足的疲憊感，只有獲得金錢的喜悅。金錢的用途讓他感到有旺盛的精力。

「那隻母老虎，再也不會發牢騷。」

另外，面對妻子的心情突然愉快起來。他有自信這次一定要讓妻子覺悟，不由得面露微笑。

鎮郊櫛比鱗次的骯髒房子埋在砂塵中。木板與鐵皮屋頂掉落，雞、火雞與鵝在路上吵鬧，到處都是糞便。汽車很少會挨近這裡。它就是所謂的台灣人鎮。官廳視其爲不衛生的本島人之巢窟，根本就置之不理。

楊添丁從路樹栴檀下邊鞭打黃牛邊移動腳步。突然間停止步伐，「啊！」瞬間，他的眼睛發出驚異莫名的神情。「你、現在……」

「哈……。好久不見了。得了！得了！」

揮手笑著站在他眼前的男人——就是牛車的同行林老。他因賭博經常在拘留所鑽進鑽出。楊添丁之前聽說他因竊盜而被送進監獄。現在突然出現在眼前，無怪乎他會如此大驚失色。

「你現在不是進入煉瓦城（日語指監獄）嗎？」楊添丁再度大叫。

「且慢！」林老眼神銳利地睨視他。把食指放在自己的嘴上來制止對方，然後環視一下周遭，小聲地說：

「是的。你也知道了嗎？進入不久。」

「不久？」

「嗯，六個月啊。又不是殺人……」

兩人離開街道朝田裡走去。

與鐵路線平行的製磚工廠排放出的黑紫色煤煙，使空氣汚濁，且朝向行人的臉上吹去。

「只有六個月？竊盜……」楊添丁歪著頭，吃驚似地喃喃自語。「只有六個月！我以爲是兩、三年。」

「哈……。得了！得了！你還是一樣很認眞啊。」

「你說認眞？你、是爲了這個啦……」

楊添丁比個吃飯的手勢。然後，突然想起。

「今天你也出門啊？」

「不，我已經歇業。把牛賣掉了。荒唐！因爲現在工作的是傻瓜。遊玩才是聰明的。」

林老偷窺楊添丁的臉，斬釘截鐵地說。

「你說什麼?」楊添丁把臉瞪圓。

「是的。工作的是傻瓜。因為日本天年嘛!能賺多錢的工作……都是奪取的。我們啊!工作的是傻瓜。」

一字一句拋出似地說。接著，林老跳上車台。

「不過，你不是必須要讓肚子溫飽嗎?」

「哼!工作不能溫飽。對吧!」林老嘟囔著。「與其辛苦流汗才賺到四十錢、五十錢，倒不如悠哉悠哉遊玩，這麼滾一下就可賺到十圓、二十圓。」

「滾?……」楊添丁不由得吞下口水，直望著對方的嘴。

「是啊。而且，輸的時候，也可以出去工作一夜，偷些有錢人的錢，沒問題……不就又有錢了。萬一被捕，也才一年。那段期間，讓他們養就行了……」

「讓他們養?……」楊添丁蹙眉。

「嗯，在煉瓦城中讓他們養。我在束手無策時，就故意去讓他們養。也沒有什麼可怕的。看守已經變成我的朋友了。」

「是嗎?我以為那是個非常恐怖的地方……」

楊添丁感動似地眨眨眼。

3

披頭散髮的阿梅快速走著。哭腫的眼眶出現一個紅圈，臉頰濕潤。最小的小孩非常害怕，在母親的腕中縮小身子。

「聽誰說的？你是知道的。」

楊添丁隨後以充滿血絲的眼睛走著。交換凝視雙親一舉一動，木春忽隱忽現追趕。

夫婦一工作完畢回來，又因錢的事而互相揪住。正因爲長久以來持續不斷，楊添丁終於無法忍受而爆發。

「這樣你也……。你爲什麼這麼不明事理。」

在強有力的男人面前，女人軟弱如豆腐。阿梅慘遭修理，狼狽不堪。也眞有她的，腦裡盡是怒火，抓住男人的弱點大喊。

「出去！家是我的。窩囊的男奴。出去。」

因爲楊添丁入贅她家。家的戶長是阿梅。

「啊……」

農夫們從田裡眺望兩人的情形，疑惑地發出聲音。

「怎麼回事？又來了嗎？」

楊添丁一副沒聽見的表情，看也不看傳來聲音的地方，始終頭低低的。阿梅也裝模作樣。

他們夫婦的吵架在村裡相當有名，可說是到了人盡皆知的程度。這麼一來，楊添丁的心情也覺得厭煩，想避開遇見的人。

夫婦的口舌之爭繼續不止。一米寬的保甲道會彎彎曲曲經過田裡，終點就是保正的家。夫婦進入那個家。

保正的家富麗堂皇。紅屋頂沐浴在夕陽下，庭樹的枝葉間可以看到雪白的牆壁。門口亮著兩盞電燈。保正是村裡首屈一指的大地主，說他將近十年都是由官府選派的，亦無言過其實。

營養好、長得圓滾滾的小狗飛奔出來狂吠。哎呀！阿城大叫，讓母親抱緊。

保正聽完夫婦的你一言我一語後，那張將近六十歲、滿是皺紋的臉上浮現微笑。他說：

「啊、嗯，是嗎……。不過，夫婦吵架，只要情緒平息，感情又會和睦。不用擔心。一回到家，就會忘得一乾二淨。請想想看。」

「不！」楊添丁用力地繼續說。「這傢伙嘛！不把我當丈夫看待。無論我怎麼解釋說是景氣差的關係，她就是聽不進去。說是因爲我賭博啦！有小老婆啦！竟然會有這種妻子。現在說要叫我出去……」

「畜生。好像說著了不起的事。……因爲是事實，也是沒有辦法的事吧。也不知道我是多麼的辛苦。……給我出去！」

阿梅立刻邊抽噎邊大聲斥責。

「這件事我已經明白了。添丁所說的是眞的。現在這個時機很不景氣。而且牛車更是如此。」

保正以一切瞭然於心的聲音說，俯視他們夫婦。

「生活相當困難吧。因此，夫婦嘛……」

保正竭力述說夫婦和合協力的必要性。

「說是不景氣、不景氣。會有工作卻賺不到錢的事嗎？是誰每天爲吃飯的米傷透腦筋啊。不爲家裡著想的男奴、畜生。」

阿梅揮動手腕叫喚。

「這個混帳，又……」男人勃然大怒，旁若無人。

「啊，好了！好了。的確是這樣。你的想法也有一番道理。不景氣也有關係。只要認眞，凡事就不會都引以爲苦。總之，那就是變成富人與變成乞丐的界線不同。怎麼樣啊？添丁。」

保正以刺探的眼光朝著楊添丁。

「提到認眞的話，我已經超過頭了。如果這樣還說我不認眞，那我就不知道怎麼樣才算是認眞。啊！我已經不知道了。」楊添丁呻吟著。

「而且，現在叫我出去……這還能算是夫婦嗎？」

「你才是。不顧夫婦之情的男奴。」

保正思索著。他打算立刻解決問題，好把他們趕回去。於是說：

「那麼，這樣好了。如果賺不到錢，那就放棄以牛車爲業。夫婦都去當農夫。這麼一來，丈夫就無法賭博或蓄妾。而且妻子也能了解丈夫的認眞。況且，農夫至少生活過得去。」

楊添丁的眼睛突然發光。「我從以前也就希望能這樣。照我看來，不知道當農夫有多好。」不過，瞬間，他又洩氣了。「不過，現在我窮到連農夫也無法當成。佃耕需要押租金吧？」

「當然啊。沒有押租金，無法佃耕！」保正笑了。

忽——楊添丁嘆了一口氣。突然想起什麼，向保正三拜四拜。

「嗯，保正伯。可不可以讓我佃耕？」

聽他這麼一說，保正「嗯……」呻吟著，一副豈有此理的表情。

「別開玩笑了。這種事無法辦到。什麼同情不同情的，這個世界一切都講錢。」

保正不想再跟他們夫婦繼續說下去。從椅子上一站起來，立刻改變口吻說。

「回家考慮好了。一回到家，就會和好了。」

「不要！這種男人要出去！家是我的。」

阿梅像個孩子似地意氣用事。

今天到此爲止……保正滿懷怒氣地睨視阿梅。

「那麼，你們在這裡等一下。保正伯不是只是你們兩人的保正伯。我去叫大人來。到時候，告訴大人就好了。至少也有冷飯可吃。」

夫婦心生畏懼，於是回去黑漆漆的草屋。劃根火柴點亮燈火，拉出角落的椅子坐下來，楊添丁以平靜的聲音對直接躺在床上睡覺的妻子說：

「喂！煮飯吧！」

小孩看到雙親的情形，溫順地縮著身子。雖然肚子餓癟了，只是默默地看著。阿梅沒有回答。

丈夫大驚，不由得緊張起來。不！吵架已經結束了……妻子的這種態度，使得楊添丁突然又怒火中燒。但為了生活、生活——按捺住自己的心情，對妻子表示妥協。

「我想過了。在日本天年，以這種牛車為業是絕對不行的。你這麼大吵大鬧，還不是為了這個。那麼，我想照保正伯所說的，當個農夫。這樣比較好……」

阿梅的身子動也不動。楊添丁一直看著她繼續說。

「來存錢吧。一直到有押租金為止。這麼一來，就可賣掉車子當個農夫。喂！就從現在開始。努力地存錢……」

莫名的興奮與覺悟充塞他的心胸。他感覺到充滿著一種迄今所沒有、清爽的希望。

「哼！」

阿梅這才翻過身來望著他。楊添丁呆然若失。

「存錢？存你的骨頭吧？」

楊添丁溫柔地詢問惡言相向的妻子：「為什麼？」

「連吃飯的錢都沒有，還能存嗎？那麼，從哪裡存啊？」

「不……」楊添丁雖然覺得她言之有理，但以某種含意，不負責任地說出。

「你說中重點了。你也想看看。雖然是暫時的一段時間，忍耐以能賺錢的方法來做。我是我，你是你……」

「方法？你總是說些蠢事……而且能賺錢的話，應該就不會辛苦。爲何要叫苦。」

阿梅不高興地面向中間。

楊添丁注視著她一會兒。不久後，無力地站起來，挨近床鋪，畏縮地對妻子說：

「因爲是暫時的，不，暫時就好了。那……這樣也好。只要能賺錢，我是無所謂的。」

4

夏日持續著燠熱的天氣，宛如從上頭蓋上一塊被燒得通紅的鐵板。

「你看！那個女人，什麼……是阿梅哦。」

不知不覺中，部落的人們傳出有關牛車一家人的謠言。

「那傢伙啊，可眞是了不起啊。是那個哦。」

「咦？那麼……」

大家一見面就竊笑著。

「原來如此。是爲了賺錢啊。添丁知道嗎？」

「啊——最近沒有看到他。聽說去別的地方了。不過，他有耳朵，當然知道囉。」

驚愕的臉上浮現憎惡的表情。四、五個人聚在一起屏神聆聽。

「喂！她幾歲了？」年輕人性急地插嘴。

「蠢蛋！白癡！」有人叫喊。

「哼！你要去嗎？三十歲的女人。算了吧。」

大家哄堂大笑，彷彿滑稽得不得了。

阿梅裝作毫不知情，經過部落時，會和認識的人交談幾句，一點也沒有露出從事那種行業的表情。對她來說，維繫生命的「錢」比現在的傳言更重要。

「畜生！傳出謠言的是那些傢伙吧……」

有時，阿梅一一想起在鎮上魔窟遇見部落面熟的男人，就不由得怒火中燒。當她想到那也是爲了金錢、爲了生活時，心想只要裝作聽不懂的樣子即可。

「阿母……」

夜夜遲歸，當阿梅的腳踏入家門時，孩子們叫著抱住她，然後彆扭地直盯著母親的臉。孩子們感覺到母親最近都從鎮上夜歸。對小孩來說，心裡相當寂寞與不平。

「肚子餓了嗎？想睡了吧？」

一看到孩子們的臉，眼眶不由得熱了起來。熄滅燈火，母子一起睡在黑漆漆的床上後，阿梅的眼睛還是睜得很大。在胡同裡的情景歷歷湧上心頭。

雖說是三十歲的女人，由於是第一次，臉皮不夠厚，不自然得有點慌張。

被不認識的男人野蠻地用力抱住背時，她眞的很想哭。不過，當手中握著錢時，「得救了！」，心情也就輕鬆起來。然後給站在門口監視的老太婆店主一些錢。要回家時，後悔的念頭又襲來，覺得自己做了非常惡劣的事。一時之間，她怒火大發，直想諷刺丈夫。

近日來，她覺得一切都很厭煩，很見不得人。

阿梅以悲哀的聲音對隔兩、三天回家的丈夫說：

「到底在做什麼……每天做些令人感到厭煩的事。你是個男人，竟然這麼窩囊嗎？」

忽然轉向別處，終於落淚。

「啊！都是爲了錢。只要有錢。畜生！都是爲了錢。」

楊添丁搖著被太陽曬黑的頭叫喊。

「我也是去運送山芋。還是不行。山道險峻，牛又筋疲力竭，錢也只有三十錢。供應我在那邊吃的，已經不是問題。」

夫婦兩人低下頭來。

「不要勉強了。小孩很可憐。」

「晚上很晚回來，兩個小孩很寂寞。總得想個辦法……」

「啊——」嘆口氣，楊添丁對妻子投以道歉的視線。

「怎麼樣了？你的錢……」

老婆賣身體的錢是一家之寶。

「你在說什麼……還不夠塡補米店的借款。鳳梨工廠近日內要解散，怎麼辦呢？」

「沒有辦法……」

不管楊添丁如何努力，還是一樣貧困交迫，今後該何去何從，他有點茫然。

使這家無法再度站起的致命傷，是在之後的四、五天發生的。

青空飄浮著如吐散的唾液之白雲。暑氣毫不客氣地纏人。伸開雙手、彷彿要將人擁抱入懷的山巒，其山腰到處都露出紅色的肌膚，那是因爲陽光刺眼的緣故。竹叢、相思樹林、甘蔗園，大家都保持沉默，沐浴在烈日下，顯得精神奕奕。

從山麓到樹林，始終持續些微的傾斜。隔著有石塊的一條河，有塊烏秋與蝴蝶、蜻蜓在上面翩翩飛舞的田園。在這塊變成農夫只要一步踏錯就會墜落的梯田裡，栽種時沒有間隔的嫩苗採取不動的姿勢。夾著這塊地，鋪著小石子的白色道路經過。

汽車與載貨兩輪車等轟隆轟隆在它的上面跑著。

蹙眉的農夫們，前後一人、兩人或三人，邊走邊說話。戴著斗笠，或撐著舊式的傘等，也有人整個頭露出，兩手放在背後，一副毫不介意流汗的樣子。

「今天，多少錢？」後面的人問。

「豆粕還在漲價。十幾錢哦……」前面的人回答。

於是，大家嚷著「哦——」，洗耳恭聽。

「肥料很貴，米很便宜……我也很傷腦筋。」歪著頭說。

來到梅檀樹下，從綿延的道路眺望田裡的那個人，爲了引起同伴的注意，他指著田裡。

「這邊的水田有許多石塊啊。水好像也不夠。」

「的確！」對方點點頭。爲了看得更仔細，眼珠子都發光。然後，話題從自己的經驗開始發展，針對水田的事就談得沒完沒了。

水色的公車之引擎響個不停，追過他們，散發出如白色濃霧的塵煙，然後揚長而去。農夫們撇過臉，邊避開邊走著。

楊添丁坐在車台上，眼睛微開地看著。黃牛也若無其事，慢吞吞地走在前頭。堅硬的車輪有時陷入凹凸的路面，劇烈搖晃到讓坐在板上的他之頭部疼痛起來。儘管如此，他還是半蹲半坐，沐浴在炎熱的陽光下，悠哉悠哉地打瞌睡。

楊添丁已經想累了。爲了錢，爲了生活，把他追得走投無路的壓迫，始終縈繞在他的腦海，使他煩惱不已。爲了衝破難關，連妻子也淪落到獸道。總是無法順心如意，不禁懷疑是不是前世的因緣。對鎮上失望後，他以靠山的部落爲目標，到處拜託人家，以運送山芋行商。然而，在靠山的部落裡，連一片金子也沒有掉下來。那不是個能滿足他的心的現實。到今天回家爲止，雖然僅僅十天，口袋裡所賺到的純利有八十五錢。

十天賺八十五錢……這樣如何能生活呢？想到妻子與小孩時，楊添丁的心情就變得很暗澹。一切都已經不知道該如何了。生活、錢、妻子、畜生、牛車……經常在他的腦海翻騰不已時，他感到虛幻自暴自棄地，坐在車台上打瞌睡。

他感覺到確實有人靠近。就在楊添丁把眼睛睜開的同時，情況整個改變。「完了！」瞬間叫出來，當他從車上飛跳下來時，已經來不及了。

就在他的眼前，大人以一張可怕的臉睨視著他。

「喂，幹你老母！」

就在大人揮動著粗壯的手腕時，瞬間他的臉就挨了一掌。

他感覺到臉上有一股熱迅速上升，不由得哆哆嗦嗦地發抖。

「你不知道不能坐在車上嗎？」大人漲紅著臉痛斥他。

「嗯，我……」

也不知道該說些什麼才好，嘴裡不停蠕動。咱！楊添丁的臉頰又挨了一巴掌。

「這部牛車是你的嗎？」

大人從口袋裡拔出筆記本與鉛筆，彎下身子，看著車台的執照，開始流利地書寫。

「大、大人！請饒我一次！拜託……」

楊添丁以一張欲哭的臉，向大人再三拜託。因爲他深知，只要被記下執照，之後會遭到什麼樣的處罰。

「幹你老母。清國奴。」

把筆記本和鉛筆收起來後，大人俯視正在哀求他的楊添丁。狠狠地痛斥他一頓後，就騎上腳踏車走了。

「啊！我的運氣眞差。怎麼辦呢？」

一直注視他的離去，處罰的事不斷湧上心頭，楊添丁的心情因此焦慮不安。

罰金二圓！隔天的傍晚，甲長拿來努庫派出所的通知單。

「明天上午九點！沒有問題吧。」要回家的時候，甲長再次強調。

「明天？」楊添丁以非常狼狽的表情回頭看甲長。生活窮困的現在，明天應該是拿不出二圓。他嗯嗯嗯地呻吟。然後慌慌張張地走出去。

這天晚上，他抓住踏著夜露歸來的妻子，一開始就把這件事提出來。

「喏！就是我現在所說的。請忍耐一下，給我二圓。」

在叨叨絮絮辯解後，楊添丁哀求地仰望妻子。最近他對妻子所抱持的自卑感情，促使他不論遇到任何事都對妻子採取這樣的態度。

正在換衣服的阿梅稍微模糊的臉上，瞬間充滿著怒氣。

「啊！不行！」目睹此情景的楊添丁，反射地感到失望。

「我，不知道。沒有錢……」

盛怒之餘，阿梅反而以冷淡的聲音回答。現在她的臉上看似在嘲笑。楊添丁不曾像此時這樣憎恨妻子。

「啊，請不要這樣說。因爲對方是大人，拖延一下，又會被修理得很慘。喏！拜託你。」

楊添丁努力地壓抑情緒，以討妻子歡心的口吻說。

「拜託？你不是說過要給我錢嗎？沒有錢，說拜託、拜託，又能怎麼辦呢？……」

阿梅正面看著丈夫，非常生氣地大叫。

「沒有這回事。到現在爲止，你在鎭上做了什麼事……到明天爲止。喏！你明白了嗎？」

楊添丁焦急地說。

「因爲到明天爲止，不要吵架，請拿出來。你是說，我被大人修理也沒有關係囉？」

「我不知道。像你這種男人還會介意嗎？……家裡已經苦到這個地步，竟然還能悠哉悠哉地在牛車上打瞌睡。光是嘴裡說要爲家裡著想。」

似乎已絕望到極點，她含淚長嘆。丈夫說要認眞，全是在欺騙她。因此她覺得很委屈。

「爲了家，作了痛苦的決定，如此的賣身，我眞傻啊。」

越想越覺得委屈，阿梅終於哭了出來。

察覺到妻子話中的含意，楊添丁的態度突然整個一變。

「畜生。」楊添丁忿忿地大叫。

「我明白了。鎭上的男人比我更有味道。」對妻子露出可怕的樣子，然後粗魯地站起來。

「明天以前沒有二圓。那很簡單。我再也不受你照顧了。事到如今……」

楊添丁衝出外面，身影消失在黑暗中。

太陽尚未昇起，但天已大亮。

走了一夜，兩腳筋疲力竭，僵硬得抬不起來。粗糙的紅色皮膚被露水沾濕了。由於整夜未眠，頭痛得很厲害。

「畜生！畜生！你等著瞧吧！」楊添丁走著走著，心中有股衝動，頻頻喃喃自語。這種做法最能帶給他滿足感。

懸掛在天秤棒兩端的麻袋，像香腸般圓滾滾的。裡面容納了滿滿一袋的鵝。不時，從窒息的痛苦發出，「嘎！嘎！」嘶啞的叫聲，群鵝在裡面亂動。在寧靜、冰涼的空氣中，突然大聲響著。每次楊添丁都像心臟被握住般的驚懼與混亂。覺得自己的臉變得很蒼白、很小，表現出慌張的樣子。

「這樣不行。要更鎮定……」

他以武者的樣子不斷叱責與鼓舞自己，然後快速走著。

「哼嗨！」

他強迫自己裝出平靜，然後換肩扛袋子，穿越甘蔗園。

黑色的山巒越來越明亮。到了山腰，竹子、相思樹、芭蕉、甘蔗……開始清清楚楚地浮現影子。

宛如放煙幕的雲逐漸從天空中消失。

當山巒沐浴在光線中時，可以看到山麓西藝街的屋頂。瞬間，到處都有炊煙嬝嬝。不久後，街上像散落的火柴盒之房子在眼前展開。

壓抑正在顫抖的自己，楊添丁超然地踏入街上。彷彿已鎖定目標，他朝向市場走去。市場傳來喧鬧聲。山裡的人、鄉下的農夫等大聲叫罵。鳳梨、李子、筍、蔬菜、木柴……氾濫地排列在市場的入口。

楊添丁左右環視，然後進入市場。

沒走幾步，後面傳來「喂」的呼喊聲。他大吃一驚，不由得回頭一看。

「啊！」

突然間，他把扛著的東西抛出去，然後跑起來。跑著跑著，當覺得後面的鞋聲與「咔喳」的聲音越來越近時，他的衣服突然被抓住。

「大、大人……」

他發出一聲垂死般的叫聲。之後，有關他的事就杳無音訊。

原載一九三五年一月日本《文學評論》二卷一號

暴風雨的故事

雨過天青後的黃昏，天空映照著夕陽橘紅的餘暉，吹襲著竹林、屋舍的狂風正好停息，夏夜清涼的風寂靜地吹向田園——真的是夏天了。

那天傍晚，老松低著頭回來了，那四十好幾了的黝黑的臉，總帶著蒼老的感覺。

「怎麼了！喂？」

他一進黑暗的屋裡，就坐在門口大叫。斷了腳的神桌上，燈火亮晃晃的，從屋頂垂下來的蜘蛛網令人看得心煩。狹窄漆黑的屋裡嗡嗡地滿是蚊子。

結果如何？

從豬園傳來女人的聲音。「如何！狗屎！畜生！怎麼樣！」

老松頹喪地搖頭怒罵。

「唉，這個人……。真是麻煩。不管怎樣，總該有個結果！」

不久，罔市放下桶子走了進來，從她圓圓的眼眸閃著幾分嬌媚。從各方面而言，都是個討人喜愛的女人。三十多歲的成熟女人，由於勞苦而稍微消瘦的臉龐，刻劃出深深的皺紋。

「喂，他怎麼說？」罔市邊拍著衣服邊看著丈夫。

老松漫不經心地看著窗外說：

「不行啦，以後怎麼辦我也不知道。」

「欸？」剎那間，罔市大吃一驚，但是立刻又改變了態度。「那，你打算怎麼辦？」

「家裡的兩頭豬捉過去。我也沒辦法，你是知道的。」

眼淚湧了出來，老松不知不覺中被晦暗悲傷的心情籠罩住了。

悲傷的原由是對地主寶財許下的承諾。

這個夏天，突然來襲的暴風持續了四、五天之久，河水氾濫了，金黃色的稻穗被摧折了，田園的作物流失一空，收割好，堆積在庭院裡的蓬萊米種，也流失了大半，殘留下來的，泡了幾天的水竟長出了芽。這一切的一切，造成了庭院現在這般殘局。

爲什麼如果繳了佃米就好了呢？

不是自耕農的老松起初是這樣盤算的。而現在，再怎樣都無法挽救，他是知道的。別說佃米，連自己要吃的米都沒了。家人要維持一個月的有一餐沒一餐的米穀也都沒了。即使要賣，也沒有那種要買出了芽的米穀的傻瓜，更甭提別人了。欠合作社的肥料錢也沒了。唔，是從合作社拿來的——他痛苦地想著。老松如果有些積蓄——應該是沒有的。一家七口守著不到二甲的作物，是剩不下什麼錢的。趁著農閒時去當雇工，女兒也在甘蔗田裡做工，一天賺二、三十錢，要繳稅、要吃、要穿、要……。日子就這樣過的。就這樣一年比一年貧窮。

如今，連一文都不剩，還提什麼積蓄。

這兩、三天來，老松簡直像飯菜梗在喉裡，無法通暢。他左思右想，就是不能把佃米轉手掉。去懇求地主，把出了芽的米穀轉手給他三分之一。不行的話，就下期再想辦法——除此之外，也沒有辦法了。

黃昏時分，作農的人提早結束了田裡的工作，到地主寶財那座紅屋瓦的宅子去請願。寶財愛理不理的臉上，擺出了五十多歲的老爺架子，然後穿上純白的衣袍，抽著菸。

「的確如此，大家所說的也有幾分道理，但是，大家有困難，我也有我的難處，也不能光顧慮到你們……」

出乎大家意料之外。——唉！不行的。這樣還是不行，我眞沒想到——

地主又說了。

「遇到這種風暴，我也是很同情大家的，我看就各自拿些佃米吧……」

隨著就調查這些農人們的情況，宣布各個佃米的質量。

老松早把那些出了芽的米穀拿去餵豬了，現在只剩下唯一的財產——那二頭豬可以拿了，今後要如何生活，要吃的米糧，田裡要撒的肥料錢，到哪裡張羅，就是賣了豬，也不夠今後耕作的費用。現在，這兩頭豬又被捉去的話……。

於是，老松哭喪著臉哀求著。

「頭家，我下次一定繳給你。我現在只剩兩頭豬了……。」

「不行，非繳佃米不可——」

「我眞的拿不出來。下次一定繳給你。」

老松淚水簌簌地流了下來。

「既然如此，頭家……」佃農們異口同聲說。

「混蛋！興農倡和會的契約，大家可別太不放在眼裡，這些混帳東西！契約！搞清楚！」

寶財終於發火了。

「不交佃米就收回田地了。大家不想繳的話，我也就不得不把田收回來了。我是不會同情你們的啦！混帳東西——」

寶財粗暴地怒罵著。踩著重重的腳步，向裡面走去了。

「啊，太狠了，我眞的交不出來啊，交不出來啊！」老松淚水爬滿了臉，雙手顫抖著。

「畜生！進肥料的時候，他就會得意，這種艱苦的時期，要把田收回去，畜生！」年輕人漲紅了臉，咬牙切齒罵道。

「什麼時候會收回去呢？田被收回去，以後要怎樣生活？眞是歹運啊！」六十歲左右的老人的一番話，平息了大家的吵鬧。

「運！就是歹運啦！」

大家又吵了起來。在村裡，地主說一就是一，對佃農的抗議，根本置之不理。知道已經無法挽救了，老松悶了一肚子氣回來了。

罔市的臉，佈滿了憤怒激動的神情。她忽然把桶子扔下，搖著丈夫的肩。

「有辦法了嗎？」

「什麼！沒辦法啊。田要是被收回去，我就死定了……」老松沙啞地說。

「收回去！說得好聽！」罔市咬著唇。

——太無情了，我身爲一個農夫，怎麼就這麼歹運。老松悲苦地想著。唔，歹運啊！辛辛苦苦種的稻子也全毀了，唯一僅剩的財產——兩頭豬也要被地主捉走，爲什麼這麼歹運啊！啊，有錢人……

「阿母，飯好了——」

女兒的聲音從又暗又窄的廚房傳了出來。

罔市五歲的時候被抱來老松家當童養媳，原來的家也是窮苦的佃農人家。姊妹七、八個人，在生活上也是很吃力的，生母只得把她送去當童養媳，小時候常跟老松一起玩，養牛、田裡的事她都能得心應手，很得父母的緣，於是，就在她二十歲那年的春天，跟老松正式結爲夫妻。

生下長男木生那年，父親死了，一家大小的事變得繁重起來，三年前，母親也失明了。那時家裡一切的事，全都落到罔市一個人身上。但是她無怨無尤地操勞著，在田裡是丈夫的好幫手，一直到現在，已經是四個孩子的母親了。當然，對行動不便的母親也從未怠慢過。

「阿茂婆娶的媳婦眞是孝順，器量這麼好……」村裡的人都這樣讚不絕口。

但是，罔市的心卻是憂傷的，心中唯一的秘密誰也不知道。

那是還沒跟老松結爲夫妻前十九歲那年的事。

寶財的老婆在生第三個孩子時，罔市被叫去他家當保母，在他家住。晚上，由於日夜看孩子的疲累，一下就睡了，漆黑中在自己的枕旁，覺得好像聽到粗暴的呼吸聲，她嚇了一跳而跳起來。這男人！原來是寶財！

「罔市，我喜歡你，溫柔點！」

罔市要大叫出聲。然而嘴巴卻被用手牢牢摀住，她拚死抵抗，但怎麼抵得過男人強勁的手腕，那個晚上……

地主在那之後威脅她。

「今晚的事，如果張揚出去，就收回你家的佃田！」

罔市哭腫了臉、望著寶財，被他出乎意料的話嚇到，收回田地——十九歲的罔市對自己家裡的情況是很明白的，她對這句話感到恐怖。

果然，從那天以後，罔市一句話也不提她跟寶財的關係。她想只要田不被收回去就好了，寶財利用她的弱點，每天都侵犯罔市的身體。

二十歲那年，罔市跟老松結爲夫妻。因爲這樣，寶財抓住機會就偷跑進罔市房裡，更加強硬地威脅她。

「欸！照我的意思做，你就有一大片隨時可以耕種的佃田，否則，只好把田收回來了。

而且不可以張揚出去，我兒子在內地（按：指日本國內）讀大學，對法律清楚得很，知道吧！」

罔市因此只能暗自流淚、覺得自己的命運彷佛是一場夢魘，對於要讓人扶持的年老的婆婆也守口如瓶。她第一次感到有錢人的可怕。

「啊，死了算了！」這種悲觀的念頭，曾經數次突然掠過罔市的腦海。但一看老松毫不知情的臉，又多了一層顧慮，想到自己死後佃田將被收回，又想到四個孩子，她怎樣也不能死。但是想到失去了貞操卻不能透露一點風聲的自己何嘗不是一個妖精。實在痛苦。

這時候，畜生，太妄爲了——剛從田裡回來絕望地做著家裡的工作的罔市，決定把寶財的事抖出來。但是，想想又搖搖頭，在自己心中掙扎著。

「不行，飯是不能不吃的！他要是收回田地怎樣辦——」

不得不活下去，不能違背地主，這都是命吧！罔市反覆思考，雖然厭惡，爲了家裡的生計，卻不得不這樣活下去。

這次的水災沖毀了佃米，罔市聽了寶財的甜言蜜語，說不繳稅也沒關係，於是就放下了心。但是聽了丈夫的話，她胸中忽然燃起一把無名火，現在她的血液裡正澎湃著從未有過的怒潮。

「畜生！再保持沉默吧！」

一向認命的她，從現在起，決心要讓寶財嘗嘗苦頭了。

●

夏夜，天高氣爽，竹林上掛著明月，田園沉寂無聲，屋瓦閃著白光。

「惹麻煩！」

「……」

罔市面對牆壁、等了將近一小時，但一點也沒有倦容、眼中閃著淒厲的光，進門來的寶財，掩飾著狼狽的臉色、怒氣沖沖地看著罔市。

「眞是給我惹麻煩，不要來這裡。」

「嗯，但是我有事──」

「有事？」

寶財眼中忽然閃過一道邪光，是要來跟我共度良宵吧──瞬間他覺得她像是自己的老婆一樣，想到以前種種，想到與罔市的一切，寶財慢慢地坐到椅子上，面有難色地浮起皺紋。

「到底有什麼事？」

「眞的要把豬抓走？」

罔市用銳利的眼光注視著寶財。

「那……那也是沒有辦法的。況且那也是應該的──」

寶財壓抑著聲調說沒什麼大不了，心中鬆了一口氣，立刻氣勢凌人。

「原來是這件事！哼，再說吧……回去！不行啦！」

他吐了一口氣，從他嘴裡冒出了白白的熱氣。在燈下顯得白茫茫朦朧的臉，用傲慢的神情盯著罔市。

「……」

罔市默默地把苦水往肚裡吞。

「你只是個不知農民疾苦的傢伙，田地歉收、繳不出米穀，這又有什麼蠅頭小利，你非抓走那兩頭豬不可嗎？難道你連一點同情心都沒有嗎？」

說完，罔市又恢復沉默，胸中憤恨地瞪著他的臉。現在，被這老傢伙騙了，又失去了糧食，心中的不甘全湧了上來。

「你也不願意這樣吧？哼，再這樣，就要把田地收回來囉。」寶財輕薄地笑著。

「眞的要收回？」

寶財想起了長久以來的約定，罔市憤恨地顫抖著聲音，怨恨塡滿胸中。

「活該！知道了吧！回去！」

寶財愛理不理地站了起來，正要走出門去，輕笑的嘴臉浮了上來。刹那間，罔市憤怒地抬起頭，立刻回復了原來的知覺。

「畜生——」

圓椅被打翻，砰地一聲摔在地上。搖晃的燈光下，傳來陣陣女人憤恨的叫聲，罔市漲紅的臉滴下了淚。

「本來說好要給我們一條生路的，如今……」

罔市隨著淒厲的哭聲，抓住寶財。她把寶財的心摸得一清二楚，她知道一切都完了。她歇斯底里地從寶財十九年前的醜行罵了起來。此後不會再這樣苟且偷安了。

「唉呀……」

寶財既要躲著這瘋狂的女人的攻擊，又要防著她的嘴巴。但是罔市死命地咬著他的手，又抓臉，又抓胸，不停地尖叫著。

「說謊、說謊——說要給他生路的……。」

十九年來的鬱悶，如崩潰的堤防，一下子，所有的憎惡，所有的淒愴，全從嘴巴發洩了出來。罔市再也沒有跟地主作這種交易的心思了。

寶財房裡一片凌亂，一對男女打成一團，她瘋了似的雜亂的頭髮，消失在外面漆黑的陰霾中。

●

盛夏的天空，晴朗如洗，青青的溶合著透明的藍，田圃盡是金色的陽光，竹林高高聳立著。連一絲風也沒有。暑熱一天比一天難熬，這種天氣使得人直冒汗，頭嗡嗡作響。

大水吞沒後的田園被烈陽蒸曬得乾裂，大地龜裂地像地圖一般。

就這樣，農人整理完被水浸透的屋子後，緊跟著就荷起了鋤，拖著疲累的眼神，在田埂裡工作。煩人的，並不是暑熱的問題，大家都對水害議論紛紛。

小土堆上修補好的道路，水色的汽車，嗚嗚地鳴著警笛奔馳而過。老松背著太陽喘著氣，茫然地站在已是一片荒涼的田裡，修補著慘不忍睹的田埂，專心地補救災後的損害，他滴著汗，茫然地默不作聲。

在對面的旱田，木生在割除雜草藤蔓，不時地抬著頭瞧父親。

「阿爸，我想去上學——」

他鼓起勇氣說出來，用袖子擦著汗，用幾乎要哭出來的聲調哀求著。忽然，老松對他咆哮了起來。

「混蛋——」

木生馬上閉嘴。再大的勇氣也已經被挫光了。但是——在小孩子心中，到學校去比起在田裡工作，不知道有多快樂。這樣連續在田裡工作了兩、三天，無緣無故沒去學校，老師不知道會怎麼想，實在很無奈——

「阿爸！」

感到父親的怒氣，木生怯怯地說。

「幹什麼？」

「學校的老師，好可怕。」

「混蛋！不要去學校了！工作是不能不做的。」

老松露出黃牙瞅著兒子。

忽然，從竹林那邊傳來了雞逃出來的聲音；咕咕地連續啼叫起來。木生正不服氣地要開口，忽然注意到這聲音，而且立刻變了聲調大叫。

「啊，阿爸！那個——家裡的雞，阿——」

老松馬上朝孩子指的方向望去。

「啊，畜生！」

拿著圓鍬，他變了臉色往竹林走去。木生跳過田埂在後面追——

「這畜生，爲何射我們的雞，搞什麼鬼？」

老松穿過樹林，走到這個手持空氣槍、穿著白襯衫，呆住的年輕人面前，指著死雞，大聲叫囂。

年輕人立刻膽怯地改變臉色。

「你的雞嗎？啊，是這樣啊，這可怎麼辦呢？」

他陪笑著。

老松緊握著拳頭，有一股要往他胸中搥過去的衝動。他的手不停顫抖，面紅耳赤地拿起圓鍬。

「哼，畜生，竟敢如此——」

「啊！」

年輕人臉色蒼白，向後退了二、三步。

「阿爸！等一下！那是頭家的兒子啊——」

木生抓起死雞丟到一邊，死命地抓住父親的腕。

「唉！」

老松躊躇了一下，放下圓鍬，仔細看清楚年輕人的面貌。半信半疑地眨眨眼，又搖搖頭。但是，在他眼前的年輕人——又像是一段時間沒見的某個面孔——沒錯，就是因爲放暑假從內地回來的寶財的二兒子。聽說是在內地讀中學。這不就是他嗎！

一時，所有的憤恨全都爆發了出來——兩頭小豬成爲小米的代替品被地主拿走後，唯一金錢來源的雞也被射殺了，老松像瘋了似的，但是礙於認識這個年輕人，擔心田會不會因此被收回，心中猶豫不決。

「野蠻人！虧你是受過教育的人。九十石的米穀都沒繳，殺了你一隻雞算不了什麼！怎麼樣？米就不用繳了吧——」年輕人衝著老松的弱點，火上加油，態度強硬了起來。「打呀，打看看啊！」

「唔……」

老松落寞地捉起死雞，很是心疼。

豬被捉走後已經身無分文了，那是老松晨昏辛苦照料的賺錢工具。他的家境是不得不賺錢的。有一天，老松注意到家裡的雞啊、鴨啊，不覺得雀躍不已。就這樣，他想到了賺錢的方法——從那天起，他就決心把雞鴨趕到田裡養。可是現在這已經行不通了。牠們早晚又會成爲地主兒子槍下的犧牲品，賺錢的來源是愈來愈少了。

對方雖是地主的兒子，不過是個留學生，但他什麼也不會，只會躲在棉被裡哭罷了。

「啊，今年眞是歹運——」

老松扛起圓鍬，又喃喃自語走了。淚水簌簌地落了下來。

「你眞是笨蛋。怕什麼。怕那傢伙！雞被殺了，跟他要錢啊！」

罔市在微弱的燈光下瞅著老松。

「搞什麼？頭家那傢伙？」

罔市忽然驚醒！看著老松。

「嗯，頭家就應當不在乎？不會是頭家吧？」

罔市丟下碗。那個晚上，怒罵寶財之後，對他已經厭煩至極。

「你不會常被頭家欺負吧？頭家是很重要的人。怎麼可能連打雞這種事都做得出來。他讓我們有田種，總有恩惠，我們的生活還是靠他維持，他也是滿應該尊敬的。」

最近，妻子常說地主的不是，而且常說被地主虐待，老松一直無法了解。於是他竟呆到對妻子產生了反感。

「如果反抗頭家，惡言相向，以後要怎麼生活下去呢？」

——近來，老松愈來愈擔心妻子那樣地臭罵地主，田地一定會被收回，因而有痛打妻子一頓的念頭。

「哼，他如果値得尊敬的話，爲什麼連豬都要抓走呢？」罔市咬牙切齒地說。

「笨蛋，你懂什麼。就頭家與我來說，是他給我們田種。他這樣做也是應該的——」

對於妻子的態度，老松快忍受不了了。

「哼！如果眞是那樣，你幹什麼又時常唉聲嘆氣呢？」

一被這樣說，他挺起了胸，好像很有男子氣概似地說：「那也是不得已的。我是埋怨自己的運氣不好，不是埋怨頭家啦！都是我自己歹運啊！」

他不服輸地辯著。其實，他眞的是這樣認爲。

「的確，是自己歹運。幹什麼說頭家的不是——」

瞎眼的阿茂婆也插嘴說。她一直在神桌前拜拜，從二個人剛才的談話中，她有一種不祥的預感，因此放下了合掌作揖的手，嘆了一口氣。木生和弟弟們則蹲在門口玩。

「畜生！混蛋頭家！騙子——」

突然，罔市翻臉，怒吼。以前從未忤逆過婆婆跟丈夫的她，早已淚流滿面。

「混帳！你以後不想有田種了是不是？」

正在氣頭上的老松對妻子吼了起來，然後走到床邊，躺下，呼呼地喘著氣。

「阿母，你哭了。」

最小的孩子抱著母親問。

再這樣的話——罔市頭中嗚嗚作響地想著。雖是歹運，但受到地主的欺壓是很明顯的，對於丈夫的不在意，她的心涼了半截，她氣地主花言巧語騙了她的身體，苦心養的雞也被地主的兒子惡作劇似地殺了，罔市心中於是燃起一把怒火。看到丈夫只想到頭家，罔市就覺得這些年來一直依靠著丈夫是由於自己已太膚淺愚昧了。但是輕視丈夫無能的自己，面對自己的問題，還不是束手無策地顯出自己的無能——

「罔市，出去看看啊！去哪裡了——」

阿茂婆擔心孩子跑到哪裡去玩了，從剛才就一直喊罔市。沒有回答。

「罔市、罔市。嘖！洗衣服歸洗衣服……」

阿茂婆叫了好幾次都沒有回音，正感到有點奇怪。屋裡又回復到寧靜。

「嘖！去哪裡了？雖然沒什麼，但是……罔市！」

還是沒有回音。

阿茂婆站了起來，摸索地走進房裡。

那麼小的孩子，如果去玩水，多危險啊，這可怎麼辦？

「罔市！」

阿茂婆走進另一房間，從牆壁到桌椅——她的手慢慢地移動。突然——

「啊！這是什麼——」

阿茂婆跌跌撞撞地大叫。但是，緊接著由於年紀大，她使出所有的力氣，用手摸索著，布、衣服、繩子——頭。她感到猶如冷風刺骨一般。

「啊、啊。怎麼回事啊！罔市！」

剎那間，阿茂婆面無血色地大叫。

搖搖晃晃地把罔市弄了下來。

「誰呀！誰呀！快來啊！來人啊！」

阿茂婆發瘋了似地往外頭不斷吼叫。

在田裡拔草的兩個男人跑了進來。

「啊！啊。這、這——」

其中一個男人拚命地從田裡跑了出來——

「哼，畜生。你這個混帳！狗屎！」

老松全身是泥衝了回來。一看到妻子蒼白的臉，老松呆然地憤怨地念念有詞。

家裡孩子的哭聲，整個晚上都沒有間斷。

罔市上吊的事——傳遍了整個村子，不知道是誰傳出她是被寶財遺棄才飲恨上吊的謠言。而且，令人驚訝的是，他們的關係持續了十幾年的消息也不脛而走。同時，罔市臭罵寶財那晚的事，也傳了出來。

村裡的小伙子遇到老松時便說道：

「嘿，老婆被睡了還不知道，笨蛋！」

說完，又用奇異的眼神看著他。實在可悲。當然，這些謠言是由不得他不信的。

起先，老松由妻子的日常言行推斷她上吊的原因是：由於這次的水災，使她憎恨寶財。這樣單純的理由。但是這些謠言與妻子平素的舉止又不謀而合。妻子如此憎恨地主，不只是因爲豬被捉走，他開始相信像傳言所說，妻子上吊的原因是被寶財拋棄。他因而一天比一天氣憤。

「畜生！蕩婦！該死。即使還活著，我也會把你宰了！」

老松緊握拳頭微微顫抖著。

「頭家就頭家！畜生！」

若把這事揭發出來，寶財一定會報復，姦夫——去告訴派出所的大人吧。

但是，現在的糧食也是得來不易。人死了就算了吧！妻子都已經死了，現在再提也不能復生，反而惹來地主的怨恨，一定會把田收回去的。靜下來想一想，太衝動的話，實在划不來。即使不高興，也不得不裝傻。

孩子哭著叫「阿母——」，老松漲紅了臉，青筋全浮上來怒吼。

「混帳！你阿母死了活該。就是沒死，我也會殺了她——」

而他哭泣的心也絞痛著。老松拉著正在哭叫的孩子的手，在自己手中輕拍著——

「老松瘋了吧！那麼老實的人，變得這麼粗暴……」

左鄰右舍的農人看到這些可憐的孩子總是於心不忍地議論著。因此，都就近來幫助他。

●

雨仍然一滴不下，天氣一天比一天炎熱了。農民們望著天空嘆息。

一天黃昏——一位跟罔市情同姊妹的幼時玩伴，現在已經四十多歲的住在同村的女人來了。照理說，她聽到罔市的死訊應該立刻就來的，爲什麼到現在才來呢。

進到屋裡，女人抱起最小的孩子，眼淚掉了下來。她向阿茂婆說：

「罔市眞的是可悲啊！」

阿茂婆一副年老遲鈍的樣子道：

「那個女人，就這樣丟下孩子，苦的是我啊！」

阿茂婆睜著瞎了的眼睛：

「死了活該！那個女人。」

回到家的老松，閉口不說話。已對罔市恨之入骨的老松，只會埋怨罔市。

女人靜靜地望著外面，長長嘆了一口氣。

「嗯，但你也不希望罔市死吧。我也沒想到會變成這樣——」

女人說道。然後，深深地看著老松，又低下頭。突然又想到什麼似地抬起了頭，向裡面示意一下，便一個人走了進去。

「嗯，老松。說句難聽的話……」

走到裡面的水缸邊，女人忽然轉過身來面向老松。

老松默默地注視著女人的臉。

「其實，聽罔市所說，」女人看著水缸中自己模糊的影子，語重心長地接著說：

「罔市跟寶財的關係，是無中生有的吧。」

老松彷彿忽然被打了一個耳光，緊蹙眉頭，心中被掀起了一陣悸動，一字不漏地聽著女人的話。

女人的話簡單明瞭。彷彿是罔市的遺言。她在罔市死前兩、三天聽她這樣說——因爲家裡的關係，少女時代就被迫持續這種不清白的關係，現在又被寶財欺騙，更加憤慨。她交代要找個時候，幫她向丈夫表明。

「可恨的寶財！靠著他是頭家就胡作非爲。罔市就跟被寶財殺了沒兩樣。罔市眞是苦命。

爲了家裡的生計而承受這種不幸……我實在不願罔市就這樣死啊……」

女人用手拭淚。

「嗚……」聽她說完老松憤怒地全身顫抖著。壓抑下衝動的脾氣搥打著牆，他的心像火藥爆發了。淚水從漲紅的臉上潸潸滑下來。

「寶財。畜生！」

老松突然拿起鎌刀，向外面衝了出去。

●

濕熱的風，從南方的天空吹了過來，一陣驟雨，滋潤了乾涸的田地。等待下雨已久的田圃，一片碧綠，大概是夏風吧，把作物吹起一陣陣波浪。農民們趁這時機，一窩蜂地開始種植甘藷。田裡的土地，被用鋤頭細細地挖成一粒粒黑色泥土，在驟雨後的晴空下，吸收著陽光。農民幾乎全家都出動開始工作了。

老松兩手空空地站在田埂上凝視著這一幅景象。正直的臉上忽然兩眼閃著兇光。

他把疲累的頭靠在田埂的幾束稻草上，想起了村裡一名老農的兒子——阿萬。想起了那個努力堅強，才二十三歲的阿萬。

空閒時，阿萬總是笑嘻嘻地跑來找老松聊天。

「稻子怎樣啊？老松叔。」

「還不錯。但也沒剩什麼錢，每年還是這樣的貧窮。長得這麼好，生活也不見得好轉。唉！眞令人想不通。」

老松用手擦著汗，一邊發牢騷。

「是啊，我也是一樣！但是，老松叔啊……」

「什麼事？」

「沒什麼好想不通的。這些農作都是頭家賺到。在這個世界……我們是注定要窮一輩子了。」

阿萬堆上笑容，看著老松的眼睛。

「喂。你以前說這麼窮是我們自己的事，怪不得頭家，這一點我可不能苟同。」

老松眼睛瞪得圓圓的，阿萬又說了。

「唉，你說的也不是沒有道理，但是……老松叔，想想看，這樣……怎能不埋怨呢。」

「——但是，你是對頭家不滿才說這種話。」

老松不想再跟他閒扯了。年輕人認爲老松也是這麼想，於是從鼻子輕笑著。

——去年夏天，阿萬一大早就被五、六個人綁了起來。

「啊！阿萬怎麼了？」

村裡的人瞧見了都議論紛紛。

「殺了人？搶劫？不可能——正直的阿萬。還是爲了女人？」

「不是啦。這都是大家的猜測啦。」

「可是，眞令人想不透，到底他是做了什麼壞事呢。」

農民們不解地揣測著。老松看見了則嗤之以鼻。

「嗯。因爲他說了頭家的壞話，所以頭家要大人把他抓起來。」

又是頭家做的好事——他心裡想。

現在，自己身邊發生這種事，老松已經對頭家開始產生反感了。阿萬的事、罔市的事，一口一口咬嚙著他的心。

「畜生！老是說頭家欺負……」

他單純憨直的頭腦，現在也不能再認命了。新的怨恨——在他的胸口印下了赤紅的烙印。

「啊。快看！又怎麼了！」

「是老松！老松要幹嘛——」

有人看到老松的樣子不對，大叫了起來，田裡的農民都抬起了頭。

「啊，這傢伙！」

左鄰右舍彼此討論著。

「難道是老婆被頭家殺了，發瘋了。那天還拿鐮刀要去揍寶財呢！」

「嗯，頭家終究是頭家。沒有必要這樣嘛，眞是——」

農民從老松身上移開視線，又一個勁兒地勞動著。

「唉，田每天這樣荒廢著而不去耕作，也眞是可悲。寶財每天也出不了門。」

「嘿，他可眞的是下決心要揍頭家啊。」

「對啊。快了。」

說罷，歇下手，把纏在頭上的毛巾解下來望著炙熱的太陽擦汗。

●

「喂，你是爲了田地才要殺人的吧。最近大家都在談論這件事，不是嗎？爲何要追殺頭家呢？用兩頭豬來換該繳的米，不是很划算嗎？頭家也是因爲要你償還所積欠的稅，才把豬捉走的，不是嗎？這也是天經地義的事。每年都是如此，你不知道嗎？」

「一切都是像大人所說的。唉，老松。我可一點欺負你的想法都沒有哦。因爲抓走了豬而惹來你們的不滿。難道不是這樣嗎？」

村裡派出所的巡查一副逢迎的樣子。寶財狠狠地瞪著老松。

老松臉色死白地做著田裡的活，充滿怨恨地咬緊牙根。

「即使是冷飯，你也會想吃吧。殺了分田給你的人，是太沒道理了。只要農民努力工作，頭家自然可親。你頭家是好人，你知道嗎？再胡鬧，可不會原諒你了哦。」

彷彿隆隆的雷聲在頭上作響，老松雖然儘量不去在意它，但對市井小民而言，大人吼叫的模樣，還是令人畏懼的。

畜生、畜生！畜生——心裡劇烈地跳動著，手也失去了血色地顫動起來。

「老松，照大人說的做哦。否則就把你關到拘留所去囉，大人心懷慈悲，你如果別再胡鬧，認眞地工作——」

寶財見他臉色也變了正高興自己的方法奏效了。

老松始終不與他妥協，寶財自覺危急，混帳老松——心中咒罵道，正盤算著利用他們靠地主吃飯的弱點，把老松的田地收回來……。寶財只指稱老松是因爲豬被捉走而怨恨他，至於自己跟罔市的關係則一字不提。

寶財對這件事已到狼狽的地步了。別說跟罔市曖昧的關係，那是由於一個三十歲的男人一時的獸慾，但在壓榨農民的計畫，這樣意外的發展、壓榨之後的麻煩，一向面不改色的他，也感到棘手了。把豬捉走斷了他的生路是不好，但是以他是「農村地主」的身分，而且又有兩個出去留學的兒子，生活根本沒關係，是由不得他們不繳米的。

「喂！老松，搞清楚了吧！」

寶財又諷刺地笑了起來，和派出所的大人往田間小道走去。老松顫抖地望著他們遠去。

「畜生！只會壓榨我……哼！混帳！」

愈看到寶財那件白衣服，老松愈想追上去宰了他。但是剛才大人那種若隱若現的眼神又扼止了他。

「啊！頭家就是頭家。讓我們這些人欲哭無淚……畜生！是生是死要看他的運氣了。我要去宰了他。」

老松流下了男人的眼淚，淚水濕了兩頰，茫茫然地佇立在田埂上。

●

夏天過去了——

秋天緊接著來了，但是暑氣並不稍減，太陽整日燒灼著地面，將近中秋時，出乎意料地變了天，天空有雨，三次烏雲密佈，颳起了風，下起雨來了。貧寒家庭的茅草屋頂也被風不留情地掀了起來。村裡的公告欄已經貼了好幾次的颱風通知了。

被損壞的地方又重新修復了。

但是農民們並不把那放在眼裡，只管觀察天空，從豐富的經驗中預測天氣。正高興將會下雨。

「欸！會下雨，不用擔心水的問題了。」

「下雨吧！」

正當大家在煩惱缺水灌溉時，姍姍來遲的雨水終於落了下來，大家都喜孜孜地談著雨水。

但是，多變的天氣，一、兩天後又轉晴了，中秋時分，早已一片和煦，村裡的年輕人望著天，鬆了一口氣，隔壁村出現了台灣地方戲。

中秋十五晚上，在村裡有熱鬧的拜拜。

穿著漂亮的姑娘們到鎮上購買祭品，旁邊的小伙子跟在屁股後面。

家裡除了老頭子之外，大家都到土地公廟去了，鞭炮聲噼啪作響，大家東南西北聊著，偶爾可以聽見到鎮上去的小伙子的笑聲。

「嘿！年輕眞好，難得到土地公廟來上香，天還不會滅了我們這些人。」說道，痛苦地往草上吐了一口口水，互相看著對方的臉。

好像蓋上冰的夜空上，掛著圓圓的明月，從竹林、相思樹，到甘蔗田、旱田，全撒了白光，流暢的胡弓聲飄浮在空中。夜裡的寒氣，令人感到冬天的腳步近了。

老松並沒有加入這個盛會，月光亮晃晃地照著他走在保甲路路上的身影，兒子木生一大早就去看戲，到現在還沒回來。他放不下心而出來找。兩手疊放在後面，從近乎白色的路上看起來，腳好像並沒有向前移動似的，偶然，會有一些雜念浮沉在腦海裡，他搖搖頭，把它甩到一邊，長長的頭髮、衣服和領巾，雜亂地垂下來，怎麼看都像個夜行的乞丐。忽然動搖了罵兒子的念頭，來到甘蔗田時，前面有車子走過泥土路的聲音，突然劃破了沉寂的夜，老松忽然醒覺地瞪著前方，這是汽車停在路上的聲音。

皎潔的明月撒下了月光，從汽車那裡傳來了三、四個男女下車的談話聲，隨著車子再度發動的聲音，又傳來了他們的笑聲，看到他們朝保甲路這邊走來。

「欸！」老松瞪大眼睛，這聲音好熟悉，在月光下，看到的身影好面熟，好像盤算好了什麼，老松躲進路旁的甘蔗田裡——

「欸？那個——」一個年輕女人的聲音戛然而止。

「怎麼了？」

是寶財的聲音，他從暗處瞧見寶財慌張地叫。

「啊！啊！老松。」連忙拿出懷中的電燈對著老松。

「幹什麼啊！你！」寶財一看是老松，火氣升了上來。但是他正在怒罵的眼光被老松銳利的眼光擋了起來。

——在這種地方……!?

剎那間，寶財彷彿有種不祥的預感，臉色大變，心中慌了起來。於是換了語氣。

「……嚇了我一跳呢！老松。」

「眞是像鬼一樣，那種樣子對人……」女人厭惡地對著老松說。

「啊！啊！早點回家吧！」寶財催促女人，好像急著逃走似地打算離開，這時候，默不作聲的老松，忽然一聲吼叫，劃破了夜空。

「畜、畜生！欺詐我們——去死！」

竹棒在月光下閃著白光，往寶財的腦袋飛了過去。寶財發出了痛苦的呻吟倒了下去。

「那個——欸！殺人了！」女人哭叫了起來，老松像被鬼脅迫似地退了幾步。

「畜生，看到了吧！」

老松腦海一片混亂站在那裡，望著倒下的寶財，這一瞬間，所有的怨恨都煙消雲散了，他的心中愉快地叫著，握棒子的手顫抖了起來。把棒子丟到甘蔗田裡。

「呼！呼……」

老松喘著氣，罔市開朗的笑容彷彿在眼前若隱若現，不久，迷迷糊糊中他聽到了人們的叫聲，腳步聲，一直逼近。

一九三四年秋天書寫

原載一九三五年五月《台灣文藝》二卷五號

婚約奇譚

車站已經亮起了燈。當春木買好月台票進入月台時，旅客們正在月台上漫步，等待列車的到來。在燈光下，被清楚描繪出有張蒼白臉龐的酒樓女人，四、五人聚在一塊，偶爾瞥一眼軌道，寂寞地交談的情景，立刻映入眼簾。「你們……是社會的殘渣。」春木衝動地說出。滿臉憂鬱地把視線挪開。穿著洋裝的少女、日本服裝的內地男人，一個個打扮入時的男女淺笑抽著香菸，以輕蔑的眼光看著好像是廣東人、尖叫喧嚷的老太婆。

火車站的搬運工人好像在叫嚷什麼似地奔走月台間。春木坐在長凳上，眺望著透過車站可以看到的市內電燈閃爍的情景。邊思索琴琴爲何突然要來C市，爲她編織出各種理由。到底發生什麼事了……

收到琴琴的來信，就是在這天早上。「……事出突然。我要搭午後六時四十八分到達C市的列車到C市，請到車站接我……」信上的字句令春木驚異萬分。或許她離家出走了。瞬間春木的腦海閃過這個念頭。已和故鄉的青年（春木的朋友）訂婚，現在正忙著準備婚事的她，爲何離開未婚夫與家人，單身來到人生地不熟的C市……雖然他往這方面去猜想，卻覺得她應該不會有離家出走的必要吧?!春木絞盡腦汁，以她目前的處境來說，怎麼樣也想不出會有什麼非得如此的理由。與未婚夫明和訂婚，也是在相親後才決定的。兩人情投意合，而且琴琴不是個見異思遷的女人，不會事到如今才說不要的。她甚至可說是個非常熱情、很有個性的女性。——照這麼說來，她應該不會離家出走。到底發生什麼事了?……

月台完全籠罩在燈光中，燦爛奪目。人們在其中孤單地飄浮著。

六點五十五分，列車黝黑的車體滑入車站內。春木趕忙從長凳上站起來，下車的乘客雜沓湧出，他從容不迫地想從人群中找出琴琴的身影。任憑他望穿秋水，下車的人群中始終不見琴琴。春木感到些許的失望。再度努力睜大瞳孔，動也不動地原地佇立。春木的眼光移到樓梯，或許她已經先走一步，現在就在樓上。於是下定決心，跟在距離兩、三步的人潮後面，正想追趕上去時，突然後面傳來爽朗的女人聲。

「春木!」

春木的胸口怦怦跳，回頭一望，就在現在開動的列車後尾之月台上，提著皮箱的琴琴展開笑靨。

「啊!」

春木不由得露出笑臉，急忙向她跑去。琴琴馬上點點頭。

「到底還是讓你先找到我啊!」

春木說完接過琴琴的皮箱，與她並肩走上樓梯。

「是啊！我已下定決心。如果你不來接我，那可糟糕了。」

琴琴微笑地點頭，很認眞地說出。

「哈……。對不起！因爲一時不留神……你一定很累了吧？」

「是啊！自從那次分別後可好？」

「還是老樣子……孤獨的薪水階級者啊。故鄉的鄉親們都平安吧？」

「是啊！」

「明和君後來如何啊？在理論方面應該相當有研究吧？」

「……」

不知道什麼緣故，一聽到明和這個名字，琴琴原本微笑的嘴角突然緊閉，默默不語。目睹此一情景，「哈哈啊！一提到未婚夫就羞得說不出一句話啊！」不禁苦笑想揶揄她一兩句。瞬間，他發覺事情不是這樣。注意一看，琴琴蹙眉，顯然是憎惡的表情。春木頗覺不可思議。過了一會兒，琴琴一個字一個字吐出似地說。

「太差勁了。他是人面獸。」

「咦？」春木吃驚地凝視著女人。

走出月台，琴琴默默地走著。天已全黑，柏油街道的兩側，夜市紛紛上場。擴聲器中傳出唱片聲，三層樓松竹沙龍的霓虹燈特別醒目。

「到底怎麼回事？結婚之際，正忙著準備的你，突然一個人拎個皮箱出來，我實在無法理解啊……」

途中，心裡始終掛記著，於是春木以平心靜氣的口吻詢問。

「請不要問我原因。」

琴琴以顫抖的聲音拒絕回答。

「說是既然已經訂婚，就強迫女性要準備結婚，而且要履行結婚的義務，這都是男子獨裁的布爾喬亞思想，不是嗎？我在結婚之際出來旅行，也不是什麼不可思議的事啊。」

「言之有理。不過，照目前的情形看來，以一般常識來說，任何人都會覺得不可思議的。」

春木還想繼續說下去，琴琴覺得不耐煩似地站了起來。「把你叫來車站，是因爲有件事要拜託你……」

「你知道瓊芳的家吧？請帶我去她家，好嗎？我要拜託你的就是這件事。」

爲了要去瓊芳家，想請春木當嚮導，所以把他叫來車站。

「我知道啊！不過，你難得來一趟，先到我住的地方看一下如何？」

兩人再度並肩，穿過一條又一條的夜街。春木在××人壽保險公司當書記，因此向若竹町一戶人家租了二樓一個房間。帶如此年輕的女人進單身男人的房間，雖然覺得有點不自在，但因爲不是布爾喬亞的頹廢式浪漫氣氛，單純只是同志關係，所以邀她到住的地方來看看。

房東一家人正好在吃晚餐。主婦看到琴琴的模樣，直盯著她瞧，然後露出曖昧的笑容，問春木：「是誰啊？」她似乎認爲春木帶女人來家享樂的。

「不，是鄉里的朋友。」

春木如此回答，然後拜託主婦十二歲的三子幫忙訂晚餐。

「好安靜，眞是個好住處。」

春木領先爬上樓梯，琴琴隨其後，略有所感地說。

「是啊！這裡已經是市郊了。」

取下鑰匙進入裡面，春木請琴琴坐只有一隻腳的籐椅。在這樣的一個房間裡安定下來，不知道爲什麼心情變得很平靜。琴琴很稀奇似地環視春木這間狹隘、雜亂的房間。

「從那次以後，你一直都很用功吧。」

「是啊！有空的時候大概都關在這裡面。」

「太棒了。像我在家就忙得團團轉。還是一個人比較好。」

琴琴似乎對這種住宿生活懷著幻想式的憧憬。她不停地述說對家庭生活的不滿，認爲還是住宿生活較好。

春木邊聽邊點頭，然後開窗，隨手整理散落滿地的書籍。接著拿出茶杯唏哩嘩啦地要準備泡茶。突然又停止手的動作，說是想吃冰。他慌慌張張地跑下樓。

隔了一會兒，他端著冰上來。

「因爲還是單身，充其量只能如此。」

春木笑著說。琴琴把籐椅拉靠近唯一的一張桌子，拿起湯匙。

「你是男人。不能過份要求。」

「家裡應該要有個老婆啊！」

雖然是開玩笑地說著，但在兩人面對面吃冰時，春木的內心也還在留意琴琴的動靜。她就這樣出來，的確是個問號。而琴琴也不想提起。到底發生什麼事了？春木又再思索這個問題。

吃完冰，兩人面對面坐了一會兒，湯麵就送來了。春木嚷著「好燙！好燙！」，然後擺到兩人的前面。

「肚子相當餓了吧？」

「是啊！今天早上八點離家後，就一直沒有吃什麼東西。中途換車只有……」

「那麼，琴琴！爲何要這樣辛苦地突然出來？」

「我嘛！離家出走啊！」

看準這個時機，春木性急地換個話題詢問。琴琴這才打破隔閡，苦笑地說：

「咦？」

「是逃出來的。」

「到底又是爲了什麼緣故？爲了什麼……」

「是退婚的主動行動啊！」

「那麼，要與明和君解除婚約嗎？」

「是的。」

「爲什麼?突然……」

「那傢伙眞差勁。他是沒有階級觀念的機會主義者,一派布爾喬亞的淫棍!」

「什、什麼?明和君……」

這時春木再度吃驚地看著琴琴的臉。

「是的。毅然決然與他解除婚約。」

琴琴擦完嘴後,輕輕地擱下衛生筷,以嚴肅的表情娓娓道出。

——琴琴有未婚夫,是在一年前,也就是在她十七歲的夏天。

那時,她是所謂的馬克斯女孩,經常出入於曾啓蒙春木思想的國棟家。在他們那個團體中,由於有不讓鬚眉的熱情與尖銳的意見,因此男人們相當看好她的前途。「台灣女性……」是琴琴的口頭禪。「不更自覺是不行的。首先,身爲知識份子的女性,卻只能一心一意當個布爾喬亞新娘,未免可笑至極。眞正的女性解放……不是……這時候是不可能的。」然後與國棟及春木展開辯論。那時,她說要貫徹自己的初志,奮戰到底。她的雄辯、熱烈的口吻,以及堅強的意志,經常令男人們咋舌,不禁懷疑她只是個公學校六年畢業的年輕台灣女性嗎?

琴琴家與春木家雖然同樣在T街內,但由於相隔一大段距離,出門需花半小時。當時,春木猶在商業學校就讀,平常不會遇見,只有休假回家時才會見面。不過,兩人大致都是在鬧街開雜貨店的國棟家碰頭討論意見。琴琴出生時是個家道中落的三女。儘管有聰明的頭腦,還是無法到高等女學校就讀。公學校一畢業，就被監禁在家裡。從那時起，她深以爲苦的就是談論婚事。尤其慕她的美貌與理智而登門求婚者不勝枚舉。但因琴琴有自己的信念，總是嘲笑與唾棄他們，根本不屑一顧。「什麼嘛！只不過是個布爾喬亞的紈袴子弟，什麼東西——」斷然拒絕求婚。

因而憤怒的是琴琴的父親。在父親的眼中看來，這麼多的有錢人家向只是公學校畢業的女兒提親，該是多麼幸福的事。甚至認爲一定是自己的好運到來。爲了挽救沒落的家計，正絞盡腦汁想跟有財勢人家攀親，讓女兒釣個金龜婿，幫助他達成願望。基於這個理由，父親對琴琴發揮了日常對子女的暴君作風、力逼無論如何都要抓住這個大好的機會。

「這實在太過份了。這種父親……。不過，我要奮戰到底給他看。啐！眞是可惱可恨啊！我對社會早已看透了，怎可輕易就犧牲了一生……」那時琴琴給春木的信，經常表達這樣的意念。由於也不曾思考過結婚或戀愛問題，春木不知道該說些什麼才好，只是回信要她更有理性、與封建奮戰到底。心深處暗暗爲琴琴的堅強感動不已。國棟也經常會捎來有關琴琴的詳細消息。遑論父親，連她的兄長也出馬抓住琴琴。自從接到那次通信後，春木才知道事情非同小可，內心焦慮不知道該如何是好。

這年的暑假一來臨，春木急忙回鄉，最先就飛奔到國棟家。

「喂！琴琴的事演變如何了？」

春木稍微氣喘吁吁一下子，一進門就急忙打聽琴琴的事。

「一切塵埃皆已落定。」國棟苦笑著說。「被父親與兄長監禁了一個禮拜。說是為了家，如果不答應，就再監禁一個月，甚至一年。無計可施之餘，聽說已經答應了。」

「太草率了。」

經他這麼一說，春木才恍然大悟。原來最近與她的通信中斷，就是因為這個緣故啊……

「那麼，已經訂婚了嗎？」

「這個嘛，情況不明。……」

「應該知道對方是誰吧？」

「是啊！這次的，對了！就是和你同年級的李明和。不過，不知道是否已經訂婚了……」

春木頓覺心情滑落到谷底。而且心情為之振盪不已。「李明和……」念念有詞，驚訝萬分。

「那個傢伙……」又換個話題。「是那個傢伙……真是矛盾。」

叫李明和的男人與春木在公學校時代同年級。是街上最有錢的人家的兒子呀！到內地待了兩年後回來，整天無所事事。現在是街上青年團數一數二的棒球選手，尤其以沉溺於酒和咖啡特別有名。琴琴怎麼能為這種男人犧牲呢？當然，明和迷戀琴琴的美貌是不難想像的。不過，一想到單在肉體方面，琴琴得任憑這種男人蹂躪，春木就宛如己事憤慨不已。不是出於嫉妒。強迫琴琴非得做放蕩子的妻子是不合理的事。至少……春木的內心悲觀地呼喊。至少該是個在社會上能稍微覺醒且進步的青年。

回鄉後已過了一個多星期，春木始終無法見到琴琴。儘管想更具體知道真相，為她盡點心力，卻只能徘徊在她家的周圍望穿秋水，過著毫無意義的日子。——七月下旬的某日早晨，春木正在微暗的房裡讀書時，嘩啦嘩啦的木屐聲從外頭漸漸傳近，一位頭戴鴨舌帽身穿捲袖襯衫的青年走進來。慌慌張張把課本藏起來後仔細一瞧，原來是李明和。討厭的傢伙。春木不由得皺眉燃起無名火。

明和一副毫不知情的模樣，一進來就拍了春木的肩膀。「喲！」他說。「好久不見了。你身體這麼健康，眞是可賀可喜啊。」

聽他這麼一說，「你到底想幹什麼?」春木露出認眞、似乎下定決心的表情，臉龐微微發熱。

「啊！你才是……」

不知道什麼理由，春木只是目瞪口呆地望著他。於是明和不客氣地坐在春木邀他坐的椅子上。然後下定決心、憤慨萬分似地說。

「春木君。你可以幫我一個忙吧?」

「到底是什麼事?」

「我已經覺醒了。你的事我知道。所以才來找你。」

「說看看?」春木不安似地說。

「你是左傾——不，這麼說是不對的。是對人性的眞實已有所醒悟。而且，爲了……立志要爲世界……好好奮鬥一番。」

春木以失去血色略帶蒼白的臉睨視著明和。然後冷不防故意做作大笑。「哈！哈！哈！你說這些蠢話，眞令人傷腦筋啊。」

「不——」明和越發平靜地說。「請放心！我不是奸細啊！我說過有事要求你。」

明和吃力似地把椅子更挨近春木的面前。接著，他說自己已嘗盡歡樂，深感其中空洞、虛妄。覺得該認眞思考生活問題，在現實中一步也不可飄浮，今後自己也要研究……，所以請求春木指導。聽著聽著，春木逐漸以驚愕的眼光凝視對方。變了，這種男人……。這可以說是社會變動的必然現象吧。

仔細一瞧，明和以比剛才更認眞的表情看著春木。眼神中似乎充分表達出他的心情。

「明和君！」極端幼稚的春木被感動得叫出來。「讓我好好告訴你。老實說，在今天以前，我爲你的生活感到可悲。不過，這樣很好。因爲你已經完全覺醒……。好好地表現一番吧！」

春木站起來，緊握住明和的手。兩人互相談論對長久以來社會的信念。當明和拿了兩本×××，說要回家研究而歸去後，春木一下子高興之餘，心胸悸動無法自抑，不停在昏暗的室內踱步。

至於與琴琴的婚事，就在明和告辭時，春木以開玩笑的口吻詢問。明和有點害臊，說是已登門提親，但尙未訂婚。而且也不知道琴琴被監禁的事。果眞是事實的話，也與自己無關。一定是她父親爲了他們家財而昏了頭才強迫她的。他很有自信地附加上這麼一段話。春木這才覺得已知道眞相，爲自己以往貿然斷定，就盲目辱罵明和的行爲，羞愧不已。他覺得琴琴不是爲像明和這般的放蕩子犧牲，而是爲與社會逆流作戰，想力爭上游的父親犧牲。

然後過了兩個星期。從國棟的口中，春木得知琴琴已與明和相過親，因情投意合而訂婚。這是個確實的消息。不過，有別於以往，「這樣很好！這樣很好！」春木的內心很滿意地吶喊。現在已重新踏出一步的明和，非常適合做琴琴的丈夫。而且不會變成放蕩子的玩具妻子，再好也不過了。於是他鬆了一口氣。

「是啊！不過，明和畢竟是年輕人，我想有時受感情支配會凌駕理性的。說他是不是意志不堅的機會主義者，這麼快就下評斷，未免太早吧。」

春木如此說，稍微仰望正興奮說著的琴琴。然後低下視線，陷入沉思中。明和君應該不會沉溺而使本心墮落。那天自動自發來的明和君……春木強烈相信明和，心中否定一切的邪念。依據琴琴的說法，明和與她訂婚後，態度一百八十度大轉變，遑論做理論上的研究，對琴琴施以所有的橫暴行爲。如果眞的……應該不能出現這種態度。琴琴極力主張已被那種人面獸欺騙，憤慨不已。不過，春木還是將明和的態度解釋成純粹是感情所作祟，不久後會與理論上的研究配合修正的。

「我想大家都會變成這樣的。因爲是第一次，這麼快就認爲他是騎牆派，未免過於武斷啊。」

「不對。我已經完全將他看透了。說是非得這樣那樣的……，這是應該採取的態度嗎？

簡直把人當傻瓜看待嘛。」

琴琴敏銳地看準男人，一字一句憎惡似地吐出來，一副很有自信的模樣。

「不過……」

面對琴琴如此強硬的口吻，春木不知道該如何說明才好。只要求琴琴要以更冷靜的態度來思考明和的事。「更加詳細調查後，再下決定也不遲啊？」

「已經徹底看透他，沒有這個必要了……」

「這樣太幼稚了啦。這種想法……」

「是嗎？那你的不是機會主義者嗎？」

琴琴聳聳肩膀，笑著挖苦他。下面的街道響起好像是賣藥商人尖銳的銅鑼聲。市內公車的噪音、人潮的吵嘈聲，聲聲入耳。春木苦笑地直盯著琴琴的臉龐。過了一會兒。

「嗯，那傢伙……。那麼，琴琴！現在你突然出現，今後可有什麼打算？」

「能有什麼打算？工作啊。」

突然想起什麼似的，琴琴抬起手看了一下手錶。已經八點了。她想應該要告辭了。於是從籐椅上站起來，瞥了一眼不知不覺中放下筷子而抱著胳膊的春木，然後展開笑顏。

「應該要告辭了。」

「時間還早嘛！再多待一會兒。」

春木伸手指向窗外。暗黑的夜空中，稀疏的星光閃爍，眼簾映出在燈光下明亮耀眼的夜街櫥比鱗次的屋頂。

「不過，太晚去瓊芳家不好吧。」

「是嗎？那麼，該出門了。」

春木說著站了起來。

第三天的早上，春木收到國棟的一封長信。

……事情一發不可收拾了。就是琴琴離家出走的事。我想琴琴恐怕會去你那兒。誠如我以前說過的。我所指不可收拾的事，就是發覺琴琴的脫逃使得她父親與未婚夫明和君被激怒了，滿眼都是血絲，說是要拜託警察幫忙。我極力勸他們避免走上這一途。如果出動警察，對琴琴的前途或瓊芳都極端不利。今天早上，琴琴的父親和未婚夫直接去C市了。說是要去抓她。當然，他們兩人都不知道琴琴現在是在何處的誰家。你如果遇見他們兩人，要說不知道噢。爲了琴琴……事實上，情況糟糕透頂。明和那傢伙。你稍後也會知道的……

字裡行間大概流露出這樣的意思。讀著讀著，春木覺得頭上重重地挨了一拳。這眞的是糟糕透頂，使他坐立難安。它可是琴琴的人生一大事。明和到底是怎麼一回事？如今，不論是琴琴所說的話，或是國棟的來信，對明和都是一個問號，使春木的心更加迷惘。

這天一下班，春木就火速步行拜訪利國町的瓊芳家。

瓊芳與她丈夫都是××協會的成員，是個非常活躍的女性。當××來到T街時，曾在國棟家與春木和琴琴等人認識。由於她心思縝密、爲人溫柔，所以琴琴寄居她家。

瓊芳剛巧在家。正在院子飼養鴨子。一看到走進來的春木，略見蒼老幾分的臉龐露出笑靨。

「有空了嗎？」

「是啊。」

兩人一走進房間，琴琴從中間房間穿著木屐走出來。來瓊芳家後，她似乎已經習慣了，舉手投足宛如在自己的家裡。把帶著的書籍放在膝上坐下來，在臉龐上淡淡撲了脂粉，然後詢問他的來意。

「有何貴事？」

「大事不妙了。」

春木在坐下的同時說出驚人之語。琴琴越發平靜，冷冷地說聲「是嗎？」，然後回頭看了一眼身旁的瓊芳，不由得露出微笑。

「發生什麼事了？」

瓊芳探出上半身詢問。

「聽說琴琴的父親與明和君快來到這裡了。說是找到琴琴就要把她抓回去……」

「哼！這些傢伙！隨便他們嘶喊好了。我又不是玩偶。」琴琴嘲笑著說。

「嗯，那個叫明和的人很不像話吧？聽琴琴說的。」

瓊芳邊說邊打開熱水瓶的栓子，然後注入熱水。好像在思索什麼似地說：「春木！你被明和這個人矇騙了。我認爲他的心眼尚未覺醒，他還是個放蕩子。」

「這個嘛！我也不清楚。事實上，現在聽到這種情形，我也覺得很吃驚啊。那個男人曾經自動自發到我家借書。眞是奇怪。不過，琴琴也是經過相親後才訂婚的。我想最好還是要再三思啊。」

「什麼相親嘛，簡直亂搞一通。」琴琴輪流看著春木和瓊芳說。「你弄錯了。如果我們結婚要靠相親之類決定的話，那就天下大亂了。我深深如此覺得。」

「那麼，琴琴！爲何要求要與明和相親呢？」

春木想起琴琴向父親要求要與明和相親後才訂婚的情形，不禁覺得有點矛盾。

「那也是沒有辦法的事啊。我絲毫沒有要結婚的意思。但家父把我監禁一個禮拜，說是還不願意的話，就再監禁一年。既然如此，我就提出要相親。反正，我想如果要訂婚，至少也要是某些思想能一致的男人。」

琴琴不停擺弄膝上的書籍邊說明。

「是啊。總之，琴琴答應父親的，不是與明和那個男人的婚姻，單單只是婚姻而已。如果不是思想投合的男人，她就會拒絕的。」

好像什麼都聽懂似的，瓊芳把冒煙的茶杯端到兩人面前，然後插嘴說。

「就是這樣啊。我之所以與明和訂婚，也是因爲相親時，明和相當瞭解馬克斯主義。對於我所提出的問題，都能對答如流。因此，我想既然這樣的話……不過，現在回想起來，他那時說的全是謊言。」

「嗯，照這麼說來，越發覺得不可思議。如此瞭解理論的明和君，之所以表現那種態度，我認爲不是墮落，而是年輕的緣故。」

不管怎麼說，春木苦於理解。外頭晴空萬里。糖廠的煙囪看似在附近，煤煙迎風搖曳，不時瀰漫整個室內。偶爾傳來運甘蔗五分車的噪音。春木邊凝視著外頭，邊思索到底是怎麼一回事。

「我嘛！決心參加護士的考試噢。」

好像想到什麼，琴琴突然改變話題，興高采烈地說。

春木辭別瓊芳家大約是在一小時後。

走在街道上，明和的事令他納悶不已，又擔心琴琴今後的生活。不過她自己想辦法自力更生，想起勇氣百倍想找工作的琴琴的模樣，不禁露出微笑，一顆懸著的心總算能放下。走在街上非常燠熱，背部的汗水沾濕襯衫，令人有不快之感。想喝一杯冰涼的東西，於是走進冰店清涼亭。

穿過布簾，坐下來叫東西時，聽到他的聲音，對面角落桌的男人站了起來。

「啊！」

後面。

突然拍打春木的肩膀。春木若無其事地回頭，不禁大吃一驚。男人李明和愁眉不展站在

「啊！是你……」春木以意外的眼神仰望對方。明和冷冷地說。

「正好！」鬆了一口氣似地說：「我正想找你。」

「有什麼貴事嗎？」

瞬間，春木感覺到是爲了琴琴的事，他故意佯裝不知地詢問。

「一起出去後，我有話要和你好好談談。」

明和回到自己的座位。

吃完冰後，兩人並肩走去公園。凝視著明和領帶下胸部的急促呼吸，以及雙手插入口袋的動作，春木覺得有點緊張。進入公園以前，在受奇妙感情隔離的支配下，兩人沒有什麼交談。公園內人影稀少，只有看到服裝華麗的酒樓女人三三兩兩在樹林間若隱若現。

「怎麼樣啊？之後應該繼續相當有研究吧？」

在不自然的冗長沉默後，春木打算先一探虛實，於是開口詢問。結果明和不解似地皺眉。

「研究？」他說。突然想到，然後很難受地說：「與我無關。那種空論……」

如此大膽的表態，春木忽然有種覺醒的心情。心湖顫動不已，不禁大喊：「咦？你怎麼了？是……的研究啊。」

「哼！」明和嗤之以鼻。

兩人坐在池畔的長椅上。

「春木君！請告訴我實話。」

一坐下來，明和突然改變口吻，瞪著春木的側臉。「琴琴前天逃到你那裡吧？」

「什麼？琴琴？」

春木誇張地露出大吃一驚的表情。他想這時候正好可以試探明和的眞面目。

「她爲何要逃跑呢？」

「不，春木君。請告訴我實話，不要裝蒜……。琴琴應該逃到你這裡。」

「不，我不知道啊！你是不是在說夢話啊？」

「應該不會這樣。她應該確實是逃到你這裡。」

明和看入對方的眼睛想追究下去，臉上宛如充血。反之，春木益發平靜地答腔。

「爲什麼？」

「琴琴和你是同色，不是嗎？是×吧？所以，她應該會和你在一起。」

聽他這麼一說，春木慌慌張張打斷他的話。

「等一下。以這種想法來看，不只是我而已。你不也是同色嗎？同樣都在研究……」

「我不同。馬克斯主義連狗都不理。」

「那麼，你不是曾經來我這裡借書嗎？」

「是借過。你以爲我要研究它嗎？事到如今，不妨跟你說實話……」明和的呼吸急促。

「我是爲了與琴琴的相親能夠成功，所以借你的書來得到知識。因而能巧妙回答琴琴提出的問題。現在我並不這麼認爲……」

「是嗎？」

春木悲憤異常。由於自己的信念被背叛之怒火，使他滿臉通紅，以充血的眼睛凝視明和。那個暑假某日的明和與今日簡直有天壤之別。明和的臉上非但不嚴肅，有的只是譏笑與憎惡。

「原來是個詭計啊。」

春木忿忿地站著。已經沒有必要再和這個男人繼續說下去。一切都已真相大白。這個男人自稱有階級意識，原來全是一派胡言。爲了當個與琴琴的思想契合的男人、使相親成功，亦即欺瞞琴琴的要求，他才去讀馬克斯。春木心想，這種男人在訂婚後採取這樣的態度，也絕非偶然。

「你打算把琴琴藏起來嗎？」

之後，明和發出顫抖的聲音，連續拍打他的肩膀。

「哼！就算我知道，也不會告訴像你這種人面獸。」

春木稍微回過頭，憎惡地說。

「是嗎？那我就要拜託警察囉。你很有嫌疑。和琴琴抱持相同主義的你，教唆她離家出走吧。總之，你們很可疑。」

「……」

無法忍受之餘，春木離開現場。明和似乎從背後追跑一兩步。春木一副悉聽尊便的態度。這個傢伙。他想在這個社會上這種男人何其多啊。這種男人一旦……就會……吧。另一方面，他為自己幼稚到被這種男人利用而感到羞恥。因此，他不禁佩服琴琴這麼快就看穿這個男人的慧眼。他以紛亂的心情離開公園。

原載一九三五年七月《台灣文藝》二卷七號

前途手記

——某一個小小的記錄

淑眉拿了椅子在床坐下。等林蓋上棉被，然後，靜靜地開了口。

「我說，親愛的。」

林默不作聲，她於是把手放在棉被上搖著。

「請求？」

「嗯。」

林笑容洋溢地看著她的目光，把手放在棉被上，睜大了眼。女人於是把身體靠在男人身上。

「到底什麼事？」

「我從很久以前就想求你了，但是，嗯，說了沒關係吧？」

「不知道。」

林不耐煩地說，想要翻身。淑眉慌張地按住林。

「哎呀，討厭啦。你不聽不行啦……」這樣撒嬌般地說了。

「所以囉，要說就說嘛。」

林再次看她的臉。淑眉微微笑了笑後，把椅子拉靠近點，對林附耳低語。

「我想要一個養子好不好？」

林轉了個身以背相向，打了一個大哈欠後把棉被拉到頭上，然後令人討厭地，好像故意地打起呼來。淑眉的眼裡突然浮起淚水。感覺到自己的可憐相。

「算了。你不想管我的事。」

淑眉想起那件事。那是和林之間反覆地如演戲般地生活。淑眉想：這個拜倒在自己石榴裙下而經常泡在咖啡廳或自己住的公寓，然後才把自己納爲妾的丈夫，難道已不關心自己了嗎？因而感到既生氣又寂寞。原先約定好要登記一甲步的登記，但入戶籍嫁過來已經兩年了，卻一直連要去登記的苗頭也沒有。不，已經知道那是謊言了。這樣下去的話，將會被拋棄，一定會再次置已老去的自己於陰暗的最底層吧。自己僅僅只是妾而已，一毛錢也拿不到，將會如一片樹葉般地漂流而去吧。但是，那忍受得下嗎？那忍受得下嗎。好不容易才掙到這個地位，可不想做個愚蠢的女人。

臉。

把手放在膝上輕噓了一口氣。仔細地看著受著透過玻璃窗的早晨的亮光而睡著的林的睡

「喂。」這麼說地搖著床。

「喂。我想要小孩嘛。」

「生一個不就好了嗎。」林張開眼。「不是嗎？」

「但是……」

「怎麼了。」

「討厭啦。可是我——嘻嘻嘻。喂，喂？」淑眉害羞地縮著肩膀笑著。

「是石女嗎？」林笑出來了。

「討厭。認眞一點說嘛。給我領養個養子，好不好嘛。」

林不發一語地起床。一邊刷牙，不久就大聲斥責地說。

「混帳。兒子不是已經有三個了嗎。」

「那又不是我的小孩。」

「我的小孩不就是你的小孩嗎？」

「你都沒有在聽人家說些什麼嘛。我是妾，家裡的財產又沾不上，這不是讓人瞧不起嗎。

而且那個老太婆……」淑眉把太太罵作老太婆。

林默默地走了出去。那樣子看起來好像是說再考慮看看。淑眉一動也不動地靠在床上，凝視著站在陽台的林的背影。思索著假若林死了自己又能依靠誰呢。

「你不想領養別人的小孩的心情我非常了解。但是，連你還在時我都被當成討厭鬼，假如你不在了那又會變成怎麼樣了呢。沒有可依靠的兒子，又不能工作了，難不成眞要我當乞丐……」

雖然是讓林能聽到般地說了，但想要說的話至此已變含糊了。她於是咬住顫抖的嘴唇，把頭趴在右肘上。

結局都是一樣的。林每次來過夜，不論是睡覺時或是起床時都是同樣的。林最後只是像個老人似地冷淡地說。她痛切地覺得有丈夫是既困難又麻煩的事。

林剛去商行，淑眉就穿著柔軟的竹皮草屐於庭園漫步。庭院是日本式的庭園，她渡過石橋眺望著茂密的榕樹松樹，慢慢地享受著。紅色的牡丹綻放著，薔薇的花瓣隨著輕柔的風散落著。在水泥牆外散佈著蒼綠和明眸般的田圃風光。覺得那些是很美的事物。接著仍舊感覺寂寞孤獨的氣氛包圍在自己的四周。她想起在山中小屋的生活種種，然後又環視著庭園輕聲地哭泣著。她欲抬起曾經患過梅毒的雙腳卻感到無力。

突然，她覺得大太太正在這個洋房的某個窗邊注視著自己。淑眉覺得那個像毒蛇般地瞪視的大太太的眼神很可怕。但是，她爲了掩飾自己的態度而越發慢慢地漫步著。好像假如這樣做就是自己給予自己勝利了。

她和大太太的不和，當林不在家時更加地露骨了。有著二十歲和十七歲的兩個兒子是大太太的有利條件。

「喏，那個賣淫女啊。是想著我們家的財產。你們若不振作點就會變成乞丐喲。」大太太讓淑眉能聽得到地這樣對兒子說。

「哎呀，你在說什麼啊。」淑眉僅是乞憐般地說了。「明明我也是家裡的一員，但是大家卻聯合起來……」

隨著被大太太說出心意，她越發決定一定要用某種手法強從林那兒得到財產。不管是用說的或用手的，自己一定會輸。因爲自己說不出不合道理的、不誠實的話。也做不出下流的樣子來。

淑眉含著淚水來到庭園，緊緊抓著樹枝，淚水不斷地掉落下來。桂花綻放著芬芳的香味，薔薇卻仍隨風四處飄零。

淑眉從和林在一起的生活中漸漸地失去了活力。也不曾再對林說要領養個孩子。她的眼神陰鬱著。林絕不曾斥罵一個晚上不說一句話或呆呆地佇立在窗邊的她。林默默地睡覺默默地起床。一和她的視線相遇便默默地微笑。淑眉也微笑著。但是什麼也不曾說過。到底爲什麼呢？她也不了解自己的心情。但，不久又想和林談談了。

「我說。不要領養小孩也可以對不對。」她對林這麼說。

「想通了？」

「嗯。是想通了。」

「不是死心了吧？因爲我不答應……」林開玩笑地說了。淑眉於是膝行靠近林，在林的耳邊說。

「不是啦。我說，畢竟還是親生的小孩好對不對？」

「你要生嗎。」

「要生啊。我覺得自己能生啊。能生可愛的寶寶啊。我夢見過吔。好不好。」

自出生以來淑眉首次去看婦產科。她變得很認眞。

「親愛的。醫生說不用動剖腹手術只要住院三個星期就能生小孩了。說是子宮的位置不正。」

「那麼，你要去住院嗎？」

「當然要啊。你不想要小孩嗎？」

「生吧。」林笑了。

淑眉住院三個星期後回來，突然就變開朗了。感覺到對於林的激烈的愛情。一看到林的臉越發慶幸自己也能生小孩了。首先一定要平穩地養神。一定要使懷孕率提高。她按著醫生說的話，一起床便在庭園的林蔭間散步。慢慢地不使勁地輕輕地走著。

她笑容洋溢地眼光眺望著綠葉和紅花。因爲想起自己曾在這裡不知不覺地哭了的事而笑了出來。眞是笨女人啊！她對曾經哭過的自己這麼說。然後用手撫摸著好像就要綻放的花苞獨自地笑著。

「要生寶寶了喲。」這麼地嘟囔著。她徹底地變得像個母親。能用充滿勝利的眼光回看大太太了。因爲覺得大太太好像一直看著自己的肚子而感到很高興。假如現在生了小孩我就不會變成乞丐而能得到財產了。她想要讓大太太清楚地了解這種狀況。因此她特別地只在大太太面前很使勁地挺大肚子走給她看。

經過半年左右，林覺得淑眉大概眞的懷孕了吧。但是，看她的肚子又沒有懷孕的樣子，可是看她白天走路時肚子又很大。

「已經要生了嗎？」某夜，林問著。

「不知道啊。」淑眉看起來好像寂寞地笑著。

一見那樣，林也就不想再問了，但不知不覺。

「還沒嗎？」用眼這麼說了。

「不知道……」

「嘿，還眞困難啊。」

「你好冷淡啊。想要嘲笑我對不對。好啊。」

但那之後，淑眉的肚子一直都沒有變大。一直都是同樣的大小。剪短的頭髮隨風擺弄，淑眉從二樓的窗口呆呆地望著被塗在田圃的發著白光的水。或是數著在玻璃窗上走著的螞蟻有幾隻。她的開朗轉向哀愁，只是肚子依然挺得大大地從大太太面前通過。白天則儘可能地躲著林，不和他做正面接觸。林於是停住腳步用搜尋般地目光望著她。從那之後數一數也已經過七個月了。在一樓窗邊的花壇上曾經火紅地開放的塔露亞也因枯萎而凋謝了。

二樓的走廊因被暗綠色窗簾封閉著而隱藏著暗影。在外面是熱上加熱的陽光強烈地照射在水泥和榕樹葉上。淑眉慢慢地用手摸著窗簾一邊漫步著。也許是因不可思議的緣故。又或者是因爲不安或好奇的緣故吧。林叫住她。

「喂。等一下。」

旋轉把手進入屋內，把門關上。

「好像沒精神的樣子噢?」

「我覺得很煩悶。」

「爲什麼?」

「不知道啊。胸口悶悶的想吐。」

「孕吐?」林無聲地笑了。淑眉寂寞地笑笑後想要走開。林充滿感情般地抓住她的手腕。

「已經幾個月了？」

她慌張地拂開在肚子上糾纏著的男人的手，想要逃開。嘴唇微微發顫而臉色蒼白。林覺得接受著丈夫的愛撫而幸福著的妻子不知何故好像厭煩的樣子。當他從淑眉的肚子裡取出一塊摺疊得非常仔細的布時不禁黯然了。

低著頭，默默地走近窗邊望著盛午的田圃。那刺眼的田圃在一瞬間被濃霧包圍而遮住了視線。

「淑眉。你，你眞的那麼想生啊？」林站在她的面前把手搭在她的肩上。

淑眉靜靜地背向他，把額頭抵在冷凍的牆上，肩膀顫抖地哭泣著。

在田圃裡嫩苗同時地舞動著。下著密佈的細雨也降起濃霧。庭園裡的榕樹葉也低垂著。淑眉把臉頰貼在二樓的玻璃窗上，望著四周地想著爲何是這樣可厭、鬱悶的生活呢。白色而朦朧的霧迅速地包圍著她的心。雨勢變大而敲著窗戶……。除了偶爾對林發些牢騷以外，沒有任何一樣事物可給予她力量。無論吃什麼也嚥不下。她的心情漸漸地哀愁下去。於是藉著斥罵下女使焦躁的心情緩和下來。

在報紙上報導中央山脈降雪已達四尺以上的那個寒冷的日子，淑眉臥病不起。醫生來了說，可能是心臟衰弱，另外又伴隨著歇斯底里的發作。林只是默默地在她的枕邊站著，注視著而已。現在是農民的她的老母親來探病了。是隔了三年未見的會面。

「媽。」一看見母親的臉，淑眉就浮起淚水抱怨林平時不讓母親來。土包子老母親環視了寬廣的洋房而目瞪口呆著。

「媽。我還是沒變成人家的妻子。」

「在說些什麼？你是幸福的人喲。」

「媽。不是。不是啊。我還是在那狹小的房間歌著、飲著、笑著那樣較幸福啊。然後沉淪至死那樣較好啊。眞的。媽。」

她哭泣著。她不是悲傷著現在的生活，而是考慮到作爲人妻老了以後的將來而悲傷著。但是老母親還是呆呆地環視著奶油色的牆壁，思索著在這夢般的房子中女兒在悲傷些什麼呢。接著，淑眉邊喘著氣邊拂退棉被發狂般地大叫。

「只有我，別的女人都會生小孩，爲什麼只有我不會生小孩呢？媽。怎麼回事呢？你能了解嗎？」

老母親吃了一驚拭去她的淚水。不久，淑眉靜靜地落入睡鄉中。

住了兩天後老母親回去了。淑眉含著淚水凝視著母親的背影。

但是那年的晚春來時，她又笑起自己的悲嘆來了。嘲笑自己爲了不必要的事而苦惱著。那是下起小雨的晚上。她做了個夢。正在庭園散步時，突然下腹疼痛就要分娩了。慌慌張張地跑出庭園，一邊大叫著就是現在要生寶寶了，要生寶寶了，一邊在床上仰面倒下。就那樣地覺得一口氣越來越遠了。又拚命地一直大叫。不久，注意到既沒有產婆來，也沒有任何一個人來。但陣痛已過去了。她支起半身看生下來的嬰兒，但卻愣住了。那不是哇哇地哭著的胖娃娃，而是留著麥稈般的細長白髮的一寸法師，正在靠墊上到處舞著，但一看到母親的臉，便裝成可怕的樣子飛撲過來。她倉皇地拚命地飛奔出房間……。然後醒過來。

「還好！」

她凝視著粉紅色的燈罩而鬆了口氣。全身汗流浹背。翻個身橫躺，忽然感覺到在隔壁下女房激烈的男人喘息聲。她忘了死怖的噩夢，瞪大了眼睛。再也無法入睡。

她來到點著十燭光的走廊，靠在牆上用力叉開搖搖晃晃的雙腳站穩。雨吧嗒吧嗒地像小石子般地敲打著窗子後消失掉。雞已鳴叫了。

「總覺得很害怕吔。」不久女人的聲音響起。

「嗯。不論是誰剛開始都是這麼覺得的啦。」男人說了。那是林和下女。淑眉寧可微笑地一動也不動地偷聽。

「但是，對太太不好意思啊。」

「有什麼關係呢。只要你願意的話就把你收做第三。」

「但是……」

然後一片靜悄悄。不久聽得到女人的抽泣聲。

「假如我生了小孩那怎麼辦呢。」

「只能當作是我的孩子囉。」

「不會拋棄我吧？會不會、會不會。」

「什——麼。」

「覺得好像會那樣嘛。」

「不會有那樣的事啦。」

淑眉離開了那裡。雨好像更強地敲打著窗子。她什麼都不想去想。把身體投到床上，就那樣地落入睡夢中。

下女阿珠的顴骨漸漸地變高了的樣子。胸部鼓起處因欠缺緊張而突然下垂著。那年夏天來時，她常常停住腳步喘著氣。一邊靠在窗邊呆呆地望著搖著手杖走出去的林的姿態，一邊朦朧地探尋幸福的幻想。淑眉一直徹底地監視著阿珠的肚子。好像自己變成了下女般地窺視著她的睡姿，並偷看她入浴時的裸體。她認眞地考慮著到底懷孕了嗎？想要從下女的肚子的狀態找出是自己生理上的缺陷或是林生理上的缺陷。

「怎麼樣？阿珠。喜歡酸的東西嗎？」

「啊，不來了。我不知道！」

「呵呵呵。我知道喲。討厭嗎？肚子沒有起皺紋嗎？」

淑眉同情般地笑著滿臉通紅而低下頭的下女。

「但是。你因爲是女孩兒所以不知道，林即使看起來那樣，但在四、五年前曾患過嚴重的梅毒，所以假如沒有懷孕的話，我想也不是你的錯。但是呢。做人家的妾，假如沒有孩子是會很可憐的喲。」

就像我這樣，淑眉想要這樣說，但還是咬著嘴唇低下頭。

淑眉從下女的肚子確定生理上的缺陷在於林。患不孕症的不是自己。她自信自己一定能生小孩。她每次看到林的臉就這麼安慰自己。

是那樣的時候的事。因暑假從內地的××學院回家省親的林的外甥來訪留宿的某夜，淑眉估計著睡熟了而來到外甥的寢室……。那是因爲淑眉黑暗的半生所以特別熟知涉世未深的男孩的心理。只不過是單單爲了……的緣故，而利用外甥，但外甥任叔母擺佈，茫然失措於年紀較長的女人的誘惑。當然林是不會知道那樣的事，對淑眉冷淡的態度也不曾留意。那是絕對秘密的事。這件事會進入家人的耳中是在淑眉死後，因外甥偶爾的追述往事而得知。據說，那時候林只是看著外甥的臉喘著氣而已。不久，第二年時淑眉不知怎麼了又再次死乞百賴地向林要求要個養子，但林還是不答應，她突然變得很有信心地每天去佛寺。至此，除了神可以借助外，再也沒有別的方法了。一想到實際的嘗試結果全部都失敗了，所以不曾停止只相信自己的肚子的可能性。春去夏來，突然她不僅祈禱而已，還更進一步地把從廟裡帶回來的草根或香灰讓下女煮了來喝。說是可以避免災難而把用墨汁寫的神符燒了來喝。

「如果太過份身體會搞壞喲。」

「沒那樣的事。是佛祖的保佑。」

「嗯。看著吧。那當中眞能成佛呢。」

「好嘛。反正我是薄命的女人嘛。」

「爲什麼。」

「你不喜歡我生小孩對不對。好了啦，已經聽太多了。」

林看著在旁邊嗚咽著的她苦笑著。擔心她頻頻地想生小孩不會是因精神性的疾病吧。

果不出所料，那年年末淑眉的肚子有了變化。從肚臍的四周突然隆起來。她直覺地感到是懷孕了。但是因爲沒經驗，所以去問一些老太婆，但都說是異常。老太婆一問說假如懷孕的話在看得到的肚子以前應該會……怎麼樣有沒有，但她都搖頭。

「親愛的。我覺得是懷孕了，但都被說是異常吔。」

某夜，淑眉看起來很高興地對林說。

「哦，你自己不放心啊？」

「詳細的情形我也不知道。但相信神明應不會錯。」

「那，去看醫生好了。」

讓醫生診察後，說並不是懷孕而是胃癌。你看，都是因喝了草根和香灰的緣故，林這麼責備她。

她立刻住院，在第三天的早晨動了剖腹手術。持續地昏睡了兩週，但一醒過來精神性的病又發作起來了。因爲那樣，手術的結果惡化了，醫生說假如不保持絕對的安靜，就會有危險。林因想讓淑眉安靜而百般地安慰她，但她一看見林的臉就像瘋女般地在床上大喊大叫胡說些任性的話。每次都氣喘喘地臉色蒼白，全身冒冷汗而痛苦著。

「喂。淑眉。病要好就要聽醫生說的。」

「我怎麼能死呢？怎麼能死呢？我還沒生小孩。啊，我會變成乞丐婆。還沒生小孩。」

她用力地亂抓頭髮，顯得很苦悶的樣子。然而林寂寞地笑著。依她的要求派人往鄉下去請她的老母親。

這樣的狀態持續了一週以上，林不知怎麼了也幾乎看不見人了。

土包子老母親的來訪是五天之後的事了。說是田裡的活兒很忙。淑眉默默地注視著頭髮已經白了的老母親提心弔膽的表情，但不久就把頭轉向醫院的窗外。窗外是一片蒼綠的草坪。穿著白衣的醫生和護士正在激烈地練習著棒球。楓樹的落葉隨風翻飛地落到他們的頭上。

「媽！」

老母親浮著淚水把臉摩擦著女兒的側臉。

「媽。我會死嗎？」

「淑眉呀。不要說那種事喲。」老母親嘆了口氣。

「但是我連呼吸的力量都沒有了啊。還有……」淑眉想要把手搭在母親的肩上，但又無力地掉落般地放下。她突然哭起來。「還有光做些將要死的夢啊。」

「你是擔心過度了。護士小姐，淑眉看起來胖胖地又很健康的樣子對不對。」

護士討人喜歡地洞察老母親的心意地對淑眉說。

「嗯。眞的喲。醫生也說手術已經結束了，再一個星期左右就可以出院了。」

「我說，淑眉呀。聽到了吧。你放心吧。你是媽媽唯一的女兒，所以你要振作治好病啊。」

老母親用粗糙多皺的大拇指擦拭著眼角，不久，看著平穩地睡著了的女兒蒼白的臉，不知何故抽噎不停。她想起了不能過一般女人的生活的女兒的半生。從十四歲做藝妓就被男人的手玩弄，做女侍又日日夜夜忙碌地把身體弄壞地工作過來。女兒想到那些出嫁的姑娘們大概悲傷過吧。覺得女兒爲了生活不能快樂地遊玩，以只有一個人寂寞的生活方式作爲對自己的孝行而忍耐著。

第二天黃昏，醫院的電燈投射滿屋子的光時，淑眉突然痛苦起來。她用激烈痛苦又細如游絲的聲音，咬緊牙一直叫著肚子、肚子。醫生來了，說是腹膜炎發作。賣豆腐的搖鈴聲沿著醫院的牆壁漸行漸遠，在可以聽到因降霧寒冷的空氣而發抖的職員或病人們的力量充沛的收音機體操加油聲的拂曉，淑眉的臉浮在從醫院的窗子照射進來的晨光裡，頭髮亂亂地，靜靜地死了。護士一見那樣就慢慢地打開門出去了。在枕邊只有老母親一人哭泣著。老母親撫摸著女兒已死去的臉，想著寂寞的沒有朋友的女兒的一生，連死的時候一個哭的人都沒有，就這樣被拋棄地寂寞地死，她於是就受不了地抓著女兒的衣領哇地痛哭失聲。

聽到這裡我站了起來。新搬到我隔壁的農人婆婆一講到那兒就用衣襬掩鼻哭泣著。我雜然地想到那個女兒的一生和她寂寞的死以及作爲有錢人家的妾的悲哀，不禁滲出淚水來。走出門口，剛好兩隻燕子從屋簷的鳥巢飛出，在田野上飛來飛去。

原載一九三六年五月《台灣新文學》一卷四號

女人的命運

1

雙美開始覺得陣痛大概是在十二點左右。湊巧那夜在同窗友人的邀約下，去國際館看電影，十點多離開那裡，一時興起，來到雙美工作的熱風舞廳時，已將近十二點，一個月中大概只有一夜回到家，今夜去雙美家更加覺得爲難，原本認爲今夜應該不會分娩，於是安心睡覺，結果卻被敲門聲吵醒，白瑞奇確定那時是十二點左右。

請起來！請起來！激烈敲著玻璃門的人是雙美隔壁的佣人。瑞奇在二樓睡覺，當家人說永樂町派人來呼喊時，心裡噗通噗通跳個不停，迷迷糊糊跑下樓梯奔到雙美家時，已經聽到嬰兒的哭泣聲。

雙美的母親一看到他就咧嘴笑說：

「是女兒噢！」

「怎樣了？平安嗎？」瑞奇氣喘喘地說。

「嗯！產婆一來立刻就生了。是個白胖胖的嬰兒噢。呵……」

瑞奇按捺不住，奔到雙美的房間，捧著她蒼白的臉龐，輕聲地懇求，雙美！你要饒恕我！嗯！

「對不起！我不在家。」

「沒有關係啊。」

雙美閉著眼睛，抿著嘴微笑。瑞奇有種不安，以喜極而泣的心情用力抱緊雙美接吻，一思及這個女人生了自己的小孩，愛意越深。於是讓她枕著自己的胳膊，爲她蓋被，並以臉頰廝磨那失去美麗的臉頰，就宛如母親的愛撫。雙美睜開眼睜微微一笑。是女的噢！說著就將腋下的肉塊給男的看。「跟你很像？」

第一眼看到自己的小孩，欣喜若狂。很像。像。那耳朵、嘴巴……。或許是因爲在自己充滿喜悅的眼裡，不一樣的東西也會看成相似的吧。但是，現在他相信了，再看看滿心雀躍的雙美時，想使她更快樂的安慰心態油然而生。

「很像哩。」他說。「也和你很像噢。」

「我？是嗎？」

看到雙美在笑，他說，你瞧這張嘴，說著就用食指碰一下嬰兒的小嘴，然後也碰一下雙美的嘴唇，再一次說，嗯！像。

「你做媽媽了。雙美！」

「哦！那麼你呢？」

瑞奇突然抱緊雙美，在她的耳邊輕聲說：

「爸爸。」說完，兩人放聲笑了起來。

不久，雙美一臉嚴肅地問：

「要取什麼名字呢？」

因她深切關懷而感到有滿腔摯熱愛情的瑞奇，開玩笑說由母親先命名時，雙美卻撒嬌說不要。

「嗯，討厭！我是跟你說眞的嘛！」

結果，兩人商量一週後，決定爲嬰兒取名「麗鴿」。

2

麗鴿五歲了。也就是說瑞奇與雙美已經同居六年了。雙美依然在熱風舞廳當舞女。瑞奇因爲被茶行解雇而靠女人供養。伴舞的薪水必須扶養一家四口，所以生活過得極拮据。可是雙美一點也沒有責備因失業而遊手好閒的瑞奇。她並沒有因瑞奇受自己供養而發牢騷，反而以更銘心的愛來愛撫瑞奇。

「嗯，閒居在家也沒有關係啊。因爲我要工作，麗鴿就要拜託你了。」

黑夜來臨了，雙美說完話就離開家門，而瑞奇就在家裡陪麗鴿玩耍。他並不認爲自己閒居而由女人來供養是件可恥事。如果是在五年前，他一定會跪在她的膝前謝罪。可是，如今他卻因失業而覺無聊，這也是無可奈何的事。

以女人的立場來說，她不是處女出身的太太，而且已習慣於切實塵世的飄泊。瑞奇遊手好閒，偶爾還要給他零用錢，這種一分錢也不能浪費的生活一定很清苦。可是，他們之間有著深厚的愛情與誓言。這也可以說是她與瑞奇心靈緊緊結合的關鍵。儘管過著夜生活，她對早日成爲正式的太太，有個家庭卻存著無限的憧憬。因此，無論如何，她期望與連孩子也爲他生的瑞奇能有個圓滿的結局。

她十七歲時喪父，爲了家庭生活，在大稻埕當藝旦，她在內心深處卻早已悄悄描繪出，早點找到合適的男人，成立家庭，供養母親的情景。因此，當白瑞奇出現時，她認爲這個男人能達到理想，就全心全意付出超越職業意識的刻骨銘心的愛。當時，白瑞奇剛從高等商業學校畢業，剛在茶行工作，是個純潔、溫順、皮膚白皙的青年，無怪乎雙美爲他傾心，何況他又有前途無量的地位，以及五十圓的月薪，因此深獲母親的歡心。母親暗暗竊喜，應該可以過著幸福的生活了。

當瑞奇來時，雙美的雙手就環抱他的頭部，向他表示自己的貞淑，嗯！從那天起我就一直閉房等你到來呢。

「只要能跟你在一起，哪裡我都願意去。我已經厭倦藝旦的生活了。」

事實上，瑞奇亦深深愛上她這種純情、天眞的模樣。

開始同居時，他爲新的煩惱而痛苦不已。雖說沒有必要拿錢給家裡，但他明白家人反對他娶藝旦爲妻。如要拋棄雙美，卻又難忍椎心之苦。一想到要失去對自己純情到已喪失理智的她時，內心就痛苦萬分。每夜留宿雙美的房裡，接受她的愛撫時，想到與她分離的悲哀就使他潸然落淚。看到這種情景，雙美就淚眼汪汪地飛撲到他的身邊，喘息地說，怎麼了？怎麼了？生病了嗎？

「不是啦。」瑞奇搖搖頭。

「你說嘛！你說嘛！」

「沒事啦！」

「討厭，討厭！我會擔心嘛！如果是生病，我情願代替你。」

瑞奇非常感激她的愛情而擁抱著她，並且決心一輩子再也不要分離。雙美！嗯！不要分離，他聲音哽咽，淚流滿面。

「當然囉。分離的話，我會死的。」

雙美的臉埋在他的胸上，泣不成聲。

自從兩人立誓要成爲一生的伴侶後，雙美想在家庭方面獨占瑞奇，於是辭去藝旦的工作，改作熱風舞廳的舞女。生下小孩也是在當舞女不到五個月後。

3

看到瑞奇隨時都帶著憂鬱的臉，雙美開始害怕兩人充滿幸福的生活，是否會因他的失業而遭到破壞。因爲自己現在擁有一份工作，同時經驗過失業是常事而就業卻很困難的現實，所以對男人的心深表同情，懷抱著必須要安慰他的愛。

「嗯，在家裡遊玩也不打緊啊。再怎麼擔心也是於事無補啊。我會認眞工作，請安心地遊玩。」她好好地鼓勵男人一番。每次都強忍住快從眼角溢出的淚水。

瑞奇非常了解女人的心。在此之前，連自己的薪水也併在一起就能富裕度日的生活已驟變。眼見她的洋裝越來越陳舊，瑞奇認爲女人從平凡的家庭生活中迷失了自我，當初他曾考慮過，與其讓女人這麼辛苦，倒不如帶她回自己的家。再三考慮，又怕把不顧家人反對而同居的女人帶回家，反而徒使她受到家人的虐待，結果依然一籌莫展。在沒有找到什麼好職業前，除了讓她供養，再也沒有什麼好法子了。於是他抱持著這種想法度日。

「雙美！能不能向在舞廳熟識的男人詢問，是否有適合我的職業？因爲有相當能力的實業家，似乎會經常來跳舞。只要問熟識的那個男人即可。」

某天深夜，當雙美從舞廳歸來時，瑞奇睡不著，輕聲地說。雙美正在脫下洋裝，聽他這麼一說，倏地滿臉悲淒，急奔到他的旁邊。討厭！你在說什麼嘛？她說。又要說要在家玩耍嗎？瑞奇感覺得到女人的關懷，也了解她的愛，但他不忍雙美懷著那種僞裝的心態工作，於是下定決心，還是要早點有份工作。

「雙美。我很感謝你的心意。但是，我還是想要有份職業。舞廳的熟客沒有能夠幫忙的嗎？」

「你在說什麼嘛？」

「不，我說的是眞話。熟識的實業家……」

雙美突然站起來，強忍住淚水。突然撲向床鋪，臉趴在棉被上，肩膀顫抖，放聲哭出來。瑞奇說「熟客」，這字眼諷刺地刺痛她的心。她之所以悲傷，是預感男人突然誤解自己，恐會帶來女人的不幸。如果男人眞的如此誤解，倒不如辭去那份工作。但是，男人失業了，如果辭掉工作，會導致生活無著落，或許男人就會離自己而去。進退維谷，內心越發覺得悲傷。太過份了！太過份了！雙美悲不可抑，邊說邊哭。

「喂！喂！怎麼了？突然……」瑞奇呆然若失，從床鋪上走下來，握著女人的手，勉強擠出笑容，輕哄著她。這樣不是很可笑嗎？你看衣服都縐成一團了。

「我覺得很窩心！」雙美溫順地嘆口氣。

「什麼？也不知道是怎麼一回事，你就突然哭了出來。」

一會兒，雙美被男人抱起來，她邊拭淚邊埋怨地說。

「你挖苦我啊。」

瑞奇突然皺眉問爲什麼，她說：你認爲我有熟識的客人嘛。

「說熟識的客人不對嗎？」瑞奇覺得女人很愛鑽牛角尖，有點黯然神傷。

「這就是挖苦啊！諷刺啊！」雙美使性子說。「我是屬於你的，你卻不明白。你認爲我是那種壞女人嗎？」

「什麼跟什麼嘛！你想過頭了。」瑞奇愣了一愣，儘管過著這種生活，但將全部的愛都傾注自己的身上，因芝麻小事就嫉妒的女人的眞摯愛情，令他感動莫名。他讓雙美坐在床鋪上，辯解說她想過頭了，話中並沒有這種含意。

「在工作上應該有經常碰面的人吧。我只是指這種人啊。」

「你眞的是這麼想嗎？」雙美又再固執起來。突然緊緊擁抱著他，面帶微笑。

「原諒我吧。閒居在家也沒有關係啊。讓我來養你。我隨便亂哭，請原諒我。要是和你分離的話，我會死的。」

不知這是超越撒嬌、異性間因眞正愛情而由衷說出的話，還是因一時興起，興奮之餘的戲言。總之，雙美認爲如果眞的與他分手，自己一定活不下去。她想早點結束這種生活，做個有家庭的妻子，瑞奇是她獻盡身、心、淚水以及所有一切的最初男人、戀人。希望他能早點變成自己名正言順的丈夫，超越金錢，繼續愛他，也包含嫉妒。自己這種做法很愚蠢嗎？忽然腦海中浮現舞廳的舞女朋友眞砂子的影子。眞砂子責罵雙美是個傻瓜。

「你是個新手。一切都是錢啊！只要有錢，無所不能。這不就是我們的職業嗎？不要被同一個男人束縛住，只要周旋於有錢的男人間。」

是啊！自己是個傻瓜。雙美責罵自己。有人出巨額的錢要買自己的心與肉體，自己卻為了一個沒有錢的男人，婉拒了一切的要求。不僅愛上那個沒有錢的男人，為他生小孩，還供養他，為他嫉妒而哭泣。這種做法可說是為那個男人豎立起貞節坊。自己還是很愚蠢吧。現在他又起嫉妒之心，自己為了與他維持圓滿的家庭而哭泣、而嘆息。——到底自己做了什麼蠢事呢？

從那時起，她發現自己雖然克服了所有的障礙，卻依然被對男人的愛束縛住。她找到以男人為壁，在其下安居自己的心，也找到流在男人血液中的自己的心。自己是古代的女人。如果沒有瑞奇的話，自己感受不到生存的意義。

4

瑞奇在市街到處閒逛時偶然遇見好友春樂，被他說動去當「生命保險拉保人」。於是急奔回永樂町，一打開門，立刻就愉快地呼喊著雙美！雙美！

「喂。我也要工作了。」

說著說著，跳入房內。看到雙美在哭泣，於是憂鬱地張開腳步，來到她的後面。雙美抱著麗鴿坐在窗邊。當看到瑞奇進入室內時，就拭掉淚水，急忙站起來回頭對著他，爸爸，爸爸，手中的麗鴿在母親看到父親，高興地拍著手。

「什麼事這麼高興啊？」雙美微笑地說。「有什麼事嗎？」

男人正在脫衣服，她擔心男人的憂鬱會加深，便沒有理由地道歉，我又哭了。對不起！由於率直使然，她的心情稍微舒暢了。但是，坐在椅子上，把麗鴿接過來抱的他卻有點怯弱，輕聲地說：

「看你愁眉不展的，有什麼事不能解決嗎？還是因爲生病，醫藥費負擔過重呢？」

雙美突然停止手的動作，以強壓制自己情緒的語調說：

「對不起！」

「也不是因爲那種事。」

「那麼……」把衣服摺疊好後，雙美挨近男人。

「剛才你叫我，有什麼事嗎？」

瑞奇說，喂、喂，把麗鴿遞過去，凝視她的臉龐。女人勉強擠出笑容，但依然流下淚來。他把椅子挪近她的身旁，把腳勾在女人的腳上，感受到要好好安慰她的責任。

「雙美！你又悲傷了？」

雙美的母親死去剛過完頭七。今天，春風薰人，從窗口遠眺，櫛比鱗次的屋頂靜靜地籠罩在淡淡的薄霧中，遙遠的淡水河看似一片煙霧。雙美在窗邊支著手肘，緬懷突然死去的母親，不知不覺淚濕滿襟。現在，與母親的死別意味著與瑞奇的生活更加密切，自己一切都要仰賴他了。母親活著時，思念男人的心靈某處還有母親的存在；所以覺得無拘無束，因爲她有兩面牆可支撐的強力感覺，有時候對待男人很任性。母親常常幫他們調解糾紛，也訓誡瑞奇，有時可彌補她心靈不足的地方。他們兩人年輕的生活可說是由母親緊緊地結合在一起。但是，母親已經不在人世了。如果又與男人起爭執時，該當如何呢？她頓覺悲哀，惟恐兩人的生活會起危機，她決心從今以後不再任性，自己完全隸屬於那個男人。萬端愁緒湧心頭，腦海裡悲哀地浮現著母親的身影。

另外一個原因是，母親的病未能充分治療就與世長辭，每次想起此事，不禁淚流滿面。雖然明知是因生活貧困之故，非人力可挽回。但母親發病未滿兩週就寂寞死去，總覺得是自己親手殺死了她。

東湊西挪，好不容易借足了錢，爲母親辦完葬禮的翌日清晨，瑞奇一睜開惺忪的雙眼就以平靜的口吻向她道歉。

「一切都是我的錯。」

咕咚！梳子掉到地上。雙美回頭看著男人。

「怎麼了？」她驚愕地說。

「啊！只要有錢，就能無所不能。如果我有薪水的話，阿母就不會死了。」他說。

「……」

雙美隨便把插入梳子的頭髮綁起來，輕聲地啜泣。那種事，我——她邊哭邊說，聲音哽咽，只能勉強吐出這幾個字，但內心異常高興。因爲失去母親後她才聽到男人這麼富於關懷的一番話。瑞奇雖然失去工作，他的心中還是有自己的存在吧。她爲自己不時陷入他會薄倖的冥想中而感到羞愧。今後，他們將能過著更像夫婦的生活，與他共同爲借款而煩惱吧。但是，他似乎決定今後要更加愛自己。自己依然是個幸福的人兒。她暗暗鬆了一口氣。如果不能與像他這麼善良的男人同居，今後自己將何去何從呢？即使這只是想法而已，她覺得也應該把它藏到黝暗的深處。

「雙美！雙美！」瑞奇抱起女人。

「哭也於事無補啊。人死不能復生。」

然後平靜地說出下面這麼一段話。

「無論如何我一定會去工作。借的錢也一定能還淸……」

「沒有關係啊！」她心花怒放，然後說出反對的話，向他撒撒嬌。

如此信任那個男人，或許是由於當時興奮的結果。那時與他約定，從此不再哭泣，要精神奕奕地生活。但是，當他出去找工作不在家時，喪母的孤獨感依舊襲上心頭，東擔心西憂慮，不知不覺就流下淚來——

因此，現在被他看到落淚的情景，及被詢問「又悲傷了嗎」時，雙美趕忙拭去淚水，矢口否認並道歉。

「這是理所當然的啊！雙美！」瑞奇一掃剛才的態度，溫柔地安慰她。努力試著使女人的心情愉快起來。「嗯！你應該要爲我高興，我找到工作了。」頻頻偷覷她的臉龐。

「從明天開始，我就要工作了。很遺憾不能賺大錢。」

雙美拭淚仔細聽他述說，然後微笑說。

「那也沒關係啊！不過，在家休息也沒有關係啊。只要我一人工作就可以了。」

瑞奇心想這個女人又想由自己挑起辛勞。這可說是發自深厚愛情的體恤吧。但是，在這個世上，如果沒有錢，持續過著貧困的生活，這種愛情能持續多久就不得而知了。

「雙美，謝謝你！」不覺得眼眶一熱。「可是，我們要生活啊。這是生活的必備條件。我再也不忍心讓你一個人工作。」

「沒有關係啊！沒有關係啊！」雙美面露悲淒之色。

「不，我很明白。麗鴿已經六歲了。我也想做身為父親該做的工作。而且希望能讓你不要外出辛苦工作，一直待在家裡。」

「可是——」

「不，我一定要工作。從明天開始。」

「那麼，我很高興！」

雙美突然把麗鴿抱起來，瘋狂似地在屋裡走來走去。你看！爸爸呢！好爸爸呢！拿起女兒的手拍打著。與瑞奇的眼光交接，充滿著熱情的愛，兩人相視而笑了起來。雙美心想就要告別過去的歲月，過著夢寐以求的為人妻子的生活。願望終於實現了。

5

白瑞奇當生命保險拉保人，出去工作後已經過了三個月，時節是夏天。雖說是夏天，台灣的夏天明明早上是燠熱的好天氣，午後卻大雨滂沱。因熱氣難熬，正想打赤膊時，卻傾盆大雨迎頭而來。就在這樣的一個夏日，當白瑞奇離開最近頻繁出入的頭家厝的回家途中，因被大雨淋到而立刻跳上市內公車。至於他爲何頻繁出入位於市郊的頭家厝部落，請容後再述。總之，當他拂去淋濕的衣上水珠而坐下時，意外地發現春樂就坐在自己的前方。

剎那間，他覺得有點不好意思，先打招呼說好久不見。當拉保人兩個月就放棄這份工作，其間春樂也來找過數回，但一直沒有回他消息，日子過得糊裡糊塗的，總覺得有所虧欠。

春樂把摺疊式的皮包放在膝上把玩。看到他一臉驚訝的表情，說聲「噢！」後，不停地責備最近都沒有在拉保的瑞奇。

「喂！到底是怎麼一回事？你不是說非常想要份工作。好不容易找到了，做不到一個月就想放棄了嗎？」

「不，我內心覺得很過意不去。」瑞奇笑著說。

「兩、三個月沒有拉到保險的話，你會被炒魷魚的。」

事實上我就是想被炒魷魚。瑞奇內心暗笑。有感於他的親切，瑞奇以鄭重的口吻說。

「事實上，我想辭職。」

「你已經辭職了？」春樂大吃一驚地說。

「找到好工作了吧。那也不錯。」

「不，我又遊手好閒了，因爲有某些原因。」

某些原因——春樂心想三個月前還抱著強烈希望的男人，三個月後卻如此善變。他認爲某些原因只不過是個藉口，一定是因爲找到好職業了。

不幸的是，這雖是推測，某些原因卻不是虛構的。無所事事，每天過著奢華生活的日子偶然地降臨他的身上。他的頭家厝是個相當有名望的富豪，而那位未亡人於二十四歲時與丈夫死別，帶著唯一的兒子，掌管偌大的遺產。尤其以這位未亡人出身的高等女子學校最聞名。一般人批評她很狂妄。因爲她擺出知識份子的姿態，一臉的傲慢，輕視普通的男人。「我要讓你們瞧瞧我是如何爲亡夫守貞節。」這是當別人詢問她何時再婚時的答辯。事實上，下女們偷偷洩露，她經常說：「無聊的男人很多，即使想再婚，也沒有好對象。」事實應該也是如此。她輕視普通男人學問比自己淺薄，而看上眼的男人卻不把她放在眼裡。這是一般人替她下的補述。這位未亡人的箭頭轉向白瑞奇，對他深具好感。

原本白瑞奇是不會與那位未亡人有一面之緣的。最初與她碰面是在身爲拉保人想邀她入保時。未亡人似乎對他一見鍾情。假裝有意加保兩萬圓的保險，誘他幾乎每天都與高采烈來往她家，而逐漸征服了這個男人。當男人心生動搖時，她開口說出加入生命保險是愚昧的，要白瑞奇辭去那份苦差事，每天讓這個家供養即可。然後假裝間接央請媒人求婚。

一時間白瑞奇被這個交涉嚇呆了。結婚！這個念頭不曾想過。不！應該說他認爲如果別人不知是對方向自己求婚，所以不知會如何嘲笑、蔑視以雙美爲妻的自己，這種心情使他受不了。被別人胡亂批評會很困擾的。他說。對方要求至少像熟人那樣交往。他立刻覺悟到原來對方要他當情夫。想到自己被如此蔑視，不由得怒火中燒。但在另一方面，又自鳴得意自己是美男子。因爲要被當作是情夫，必須要擁有美貌，由於自己具備那美貌，才會被對方迷戀。這麼一想，就覺得對方沒有惡意。而且，他也在不知不覺中，對那位未亡人產生興趣。證據就是他照未亡人的要求，頻頻出現在她的香閨。這是一種矛盾的心情，他覺得對雙美有罪惡感。但不知她如何來解決。最後，只好不了了之——

與春樂分手後，他直接回到永樂町。雙美坐在窗邊編織東西。他黯然神傷地想，這個女人很粗心。可憐的她不知道有個想要他的女人，正以黑手纏在他的脖子上，想要擊倒她。這個女人即將被擊倒。這完全不是夢想。這個女人又陶醉於幸福中吧。眞是可憐。瑞奇的同情念頭油然而生，爲了這個女人，他鞭策自己要堅持下去，不可被未亡人奪去了心。

雙美拿起麗鴿的手，爸！回來了！爸！回來了！笑嘻嘻地抬頭看著男人，以信賴的口吻說：

「那個二萬圓的人，已經決定了嗎？」

瑞奇窮於回答，只好說謊。

「不，還沒有。是個難以應付的傢伙。跟她做生意也很辛苦！」他不自然地笑了一笑。

「是啊！不過，還是要加油！」

「嗯！如果她買了二萬圓，我就可以賺錢了。要加油……」

兩人相視大笑。但是，瑞奇越來越笑不出來，內心極驚愕。

6

×日傍晚，請來拙宅一趟，有一點事要告訴你。當接到張萬丹氏這封封緘的書信時，瑞奇的內心越發暗澹。他覺得在緊要關頭時，他會失去理性，任憑那位未亡人宰割。既然有雙美這樣的妻子，就該把這種可笑的求婚拋諸腦後，方爲上策。但是，儘管明白這個道理，他還是想與對方見面。張萬丹氏是最初向瑞奇提起與未亡人的婚事而使瑞奇咋舌的人。張氏是個落難「秀才」，五十開外，據說是未亡人的母舅，是最好的顧問。由此可以想像，那位未亡人非常戀慕瑞奇。白瑞奇曾經在進入未亡人的府邸時，目睹張萬丹與她在竊竊私語。後來，張萬丹向他詢問是否要與未亡人結婚。因此，瑞奇覺得他已看透未亡人的心。

這天，雨從一大早就下個不停。他騙雙美說今天要去松山附近繞繞，然後就一個人在街上漫遊，一直等到傍晚就匆匆忙忙趕去文武街張萬丹氏的家裡。他邊凝視被雨霑潤的瀝青在夕陽下閃閃發光，邊無情地想著故意犯下罪惡離開家門的自己。自己到底爲什麼要對雙美說謊而來到想引自己上鈎的女人身旁呢？又不是因爲雙美有別的男人，背叛了自己，毀滅了兩人原本的生活，所以自己才需要追求女人來治癒孤獨。雙美非常愛自己，是個賢妻良母。自己也深愛雙美。既然如此，爲何要與那位未亡人討論結婚，跨出實踐的第一步呢？要與未亡人結婚，自然就要與雙美離婚。他未曾想過要拋棄相愛六年的雙美。但是，今日在不知不覺中已考慮到這個問題。自己原本沒有打算要作如此的考慮的。這是什麼樣的矛盾心態啊？雖然極力否定要與雙美分手，但又像上癮似地繼續當未亡人的情夫。這不就是同時將兩個女人當作是玩物的男人利己主義嗎？不，自己一定要毅然決然拒絕這種不正常的來往，熱愛雙美，跪在她的面前懺悔不軌的行爲。

這是悲壯的抉擇。

「啊！歡迎！」張萬丹一看到瑞奇就微笑地說。「請進！請進！」

招呼他進日漢合璧的客廳後，張萬丹急忙開口說明要事。

「以前就已經跟你提過。現在對方很焦急，希望能夠正式決定。嗯，如果你也不嫌棄的話，就照對方所想的決定好了。啊，我想應該大致讓你知道。」

瑞奇心想這是蹂躪人權啊。立刻湧現「不能這麼輕易就被對方輕視，要拒絕不正是現在嗎」的心思。但是，爲何沒有正面直接拒絕的勇氣呢？

「不，你那麼想我很爲難哦！事實上，我有不能接受的理由。」他俯下頭小聲地說。心臟的悸動似乎很激烈。

「理由？」

「是的，我有無論如何都不能接受的理由。」

「你的理由是家有妻子嗎？」

咦？瑞奇驚訝地望著對方。張萬丹瞇起眼睛笑著。注視著他，使他把臉朝下。

「是的！」誠實、溫順地說。

「那不成理由啊。」

「我已有妻子。」他強調地說。

「我知道。我已經調查過你有妻子。不過，那個女人不是正式的妻子，只不過是姘居關係而已。她不是個舞女嗎？說句難聽的話，這根本構不成問題。」

「你是說──」

「花街柳巷的女人，視節義如糞土。好像朝夕都換夫……」

「等一下。我的妻子雖是舞女，但不是花街柳巷的女人。遭你那麼誤解實在很糟糕。對不起了！」

他很嚴肅，斬釘截鐵地說完後就站起來。雖然心已誤入邪道，但他不能忍受別人如此侮辱自己依然熱愛的雙美。

啊！不要想過頭了。張萬丹一點也沒有吃驚，以蔑視對方的表情說。這樣簡直就像是在吵架嘛！硬要瑞奇坐下來。經他這麼一說，瑞奇爲自己流露出來的英雄式野蠻，略感到尷尬。

「我們不要再談那件事。現在有重要的事要轉告。」張萬丹平靜地說。「這次，如果你眞的決定入贅，那麼一切財產由你全權處理。這也是作爲媒人的任務，所以我想聽你明確的回答。」

財產，約有二十萬圓！聽到說要把財產給自己，瑞奇睜大眼睛。突然間，愛情被金錢打敗的念頭一閃而過。或許剛剛示威的愛情，也被這份財產打敗了。在這一瞬間，他發現自己想要那二十萬圓財產，不由得寒心起來。自己還是想要那份財產——。可是，自己不是打算要照剛剛下定的決心，來拒絕這件事嗎？矛盾啊！重重的矛盾！使他的心暗澹下來。到底該如何說方爲上策呢？

「那是件無關緊要的事。不，那件事以前我……」

「那件事我知道。」張萬丹打斷他的話。加重語氣地說。「我想，現在不要再提從前的事才能繼續進行話題。總之，對方說自己覺得很不好意思，只有這麼一點財產。啊！不足夠吧。只好請你多包涵了。」

「不，我絕沒有這種想法。」

「那麼，你就答應了吧。我的任務也總算完成了。」

「等，等一下。請不要那麼快就妄加想像。」

「想像？那麼，是因爲不夠嗎？」

「那——」瑞奇被逼得無辭以對。自己的心不能被征服。他一定要試著說明自己絕對不可能接受的立場。但是，遇上張萬丹，結果就變成抬槓了。是錢啊！在這個世上唯有錢最重要。在這個不景氣的時代，有人會對給錢同時又給女人而說不滿嗎？張萬丹挖苦地說。

聽著聽著，瑞奇惶恐得不得了。自己的心逐漸被錢包裹住了。

「那麼，我好好考慮一下……」

逃命似地衝離他家，汗流浹背。

（到底是怎麼一回事。我雖然試著不要忘記雙美，卻被金錢壓倒了。實在想不透！）

整個人栽進市內公車，自己詢問自己，到底怎樣才是幸福。

7

曲調適合狐步舞。「Baby喲！回來吧！」……

「喂，千惠！」

曲子結束時，眞砂子挽著戴賽璐珞寬邊眼鏡的紳士，離開人群，帶到獨自倚著牆壁的雙美面前。

「我來介紹一下。」

「啊！我？」職業意識使得雙美睜大雙眼。

「討厭！別裝蒜嘛！」

眞砂子笑著敲打雙美的肩膀，然後將男人介紹給她認識。這一位對你頗有好感噢！在她的耳邊低語。嗯，千惠！不要太固執了。凝視著她。男人傻笑起來。

「Thank you！眞砂！」

在男人的面前，雙美露出惹人憐愛的笑容。但是，內心暗想著，眞砂子這傢伙，又想說服我了。

眞砂子數次介紹男人與她認識。但她並不心存感謝，只覺得很厭煩。本來身爲舞女，巴不得能多一位客人。但看穿了眞砂子介紹的男人之目的時，被糾纏不淸反而令人生氣。偶爾粗心大意時，立刻將計就計。坐收漁翁之利的眞砂子非常高興。因此，雙美雖然露出職業式嬌俏的微笑，內心卻開始警戒。

「那麼再見了。千惠！」

當舞廳再度天旋地轉時，眞砂子離開他們，揮手說：

「就把他寄放你那兒了。要好好地招待哦！」

然後面向男人，變臉色說，如果惹千惠哭的話，我絕不饒赦。

「哈！哈！哈！我投降了！我投降了！」男人搔頭笑著說。

「嗯，千惠！聽到了吧。好好疼愛這個男奴隸噢。」

「我要哭了。」

雙美吐一吐舌頭，凝視男人的臉。「奉陪啊！」

與這個男人跳了兩支舞後，雙美整個人又陷入憂鬱中。她想眞是個討厭的傢伙。故意踏錯腳步踩到她的腳，有時搔癢她的背部，吐出熱氣。面對男人的野性，雙美不由得起雞皮疙瘩。正因爲要談成這筆買賣，無論男人如何無禮，也不能生氣，只能報以微笑回答。如果自己與瑞奇的經濟生活多少能夠安定，她想絕不會讓這種男人調戲。一想到這點，對瑞奇的眷戀之情充塞於胸中。在跳舞的當兒，她想如果瑞奇終於變成公司的正式職員，一定要讓這些男人瞧瞧。這種想法逐漸刺激了她的侮蔑心。男人越是調情，在自尊心的驅使下，她越是採取冷淡的態度，有時從鼻孔發出「哼」的聲音，盡情地蔑視對方。

唱片再次譜下休止符。在大家暫時休息的空檔，男人來到雙美的背後。

「請帶我到廁所！」

「啊！」雙美愣了一下，回頭看了男人一眼。「你不知道嗎？」

「嗯，因為我初次來這裡。」

哼！雙美的心裡在冷笑。如果自己不是舞女，一定要賞這個傻笑的男人一記耳光。她的內心厭惡到了極點。看他和眞砂子那般親密，應該不會是第一次來才對。男人又想要玩那一套了。雙美加深了警戒。

因此，帶領男人來到可以看見廁所的走廊時，她突然停止腳步說：

「你瞧！看見了吧！」

「不好嗎？」

男人慌慌張張拉住想要離去的女人的手。「怎麼這樣不親切呢！」

「啊！你不是要上廁所嗎？」

脫口回答後，她愣了一下。為何要這麼溫柔地回答。不應該這樣的！她責備自己。但是，這也是無可奈何的事。她自覺到自己是個舞女。對客人不親切，就意味著買賣破滅。這是無法照自己意志行動的女人之買賣。何等不幸失去自由的傀儡啊！悲嘆間不覺眼角熱了起來。

自暴自棄地帶男人來到廁所十燭光的燈光下，男人突然喊「喂——」。驚訝地回過頭來時，她的手被塞了兩張十圓紙幣。

「啊！」雙美冷靜地低語。一點也不驚慌失措。她想終於露出狐狸尾巴了吧。凝視著男人歪斜的臉。早已看穿他的目的。但是，她故意裝傻。

「這個是幹什麼？」詢問說。

「噗！噗——」男人色瞇瞇地笑起來。「今晚要在哪裡做呢？」

雙美忽然縮起身子，抬頭看著男人。懂了嗎？這是你的身價。男人一面走路，一面想摟抱她。雙美將紙幣丟到地上，用力拂開男人的手。

「你表錯情了。」手腳發抖。

「哼！」男人瞇著眼睛，拿出香菸點起火來。「怎樣？不要嗎？」

「我沒有接受的理由吧？」

「不夠嗎？哈！哈！哈！」男人愣了一下，用手撫摸肚子，笑得更起勁。「未免要求太過份了吧。你的身價就值二十圓啊。哈！哈！哈！」

聽到他的笑聲，雙美感覺受到莫大的侮辱。雖然是個舞女，也必須接受男人無理的要求而落到淪落的命運嗎？或許這只是平常的誘惑。或許男人認爲舞女會期待、欣喜迎合所有的誘惑。依一般想法來說，這是無可奈何的問題，但是我的情形有點不同。雙美更加有自信。我有出色的丈夫。有必須爲他堅守貞節的丈夫。現在如果順從這個男人的要求，就會破壞了貞節。雙美毅然決然推開男人，把男人的諷刺嘲笑拋諸背後，奔向舞廳。

她剛好在音樂結束時來到候席。啊！眞砂子發出聲音，面露訝異的表情，拉起雙美的手。

「你一個人？」

「我被愚弄了。」

眞砂子瞧著雙美的臉色，感到呼吸困難，然後愣了一下，仔細凝視她的臉。突然從鼻孔哼了一聲，湊到雙美的耳邊低語。

「千惠！這樣不行噢！拒絕了客人！」

「我和別人不同。」雙美憤慨地說。內心呼喊著，我有善良的丈夫。

「是嗎？」眞砂子報以冷淡的視線。「那麼，千惠，你是怎樣的人？」

「我是不賣淫的。」雙美以激動的口吻說。

「哼！」眞砂子又愣了一下，從鼻子發出聲音。「沒有必要生氣啊。但是，我們，或者是你千惠，都是爲了錢。……這是我們要面臨的命運吧？也是無可奈何的事啊！」

（哼！有這種命運嗎？）

這時有別的男人站在雙美的面前，兩人挽著手來到舞池跳舞。

這夜，她以泫然欲泣的心情回到家。發現麗鴒一個人在哭泣。爸爸沒回來嗎？麗鴒看到母親的臉，更加放聲哭了出來。

8

（在經濟恐慌的世態裡還是金錢最重要。單靠愛情，頂多只是招致一家人自殺的下場。）

這種思想逐漸盤據白瑞奇的心頭。這是驚人的進步。他的思緒繼續飛馳，與雙美同居，只是爲了盲目的愛情而同居，眞是愚蠢，不了解世事，我們的生活隨時都受金錢左右，不管怎麼說，有錢是最好的。思緒至此，不久後他就下定結論：與雙美分離，與那位有錢的未亡人結婚，才是明智之舉。事實上，這數日來，他過著爲這結論所苦的生活。當得到這個結論時，一方面受背叛相交六年的女人之良心苛責。另一方面，燃燒著想掌握未亡人的錢更甚於她身子的慾望，使他越來越難以忍受。雖然兩者都是他所願，但魚與熊掌難以兼得，因此內心非常煩悶。

最近有好長一段日子，不曾回到雙美的家，生活起居都是在自宅。因此可見他的心已有所決定。女人眞是妖魔。生活中如果到處都看到雙美的影子，則會奇妙地被她的愛情牽絆住，而導致心靈崩潰。由於他害怕這種事發生，一直離她遠遠地。

不久後，由於受到張萬丹氏的頻繁催促，愈發使他下定了決心。他全身發抖，回答「好」。既然作了這樣的抉擇，就必須向雙美宣告最後的離別。但是，每當眼簾浮現雙美悲慟的情景時，他的心就更加怯弱。他爲雙美的苦悶而心煩。

到了某一天，他終於下定決心，無論早晚總該讓她知道，於是鼓起勇氣，在隔了數天後去雙美的家。

這是個微陰的日子。爬上微暗的階梯，腳步聲放輕，躡手躡腳打開房門時，被那聲音嚇到還躺在床上的雙美跳了起來。在看到男人的瞬間，整個人好像失神，臉上失去了血色，嘴唇微微顫抖，佇立不動。瑞奇被那認眞的表情嚇到，不由得低下視線。

「雙美！好久不見了。」小聲地說。

本來已堅決下定決心來向她宣告的，誰知在瞬間，六年一起生活的愛情流露於她的無言中。不由得胸口一緊，有種想向她哭著懺悔的感覺，冰冷的心整個瓦解。他想應該不會這樣的，這樣是不行的。於是欺騙現在的自己，強裝冷漠，做出兇惡的表情。

「因爲我有適合我自己的安排……」

「沒有關係啊！」雙美尖銳地叫著說。

瑞奇驚愕地抬起頭看著女人。淚水紛紛從女人的臉頰上滑落。他想自己被打敗了。

「我沒有在生氣。因爲覺得小孩很吵。」

「沒有在生氣嗎？」

雙美似乎無法控制自己，雙手掩著臉，肩膀顫抖，整個人撲到床上。沒有關係，因爲我不好。她哭了出來。淨說些類似辯解的話，只要回來了就好了，令人不忍聽下去。他應該不是這種男人，可是……想到這裡，越發覺得悲傷。

「我有話要說。沒有哭的必要吧？」瑞奇一邊說，另一方面又與自己的心交戰。

「我不哭！」

雙美邊說邊哭得更傷心。

「你這樣我很討厭。」他語中含著怒氣說。「無法進行談話吧？」

雙美突然停止哭泣，抬起頭來。對不起，因爲我覺得很悲傷。平靜地道歉。看到她哭得紅腫的雙眼，瑞奇覺得自己的心又被女人牽引，感到無比狼狽。

但是，該來的總是要來，他在內心吶喊。生活！金錢！這只是一種像玩家家酒的愛情罷了。

「我們分手吧！」他斬釘截鐵地說。

「咦？」

雙美尖銳地叫出來。突然整個身子去失了力量，頭低下來，小聲地說給自己聽。是嗎？聽到男人的背叛，在忿怒之前，爲男人意外的話而驚愕不已，不由得陷入絕望失神的狀態。她的嘴唇張開，仰望著男人。

「分手吧。」瑞奇再一次使盡力氣說。「要說理由也可以。不過，以後你也會明白……那麼，這麼說吧。因爲我要和某位未亡人結婚，我們不分離的話不太好。」

結婚！雙美喃喃自語。然後平靜、緩緩地問男人說，你要結婚？是的！瑞奇嘆了一口氣說。突然雙美又開始哭哭啼啼起來。

「我不是在做夢吧？」她再一次詢問男人。

瑞奇心想這樣下去不行。女人必然非常悲傷。如果被那種廉價的感傷牽絆住，就失去男人的立場。要出去就是現在。這時，麗鴿醒了，坐起來，揉著雙眼，瞧著父親。爸！欣喜地說。更加不可以。他悄悄地逃離房間。流下為了古老愛情感傷的淚水。

「瑞奇！你要回去了嗎？你不再回來了嗎？」雙美的淚聲在背後追趕著他。

這是無可奈何的事啊。他沒有回過頭去的勇氣，拭去淚水，內心不停地吶喊，這是無可奈何的事啊。

雙美關上房門，當男人走出去時，哇！整個人痛哭起來，宛如決堤洪水。抓了一下頭髮，抱起麗鴿，瘋狂似地在房裡奔跑。

從遙遠淡水河吹來的風，拍打著窗櫺，發出咯嗒咯嗒的聲音。

9

眞砂子一看到雙美進來時，立刻浮現淺笑挨近她的身旁。

「千惠！你有傷心事吧！」

雖然心情不開朗，雙美還是勉強擠出笑容。

「請不要提起。」平靜地哀求。

「啊！你說到底怎麼一回事嘛？」

聽到的舞女們都揷嘴揶揄雙美。雙美遠離她們，佇立在窗邊。被大家這麼一說，刺痛了胸口的傷痛，不由得溢出淚水。眞砂子在她的耳際悄聲說。

「男人逃了嗎？」

「請不要說了。」

雙美盡力抑止淚水。爲了逃走的男人而流下來的淚水，弄髒了特意化好的粧，因此，看起來有點愚蠢。從現在開始就只剩下自己一個人了。爲了生活必須要工作。想到這裡，她努力揮去悲傷。心境近乎虛無。

一眼就可眺望窗外一閃一爍的電燈。

「我很同情你。」眞砂子感受到她的憂心，平靜地說。「千惠，你眞的太過喜愛一個人了。男人又是怎樣？要改變你的男性觀了。爲了一個男人守貞節，我們都不是有那種立場與命運的女人啊。」

雙美默默點頭。她想眞砂子一定比自己更辛苦，所以才會這麼達觀。或許她一生都會詛咒男人。這樣不行嗎？她覺得這是被男人自身旁脫逃的自己該盡的義務。那麼自己如生命般相愛的男人，竟然這麼簡單就以爲自己打算的利己主義之藉口，逃離了自己的身旁。到底誰可惡呢？應該歸咎於誰呢？

「眞砂！還是你說的對。」雙美突然愉快地拉起眞砂子的手。

眞砂子默默地微笑。

「我要走的路跟大家相同。到今天以前，一直很安心，以爲沒問題，可是……」雙美懇切地喃喃自語。不可思議的是，她不覺得悲傷，反而有很高興的感覺。眞砂子皺著眉頭。千惠，你在嫉妒哦！

「我要當妓女了。」她叫了出來。雖然無論如何自己都要走上這條路，但是，即使自己墮落，也都是白瑞奇的罪過。這麼一想，越發產生勇氣。她決定等麗鴿長大後，要宣傳她就是白瑞奇的女兒，且讓她當妓女。想著想著於是露出了愉快的笑容。

原載一九三六年七、八月合刊號《台灣文藝》

逃跑的男人

正想著火車搖搖晃晃的要過鐵橋，便響起一聲汽笛，很快地進入長長的隧道。亮著燈的三等車廂裡乘客擁擠，微弱的燈光照在臉上，有的人茫然地呆望著，有人吱吱喳喳的竊竊私語。由一個位子上飄蕩開來白色的香菸煙霧，有股悶熱的臭煤味兒。女人們皺著眉頭用手帕摀住鼻子，嘀咕著眞討厭、眞討厭，把視線投向窗外。巨大的車軌聲直衝入耳中。

我累得筋疲力盡，整個人癱在椅子上，瞇著眼瞧著車裡的動靜。

這時候，坐在我前面的年輕男子抱著的嬰兒不知怎麼回事，突然咿——地有氣無力地開始哭了起來。於是，男人把臉貼在嬰兒的臉，不停哄著，燈光下，他的側面充滿欲泣而嚴肅的表情。那個男人模樣大約二十四、五歲左右，頭髮散亂，兩頰瘦削，穿著舊的藏藍色翻領外衣，腳上套著布襪子並紮上綁腿。他顧慮到我，同時好像很怕吵到其他人似的，一邊哄著孩子讓孩子吸橡膠奶嘴，一邊拿糖甜甜孩子的嘴，但孩子老是哭個不停。男人眼看著束手無策，一直注視著嬰兒。突然吧噠一顆眼淚從頰上滑落。我嚇了一跳站起來，想著：有什麼事情呢？這個男人……過去一起對面而坐了半小時但沒留意，那個嬰兒大約七、八個月大，皮膚發黃而鬆弛，一看簡直就是有病。而且一哭起來，臉更瘦得像小猴子一樣乾癟。

——他是想喝點奶吧。

我出聲問道。男人抬起臉微微笑了一下，突然像想起什麼似的，含著淚眼喳一喳又低下頭去。

——是呀。離開家之後一直沒喝奶。

他小聲地說。

——噯呀！眞可憐……

正給四個月大的女兒餵奶的我太太插嘴說道。

——不，那……

男人勉強笑了笑，有點不知所措。

——孩子的媽沒有一道來嗎？

我懷疑地問。就在那一瞬間，男人的表情驟變。不知怎麼回事，他只是沉默地擺出反抗的臉色，低著頭繼續逗弄著嬰兒。嬰兒哭得愈來愈兇猛，像著了火似的，車內的人都朝這兒投過來奇怪的視線。

男人表現出那種態度，我也就不由分說地默默以眼示意太太不要說話之後，正好火車出了隧道，就眺望明亮曠大的高原。火車在山坡上行駛著。茂密的樹木從車窗向後疾馳而過。午後的陽光照得整個山亮晃晃的，遠處相連的群山頂上高高的白雲層層翻動著。發光的紅土表面，在那一帶的樹木間和這一邊的溪谷崖中都稀疏可見。戴著斗笠的男女和牛靜靜地在那附近一整片茅草堆的覆蔭下工作著。

暖烘烘的陽光悄悄的爬進車廂裡來。……然而，究竟這男人抱著沒有母親陪伴的嬰兒，是在做什麼呢？或者嬰兒的母親死了吧？從剛才一直看男人的表情，似乎就如此。也許在出外掙錢的地方失去孩子的母親，而現在正要抱著嬰兒回故鄉。我自己隨便那樣想而加以肯定。對了，一定是那樣。先前男人的眼淚和被問到孩子的媽時那臉色，要不正是那樣的話又是怎樣呢？

於是我心裡便湧出憐憫之情。我又偷看了一下男人。嬰兒聲音哭啞了，表情看起來分不出是在笑還是在哭。男人深深嘆了口氣，似乎眼看著就要哭了。只是緊緊的抱著嬰兒。車裡朝這兒看的視線越來越多。

我下定決心，輕輕的向妻子低語。

——還是想喝奶的樣子。可憐哪。

妻子露出同情的神色點點頭。

——嗯。

——你給他餵點奶怎麼樣？

——我也是這麼打算。

於是我從妻子手裡抱過女兒，微笑著對男人說。

——讓他那樣子哭不好哦。不給他喝點奶的話會老是哭個沒完。請讓我妻子餵他喝奶吧。

妻子伸出兩手。

——啊，請。

男人吃驚地抬起頭。他眼裡炯炯燃燒的或者是感謝也說不定。就那樣看了我一會兒，很快地又隨著深深的嘆息而無力的垂下眼，然後像是沉思什麼似地沉默起來。

——啊，不要客氣讓我餵他喝奶。很可憐哪，這樣哭著。

男人第一次開口。

——謝謝。很感謝，不過……

——不是很可憐嗎？想喝奶卻沒得喝。

——沒關係。到了苗栗就可以買牛奶了。請不用管我。

聽到苗栗，我看看窗外。火車穿過好幾個隧道才剛過十六份站，正輕鬆地在山腳下跑著。到苗栗大約還要三十分吧。這三十分鐘裡要讓嬰兒繼續哭嗎？想到這個就不寒而慄，我加強語氣地說。

——你那樣做也是可以，不過現在不是很傷腦筋嗎？還有三十分鐘呢。哎，不要客氣了。

我向妻子使個眼色，妻子再次把兩手伸出來。

——啊，請。

儘管那樣他還是猶豫了一下之後才說。

——那麼，我就恭敬不如從命了。

語無倫次地，男人第一次放開嬰兒。他因爲嚴重怯懦的焦慮而陰沉著的臉，卻微微浮現出歡喜的神色。因顧慮到不要看女性的肉體，而時時用靦腆的眼光瞥向找到妻子的乳房便停止哭泣的自己的孩子，一邊露出淡淡的笑意，不斷向我謝謝、謝謝地點頭道謝。我不由得感到刺眼，幸好男人的心情好轉，我想問問看他是否好像有什麼事，反覆在心裡下了幾次決定。但是男人的嘆氣，時常一個人悄悄地像是悲傷的嘆息，使我沒有勇氣去問。同時看他前一刻那種反抗的表情，要是我開口問他，說不定他會生氣而把嬰兒搶回去。他是那麼神經質的男人。

但是，很適當的機會來了。這時候，男人這麼問我。

——你們到哪兒？

我就以此爲開端，開始深入話題。

——台北。你呢？

——我到花蓮港，不過正在考慮著要不要暫時住在宜蘭……

——啊，那麼我們都一塊兒到台北的。可是，到花蓮港這趟遠路帶著這麼個嬰兒，而且母親又沒有一道來，可眞傷腦筋呢。孩子還要餵奶，所以沒有母親的話眞的是很棘手吧。

——這孩子已經沒有母親了……

我吃了一驚。

——死了嗎？

妻子也站起來聽。男人很快的垂下視線皺著眉頭，以決絕的口氣說。

——嗯，和死沒兩樣。

難以理解他的意思，所以我厚著臉皮問道。

——那是怎麼回事呢？好像有什麼事情的樣子。

——很丟臉的事。

看到男人的表情益發沉重，我暫時閉上嘴。之後稍稍猶豫了一下，問道。

——怎麼樣？能不能把那一件事說給我聽？要是不打擾你的話……

男人咬著唇動也不動地凝視著窗外。似乎正陷入沉思的樣子。我也像被吸引般嚥了嚥口水注視他的側臉。於是，男人突然轉過身，來回看著我的臉和鞋子邊說。

——你的關心使我很感動，那就告訴你。只不過這是很可恥的事，實際上我已決定不告訴任何人了。不，我決心自己不再去想那件事。一想到那件事，我就會生氣難過……哎，不再這樣發牢騷了，那麼我就慢慢說給你聽吧。

如此說著，開始了以下的故事。

「——因爲故事的經過要從我的家世開始說起，那麼就說給你聽。我想你大概也知道，提起台中州的四塊厝村落的王舉人，無人不曉，過去以武力和財勢享盛名。那個王舉人其實就是我祖父。那麼出名的人的後代子孫當中居然有像我這種破落寒酸的人，請你不要見笑。

我小時候記憶中到現在還忘不了的是，祖父在世的時候，那種生活實在奢華。有二十多個佣人，那宅邸據說在當地沒人比得上。日軍占領台灣以後，祖父就當上八家村的村長。

我記得很清楚，祖父在我入公學校的前一年、也就是我八歲那年春天去世的。葬禮之盛大，簡直是了不得。要是告訴你喪事持續兩個月，我想你大概就可以想像得到。據說總共花了十幾萬圓經費。花了五萬圓做的墳墓現在還留著。

但是，現在想想，這是不應該的。因爲當時持有的現金大約五萬圓，剩下的幾乎全是借錢來湊數的。這就是我父親兄弟們背負大筆借款的開始。

父親家有三兄弟。雖說如此，眞正只有父親一個人。兩個叔叔因爲是婢妾的孩子，所以父親很趾高氣昂。財產的分配也是依父親個人的想法而分成三等份，父親得一份，我因爲是長孫所以得一份，兩個叔叔是婢妾偏房得一人份，所以父親理應得三分之二。我想有三千五百石。不過，負債則完全相反，分成三等份，三個兄弟各負擔一份，因此父親分擔一份，而兩個叔叔分擔三分之二，實在是很過份的做法。親戚和叔叔們也都很憤慨，但反正是那時候的事，加上叔叔們說只有二十來歲而且母親是偏房而能分得財產，感謝得痛哭流涕，所以簡直就全是父親的天下。而且父親甚至當上了村長，就更不得了了。沒有人不向父親低頭，而父親也更加耀武揚威。

實際上，提起那時候的生活，有一陣子是很不得了的。只有二萬圓的負債，父親對這件事並不介意，而還是過著奢華的生活。鴉片也抽得更兇了。兩個叔叔不抽鴉片，只有我父親是從小時候就開始抽的。據說是祖父認爲先抽了鴉片的話，就不會到處放蕩也不會浪費，才這麼做的。其實這不是傻話嗎？到現在才知道，和祖父的那種想法完全相反，父親是因爲抽鴉片才浪費而破產的。

不管怎樣，一時之間生活是很豪華的。我想這大概持續了四、五年，而從那時起就開始逐漸沒落了。也就是因爲那一點收入包括父親的鴉片煙、借款的利息和生活費，再多個三千五百石也存不了錢。終於父親在分家後第六年首次開始變賣田地。而正如以此爲開端般地接連不斷的賣出。我家完全步入沒落的過程。

但是，當時在公學校就讀中的我還是個孩子，那種情況是不可能知道的。我只想著，祖父是舉人，所以作爲他的孫子要不丟他臉，同時爲了保住村人所崇拜的村長獨生子的顏面，將來一定要當個高官。這並不是因爲我是個豪氣少年而特別發憤圖強，只不過是持續我的家風，特別是遵從祖父日常的家訓，從小就要做個卓越出衆的人的想法。父親在這方面也相當嚴格，我一蹺課就會被狠狠的修理一頓。不久，我如願以償地進入中學就讀。而後繼續專心用功。腦子裡全是代數和英文，其他什麼都沒有。

然而，唉，可悲的是，命運終於開始向這個純潔的少年伸出魔掌。中學三年級的秋天，母親突然去世。雖然如此，已經是十七歲的男孩子了，我沒有特別異乎尋常的悲傷和嘆息。母親的人生終歸結束，我爲母親沒有看見我出人頭地就去世而感到遺憾。坦白承認，那時候我的眼淚其實多半是感到遺憾的眼淚。光是悲嘆母親未見我出人頭地就去世的我，事實上，就像你所聽到的，對於在我背後逼近的悲劇絲毫沒有感覺到。唉，由於母親的死而我的前途急轉直下，這叫一個十七歲的少年怎麼能了解？

母親的死我沒有忘記，我一輩子都不會忘記母親的死。而我現在咬牙切齒的感嘆母親的死，是因爲母親的死左右了我的命運。這就是我現在所要進入的正題的開始。如果母親沒有死，我現在就不會這樣。唉，愈想愈覺得我的命運全在於母親的死。這一點，現在的我確實會爲母親的死而痛苦而哭泣——」

說到這裡，男人太激動而閉口不語，一直望著窗外。眼裡閃著淚光。我屏息等待男人開口。我想一定有很嚴重的事而頓時湧起好奇心，哎，我這種人是多麼沒禮貌，別人的秘密都想知道。

妻子也沉默著。嬰兒已經吸足了奶被妻子抱在手裡安穩地睡著。

看了一會兒窗外之後，不久男人轉身要再開始說話，忽然注意到自己的孩子。

——太太，謝謝你。

說著，邊點著頭，從妻子手裡搶回來似的抱回嬰兒。

——實際上，從那以後我的受難就繼續下去。對於一個過去只曉得念書的少年，命運不是太殘酷了嗎？

繼續說道。

「——母親死了之後，隔一年父親就續絃。當然我沒有向父親表示任何意見，完全以事不關己的態度來迎接繼母。唉，現在想起來迎接繼母這是不應該的。母親不死的話當然是最好的，然而因爲繼母，我的前途被搞得一團糟。

繼母有兩個和前夫生的孩子。一個是男孩比我小二歲，另一個是女孩八歲。爲什麼父親要娶一個有拖油瓶的女人作塡房，我到現在還想不透。不過，繼母和她的拖油瓶也眞不要臉。從進門那天開始就像在自己家裡一樣，把死去的母親的東西當作自己的東西來用。我心裡很不舒坦。而且拖油瓶還叫我哥哥叫得很親熱。這讓再怎麼事不關己的我也要大吃一驚。我是獨生子，你們和我是不相干的人，我不是你們的哥哥。——是不是父親會讓這些拖油瓶入籍呢？我最後開始懷疑。有一天，我問父親這件事，結果還是如我所猜測的一樣。這不是很蠢嗎？這些拖油瓶不是和我們一點關係也沒有嗎？讓他們和我一樣，不奇怪嗎？我非常憤慨。其實我只是不想隨便讓別人的孩子得到財產。對吧。因爲誰也不想把自己家的財產讓別人拿去。因此，從有這件事以來，我就怨恨父親，反覆地和繼母經常發生正面衝突。可是最後演變成繼母等三人和我的強烈對立。這其間父親怎樣呢？父親只要是一口接一口抽鴉片就完全天下太平，所以一副若無其事的樣子。怎麼不考慮看看自己的孩子和不相干的人的孩子呢？抽鴉片的人，不是很可悲嗎？

但是過了一年，最悲哀的事情發生了。中學五年級那年的春天，父親要我退學。啊，那時候的我的心情請你諒解。從盡是夢想著出人頭地的少年那兒剝奪讀書的機會，是多麼刻薄多麼悲哀啊。實際上，我追問父親，甚至想把滿腔怒火發洩在父親身上。

『想想看家裡的財產。已經只夠吃飯了還要付你的學費？』

父親這麼說。一時之間，我也確實同意。忘了告訴你，我家幾乎每年都在賣田地，母親死的那年，已經沒落到只剩下二甲地左右的地步。這我是知道的，所以被父親那麼一說我只有點頭答應。但是我立刻生氣地跑出去。家道中落，這也是因為抽鴉片造成的。只管鴉片要緊而不管孩子將來出息的父親。把別人的孩子當成自己的孩子的父親。唉，結果父親是忽略了我。我不要你了，你到哪兒去死去，我只要有塡房的孩子就好了。胡思亂想的猜測父親會那麼說，我連續哭了兩、三天。繼母不但連一句安慰我的話都沒有，反而很痛快似的看著。我很生氣。後來我才知道，我的退學據說其實也都是繼母在暗中唆使的。

但是，再怎麼生氣再怎麼跺腳，事到如今再做什麼也沒用了。從此以後我斷然與家庭對抗。這其間的情況，即使我不告訴你，你想想一般繼母和繼子的糾紛就會明白。只是，父親在我被繼母罵或吵架的時候，就罵我：

『不是你親生的母親就這樣嗎？你這個不孝的傢伙。』

不管我理由如何充分也一樣。後來有一次和我起了大衝突，父親就這麼說：

『你這個不孝子，反倒是金星（拖油瓶的名字）比較孝順。說是親生的兒子，一點用都沒有。就當我沒生你這個兒子！』請你想想看，母親死了以後，我想只要有父親一個親人，我就放心了。而父親卻這麼說。這不是很明顯地表示父親和繼母是一夥兒的嗎？我無言地垂下了頭，悲傷而氣憤地流淚。躲到沒有人的地方去哭。唉，被親人拋棄、孤伶伶的可憐的男孩，要怎麼活下去怎麼做才好呢？有一會兒我失去了活下去的力量。差不多想要自殺。可是，金星的舉動又強烈地刺激我的鬥志，他媽的，我死了他不就輕易得到全部的財產嗎？一想及此，我就湧出新的力量。金星對父親的孝養，實在是讓看了的人擔心的那種居心叵測的狐狸態度。像是他努力地想讓父親看到他對我也很順從，而用帶點忠告的口吻告訴父親我的種種事情。因此，父親會那麼相信他也不是沒有道理的。所以，我決心要揭穿這個假面具，而偶爾和他起爭執。

如此，兩年之後我結婚了。作父母的是很有趣的。那是我當時的感覺。過去老是把我當成被排擠的人來看待的父親，甚實還是想早點讓我聚媳婦好早點抱孫子，不停地催我結婚。看來只有這時候父親才沒聽繼母的讒言。我因爲在家裡孤單單的沒有同伴，所以想娶個妻子來作同伙，就結婚了。

我老婆是個過去完全沒見過面的鄉下姑娘。我記得是在結婚兩、三天後的一個晚上，我在老婆面前慷慨激昂地說：

『我想你完全不知道這個家庭的情況就嫁過來的吧。這個家在外人看來是個有錢人家，似乎是被衆人所羨慕的。不過實際上不是那樣。你已經是我老婆了，所以我要你站在我這一邊、聽我的話。現在的母親和像我弟弟的男孩，那兩個人既不是我母親也不是我弟弟。坦白說是我的敵人。是這個家庭的寄生蟲。所以，你也和我站在同樣的立場，不可以和那兩個人說話。眞正的親人就父親一個。父親也被他們迷惑住了，所以父親說的話稍微聽一些就好。

不管怎樣，你到底是我唯一的老婆和同伙，所以好好的照我的話去做就可以，其他沒什麼好擔心的。好嗎？仔細想想就知道是丈夫重要還是別人重要。如果這些做不到的話就不是我老婆啦。人家說夫妻是一體的，我希望就像這句話一樣。請你了解我的心意。也許你會覺得我說的話很奇怪，但是你要是認爲是我唯一的同伙，就很能夠理解了。』

我差不多花了一個小時以上說這些話。其間老婆一直沉默著。不過我說話的時候，視線從老婆臉上移開，所以她有什麼表情我並不知道，話說完了我無意中看了妻子一眼，呀，怎麼著，老婆不正是面無表情地毫不在意的聽著嗎？我很失望。說了那些話，我預期老婆一定會成爲我忠實的伙伴，即使不痛罵他們也會面露憎恨之色吧。多麼不能令人很滿意的女人啊，我深深地這麼想。可是，我隨即重新考慮到這或許是因爲害羞，不管怎樣她還是個新娘，反正我肚子裡已決定好怎麼應付了。

結婚之後我一心一意地找工作。其實我忘了說，我家迅速的沒落下去，而相反的，兩個叔叔照他們母親的指揮力行勤儉，多虧那樣每年每年財產漸漸增加，那時候財產已經達到我家的五倍之多，只等時機一到，就要開始向父親還擊，一出當年分配財產時的怨氣。搶走了村長的寶座還諷刺說心術不正的人老天是不會饒恕的，來嘲笑父親的沒落，村裡的人甚至也恥笑父親，我好幾次看見父親悲憤的樣子。因此，這麼一來，我雖然恨父親，但面對社會已無法沉默下去，我決心想辦法謀求家道的復興，首先就開始找職業。人的心理動向這玩意兒實在是很複雜。一下子居然就忘了家庭的糾紛。他媽的，走著瞧，我異乎尋常的發憤道。但是，工作老是找不到。鎮公所啦合作社啦都有敵對的叔叔的勢力在擴張著，所以在那裡工作也很討厭，而鄉下地方也沒什麼好工作，我也想過淪爲農夫親自耕作，但是這根本就像是吐實宣傳我家沒落，我覺得良心不安，簡直不知如何是好。我下了這麼個決心。

（沒辦去。在找到工作以前要學叔叔力行勤儉。）

但是，唉，多麼悲哀啊。現實不正是在嘲笑我的決心嗎？父親的鴉片癮漸漸到了極點，而金星又像個大富翁的兒子似的吃喝嫖賭，叫我灰心喪氣。我憤慨了，有一天，我眼裡滿含淚水進入父親的房間。父親正一個人橫躺在床上抽鴉片。

『家裡的事怎麼打算？』我最先脫口而出這句話。

『只要能滿足地抽鴉片就夠了嗎？請你想想家裡的事，想想我的將來。我祖父留下那些財產，而你即使全部花光了也毫不在乎嗎？而且……』我猶豫了一下。不要我這個兒子卻把別人的兒子當兒子入籍，還讓他和眞正的兒子分財產，眞笨。我想要這麼大喊。但是，體內熱血沸騰的憤怒使我再度開口。

『而且，爲什麼要把財產給別人的孩子？家裡的財產現在已經不多了，原來我的事怎樣都沒關係是嗎？請你把金星的戶籍遷出去。或者你不認爲我是你兒子嗎？請把金星趕出去。』

我潸潸淚下。父親有一會兒默默的一口接一口抽著鴉片煙，突然把煙管從嘴裡拿開。

『笨蛋！』大罵道。然後用憤怒的眼神瞪著我。

『給我閉嘴。你懂什麼？』

因爲這句話我的憤怒完全爆發開來。我三兩步跑向父親的床前。

『我懂。到底我還是被你拋棄的孩子。金星仍然是你的孩子。祖父要是知道這種事會怎樣呢？終究你只有鴉片是最重要的。鴉片煙鬼。我要離開這個家。』

『什麼？離開這個家——』父親恐嚇地握緊一截煙管。

『當然要離開。一定要離開。』

我大叫著一邊大步走出去。正好那時候在門口我和進來的金星猛然撞個正著。我越發火冒三丈。之所以有這些事都是因爲這傢伙。把家庭搞亂也是因爲這傢伙。當時，我腦子裡只浮現這些。我的胳臂才剛打中他的肩頭，他就被甩出二、三尺之外。在中學鍛鍊的柔道有效哩。但是，金星馬上站起來撲向我。這次我輕輕地閃過身子，他不曉得什麼時候被我按倒在地，被我一陣鐵拳打得哀鳴不已。後來我怎麼痛打他的我都不知道。

清醒過來的時候，我被兩三個農夫抓著胳臂坐在長椅上。他們是我家的佃農，大概是在田裡工作被呼叫而趕過來的吧。他們一個勁兒的都不曉得說些什麼好像在勸慰我。我這才注意到嘴裡滴滴答答地流著血，回想，激烈的打鬥。一看金星，從農夫的背後可以看到他滿身是血，正讓哭哭啼啼的繼母照料著。房子裡聚集了好多人。父親兩手背在身後，在屋子裡來回踱步著。

『你這個冒失鬼！因爲他不是你親弟弟，你就讓他吃苦頭嗎？對衆人不覺得慚愧嗎？』說著，瞪我。

『沒有公德心的畜生。沒有公德心的畜生。』

好像呼應父親的舉動似的，繼母哭著這麼說。這不是很明顯地所有的指責都在我一個人身上嗎？我氣得發抖想要撲上前去，可是被農夫們抓得緊緊的，沒辦法。

『放開我、放開我，我要殺了這個心狠手辣的女人。』

於是，繼母滿臉通紅的走到我面前狠狠地瞪著我。

『你這個夭壽短命的傢伙。你會活不到三十歲啦。』

說著，用手指戳著我的額頭。

『放開我、放開我。』

我用全身的力氣掙扎。唉，但是沒有用。我看見父親很高興似的看著繼母。我死心了。全部都是我的敵人。說到我的同伙——啊，只有老婆。這時候我開始尋找老婆。老婆站在我後面，正眨巴著眼看著。唉，自己的丈夫被那麼多的敵人包圍，大部分的太太都會支持丈夫對抗才對，但是我老婆卻沒有一點悲傷的表情。不是很可憐而弱小的同伙嗎？

『深河嫂。不必要那麼生氣，不是嗎？』

被農夫勸解，繼母才勉強離去。我被抓住的手也讓人給放開了，催促老婆回到自己的房間去。

我一個男子漢竟然號咷大哭，因爲沒有比這事更令人氣憤的了。

進了房間，先前一直沉默的老婆首次開口。

『到底怎麼回事?即使再有理,那樣子讓父母親發脾氣不是不好嗎?而且你還先出手打人!』

你覺得呢?這是當時我老婆說的話,你認爲怎樣?我冷不防地從床上跳下來。

『你說什麼?再說一遍看看!』

面對這股來勢洶洶,老婆稍稍後退,正想開口說什麼的時候,我一巴掌朝老婆的臉頰飛過去。

『你說的母親是誰?爲什麼不聽我的話?』

我隨自己大發雷霆,老婆一下子就一屁股摔倒在床上。緊跟著我腳舉起來就要踹過去,老婆啊地哀叫一聲,忽然一個念頭閃過我腦際。我想起老婆已經有了七個月身孕。爲了將出世的孩子,我勉強平息怒火,就那麼算了。

這次的事件是個大事件,這以後我在家裡越來越待不下去了。不管怎樣,我是想離家出走,但是沒有工作也沒法子經濟獨立,不能養活妻子,所以沒辦法只好必須忍受繼續在家過暗淡的生活。

不久,老婆足月生下一個男孩。就是這個孩子。實在是不幸的孩子。

正好在這時候,我獲知在台灣東部栽培甘蔗非常有利。這下機會來了!我高興得如上雲霄。反正我正想要離家,所以這下剛好可以離家,我決定儘早到東部去。和父親激烈爭辯的結果,要到大約三百塊錢,所以決定一個人先隻身前去看看。然後等在那兒的地盤穩固了之後，再把老婆叫過來團聚。出發的前一晚，我向老婆這樣交代之後道別。

『我一不在家，那個鬼婆娘或許會施加很多工作給你，但是不管有什麼事，你是我唯一的同伙，所以你要堅強，要振作精神，加倍的對抗下去。她不是我母親，她什麼也不是。』老婆照舊無言地點頭答應。這就暫時可以放心了，我便到花蓮港去了。

然而，嗚呼，最後破滅的日子逐漸接近。我的花蓮港之行就是那場破滅的導火線。

這個月五號，也就是我到花蓮港之後的第三個月，我回家了。在花蓮港的事業毋寧是失敗的，我決定再也不去了才回家的。老婆以和出發之前沒什麼兩樣的態度迎接我。分別了三個月，卻連個這一向都很寂寞啦、你這次回來我很高興啦之類的言語舉動都一點也沒有。一問到被鬼婆娘虐待了嗎，老婆只是搖頭。這就奇怪了，我不在反而善待起我老婆，一時之間我第一次對繼母有了感激之情。繼之又想到，這樣看來，一定是父親在我不在家的期間公平正大地處理的，對父親也深深的興起了孝養的念頭。

但是，回家之後隨著時間的經過，我，唉，多可恨，我聽到了不該聽的謠言。而且說的是我唯一的同伙我老婆背叛了我，和敵人私通……

那是正好陰曆十六日的晚上，因爲月色很美，我隨興步走出田間，然後走向村裡的店鋪。在那兒經常有村裡的年輕人聚在一塊兒閒聊。那一晚也有四、五個人聚在一起喊喊喳喳的聊著。我不動聲色地走近，但是走到土地公廟的時候，聽到他們反覆說著罔留、罔留，我嚇了一跳停下腳步。罔留是我老婆的名字。

『眞是幸運的女人哪。』

有一個人說道。

『可是，慶雲（我的名字）那傢伙，不知道吧？』

『應該知道吧？常常和金星幽會，在同一個屋頂下卻不知道，那傢伙就有點奇怪囉。』

我當時氣得全身直發抖，想要跑出去問個究竟，但是無風不起浪、無火不成煙，我要監視老婆查明證據。重新考慮過後就此走開。

當晚，好幾次拿不定主意要不要當面拷問老婆，倒反而覺得不好意思，想來想去，結果我採用一條計策。

過了三天之後，我藉口要再到花蓮港去而躲到城裡，等入夜之後再依計跑回家、暗中偷偷地監視老婆。這天晚上雲淡淡的遮蔽了月亮，我藏身在寢室後方的一大叢甘蔗葉堆裡。因爲從那兒對過去，正好寢室的窗戶有一扇開了一小縫，太方便了。

起初，寢室裡、到處也都寂靜無聲，只有微微聽見偶爾風吹動甘蔗葉的聲音和遠處的狗叫聲。我儘管被毛蟲咬了還是忍著痛，大約過了一點的時候吧，我果然聽到從寢室裡傳來說話的聲音。當時正好月光很快地照在後方的相思樹下，所以我利用陰影爬到窗子底下。話聲清晰可辨。嗚呼，謠言果然是眞的。那不正是金星的聲音和老婆的聲音嗎？姑且不說談話的內容淫蕩，金星居然在我不在家的時候夜闖我老婆的寢室，光憑這一點不就足以證明謠言的眞實性了嗎？

不知不覺中，我在家的四周一圈圈地來回走著。家裡養的狗叫了一聲，被我噓——地喝斥而搖著尾巴撲向我身後來玩耍。但是，我正在拚命找看有沒有銳利的可以從頭頂嘩嗤一聲切成二半的利刃。當時的我看來相當憤慨，一心只想要殺那兩個人。院子很暗，最後什麼東西也找不到。但是，正感到絕望時，無意中手摸到衣服，碰到抽菸用的火柴。對了。我要連家具一起燒掉，然後父親和繼母也燒死。一家破滅，想到這點，我愉快得不得了，一個人笑出來。我要消滅敵人！

轉眼間一片甘蔗葉燒起來了。葉子看起來有點潮濕，火焰燒得並不猛，我發急了。但是，正在我以掌握焰火的姿態觀看時，忽然我的想法又改變了。我注意到這種情況最先燒死的會是誰呢？一定是父親和繼母。反正兩個人都在熟睡中，而且又是老人，逃得慢一些準會燒成焦炭。金星和我老婆還沒睡，所以馬上就會逃出去吧。這麼一來，我想殺的目標被跑掉，而且我還會因放火殺人而進監牢。那麼，對那兩個人而言，不是反而少了眼中釘、更順利了嗎？於是我狼狽地把火踏熄。

我潸然淚下，又再度在家四周來回踱步。不曉得過了多久，突然聽到雞叫聲，我像被打敗了似的垂頭喪氣地回家。

唉，到底還是沒殺成他們兩個。

廚房裡透著微光，可以聽到吱吱嘎嘎的聲音。老婆起床正在做早飯。要不要跑進去就那樣把她砍成二半呢，一時之間我從黑暗中邊望著那微光邊想著，不過或許老婆是被誘惑的，要殺的話先殺金星，如果光殺老婆就不能報仇雪恨，這麼重新一想，就意識到結果我是完全無計可施。

我強烈的憎恨全家人。不照顧流有自己血液的兒子的父親、背叛丈夫的妻子、攪亂我家庭的繼母母子——唉，我想在這麼大的屋裡已經找不到伙伴。但也不是。我立刻想起一件事。啊，對了，我有一個兒子。只有這個是在我一直都在家的時候生的，所以他一定是我的兒子。

（對啊。我不想把唯一的同伙留在敵人當中。把唯一的同伙——）

我探了探家中的動靜。天色逐漸將要大亮，夜幕退去。不早點動手的話，會被早起的農夫發現，如此擔心著，等待機會好打開寢室的門。

這當兒，老婆開門去取薪木。正是老天給的機會！我趁老婆還沒回來之前，迅速地跑進寢室。嬰兒一個人安穩地睡著。

『哎，和爸爸一起走吧。』

抱起孩子，我任由眼淚流了滿面，就這樣在昏暗中頭也不回地跑到車站。剛好十分鐘之後有下行列車，所以就搭上車到了斗六之後、剛剛趕上這班上行列車。

對這個孩子來說我是唯一的父親，對我自己來說這孩子是我唯一的家人。請想想看。我祖父時代的奢華生活和到了孫子輩的我只剩兩個人的可憐的沒落戶的這種命運，不，我不相信命運。這是父親一個人不爭氣所造成的。多麼可怕呀！」

他感慨萬分的說，用手背迅速揩去眼淚，雙眼凝視著窗外。

開始我也不知道如何開口。過了片刻，我才說。

——我很同情你。對這種沒有責任感的父親，世上是常見的。受續絃迷惑的父親，我感到憤慨。但是，你抱這樣一個吃奶的嬰兒去花蓮港，也未免太草率了。

對方一聽，卻保持一樣的姿勢，直率地說。

——沒有別的辦法了。自己的老婆和父親都亂在一齊，我想打算消失行踪。我想到，被父親遺棄、老婆又背叛我，眞不知道該如何活下去。不過這也是不得已的事了。

——可是，嬰兒太可憐了，沒有奶餵他怎麼辦呀！

——總是有辦法的。

——呃。

——反正我一到花蓮港，就跑去山地。在那裡會餓死，或會被毒蛇咬死，都不管了。這個孩子如果有不幸，我是活不下去的。這是被所有的人遺棄的人要走的路。

唉呀！世上遭受到打擊而絕望的人，都一樣，連整個身體都完全處在絕望中。對於這些人，不知如何表達自己的心境呢？像這樣受到親人敵視，又悲哀、又不講情理的家人，人生如此遭遇，眞是可憐！一想到此，我就默默垂首了。

海！看到海了，車內有人興奮地叫起來。我一抬頭，看到杉葉間，在陽光中閃爍著白色波光的滄海。火車已駛入新竹平原了。

他一個人一直凝望著窗外。

我看妻子一眼，她好像一直都在看海。她的臉上淡淡的映照著從杉葉透過來的陽光……。

原載一九三七年五月《台灣新文學》二卷四號

藍衣少女

公學校的年輕老師蔡萬欽，爲校長那種迎合的作風，氣得七竅生煙。而山村人們帶有野蠻性、愚蠢的抗議，也類似小偷的行爲，更加激起他的怒火。起初，他決定極力反駁校長，即使把問題帶到州，也要徹頭徹尾爭到底。但當興奮減退，逐漸覺得自己像隻無力的小動物，感到遠離文化的山村人們充滿堅如鐵壁的偏激。自己更加可憐。

「藝術是什麼？文化是什麼？這是個有錢能使鬼推磨的世界嗎……」

突然有股衝動，想竭盡全力「刷─刷─」撕破從校長手中接過來的油畫「藍衣少女」。不過，這點他也無法辦到。深知放棄自己的藝術，就宛如扼殺自己的生活意義。嗤笑自己的無力。失去藝術，變成與他們一樣是平凡的蠢物，將情何以堪。果眞如此，自己已變成擁有藝術的非凡之人嗎？像現在這樣爲藝術而工作，就要高聲向山村所謂的有志之士道歉嗎？那藝術豈非一文不值？多麼無力的藝術……

萬欽這才撲簌流下淚來。

以「藍衣少女」爲證據，來抗議的村裡有志之士們，與校長談判回去後，校長把他叫到辦公室，努力擠出笑容。

「蔡君！這種事雖然不會造成問題，怎麼樣啊？因爲立場就是立場。立場……」

「聽您這麼一說，我把它當作藝術作品來畫那張畫，是弄壞立場嗎？」

校長垂下眼睛。

「關於那一點啊！如果是世間一般的藝術家來畫那張畫，當然沒有問題。可是，因爲你是個教育者啊。」

萬欽的臉色發青、情緒激動，沉默許久。

「而且，因爲這裡是山村。沒有人能理解藝術之類的，所以認爲你簡直就是誘惑少女來當模特兒。你以爲呢？」

「不過，我以妙麗爲模特兒，並沒有什麼惡意。而且，她在六年級時，我曾經教過她。說什麼誘惑不誘惑的，這不是很可笑嗎？」

「嗯！不過，因爲她現在是女校畢業回家的掌上明珠啊。台灣的文化水準低落，你最好死心，像個教育者來道歉吧。」

萬欽以自己曾經教過的學生妙麗爲模特兒，畫了那張「藍衣少女」，竟然被解釋成那樣，簡直是冒瀆藝術，未免欺人太甚，不由得怒火中燒。妙麗是本山村一位富豪的女兒。也是他來這個學校第一年教過的學生。女校畢業回家後，整天遊手好閒，來學校遊玩時，自己說要當老師的模特兒。由於是個稍有都會風情的漂亮少女，於是他傾全力製作，想作爲「府展」

的作品。就在即將完成前，突然丟失，今天被有志之士們搬來，作爲證據而擺在眼前。簡直滑稽至極。不過，萬欽生氣的另一個原因，就是自己被視爲有邪心的男人，逐漸有被汚辱的感覺，無法正視校長。

「問題在於你是個教育者。以自己的學生爲模特兒，雖然沒有什麼，可是，世間不容赦教育者做這種事。而且，還有一點對你很不利。」

校長挺出身子。

「尊夫人去東京的事，也造成不必要的流言吧。」

「……」

瞬間萬欽啞口無言。只覺得腦裡熱烘烘的。也許是主觀印象吧。校長的臉就像隻卑鄙的大猩猩，在眼前晃來晃去。幸虧辦公室只有他和校長兩個人，才不至於揭穿臉紅之恥。由於現在是上課中，整個學校寂靜無聲。

「……我是不會這麼解釋的。」

校長笑著添加這麼一句話。

「那麼，我爲招致大家猜疑的行爲道歉。」隔了一會兒，萬欽抬起頭來說。眼裡閃閃發光。

「不過，我也有話要說。那就是對我名譽的毀損。由於內人不在家的關係，竟然胡亂猜測，我實在覺得很奇怪。然後，從我的宿舍把畫盜走，這種小偷的行爲，我絕對無法容赦。」

校長沉默凝視著他一會兒。

「你說的也有道理。不過，你是個教育者啊。沒有關係吧？是個教育者啊。」

說著露出一副強硬的態度。萬欽不由得發火，正想反駁時，鐘聲響起，職員們魚貫而入，只好就此打住。

雖然走進自己的教室，激昂的情緒尚未撫平，到了下一堂課也依然靜不下心來，他把怒氣發在兒童身上。

「蠢蛋。卑鄙的解釋……」

雖是在上課中，校長的言語如在胸中沸騰。這是多麼骯髒的人世啊。乖僻的看法是天下的常道嗎？連妻子去東京的事，也被拿來作文章。嗚呼——畢竟是因爲自己是教員的緣故嗎？萬欽對叫做教員、自己縮小的身影，有種想沐浴在侮蔑、同情與悲嘆交織的叫囂中之躍躍欲試的衝動。他的妻子上東京研究洋裁，已經過了一年。從菲薄的薪水中寄出少得可憐的生活費，是爲了想讓妻子能有個職業來維持生活。而且，依據他個人的想法，不想讓自己作畫、與金錢絕緣的黯淡前途，牽連到家人。在作畫的宿命下，儘管自己過著貧窮的生活，也無法忍受會累及家人。因此，爲了自己離開家人也能獨立，決定讓妻子扛起這個責任，而妻子也有所覺悟。連自己這樣的計畫，也被視爲潛在著卑劣的野心，叫他如何能忍受。不由得怒髮衝冠。眼前浮現被侮辱、翻弄的一個小小「自己」之身影，最後已分不淸到底是在忿怒或是哭泣。疲倦地呆坐在學生回去後的教室裡，眺望著窗外的靑空。

逐漸地沉浸在淒慘的情緒中。現在已經沒有鬥爭的體力了。校長與地方具有威信的有志之士，許多張臉一團團地，特寫般脅迫過來。說是一個無聊的畫家而且是微不足道的畫家在反抗，連社會都在叱責自己。他甚至有這樣的想法。最後，聽從了校長的勸告，放學後，眞的向有志之士們道歉。

回到宿舍已是傍晚時分。西邊紅色的天空與院子的龍眼葉互相輝映。沒有精神去煮晚餐，只是出神、含恨似地凝視著「藍衣少女」。門口的門被打開，穿著七分大衣、配上一雙紅帶木屐的妙麗靜靜地走進來。

「老師！」

聽到叫喚聲，萬欽吃驚地抬起頭。妙麗悲淒似地，垂下眼睛，頭低低的。

「對不起！」

「回去！」

「老師！」

抬起頭。眼淚在煤油燈下閃爍。

「請息怒。都是我父親不好。」

「沒有關係，回去！」

「老師！不要！」

萬欽默默從頭到尾打量了妙麗一會兒。妙麗的身子靠著玄關的牆壁，低下頭。

「我對老師做了不對的事。要是不當模特兒就好了！」

「已經是過去的事了。回去吧！」

「不過，村裡的人都是傻瓜。不瞭解什麼是藝術，而且……」

「妙麗！」

「而且……」

「沒有關係，回去吧！嗯！再讓別人看到就不太好。人言可畏啊！回去！」

「那好啊！老師！讓別人看到也沒有關係啊。」

「不會又造成困擾嗎？」

萬欽以粗暴的語氣說。妙麗抬起頭動也不動地望著他，眼裡盈滿淚水。再也看不下去，於是眼光移向外面。玄關的玻璃門映著夕照，泛出紅光。已經天黑了。山巒被渲染成紫色。

「沒有關係的。老師！」

她的呼吸急促。

「我已經下定決心了。」

「咦？」

吃驚地望著她。妙麗用手帕頻頻拭淚。

「這次的問題，家父是逼不得已才這樣做的。老師認爲誰是幕後指使人呢？」

「那已經無關緊要了。不是嗎？」

「是姜家噢。因爲姜家在嫉妒。把別人當作傻瓜。」

「……」

「他們已經把我當作是自己的東西了。」

「……」

「因此才爲難老師。」

「已經很晚了噢。回去吧!」

「老師!您聽我說。老師!」

妙麗紅著臉凝視萬欽。

「我已經覺悟了。我沒有辦法和那種蠢蛋廝守一生。」

「這樣是不行的。」

妙麗是本村首富姜清福的長子姜大川的未婚妻。姜家就在學校南方谷間相思樹繁茂的山腰,蓋了一幢紅瓦的住宅。姜大川是個理平頭、皮膚黝黑的青年。公學校畢業後,在家裡的茶園裡監督,除了飼養野鴿或沉溺於圍棋外,別無其他本事。偶爾會來學校遊玩,所以萬欽對他很面善。從小就和妙麗有婚約。妙麗女學校畢業似乎也是仰賴姜家財力的緣故。萬欽聽說他頗自豪自己是山地青年,妻子卻能進入女學校,走起路來得意洋洋。

「不過,老師!」

妙麗尖叫說。淚水再度溢出,獨自發牢騷似地說。

「生活沒有意義，不是嗎？乞丐也有飯吃。在這個山中，而且要成爲那個白癡、像標本的姜大川的妻子，一輩子與他共同生活，無論如何我都無法辦到。無法辦到。是的。無法辦到。我不要在這個山中，在這個討厭的空氣中，日復一日重複討厭的工作，等待變成黃臉婆，然後長埋於此山中。不要！我不要嘛！有錢也不能怎麼樣啊。我想更深入探求生活的意義啊。這樣世界才會遼闊啊，不是嗎？」

這些話也刺痛了萬欽的心胸吧。他默默地走到客廳，坐在「藍衣少女」的前面。

「尤其是這次老師的問題。我深感厭惡。」

「妙麗在做夢。」

「沒有關係，沒有關係的。雖然有點愚蠢，我想做夢。我想要有夢想。村裡的人們甚至無法有夢想，不是嗎？也不瞭解藝術……」

「不過嘛！」

萬欽稍微笑了一笑。

「藝術！藝術一點也不能帶給人幸福。金錢才是萬能的。」

「哎呀！老師！」

妙麗有點懷疑自己的耳朵。

萬欽平靜地點頭。

「是啊。像我現在就爲了藝術而跪倒在金錢的面前。藝術眞悲慘啊。」

妙麗有好一會兒說不出一句話來。

「我深深覺得如此。曾經和妙麗一樣抱持著這種想法。不過，還是金錢至上。藝術是愚蠢的。」

「老師！你怎麼了？」

「嗯！我也是這麼認為。我能瞭解妙麗現在的心情。而且認為也不應該有現在的想法。不過，我也無能為力啊。」

「還是金錢較好嗎？那麼，我最好是當個山中的富豪夫人。」

「嗯！這樣很好。」

「那就當吧。」

微微一笑，妙麗開個玩笑。

於是，萬欽站起來，拿來一把剪刀。

「為了藝術吃盡苦頭的自己眞悲慘啊！我認為自己做了蠢事。總之，為了藝術，竟然輕易地跪在金錢的面前，把道理拋在一旁。」

妙麗直愣愣地凝視萬欽的動作。

突然間，好像想到了什麼，萬欽大喊：

「白癡！什麼是藝術？」

同時反握剪刀，跳向「藍衣少女」。

「該死！藝術的小蟲！」

「哎呀！老師。」

妙麗吃驚地跑向客廳，按住萬欽的右手。

天色越來越暗。

原載一九四〇年三月《台灣藝術》一卷一號

春的呢喃

從院裡種植的孔雀椰子樹蔭下，傳來陣陣的琴音。

青瓦的洋房泛出彷彿是新落成，且鮮嫩的色彩。開著的窗櫺處，窗簾隨風搖曳。江伯煙心想，就是這家吧。

磯村老師信中的字句不禁浮現腦海：「因爲是六條通最西側青瓦的洋房，一眼就可看到。」他佇立一會，環視洋房。

寫著「磯村和夫」的門牌立刻浮現眼簾。

忽然間他發覺鋼琴曲是Jinding作曲的〈春的呢喃〉。雖然彈的指法稍嫌嫩稚，但對曲子的詮釋卻相當出色。彈的人一定是住在磯村老師家的弟子。伯煙的腦海裡不禁浮現自己接受磯村老師指導，鋼琴指法笨拙的情景。現在的年輕人的確琴藝有進步。他內心頗受感動，走進鋪著磁磚的大門。

地上整齊地排列著一雙年輕女人的鞋子。原來彈琴的是位年輕小姐。點了點頭，他開始脫下了鞋子。

如果出聲說明自己的到來，對彈琴的小姐會很失禮，於是比照從前去磯村老師家的方式，默默、輕聲地開門，直接走進客廳。

彈鋼琴的是位穿著青色洋裝的年輕小姐。坐在旁邊的磯村夫人正專心看著樂譜。發覺伯煙進來，夫人不由得回頭。

「啊，歡迎。」

吃驚地站出來。

「您已經回國了？」

「是的。」

夫人好像要離座，伯煙趕忙小聲地說：

「沒有關係。讓我洗耳恭聽。」

說著就把手上提的小提琴琴盒與糕點盒放在桌上，然後坐在沙發上。

「好吧。」

說完話後，夫人的視線再度移向樂譜。

曲子的節奏漸強，那位小姐忘情地揮動短髮，手指靈活地移動，令人目不暇給。她的視線並沒有注視著樂譜。由於踏板的踩法不精湛，噹噹的琴音響徹狹小的客廳。

聽到這裡，伯煙的眼簾浮現當時的此刻磯村老師猛踢腳嚴厲教導的情景。即使師母在旁觀看，老師也會從起居室裡衝出來，怒吼著：「喂！腳！腳！」當師母因驚惶失措而弄錯時，他會更加生氣，「喂！笨蛋！腳！傻瓜！」

現在師母沒有發覺踏板踩亂了。眼見磯村老師沒有衝出來，或許是因爲不在家吧。聲音停止了。

「對不起。」

師母愼重地致意，來到他的面前。

「你好像已經畢業了嘛。」

「是的。托您的福，終於畢業了。」

「恭喜你了。」

「老師呢？」

伯煙邊說邊站起來，把要送的禮品糕點盒遞給師母。

「他稍微休息一下。」

師母笑著走出客廳。

房間裡只剩兩個人。伯煙東看西瞧客廳新的擺設，偶爾眼光瞥向年輕女人。仿若無視他的存在，她擺出高傲的表情，開始彈奏〈春的呢喃〉。她的側臉極爲美麗。長長的睫毛下，水汪汪的黑眼睛，臉頰紅潤，一副健康的樣子。不管怎麼看都覺得她一定是名門的閨秀。

然而，她那不可一世高傲的表情，又是怎麼一回事？

看到她那高傲的表情，伯煙不禁苦笑。

他說：「彈得相當好呢。」

忽然間她轉過身來。

「你懂音樂？」

伯煙有點納悶。

「是的。略知一二……」

「鋼琴要學好實在不簡單噢。」

說著又自顧自地彈起來。

「是嘛。你現在演奏的是〈春的呢喃〉吧？」

女人停止滑動的手。

「你是音樂家？」

「怎麼啦？」

伯煙苦笑著回答。女人肆無忌憚地盯著他看。當視線掃瞄到小提琴時，態度忽然一百八十度大轉變，又轉身面對鋼琴。學男人說話的語氣。

「哦——你會拉小提琴？你當然也就會懂鋼琴。」

那種激烈的語氣，伯煙不由得愣住了。他驚訝才離開台灣四年，台灣竟然也會出現這樣的女子。

就在此時，磯村老師走進來了。

兩人幾乎同時站起來，向老師敬禮。

「你這麼快就學成歸國了？」

磯村說完話後坐下來。伯煙坐在對面老師的椅子上。

「昨天在基隆登陸，立刻就回來了。」

「畢業了眞好。」

「是啊。」

「可是，今後有何打算？」

當音樂老師教音樂又如何，不是可賺錢的行業。嘴裡嘟囔著是磯村老師的習性。聽到他現在所說的話，伯煙感受到又開始舊調重彈。他置若罔聞，沒有回答。事實上，這只是他的習性，以前的信中，他說：如果方便的話，可否當我的助手，我年歲已高，學校又很忙碌。當個約聘人員也不錯——。因此，突然問他這件事。

「每天賦閒在家也很傷腦筋啊。」

「我想總會有辦法的——」

「會有什麼辦法呢？你很傷腦筋吧。」

磯村咧開有薄鬚的雙唇笑著，忽然發覺女人站在旁邊，瞪大眼睛望著他們兩個。「請坐，」指著旁邊的椅子。女人快速坐下，與男人圍繞著桌子。

夫人端來糕點。

「怎麼樣啊？沒有辦法進入學校啊！」

「可是，學校裡不是有小提琴組嗎？」

「什麼？不要這樣想。教女孩子音樂嘛！」

哈哈哈，磯村看著女人的臉。他是女校畢業——雙葉女學院的音樂老師。女人面無表情直盯著伯煙瞧。

「幫你們介紹一下。」

磯村幫他們兩人引見。

「這位是今年日本高等音樂學校畢業的江伯煙先生。這位是林珠里小姐。你看——」

聽磯村說的，她就是以前跟伯煙經常在一起練琴的林汝河之妹。林汝河是有錢人家的少爺，父親過世了，愛好學琴。伯煙去了音樂學校後，他們也依然密切地交往，因有來往的關係，伯煙轉到小提琴組時，他說這樣也好，可以當他的伴奏。他吹牛說現在正練習Cerne五十香，激勵他努力。這次他也考慮要拜訪這一位男子。

「我和令兄很熟。」

伯煙愼重地說著。

珠里沒有應聲，頻頻顰眉。

「江伯煙？」嘴裡嘟囔著。

看到這種情形，伯煙心中又苦笑起來，在他人面前肆無忌憚直呼其名的女人——仔細一瞧，她的表情似無惡意，雖然看起來有點傲慢，但可以理解是因爲不畏懼生人所流露出來的活潑。既然明白這點，就覺得她是個有趣的女人，反而平添幾許好感。

與磯村老師的話題談及新宅建築的事。因時局的關係，材料受限。由於是第一次建屋，尙有餘力，總覺得音樂老師的家裡，儘可能要設計一間豪華的西式房間，用來擺設鋼琴，這樣才能招攬學生，諸如此類等等。

伯煙一個勁兒地點頭，明白這位年輕女子也是爲了憧憬這樣的西式房間而來的。

「我想起來了。」珠里突然大叫起來。

「你就是和家兄一起假扮夫婦拍照的那個人吧。家兄裝扮成摩登女郎，而你是摩登男子吧。」

恍然大悟地拍手。

「眞令人受不了呢。」

經她這麼一說，記起曾照過這麼一張照片。彷彿秘密被人揭穿了，他的臉紅到耳根。

「我是在家兄的相簿上看到的啊。」

「是嗎。」

「太棒了。家兄經常開玩笑說是他的情人。」

與先前以不容反駁口吻問他「你懂音樂？」的女人簡直判若兩人。好像已忘了這件事，她從椅上跳起來。

「嗯。老師。叫他拉小提琴嘛！」

磯村默不吭聲笑著。

「叫他拉嘛，我想聽嘛。」

「拜託他本人啊。」

珠里轉身面對伯煙，直瞅著他的臉。

「你要拉吧。」她說。

這個女人的拜託方式很特別，他默不吭聲。

「拉吧。太棒了。」

她吧嗒吧嗒地奔向鋼琴，打開蓋子。然後使勁地拉磯村老師。

「老師伴奏吧。」

磯村坐在鋼琴前面。回頭說：

「要演奏什麼？」

「眞糟糕啊。」

伯煙搔頭。

「那就演奏薩拉沙泰的〈巴斯克綺想曲〉吧？我在畢業演奏會上演奏的。」

說著把樂譜交給磯村，然後調整小提琴的弦。

就在這時，珠里拉著夫人坐在沙發上。

「靜靜聽。靜靜聽。」

她托著腮幫子，兩腳交叉，眼裡閃閃發亮。

伯煙告別磯村府邸是在約一小時後的事。

午後的蒼穹，萬里無雲。路旁楝樹青翠的嫩芽，陽光籠罩下市內公車的青色篷蓋閃閃發光，空氣中泛著夏天的氣息，身體出汗，他細細地體會。

舉起手來看錶。

四點十分。

「麗卿會來嗎——」

邊走邊延續離開磯村老師家後的想法。

「——已經半年多沒見了。或許就是因為出生在那樣的家庭，麗卿才會變成如此固執、古板的女人。」

去年暑假回國省親曾與她見過一次面。當時，無論衣著或神情，都充滿鄉土氣息，怎麼看都看不出她曾在東京生活四年，是大和女子藥學專科學校畢業生。三月才剛畢業，短短的四、五個月竟然有如此大的轉變嗎？或是由於生在守著儒學精神最濃厚的家庭呢？他頗為吃驚。想起劉俊章這位朋友，即為他們兩人製造戀愛機會的女方之兄長。雖然她的家裡管教嚴格，他對麗卿的個性懦弱深覺不滿。俊章與他是讀師範學校時同年級的學生。或許學畫畫也是原因之一，自美術學校畢業回台灣後，因不耐父親嚴苛的家庭之桎梏，離家在市內另覓一處一個人過活。

或許因爲他是男孩，父親對他轉爲寬大。而麗卿是女孩，無法像兄長那樣。甚至連與自己交往，都要透過兄長。

今天也是與她約定五點在俊章家碰面。如果不向父親撒謊，在俊章家碰面的話，如今想碰面比登天還難。

——伯煙焦慮不安，避開擦身而過的人群，闊步向前。

「自己也已經畢業了，這樣下去不是辦法。今天要催麗卿下定決心，和俊章商量對策。……」

不這樣做的話，自己戀愛的前途未卜。心裡雖然擔心，卻無計可施。

頭上有客機低低地盤旋。走過塗黑的木橋，來到榕樹下。彷彿等待他的經過，藏身在榕樹下的年輕女子，在他走過時，突然躡手躡腳靠近他。伯煙毫不知情繼續走著。女人拍了一下他的肩膀，從後面發出聲音。

「喂！」

他吃驚地回過頭來，珠里笑盈盈地佇立眼前。

「啊！」

伯煙發出沒有意義的聲音。珠里應該比他更早離開磯村邸，所以是在這裡等待他的歸來。

「你嚇了一跳嗎？」

「你眞壞啊。」

對於女人的惡作劇，他想怒也無法怒，只有苦笑的份了。

「我在等你啊。」

「有何貴事？」

「沒有啊。可不可以跟你一起走啊？」

兩人並肩來到堆滿腳踏車的榕樹蔭下。

「我只是有點話想跟你說。」

珠里邊走邊用力揮動裝著樂譜的皮包，不時看著他的臉，以宛如做夢的眼神面帶微笑。

由於對方是才剛認識的女人，伯煙有點靦腆，不知該說什麼，只好默默不語。

「喂！老師。」珠里改口說。

伯煙大吃一驚。

「咦？」

女人微微一笑。

「不是嗎？你即將是女學院的音樂老師。」

說完後睜大眼睛望著他。

她聽到磯村老師極力勸誘，約定只要順利辦好手續，就可當個音樂老師。

「我不是老師啊。八字都還沒一撇哩……」

「好了嘛。我——不過，還是稱呼你老師好了。」

「實在不敢當啊。」笑著回答。

此時，珠里更挨近與他並肩而行。

「嗯，老師。我想跟老師學小提琴。可以嗎？」

「好是好，不過……」講到這裡，伯煙想起女人的兄長。

「可以跟令兄學啊。汝河君也是學小提琴的啊。」

「不要。阿兄已經放棄音樂，整日與酒爲伍。一個音也拉不出來。」

「眞的！」

原本就是有錢人家的公子哥兒，當然會如此。伯煙點點頭。

「不過，我認爲還是專心學鋼琴比較好。磯村老師會生氣的。」

「我已經決定放棄鋼琴。我要學小提琴。嗯，教我嘛。」

「半途而廢不太好噢。」

「不行？」望著男人的臉。

「不行。」

伯煙斬釘截鐵地說。他認爲這種野丫頭只不過是一時興起，絕不會認眞的。珠里凝視著他。

「好嘛。因爲我要進入女學院專攻音樂科——」

她說。

「你不認爲可以在那裡學嗎？」

「不知道！」

「那麼，我不當女學院的老師。而且——」

伯煙諷刺似地看著女人的臉。

「而且，因爲我不懂音樂。這樣不是很爲難嗎？」

他將剛才在磯村邸珠里所說的照說一遍。是的。漸漸地他有種想嘲弄這個野丫頭的心情。

於是一個人笑了起來。

「唉喲，老師的小提琴拉得非常棒啊。」

出乎意料地，珠里居然笑了。

如果此時笑出來就輸了，伯煙故意一本正經地回答。

「彈鋼琴會懂小提琴嗎？」

「你太沒有禮貌了。老師。」珠里似乎不懂他的諷刺。

「我想進入音樂學校啊。嗯，老師。再這樣不正經，我很生氣噢。」

哎呀呀——伯煙認爲被擺了一道。這時，兩人已來到亭仔腳。

到底要走到哪裡呢？完全沒有頭緒。伯煙頗後悔和這個女孩談太多話。現在絕對不能變成這個女孩玩弄的對象。

必須和麗卿見面。想與戀人再相會的焦慮，逐漸在心中擴散。

該分手了，就在伯煙忸忸怩怩時，珠里推開路過的一家咖啡廳的大門。

「喝杯茶吧。我請客。」

說著就走進去。他只好跟在後面進入。寂靜的屋內流洩著留聲機的音樂。眼簾盡是絢爛奪目但色彩調和的家具與盆栽的樹。珠里毫不客氣地走到微暗的棕櫚蔭下的座位坐下，蹺起腿，砰一聲放下皮包。

當伯煙要在前面的椅子坐下時，她向挨近的女孩要了飲料。然後正面看著伯煙。

「嗯，在音樂學校時有趣嗎？」她問。

「不好玩。哪有有趣的學校。」

好像把話吐出來似地回答。

「是啊。」

露出稍微落寞的表情。但立刻把身子探出，開朗地說。

「不過，音樂很好啊。浪漫、新鮮、有文化氣息——不只是音樂。我愛好藝術。我想是受到磯村老師的感化。因此，我瞧不起以賺錢爲目的而去念醫專或藥專的朋友。有靈魂的藝術才應該要維護。因此，我買了鋼琴。嗯，你什麼時候來我家看啊？」

伯煙邊聽邊壓住想說他的愛人不幸讀藥專的心情。

「現在的曲子是哪一首？」

這時，新的唱片開始響起。珠里換個話題問他。伯煙邊點菸邊想這是韓德爾所彈系列的《匈牙利狂詩曲第六號》。他頗吃驚台灣的咖啡廳竟然也會放這種唱片。

「匈牙利狂詩曲。」

簡短地說。

「眞好聽啊。」

珠里以稍微誇張的表情聆聽。當發覺就在正對面天竺葵盆栽陰影處笑嘻嘻望著他們那邊的女人時，小聲地告訴伯煙。

「我阿嫂來了。你看。就是和那個年輕男子在一起的女人。」

順著她偷偷指的方向望過去，與頭髮梳的很整齊、戴眼鏡的年輕男人在一起，穿著洋裝的美女望著他們兩個。早有耳聞汝河與有名望的千金小姐結婚。就是那個女人。伯煙的眼睛亮了起來。

「阿嫂又和年輕的男人玩在一起。」

「咦？」伯煙無法理解。接著珠里輕聲笑了起來。

「她喜歡男人噢。足以與阿兄的好女色相抗衡噢。」

說完話，伯煙正愣住時，珠里走向女人的那桌。

依稀可以聽到她們對桌講話的聲音。伯煙一口喝乾茶水，站了起來。他想現在正是離開的時機。

「那麼，我先告辭了。」

經過旁邊時告訴她一聲，珠里呆若木雞。

「啊，要回去了嗎？」

就在這時，伯煙的身影已消失在門外。

「那個人是誰？」嫂嫂婉美問她。

「音樂家啊。小提琴家。現在即將是雙葉女學院的老師。」

婉美默不吭聲聽著，露出輕蔑的表情，然後看著珠里。

「我幫你們介紹。這位是我的弟弟。今年醫大畢業，要在這條街上蓋間醫院。這位是我的妹妹——」

這位被叫做弟弟的年輕男人，肆無忌憚地凝視著珠里，連忙點頭致意。

「我是陳金能。請多多指教。」

「是嗎？」

珠里斜睨對方一眼，視線立刻移到桌上，無趣似地從鼻孔哼了一聲。

伯煙一離開咖啡廳，立刻搭汽車直奔俊章家。卻看不到麗卿的身影。

在不太大的畫室中間，俊章一個人坐在籐椅上，邊抽菸邊看自己的書，看得出神。

伯煙進去時。

「喲！你回來了嗎？」俊章回過頭說。

「如果通知我你回來的時間，我一定會去接你……」

「用不著這麼費事。因爲我打算搭火車回來的……」

說著伯煙坐在俊章面前的椅上，欣賞他的畫。是三十號薔薇的畫。或許是主觀的印象，這麼鮮麗的色彩，彷彿一道光射向無趣的畫室。

「怎麼樣？辛苦了十天吧。」俊章瞇起眼睛。

「是啊——」

無精打采地回答。伯煙環視整個房間，沒有人來過的感覺。麗卿沒來，使他覺得格外寂靜。強烈的落寞感與氣餒深深襲上心頭。

「累了吧？」

「嗯。總覺得提不起勁來——」

「可不可以演奏一曲小提琴？每天過著這樣的生活，精神上枯竭，非常寂寞。哈哈哈。」

「那麼，待會慢慢聽。」

伯煙想快點詢問其妹麗卿的事。但看到對方不同尋常的態度，反而不知如何啓齒。

俊章拋掉香菸站起來。

「那麼，煮杯咖啡吧。」

「不，不用了。」

伯煙終於沉不住氣了。

「嗯……麗卿小姐不能來嗎？」

滿臉通紅。

「啊！你們約好了嗎？」俊章露出「有這回事嗎」的表情，看著他的臉再度坐下來。

「說過要來嗎？」

「嗯。我們約好了。」

「是嗎？她不會來了……」

兩人沉默了一會。彼此按捺住自己複雜的心情，似乎考慮該和對方說些什麼。

「不過，她好嗎？令尊還是老樣子嗎？」

隔了一會兒，伯煙抬起頭，用力擠出笑容。

這種落寞的表情並沒有逃過俊章的眼睛。他邊玩著畫筆，開口說：

「事實上嘛。江君！」

「因爲你已經畢業回國了。有些話遲早都要告訴你……」

「你是指麗卿小姐的事？」伯煙的眼裡掠過不安的眼神，非常驚恐。

「是的……」俊章深覺不安似地微笑。

「難以啓齒。這件事很困難。」

此時，伯煙凝視窗外公營公車駛過，故意不吭聲。他屏神凝聽，爲了不因對方的話而狼狽不堪，也不面紅耳赤，立刻換成一張笑臉。

「蠢話。你說。」

「我父親知道了。妹妹那傢伙不小心，信被他看到了。而且，連信是透過我的手都知道了。他大發雷霆。因此，我的信用也完全掃地了。說是兄妹共謀。哈哈哈。」發出落寞的笑聲。

「我想今天看不到她的原因在此吧。」

「對不起。」

「照這種情形看來，我想今後會困難重重。怎麼樣？有沒有什麼──」

「這、這個，」伯煙慌慌張張地插嘴。

「我來的途中一直在思索。」

「要快點具體化。我父親可是出名的頑固。」

「……」伯煙的腦海突然浮現麗卿女子藥專畢業也只是爲了出嫁，絕對不會允許她當個藥劑師或出去工作，被關在家裡的情景。因爲出生在這麼嚴格的家庭，想自由行動比登天還難。

「託個媒人正式求婚，如何？身爲她兄長的我說這件事雖然有點可笑，不過……」

「謝謝。坦白說，事實上我今天是想拜託你這件事！」

「我老爸那邊由我負責。你家沒問題嗎？」

「沒問題——」

伯煙若無其事地回答。當時，一抹不安油然湧上心頭。

兩年前就已堅決向雙親表明取消婚約，而且父親也說教育程度不同而放棄了。可是，從小就訂下婚約的未婚妻，現在還養在家裡。最初以爲是妹妹。當知道是作爲自己的妻子而養在家裡時，莫名其妙地反抗。尤其與麗卿談戀愛之後，更致力於取消婚約。他想應該不用擔心了。不論對麗卿或俊章，這都是個秘密。此時，被他這麼一問，伯煙努力不使對方看出自己狼狽的神情。若無其事又繼續強調。

「我老爸多少能理解，而且我認爲他一定很中意麗卿小姐。所以我認爲沒有問題。」

說完這些話後，伯煙覺得全身似乎流汗。

「這樣的話——快點進行。否則，想與舍妹見面比登天還難。」

「嗯。」

兩人面對面再度沉默了一會。俊章與伯煙兩人似乎都在回想往事，眼瞼下垂。

「那麼，來演奏小提琴吧？」

過了一會，伯煙站起來，打開小提琴的琴盒。

外面已完全昏暗。掛滿畫框的畫室中，也浮現黑影，兩人的影子朦朧地映在窗簾上。

不久後，靜靜地流洩巴哈〈G線上的吟咏〉之旋律。

原載一九四〇年五月《台灣藝術》一卷三號

田園與女人

一直到黎明四點左右，始終無法成眠。之後雖然睡著了，非常令人悔恨的噩夢卻連連，也不知道自己是睡了還是醒著。夢中，麗卿的臉龐流露出向他哀求的神情。忽然間，又變成一張無視他存在、異常傲慢的臉。然後消失了，又重新出現。忽隱忽現。由於痲雀的吱喳聲，他不由得從睡夢中醒來。

凝聽了一會兒，甚至也聽到雞與鵝的鳴叫聲。伯煙這才想起自己已回到鄉下的家，昨夜在劉俊章的工作室，與他暢談藝術論，回到鄉下的家時，已過了子夜兩點吧。父親與母親驚訝地起來迎接他。由於是暗夜，除了在昏暗的燈光下所看到的房間，完全不知道家裡的情景。

過了一會兒，又陷入沉思中。家人的臉龐一一浮現眼簾。這時，應該算是未婚妻的彩碧之臉龐在眼前放大。

「對了。那個女人不知道怎麼樣了……」

起身走出院子。荔枝花開滿枝枒，蜜蜂嗡嗡飛舞。準備上公立學校而忙碌的弟妹們，挨近他的身旁，無限依戀地述說許多話。竹叢因風而發出沙沙聲。

不過，他的心整個被彩碧攫住了。因爲他已說過要解除婚約，彩碧當然不會待在這個家，而且也應該是這樣。這時，他突然看到廚房有個年輕女人的身影在晃動。

是彩碧。伯煙的心中不禁燃起怒火。

走進廚房，果然是彩碧正勤奮地站著工作。一看到他，頓覺羞赧。不過，立刻用洗臉盆接水後端過來。

伯煙沒有伸手浸水，只是叉開雙腿站立望著她。

彩碧的頭髮捲曲，穿著藏青色的裙子，泛發出成熟女性之美。臉頰的緋紅畫得相當出色，益發顯得嬌媚動人。怎麼樣也看不出來她在數年前是個紅棕色頭髮的鄉下姑娘。

或許是因爲察覺了伯煙的態度，彩碧不好意思地低下頭，在爐灶的四周來來去去，臉色很蒼白。

「哼！我小時候也打算娶她爲妻。如果沒有麗卿的話，或許就以她爲妻了……」伯煙在心裡嘀咕。

這天早上，他非常悶悶不樂。趁著彩碧去洗衣服，伯煙進入母親的臥室。

「打算怎麼辦呢？媽！」

「什麼？」

正在縫東西的母親隔著眼鏡抬起臉。

「你是指哪件事？」母親蹙眉。

「彩碧的事。」

「啊——」母親點點頭後說：

「那件事，我是想等你回來後再好好商量啊。」

再度仰望兒子。

伯煙非常忿怒。

「我不是都已經說得很清楚了嗎？她爲什麼還不回去呢？」

「我知道啊。不過，說是回去，你以爲這麼簡單啊。從小把她養大，而且彩碧很溫順，是個好女孩……哎！你也要想想看。這可不是兒戲呢。」

「我拒絕娶她爲妻。堅決……」

「眞令人傷腦筋啊。你小時候說要娶她爲妻，高興成那個樣子……」

「請不要再說了。」伯煙紅著臉說。

「因爲我是絕對不要的。」

母親把手中拿著的衣服與針放在膝上，一直凝視著兒子的臉。

「你這麼討厭彩碧嗎？」

「不是討厭。不過，無法娶她爲妻。」

「你這個孩子眞讓人想不透。既然不是討厭，那不是很好嗎？彩碧美麗又溫柔，只是沒有上女學校而已。」

「而且，您要說又不用花錢吧。不過，媽！」

伯煙以哀求的眼神正襟坐在母親的面前。原本打算趁這次歸鄉的機會，坦白說出與麗卿戀愛的事，然後盡速談好婚事。不只是解決與彩碧之間的問題而已。不過，要向母親表白自己的戀愛，雖說可以向母親任情撒嬌，卻覺得有點不好意思，有著躊躇不決的強烈感情。伯煙發覺自己越來越害臊而且不自然。

沉默向下看了一會兒。

「事實上，媽！」好不容易才抬起頭。「我是有理由的。因爲我有喜歡的女人。在東京認識的，是一位朋友的妹妹。女子藥專畢業，是非常溫柔的女人。嗯。媽！我們已約好要結婚了。所以，我必須信守諾言……」

一口氣說完後，伯煙的臉色轉爲蒼白。小顆的汗珠宛如痛苦擠出般地滲出。

母親遭受如此意外的衝擊，默默不語。當她的臉色露出些微沮喪與悲傷的表情時，伯煙有點狼狽不安。

母親的眼睛垂下了一會兒。不久後，輕聲呢喃「原來如此」，再度抬起雙眼。

「是這樣嗎？那麼，好吧。反正你們還很年輕。可以任性。哪像我們年輕時，大家都要遵照雙親的吩咐。我嫁到你父親家時，一直到結婚以前，還不認識你父親。因爲一次也沒有見過。跟那時候比較起來，你們較自由與任性啊。如果說是如今的趨勢，那也是沒有辦法的事吧……」

說著母親把臉朝向窗外。伯煙察覺到母親的心意，默默地站著。全身籠罩著將盤據在心中的事一股腦兒卸去後的空虛與寂寞。

這時，窗外響起竹竿掉落的聲音。往那邊一看，彩碧正在晾衣服。她大概一直都在聆聽他們現在的談話吧。背對著這邊，她的舉手投足間似乎散發出莫名的寂寞。

「她確實很愛自己。不過，自己已有了愛人。背叛婚約關係，實在有負於她，但情非得已。雖然很可憐，只得請她原諒了。」伯煙在心中合掌。

母親再度回頭。

「那麼，要和你父親商量一下。不過，彩碧是個好女孩噢。是我把她養大的，所以我很瞭解她。把她休掉，實在很可惜。不能把她當女兒來出嫁。說眞的，你放棄彩碧實在很可惜。很想把她當媳婦留在家裡。她工作也很勤快俐落。」

「……」伯煙無言以對。

「你也要好好想一想。」

「沒有考慮的餘地了。請允許將彩碧當妹妹看待。」

彩碧正在聽著，伯煙心想不適合再講下去了，於是走出房間。

在院子裡和彩碧擦身而過。她的頭低低的，沒有抬起臉。仔細一瞧，眼眶似乎紅紅的。

「哎呀！不要哭！」

瞬間，他想像自己像隻殘酷的大猩猩。背叛者！

「不過，這也是莫可奈何的事。雖然瞭解她純眞的心情，但也是無能爲力啊。」

田園裡，青空、竹林、稻田與甘蔗園靜靜地在休息。白頭翁與烏口筆鳴叫不已。稍微遠處，也可以聽到風聲。令人眷戀、溫煦的陽光。農夫的頭上閃閃發光。也籠罩著青翠的稻葉。

伯煙緩緩地走去小河邊。

過了兩、三天。

苦等麗卿的來信，卻始終杳無音訊。如果由自己寫信給她，她家庭又不允許。不過，她應該已經直接從哥哥劉俊章那裡得知自己歸鄉的事才對。

可是，到底是怎麼一回事呢？

伯煙每天在燠熱的天氣下懸著一顆心度日。

而且，爲了與彩碧的結婚問題，以及自己的失業問題，正和父親嘔氣對峙，更加無法待在鄉下的家中。

第三天的午後，他終於離家去市區。

由於是星期六，伯煙去拜訪磯村的家，囑託音樂教師的事。然後坐車急奔劉俊章的畫室。

恰巧他在作畫中。

「又出來了。」

伯煙非常疲倦似地，整個身體投向籐椅。

「在鄉下也很難生活吧。」

俊章說，眼睛沒有離開畫布。

「嗯。非常難受。實在無法忍耐。」

「這是因爲心的關係啊。」

「你也回鄉下去了嗎？」

「是啊。昨天早上。」

「麗卿好嗎？爲什麼沒有寫信給我？」

「是嗎？我已經告訴她了。」

「事實上，眞叫人悶慌了。她現在在家嗎？」

「是啊。你打算怎麼做？」

「那麼，再見！」

伯煙起身，脫兔般地跳出畫室。

他決定現在就去麗卿家。在她家四周打轉，或許會見到她也說不定。他想自己多麼淺薄啊！但想與相戀的女人見面的念頭非常強烈，自然而然搭上公共汽車。

任憑車子搖晃，伯煙如是想著。

「太過溫順了。過於消極了。因此，氣她是個不乾脆的女人。實在很想吧她的臉……」

不只是想咱愛人的臉頰，甚至彷彿香甜到想把她咬下去。伯煙難受之餘，不由得這樣想著。

一幕情景浮現在眼簾。

那是一年前的往事。就在東京車站爲畢業要返台的麗卿送行的夜晚。

寒夜中，連車站的電燈也冷到眨眼。午後八點開的火車。因爲還有一些時間，伯煙與麗卿站在寒冷的月台上談話。

麗卿的眼裡含淚笑著。

寂寞的心情，聊天的兩人，常常中斷了話題。越是急著想說，卻一句話也說不出來，內心異常焦急。不過，時間卻毫不容情，離別的腳步越來越近。

伯煙急得問了一連串的問題。

麗卿只是回答。

當伯煙沉默下來時，麗卿也默默不語。眼裡只是浮著淚水。

爲何不說得更肯定一點，不是最後的離別嗎？他變得很生氣。

同是台灣出身的三、四個女子藥專學生也來送行，兩人的談話就此中斷。

聆聽年輕女孩們很有精神的聲音，伯煙只是默默地站著。

這時，不可思議地，他發覺麗卿表現出一副與自己毫無瓜葛的態度。每當他插嘴時，麗卿總是狼狽地撇過臉去。剛開始時，覺得很訝異。不久後，他終於明白麗卿不想讓朋友知道她與自己的戀愛關係。

這也是讓伯煙感到不滿的地方。

到八點火車開車時，他們始終沒有再說話。連最後的「再見」也沒有說……

「她是純情呢？還是害羞呢？總之，爲何麗卿不能光明正大的與自己交往呢？」

公車在鄉村小道上搖搖晃晃行駛。竹林的對面露出市區教會的尖塔。

另一幕情景繼續浮現眼簾。——去年暑假，兩人漫步在市郊的鄉村小路上。

約在俊章的畫室碰面。伯煙提議在市內飲茶。麗卿卻強力主張在鄉間小路散步。

「我實在不懂。你竟然說在這麼炎熱的地方漫步比較好……」

麗卿微微一笑。

「是啊！」說著眼神凝視遠方的白雲。

「僅僅四個月的鄉村生活，就已經習慣鄉村的風了。」

「或許是這樣子吧。」

「啐！我期盼許久才能和小麗一起品茗，誰知……」

「對不起！」

兩人走在甘蔗園與竹林間的小路，邊撥開甘蔗葉邊前進。風一吹來，竹葉與甘蔗葉就不停地搖動，發出孤寂的聲音。竹林中，畫眉與青鳥吧嗒吧嗒地振翅，怯生生地鳴叫。就在他們的頭頂，掛著蜘蛛的網，大黑蜘蛛在其中努力不懈。

麗卿快步地朝向杳無人跡、孤寂的深處走去。

「你要走去哪裡？怎麼來這種地方。」
「不好嗎？我喜歡寂靜的地方。」
「眞是奇怪啊。小麗！」
「請不要多嘴。」
伯煙不滿似地噘著嘴。
「我明白了。小麗選這種地方的理由……」
「是嗎？」麗卿的眼裡充滿笑意。
凝視著她那令人心蕩神馳、絕美的側臉之表情，伯煙沉默了一會兒。
「小麗是怕和我並肩走著的情景被別人看到。是這樣吧。」
毅然地說出來。
「那時麗卿的表情就像是被抓住要害的表情。爲什麼這麼靦腆呢？事實上，太多慮了……」
在公車內，伯煙閉眼喃喃自語。那時麗卿驚愕的表情浮現眼簾。
今天如果能順利見到她，她又會是什麼樣的表情呢？
田園豁然開展，青翠的稻田上頭，麗卿家的紅瓦屋頂與白色牆壁，在午後閃爍的陽光中，鮮明地矗立眼前。
伯煙在一間眼熟的零售店前面下了公車。
走過嫩葉的小徑，來到麗卿家的門前。

在舊式門樓的前面，伯煙似進非進，來來去去踱步兩、三回。毛很濃的巨大台灣犬看到他的身影，不停地狂吠。

驚嚇之餘，他連忙避到門後。

爲了防止瘧疾而開墾的竹林間，可以看到後壁。茘枝、蓮霧、猩猩木等繁茂，掛著曬衣竿。

沒有看到人影。

伯煙默默站了一會兒。

「爲何我像小偷似地窺視他人的家？」

「眞是羞恥。要知恥……」

「簡直像小孩子嘛。不是嗎？淨做些孩子氣的事。」

「回家！快點回家！」

心中各種聲音交相指責他。

這時，後院響起開門聲。他吃驚地抬起頭。奇蹟！那不是麗卿一個人來收洗好的衣物嗎？模樣還是和去年一樣。

伯煙開始心慌。

麗卿沒有發覺他的存在。

「小麗！」伯煙以輕聲但能傳到她耳朵的聲音呼喚。

喊了兩聲，麗卿才揚起臉。忽然與伯煙的視線相交，一副驚愕的表情，微微發出「啊」聲。

「是我啊。」伯煙儘量開朗地微笑。

「你好嗎？」

「……」

麗卿佇立默默凝視著他。突然飛衝似地，抱著晾乾後的衣物進入家裡，然後把門關上。

「門關上了。出來吧。」

伯煙的心情異常愉快，他趕忙回到正門。

可是，始終無法看到麗卿的倩影。只有狗擾人地吠著。太陽落到西側的竹林，映出甍的紅光，漸漸地瀰漫著傍晚的氣息，麗卿依然沒有出來。

伯煙黯然地回家。丟下帽子，整個人垂頭喪氣地坐在椅子上。

突然瞥見從旁邊走過的母親，眼裡含著淚水，表情暗澹。

「怎麼了？媽！」

母親默不吭聲，隔了一會兒後說：

「你眞是令人傷透腦筋的孩子。說什麼……」

「發生了什麼事了嗎？」

「還問發生了什麼事？你啊！彩碧終於回去了。而且，說是沒有回親生父母家。也不知道到底去了哪裡？我一直阻止她回家，可是……她的親生父母家是那麼的貧窮，彩碧是那麼溫順與純眞的個性，眞是可憐啊……」

「……」

「你認爲這樣很好嗎？」

伯煙許久無言以對。不過，毅然無言地點頭。

原載一九四〇年七月《台灣藝術》一卷五號

財子壽

1

通過貫穿牛眠埔部落密集房子之間的石頭路，由南邊下坡，右側是墓場，左側展開已變成河的狹小草原。有一條白色的道路通過墓場的正中央，在架在河上的橋之橋頭處，與從部落通過來的路相會，然後匯成一條路。這條路筆直地向南延伸，成爲到鎮上去的唯一一條交通路線。路寬勉強可讓運貨車通過，甚少行人通行。朝夕學校的學生頂著曬得令人頭暈的白花花陽光，搖搖晃晃走過的情景特別顯目。那座橋叫做燈心橋，只不過是由兩塊板子合起來，相當脆弱。一走過去就上下搖晃不已。從前謠傳有妖怪出沒，即使到了今日，每到傍晚時分，部落的人也都因爲害怕而不常經過。雖說今日已是文明時代，一過橋時，橋下會伸出黑手來抓行人的腳，或潺潺的水流聲突然變成笑聲等傳說，在部落人民的口中相傳。河的兩岸是濃密的竹林。竹蔭裡，畫眉或青鳥婉轉歌唱。由於遇上村公所大肆整頓，墓場如今只剩下四、五個土饅頭。墓的主人不詳，每年的清明節也沒有看到有人來掃墓。據部落裡耆耆們的說法，裡面埋葬了被殺的土匪。因此，部落的人民格外相信有妖怪出沒。鄰近的田地近數年來已變成甘蔗園，更加瀰漫陰森森的氣氛。高砂野草與野葡萄雜生，除了部落的飼牛者帶水牛來吃草外，沒有人敢涉足其間。墓地的面河處是青翠的田地。渡過燈心橋，除了連接到鎮上的路外，向北還有一條狹小的保甲道路。

保甲道路消失在紅磚的門樓中。附近人煙稀少，只有門樓的紅瓦與綠意盎然的田園互相輝映。路過的行人一走到墓地，陰森森的氣氛令人顫慄不已，奔跑似的渡過燈心橋，等眼簾出現了紅色的門樓，這才開始鬆了一口氣。門樓前有一面是低窪的田地。沙！沙！沙！從前方流過的小河邊，眞菰細長的葉子從田埂裡探出頭，迎風搖曳。沿著河流，相思樹並列。絲瓜棚上開著黃色的花，蜜蜂終日佇足其間。麻雀成群，從相思樹梢飛到門樓，再飛到正房的屋頂。寂靜的田裡，因牠們的鳴聲而熱鬧非凡。門樓的兩側以剪短而整齊的觀音竹作爲籬笆，圍繞整個家。而且，庭院果樹的葉子蔚成陰影。

門樓已經是座古老的建築物，牆壁上裝飾的色彩與各種人形雕飾紛紛剝落，僅留下痕跡。門上有塊以青字寫著「福壽堂」的匾額。這塊匾額也快壞了，上面結滿蜘蛛網。一進門樓，旁邊的電燈桿綁了一隻台灣狗。看到人就不停地狂吠。脖子上的繩子眼看就快斷了，而且露出白色的牙齒，虎視眈眈。部落的居民因爲畏懼這隻狗，只要沒有什麼重要的事，很少會靠近這裡。這一切正好符合主人所願。庭院有個半月形的池子，鴨或鵝悠游其間，有時在池邊睡覺。因此，池水是紫黑色，池邊有糞便結塊。池子面向正廳的那面，種滿佛桑花、玉蘭、薔薇，及仙丹花。兩翼則有連霧、柑橘類、龍眼、蕃石榴，葉葉相連，非常茂盛。由於地面濕氣重，幾乎沒有人踏過，因此長滿青苔。「後龍」（廂房）靠近四棟。就在所謂的後龍後面，甘蔗的枯葉掩埋如山高，又蓋了一間豬舍、家禽的小屋，以及廁所。乍看就知道是古老的建築物，由於沒有什麼人氣，給人鴉雀無聲的感覺。四棟與某個後龍大部分的牆壁已傾圮，窗櫺也脫落，滿目瘡痍，每個入口的門都緊閉。只有最靠近門樓那棟的末端房間，牆壁漆得雪白，門也漆上青色，非常漂亮。室內打掃得一塵不染，而且擺放了幾張待客用的「猿椅」。門口掛著一塊寫著「六角莊第三保保正事務所」的大木牌。這個房間幾乎與門樓鄰接，所以只能看見庭院的一部分，卻無法看見正廳。因爲那是主人私生活的地方，爲了不讓訪客進入屋內，故意作這樣的安排。只要一聽到被綁著的狗之狂吠聲，就可以知道有訪客來了。由於這裡是遠離人煙、孤寂的地方，再加上蓋了一間會客室，人們更加無從得知內部的情況。根據主人的說法，女眷讓訪客看到是不道德的，所以才作這樣的安排，且彰顯自己的家教。鄰接會客室的房門幾乎門窗緊閉，而且都已上鎖，沒有理由會看得到家人。包含四棟，後龍的房間數約有二十間，分家以前是由兄弟們分配居住。分家時，大家決定排除固有的等分主義，將家宅全部交給一個人。抽籤的結果，歸現在的主人所有。兄弟們討厭古老的建築物，卻對充滿新鮮味的洋房有了憧憬。所以各自在自己的土地上蓋洋房。自從他們搬家以後，房間就上鎖空在那裡。經過外庭來到正廳前，又有一個門連接內庭，電燈就裝在拱門上。內庭整理得很整齊，外庭無法與其相比，桂花、山茶花、變葉木井然有序地圍繞著花圃草。遮陽棚下排列了許多蘭或洋蘭的盆栽，勺子、噴壺與移植鉗放在棚上，宛如述說主人平日的照顧。

正廳微暗，無法清楚看見內部的情景。不過，等眼睛習慣後，顯示這個家來龍去脈的許多祭器，流露出典雅的氣質，構成整個家的份量。歷代祖先的牌位與八仙桌等都非常講究。天花板上掛著的燈籠也很搭配房間，極盡奢華。分家時，由於兄弟們嫌它老舊，留下來沒有帶走，還是照以前的樣子掛著。正廳左邊的「大房間」由母親桂春夫人居住。右邊則由主婦玉梅以正廳為中心，作為起居室。桂春夫人是上一代主人的第二位夫人、現在主人的親生母親，今年已超過六十歲。因身體羸弱，終日臥病在床，一切家事都委託兒子，自己不用開口。偶爾身體感覺舒服時，就撐著手杖來到正廳，曬曬太陽，無限感慨地左顧右盼這個家。因此，和家人碰面的機會很少，三餐都由媳婦玉梅送到起居室。玉梅是繼室，體格健美，性情溫順，深得桂春夫人的喜愛。年過三十歲，雖說是繼室，卻是第一次成婚，面貌徐徐動人，頗有古典美。娘家在附近也是相當有名的富豪，少女時代止，很習慣被人稱為「小姐」。後來因兩位兄長以一枝鴉片的煙管蕩盡財產，於是與老母親搬到牛眠埔部落。從此關在家裡，以編大甲帽為家庭副業，就這樣錯過了婚期。當現在的主人前妻死時，有人要幫她作媒當繼室。由於主人也好色，一眼看到這位彷彿沒有曬過陽光，擁有雪白肌膚、豐滿的中年婦女，不由得心生歡喜。玉梅本身也看破自己的命運，相信一切都是命中注定，於是不到一個月就結婚了。

「玉梅是個可憐的女孩啊。她死去的父親如果知道她嫁給人家當繼室，不知道會如何嘆息啊。」

老母親雖然垂淚對別人說，內心卻滿心歡喜女兒能變成有錢人的妻子。

前妻有三個兒子。長子子豈由於就讀台南市的商業學校，所以不在家，只有休假才回來。他打從心底喜歡這位年輕的繼母。次子子思是公學校的四年級學生，三子子賢是一年級學生。他們不把玉梅當作是自己的母親，反而輕視她如下女，常常居心不良地虐待她。子賢等從學校歸來，不叫她母親，反而找她麻煩，拉她到廁所幫忙擦屁股。不過，玉梅頗滿足自己的命運。雖說是繼室，也視前妻的小孩如同己出。她想起幾年前看過一齣叫做《大舜耕田》的戲劇，時時留意自己不要變成那位可怕的繼母，所以臉上一點也沒有不悅的神情，依然笑著照顧孩子們。對主人的情形亦同。儘管婚後立刻懷孕，卻羞澀地不曾正面望著丈夫的臉。來到丈夫的面前，只是默默低著頭。不管怎麼說，丈夫是個偉大的有錢人，總覺得自己有高攀的膽怯感。煮飯、洗衣全由下女素珠一手包辦，所以玉梅被安排住在與廚房鄰接的起居室，每天輕輕撫摸每月逐漸隆起的肚子。起居室內的日常用品，全是前妻遺留下來的，雖然只是塗紅漆的舊東西，玉梅每次看到，不免自我反省，彷彿前妻監視她是否虐待繼子。不過，玉梅覺得自己是幸福的。自從娘家沒落以來，早已斷了結婚的念頭，現在突然能變成不用洗衣燒飯的好太太，因此內心常常充塞對丈夫的感激之情。偶爾閒著無聊，就編起已編了數年的大甲帽。由於能進帳，丈夫覺得很高興。不過，每當感覺到腹中的胎兒在拳打腳踢時，即使是持續工作一分鐘，也覺得苦不堪言，頻頻用肩膀呼吸。

「阿娘（太太）。休息嘛。爲什麼故意找工作做呢？」

下女素珠經常這麼說，頗體恤玉梅。素珠是前妻在世時的下女，今年十七歲，十三歲起就待在這個家。剛來的時候，是個紅髮少女，四年間已完全一副大人樣了。主人也常常發覺，佇立望著她的背影出神。她雖說不上貌美，但五官端正、豐腴。由於臀肉豐滿，走起路來，把台灣褲撐得圓鼓鼓的。不過，她本人倒是沒有發覺自己的魅力，舉止一點也不忸怩。由於住在面對廚房後門第二後龍轉角的佣人房，所以戶籍上是同居人。

前妻在世時，主人周海文把與廚房連接的那棟後龍作爲自己的臥室與書房。等迎娶玉梅之後，就一起睡在妻子的臥室。不過，當玉梅懷孕時，又恢復從前的狀態，回到自己的起居室。他年近四十，擁有有錢人的白皙皮膚與苗條體格。由於不愛社交，蟄居守著父親遺留下來的財產，以栽培洋蘭、寫書法爲樂。他是非常個人主義的。在物質上，爲了自己的利益，無論使用任何手段也毫不躊躇，因此大家都議論他是個吝嗇鬼。例如劈柴的工資，儘管只是區區的一點小錢，卻拖延兩、三個月才支付，爲的是賺那利息錢。他對家人也是抱持同樣的態度，說是孩子們很吵，把他們安排在毗鄰母親桂春夫人的「角間」。飲食與餐具、甚至於菜餚，都是使用自己專用的東西，補品高麗人參也是他一個人獨享。他對人生的態度盡在「財子壽」三個字上，亦即增多財產、繁榮子孫，以及長壽。在與他的起居室鄰接的「後龍廳」之正面，掛著一幅畫有代表財子壽三人的畫軸，他每天總要眺望多回。前妻死時，由於投了一萬圓的保險，所以一萬圓收入的喜悅，使他無暇悲傷妻子之死。他欣喜的態度雖然也落入他人的眼裡，但由於前妻娘家沒落了，一位兄長郭金旺現在接受特別的援助，變成他的佃農，所以沒有受到什麼責備。

接待室的後龍另一邊的房間，住著長久以來一直待在這個家的長工林溪河。最初他是待在門樓旁的小屋。到了海文這代，就搬到如今的房間，只要一聽到狗吠聲，就出來傳達有訪客。從二十多歲開始服侍上一代的主人，到今日已五十歲，光棍一個，完全可以算是福壽堂的人。分家時，本來打算離開這個家，由於非常熟悉這個家的一切情形，海文覺得可惜，所以硬是把他挽留下來。每天早上，在海文的吩咐下，去鎮上買東西，中午前回來打掃家裡的裡裡外外。有時代替海文執行保正的任務，奔走於部落中。傍晚時分，他在菜園工作的身影，映入來往於墓地的行人之眼簾。他耿直的工作態度，不知幫了海文多大的忙。

福壽堂就是這麼多人了。不但四周寂靜，家人也不會互相干涉，所以每天瀰漫著幽邃的氣氛，聽不到一點聲音。會在門樓出現身影的，只有去上學的子思、子賢以及溪河三人，不禁引人遐思這個家到底有沒有人居住。溪河雖然想清掃後龍的十多間空房間，但因為費事，也無計可施。為什麼不出租，或不要任其頹圮呢？溪河經常嘀咕著。不過，面對著海文時，卻大氣不敢吭一聲。今日海文一家能夠自由自在，竹籔圍起來的家，完全照他自己的意思來擺設。正因為嘗過分家以前大家族生活的繁雜，不堪其擾，所以分家後頓覺輕鬆無比。在自己的起居室裡，除了擺張紅色的床舖外，還放了一個金庫、一張辦公桌，每天晚上將當天的消費額入帳。有時發現超過預算時，突然站起來，想喚來家人，吩咐非得更節儉不可。不過，立刻察覺能在這偌大家中完全自由支配使用者就是自己，不由得苦笑起來，因為一分一毫的支出與收入都要經過他的手中。玉梅始終戰戰兢兢地討好他，即使有什麼東西非買不可，也不敢向丈夫說。前妻的小孩心眼壞，向玉梅央求零用錢花。結婚前在娘家編大甲帽所得的微薄收入，也在結婚時被丈夫拿走了，所以她身無分文。又沒有勇氣向丈夫拿錢，只得夾在小孩與丈夫之間苦不堪言。因懷孕丈夫對她的愛越來越淡薄，玉梅更加畏懼他。即使偶爾身體不舒服，不敢說要看醫生或吃藥是無庸置疑的。她甚至認爲只要能替丈夫省錢就好，所以去田裡找藥草熬來喝。這時候，只有溪河一個人會怒氣沖沖。

「呆瓜！如果因爲貧窮吃不起藥，就另當別論，又不是沒錢。身體要緊啊。再說也要生孩子了。」

「沒有關係的。溪河伯。」

凝視著默默微笑的玉梅，溪河越發同情這位賢慧的女人，海文眞是娶了一位好繼室。不過，猛然想起，光是貞淑對海文是不受用的，自己算是個老資格者，如果不能奉獻某些心力，是不好意思一直賴在這個家不走的。他以前妻爲例，要她更強硬一點。不過，玉梅文風不動，光是聽他說話。她是她，前妻與後妻畢竟有差別，如果是前妻，當然可以採取高姿態，後妻的身分就不同了。而且一思及因浪費蕩盡家財的兩位兄長，反倒欣喜一天到晚嚷著要節儉、吝嗇的丈夫之作法是對的。玉梅終日不在丈夫的面前露臉，東忙忙西摸摸，好像很忙似地在家裡亂跑。

2

一提起福壽堂，即使是在牛眠埔部落裡知道的人也很少。不過，說起周九舍，居民的腦海裡會大致浮現這麼一個人影。他是部落裡的有錢人，也是有勢力者。如今部落的居民一提起「九舍、九舍」，就想起值得回憶的往事，油然而生一種尊敬的念頭，述說他是如何一位大人物。尤其以他一人殺了十位土匪的故事最聞名。那是在周九舍尚未變成有錢人以前的事。某日的傍晚，土匪突然來襲擊他的家。在田裡看到揮舉著松火迎面而來的那群人，九舍急忙回家，把門關上，與家人躲在屋頂與天花板間的二樓，並把梯子拿上去。突然想起四枝槍中的一枝遺忘在樓下，於是再度放下梯子走下來。好不容易四枝槍聚齊要放到屋頂與天花板間時，說時遲那時快，土匪開始打破大門。察覺沒有時間上樓時，他叫家人把梯子拿上去，然後自己躲在下面房間臥鋪的「蚊帳肚」內，槍對著入口。一會兒工夫，打破大門的土匪與他開始展開激烈的槍戰。當土匪陸陸續續進入屋內時，一個一個被他一槍斃命。他們以爲九舍們躲在屋頂與天花板之間的空間，所以集中火力射向屋頂，一顆子彈也沒有打中就在床鋪上的九舍。這場槍戰對九舍極爲有利。槍火交接了半小時後，許多同伴被擊斃的土匪發覺已無法再抵擋下去，於是留下屍體潰走。聽到槍聲的許多居民隨後趕來，目睹十個土匪的屍體與毫髮未傷的九舍，大家驚嘆不已，尊敬他爲部落的英雄，日後也依然津津樂道。

日本占領台灣後，九舍被推選爲三庄的總理。那時他已經是個有錢人，在牛眠埔蓋了福壽堂，這個時候做米的買賣事業剛好順應潮流所需，所以他的財產逐年增加。他有三位妻子。正妻是與他同甘共苦的賢慧婦人，由於沒有小孩，所以領養了一位養子。當九舍想要有個親生子而娶第二夫人時，正妻欣喜有個候補者。正妻在第二夫人嫁過來的翌年病死，而養子年紀輕輕也死了。九舍抱著第二夫人剛生下來不久的海文，在二度辦理喪事的家中踱步。當發覺正妻母子的死恰如他的計畫時，不禁嚇了一跳。不過，很快就把這件事拋到九霄雲外。接著出生的海山使老九舍充滿幸福感。養子的未亡人帶著一男二女，年輕輕的二十三歲就過著守寡的生活。九舍常以銳利的眼光監視這位寡居的媳婦，擔心她會做出敗壞門風的不貞行爲。不過，這位媳婦舉止貞淑，直到九舍死後，應得的遺產移到自己的名下時，其醜陋的行爲才表露無遺。海文十二歲時，又有一位抱著嬰兒的年輕母親加入這個家。那是九舍使她懷孕的村子裡的姑娘，十七歲的美少女，而九舍已經年逾五十了。儘管九舍對她疼愛有加，或許年齡的差距是造成不幸的原因，年輕的第三夫人在婚後第六年與部落的男人通姦而東窗事發，九舍將她痛責一頓後，把她嫁到南部貧窮的農家。五歲的海瑞與三歲的海泉就交給第二夫人撫養。

「海瑞是我的兒子，這點絕對錯不了。不過，海泉就有點可疑了，他一定是那個年輕男人的孽種。」

九舍想把海泉送往別處。桂春夫人卻執意不肯。

「是你的兒子沒錯。說這種話，海泉就太可憐了。」

桂春夫人立刻淚眼汪汪，她是位心腸軟的好婦人。結果，九舍極度憎惡海泉，而桂春夫人反而非常疼愛他。她經常帶著海泉散步，告訴部落的女人們：「我的么子。」

么子海泉十五歲時，九舍以七十五歲的高齡去世。次子海文已經三十歲了，在父親死後掌握實權。由於桂春夫人已經相當高齡，而且掌握實權的是自己的親生子，所以安心地將家計委託兒子們全權處理。唯一擔心的是異母的海瑞與海泉會心理不平。海泉還年輕，不會說什麼，不過海瑞已是個二十多歲、盛氣凌人的青年，所以桂春夫人每天都悶悶不樂。出人意料的，對海文深感不滿，提議要分家的，竟然是親弟弟海山。或許海瑞與海泉自覺是異母兄弟，反而溫順畏縮，而二十七歲的海山則事事反抗海文。最先是海山結婚時因海文吝嗇而起衝突，從此兄弟間的爭執不絕於耳。呼吸到新時代空氣的海山，穿西裝、涉足花街柳巷，極想脫離鄉下。

「海文這傢伙偷存私房錢。現在不趁早分財產，我們會被慘無人道地對待。」

當海文極力約束親弟弟揮霍時，海山先唆使長子的未亡人，煽動海瑞與海泉分遺產。儘管桂春夫人哭著反對，結果兄弟們在九舍死後四年分家。

到了弟弟們要搬家的日子時，海文特地早起，裡裡外外地踱步。手搭在弟弟們的行李上，察看是否多帶走了什麼東西。

海山使個眼色諷刺地說：「我們不是你，而且也不會模仿那種吝嗇樣。」

海文依然毫不在意，只是以勝利者的姿態面露微笑。他想至此可以輕鬆了。事實上，他的內心比弟弟們更希望分家。與弟弟們一起生活，縱使自己有本事存錢，也必須與他們平分，而且辛苦的只有自己，獲利的卻是弟弟們，所以無法忍受這種令人不悅的結果。自從起了想憑自己的本事創造自己的財富之念頭後，弟弟們提議分家時，爲了顧全身爲家長的體面，表面上是反對，內心卻大叫太棒了。不久後，感覺到整個偌大的房子都歸自己所有時，於是以君臨家族的姿態，一切的家事都照自己的意思去辦。分家後的第三年，與囉嗦的前妻死別，迎娶後妻玉梅。她是個什麼事也不會說出口的女人，所以一切由他隨心所欲。不同於以財產爲資本來做事業的弟弟們，他認爲事業是不必要的，只要能節用所繼承的財產，每年就可有數千圓的儲蓄。因此，他不參加社交活動，不喜歡與親戚來往，一有機會就極力推辭從雙親時代傳下來的保正公職。事實上，海文在分家後的第三年買了一甲步的水田。外頭謠傳，照這樣子下去，他的財產會日益增加，勢利眼的部落居民都避免觸怒他。不過，在他的眼中，部落居民的這種態度好像有所圖謀，所以儘量不與他們接觸。即使途中相遇，對方先打招呼，他也只是瞥了對方一眼，然後默默走過去。

由於十幾間房間一直空著，部落居民苦於無屋可住時，就來找他商量出租的事。本來在照顧洋蘭的海文，一聽到這些話，冷不防把噴壺放下，怒喝一聲：

「有沒有搞錯對象啊？你這個亡身鬼。」

農夫嚇破膽，落荒而逃。從那時起，再也沒有人與他親熱地搭話。

「到底有何打算啊？」

溪河每次打掃空房間時，就會油然而生這種想法，卻是無法摸透海文的心情。

海文每天一起床，就會有在偌大屋內屋外走一圈的習慣。走著走著，越發滿意自己家的寬廣，不由自主地喜歡這棟具備作爲資本家外觀的建築物。縱使這些空房間頹圮了，只是損及建築物的外觀，租給他人，一點點的租金也起不了什麼作用，而且無法忍受與他人同居的繁瑣。好不容易才脫離與弟弟們的同居生活，可以自己一個人自由自在，沒有想過再讓其他人進入這個家。心中忖度著，光是不動產的收入，就可積存下一筆可觀的數目，除了作爲兒子們成人後的房間外，絕不開放這些房間。

有一天，如今苦無屋可住的海山一家人曾經回來過。分家後，海山去台中市投下大筆的資產，開了咖啡廳、撞球場、計程車行等。短短的四、五年間，一敗塗地，終至身無分文。海山們進來時，海文剛好睡完午覺醒來，一看到弟弟的臉，立刻皺起眉頭，視線飛快移到弟弟們的行李上。

「你來做什麼？」

語氣冷淡地說。突然間情緒激動起來，也不給對方時間解釋，接著就說出刻薄話。

「我不是在經營旅館。這個家的一切都是我的。」

海山臉色蒼白的聽著。不久後，以哀求的眼光說。

「哥哥！我不是說要住免費的，一定會付你房租，我是特地回來拜託你的。哥哥！請務必要答應我。」

「回來？別吹牛了。這個家是我的。你在出去時說了些什麼話，難道都忘記了嗎？」

回想起分家前的事，海文的復讐心不由得高漲，於是用手去推弟弟的胸部。在旁邊目睹兄弟間此一情景的玉梅非常擔心。當丈夫的眼光注視著她手中所拿著的海山妻之行李時，彷彿手中拿的是可怕的東西，趕忙把它放在地上。她的心中認爲，反正房間很多，租兩間出去也不礙事。不過，眼看丈夫怒氣沖沖，似乎想斥責她，不禁張皇失措。忽然間靈光一閃，她悄悄地走進桂春夫人的房間。她想藉著母親的力量來恢復兄弟間的感情。

可是，桂春夫人搖搖頭。

「海山是自作自受。現在還要靠兄長照顧的話，未免過於懦弱。你最好是默不吭聲。」

似乎從剛才就屏神聆聽的桂春夫人坐起來，用肩膀呼吸。玉梅什麼話也沒有說就走出房間。

「出去！出去！」

當她回到現場時，海文興奮地大叫。臉色蒼白、嘴唇顫抖、低下頭的海山，不久後似乎死心了，拿起行李催促妻子離開。目睹此情景的玉梅淚水盈眶。

「沒有可讓你居住的房間。與其給你住，我寧可給豬住。」

海文站在門口猶自大叫不已。門樓的狗激烈地狂吠。海山夫婦挨近講了一些話，然後頭也不回地走出門樓，不久後消失了踪影。一方面覺得他們很可憐，一方面惱於竟然與丈夫冷酷地對待他們。反省之餘，玉梅靠著牆壁，不禁流下淚來。驚覺自己的反應時，眼光瞄了丈夫一眼，幸虧他已經走去庭院，就在自己的背後。最好不要讓他看見，於是逃跑似地進入房間。

拿著鋤頭在池邊除去樹葉與家禽糞便的溪河，自始至終目睹了這一幕情景。一看到海文走來庭院，立刻若無其事地舉起鋤頭。

屋頂上厤雀的叫聲格外高昂。

3

燠夏的某個午後。海文一大早就去鎮上還未回來。溪河在裡面的豬舍淸除豬糞。寧靜的午後寂靜無聲。突然間，門樓的狗狂吠起來。嘘──抱著包袱的中年女人邊斥責小狗邊閃避地走進來。與停止工作走出來一探究竟的溪河相遇，也不管對方目瞪口呆，衝著他就笑起來。

「很有幹勁嘛！溪河伯。」

由於過於意外，呆立著的溪河這才放鬆警戒，一個人笑了起來。

「什麼！你不是秋香嗎？眞難得啊。」

女人的右手牽著一個年約六歲的男孩。溪河的眼光自然地投向男孩。

「是你的兒子嗎？時間過得眞快啊。」屈指一數，「已經過了七個年頭了。」

女人笑著把視線投向自己的小孩。然後仰起臉，無限懷念似地環視整個房子，彷彿要嗅出昔日的味道。

「變安靜了。大家都搬家了嗎？終究是要如此的。不過，只有房子依舊沒有改變。」

溪河的腦海裡浮現出分家前的情景，不禁默然。

「太太去世時，家裡正忙著，所以分不開身。嗯——現在的太太是什麼樣的女人呢？」

女人說這句話時的眼神，彷彿瞄準了某個目標，閃閃發光。溪河走在前頭領她進入家中。

「一個非常好的人。和前一位太太截然不同。」

溪河邊走邊說，女人在後面哼哼哈哈地聽著。彷彿想到什麼似地，女人的臉如雨過天青。兩人來到廚房時，偶然經過的玉梅，由於事出突然，不由得停止了步伐，茫茫然地望著對方一會兒，立刻又將視線移向溪河。

「這一位是前任太太的下女秋香。你看，我說話沒頭沒尾的。她是七年前嫁到南部的秋香。」溪河解釋了一下。

玉梅這才笑逐顏開，稍微打招呼似地把眼光投射過去，女人卻以銳利的眼神回報，使玉梅產生被壓倒的可怕印象。由於氣氛僵硬，玉梅伸手想摸女人的小孩時，小孩立刻躲到母親的背後摟住不放。等溪河出去時，秋香擺出一副苦笑的臉，然後無視這位年輕後妻的存在，肆無忌憚地打開門，走進後面佣人的房間。這種傲慢的態度使玉梅愁容滿面，想不通那女人爲何敵視自己。由於無法忍受，於是尾隨其後。秋香解開包袱巾，幫小孩換上平常穿的衣服，然後露出不懷好意的笑容。

「我不是客人啊。請放心。」

玉梅張皇失措，露出表示歉意的笑容。

「沒有問題的。在這個房子裡，我待得比你更久。你才剛來這個家吧。」

玉梅的臉頰微微抽動。明白女人討厭自己的存在，雖然恨不得想早點逃離這裡，但是丈夫不在家，就算是以前的下女，是否可以允許她進入家裡呢？因擔心而站在旁邊。秋香幫小孩換好衣服後，斜視著玉梅就自顧自地開始換起衣服來。或許是因臉上曬了太陽，看起來不只二十八、九歲。裸體的肌膚竟然白皙、豐滿，洋溢著青春的氣息。看到她的裸體，玉梅突然有種這個女人的肉體會給這個家帶來不幸的感覺。

「我要在這裡住幾天。就睡在這個房間，不會給你添麻煩的。」

玉梅聽得目瞪口呆。住在這個家？她最先想到的是丈夫會怎麼說？曾幾何時，丈夫無情地趕走親弟弟時的情景浮現眼簾。照這樣看來，丈夫一定會立刻把這個女人趕走。玉梅不知道該怎麼做才好。秋香換好衣服後，盯著玉梅的臉直瞧。

「你不樂意嗎？」

一個勁兒地追問。

玉梅露出對方誤會了的笑臉。我是沒有關係，可是丈夫——話到喉嚨卻說不出來。

秋香哼了一聲。

「不樂意也沒有關係。你不是問題，最好不要吭聲。不要裝出一副很了不起的樣子。」

就在玉梅吃驚不已時，她牽著小孩的手傲慢地走出去。

傍晚海文回來，一看到秋香，突然臉色大變，不過很快就一聲不響地恢復表情。

「什麼時候到的？」他問。

「過中午到的。」

「是這個孩子吧？長大囉。」

眼見海文彎下腰來撫弄小孩的手，玉梅沒有時間來察覺丈夫的態度費人猜疑，反而覺得心中懸著的石頭終於可以放下來了。從學校回來的孩子們，整晚都「秋香！秋香！」叫個不停。秋香完全無視玉梅的存在，對家裡的每個人都異常熱絡，唯獨敵視玉梅。因此使得玉梅更加畏縮。

過了兩、三天，秋香沒有要回去的樣子。又過了十數天，還是沒有要回去的意思。好像已經忘了自己是從別處來的人，視整個偌大的家為自己的東西。而且海文也默不吭聲，似乎欣喜秋香出現在眼前，頗令人覺得不可思議。不過，玉梅卻認爲秋香的夫家在遙遠的南部，而且七年沒有回來過，這次當然要逍遙暢玩一番。她每天只想到自己即將生產的事。

「秋香到底打算待多久啊？」

一個月過後的某日，溪河實在看不過去了，在屋裡遇見玉梅時，不禁說道。

「她到底打算怎麼樣？說是來玩，未免住太久了。」

「這樣不是很好嗎？溪河伯。她以前就是這家的人嘛。連主人都說好吧。」

「哼！海文應該是很好啊。簡直——」

溪河以哀憐的眼光投向玉梅，然後沉默下來，內心卻嘀咕著：「因爲你什麼都不知道啊。」在從古早以前就待在這個家的溪河之眼中看來，七年前秋香爲什麼嫁到遙遠的南部，以及這個小孩是誰的種，他可是瞭然於心。正因爲如此，所以才擔心這次秋香的長期居留。原本打算忠告玉梅要堅強一點，看到她依然是毫無抵抗的態度，不由得氣餒。溪河心想，除了告訴桂春夫人外別無他法，夫人應該還不知道秋香來玩的事吧。那時桂春夫人視力已衰退，而且全身是病，幾乎不離開房間一步。

聰明的秋香從來的那天開始，眼見海文非常高興，立刻就看透這個男人的心情，而玉梅是個畏縮、多愁、溫順的女人，再加上桂春夫人臥病在床，一切家事她都迎合海文的喜好來安排，對下女素珠頤指氣使。首先獨占素珠所住的佣人房間，把她趕到海文書房的隔壁。海文比素珠更爲吃驚。秋香卻若無其事地不給他有說一句抗議話的時間。秋香曾數次目擊海文不時偷窺素珠的背影。儘管素珠哭著說不願意，秋香兩手插腰瞪著她。

「幹什麼嘛。你這個小丫頭——已經到了情竇初開了吧。在那個房間睡覺有什麼不好？靠近廚房，而且和我一起每天半夜都會被小孩的哭聲吵醒，對發育中的你來說，未免太可憐了。雖然靠近少爺的寢室，沒有什麼關係的。我以前也是睡在那間啊。」

從打掃房間到安床、整理素珠的衣服、被褥等，她都親自動手。經過茫茫然看著一切動靜的海文面前時，故意斜眼竊笑。

海文認爲秋香的到來是一件好事。

秋香絕不挨近桂春夫人的房間。由於孩子們都站在她那邊，她決定把玉梅踩在腳底下。一副在這個偌大家中不怕任何人的表情，只會說些甜言蜜語。偶爾想起七年前因畏懼前一位太太，悄悄逃離這個家的情景，不禁笑出來，而且責備自己，早知道是現在這位太太，眞該早點回來。分娩在即的玉梅幾乎不做家事，廚房完全委託給素珠，所以秋香每到用膳時間就會在廚房露臉，以主人的姿態來指揮素珠。做菜也不准她憑個人的意思，後來越發變本加厲，最後就露出現在的這副嘴臉。溪河從鎮上採購許多鮮魚、豬肉等回來時，只拿出來給海文和孩子們享用，然後就偷偷藏在櫃子裡並上鎖，供自己與小孩食用。素珠看到雖然極端不滿，卻也莫可奈何。而給玉梅吃的卻是蘿蔔乾與應菜汁。玉梅只要能果腹就不發一言。可是，後來情形越來越嚴重，這次竟然毫不在乎的給玉梅吃剩飯。就連溫順的玉梅也不禁流淚。由於她是前任太太的女傭，深受丈夫疼愛，即使抱怨也無濟於事，結果只能歸咎於自己的命運。不僅如此，連迄今每到吃飯時刻就會來通知玉梅的下女素珠，不知爲什麼怠於通知。

「什麼嘛！又不是狗，自己可以來吃飯的。不用去叫她也沒有關係。有腳有耳的……」秋香故意大聲說給玉梅聽到。玉梅發覺秋香來了以後素珠的態度有了一百八十度的大轉變，覺得她們兩人之間一定有什麼陰謀。每次吃飯時會與她們碰面，玉梅心裡非常難受，所以常常沒有出來吃飯。那時，秋香會故意把剩飯都倒給豬和狗吃，然後「叩─叩─」敲打著空飯桶的底部，大聲嚷著：「已經沒有飯了，要偷吃也沒有辦法了。」

玉梅只能在寢室流著淚。

4

聽到海文從外頭回來停腳踏車的聲音，桂春夫人從房間喊他：「海文！海文！」

等他進入時，臥病中的桂春夫人從床上伸出手，稍微撥開蚊帳，以便能看到海文的臉。

「聽說秋香來了。」

海文嚇了一身冷汗，立刻又笑容滿面。

「是啊。她來玩。沒有來向母親問候嗎？」

「好像從什麼時候就來了。已經住了很久了吧？」

海文解開上衣的釦子讓風吹進去。在昏暗的屋裡，無法看清楚他為難的表情。

「你的老毛病又犯了嗎？不要以為玉梅溫順就沒有關係，如果阿銀（前妻）還活著，你想會怎麼樣？」

「不是這樣的。母親！絕不是——」

「那就趕快把秋香趕出去。如果說無法把她趕出去，就叫秋香來——」

桂春夫人氣若游絲，隨著激烈的呼吸，同時沒了聲息。

溪河蹲在後面的窗下，邊抽菸邊傾聽他們對話。眼前掃成一堆燃燒的枯葉上，白煙嬝嬝，碰到他所吐出香菸的煙，或盤桓成圓圈或摶扶搖而直上，越過紅色的屋頂消逝了踪影。果樹枝葉扶疏間，可以看到高聳的青空。

秋香就是看準了海文的好色。爲了暗中幫助玉梅，而且自己從年輕時就一直爲這個家服務，爲了保護這個家的平安，溪河認爲該防患於未然。否則，他深知海文會陷入色慾之道而無法自拔。這時，從相反方向的廚房，傳來秋香尖銳的聲音。

「什麼！要趕我出去就趕吧。你這算是哪門子的太太。哼——不直接跟我說，煽動那個老太婆，未免太差勁了吧。一個將死的老太婆又能奈我何？眼睛再睜大一點。再——」

溪河前往窺視情況，秋香站在玉梅寢室的入口，揮舞著雙臂。她聽到桂春夫人剛才說的話吧？海文從母親的起居室出來查看，佇立一會，瞬間了解到發生了什麼事，逃也似的，躡手躡腳要從正廳出去。不過，秋香早就看到他了，追趕過去，叉開雙腿站著阻擋在男人的面前。濃粧的臉異常忿怒，紅唇氣得發抖。

「那麼，請把我趕出去！能趕的話就趕看看啊。」

一隻手揪住男人的肩膀。

海文不知所措，頻頻小聲說些什麼。這麼一來，秋香的氣焰更加高漲。

「我不是被人家說要趕出去就無法消氣的女人。當初我來這裡玩，是誰挽留我的？七年前的我是個白癡，才會被你說丟就丟，現在我可不答應。免費就想打發我走嗎？我可是有丈夫的人。來啊！請把我趕出去啊。」

溪河撇撇嘴搖搖頭消失在裡面。由於對方的氣焰高漲，海文碰了一鼻子灰，最初是爲難的表情，等對方繼續滔滔不絕時，越發有切身的感覺，她就是那個叫秋香的女人嗎？腦海中描繪出七年前秋香的模樣，這才驚覺女人的變化，不禁愕然。突然間，驚覺大事不妙，早知道她會變成這種女人，就不會與她糾纏不清了，如今後悔莫及。不過，立刻想起剛才母親說的話，慌慌張張要壓住秋香的聲音，於是把嘴靠近女人的耳際。

「你在生什麼氣嘛！傻瓜！」

「是啊！我是傻瓜。就因爲是傻瓜，才會被趕出去。如果是聰明的女人，就不會有這種下場了。」繼續伶牙俐齒。突然間又一副得理不饒人的模樣，「要趕我出去的話，請說個理由。這麼骯髒的家，也是在我來了後才變得乾淨的，不是嗎？廚房也是在我來了後才像個廚房。那個女人做了什麼？算是哪一門子的太太。」

「我知道！我知道！請不要再說了。」

海文再也無法忍受，把秋香拉進自己的房間。爲的是儘可能遠離母親的房間。

剛生產不久的玉梅只能望著睡在自己腋下的女嬰而垂淚不已。雖然人躺在床上，還是可以清楚聽到秋香的叫喚聲。經秋香這麼一嚷嚷，玉梅才了解是因自己的緣故，感到非常自責。尤其是自己生產後，從廚房到家裡的雜事，以及坐月子的照顧，一切都委託秋香全權負責，所以對她深感抱歉。如果自己能站起來走路，她想現在就去院子安慰秋香。

自從這件事以後，秋香的態度越來越惡劣。不僅怠於供應飲食，還壞心腸地不提要準備雞酒的事。秋香不曾再進入玉梅的寢室。連素珠也不做家事。玉梅坐月子時，臨時雇用紅葉嫂來幫忙洗滌的工作。不過，紅葉嫂到了傍晚就回家，夜晚只有玉梅一個人。紅葉嫂看到這種情形，覺得於心不忍，於是提出要夜宿，不過海文拒絕了，說是素珠會跟她一起睡。事實上，此時素珠每天期待著傍晚海文來拉她進書房隔壁的寢室。

「說是夜晚自己無法照顧嬰兒，就沒有資格當母親吧。」

似乎忘了玉梅是在坐月子中，素珠不知不覺以毫不在乎的口吻說。

每到傍晚，玉梅就宛如蝙蝠，起床來爲嬰兒換尿布、溫雞酒。雖說是雞酒，秋香卻能滿不在乎的給自己的小孩吃，等到送到玉梅的面前時，只剩下雞骨頭兩、三根。此時玉梅也沒有抱怨任何一句話。紅葉嫂打開蓋子一看，常常「啊」嘆了一口氣。

「眞是可憐啊。說是有錢人的太太，即使有很多雞，還是吃不到。」有次紅葉嫂要回去時，在門樓遇見溪河說。「沒有想到那個秋香和素珠竟然是這種女人。簡直下女就是太太，而太太彷彿是下女。」

「你也發覺這個家很奇怪吧。沒錯！就是這樣。」溪河狠狠地哼了一聲。

看到這種情形，紅葉嫂歪著頭，海文不是很有主見的人嗎？眼光再度投向溪河的臉。

「那麼，海文爲什麼默不吭聲？他不知道這件事吧。」

溪河搖頭默默不語。隔了一會兒說：「不是的。能壓住秋香的只有老舍娘和阿銀兩個人。阿銀已經死了，老舍娘又重病不起，現在整個是秋香的天下了。海文嗎？老實說，秋香之所以如此，也是海文造成的。」

紅葉嫂還是不懂。

某日，紅葉嫂因家裡有事，一大早就來洗滌、煮雞，過了中午就回家了。回家時，考慮到即使自己不在也沒有關係，於是把雞酒放到寢室。可是，傍晚時，玉梅打開蓋子一看，裡面空空如也。

當天到了很晚，依然沒有人送飯來。等到大家都入睡了，玉梅起床去廚房。飯桶是空的。拿著茶杯回到寢室的玉梅，疲憊地倒在床上。但是如何能成眠呢？被嬰兒的哭聲吵醒，感覺肚子餓到會痛，喉嚨又乾又渴。

玉梅再度起床去廚房，黑暗中只能用手摸索。正在喝熱水時，隔著窗戶聽到下女房間傳來的說話聲，慌忙把茶杯放下。等知道是誰在說話時，玉梅彷彿做了什麼壞事，趕忙奔回寢室。好不容易才挨到床舖，全身的力量盡失。連日連夜的煎熬，她的體內似乎發生故障了。

翌日玉梅開始發高燒，一看到紅葉嫂，眼神模糊，緊握著她的手：「阿母！阿母！」

5

秋日連連。院子裡的仙丹開出紅花。龍眼樹的果實纍纍，終日蜜蜂成群結隊。門樓的屋瓦在陽光下閃閃發亮，綁在樓壁陰涼處的狗，懶洋洋地把眼睛瞇成一條細縫，伸出舌頭，下巴伏在地面睡覺。秋香牽著小孩的手站在院子裡的樹蔭下，甩甩頭髮，邊撫弄後面的頭髮，邊瞧著福壽堂紅色泛黑的屋瓦，不禁皺起眉頭。突然一副想到什麼的表情，恨恨地啐了一口。一會兒，又瞇著眼眺望整棟建築物，露出滿足的表情，沉浸在無限的幸福感中。小孩擺脫母親的手，找到一根短木棒，跑到池邊，欣賞鴨子驚慌逃命的情景。溪河在土牆上修剪觀音竹。原本寂靜到只聽到自己揮動剪刀的聲音，突然間耳際響起鴨子鼓動翅膀的喧鬧聲，不由得停下手回頭一望。門樓的狗站起來狂吠不已。鴨子喧鬧地在水面上逃竄。

秋香仰臉讚許，兩人的目光恰好相遇。

「溪河伯。好熱噢。稍微休息一下吧。」

看到秋香的心情愉快，溪河突然想起什麼似地，嘴裡嘟囔著，不過還是沒有說出來。似乎覺得很不耐煩，不過溪河發覺如今自己也必須對這個佣人秋香客氣一點。

「從這裡觀望，這個家相當棒哩。不過，進入屋裡，卻令人覺得鬱悶。怎麼一回事啊？溪河伯。」

秋香挨近土牆下。

「從前也有這麼多的病人嗎？眞令人厭煩啊。」

溪河哼了一聲皺起鼻頭，又慌慌張張地掩飾。

「老的老，快死卻不死；年輕的年輕，每天說些奇怪的話，增添許多痲煩，這個家也變得很奇怪了。」

溪河一聽，突然把嘴張開想說些什麼，最後還是說不出口。

「一切都是命啊。沒有辦法的。」

說著頗氣自己說些違背良心的話。從土牆上往下看，秋香的濃眉與過黑的大眸在陽光下，顯示出暴躁的個性，讓溪河覺得很可怕。

翌日，溪河在修剪觀音竹時，秋香又從家裡走出來和他說話。當爲桂春夫人與玉梅看病的中醫回去後，海文就去出席保甲會議，只有玉梅的老母親來探望女兒的病，整個家靜悄悄的。這時候素珠出現了，走向內庭好像在找什麼東西。聽到有人說話的聲音，一看到是秋香，立刻以一副氣急敗壞的表情奔跑過來。

「請把鑰匙還我！」

秋香愣了一會兒，立刻就明白她的意思。

「鑰匙？你在說什麼？」

「不要裝蒜了。我心裡有數。阿娘（太太）生重病，除了你以外，還有誰會偷鑰匙的？」

「哎呀！你這個丫頭——」

瞬間秋香擺出比素珠更忿怒的誇張表情。「說這種話也不怕爛了舌頭嗎？你以爲我是那種拿你鑰匙的貧家女嗎？說話時要更小心一點。怎麼！以爲主人稍微疼愛你就飛上天啦。哼——」

「總之，請還給我。裝蒜是沒有用的。因爲我確實知道。」

素珠跨出一步，秋香也不甘示弱往前走一步。

「哎喲！」好像要摸對方的臉似的望著她。「素珠。你是從哪裡學來的？這種說話的口吻。你把我看成什麼了？」

「小偷啊。我認爲你是小偷啊。」

「哎喲！變得不可一世了嘛。別以爲少爺疼愛你。到底是誰讓你受寵的？哼！你最好記得。也不知道很快就要被趕走了，眞是過於天眞的女人啊。」

「夠了。還不知道是誰會被趕出去呢。沒有把鑰匙交給你保管，因爲妒忌，所以就偷我的鑰匙吧。」

「哦——呵——」秋香以手掩口，一副爆笑樣，不過只有眼睛沒有笑意。難怪她會被這樣認爲。突然間有種自己所作好的計畫被阻擾的遺憾，無法抑止滿腔的怒意。基於這種心情，秋香露出一副無畏的表情。

「你眞以爲我怕你妒忌你嗎？我的確拿了鑰匙。我沒收了啊。你打算怎麼樣？」說著用手指去搓素珠的額頭。說時遲那時快，素珠反擊，抓住她的手指放入口中用力咬。

「哎呀！」秋香大叫。

說是在意手指被用力拉扯的疼痛，無寧是遺憾竟然被個小丫頭欺負。秋香瘋狂地以左手抓素珠的頭髮，右手從自己的頭髮上拔下簪子。

「危險！」這次輪到溪河大叫。他原本默默看著事情的發展，現在只好慌慌張張從土牆上跳下來，擋在兩個女人的中間，把素珠藏在後面。

「什麼東西嘛！賣淫娘！不知道自己只是別人的發洩物，一副很跩的樣子。請離開！離開！」

儘管被溪河抓住手，秋香依然嚷個不停。等她發覺溪河因受到牽連而導致手受傷時，稍微有點畏縮。不過，立刻又覺得溪河在場對己有利，於是氣焰越發高漲。

「小偷！小偷！」

素珠也重新整理頭髮，大聲嚷嚷。

「雖然我不知道是怎麼一回事，這樣子未免太難看了吧。到底鑰匙是誰的？」

「是我的。被這個人偷了。」素珠已經哭出來了。

「嗯——溪河伯！你聽看看。」好不容易才被放開手的秋香，這次反而拉起溪河伯的手說：「這個壞丫頭。趁著太太生病爲所欲爲。也不知對少爺做了什麼事。總之，似乎是灌了迷湯。終於從少爺手中取得金庫的鑰匙。少爺也眞是位好人啊。」

「胡扯！是少爺自己說要給我保管的。」

「那麼，鑰匙是主人的囉。」

溪河心想「又老調重彈了」。眼光自然而然投向素珠。這才驚覺，在自己不曾留意的歲月裡，小丫頭素珠已經在不知不覺中長大成人了。心裡揣度著，就像秋香那樣，素珠被嫁的日子不遠了。

「是啊。溪河伯。」秋香把溪河視爲一伙地說。「讓這丫頭保管鑰匙，不知道會玩些什麼花樣啊。」

「不過，眞的是金庫的鑰匙嗎？那可是重要的東西啊。」

溪河說，眼裡有些驚慌。秋香卻默默微笑著。素珠立刻插嘴。

「胡說！胡說！是桌子抽屜的鑰匙。因爲是每天買東西要使用的錢，所以說是交給我保管沒有關係。」

「放了多少錢呢？」

「昨天打開來看時，有五十圓。」

一聽到這句話，溪河不由得拍膝大笑。

「啊——哈——哈——」

兩個女人忘記了爭吵，不解地望著溪河大笑的模樣。就在這時，溪河離開了現場，爬上土牆，開始揮動剪刀。白癡的女人，被騙了也不知道。他喃喃自語，然後狠狠地用力使剪刀作響。

兩個女人一離去，周遭又恢復了原來的寧靜，只有剪刀的聲音迴盪著。

某個寧靜的傍晚，整個福壽堂籠罩在沉悶的氣氛中，許多平常沒有看過的人出入其間。突然間激烈的哀嚎聲劃破寧靜。不久後，正廳出現人影，用大竹簍蓋住祖先的牌位，關上大門，狼狽地騷動起來。

原本在隔壁沉睡中的玉梅，突然彈起來似的，以非常快的速度跳起來，無精打采的張開嘴唇，兩眼望著天花板。

「想喝奶了嗎？是的。你肚子餓了。你看！不可以哭。」

說著說著，從棉被裡伸出腳來想下床。她吃驚的老母趕忙飛奔過來制止她。玉梅卻痛打老母的臉，用力推撞，然後大叫。

「你看！哭了。嬰兒在哭了。」

「玉梅！玉梅！」老母又抓住女兒的衣服。

「愛哭鬼！愛哭鬼！想嫁人了嗎？不喝奶就想嫁人嗎？愛哭鬼！」

玉梅嚷嚷著，再度推開老母，似貓般地敏捷，連草鞋也沒穿就奔出房間。

老母跌個四腳朝天，連隨後追趕的力氣也沒有，開始潸然淚下。

當天天色已暗，佃農紛紛聚集到福壽堂。由於接到通知，親友們陸陸續續到來。有時候從門樓傳來女人的號哭聲，頭髮上披著白布的女人整張臉埋在手帕裡哭著進來，然後走進正廳。每次都惹得狗狂吠不已。

海文發覺秋香失踪是在深夜。不由得檢查桌子的抽屜，結果裡面應有的八十圓不翼而飛了。回想起當知道秋香從素珠那兒偷到鑰匙時，自己非但毫無抵抗的狀態，而且反而有點高興，不由得生起悶氣。他的臉色非常可怕，不停在家中踱步，監視弟弟們及親友們是否像秋香那樣盜取他的東西，指桑罵槐地自己責罵自己。

「不過，秋香那傢伙爲什麼選在母親去世這天逃走呢？這麼忙的時候，而且玉梅又發瘋了——再加上拿走了八十圓。」

佇立著喃喃自語，然後又走動起來。就在反覆的動作中，對自己發怒的情緒逐漸消失，而惋惜八十圓被偷的感覺越來越迫近。不由得仰望夜空嘆息。

竹梢上掛著一輪淡淡的明月。

6

桂春夫人的葬禮舉行了兩晝夜。對貧窮的牛眠埔部落居民而言，被稱作「九舍娘」夫人的葬禮之盛大，成爲部落居民的熱門話題。終日大鼓、銅鑼、嗩吶的聲音從部落的南端傳來。部落居民在田裡聽到，互相交換訊息。

黑夜來臨，工作完畢的部落居民爲了觀看法事，走過黑漆漆的田間小路，急奔向部落的南端。來到燈心橋，已經可以看到半邊庭院燈火通明的福壽堂。嗩吶聲中可以聽到道士梵唱的聲音及遺族們的哀泣聲。瞬間，在畦道間行色匆匆的人們，不由得熱血沸騰，紛紛稱羨九舍娘很有福氣，遺族多且帶孝嚎哭者亦衆。由於門樓的狗已經綁到內庭，人們安心地進入庭院。

該夜最賺人眼淚的，大概就是戲劇「耙砂」了。在院子的正中央堆一座小砂山，周圍鋪上稻草，遺族們穿著生麻的喪服坐下來。砂山上插了兩顆雞蛋當作眼珠，然後點上蠟燭，遺族們屏息凝視。戴著牛頭與馬面假面具的兩個道士，隔著砂山對罵，四處奔跑，等他們一消失，出現一位胸前披著長白布的道士，帶領著遺族們環繞砂山的周圍，一邊又以充滿悲調的聲音哭泣。走一步停一步，哭著用白布拭淚。剎那間，遺族們也放聲大哭。道士哭著唱出「十二月懷胎」的悲傷詞句，以及感謝母親養育的哀痛之情等，與遺族們思念母親的悲淒相輝映，深深感動了周遭看熱鬧的人群，女人們的眼睛已經哭腫了。他們回想從懷孕、生產到養育過程母親無限的劬勞，思及與母親永別的哀痛，不禁潸然淚下。不過，他們仍然沒有怠於注視每位遺族的一舉一動。誰哭得最傷心的問題最能引發他們的好奇心。尤其四位「孝男」中的海瑞與海泉不是桂春夫人的親生子，他們是否會悲泣呢？親生子海文與海山必定悲痛莫名吧？他們瞠目以視。再則，最能瞭解「孝男」悲痛之情的，就是「耙砂」中思及母親養育之恩時，因此他們邊哭邊小心翼翼地凝視著。可是，他們所看到的，竟然是搬到鄉下過著純樸生活的繼子海瑞與海泉最為悲痛。而親生子海山在喪服下穿著西裝、皮鞋；海文不僅沒穿喪服，法事時也沒加入遺族們的行列，一個勁兒地在家中忙著來回踱步。看熱鬧的人頗感意外，不久後有人忍不住發言。

「海文是主持法事的人，要負責一切的調度，沒有時間待在同一個地方。」

大家這才豁然開朗。

「由長孫子豈來代替父親啊。」

經他這麼一說，大家的目光一齊投向遺族們，想搜尋子豈的身影。女人們頻頻注視女眷們哭泣的情景，由於沒有看到玉梅的身影，就拉拉旁邊人的衣襬。

「沒有看到長媳哦——」

「生小孩啊。」有人沒好氣地回答。

「粑砂」逐漸接近尾聲，看熱鬧的人似乎也從莫名的感動中甦醒，嘆息聲此起彼落。這時冷風吹起。

突然間，頭髮散亂的玉梅從家裡跑出來出現在衆人的眼前，以嘶啞的聲音對著夜空大叫。然後高舉雙手，衝向遺族們所坐的稻草邊。由於事出突然，吃驚之餘，大家紛紛躲開。玉梅於是站了起來，一一扯下女人們所披掛著的麻頭巾，然後發怒說：「愛哭鬼！愛哭鬼！」

隨後追趕出來的老母與哥哥終於追上她，然後抓住她的雙手。

「玉梅！進入房間休息！」老母安撫她。

「你偷了豬肉吧？爲什麼哭呢？」

玉梅大聲嚷著，儘管雙手被抓住，還是拚命扭動身體想脫逃。老母垂淚不已，哥哥左右爲難，絞盡腦汁想帶她進屋裡。玉梅益發反抗。燈光下，三人糾纏的影子宛如小孩在吵架。道士與樂隊目睹三人的情景，不禁露出輕蔑的笑容，不過還是繼續進行法事。海文從內庭跑出來，一站到玉梅的面前，就以可怕的眼光瞪著她。

「玉梅！進去裡面！」大聲斥責。

胡鬧的玉梅瞬間像挨罵的小狗，低下頭溫順地讓老母帶進屋裡。

「眞是可憐啊。怎麼一回事呢？簡直就像個瘋子嘛。」

看熱鬧的一個人說。人們這才從知道眞相的人口中聽到玉梅發瘋的事，不禁目瞪口呆。

「一定是跟九舍娘死亡的時刻相沖了。因爲產婦與亡者之間有許多忌諱。」

有人如此說明，大家才恍然大悟。柢觸到十二支竟然會有如此的結果嗎？越想越覺恐怖，慌忙盤算自己出生在哪一年。

「不對噢。」知道內情者說。

「那是因爲坐月子期間療養不良的緣故。眞是可憐啊！她因爲產褥熱又硬撐，一定吃了什麼不好的東西。」

咦——衆人眨眨眼。他們的臉上因「耙砂」油然而生的感動已消失了一半，覺得不可思議而皺起眉頭。有錢人海文的妻子坐月子應該不會療養不良，一定是雞酒食用過度。反之，要說羨慕的話，自己雖然貧窮，卻頗能心滿意足。

法事一進行到半夜，只剩下道士在念經。道士有氣無力的沙啞聲與木魚聲，響徹人聲寂靜的夜幕。親友們七橫八豎擠在一塊睡，鼾聲大起。只剩下子豈與海泉兩人在道士的後面頻頻點頭。雞鳴乍起。

拂曉時分玉梅才稍微睡著。迄今一直守在身旁的老母，開始嘆息，頻頻注視女兒的臉龐，忍不住悲從中來。正欣喜她能嫁作富豪妻，誰知沒有多久，竟然變成可怕的瘋子。思及女兒的命運，不禁埋怨，到底是何因果，連神明也拋棄了這麼貞淑的玉梅。不要說自己比以往更加對得起良心，就是玉梅的父親也沒有起惡心害過別人。前思後想，淚流不止，總之是海文不好，於是油然而生憎惡他的心情。簡言之，除了解釋是因爲坐月子期間食物與靜養都很差外，再也找不出其他原因。不禁埋怨海文這個男人爲何如此吝嗇。不過，這只是唯一的反抗方式，此外別無他法。面對自己的無能爲力，想到自己因貧窮的悲慘，又開始哭了起來。玉梅似乎假寐了一會兒，忽然翻身睜開無神的眼睛，看了一下母親的臉，然後在自己的腋下尋找某樣東西。老母立刻察覺了，在覺得女兒很可憐之前，猜想她是否已恢復正常的淡淡喜悅湧上心頭，連忙在她的耳際呼喚「玉梅！玉梅！」。也不知道玉梅是否聽到了，一直凝視母親的臉，然後又闔上雙眼。剛出生不久的嬰兒，就在玉梅病發的同時，送到部落的奶媽家。

自從玉梅發病以來，老母未曾看到海文出現在她的房間，不禁抱怨他是個薄情郎。不過，在海文的眼中，並不是什麼大不了的事。受到母親死亡的刺激，海文似乎被喚醒了，發覺秋香來了以後自己的愚蠢，原本打算把八十圓當作餌來博取她的歡心，誰知竟然眼睁睁地看著錢被偷走，深感惋惜。不用支出現金的就另當別論，例如供應秋香三餐的飲食，像這種眼睛看不到的消費還可以忍受。不過，現金被偷走卻讓海文寢食難安。接踵而至的，因母親之死所花費的金錢與親友們的到來，使他無暇悲傷母親的死與關心妻子的病，整天忙著環視家中是否有什麼東西短失了。再則，母親葬禮的費用當然應該由兄弟五人負擔。不過由於事出突然，所以一切的支出由他先行墊付。光是記載支出的明細表就足以使海文徹夜難眠。

在母親三天的葬禮中，海文彷彿生了一場大病，很明顯地瘦了一圈。

等所有的葬禮結束、一切都收拾整齊後，海文把弟弟們與寡嫂召集到祭拜母親靈位的正廳。由於睡眠不足，大家都臉色蒼白，出現黑眼眶。一坐下來，睡意自然就湧上來，再加上母親靈位線香的味道與紅燈油漆的味道，混合著生麻喪服的味道等，強烈地沁鼻，不知不覺睡意襲來。不過，當海文提到要立刻分配葬儀費時，大家突然睜大眼睛，重新坐直。海文以傲慢的口吻說。

「葬禮已經結束了，不趕快還我錢的話，可就傷腦筋了。我所代墊的部分，照理說是要加上利息的。不過，我沒有把它計算在內。今天內一定要把錢還我。」

海文誇大動作地翻開紅皮舊式的出納簿，然後說出總額，把它們分成五等分。海文說這些話時，一副一文錢也逃不掉的認眞表情，眼神看起來也跟平常不同。嚴厲到自己所決定的事不容有誤。在他所列示的葬儀費中，有薪水、物品破損費，例如打破茶杯的賠償費等。弟弟們這才知道他連自己的東西也詳細地計算在內。不過，一面對海文的態度，只好默不吭聲地支付。無法支付的只有他的親弟弟海山。憑藉著原本爲了興趣而熟背中藥的處方，或當密醫或爲人卜卦，好不容易才勉強可以維持生計的海山，實在湊不出錢來。因此，他要求延期支付。海文當然聽不進去。

似乎忘了是在母親的牌位前，兄弟兩人爲了錢開始爭吵起來。海文如此說。

「不行！不行！我已經吃過你的虧了。雖說是弟弟，你是比弟弟更壞的惡棍。縱使是一文錢，只要對你有利，也要攢下來嗎？把分得的財產都蕩盡了，眞不知道你還會做出什麼事來。」

他們兄弟間還有一塊二甲左右作爲祭祀用的公田。因此，海文說是要從裡面沒收海山收穫的部分。聽到這句話，海山重新注視著哥哥的臉，想讀出骨肉之情。不由得嘆了一口氣，內心激動地咒罵空有「骨肉」之美名。他想再也不踏進這個家門半步。想到這裡，心有不甘，覺得不可以就這樣離開，一定要讓他難堪一番。

海文繼續說。

「光是負擔母親的醫藥費，我這個作哥哥的對你可說是仁至義盡了。」

「囉嗦！」

海山突然火冒三丈。

「隨你高興了。大家都會付的。反正你是個不擇手段的傢伙。不管我多窮，都會付得一清二楚的。做骯髒事卻想變得有錢。如果以爲這個世界也是這樣，那可說是認識不清了。嫂嫂爲什麼會發瘋？錢是大家都會支付的，多少做一些有益於國家社會的事吧。如果認爲利己主義很好，那就大錯特錯了。」

說完話後，海山走出房間。等他發覺時，弟弟們不知何時已全部不在房間了。海文依然平心靜氣地走向庭院，環視房子。終於把這件擾人的事解決了，心情頓覺輕鬆愉快。喃喃自語著，雙手伸向天空，打了一下呵欠。數日來一直在內庭的狗，現在又綁回門樓。在陽光下，狗把頭趴在地上，閉起眼睛，過了一會兒，微微張開眼睛，一認出主人的身影，撒嬌似地搖搖尾巴，嗚嗚叫，然後又閉上眼睛。

某個早晨。俯臥著的狗突然爬起來，豎起耳朵，看起來好像沒有要吠叫的意思。不過，突然間垂下耳朵，尾巴開始激烈地搖擺。從內庭裡，拿著行李箱的溪河走在前頭，玉梅由哥哥牽著手走出來。今天她難得把頭髮梳得整齊，也擦了一點粉，似乎爲了欣喜能外出而咧嘴笑個不停。老母跟隨在後面，目眶盈淚。

「那麼，我們走了，請放心。」走出門樓時，哥哥向尾隨後面送客的海文行禮。海文佇立於門樓下，把雙手交叉胸前。

「溪河務必要儘快回來哦。」瞥也不瞥玉梅一眼地說。

溪河突然點點頭，然後挨近玉梅的身旁。

「玉梅！畦道很危險，你要小心哦。去醫院，你的病一定可以痊癒。」

農人在田裡施肥。看到他們一行人，不由得停下來眺望。

「要去哪裡啊？溪河伯！」

「入院啊。」彷彿是他的事，溪河很高興地回答。「聽說城北醫院是間偉大的醫院哦。」

「咦——」可以淸楚地聽到農人的嘆息聲。

一聽到這裡，哥哥對於海文讓玉梅住進是州立精神病療養院的城北醫院之吝嗇，再度發起怒火，不過臉上沒有表現出來。老母已經掩聲哭泣，悲傷女兒如今離家是否能再度回來呢。老鷹在竹籔的上空劃圈。玉梅孩子似地眺望。一被哥哥斥罵，立刻溫順地選擇田間的草，然後一步步踏著。因田裡的水溢出來，沾濕了鞋子。提著行李箱的溪河頻頻回頭探視。海文目送把玉梅圍在中間的衆人消逝在竹蔭中，露出落寞的表情。

突然間，狗吠聲大起。仔細一看，有位老太婆從相反的方向走過來。

「怎麼了？海文舍。呆呆地站在這裡。」

原來是媒人文福嫂。猛然想起託她替素珠作媒的事，海文以威嚴的聲音說：「怎麼樣了？有眉目了嗎？」然後在前頭領她進門。

原載一九四二年四月《台灣文學》二卷二號

廟庭

返鄉的那晚，聽母親提起舅舅說是無論如何都要見我的事。依照母親的說明，約在我回來的一週前，舅舅每天差人來問我是否已回來，催促說只要我回來立刻到舅舅家。母親推測似乎有什麼要緊的事。話雖如此，找我應該不會有什麼要緊的事，所以儘管隔天早上母親催我立刻去他家，我還是不想動身。我很疲憊，而且去他家玩也不需這麼急，所以我反對。最後，依人情義理，我還是決定早一點去舅舅家拜訪。

從皮箱取出新的西服，我邊換穿邊問，母親說明了舅舅家的近況。首先是舅舅家依然毗連關帝廟，這點使我相當滿足。因爲那座關帝廟有我許多少年的回憶。雖然已經是十多年前的往事，現在去拜訪而回想起昔日也不錯。尤其回憶中，每次隨母親回故鄉，都和舅舅唯一的女兒翠竹快樂地玩耍，所以我的心格外興奮。實際上，與翠竹之間類似初戀的種種回憶，想起來就覺得很溫馨。翠竹比我小三歲，所以今年應該是二十五歲。二十歲的春天與丈夫死別，如今又再婚。與前夫生有一女，在再婚前的四年間，被領回舅舅家，內心似乎相當難受。聽說去年秋天，經人說媒又再婚了。聽母親提起這件事時，我欣喜翠竹的幸福再度來臨。不過，與她最初結婚時的情形相同，一想到現在去關帝廟她也不在家，越發覺得寂寥。我不能再說些孩子話了，邊打領帶邊問母親翠竹的再婚是否圓滿。這麼一來，母親噤口沉默了一會兒。不久後，平靜地說最近好像不太好。

「哦——」我裝冷靜，誇張地說。母親若無其事地說：「聽說小姑很惡劣。不過，女人不管去哪裡，都得忍耐啊……」

突然又靠近我的耳畔小聲地說：

「我想舅舅是不是要和你商量那件事……」

「和我商量？」我笑了出來。

和我商量那件事到底會有什麼收穫呢？如果事實如此，畢竟我是幫不上忙的，去了也是無濟於事啊。我如此說。母親斥責我：

「並不是絕對如此。這只是我的猜想罷了。」

我跟鄰居借自行車出門。騎到田間小路，穿過相思樹林下，溫柔的微風掠過許久才又重新玩味的故鄉之青空，些微的汗臭味果然令人感到舒暢。映入眼簾的蒼鬱色彩，一會兒就喚醒我沉睡中的生命力，感覺到全身都在躍動的力量。我儘量避開那一片甘蔗園，沿著河流，或以山麓爲目標。走在石子路上，有時就下車用肩膀扛起自行車，有時就牽著走路。當感到被陽光曬得有點頭痛時，就走過通往舅舅家的橋。過橋後從竹叢向右轉，那裡就是引發我鄉愁的關旁廟與舅舅家的店。放眼一看，閃閃發亮的紅瓦屋頂恰似在跳舞。目睹此一情景，思念與感傷之餘，胸中翻騰不已。廟庭的石塊上，到處都有類似小孩擦屁股的糞跡，而雞群在其間走動。我把自行車牽到陰涼處，然後就走進舅舅的店頭。

坐在門口的舅媽一看到我，立刻站起來，微笑地迎接我。然後請我坐下，反身對著裡面呼喚舅舅。舅舅握著煙管立刻出來與我見面。然後凝視著我，毫不客氣地把香菸的臭煙一股腦兒地吐向我的臉，陸陸續續詢問我的近況。雖然我苦於菸味，也不得不回答。由於店頭被關帝廟遮住，所以有點暗，只有北側小窗流洩的一條光線，使我們能清楚看到對方的臉。舅舅的額頭出現很深的皺紋，奇怪地垂下害怕、卑屈的眼光，好像要討我歡心似地說著。有時偶爾與我的視線交會，立刻膽怯地避開。一回想孩提時所記得舅舅精神奕奕的模樣，驚訝歲月使舅舅變得卑屈的不可思議，邊敍述自己在他鄉的生活。在談笑風生中，想試著觸及舅舅非見我不可的原因。不過，舅舅意識到，想逃避重點，所以我猜測一定是件很嚴重的事情，不禁油然而生悲壯的心情。舅媽默默地聽著。不久後就走進廚房。

「中餐沒有什麼菜。請忍耐將就一點吧。」舅媽站起來說。

「舅媽！謝謝！沒有關係的。」

我趁此機會站起來，環視舅舅的家中。舅舅也沒有制止我站起來，反而尾隨我的背後，說明會使我回想起孩提情景的各種道具與樹木。這段期間，我也試探似乎有心事的舅舅。舅舅只是說好好玩一下。舅舅的這種態度令我心焦。最後，除了耐心等待外，別無他法。或許沒有什麼要緊事也說不定。我環視房間、庭院與屋頂。乍看之下，舅舅家沒有多大改變。我與翠竹相親相愛、經常並肩坐著的搗米場也原封不動。而且兩人扮夫婦經常躲著的柴房也依然殘留下來。唯一美中不足的，就是看不見翠竹的身影。不由得胸口覺得疼痛。不過，歲月的流逝把我從感傷中喚醒，使我冷靜地正視現實。翠竹已經再婚了，而我不也成爲人父嗎？只有自覺自己已經老了的現狀。

午飯後，舅舅依然天南地北亂聊來打發時間，當我想告辭時，他露出生氣的表情。

「今晚留下來。不是特地來的嗎？而且也有事要和你好好聊一聊……」舅媽也拉住我的衣服不說話，「不好吧！可是……」還是無法告辭。我們再次坐在店頭。午後的燠暑，使房間裡好像蒸籠一般，而且沒有風，吸血蟲爬在腳上。在淡淡睡意的襲擊下，拍打著吸血蟲，眼睛朦朧地朝向廟庭。四、五個光著屁股的小孩追逐著蜻蜓。

覺得有趣，不由得摀住自己的嘴。是的。自己與翠竹在一起時，就是那個打扮到處玩耍。滿懷眷戀，我站了起來。

「睡個午覺吧。因爲很熱……」舅舅與舅媽異口同聲地說。我留下充滿睡意的舅舅，走出外面。

「不可以回家噢。」舅舅在背後出聲。

「不是。只是去散步一下。」

走進關帝廟一看，廟庭堆滿甘蔗的枯葉，雜草叢生。道出無法舉辦個熱鬧的祭典之實情。連神廟內的祭壇也看不出有整修過的樣子。壁上的石灰剝落，燈籠已褪色而且破舊不堪，結滿蜘蛛絲。關帝爺神像鼻旁的塗料剝落，偃月刀與神旗等任其荒廢。曾經擺過數十頭牲禮的長桌，如今也變成長物，只有斑斑的雞糞。怎麼看也看不出關帝爺曾經顯靈的痕跡。隨著時代潮流的沖激，它已逐漸沒落，如今變成部落居民的倉庫。我在腦海裡描繪某個情景，呆立了一會兒。那是最初母親帶我來觀看關帝廟祭典時的事了。過於留意人來人往的我，在舅舅的店頭擺張椅子，然後站上去抓住母親的肩膀，眺望眼前的情景。翠竹出現在人潮中，過來拉我的手。她穿著紅衫桃色的布鞋。

「哥哥！走吧。很有趣噢。」

翠竹說。我越發覺得害怕，摟住母親不放手。

「很有趣的。非常……」翠竹笑了。

母親也從肩膀上把我的手拿下來。

「這樣不行的。你是男孩子。不要輸給翠竹啊。去吧。」

以一副要揮去麻煩的表情看著我的臉，然後拜託翠竹：「來拉著哥哥的手。」

「嗯。」翠竹點頭，然後來拉我的手。

「哥哥！快走吧。」

她走在前頭。沒有辦法之餘，我只好尾隨其後。我們鑽過人潮，來到祭壇的前面探出頭。面對這種異樣的情景，我似乎要暈了。翠竹指著站在祭壇前裸身的男人說：

「那個人就是乩童。現在要割頭了。非常有趣噢。哥哥。仔細看清楚。」

我屏息凝視。過了一會兒，裸身男人的手開始抖動。不久後，全身都在躍動。我緊握翠竹的手。翠竹也用力反握我的手。看著看著，刷一聲，男人拔起劍，開始砍自己的背部。我非常害怕，放聲哭出來。於是，翠竹拉著我的手，帶我到廟庭一隅的金亭。安慰我說：

「那不是在殺人啊。不會很可怕的。」

由於從金亭吹出金紙的熱煙，使我流出更多的淚水。一哭就一發不可收拾是我孩提時的習性。因此，翠竹相當困擾，想盡各種方法安慰我。翠竹用紅衫幫我拭淚的情景，從此我永遠無法忘懷。現在我就是想起那一幕。走近金亭瞧一瞧，只留下黑黑一團金紙的煙跡。煉瓦的裂縫處有麻雀做巢。我試著以讓翠竹拭淚時的姿勢站在金亭旁。懷念充塞心胸，卻無計可施。

眺望廟內，一幕一幕所回想的，只是翠竹的事。我屈指一算，自從彼此過著婚姻生活，已經過了七個年頭。在那段期間，我只見過翠竹一次。就在她與前夫死別、回到娘家的時候，而那時辭掉某個工作的我正好去拜訪舅舅。迄今我依然記得很清楚，正是夏日時分。翠竹一看到我，突然不好意思似地躲起來，然後就沒有再露面。我有點愕然。不過，一想到翠竹與丈夫死別的立場，不由得心痛。因此，這次的訪問使我鬱鬱寡歡。

紙短情長。一提起舅舅家，腦海裡立刻浮現翠竹的身影。對少年時的我來說，舅舅的家就是指翠竹在時的舅舅家。不過，如今彼此都已長大成人，翠竹也再婚了，所以我能夠做到的，只有希望她能幸福。現在也悄悄地想起昔日的情景。想到她，不禁站在關帝爺的面前，祈求她能永遠幸福。尤其她曾經一次婚姻失敗。很幸運地能夠再婚，獲得新的幸福，比什麼都令我高興。聽說這次的先生是個稍微中年的紳士，有相當的地位。這樣很好。我沉浸於想歡呼大叫的滿足感中。抬頭一看，廟宇上方，初夏的蒼穹亮麗耀眼。

我想走出關帝廟在附近散步。首先，從廟後經過田圃，邁向村子的道路。這是條一半被小河淹沒的路，石塊很多，鞋子不時浸到水。從前曾幾次和翠竹走過這條路。我邊走邊跳過小石頭。對岸本來有茂盛的竹叢，現在已不復見，甘蔗取而代之。嘎——嘎——石頭間與岸邊有成群的鵝與鴨喧囂地悠遊其間。

終於走過流水，來到甘蔗園，一個女人迎面而來。看到她的臉的瞬間，我驚愕地止步大叫。翠竹！是的！不就是翠竹嗎？

「翠竹。」忘我地呼喚她的名字。

翠竹也驚愕地抬起頭，像塊石頭似地凝視著我。然後激動地停止步伐。

「翠竹！你回來了嗎？」

我笑著跑過去。可是，翠竹的眼角只稍微掠過一絲笑意，立刻移開視線低下頭來，痛苦似地嘆息，想要逃避我。就在我呆立時，翠竹稍微欠身經過我的面前，以非常沒有精神、彷佛生病的步伐，頭也不回地向前走。我深感意外，不知如何解釋，尾隨她的背後折回原路。原本是那麼相親相愛的兩個人，到底發生了什麼事？不由得悲從中來。等情緒漸漸穩定下來，我才恍然夢醒。從背後所看到的翠竹，右手拿著一把褪色的洋傘，穿著好像是從前訂做寬大的洋裝。走路的神態宛如病重的病人。也不知道曉不曉得我跟在背後，不曾回過頭來看一下，自始至終只是看著自己的腳尖走路。這是多麼奇怪的姿勢啊。我再度屈指一算。腦海裡頻頻描繪二十五歲的翠竹之模樣。等重新看她一眼，眼前的翠竹怎麼看都像是超過三十歲的女人。翠竹與前夫死別時，當然透露出陰鬱的表情。不過，仍讓人感覺到洋溢著潑辣的年輕。如今卻找不到任何痕跡。似乎婚姻不是造成不幸的原因，而是某種疾病的緣故。心裡念念不忘，依然覺得心痛無比。儘管剛才翠竹沒有明顯地與我相認，從她一言不發逃跑似地走過之情形看來，是不想讓我一眼看穿。直到翠竹的身影消失在舅舅家之前，我始終無法出聲呼喚。

我慢了一會兒進入，發現舅媽的眼裡盈滿淚水，正要與女兒一起走進臥房。而舅舅垂下似乎剛睡完午覺的惺忪雙眼，不高興地吸著煙管。不安越發襲上心頭，我靜靜地坐在店頭的椅子上。舅舅抬頭看了我一下，視線一交會，立刻從嘴裡取出煙管，一副有話要說的模樣。突然又把煙管放回嘴裡，很困難似地繼續吸著。我屏息等待。在默默不語中，這是個彼此都有所覺悟、心情沉重的瞬間。舅舅邊吸煙管，不時偷覷著我，又垂下視線若有所思，似乎考慮該從哪裡開始談起，以及從何處問起。在舅舅的視線避開時，我也一直凝視他的表情，試圖讀出他的心事。今天早上我來舅舅家時，他是一副沒有任何事的表情。現在卻截然不同。或許是由於我尾隨翠竹的後面進來，已經有所暗示。照這麼說來，我推測事情一定與翠竹有關。雖然舅舅有三個兒子，個個都是勞動能手，沒有受過教育。所以，一有事需要找人商量時，舅舅非常信賴我，總是找我過去商談，這點我是知道的。現在一定也是如此。如果是翠竹的事，我實在等得很心焦。我們沉默了一會兒。暑氣漸漸消去，周遭開始籠罩在夕陽的餘暉下。店頭的玻璃瓶在反射下閃閃發光，雞群跑到廟庭那堆甘蔗葉上。

我的推測沒錯。不久後，舅舅抖落煙管的火，然後放在肩膀上，看著我的臉。簡短地說：

「翠竹回來了。」

「是啊。剛才在路上遇到她。」我儘量笑臉回答。舅舅再度陷入沉思。

「事實上，翠竹讓我很傷腦筋。」過了一會兒舅舅說。「她本人說想離婚。」

「哦——」我著實吃驚。

「不過，這是第二次結婚，我正因她能再婚而覺得安心。離婚未必就是幸福，所以想聽聽你的意見。」

「到底是因爲什麼原因啊？」我挺出身子。舅舅嘆了氣。

「是女人說的話，也不知道可靠不可靠。據說婆婆是個非常可怕的人，小姑也是如此。即使挨餓也不給飯吃，還會打她，簡直很殘酷。你看！翠竹果然也是很憔悴。」

「不過，聽說她先生是個相當有地位的人。實在令人有點不敢相信他能若無其事做出這種事。」

「我完全看錯她先生了。」

舅媽表情暗淡地出現。一聽到我們說的話，立刻怒氣沖沖插嘴說。

「哼！算是什麼男人。老婆被母親與妹妹虐待，還能若無其事啊。他反而高興呢。因爲反正還可以再娶一個新老婆。」

我連忙盤問舅媽最後一句話的含意。

「娶新的老婆？」

「不是嗎？到目前爲止，已經與七個女人離過婚。翠竹是第八個。眞的是運氣太差了。」

「什麼？」我聽傻了。「怎麼還讓她和那種男人結婚呢？」

「怎麼曉得會有這種事。」舅媽悲傷地說。舅舅好像覺得很沒體面似地垂下雙眼。「起初是聽說與前妻死別。後來才知道他與七個女人離婚。簡直就是以換老婆爲樂嘛。」

「他的母親與妹妹好像也明白這點，所以才敢虐待她。」舅舅搭訕說。

「她們一家人都是像鬼一樣殘酷的女人。」舅媽恨恨地答腔。「昨晚也被她們虐待了。翠竹從昨晚起就粒米未進，眞的很可憐啊。翠竹……。」

看見舅媽的眼裡噙著淚水，我的眼頭也熱了起來。

「那麼，不可以置之不理啊。舅舅。」

舅舅的眼睛閃著光芒。「我也是這麼想。不過，她已經是第二次結婚，而且離婚未必就能幸福，多少忍耐一下是不是比較好呢？你認爲怎麼樣？」直盯著我的臉。

「是啊。離婚是最後的手段，之前先找出圓滿解決的辦法，您覺得如何？」

「嗯。對啊。我也是這麼想。那麼，想把這個任務委託給你。因爲你也知道新發生的事……」

糟了！我心裡想著。我不擅長負責這種任務。不過，看到舅舅困擾的模樣與拜託我的心情，再加上我對他的愛，於是悄然下了決心要試著接下這個重擔。

「那麼，要不要和對方見個面談談啊？」

「這樣很好！這樣很好！因爲如果不是像你這樣能言善道的人是無法擔任此任務的。」

舅舅說完後，命令舅媽去叫翠竹出來。沉默的舅媽開始猛然抨擊舅舅妥協的態度。聽舅媽說，翠竹這樣子回家不是一次或兩次，已經十幾次了。現在我方又低頭，反而會被對方看成傻瓜。已經厭倦再把翠竹送回去。她含淚說。舅舅默默聽著。等舅媽一說完，也不答腔，就自己站起來去叫翠竹。舅舅似乎生氣了。周遭開始瀰漫不愉快的氣氛。舅媽畢竟是舅媽，愁容滿面杵在原地。我深知舅舅一生氣就不許他人插嘴的耿直個性，所以悄悄拉了一下舅媽的衣服。可是，舅媽不甘示弱，抽著鼻涕說：

「我無法眼看她被虐待至死。」

舅舅回來，看到這種情景，臉色沉了下來。

「傻瓜！你到底要女兒嫁幾次啊？考慮一下名譽吧。女兒是只要能把她嫁出去一次，就算是已盡了雙親的義務。」

「你是說女兒被虐待是件很名譽的事囉。」舅媽也不甘示弱。

「囉嗦！」

舅舅大聲吆喝。露骨地表現出不想理睬對方的表情，然後坐在我的旁邊。翠竹覺得很丟臉似地低著頭出現。一聽到舅舅大聲的斥責聲，驚嚇得佇立在房間的一隅。我冷靜地以自然的表情凝視著她。翠竹對於暴露出自己悲慘的模樣，似乎覺得非常痛苦，不由得露出悲傷的表情。我對於曾經是青梅竹馬的翠竹，如今把自己視同外人的態度甚感不滿。好！如果是這樣的話，更加強我竭盡所能去幫助她、讓她知道我的眞心之決心。

「翠竹！到這邊來！」

舅舅叫她。翠竹這才開始磨磨蹭蹭地走到堆放鹹菜桶的店頭之一側。舅舅以生氣的口吻讓我和翠竹照個面。

「叫一下今天特意來的這個哥哥。把事情的來龍去脈一五一十地告訴他。或許他會有什麼好的方法。」

翠竹背靠著桶子，默默出神地凝視窗外。好像沒有聽見舅舅說的話，整個人陷入恍惚的狀態。我覺得自己有義務該說些什麼話，於是腼腆地垂下視線。

「我聽舅舅詳細說過了。」我說。「能不能說看看那一家人虐待你的根據？」

翠竹立刻滿臉通紅，緊抿著嘴，哀求似地凝視著我。然後微微嘆氣，垂下雙眼。我猜想她是在彙整自己的思路。房裡沉默了一會兒。在裡面聽到鍋底喀哧喀哧響的聲音。幾個從山中歸來的農夫通過店頭。看著越來越暗的外頭，已覺悟到今天無法回家了。

「爲什麼不說話呢？」按捺不住的舅舅沉默一會兒後插嘴說。

「是啊！」我也插嘴。「不要顧慮，儘量地說出來。否則，無法順利解決噢。」

可是，翠竹一副痛苦的表情，動也不動。舅舅發怒，再度逼問時，她突然激動地用雙手扶著臉，放聲哭泣。我吃驚地跳了起來，說不出一句話。就在我想要說什麼話時，翠竹掩臉奔回臥室。舅舅變了臉色，而舅媽滿臉都是不平之色。

「你想殺了翠竹嗎？」向舅舅展開攻擊。「這不是再清楚不過的事嗎？要她再度想起往事，太過份了。」

舅舅也生氣了。

「不要說蠢話了。要解決問題就必須這樣吧。」

「你說要解決什麼問題？是想再把她趕回去被虐待吧。」

聽到這句話，我因羞愧與過意不去而抬不起頭來。因爲做這個提議的就是自己，所以在道義上應抑止舅父母的爭吵。可是，我羞愧地提不起勇氣，只能默默不語。

「妖婆！你要女兒嫁幾次才甘心。混帳。」舅舅提高聲音。

「這是沒有辦法的事吧？」

「不可以。這次說什麼也不行。我已經用盡方法才使翠竹再婚。對方拿了我三百圓的陪嫁金與日用家具。絕對沒有白白捨棄的道理。」

「你愛錢勝過愛翠竹的命嗎？」

「我是愛錢。而且離婚看看。你認爲那麼輕易就能再婚嗎？如果不行，後果又會如何？」

「這是沒有辦法的事。都是翠竹的命運。」

「哼！還不是因爲祖先的牌位不祭拜姑婆（女性的直系長輩）。」

舅媽終於哭了起來，然後走進臥室。目送她的背影，正苦於不知該怎麼辦時，舅媽再度慌慌張張走出來，說是沒有看到翠竹。瞬間有種不祥的預感，翠竹應該不會回去婆家，所以躲在某個地方吧。舅舅也大驚失色而目瞪口呆。等恢復冷靜後，才又開口。

「找看看。或許是去廁所。」

我們邊呼叫翠竹的名字邊在房裡到處尋找。可是，由於舅舅家的房間沒有幾間，不需要花多少時間就可找完，到我們判斷翠竹是外出時並沒有經過多久。舅媽像狗似地在有蚊子嘈雜聲的房裡踱步，嘴裡頻頻嘆息翠竹的不幸。指桑罵槐，把一切都歸咎是舅舅的錯。舅舅挺能沉住氣，以十六燭光的電燈來照射，垂下眼睛吸著煙管。正巧舅舅的媳婦們工作完畢歸來，可是大家都說途中沒有看到她。

終於我決意外出尋找。告訴舅舅後，走到淡淡月光籠罩下的道路。戶外吹著濕氣很重的熱風，竹叢裡不時響起沙沙聲。關帝廟的庭院有蟋蟀在鳴叫。我極力壓抑胸中的不安，思索著翠竹悲慘的命運。想到不管女人在少女時代多美或多聰明、活潑，一結婚就輕易地把前者推翻的情景，不由得悲從中來，同時充滿著忿怒與同情。確實看到翠竹，無法忍受女人如此被虐待，不禁想吶喊女人爲何如此柔弱？利用竹叢裡流洩過來的月光，邊走邊尋找午後與翠竹相遇的那條浸著小河流水的小路之石塊的白色影子。

水流像蛙鳴般的吵雜，作弄小小月亮的圓光。可是，到處都找不到翠竹的影子。她眞的回去了嗎？不由得心痛。

站在小石塊上一會兒，我回到來時的路。然後走進關帝廟內。廟庭內，蟋蟀的鳴聲不歇。只有屋頂沐浴著月光，廟內造成一片陰影，什麼都看不到。突然驚覺有個憑倚金亭的奇怪人影。立刻直覺那是翠竹。走近一看，果然是她。

「翠竹！」

沒有回答。翠竹像座雕像，動也不動。靜到連她的呼吸聲都聽不到。不禁覺得眼頭發熱。

「回家吧。舅舅他們很擔心。」

翠竹默默出神地凝視廟的屋頂。我害怕地窺視她的臉。隱藏在雲間的月光灑下來，我發現停留在她眼瞼中的大顆淚水冷冷地反光。心裡一陣劇痛。清清楚楚地感覺到從自己的眼中溢出淚水。不過，我並不想擦掉。我的右手撐住金亭，儘量稍微離翠竹一段距離站著。覺得已經度過很長的一段時間。一闔上眼，就想起翠竹少女時代的臉與嬌俏的喊叫聲。等一張開眼，昔日與她兩人同樣是站在此金亭令人懷念的情景又浮上心頭。那天她安慰被乩童嚇哭的我，如今卻變成我必須在此地安慰她，命運多麼作弄人啊。歲月的流逝使我們的位置互換，我想畢竟都是因爲翠竹是女人的緣故。有沒有什麼可以救翠竹的方法？如果人世仍然是人世……喚起我甜美、感傷的心。在金亭築巢的麻雀，在我的頭頂上，似乎受到驚嚇地拍翅。

「或許她去尋死了。都是因爲你的關係。被丈夫拋棄，被婆婆虐待，回家又被父親責罵，翠竹去尋死也是理所當然的。」

從店頭傳來舅媽的哭泣聲。

我想催促翠竹走出廟庭。這時，目睹月光下翠竹眼裡的淚珠閃閃發光，一滴、兩滴……靜靜落下的情景，我挺起的身子再度倚靠著金亭，始終不敢動一下。

原載一九四二年八月《台灣時報》

鄰居

我所租屋的附近，雖說是市郊，卻是龍蛇雜居之處。大部分的居民不外乎是人力車夫、飲食店的商人、粗製的點心舖、工人、農夫等。隔著十五米寬的街道，面對的是二、三層樓房、井然有序的繁華街。只有這附近一帶，乍看之下很破舊，矮簷、泛黑、光線很差的房子櫛比鱗次，屋頂覆蓋破板、鍍鋅鐵板或竹屏等。經過屋旁小徑，要彎彎曲曲才能鑽過。來到那條小巷時，地面上鵝糞與雞糞斑斑。路的兩側，紫黑淤泥色的水面上，經常漂浮著各種垃圾，沼氣閃閃發光，惡臭撲鼻。紅銅色之乳房下垂的太太們粗魯的叫喚聲，流著鼻涕的孩子們之喧鬧聲，自行車經過的聲音，賣東西的叫賣聲，所有的喧嘩聲烘托出工商業居住地歡騰的氣氛。門口擺著「對我生財」的桌子、較富裕的人家，一個門口掛著五、六個名牌，顯然有五、六戶雜居的人家，只有「××宗布教所」的招牌氣派非凡、而裡面擺了古舊佛像與木魚的微暗之家，舉凡人相、手相、批八字一律包辦的算命師之家，只擺了十多個裝著粗製糕餅瓶子的人家等，各式各樣雜沓的人家構成了一個鎮。

我所租的這棟建築物，是附近一帶唯一的兩層樓房，正好位於東側，壓倒這一帶，給人宛如聳立的殿堂之感覺。似乎人們因洞悉市膨脹的情形而建造的。樓下是商店街，樓上是蓋來出租的。當鬧住宅荒時，樓上立刻客滿。樓下都是些保險代理店、豆腐店、糕餅店，或洋裁店等，不是什麼大不了的商店街。因爲是這樣一個地方，所以以每天要掙錢的街民爲對象，也沒有什麼大不了的生意。樓下門口的玻璃門全部塗上淡藍色，給人一種奇特的感覺。通往樓上的梯子就在樓下玻璃門一隅一扇門的入口處，與樓下沒有往來。屋頂鋪上紅色的台灣瓦，在綠色的田地與灰色的木板屋之間，綻放出鮮明的色彩。從喧囂都市的雜音中解放出來，顯得異常寧靜。不過，另一方面，背面田裡堆肥的味道、垃圾腐壞泛出的惡臭、木板屋街道某處迎面撲來的黴味、令人作嘔的廁所臭氣、汚穢的衣服、汗、垢、家禽的糞便等，整個街上籠罩在這些臭氣中。

我在這裡租屋完全是基於職業上的理由。就在附近一帶的國民學校服務，除了在這棟新的建築物上找宿舍外，別無他法。像我這樣的單身漢，最怕住在過於井然有序的宿舍，能住在如此不需要整理的房子，反倒怡然自得。那時，每天早晚從市中心騎自行車通勤，都會經過建築工地前面。心裡決定，等它完工，立刻搬到二樓的其中一間。當我住進來時，油漆的味道還很嗆鼻，鄰室與樓下空無一人。大約過了兩個星期，有個木匠搬進來樓下。不知道什麼原因，很長一段時間都沒有人來租鄰室。後來知道房東有意趕我搬家。因爲毗鄰的二樓幾乎都是住著一家人，而我住的二樓僅租一間給我，大家都不喜歡同屋簷下有個鄰居，所以一直找不到房客。房東討厭我也不無道理，不過我不想輕舉妄動，一個人在寬闊的二樓生活。

稍微描述一下二樓的情形。爬上一步一步都會發出嘎吱聲的樓梯後，旁邊有個很寬的走廊，左右並排兩間只以薄板隔間的房間。然後垂直的長廊連接背面的廚房。我租的是右手邊八個榻榻米大小的那間，一眼可以望到街道。左手邊只有六個榻榻米大小的兩間房間毗鄰。除了去廚房洗臉外，我幾乎沒有經過，而且窺視也看不到什麼。雖然不是很清楚，每到夜裡，可以聽到宛如老鼠的運動場之激烈聲音。我一個人就在這樣的二樓裡度過了兩個月。儘管有鼠輩的騷動，也不會比住人更讓人煩躁，很感謝能以舒暢的心情住下來。一從學校回來，踩著嘎吱嘎吱響的樓梯，進入房間，穿著文官服就躺到榻榻米上，凝視天花板新木板的接縫，這就是我每天的功課。只有在這時候，才能從自己置身於世界垃圾堆的附近之意識中解放出來。

不過，過了兩個月左右，我的功課完全被破壞了。有人搬進左手邊的房間。

剛好就在我出差視察學務回來的日子。天色已完全暗了下來，爬上樓梯，燈火通明，好像有人在家。正想著有人租屋了吧。一位穿著樸素、三十多歲的女人露出臉來。

「你是隔壁的老師嗎？」

盯著我的文官服詢問。是的。經我這麼回答，女人突然露出慇懃的笑臉走了出來。

「我是兩天前搬來的田中。請多多指教。」

慎重地行禮。聽她的語調及言行舉止不像是本島人，頗覺得意外。

「咦？田中？那不是內地人……」

「是的。請多多指教。」

女人幾乎想問怎麼一回事，看了我一眼，再度行禮，然後就退回房裡。大概是覺得聽到是內地人就呆若木雞的我很奇怪吧。等回過神來，不由得面紅耳赤。內地人也沒有什麼特別稀奇的地方，聽到內地人就大吃一驚的我實在很可笑。不過，仔細一想，聽到田中這個姓氏，我的吃驚只是對內地人住在這附近感到意外吧。提及住在這附近的內地人，只有派出所的警察與住在國民學校官舍裡的教員們而已，完全沒有預料到身旁會住個叫田中的內地人。而且非常意外他們會與本島人住在同一個屋簷下。所以，我的吃驚也不無道理。之所以如此神經質地考慮過度，或許是因爲我是個從事教育者吧。總之，在是本島人貧民區的這附近，而且是本島人的房子，第一次有個內地人住進來，我以訝異的表情來看這一切，倒也是事實。

當天晚上，姓田中的男人出現在我的房裡。當然他是露臉來向鄰居打個招呼。四十歲左右、給人壯漢感覺的男人，理平頭，眼光銳利，刮鬍後留下青色的痕跡，體格魁梧。從袖口伸出兩隻濃毛的手腕，站在榻榻米上的模樣，看起來極獰猛，搞得體格羸弱的我驚慌失措，完全聽不清楚他說的話。例如下列的情形。

「我是田中。請多多指教。」

「嗨！」

「今後請多關照！」

「嗨！」

「我想很多地方會給你添麻煩，請多包涵……」

「嗨！」

「聽說老師是在這裡的國民學校服務。」

「嗨！」

總之，我恍如置身於夢中，避開他一連串迫近的話，只頻頻以「嗨」回答。然後田中氏講了一長串話後就回去了。他離去後也還平息不了我的心神動搖，怎麼也記不得他到底說了什麼話。很長一段時間，我凝視著電燈，充滿與可怕的人爲鄰之恐怖感。

就這樣在二樓開始與田中夫婦過著鄰居生活。因工作的關係，與田中氏沒有照面。不知怎地頗害怕那張可怕的臉。幸虧田中氏的工作好像是在夜間，早上我上班時他還在睡夢中，傍晚回來時他還沒有回家，大概是在我睡了之後才回來，所以幾乎沒有見面的機會。反倒是與田中夫人每天會見兩次面。這種情形又使我苦於不知如何應對。每天早晚兩次，在是他人妻子的意識下，我對夫人敬而遠之。遇見時，垂下視線，「早！」「晚安！」只作普通的招呼。田中夫人非常客氣，說是「老師還是單身」，親切地端茶給我，詢問有沒有需要淸洗的衣物，我只是三緘其口。有時也想回應夫人的好意，不過田中氏那張可怕的臉總是適時浮現，於是我慌慌張張回到現實，冷淡地逃避夫人的親切。漸漸地，對田中氏不在家時與田中夫人在同一個屋簷下的情形，引以爲苦。儘量夜深再回家的日子越來越多。因爲我不斷被來自田中氏容貌的可怕幻影追趕。

然而，這一切只不過是我的杞人憂天。過了兩個月、三個月，終於能接納田中夫婦。因爲知道儘管田中氏有張可怕的臉，卻是個心地極爲善良的人，他在市內的松田商會分店工作。我以爲是夜間的工作，事實上是老實的田中氏在店打烊後才回家。田中夫人的身體似乎不是很健康，常常臥病在床。不過，當田中氏回來時，必定起來迎接。夫婦間的鶼鰈情深無庸贅言，單身的我不需常常窺視，單憑想像即可知道眞相吧。夫婦唯一的缺點就是沒有小孩。田中夫人常常怨嘆由於自己體弱所以不能生育，眞是可憐。田中氏說她「傻瓜」而不予理會。有次，我踩著樓梯爬上去，他們夫婦又在談論這件事。田中氏好像要徵求我的同意似地，冷不防發聲說：

「對不對啊？陳老師！怎麼能知道到底是胤不好還是畑不好呢？是共同責任吧。對不對啊？」

「嗨！」

突然間我窘得面紅耳赤，不知道該如何回答。田中夫人似乎過意不去，「啊！你這個人！」責備丈夫。

由此可以得知，田中夫婦苦於沒有小孩。田中夫人的身體雖然羸弱，也不是什麼特別不好的體格，爲什麼不能生育呢？如前所述，田中氏是個身體強壯的人。對單身的我來說，這是個謎。隨著歲月的流逝，我胡亂猜測，原因是不是出在田中夫人男性的體格上。儘管田中夫人性情溫和，身體的曲線卻是平板狀，皮膚像男人。三十多歲的女人，看起來比實際年齡老。不僅如此，看來夫人本身也已死心，幾乎不化粧，所以格外顯出老樣。偶爾才穿洋裝，平常都是穿和服，鬆垮地纏條葡萄茶色的細帶。不造作束起來的頭髮稍帶紅色。儘管如此，夫人給人的感覺卻是非常母性的，甚至有時讓我有種像是母親的錯覺。如前所述，田中氏非常愛妻子，他們夫婦可說是一對令人稱羨的鴛鴦。夫婦兩人在一起時給人的印象，是世上少有的愛之流露。我常常想像這對夫婦有小孩的情景，替他們深感遺憾。

經過了兩個月後。某個晚上，回到家時，聽到隔壁田中夫婦的房裡有小孩的哭聲。心想有客人來吧，默默不語。經過很長一段時間，完全沒有客人在場的動靜，只響起以小孩的哭聲爲中心、而夫婦頻頻哄騙的聲音。心裡頗覺納悶，假裝要上廁所，故意發出腳步聲，經過他們夫妻的房門前。不過，他們似乎沒有察覺我的腳步聲，依然一心一意哄著小孩，我終於忍不住出聲說：

「田中先生！有客人嗎？」

突然拉門打開，田中氏探出頭來。然後拭著汗說：

「不是。事實上是個小孩。」

「小孩？」

我往拉門內探視。田中夫人的膝蓋上抱著一位年約三歲的男孩。一接觸到我的視線，洋洋得意地露出笑臉。小孩哭鬧地咧嘴大哭。身上穿著吊帶褲，一看就知道是附近本島人的小孩。我用眼睛搜索像小孩父母的人。可是，榻榻米上除了田中夫婦外，別無他人。田中夫人好像立刻察覺我的想法。

「我的小孩。很可愛吧。」

摩擦小孩的臉頰說。

「田中先生的小孩?不過,田中先生……」

「是寄養到別人家啊!您不知道吧。」

「咦?好奇怪噢。」

應該不會這樣的,我的視線對著田中氏。田中氏那張可怕的臉皺成一團,笑著說:

「是啊!是我的小孩啊。」

「是嗎?好奇怪噢。」

我歪著頭。突然間,田中夫人極爲不悅。

「哎呀!討厭的老師。一直說什麼好奇怪啊……」

「不過,不是說田中夫人不能生育,而且,你看……」

我指著小孩的吊帶褲。「他不是本島人的小孩嗎?」

田中氏張開大嘴,笑著說:「穿幫囉!穿幫囉!」田中夫人卻板起臉,苦苦辯解。

「這個?」用手指捏起小孩的圍兜褲。「因爲保母是本島人。嗯!阿民。」

目睹田中夫人摩擦小孩臉頰的愛撫動作,有種接觸到美麗東西的感激心,無法再言喻。

當然,我無法相信他是田中夫婦的小孩。一定是去抱來別人家的小孩。好像是證實我的想法似的,隔夜起果然看不到小孩的身影。田中夫人說是又交給保母了。也不知道眞實度如何。

之後，田中夫人常常突然匆忙出門，回來時一定大包小包買了一堆東西。後來才知道都是小孩用品。我只能以驚異的眼光來看女人母愛的強烈表現。

過了四、五天，那個小孩再度出現在田中夫婦的房裡。而且一整晚哭鬧個不停。隔天消失了。過了兩、三天，又出現在田中夫婦的房裡，也是一整晚哭鬧不休。就這樣反反覆覆了一個月。看起來小孩逐漸習慣了，連續一、兩天沒有回家，最後終於整天與田中夫婦一起生活。叫阿民的是個大眼睛、圓臉的可臉小孩，唯一的缺點就是頭上長膿瘡。白天似乎安靜地在玩具堆積如山的榻榻米上玩耍。等到我回來時，已經變成愛哭鬼，哭鬧不休，使田中夫人束手無策。田中夫人幾次在廚房與榻榻米之間來回奔跑。

「啊！好！好！眞聰明。阿民眞聰明，所以不能哭噢……」

反覆地說。

沒想到田中氏很早就回家。他似乎迫不及待想與小孩團聚，一回到家，立刻把禮物舉到眼睛的高度。

「你看！阿民！是禮物噢。喊阿爸！你看！爸！」

伸出舌頭，以刮過雜亂的鬍子摩擦阿民的臉頰。然後也沒有換衣服，就抱著阿民進入我的房間。

「跟陳老師說聲晚安。你看！晚安……」

阿民心不在焉，不管是田中氏的眼睛、嘴或鼻子，毫不在乎地用手指往內挖。田中氏似乎樂不可支，瞇著眼睛緊抱阿民。連在旁觀看的我也是心情非常愉快。也可以說完全歸功於阿民的出現，田中夫婦才能找到第二個春天。

不過，覺得困擾的就是我。尤其阿民半夜啼哭，一開始我就難以忍受。由於職業的關係，絕不允許我睡懶覺，即使少睡一小時也難以忍受，因爲站在講台上兩腳會發軟。早先原本能一覺安睡到天亮，現在每到三更半夜就被阿民的哭聲吵醒，再也無法成眠，不堪其擾之餘，氣得七竅生煙，不由得想大聲斥責。不過，阿民的哭聲中，不時夾雜著田中夫婦低聲安撫的噢噢喳喳聲。聽到這種聲音，不禁反省他們的愛之深，屢屢咬緊牙關。就在如此之夜的翌日早晨，出現黑眼眶，頭部陣陣劇痛。早晨在洗臉台碰面，儘管睡眠不足，田中夫人依然露出一張精神奕奕、愉快的臉。

「眞的很抱歉。妨礙了老師的睡眠……我想他很快就會習慣了。請原諒。」

田中氏不愧是田中氏。

「昨晚一樣鬧個通宵。一定覺得他哭得令人心煩吧。老師！眞的很對不起。請多多包涵……」

完全不介意睡眠不足等，他們夫婦一個勁兒疼愛阿民的堅忍耐性，令我羞愧萬分。老實說，連一開始就憎惡阿民的我，也逐漸覺得他越來越可愛。

儘管如此，我還是覺得田中夫婦未免過於好事。大體上說來，阿民是別人家的小孩，這是早已注定好的，田中夫婦卻百般疼愛扶養他，而且異常辛苦吧。雖說殷切盼望能有個孩子，卻要嘗盡艱辛，而且甘之如飴，田中夫婦可說是個異數。阿民的父母也不相上下。首先，阿民來到這裡已逾一個月，未曾出現像他父母的人。然後經過我的觀察，田中夫人主張阿民是自己的小孩，也沒有不自然的地方。不！連我都開始相信阿民是田中夫婦的親生兒子。

某個星期日的早上。阿民安靜下來不再哭鬧。正想好好大睡一覺而在床上打盹時，突然從田中夫婦的房裡傳來小孩的聲音。

「喂！健民！回家吧！」「阿民！我是哥哥啊！你不記得哥哥了嗎？」

聽到熟悉、夾雜不是很標準國語（**按：指日語**）的聲音，趕緊揉眼睛打開房門。

「老師！早安！」

突然間，精神奕奕且熟悉的聲音覆蓋在頭上。覺得奇怪，定眼一看，我所擔任班級的學生李健山姿勢正確地站著。瞬間，把剛才孩子們的話串連起來，我想阿民一定是李健山的弟弟。

「這麼早啊。要不要進來老師的房裡？」

「好！」

我邀請李健山進房間。

「你來田中先生家玩嗎？」

「是的。老師！」

「啊！你是來看阿民的吧。阿民是你的什麼人？」

「是弟弟。老師！」

果然如此。不禁想起，曾去李健山家做家庭訪問，得知他家是住在最邊間樓下的保險代理店。照這麼看來，田中夫人在某個機緣下與阿民的母親認識，跟她要來阿民吧。我捉住李健山盤問的結果，並沒有把阿民送給田中夫婦，而是田中夫人說是想要，硬把他帶回家。到現在經過一個多月，母親與健山等人之所以沒有露面，是因爲田中夫人在阿民住習慣以前制止他們見面。現在阿民已經變成是田中夫婦的小孩，因此健山等人才開始來遊玩吧。由於阿民是五男，田中夫人基於此理由，打算把他要過來，阿民的母親李夫人也因有此打算而促成。

當天早上，田中夫婦終於認輸，說出眞話。

「不過，他要當我家的小孩噢。對不對啊！阿民！阿民是我家的小孩噢！」

田中夫人說著，把阿民緊摟在胸口。阿民天眞地笑著，用手指頭玩弄田中夫人的臉頰。「媽媽！媽媽！」喊著。田中夫人百般憐惜地用臉頰摩擦阿民，臉上洋溢著幸福的光輝。

「你看！老師！」央求我同意似的，田中夫人笑嘻嘻。「我是媽媽噢！阿民除了媽媽外，已經不需要任何人了。李太太只是保母而已。」

那個只是保母的李夫人在當天午後出現。然後，好像嘗到甜頭似的，隔了兩天後再度上門。三十多歲的婦人，四角形的胖臉，一副健康的樣子。手上抱著一個剛滿一歲的嬰兒，來的時候，喀吱喀吱踩著樓梯爬上來。

「健民！健民！阿母來了噢！」

聲音先傳過來！突然間，田中夫人狼狽地抱起在那邊玩耍的阿民。

「討厭。他不是健民，他的名字叫民雄……對不對啊？阿民！」

不把阿民交給對方。阿民看到李夫人的臉龐，也沒有特別想親近，還是緊摟住田中夫人不放。突然間，李夫人似乎很落寞，千方百計想把阿民叫到身邊。之後，她每次必定帶來食物。

「你看！你看！健民！我是阿母噢。」

李夫人伸出兩手。阿民卻不看她一眼。田中夫人愉快似地發出勝利的歡呼。

「對不對啊！阿民！這個人不是阿母，是保母吧。」

「哎呀！我受不了太太你了。」

李夫人發出悲鳴，與田中夫人互相抱住肩膀。田中夫人呵呵大笑抱著阿民，逃避李夫人的追擊。

數度目擊此種情景。雖然也常看到兩個女人吵鬧的情景，但看到以一個小孩爲中心，散發出母愛溫暖的火花，我假裝沒有看到，內心卻暗自覺得舒暢。

某個夜裡，被阿民激烈的哭泣聲吵醒。好像被什麼東西刺到似地，發出著火般的哭聲。在這兩、三個月期間，一直沒有哭泣而溫順地睡覺，到底發生什麼事了？好一會兒工夫我無法成眠。阿民一直哭個不停。起來探視，田中夫婦的房裡燈火通明，門開著。

「發生什麼事了？太太！」

我出聲詢問。穿著睡衣的田中夫人散髮抱阿民坐著。沒有看到田中氏的身影。

「發燒了。好像胸部疼痛。從昨天就有點發燒……」

我用手摸阿民的額頭。很燙！

「這樣不行的。我想最好要看醫生……不過，三更半夜的。」

「不！已經去接醫生了。」

難怪沒有看到田中氏。我感動莫名，油然而生一股想爲田中夫婦奉獻的愛喝采的心情。

不久後，田中氏帶著醫生回來。檢查的結果，好像是丹毒。醫生打完針後就回去。田中夫婦坐著守護因疼痛而哭泣的阿民直到天亮。昏昏欲睡的我躺在墊被上，夢中不時聽到田中夫人說的話，「阿民，很痛嗎？」「眞可憐。要快點好噢。」隔天早上起床一看，夫婦兩人還是維持原狀。身體羸弱的田中夫人頰內明顯地凹陷，出現黑眼眶。不過依然精神奕奕。夫人在料理早上該做的事時，田中氏就坐在阿民的枕邊。

傍晚從學校回來時，李夫人來了，和田中夫人在交談，好像是有關阿民得病的事。因爲有所顧慮，我躡手躡腳進入自己的房間。夫人們低聲竊竊私語了一會兒。突然間，耳際傳來田中夫人帶著怒氣的高亢聲，使我大吃了一驚。

「你說的是什麼話？阿民是我的孩子。我會替他治病。現在絕不可能讓他回家。」

李夫人針對這句話作回答，由於聲音低沉，無法聽淸楚她所說的話。田中夫人突然又以高亢的聲音說：

「不要！不要！我雖然不知道誰是開漳聖王，可是我討厭奇怪的藥草。阿民一定可以完全治癒的。」

於是我加以想像，李夫人一定是說要領回阿民治病吧。而且說要用向神明求來的藥草治療，所以田中夫人格外生氣。不久後李夫人就回去了。無意中窺視一下，田中夫人佇立門口，出神望著田地。她那孤寂的身影，讓我第三次感嘆女人的愛之濃郁。

阿民的病似乎不太樂觀，隔天早上就住院了。當然，田中夫人與田中氏都隨行。經過數個月，現在我再度能獨占寬闊的二樓。夜晚充分熟睡，原本穿著文官服躺著凝視天花板的功課，重複了短短的數日。我再度驚訝田中夫人渴望有個孩子的心情。未曾見過像田中夫人這樣的內地婦人，也沒有接觸過像田中氏這樣的內地人。最令我無法理解的，就是田中夫婦不討厭生活環境與風俗習慣完全不同的本島人生活，還與之為伍。大抵說來，一般人避之惟恐不及的東西，田中夫婦反而能付出愛心，不只是我個人驚訝，或許說全部的本島人都很驚訝較恰當。阿民的病情到底如何？完全杳無音訊。在學校裡偷偷詢問李健山，說是大概已好轉。田中夫婦這種超越熱心的愛之深，不禁使我鼻頭發熱。我詢問阿民是否已正式入籍成為田中氏的小孩，答案卻不是。照這樣說來，結果田中夫婦為別人的小孩把金錢付諸流水。不過，聽到阿民病情好轉的消息，我也能夠安心了。

第四天的晚上，田中氏一個人回來。一看到我，笑嘻嘻地說「越來越好了噢」，然後進入我的房間。

「那太好了。」我也喜形於色。「不過，多虧田中先生你們的照顧。既不是親生子，也不是養子，卻能如此疼愛他。老實說，我可嚇了一跳呢。」

「哪裡！哪裡！請不要這樣說。」田中氏板起臉搖手。「很慚愧。是因爲內人非常喜歡他。而他也眞的很可愛。」

搖著魁梧的身體、哈哈大笑的田中氏站在眼前，有種難以言喻的親近感。

「阿民是個好孩子。我也這麼認爲。早點把他收爲養子就好了……」

「嗯。是啊。內人說想早日讓他入籍。不過，不知道李先生是否願意割愛……」然後田中氏心血來潮接著說：「事實上，內人說要拜託陳老師看看。」

「我……」

瞬間，我決心爲田中夫婦奔走於李夫婦之間，略盡綿薄之力。當天晚上剛好是月夜，從窗口眺望被清楚描繪出的貧民窟之低矮屋頂。遠處市街電燈的反射使天空明亮。田中氏也與我一樣眺望此情景。冷不防視線相交，笑著說：「這附近雖然外觀不好，不過不可以小看它。大家都很純樸、有趣。」

我趁勢問他，幾乎沒有內地人住在這附近，爲何田中先生會想住下來呢？田中氏露出意想不到的臉色。

「你問爲什麼？也沒有其他什麼理由。有內地人不能住的地方嗎？硬要說個理由的話，就是找住處很難。」

「不過，大概很不自由吧？」

「什麼話。住慣的話就是好地方。不是嗎？」田中氏想起什麼事，於是說：「好像到了我該向這裡告辭的時候了。因爲我應該回到本店工作……」

「咦？」我大吃一驚，連忙反問。「本店在哪裡？」

「台北市。」

「啊。這樣我就安心了。」

「安心？」田中氏不解地望著我的臉。「爲什麼？」

「因爲我不能忍受像田中先生你這種人回到內地啊。如果是台北，同樣是在台灣，我可以忍受。」

不過，田中氏似乎不太瞭解我說的話，頻頻說明調動工作的事，甚至洩露想早點解決阿民入籍問題的意向。內心不禁爲田中氏要到別的地方工作而深感惋惜。

「回絕吧！」

我終於忍不住說。田中氏非常吃驚。

「回絕？您是指阿民？」

「不是，調動工作的事啊。」

「什麼?!」

兩人就地放聲大笑。夜更深了。

田中氏的調職出乎意料地早。阿民出院不到十天，為了調職而必須遷居。由於時日不多，我答應和李夫婦交涉阿民的事，卻一無所獲。前幾天，聽田中夫人說要帶走阿民。那麼，我想田中夫人與李夫人之間一定達成某種共識，總算能放下一顆懸著的心。

出發當天的早上，我撥空到車站為田中夫婦送行。阿民的父親李培元氏與李夫人、孩子們全家總動員，一起來車站送行。阿民盛裝讓田中夫人緊緊抱著。田中夫婦的表情非常愉快。頓時阿民變成最受歡迎的人。

「來！阿民。試著說再見！你看！再——見——」

田中夫人那張難得化粧、顯得年輕的臉因漾著笑意而擴散開來。阿民的雙手打開，不知什麼時候學會了……說聲「見」，大家噗哧笑了出來。

「眞聰明！眞聰明！」田中氏親吻阿民的手。阿民伸手吵著要田中氏抱他。李夫人立刻伸出手，阿民卻不看她，讓田中氏抱在腕中。李夫人的淚水盈眶。目睹此一情景，田中夫人也噙淚微笑。高興地邀請李健山等人今後可以到台北遊玩。

不久，火車靜靜地入站，等乘客上車後，一會兒就開動了。

「再見！」田中夫婦說。

「再見！」李健山等人宛若呼叫萬歲似地更大聲呼喊。

李夫人用手帕摀住鼻頭。從越駛越遠的火車窗口，田中夫人拉著阿民的手頻頻揮動白手帕。

「阿民已經正式送給田中先生了嗎？」

我問呆呆站著的李培元氏。李氏的視線沒有離開火車，回答說：「還沒有。」

放眼望去，火車消失在市街建築物的陰影裡。

原載一九四二年十月《台灣公論》

風水

周長乾老人連續三個晚上做同樣的夢。十五年前去世的父親出現在枕邊。說是自己被壓在現在已經頹圮的房屋底下，肩膀疼痛，趕快把屋頂扶起。腳被螞蟻咬，深感痛苦啦。一下雨就會浸水啦。諸如此類，每晚重複同樣的句子。像這樣的夢，幾年前也曾經夢過幾次。不過，不像現在一連三個晚上都夢到。正因爲如此，這次周長乾老人特別惦念，他說原因還是出在父親的墳墓。事到如今，越發確信自己的主張，早上起床給祖先的牌位上香時，不由得獨自垂淚不已。因爲父親已去世十五年了，至今尚未幫他洗骨，任憑墳墓荒廢，對自己的不孝引以爲恥。悲嘆之餘，老人日夜呻吟，一連數日三餐都無法下嚥。或許是因爲這樣的緣故，到了五十八歲的今天才開始發白的頭髮，一夜之間全變白了，臉上的皮膚也失去了光澤，面黃鬆垮。心中忐忑不安，最後自己沒有幫父親洗骨就這樣倒下去了嗎？他是死也不能瞑目的。有時，卻想某天到已成爲黃泉客的父親那裡向他道歉。兒子們都說是夢，試著打亂父親的心思。老人絲毫不肯讓步，等去看墓的人回來報告墓的後面開了一個洞的情形，他越發憔悴。兒子們主張是因爲今年夏天颱風雨多的緣故。如果是這樣的話，父親在十五年前被埋葬之後就任其荒蕪的墓中，一定非常痛苦。老人哭著越發深信不已。兒子們擔心老父的身體，害怕萬一出事，所以極力奔走於親戚間。結果還是跟以前一樣，無法排除障礙。叔叔周長坤依然一個勁兒搖頭，始終無法如願以償。也不知道是不是因爲知道到現在依然持續相同的結果，這次老父特別憂心如焚。以前已成定案的事，現在依然分毫不差，兒子們的滿腔怒火唯有朝向叔叔。既然這樣，他們三個兄弟暗自下了決定。五十六歲的老妻也擔心丈夫的身體，日夜費盡唇舌安慰他。

「又不是只有你一個人是兒子。而且，是長坤故意不讓我們洗骨的，你一個人沒有必要想不開啊。父親在那個世界也知道這種情形吧。」

周長乾老人一直沒有把弟弟的事當成是問題。自己是一家的家長，對於亡父出現在自己枕邊的事自責不已，只能悲嘆自己一點力也使不上。

「不過，不是你不做，是你想做，長坤也不讓你去做。不是嗎?就算要處罰，也該處罰長坤啊。」

老妻露骨地傾吐對周長坤的怒氣。不過，周長乾老人並沒有憎惡弟弟的心情。在父親死後十五年的漫長歲月，拒絕洗骨的人的確是他的親弟弟。他雖然也很生氣，另一方面卻覺得弟弟拒絕的理由也是實情。

周長坤是他唯一的親弟弟，五十四歲，如今依靠在海岸某鎭當醫生的長子過活。有別於周長乾老人，他的氣色不錯，皺紋很少，長臉，充滿油質，容光煥發。與周長乾老人一副溫厚、面露微笑的表情迥異，理平頭的黑髮，稍微並排延伸的眉毛下，射出兩道銳利的眼光，走路的動作也很敏捷，精神抖擻。他經常穿著一條黑色的台灣褲，前面好像拖著一個汽球似的，這樣的打扮看起來很醜。腰帶掛了一串舊式的鑰匙，叮叮噹噹作響。每個月一次從兒子的醫院回到舊家。在院子前面嬉戲的小孩們，一看到他的身影，說是可怕的人來了，一窩蜂地逃走。周長坤就是這樣絲毫不差地露出一副貪婪的面相。

雖然同是兄弟，卻有天壤之別。知道周長乾老人爲人很好的人，一聽到周長坤是他的弟弟，大都驚訝萬分。兄弟間個性的迥異，可以看出對兩人家庭生活的影響。周長乾老人不拘小節，凡事只要家人覺得好就好，三個兒子都任其自由發展，學校也是照兒子本人的希望任其選擇。所以迄今還要靠父母過活。弟弟周長坤就不同，所有的家事全由他一人作主，始終很謹愼地跨入社會，到處鑽營有沒有什麼好事，有先見之明，強迫兩個兒子進入醫學專門學校，所以現在才能這麼安閒隱居。或許是因爲這樣，如今周長乾老人家裡的經濟年年出現赤字，不斷變賣了祖傳的田地。反之，周長坤年年存錢買田地。以人望來說，周長乾老人遙遙領先，而周長坤贏得部落居民「乞食坤仔」的惡評。「乞食坤仔」是諷刺他有錢卻是個像乞食般貪婪的吝嗇鬼。對於周長乾老人年年貧窮，而周長坤卻越來越有錢的情形，部落居民頗覺訝異，憤慨老天不公平。當然，周長坤本人也知道自己所贏得的惡名，並沒有怎麼在意，冷淡地罵聲「混蛋」，只認爲他們很刻薄。內心卻暗自覺得是因爲自己兄長的緣故，懷恨想找機會打倒兄長。

不過，周長乾老人由衷地欣喜弟弟的榮達。因為自己的沒落是命運所致，是莫可奈何的事。反之，至少只有弟弟也好，只要能年年有錢購買田地，就等於是補償了自己所失去的田地，他認為這樣可以稍微對得起祖先。因此，周長乾老人對弟弟凡事都讓步，內心佩服弟弟很偉大，遑論憎惡之情了。在父親死後的翌年春天，當弟弟提議要分家時，儘管母親依然健在，他立即答應了。連弟弟堅持反對幫父親洗骨的事，若不是父親頻頻來入夢，或許他還相信弟弟的意見是對的。弟弟對部落居民的惡評時有耳聞，他不去思考自己為什麼會受人憎惡，反而認為是他們行為魯莽。

周長乾老人只有一次阻止了弟弟的任性。那是在分家時發生的事。依照從前的慣例，分家時，只有祭祀祖先牌立的正廳通常是當作「公廳」，共有的東西一律原封不動放著。可是，分家時，周長坤卻說要立刻分配公廳裡的東西。就連好說話的周長乾老人也生氣了。因為他感覺簡直是要分配祖先的牌位。不行！他搖頭。於是周長坤默默地後退，這次卻不事先打招呼，就去拿走正廳裡的一半東西。一對燭台就拿走一個，一組四張的椅子就取走兩張，對聯也撕下一半，公廳簡直不堪入目。周長乾老人氣得全身發抖，哭著擋在門口不讓他通過。

「幹什麼？我拿走我的份有什麼不對？」

周長坤以長眉毛下的白眼狠狠地瞪著哥哥。

「不行！不行！你要把祖先趕出這棟屋子嗎？」

死也不動的，周長乾老人以悲壯的心情張開雙手。

「囉嗦！滾開！這是我的東西。我沒有拿走你的份。」

「不行！不行！」

兄弟當場爭執了一會兒。等明白哥哥的決心時，屈居下風的周長坤把手上的圓椅瞄準哥哥丟過去。周長乾老人被打到膝蓋，跌坐在門口外，然後滾到院子。聽到聲音跑來的老母，當場說就此算了，周長坤當然堅持務必要拿走自己的東西。周長乾老人最後以六百圓買下弟弟的份作為收場。老人後悔與弟弟吵架愧對祖先。被打到的膝蓋腫了起來，臥床一個星期。在這段期間，也忘記了疼痛，只管傷心自己兄弟兩人敗壞了良好的家風。等到能走路時，周長乾老人決定今後絕對不再重演與弟弟爭執的醜態。

可是周長坤這邊卻認為爭吵已使哥哥向自己屈服，不再把哥哥放在眼裡。說起來，那次的爭執就變成兄弟的分歧點。經過了一年，周長坤違背分家當時的約定，提出要分配作為老母扶養費的二甲步水田。一分家，老母就跟著周長乾老人過活。二甲步水田的收穫當然歸周長乾老人所有。周長坤說那是哥哥增加的收入。「如果是這樣的話，好吧！」老人爽快地做分配。老母哭著反對，大罵周長坤不孝。

周長坤雖然被罵，依然置之不理，把老母推給兄長，日夜祈望自己的財產增加。過了兩年，兄弟間漸漸出現了差距。那時，周長坤的長子當醫生歸來。三年後，次子也當醫生歸來。而周長乾老人的兒子，長子讀經濟科，次子法文科畢業，三子中途休學，三人現在只不過領了菲薄的日薪，收入遠不及醫生。周長坤的家每天都有龐大的收入，宛如春天來臨。而周長乾老人這邊卻恰似即將逝去的秋天。過了七年，大家謠傳兄弟間的貧富相差了數倍。

就在這時，父親去世已經過了九年，周長乾老人向弟弟開口要幫父親洗骨的事。周長坤也默許了。它是一種習慣，把埋葬了的遺體挖出來，把遺骨清洗乾淨，再改裝到金斗甌裡，這次就是永久埋葬了，否則遺骨會消失的。某日，兄弟兩人帶著地理師上山，物色新的墓地。順便靠近父親的風水（墓）。地理師蹲在風水前面，稍微移動了羅盤針。隔了一會兒站起來，眺望周圍的山巒，然後頗有含意似地看著周長坤的臉微笑。周長乾老人沒有發覺。狡猾的周長坤卻沒有錯過這一幕。

「怎麼樣啊。你父親的風水不對。對大房不好，卻能給予次房非常榮華富貴的陰德。把它挖起來的話，會影響到你。那又怎麼樣呢？如果你認爲我是在騙你，那就挖看看嘛。」

當天晚上從私下把他邀到家裡的地理師口中聽到這番話，周長坤在內心不禁大叫「畜生」。他認爲兄長企圖破壞自己的富貴。因此，他慌慌張張地揮手。

「夠了！夠了！」

「你看就知道了嘛。大房的子弟個個平凡，而你的子弟卻出人頭地。這不就是證據嗎？掌握住那塊風水，最後你就不會說討厭了。天機不可洩露啊。」

經他這麼一說，周長坤也回想起一些細節，當天就高唱反對洗骨。今日自己榮達的原因，就是父親墓地的緣故，無法忍受把它挖起來。

周長坤深信墓地的效用就是從這時候開始的。他叫來幾個地理師一一實地調查祖先的風水。衆人的決議，還是父親的風水對次房有利。這麼一來，周長坤拚命地維護父親的墓。一聽到洗骨的字眼，就像猴子露出白牙齒，一副要吃掉兄長的模樣，表現出拚命也要爭到底的態度。周長乾老人也著實束手無策。毅然決定要強行洗骨時，周長坤拿出蓆子與坐墊，說是要去父親的風水旁奮戰到底。一方面怕外人知道，另方面又有過爭執的經驗，不知道弟弟又要搞出什麼名堂。周長乾老人害怕會鬧出這樣的笑話，終於讓步死心了。不過，直到後來得知弟弟反對洗骨的理由，老人不禁錯愕了一會兒。當然，並不是老人不相信風水的利益。不過，僅止於世間一般的常識程度，不會如此相信它的效能。或許富貴眞的受到風水之相左右。反之，老人不相信有意識地決定能富貴的風水。第一，這是天機。所以，地理師無法讓自己本身變得富貴。否則，一發現富貴之相的地理，地理師沒有必要爲別人的祖先做風水，只要爲自己的祖先做風水就好了。實在沒有必要爲區區不到十圓的紅包奔走於山間。

「你想毀了我嗎？你是在妒忌我吧？那個墳墓對我有利，你故意要毀了它吧？壞心！壞心肝！」

聽到弟弟的話，周長乾老人茫然了一會兒。不是驚訝於弟弟的思想，而是驚訝於自己的思想。不知道弟弟如此深信，只是單純考慮要洗骨的自己，的確如弟弟所說的，是個壞蛋。仔細一想，如今弟弟如此榮達，弟弟所說的一定是眞實的，而自己無意中要破壞弟弟的榮達，實在可恥。周長乾老人雖然後來苦於父親的夢境，再也沒有一言半語向弟弟提起要洗骨的事，就是因爲這個緣故。歲月就這樣溜過。

周長坤對風水的信心不僅如此而已。距今五年前，當老母去世時，他很積極地尋找對自己有利的風水地。一聽到老母在兄長家發病，立刻從兒子的醫院飛奔回來，目睹疾病纏身的老母衰弱的情景，一確定醫生也束手無策時，立刻帶地理師上山找地，就是爲了尋找老母的墓地。在他的腦中，忙著尋找老母的墓地更勝於老母的病況。去老母的病床探望，前後也只有開始的那一次。醫藥費等當然由兄長張羅，宛如別人家的老太婆生病似的。三天後，就在與父親的墳墓有一谷之隔的南方墓地找到墳墓。正因爲地理師保證是對次房有利的風水，周長坤非常滿足。立刻找來風水師，開始畫起墓的輪廓。不過，那時老母尚未斷氣。周長乾老人對於弟弟的行爲只能暗自垂淚，嘴裡什麼話也沒有說。不是憎惡弟弟，只是感嘆人道衰微。周長坤到兄長家露臉，得知老母未死，說是先找好墓放著也好，列舉出找墓所花費的金錢。周長乾老人一副不聽的樣子走去院子，等一會兒弟弟回去後，在屋裡撒鹽和米。經過了一個月，老母終於死了。當然是葬在周長坤所物色的墓地。

老母去世時，周長乾老人對人生感到乏味。三個兒子各自長大成人，孫子也長大了，一家人熱鬧團聚，至少可以作爲老後的慰藉。不過，一想到過去自己不能對死去的雙親充分孝養，悔恨的淚水盈滿老眼。尤其是在夢到老父出現後，日夜惦念這件事。一想到由於沒有洗骨而父親正在受苦難時，老人半夜坐在床上，挽著雙臂。一次的夢就使得周長乾老人煩惱了一個星期，心情始終無法開朗。後來在兒子們的安慰下，總算恢復了普通、沒有生氣的生活。不過這次卻不同，三個晚上都做了相同的夢。既然三個晚上都夢到了，絕不能只當作是夢來處理。其中必有內情。當想到是父親在催促洗骨時，周長乾老人更加操心，日日越發憔悴。由於弟弟反對洗骨，恐怕終究無法實現心願，老人默默地承受著痛苦的煎熬。頂多把這種痛苦當作是處罰，作爲對父親的歉意，於是老人的心靈更加痛苦。

兒子們看不過去了。就在父親不曉得的情況下，三位兄弟決定了態度。某日，當周長乾老人在院子前面抱著孫子，精神恍惚時，從公司回來的長子笑著走進來，說是終於取得叔叔的諒解，決定幫祖父洗骨。

「父親！您應該高興了。就決定在下個月的二號。」

聽到這個消息，周長乾老人潸然淚下。與其說是高興，無寧是父親的事充塞整個心胸，眼眶不覺發熱起來。等心情平靜下來後，不能理解這麼頑固的弟弟怎麼會輕易就改變態度了呢？或許弟弟到了晚年心機一轉了。周長乾老人對弟弟感到前所未有的憐惜，無時無刻等待弟弟的來臨。因爲必須和他商量洗骨後的新風水問題。四、五天過去了，始終不見弟弟的踪影。老人在吃晚飯時提出來這個問題。次子連忙說，因爲叔叔現在很忙，連當天都無法上山。老人總算鬆了一口氣。之後連續幾天，抱著孫子出現在部落的小賣店，就變成老人每天的工作。

當天從早上就開始陰天。天空清一色都是抹上灰色，夾著雨的風令人發冷。雞一鳴，周長乾老人就一馬當先起床。走進尙是昏暗的正廳，點上石油燈，重新檢查要裝父親骨頭的金斗甌。燒的技巧高明，胭脂色極爲美麗，用手去敲，發出金屬般的響聲。老人非常滿意。接著，檢查銀紙、線香、紙錢、蠟燭等必需品是否短缺。做完這些工作後，老人把兒子們叫起來。除了無法請假的三子外，一行人有長子、次子、三位魁梧的佃農與風水師。周長乾老人一吃完早飯就立刻更衣。不過，因爲會下雨，長子反對，家人也異口同聲挽留他，說是山路不適合老人。老人不得已只好放棄前往的念頭，要他們轉告父親，等拾金（洗骨）完畢後帶弟弟去探望，並送他們一行人到田圃。

雖然沒有下雨，露水還很重。一行人比預定的時間早點到達風水。依照地理師的指示，要在巳時（按：巳時，午前九點到十一點，與下一段「手錶的時針終於指向十一點」有所誤差。此處應爲「午時」之誤。）揮下第一鋤，在時間到了之前，他們環視了放置十五年之久的風水。那個風水已經不是普通的墓了。墓碑倒塌，雜草掩蓋住墓庭，土饅頭也變成是平坦的。一行人要從雜草中找出墓來，煞費苦心。等闢開雜草，扶起墓碑，終於看到「顯考純富周公之墓」的文字。佃農們七嘴八舌，現在掘開，是否還會有遺骨呢？恐怕已經變成泥土了吧。風水師說應該還會有一點點，只是不完整而已。聽到這段話的長子與次子，越發怨恨叔叔。說什麼富貴貧賤全由這個墓左右的蠢話，他們覺得叔叔迄今的態度自私到極點，實在無法忍受祖父的遺骨變成泥土。邊看著手錶邊擔心時刻的到來。挖祖父的墳令人有恐怖的感覺。如果祖父的遺骨化爲塵土，恐怕老父會越發悲傷。不過，兄弟兩人相信風水師所說的話，不完整也沒有關係。總之，很高興毅然決定要洗骨。如果要等到任性的叔叔妥協才能工作，恐怕祖父的遺骨早已變成泥土，滋養了隔壁的果樹了。冷風拂面，眺望著風水時，兄弟兩人非常後悔，爲什麼不更早點決定今天的工作呢？

當然，今天的洗骨是他們兄弟間自行決定的。因此，還不知道與叔叔間會惹出什麼問題來。追究起責任的話，他們已有所覺悟，只要能爲老父分勞就心滿意足了。手錶的時針終於指向十一點，現在進行最後的祭墓。這樣就可以萬事都解決了。想到事後知道眞相的叔叔如何發怒，只覺得滑稽而已。甚至認爲在叔叔不知道時進行洗骨的工作，多麼令人痛快啊。次子騙老父說叔叔當天直接去風水地，因爲是秘密，叔叔應該不會來。不知道是不是由於接近中午，微弱的陽光衝破烏雲，射出光芒。銀紙熅熅的煙，被風吹到山崗下。不久後，佃農們把唾液吐在手掌上，握緊鐵鋤的手柄。

也不知道周長坤打從哪裡知道今天的秘密，大概佃農中有他的間諜通知他的。就在大家圍著風水要揮下第一鋤時，山崗下傳來「哇——哇——」沒有意義的叫聲，有個人影往這邊衝過來。仔細一瞧，周長坤氣喘吁吁，長眉毛都是汗水，黏在額頭上，眼神彷彿瘋狗，射出狂暴的眼光，瞪著兩位侄子。大家呆立一會兒，覺得衆寡不敵。他如小貓般的敏捷，硬擠進他們當中，然後整個人趴在風水的土饅頭上。

「能挖的話，挖看看啊。殺了我挖看看啊。」

嘴角吐出白沫，大聲叫喚。「畜生！畜生！誰讓你們爲所欲爲的？別以爲我不知道。」

兄弟兩人臉色蒼白了一會兒。等情緒逐漸平穩，覺得叔叔的模樣很可笑，忍不住想笑出來。事實上，也不能說是周長坤緊抓住土饅頭。他張開雙手，微微顫抖地用力緊抓住一把草根。在別人的眼中看來，他彷彿是被衆人撲倒在地而作掙扎。而且以像蛇那般固執的眼睛一一瞪著衆人。嘴角流出來的泡沫黏滿臉頰，兩腳像枯樹般的躺下。等眼睛習慣這個動作後，竟然可憐到無法正視。急性子的次子想破口大罵與以暴力推開叔叔，長子連忙制止。一行人聚集在一起下山。那是叔叔的身影嗎？長子數次搖頭想揮落幻影。叔叔像青蛙的身影，輕易就從眼簾消失，切實感受到在他們是孩提時心中覺得叔叔很崇高的身影已經崩壞了。經過山澗爬到對面的斜坡途中，回頭一望，在點點白色的墓間，叔叔盤腿坐著，動也不動。

想當然耳，周長坤似乎到傍晚前都沒有離開父親的風水，直到夜深才在祖厝露面。周長乾老人尚未就寢，正當把兒子們叫來斥責一番時，由於小狗激烈的狂吠聲，三子離席想一探究竟。剎那間，響起小狗的悲鳴聲，似乎聽到逃走的腳步聲，小石塊與磚塊打破窗戶跳進來。小孩害怕地哭了出來，父子互相看著對方。次子與三子再也忍不住了，打開門走出去。一把臉伸出門外，次子突然大叫，摀住被毆打的臉。手拿鞭子的周長坤怒目走進來。勃然大怒的三子與叔叔扭在一起。

「幹、幹什麼！不孝子。」

周長乾老人大聲斥責三子。三子手一放下，周長坤立刻給他一鞭，然後逼近兄長。開始說些「殺了我吧」「小偷」之類令人刺耳的話。正因爲自己這邊理虧，周長乾老人默不吭聲。周長坤越發生氣大叫。

「別裝傻了。父子都是鬼畜生。竟敢做這種事，給我好好記住。」

兒子們慌慌張張想制止，周長坤揮開他們，鞭子朝向兄長的頭頂落下去。額頭吃了一鞭，老人坐不住仰倒向床上。三個兒子撲向叔叔，抓住他的手腳，把他推到客廳，然後從外面上鎖。一整個晚上，客廳裡，周長坤粗暴的叫喚聲及損毀東西的聲音，使家人們無法成眠。隔天早上，打開房門一看，客廳內的家具全被打得粉碎。

把這場騷動當作一個教訓，周長乾老人發誓以後絕對不再想起洗骨的事。台灣話有句話說「把心一橫」，老人就是把直放的心橫擺。不久後，謠傳周長坤買下父親風水附近的山地。因為在周長坤的立場看來，有必要找個可靠的佃農，每天監視父親的風水。不過，周長乾老人已下定決心不再提及洗骨的事，不再與弟弟產生糾紛。所以聽到這個消息，心靈沒有動搖，反而欣喜，既然堅持不洗骨，這樣的安排頂不錯。老妻也安慰丈夫，亡父的墓就交給弟弟全權負責，總算對亡父盡了義務，應該可以放心了。一時間，兒子們對於父親再度被叔叔施暴的事非常忿怒，揚言要提出告訴。由於雙親的制止，依然採取與叔叔不相往來的態度。這件事之後，周長坤把一切的家財都移到兒子在沿海城鎮的醫院。祖厝所持分的部分，故意讓佃農居住，似乎打算藉此惹兄長不悅。那位佃農是受周長坤支配的男人，吝嗇到極點，經常與女人們發生糾紛。不過，由於周長坤不像以往每月回家一次，家人們不知有多高興。因為周長坤可怕的眼神，使家人們難以應付。不管怎麼說，他畢竟是周長乾老人唯一的親弟弟，好久沒有見面，老人也會因擔心弟弟的事而夜裡無法成眠。這時，骨肉的寂寞之情，強烈地侵襲老人，不禁感嘆年老後與弟弟的交惡。

「眞是勞碌命的人啊！你看長坤！這麼殘忍地對待你，卻能無動於衷。你爲什麼這麼傻呢？還爲長坤的事擔心。」

「不管怎麼說，他都是我唯一的弟弟啊。」

「長坤可不認爲你是兄長呢。傻瓜！快點睡啊。」

深夜，老夫妻兩人竊竊私語，夜逐漸深沉。

周長坤的次子獲得春醫學博士的學位，在市裡開了家醫院。同時，長孫通過醫學專門學校考試。周長坤一家的榮達，可說是在此時達到最巓峰。因爲，之後一場完全出乎意料的風暴襲擊這一家。首先，當夏天來臨時，醫學生的長孫在內地病倒了。是肋膜炎。爲了應付考試而過度用功與運動不足的緣故所致。隔一個月，次子的妻子博士夫人暴卒。根據博士丈夫的診斷，是死於心臟痲痺。街頭巷尾謠傳，夫人是因爲在城市裡的博士丈夫耽溺女色，一氣之下自殺的。

沒想到會損失兩名家人的周長坤，狼狽樣是無庸贅言的。再怎麼頑強的他也因此打擊而衰老，黑頭髮變白，臉上也失去了光彩。周長坤最初想到的，是因爲父親的墓經過侄兒們的手而遭破壞的緣故。瞬間，對兄長一家激烈的忿怒超過悲傷，身子氣得顫抖。葬禮一結束，他一次帶三位地理師回來實地調查。經過愼重調查的結果，父親的風水沒有異狀，作祟二房的是母親的風水。周長坤聽了後嚇了一跳。腦海裡浮現母親生前直呼他不孝的情景。他不由得產生反抗心，決定要移走母親的墓。原本母親的風水地是他親自挑選的，現在卻作祟他，除了是一種諷刺外，本來也暴露了地理師的胡說八道。不過，他相信地理師所說由於地氣的運行而由吉變凶的道理，又猜疑或許兄長照例使用手段來害他，如果不早點移轉風水，他可是夜夜無法成眠。屈指一算，母親埋葬之後已經過了五年。要洗骨移轉風水，還言之過早。他明白兄長一定會反對，所以秘密進行，一切都在醫院的沿岸城鎮準備。

因此，當天早上，周長乾老人才知道要爲母親洗骨的事，頗合乎道理的。老人慌慌張張在兩位孫子的攙扶下，急奔到亡母的風水。他當然不是氣弟弟的秘密行動，而是擔心弟弟的無謀，僅隔五年就想掘母親的墓來洗骨。一般說來，要經過八年以上才洗骨，何況母親的風水是位於非常乾燥的高地，恐怕還沒有完全化爲骨頭。把尚保有原形的母親之遺骸暴露在光天化日下，實在是大大的不孝。一想到這裡，周長乾老人不由得失神。老人本身也不知道如何走到山上的。總之，兩腳懸空，讓孫子硬攙扶到母親的風水。

風水的土已經被掘起，棺木暴露在陽光下。現在剛好是即將打開棺木蓋的前一刻。棺材的漆還是鮮紅色，絲毫沒有褪色。目睹這種情形，周長乾老人簌簌落淚，急奔過去。工人們讓出一條路，周長坤卻堵在他的前面。

「退開！退開！」

想把他推走。等對方的手碰到他的肩膀時，老人才發覺是弟弟。老人的嘴直哆嗦，以顫抖的聲音大叫。

「不、不孝子！看你做了什麼好事。」

周長坤冷笑。

「彼此!彼此!我有什麼不對。你不是也默不吭聲就挖父親的風水嗎?我默不吭聲挖母親的風水,有什麼不對。」

「你看!」

周長乾老人手指著母親的棺木。「你沒有看見漆的顏色嗎?你瞎眼了嗎?」

「嗯。很漂亮的紅色。這表示棺材是上等貨的證據。」周長坤故意裝蒜。

「混、混帳!」老人終於生氣了。「這不是兒戲!那個顏色是沒有完全化成骨頭的證據。」

「哼!不打開蓋子看怎麼知道。」

「啊——」

周長乾老人仰天嘆息,屈膝跪在母親的墓前。內心不禁吶喊,老天已經拋棄我了,一切都是命運啊。老人閉目保持原來的姿勢。由於孫子們已經放開老人,離風水稍微有一段距離站著。閉著的雙眼淚流不止,老人已經死心了。儘管如此,聽到工具作業的聲音,老人宛如被剖心般的痛苦。當天,白色的浮雲層層流過天空,初夏的微風溫柔地畫圈吹過山麓,身體彷彿騰雲駕霧般,心靈恰似在山間飛翔般地輕鬆。一閉上眼,耳際響起芭蕉與風的私語聲,鳥的鳴啾聲,以及狗從遠處山嶺到附近谷底的遠吠聲。周長乾老人的眼前浮現母親的身影,接著浮現父親的身影。老人低頭,又重新流下熱淚。不過,父親與母親不正溫和地笑著嗎?老人覺得母親似乎向他伸手。是的!距離自己走向父母身旁的日子近了。老人突然想起兒子們，雖然不能說個個已出人頭地，但至少也能過著獨立的生活。那麼，自己可以安心地走向父母身旁了，老人想早點去。不知不覺中，張開嘴想呼喚父母。不過，剎那間，父母的幻象消逝，老人睜開雙眼。因爲突然間一陣強烈的惡臭撲鼻。

那是一股難以言喻、沒有想到這個世上會有的惡臭。瞬間，映入老人眼簾中的人影，是撇過臉、掩鼻、忙著吐口水、亂成一團的一群人。老人的眼光尋找棺木。棺木的蓋子斜斜掀開。周長坤探頭一看，皺起鼻頭，連忙斥責工人們，用力揮舞雙手，一幅錯亂的景象。

周長乾老人急奔過去，用力大叫。

「快點香！灑茶水！把蓋子蓋上。」

工人們依照老人的吩咐點香。微細的白煙被吹到山崗下。等惡臭多少淡去後，周長坤彷彿再度有了力量，急奔到母親的棺木旁。就連風水師看了棺木內容，也狼狽不堪，叮嚀要重新蓋好蓋子。可是周長坤不答應。

「爲什麼不能進行呢？不能把肉刮掉嗎？」

「事實上，這種狀態不適合。」風水師痛苦不堪，再度抱住頭。

周長坤咋舌，以怨恨的眼神瞪著母親的風水，卻一籌莫展。看到這種情形，周長乾老人滿臉通紅，大叫趕快重新埋起來。工人們很高興地開始把土塡回去。再也不忍目睹的老人，催促孫子離去。眼淚方乾的老人一直瞪著前方走路。因覺得匪夷所思而情緒激動，心情極爲悲憤慷慨。看到腳下的田野煙霧迷離。用眼光搜尋，以製糖公司的煙囪爲目標，看到附近自己的家在竹叢蔭下的白色牆壁。周長乾老人的老眼無法長時間一直遠望。在白色朦朧的視野中，由留有八字鬚、辮髮的祖父發號施令，多數的家族重禮節，尊敬祖先，昔日幸福的家庭生活彷彿浮現眼前。在幼小的心靈中，猶記得做錯事的父親跪在祖父的面前，任憑情緒激動的祖父打罵。想到洗骨的事，年輕時曾經與父親一起在場爲祖父洗骨。家人們對洗骨非常關心，旭日東昇前就來到風水地。女人、小孩等，在情況允許的範圍內，家人總動員聚集於風水地。在挖掘風水時，跪在墓庭行尊祖禮。周長坤應該也在場。可是，現在他到底在做什麼？思及今日的事，老人不禁咬牙。敬祖尊宗的想法到底到哪裡去了？道德、禮教的頽廢過於容易了，弟弟應該不會不知道這種事。畢竟是因爲私慾的緣故。爲了眼前的私利慾望，竟然敢犧牲祖先，想到時人的可悲，周長乾老人又被催出新的淚水，步履沉重地讓孫子們牽著下山。

原載一九四二年十月《台灣文學》二卷四號

月夜

我重新體認到結婚是女人一生最大的任務。如果是男人，因不幸的婚姻而過著不幸的生活雖是不爭的事實，卻不會像女性那樣，導致自己全部生涯都破滅。至少，一次婚姻失敗的男人，也有可能再度過著幸福的婚姻生活。可是，換成女性時，單是社會上與道德上的因素，似乎被認定只能有更不好的婚姻。一位非常有教養的小姐，只要一次解除婚約，就已經喪失能選擇理想中結婚對象的資格。一超過二十五歲，只能淪爲做人家繼室的命運。這些都是我們所看到的許多事實。因此，無怪乎台灣女性的雙親們冷淡處理女兒的心情。翠竹的情形，是這次婚姻再失敗的話，就是第二次的婚姻災難，考慮到第三次再婚的事時，到底有哪一種的結婚資格呢?我逐漸感同身受。當然，我個人的意見，既然對方如此不像話，就沒有必要勉強在一起。不過，考慮到翠竹是舅父女兒的立場，與其第三次不幸地再婚，倒不如忍耐目前的婚姻，找出某個融合點，方爲上策。我沒有反省自己的無力，竟然不自量力地承擔下此一任務。最後決定由我當舅父的代理人，去翠竹的婆家交涉。除了我外，翠竹十四歲的侄女金蓮，暫時充當翠竹的侍從。原本在作決定之前，舅母是反對派的急先鋒，大發雷霆地說就算翠竹死了也不要再回到夫家。不過，在舅父的強壓與我的說明下，下決心姑且信賴我。再一次抱著淡淡的期待，翠竹也點點頭。正因爲如此，自覺自己的責任重大，一整個早上都在演練作戰方式。

我們三人在舅父們殷切的期盼下出發。到達翠竹的夫家是在翌日的午後。我認爲與翠竹的丈夫男人交涉，會比與女人們接觸更爲恰當，於是鎖定爲他下班時的行動。金蓮拿著翠竹的包袱走在前頭。翠竹垂頭無力地走在我的後頭，我必須頻頻回頭與她談話。當我佇立想聽清楚她微細的聲音時，翠竹也佇立著，絕不肯走到我的前面。我逐漸懶得說話，眺望眼前芭蕉林立的山巒，路旁樹林裡鳴啾啾的小鳥，谷底白色的溪流，以及山頂皎潔的浮雲，試圖掩飾這種僵硬的氣氛。這天陽光不會很強，山麓一帶白色氤氳繚繞，異常安靜。我們沿著由山麓流下來的小河走著。彼此沒有交談，只是默默地走著。耳際縈繞著自己踩在柔軟草地上的跫音、鳥鳴聲、風拂過甘蔗梢的聲音、溜過腳底的潺潺流水聲。不過，在萬籟聲中，察覺後腦有翠竹的微弱呼吸聲，但也莫可奈何啊。此時，我想從現在鬱悶的狀態下掙脫出來。突然有種孩提時帶著翠竹走在山間小路的錯覺。那實在是非常快樂、如夢的瞬間。也許是我的主觀印象，有種愛人跟隨在後面的喜悅感，不禁心旌蕩漾。縱貫道路終於出現在田地的對面，看到飛駛於其間的汽車時，再度把我喚回現實。正想著要搭乘汽車時，腦海裡浮現今天的目的，竟然把瀕臨二度婚姻破裂的翠竹放諸腦後。連自己都這樣，不由得面紅耳赤。爲了翠竹的幸福，可以想成現在自己即將面臨戰場的悲壯豪情。我重新回想昨晚初次聽到翠竹的苦境。

小姑與婆婆毫不通情達理，施予體刑，而丈夫則加以袒護。舅母說：那麼，翠竹到底做錯了什麼事？結果是沒有吧。總之，就是爲了想娶第九任妻子而要把翠竹攆出去。如果是這樣的話，我瞭解舅母的意思。不過，該怎麼抗議才好呢？我再度回想從翠竹口中聽到被虐待的具體事實。如果抗議這件事，最後是希望她們能疼愛翠竹，那麼除了低頭外，別無他法吧。我悄悄地窺視翠竹的表情。翠竹已完全死心，兩眼看起來格外大。到底是揭發事實，然後抗議請對方反省好呢？還是一開始就心平氣和地哀求好呢？遇到怎樣才算是對翠竹好的問題，我也不禁茫然。不久，我們搭乘汽車。始終無法理出個頭緒，終於要在城鎭下車時，我開始清楚地感覺到自己的無力。爲了助翠竹一臂之力，反問自己該採取什麼方式，眞是傷透了腦筋。不過，翠竹的婆家已經出現在眼簾。翠竹的表情越發陰暗，步伐漸漸沉重。或許我本身的步履比翠竹更疲憊。總之，我就這樣闖進了翠竹的婆家。

翠竹的婆家位在鎭的盡頭，約有十間密集店舖裡的二樓建築物。來到要經過店舖的途中，翠竹突然變了臉色，藏身於路旁不動。我漫不經心地說：怎麼一回事？一看到翠竹膽怯、陰鬱的表情，覺得自己多此一問。不用說，因爲翠竹害怕走進婆家。我不由得眼眶一熱，喉嚨哽咽，久久說不出一句話，只是眺望翠竹婆家二樓建築物的窗戶。它比其他建築物更高，掛著白色的窗簾，緊閉的玻璃窗沐浴在夕陽下。看到紅色夕陽映在閃閃發光的白色玻璃之反射中的影子，這才知道暮色已經開始迅速包圍周遭。蝙蝠幾乎碰上電線而飛翔著。後悔竟然這麼晚了，於是勉勵自己要堅強。

「那麼，走吧。」我催促翠竹。

附近的居民一看到我們，悄悄地竊竊私語。一位老太婆察覺遇到的似乎是翠竹，於是出聲嘆息，然後認真地盯著我瞧。

「我是她哥哥。」我說。

「你好。眞的是……」

老太婆不時斜眼望著翠竹的婆家，邊向我訴說翠竹的婆婆之惡形惡狀。我的心情益發沉重。老太婆充滿同情的話，並沒有煽起我對翠竹婆婆的憎恨。因爲我已經決定只找翠竹的丈夫談話。

我們開門走進屋裡。屋子整理得井然有序，有四、五張圓凳，圓桌上鋪著桌巾，而且辦公桌上面的牆壁，有個大時鐘在滴答滴答響。翠竹大概是因爲回到自己家裡的習性使然，搬出椅子叫我坐下。我邊坐著邊有種無以言喻的錯覺。當翠竹走進裡面時，她的婆婆一副陰沉的表情出現在我的面前，接著小姑也出來露臉。

「我是翠竹的哥哥。我帶翠竹回來……」

慌慌張張打招呼後，我開始正面看著她們兩人的臉。那是多麼鬱悶、不愉快的臉啊。婆婆是六十多歲的老太婆，臉長得非常長，就像是馬臉，細小的雙眼緊挨著額頭向上吊，一副壞心眼的模樣，頭髮幾乎掉光，就像某家齒科醫院所掛的照片，四、五顆骯髒的暴牙埋在臉的下半部，瘦骨嶙峋的身體，配上一雙細腳，而且是纏足的小腳，好不容易才得以支撐身體。

五官分明，令人覺得像豪傑婆般的銳利。不過，整個身體鬆垮垮地，看起來是個不乾淨、吸食鴉片者。皮膚已經皺成一團，佈滿雀斑。一副管他外面世界如何，君臨於自己爲所欲爲的世界之表情。照這麼看來，對翠竹施以肉刑也是毫不在乎的。

「不回來也沒有關係。」視線避開，惡毒地對我說。

「咦？」

我反問。老太婆始終不與我的視線相遇，而且用眼角瞪著翠竹。

「動不動就哭著回家，我們的臉皮要往哪擱啊？」

這次輪到小姑說，突然背過臉去。哎喲！來找碴了。不由得我怒火上升，不過還是得強顏歡笑。聽說小姑已經將近三十歲。乍看之下，不會讓人覺得是個姑娘，比老太婆稍微年輕一點的體型，表情卻更加惡毒。既不動人也沒有女性的魅力，臉與手一點也不光滑，乾乾癟癟的。濃粧艷抹更加滑稽，恰似有缺陷的男人化了粧。惡毒的表情只不過是讓人覺得因嫉妒他人，苦於自己的缺陷所作出的反擊。不管是傳言或根據翠竹的說法，這位小姑似乎是策動的中心人物。果眞如此，她是默默看到兄嫂這位女性幸福的婚姻生活，而無法忍受吧。

「不是！並不是這樣的。翠竹有事回家，而且任何人都可以回家……」

「回去得有點過頭了。」

老太婆說。小姑接口說：「說些中傷的話後才走的。不合我家的門風。」

兩人都看著外頭，異常興奮。看到此情景，我覺得很可笑。不過，一看到翠竹，這個憔悴、可憐的女人，側臉對著我們，眼睛向下看，洋傘還高舉到胸口握著，站著一動也不動。照這樣談下去，情形一定越來越複雜。因此，我用眼睛搜尋翠竹的丈夫。不過，二樓似乎沒有動靜。金蓮看不下去了，把自己的身體靠著翠竹的身體，一副防禦的姿勢。

「不管怎麼說，你看翠竹還很年輕，請原諒她吧。」我特意愼重地點頭。這麼一來，老太婆的氣焰越發高漲。

「年輕？」然後發出空洞的笑聲。

「聽了會讓人笑破肚皮。什麼嘛！有兩任丈夫的人，還說什麼年輕。」

「因爲有預謀想再嫁一次吧。」小姑說。「因此，才能毫不在乎地做出這種事。」

不過，我始終必須讓步，黑的也要說成白的。我非常瞭解，翠竹再也無法忍受，呼吸急促不已。再加上，我的腦海裡浮現舅父的身影。

「翠竹的父親也說很對不起。再說，姻緣是天注定的。翠竹會當你們家的媳婦，也是某種緣分……」

這套說詞多笨拙啊，有點生自己的氣，老太婆立刻打斷我的話。

「不是。我們是被騙的。」

「因爲不知道她是這種貨色。」小姑說。

我實在很忿怒，被騙的是我們。不過……

「不要再談過去的事了。總之，從現在起要能圓滿。」

「這可傷腦筋啊。」

「因爲要對付壞女人可眞棘手啊。」

我也應該要抵抗了。

「不過，翠竹哪裡做錯了?事實上，你們沒有告訴她，而她本人也不明瞭……」

「哎呀!」這時老太婆才看著我的臉。我的視線一直落在她的泛黃暴牙上。老太婆似乎被觸到痛處，變得很急躁。

「那麼，你是說她都沒有錯囉。」

「不是。是因爲不知道哪裡做錯了。如果告訴翠竹的話，隨時都可以斥責她。」

「哎呀!」這次是小姑出聲。她的唾液噴到我的臉。

「你想看看吧。她不是屠殺前夫嗎?」

我有種晴天霹靂的感覺。翠竹的臉色比我更蒼白，用手帕搗著臉，肩膀直打哆嗦。我覺得還是保持沉默較好。老太婆終於一一數落她的不是。例如，懶惰!早上不起來煮飯。貪吃!吃飯時間外，打開菜櫥偷吃。說到不愛乾淨、不幫丈夫洗衣服時，翠竹突然哭了出來。

屋裡瀰漫著緊張的氣氛。只會提出前夫的事，眞是卑鄙的傢伙!我不禁瞪著小姑。瞬間，翠竹的哭聲使婆婆有點畏縮。不過，她立刻眼冒怒火，咬住嘴唇，伸出右手的食指，想去戳翠竹的額頭。然後大叫。

「哼!哭啊!你以爲哭的人就是贏了，那可是大錯特錯了。」

「翠竹！」我拉了一下翠竹的洋傘。「這樣會妨礙我們談話吧？」翠竹越發哭了起來，連金蓮都想跟著哭了。

「哼！眞的是惡人先告狀。」小姑冷笑地對我說。「演戲想使人相信她所說的話。」

我已經決定不再與女人們交手，而且也瞭解翠竹倔強的個性。照這樣看來，除了等待她丈夫的歸來外，別無他法。看了一下時鐘，已經五點半了。夕陽開始映在玻璃窗上。這時，不禁察覺我們的情形很奇妙。既沒有獲得一杯茶水，而且我放肆地坐著，與興奮站著的主人們起爭執。扮演著這麼奇怪的角色，不由得打了寒顫。不經意地看了一下外頭，藏身陰涼處、注意傾聽與投射好奇眼光的隔壁女人們之身影映入眼簾。從先前的氣氛來推測，她們不太與近鄰交往，而且似乎反目成仇。

門外響起走在石頭上的自行車之鏈子聲。聲音逐漸接近，一位中年男子走進來。我想他就是翠竹的丈夫吧。果然是翠竹的第二任丈夫。與母親相似，瘦瘦高高的，馬臉的不同處在於鼻下的小鬍子與凹陷的臉頰，頭髮很長、向後攏，國民服穿得筆挺，是個走在時代前端的知識份子與美男子。一雙眼神恰似社交家放出聰明的光輝，一走進屋裡，瞧見翠竹就瞭然於心。於是慇懃地打招呼道歡迎，然後屈身說聲「稍微失禮一下」，就走上二樓。不愧是在此鎭的青果公司做會計。既然這樣，應該是個容易溝通的男人，我暗自竊喜。

翠竹丈夫的出現，只是扼止了翠竹的哭聲而已，其他完全出乎我的期待。如今回想起來，他只不過是個厚顏無恥的男人。只是個換了八個妻子、不好惹的那號人物。乍看之下，擅長社交的他之行動完全與他的心理不相稱。隔了一會，他換好服裝下樓。也不正眼瞧翠竹一下，一坐下來就蹺腳抽菸。

「啊，歡迎光臨。您府上可好？」

彷彿把我當朋友般對待，追根究底地詢問我的事，然後像商人般批評財經界。等他抽了一會兒菸，我委婉地提起翠竹的事，他以冷笑的表情，猛然吐出一口煙，視線移向母親，默不吭聲。於是母親與妹妹開始替他絮絮叨叨地批評翠竹的不是。聽著聽著，他的表情依舊是冷笑，似乎點頭同意她們所說的。我的忿怒勝於愕然。雖然他表現出偉大、超然，不想涉及這個問題的態度。不過，在我的眼中看來，他只不過是個與母親她們共謀、享受與妻子魚水之歡的好色之徒。我不由得怒火上升，想直搗黃龍、與他交談，他越發以無言的冷笑逃避我的詢問。或許是氣昏了頭，我挖苦地說出「大凡一個男人，對於尤其偏離世間常情的老母等，應該要善導，怎麼可以反而盲從老母的無知。自己應該非常瞭解自己的妻子。現在卻以佯作超然的態度，任憑老母爲所欲爲，這樣不是與妻子同衾，簡直是買女人嘛，而老母不正是鴇母嗎？」之類的話。

我想翠竹的丈夫應該可以聽出這番話的含意。就在我的話似乎要結束時，他突然離席走上二樓。這麼一來，老母與妹妹的眼中冒出火花。

「那是因爲翠竹是賣淫女。」她們胡攪一通。

我大吃一驚，後悔竟然產生反效果，卻又勉強露出妥協的笑容。

「不是，那只是比喻的話而已。」

不過，已經太遲了。婆婆與小姑口沒遮攔地開始辱罵翠竹。當然，罵翠竹的話中，多半爲諷刺我的話。我一直保持沉默。手足無措時，腦海裡浮現舅父的臉，於是決定一個勁兒地賠禮。

「不，是我不對。向你們賠禮。一切都是我的獨斷，絕不是翠竹告訴我的。」

不過，聽了我的話，婆婆彷彿得勢，大發雷霆說一切都是翠竹告的狀。翠竹咬住嘴唇，淚水已乾的雙眼懊悔地望著外頭。婆婆與小姑更加盛氣凌人。翠竹越發無法忍受，嘴唇顫抖，臉上的肌膚縮小，開始驚惶失色，終於淚水一滴一滴滑落。我未曾看過翠竹如此痛苦的表情。雖然剛才哇一聲哭出來，卻不是如此愁眉苦臉的表情。到現在爲止，一直努力忍耐，卻孰忍孰不可忍，內心始終痛苦地爭戰。婆婆與小姑每一句尖酸刻薄的話，使她的臉部歪斜，呼吸狂亂，嘴唇不停哆嗦，數次有爆發的跡象。終於下定了決心，面對著婆婆，以激烈的淚聲大叫大嚷。

「如果我的存在妨礙你們，當初爲什麼要把我娶進門？嗯！大家都是這樣的。因爲八位媳婦都妨礙到你們了，所以被驅逐出境。如果嫉妒兒子睡在媳婦的房裡，爲什麼還要娶媳婦呢？」

瞬間，連婆婆都被翠竹出乎意料的洶洶氣勢嚇呆了。等她很快淸醒過來時，這次輪到婆婆的臉色蒼白，手腳哆嗦。

「哇——這個惡魔！」伸手要打翠竹。小姑同時也與母親一起破口大罵來對抗翠竹，並且把她圍住，從自己的頭髮上拔下針簪。

「危險！」

我把翠竹推到牆壁，站在她們的面前，用雙手阻擋開始攻擊的婆婆與小姑，頻頻賠禮。

「是翠竹不對。請原諒她吧。」

「不。請讓開。」

由於我始終保護著翠竹，原本打算毆打翠竹的拳頭，紛紛打在我的身上。婆婆的口臭不斷地迎面襲來，眼中清楚地浮現幾近狂亂、奇怪的眼光。不過，翠竹也不甘示弱。

「不是這樣嗎？你不是嫉妒嗎？問題的癥結就在這裡。」

她在我的背後不斷地叫喚。

「翠竹！不要再說了。」

婆婆的氣憤似乎達到了頂點。「眞的是斬頭短命的。你不害怕下地獄被割掉舌頭嗎？」如此咆哮後，突然向後轉，纏足的小腳咯吱咯吱地向前衝，身體搖搖晃晃地走上二樓。小姑見狀也尾隨其後。因擔心而快哭出來的金蓮，此時終於鬆了一口氣，握住翠竹的手。

「姑姑。什麼都不要再說了。」喃喃自語。「被打的話，會很痛的。」

不過，翠竹一副什麼都已經不在乎的樣子，呼吸急促，咬住嘴唇。

「傻瓜！這麼一來，不是什麼都搞砸了嗎？」我說。

「沒有關係。反而一切……」

翠竹死心了。可是一想到自己代替舅父的任務，不禁感到切身之痛。不管怎麼說，翠竹的丈夫是多麼沒出息的男人啊。不由得我怒火上升。受母親與妹妹操縱，還能算是個社會人士嗎？照這種情形看來，我想談判已經完全破裂，對方不予理睬。完全不被當成一回事的我們三人，互相看著對方的臉。

不過，我的想法錯了。不久，從樓上傳來叩叩叩的聲音。冷不防抬頭一看，翠竹與我都大驚失色。

「天公仔！天公仔！」

頭髮散亂、外表看起來很恐怖的婆婆，兩手拿著一束線香，口裡念念有詞地走下來。透過線香的白煙所看到往上吊的雙眼，更加放出可怕的光芒。翠竹的臉色慘白。婆婆拿著線香向蒼天哭訴翠竹的惡形惡狀。我開始覺得很可笑。不過，翠竹的表情卻驚恐萬分。

「天公仔。請你顯靈聽我說。」婆婆站在門口拜天叫喚。「媳婦這個魔女竟然臭罵我一頓。請把她殺死。請打雷劈死她。請派吊死鬼來找她。」

我們除了愕然看著此一情景外，別無他法。最糟的是，此時翠竹的丈夫走下樓。我以為他是要阻止母親的行為，誰知他一走近我們，立刻毫不容情地摑了翠竹的臉頰兩、三下。

哎呀！之後所發生的事，此處無法長篇大論。總之，我的弱點就是非得把翠竹留在婆家不可。然後，我使盡了一切手段，極盡所能地賠禮。一小時後，總算成功地讓金蓮陪翠竹留下來，我終於可以踏上歸途了。

當我走出外頭時，太陽已經下山，街上亮起街燈。田裡傳來蟲鳴，街上建築物的上頭掛著明月，月光在田裡的水中蕩漾。仔細一瞧，今夜萬里無雲，皎潔的月光深深扣人心弦，令人頓覺神清氣爽。沒有風。在晴朗的夜裡，我靜靜地嘆息。

啊——雖然只是表面上，今天總算盡了責任。回想起來，宛如一場夢，能如此低聲下氣的自己就像換了一個人似的。

我穿過小巷來到街上，呆立於汽車站牌前。我當然不知道時刻表，只能漠然地等待。這時，突然有種不安的感覺。眼簾突然浮現告別翠竹夫家，與翠竹四目相交時，她充滿恐懼的表情。我相當瞭解那時翠竹希望與我一起回家的心情。不過，如果要把她一起帶回來，爲什麼要向她的婆家屈身低頭呢？沒有問題！要忍耐！我用眼神向翠竹呼喊，金蓮不是也留下來嗎。然後用眼神向金蓮示意，就向她們告別。如今想起來，多少有點不安。果眞這樣就算解決了嗎？如此深刻的關係，形式上是否過於妥協了呢？仰望夜空，我想或許會有奇蹟出現。貨車倏地穿過街道。在月光下，揚起的塵砂看似白煙。嘈雜的車輪聲消逝在黑暗的遠處。之後，耳際縈繞蚊子的嗡嗡聲。整個街道給人嘈雜的感覺。

我再次回顧好像是翠竹婆家的地方。就連小巷也是寂靜的，只能看到點點白窗。我望著白窗，心想無論如何都要漸入佳境。依稀可以聽到街道黑暗處汽車的引擎聲。汽車兩個前燈的紅色燈泡，看似眼球。是公共汽車。就在這時，引擎聲中，似乎聽到女人呼叫我名字的聲音。我退回來時路兩、三步。

「全福叔叔！全福叔叔！」

彎過小巷，金蓮在街道的燈光下狂奔而來。我的胸口激烈起伏。發生事故了！金蓮拉住我的手，在急促的呼吸中，好不容易才叫出來。

「快來！不得了了。翠竹姑姑！」

說著，金蓮又走回路上。我被拉著手，也跟著快跑。看了一眼在月光中奔跑的金蓮，她的臉縮小，面相也改變，眼神怪異。也無暇詢問她理由，奔跑中思索著，是否剛才的爭吵又反覆發生了？一想到要再次被捲入漩渦中，急奔的雙腳也越來越沉重。不過，金蓮猛力拉著我向前衝。

好幾次差點被小石頭絆倒。由於路上沒有行人，可以邊蹲邊跑。

「全福叔叔！再快一點！」

來到翠竹婆家的門前，金蓮以哭泣的聲音大叫。我睜大雙眼，望著浮在月光中的房子，可是沒有聽見任何動靜。等我們打開門要進入時，突然從裡面跳出一個人影。原來是翠竹。接著，從屋裡丟出竹竿，碰到門而落地。差一點就打到翠竹。翠竹也沒有看我們就往外衝。

「哎呀！翠竹姑姑……」金蓮拉著我的衣服叫喚。

這時，我看到婆婆從屋裡出來的身影，不由得愕然佇立。婆婆嘴裡念念有詞，手上撒著什麼東西。我似乎已經瞭解一切的情形。翠竹丈夫的身影在婆婆的背後一晃。

「姑姑！」金蓮對著翠竹走去的方向叫嚷。

「姑姑！快點！快點！姑姑要去尋死啦。」

然後拔腿就跑。現在我很清楚地感受到翠竹的苦衷。是的！翠竹就是要這樣做。我用心來回答金蓮所說的話。我也急奔起來，在翠竹的後頭追趕。很幸運地，月光皎潔。穿過一排房子，來到田地的翠竹之身影白花花的。

「翠竹！翠竹！你要去哪裡啊？」

我在後面呼喚。翠竹的身影映著月光閃閃發亮，像影子似地流向田地，只有我的呼喚聲空蕩蕩地回響。

「喂！等我。你不等我嗎？」

我也奔走在田間小路上。前方出現竹叢，看得到白色的河流。那就是埤圳吧。依稀聽到滔滔的流水聲。稍微靠近河邊，有兩、三點燈光的地方，就是部落的小賣店。顯然翠竹是朝河流的方向奔去。完了！我的胸口激烈地起伏，留下哭泣的金蓮，全力向前衝。沒想到田間小路溢滿水，很難追上翠竹。現在翠竹一定是要跳到河裡去。心裡一焦急，腳就顫抖，無法再追趕。因此，除了大聲呼喚外，別無他法。

「翠竹！不要做傻事！」

翠竹的身影消失在竹叢的陰暗處。就在我繼續追趕時，聽到撲通的水聲。翠竹跳下去了！沉住氣！我勉勵自己。屈膝透過從竹叢枝葉間流洩下來的月光，仔細觀看一下，大波紋閃閃發光，好像是翠竹頭髮的東西，如同藻草般流動後沉下去。我急忙脫衣，並向部落的小賣店叫喊。

「有人自殺噢！快來幫忙！」

「我去叫人。」

月光中有人回答。仔細一看，金蓮向河邊奔跑過去。水是冰冷的。很幸運地，由於此處是埤圳的上游，是流水靜靜的淤積處，可以聽到由埤圳落下來的滔滔水聲。我潛入水中兩、三次。由於不擅長游泳，在水中也不知道有沒有睜開雙眼就浮上來。幾次深呼吸反覆同樣的動作，可是依然無效。我焦躁萬分，難道就這樣眼睜睜地看翠竹死去嗎？從來不曾有過像此時這樣強烈感受到自己的無力。不知不覺中，從我口中發出哭泣聲。

「翠竹！翠竹！」我站在河岸，邊擦掉臉上由頭髮滴下來的水珠，自暴自棄地對著水面呼喊。

水波粼粼，鮮明地映出一輪明月。

「翠竹！」大叫後，我再度跳入水裡。這次只感覺腳觸到水底的泥土，立刻就浮出水面。強烈的寒意逐漸裹住我的身子。

「在哪裡？在哪裡？」

四、五個農夫跑過來。不久後，很快就找到翠竹，把她拉上岸。有一會兒時間，我連挨近察看的力氣也沒有，邊擰乾衣服邊哭泣，卻一籌莫展。

「沒有問題了。讓她吐出水就可以了。」

其中一位農夫安慰我說。在寧靜的月光下，只有金蓮的哭泣聲劃破夜裡的氣氛。

啊——我無法止住流下來的淚水。此時，我格外感受到翠竹必須投水自盡的心情。既然娘家與婆家都無法安身，除了求死外，還能有什麼方法呢。尤其對像翠竹這樣沒有獨立能力、只能受環境支配的女性而言，更是如此。一思及這是她唯一能做的抵抗，除了憎恨翠竹的丈夫外，別無他法。那個有紳士外表的儒弱男人，實在不值得我們憎惡。不過，考慮到世上像這樣的男人不只是翠竹的丈夫一人而已，而像翠竹這樣想自殺的女性何其多啊。我不禁爲台灣女性感到義憤塡膺。

全身赤裸時，感覺冰涼刺骨。

「啊！醒來了。」農夫大叫。「姑姑！姑姑！」接著金蓮放聲大哭，重新造勢。

我擠入人縫中。在月光的照耀下，翠竹的臉很蒼白，靜靜地閉上雙眼，水滴從頭髮上落下來。用手去摸她的鼻子，有呼吸的微弱熱氣。

「翠竹！」

開口的同時，熱淚重新盈眶，喉嚨哽咽。

站起來回頭一望，街上的建築物靜靜地沐浴在月光下。也不知道是從哪裡聽來的，走向田地的人影越來越多。翠竹快點醒過來！我方寸全亂了。

「到底發生什麼事？會跳河自殺啊。」

農夫們異口同聲。我無法回答。於是，金蓮以厭惡的口吻說：「被婆婆虐待啦。」

我用自己的上衣蓋住翠竹的身體。此時，舅父的臉突然浮現眼前。該如何說明才好呢？

我不禁嘆息，千頭萬緒湧心頭，手腳凍得直打哆嗦。

〈廟庭〉（《台灣時報》一九四二年八月刊載）之續篇

原載一九四三年一月《台灣文學》三卷一號

合家平安

范慶星在慶祝六十大壽時，眼見親生的次子與三子喜色滿面，從酒席包辦到敬神儀式，而養子即長子的范有福卻不見人影，只以六圓爲賀禮的情形，不由得破口大罵，逢人必數落他的不孝，憤慨到一連數日飯菜都難以下嚥。

「翅膀已經長硬囉。視雙親如糞土。」

「畢竟不是親生子，就是不一樣。那個有福是養子，多少有點不一樣啊。」

「現在看起來還好。那是因爲做個樣給別人看。」

「對父母來說，親生子與養子都是一樣的。不管怎麼說，像萬傳與萬成……」

「不孝子。那小子從小就是不孝子。」

經他這麼一說，老妻玉鳳在爲親生子高興之餘，雖然也附和老夫的話，卻不像老夫那樣憎惡長子。長子雖說是養子，玉鳳迄今仍強烈地感覺他是前妻的兒子，而且也不是自己親手拉拔長大的，罵他不孝，內心自然有些愧疚。之所以有這樣情愫的另一半原因，實是明白自己親生的次子與三子每月菲薄的薪水，到底無法滿足父親的吸食鴉片，只有長子范有福憑一身木匠的手藝，除了維持一家六口的生計外，還可應付老父每月的糾纏。

玉鳳被范慶星迎娶爲後妻時，范有福才不過七、八歲。雖然是亡妻的養子，並沒有得范慶星的疼愛。前妻撒手人寰時，就把他送回前妻的娘家，沐浴在外祖母的愛中成長。因此，蒼白、營養不良、羸弱少年的身影，依然鮮明地浮現在玉鳳的腦海裡。如今長子倔強的神情，眞是不可思議啊。所以，她沒有對方是自己小孩的感覺。當時謠言滿天飛。當范慶星與年輕的後妻恣情享樂、視前妻子爲眼中釘的風評傳到耳際時，玉鳳的臉紅到耳根，意氣用事之餘，決心把有福帶來膝前扶養。不久後，她帶著謝禮去說服有福。可是，早已習慣外祖母家的有福，說什麼也不肯親近這位年輕的繼母。有時瞧見特地來拜訪的繼母身影，一整個下午就躲進內院的廁所裡不出來。儘管如此，玉鳳依然不死心。身懷六甲時，也依然很有耐性地挺個接近滿月的大肚子，來到前妻的故鄉。到了親生的次子范萬傳出生後，雖然熱情稍褪了，依然割捨不下對有福的愛。三子范萬成出生後，最初想收養有福的決心已消失。不過，玉鳳想把他當作是自己的長子一般疼愛的心情，依然濃得化不開。放棄這種疼愛的心情，轉生憎惡之情，常常迎合丈夫所說討人厭的話，動不動就數落有福的不是，是在次子、三子蹣跚學步後的事。某個風和日麗的日子裡，前妻的母親陪伴有福，難得來她家拜訪，所以玉鳳裡外忙得不可開交。爲了煮頓豐盛的大餐，把自己的小孩放在一旁，作些準備的工作。由於小孩哭鬧不停，怎麼哄都哄不聽，她突然想起什麼，趕忙把次子、三子帶到有福的旁邊。

「囉！和哥哥好好地玩耍。來！來！他是個好哥哥啊。」

從語氣中透露出她想努力做個令人稱讚的母親，拉近有福與她親生子之間的距離，希望能如親兄弟般的相親相愛。可是，當她還沒有回到廚房時，就已經響起三子的哭聲。出來一看，捕捉到有福狼狽逃往柴房的背影，而三子滿嘴塞滿砂子，正咧嘴大哭。玉鳳憂心忡忡的把三子帶到井邊，讓他一股腦兒地吐盡砂子。

「怎麼一回事？傻瓜！爲什麼要吃砂子？」

「是那個小孩做的啦。阿母！」

次子猛吸了一口鼻涕，然後邀功似地指向有福躲藏的柴房。

「萬傳！你在說什麼！不是那個小孩，他是你哥哥啊。」

斥責次子後，定神凝視，有福嚇得縮著臉，在柴房門口半掩著臉窺視動靜。一時之間，不由得玉鳳燃起怒火。猛然想起，這是孩子的事，而且雖說是兄弟，卻分開各自生活，所以才會如此惡作劇。玉鳳故意大聲說，讓躲在柴房的有福能夠聽得見。

「一起好好地玩耍吧。他不是哥哥嗎？哥哥會疼愛弟弟的。」

有福似乎在小屋中屏神凝聽，沒有發出半點聲音。雖說是兄弟，自幼沒有在一起生活，他們之間哪會有什麼感情，何況是個孩子呢。由於更加看透這一點，玉鳳有茫然的感覺。既然如此，自己身爲母親的責任更加重大，爲了想教育有福，意氣用事地再度留下次子與三子。已經聽到從田裡傳來製糖公司正午的汽笛聲，午餐卻還沒有弄好，玉鳳在廚房裡異常狼狽地忙得不可開交。開始煮飯洗鍋時，這次是次子著火似地發出哭泣聲。剛好前妻的母親也在場，於是兩人一起出去探個究竟。次子萬傳雙手摀住鼻子，乍看似乎非常痛苦。玉鳳以嚴厲的目光環視周遭。發現有福依然還在原地，瞬間不由得面帶愁容。有福這次看到外祖母在場，也不逃跑，哈哈大笑地抓緊外祖母的手。

「怎麼一回事？」

撥開覺得厭煩的次子之手，發覺他的鼻梁紅腫，害怕被摸到似的，頻頻把臉避開。

「是那個小孩。那個小孩。」

「啊！他是你哥哥啊。」

玉鳳硬是要看他的情形，結果是含笑花的花蕾塞住兩個鼻孔。

「哎呀！」

玉鳳不由得氣血逆流。她不想再聽下去了！忿怒地瞪著有福，眼裡的淚水竟然是乾的。

玉鳳憎惡有福就是從這時候開始。從此以後，玉鳳將有福徹底逐出心中。這種憎惡的記憶，一直持續到一家沒落、每月的生活費都必須向已獨立的有福索取時爲止。不過，如今托有福的福，感謝他減輕了次子與三子扶養雙親的負擔。儘管如今仍比例配合讓三個孩子負擔，這主要是老夫那根紫黑色的鴉片煙管作祟，不由得怒火對著老夫。奇怪的是，讓不是自己孩子的有福扶養，良心有點過意不去，更何況還呼喊他不孝。回想自己過去對待他的情形，羞愧於心。

范慶星是當地聞名的范老舍之長子，巨萬財產的繼承人。傳說他年輕時，把當時人們罕有的百圓紙鈔，像銀紙般地任意揮霍。等他一貧如洗時，二圓、三圓也好，常常向長子索討如同要榨他血的金錢。有時因某些原因而無法順利拿到錢時，就氣得大罵有福爲「不孝子」。目睹這種情形，玉鳳覺得無聊又滑稽。這次的祝壽，恐怕長子是因爲經濟困難，所以才拿出六圓。不過隨著時間的消逝，玉鳳也就不認爲老夫的忿怒是過於苛刻的。如果站在長子的立場來考慮，六圓的支出加上每月的零錢，已經是他能拿出來最大限度的金額了。因此，沒有相當的孝心，是不可能做到的。何況迄今范慶星又是如何對待長子呢？一想到這些，玉鳳油然而生對長子的憐憫之情及對老夫的鴉片煙管充塞滿腔的憤慨。如今范慶星已經對城鎮盡頭的陋巷生活，不引以爲苦，一副滿足的神情。年輕時有錢人的傲慢態度也早已銷聲匿跡了。白天躲在陰暗、狹窄的屋子裡，吸食鴉片直到把錢花光，簡直像個廢人。唯一能作爲昔日過著富裕生活的佐證，就是六十歲的今天，皮膚依然細緻。不過，呈現鴉片吸食者常有的不正常臉色，像猴子般消瘦。一整天關在房間裡，沉溺於鴉片中的情形，依然如昔日。可說是有改變的，就是鴉片的吸食量減少，而所喝的茶也由鐵觀音變成普通的烏龍茶。所居住的陋巷一帶，幾乎是貧苦人家，房間只有兩間，寢室及廚房兼正廳，也沒有如同昔日拜訪他的人，連親生的次子與三子也去台東工作而不想回家。因此，他吸食鴉片到半夜，一直睡到隔天的中午。一醒來後，就勞動老妻，又是香菸又是茶，消磨了一整個下午。當黑夜來臨，又緊緊抓住鴉片盤不放。等資金殆盡，終於從床上起來，去住在近郊的長子那兒，死皮賴臉地大聲叫喚。玉鳳大部分的煩惱就是源自此時。偶爾從長子處索討來的錢不夠時，箭頭就指向親生的次子與三子。「爲什麼不送錢來？不孝子。啊！翅膀已經長硬了囉。視雙親如糞土。」玉鳳一反駁，他就指責「都是你教導無方」。易後，雖然鴉片只斷了一天，他頻頻慵懶地打哈欠，結果力氣全失，昏倒般地喪失意識，玉鳳才稍微拿出次子與三子按月悄悄送來的錢。玉鳳不曾有過像此時這般強烈憎惡老夫的心情。次子與三子將近三十歲了，依然獨身，玉鳳打算把每個月的零錢存起來，當作他們的結婚費用。她早已看透，如果把錢交到這個父親的手中，他們一輩子都無法娶妻。鴉片一入口，范慶星的精神再度奮起，一連數日不離睡榻。

「喂！萬傳已經二十九歲，而萬成是二十六歲。你不覺得他們該早點娶妻嗎？」

「嗯。是啊。我絕不拿他們兩人的薪水。該存起來當聘金了。」

這時，話談得很恰當投機。不過，等鴉片不足時，就把一切都拋到九霄雲外。玉鳳氣不過，常常想丟掉老夫的鴉片道具。一考慮到後果，如今生活困苦，沒有辦法再湊齊道具，除了忍氣吞聲外，別無他法。有點悔不當初，住「大厝」、過著奢侈的有錢人家生活時，爲什麼不偷藏私房錢？自己的愚蠢眞是可悲。

如今已歸別人所有的那棟大埔厝部落的「大厝」，是這個地方最豪華的建築物，正身前後兩棟、護龍四棟、建築用地總面積一甲步，加上五個查某嫺的服侍，玉鳳貴夫人的生活，如今回想起來，宛如一場春夢。光是起居室就有兩間，裡面是臥室，外面是休養室。臥室是夫婦睡覺的地方。房間的正中央放置一張雙層的睡床，豪華、以金絲描繪，有大蟒模樣與花鳥浮雕的大紅靠背上，鋪了有美人畫、刺繡的深紅色毛氈。靠窗的化粧台兩側，併排了塗漆、有梅花形狀的椅子。即使日正當中，房間裡也微暗。外面的休養室，正面擺了一張雕有螭的紫檀中型桌。上面擺飾著刻有八卦的青綠色古銅鼎、筷子、湯匙、香盒、畫有美人圖案的酒杯形花瓶、碗。上面的牆壁，正中掛著有財子壽的畫幅，兩旁是寫著「常在祖德永流芳」「遠接宗功慶澤長」金字的對聯。左右兩側各擺放八張楠木的交椅，上面的牆壁還掛著「錦瑟聲中鸞對語,玉梅花際鳳雙飛」「鶯語和諧春風帳暖,桃花絢爛叠酒杯浮」的聯幅與花鳥的畫幅。天花板上懸吊有八仙畫像的深紅色八角花燈，更是平添幾許色彩。丈夫范慶星大致在豪華的床榻上睡到中午。一點左右，一睜開雙眼，就打哈欠，連聲呼喚「玉鳳！玉鳳！」，然後才開始用早餐。查某嫺們手忙腳亂，有人準備用餐，有人端來盥洗用水，有人幫他穿衣服，有人準備鴉片盤等，只見一群人在房間裡跑來跑去。而玉鳳只要化好粧、斜坐在床榻邊看著丈夫的臉即可。光是這樣就足以使范慶星如孩子般地滿足與喜悅。抓住妻子的纖纖玉手，然後起來，眨眨仍睡眼惺忪的雙眼，勉強洗臉後，就在玉鳳的面前吃起遲來的早餐。吃過早餐，范慶星習慣與玉鳳一起去逛庭園，而夏天拿扇、冬天則拿火籠的查某嫺尾隨其後。位於「大厝」內庭與外庭的庭園，有許多菊花的盆栽，到處都擺設了樹木山石等，並且掛了鳥籠。夫婦兩人逍遙地聆聽鳥鳴和聞桂花香。玉鳳在大頭鬃上插了青玉圍繞菊花圖案的髮簪，穿著群蝶戲花的藏藍色長衣，縫上五色粗絲直線的紅色上衣，以翡翠色爲底，依舊是縫上五色粗線的裙子。范慶星則穿著黑緞子厚底的黑色短靴，菊花突出圖案的普通長衫。兩人的腳步輕盈，風一吹來，柔軟的衣服微微掀起波紋，心情格外愉快。從庭園眺望周遭，建築物的考究，青紅色鮮明的雕樑畫棟，屋頂上的人偶、龍卷、鯉尾等，一切都很美輪美奐。玉鳳沉浸在頗自傲自己幸福的八字之滿足感中，頻頻瞇眼窺視丈夫細緻雪白的側臉。散步完畢後，范慶星躺在豪華的床榻上，讓玉鳳躺在鴉片盤的對面，經由她的手來吸食鴉片，一直到晚上。晚餐後，勉強審核家計，現金當然歸玉鳳掌管。她非常信任丈夫，遵照他的命令，坐在他的面前，只是清點紙幣。這項工作一直持續到范慶星蕩盡家產。玉鳳是如此的熱愛著丈夫。

如今玉鳳有點懊悔當時為什麼不偷偷存下一些錢。不過，如今回想起來依然令人羨慕，當時自己相信一輩子都能過著這種幸福的日子。仔細思量，一切情況變得惡劣，是在丈夫因只有兩個人的生活而遠離家族後。

剛好次子萬傳在此時出生。從產褥中起床的玉鳳，驚見自己在產褥臥床休息中，丈夫的堂兄弟、表兄弟等多人占據「護龍」的客廳吸食鴉片，逐漸連生面孔的人也混夾其中，終日圍繞著丈夫而陶醉於鴉片中。不過，她並沒有生氣，反而覺得能誇示為君臨他人之上的富貴人家也不錯。因為目睹丈夫在家庭裡受人尊敬，對外同樣也是鶴立雞群、集衆人之尊崇於一身的情景，除了瞭解丈夫的偉大外，同時越發充滿自己幸福的八字悸動心靈的滿足感。因此，即使鴉片的份量比以前增加數倍，玉鳳也不吝惜這樣的浪費，反而害怕一時之間鴉片賣光，來不及供應衆人吸食，讓丈夫臉上無光的話，可就不得了了，所以自己買進鴉片大量貯藏。當時范慶星在妻子的面前有點忌憚，後來得知玉鳳絲毫沒有反對的意思，於是從原本與玉鳳只有兩個人的生活，耽溺於周旋在鴉片夥伴的熱鬧生活中。日復一日，寬敞的大厝內，到處可見像猴子般消瘦的人影，而且常常突然響起咳嗽聲劃破寧靜的周遭。原本很少有人氣的大厝，因這些人而出現未曾有過的熱鬧。最初只有白天，逐漸延續到夜晚。不久後，有客廳的一棟護龍提供那些人住宿。大多數為心地善良、能夠交際往來的范氏一族。不過，逐月增加了一些陌生的面孔。這些人中，有的能以優美嗓子高唱《吳漢殺妻》，有人擅長拉胡琴，有人精於講演《今古奇觀》、《山伯英台》、《雪梅教子》等。當范慶星與玉鳳無聊時，立刻打從心底珍惜他們。月明的夜晚，把長椅子擺到隱約有桂花與夜合花花香的院子前面，欣賞這些人的絕技，夫婦兩人常常忘了已到三更半夜。因此，玉鳳的心裡竊喜讓他們吸鴉片是對的。不過，這些人的消費不只是鴉片而已。除了正餐外，一天還要有兩頓「點心」，長久每天這樣持續下來，絕不是些許數目而已，依然是龐大的消費。尤其是深夜點心的做法，不是查某嫺能力所能及的，玉鳳哄次子睡後，與加入幫忙的丈夫兩人親手料理，全部都是使用些奢侈的材料。日經月累，吸食鴉片的人逐漸增多。玉鳳這才驚覺吸食鴉片者之多。她的娘家是在不遠處的農村。在該村生活時，不曾聽過與看過吸食鴉片的人。可是，一嫁入范家，竟然出乎意料的多，她認為完全是因為富貴人家的緣故。自己的娘家是農家，所以沒有餘閒吸食鴉片。而富貴人家就是有閒暇時間，除了吸食鴉片來消磨時間外，別無他法。一思及此，她有種接觸到炫目東西的錯覺，貧窮出身的她對富貴人家的風俗，完全感到無力。因此，後來知道家產瀕臨崩潰時，她也沒有說出半句怨言。

總之，范慶星的沒落就是從這時開始的。三子萬成出生時，他家已是近鄰部落馳名的鴉片巢窟。不管是遙遠地方的鴉片吸食者或經濟拮据者，都毫不客氣地聚集在范慶星的家中。就在這樣的幾年之間，那群人不只是吸食鴉片而已，還拚命討范慶星夫婦的歡心，向他們借錢或邀他們出資於事業，一有虧損，就一律歸咎是范慶星的責任。這種事遇到兩次時，范慶星已到了非得處理數甲步家產的地步。就這樣，祖傳的田地年年減少。

不過，多少有點受到影響的，只是點心的材料而已，鴉片依然有增無減。范慶星陶醉在鴉片中時，完全一副羽化登仙的狀態。有時恢復神智時，腦海裡也只是龐大的家產，所以他沒有正確家產的觀念。他做夢也沒有想過有朝一日會到破產的地步。等他的經濟開始走下坡時，收支已無法平衡。再加上那時開始對鴉片吸食者施行鑑札制與制限吸食的份量，銜接不及的范慶星，只要有鴉片，就投入財產購買囤積，因此一再出現龐大的赤字。迄今受他照顧的鴉片吸食者，這次反而拿著自己的指定份量，以加倍的價格賣給范慶星。假稱要幫范慶星加工鴉片，卻盡情與他一起吸食，叫他如何承受得了。玉鳳開始擔心，卻為時已晚，家產的田地已一甲步一甲步化成范慶星鴉片煙管的煙消失了。不久後，當足以誇示的遼闊田地全數化成雲煙時，原本的夥伴都拋棄范慶星。爲鴉片所苦的他只能頻頻打哈欠。次子已經公學校畢業，由於不準備參加考試，每天遊手好閒。三子是個頭腦非常聰明的人，卯足勁在準備考試。級任老師也常常到他家拜訪，商量有關參加哪一所學校考試的事。所以，深感痛苦的，只有玉鳳一個人而已。她在丈夫蕩盡家產的現在，試圖至少要在伶俐的三子身上找出將來的希望。

「喂！萬成特別聰明，一定可以通過考試。老師這樣說噢。」
「是啊。這一點和我很像。」
「那麼，是要讓他進中學校、師範學校，還是女校呢？」
「傻瓜！又不是女的，怎麼能讀女校。老師是這麼說的嗎？」
「或許是我記錯了。那麼，要讓他讀哪一所學校呢？」
「師範學校不錯啊。因為五年……」
瞬間，范慶星的腦海裡浮現五年後三子的薪水，內心盤算著鴉片的購買量。
「不過，老師說讀師範學校就不能上大學。讀中學校比較好噢。」
「上大、大學？」
一聽到大學，范慶星胸口一震，初次發覺自己無法讓兒子上大學的悲慘情景，不由得悲從中來。現在所剩下、可說是財產的，就是目前所居住的家宅。由於幾年沒有整修，任其荒廢，牆壁的雕刻已因風雨而傷痕斑斑，所有紅色與青色的色彩已褪色，土磚有洞，麻雀利用它來做巢，柱子色彩的變化有明顯的擦傷。室內的日常用品在不知不覺中被盜光了，缺腳的椅子倒在房間的一隅，玻璃的碎片格外顯眼。不管看哪一個房間，都是無法修繕的古老建築物，牆壁因漏雨的痕跡，有幾處泛黑。留下來的三個查某嫺，如今已到了非得賺聘金的年齡。沒有什麼東西可以作為三子讀書期間的費用。即使有鴉片的資金，范慶星無論如何也不肯把它充作兒子讀書的費用。

結果，隔年次子當莊裡信用合作社的書記，三子經由學校的推薦，離家當州的見習辦事員。玉鳳一想到讓兒子們吃苦，看丈夫的眼光逐漸不同，不由得開始對迄今仍令人目眩的鴉片煙管產生忿怒之情。夫婦間的爭吵就是從那時開始。

范慶星雖然看到生活艱苦、日復一日生活費捉襟見肘的情景，依然默默拚命攢下自己的鴉片錢。偶爾有錢進帳時，就偷偷地花光，然後一副全然不知沒米沒菜的表情。玉鳳越是悲鳴，他就一、兩天不離床榻，緊緊抓住鴉片盤不放。這種情形屢次發生，抗衡玉鳳爲生活費奔走的情形，他只著眼於自己的鴉片錢。如今恬不知恥地走訪親戚間，僞稱借生活費，錢一拿到手，全部化成鴉片的煙。很幸運地，前妻的娘家在當地也算是相當不錯的資產家。由於兄弟有五人，范慶星拿著鴉片道具一一拜訪前妻的五位兄弟，投宿四、五天而沒有要離開的意思。等到鴉片用罄時，像死人一樣動也不動。前妻的兄弟們無計可施，只好給他錢打發他回家。不過，這種手段無法持續運用。首先是前妻的哥哥頻頻勸他去工作，還幫他在部落賣米的豐裕記商店謀個書記的職務。如同一般富豪子弟，范慶星自幼也讀四書五經，對於書法頗有心得。只因爲熱中於鴉片，而沒有參加秀才的考試。不過，依然算是一位了不起的讀書人，所以這種工作難不倒他。尤其他擅長寫一手細字，從以前就頗受到前妻兄弟們的讚美，再也找不到這麼適當的職業了。當個傭工，月薪四十圓。在當時，這樣算是相當優渥的待遇，也可說是足以誇示雇用了慶星舍的好條件。如今范慶星的身上已經找不出富貴人家的神態，他卑屈地低著頭，或許是鴉片中毒的緣故吧。只有所穿的衣服全部是富豪人家的好東西，不過外出時已經打赤腳。心地險惡的農夫等，在路上遇到他時，甚至說：「哎喲！慶星舍！今天也去巡視嗎？」

他依然很乾脆地回答：「嗯。」

一副也不知道到底有沒有聽懂談話內容的表情，流露出充滿懷念鴉片的眼神。農夫所說的巡視，就是當他是有錢人家時，每年一次去佃農那裡巡視。由於他經常以渴求鴉片的聲音來回答，彷彿無依無靠；因此，當他住進豐裕記時，部落居民已經沒有冷笑他的心情，反而因為能接觸到很難接觸到的人，以一種敬畏與好奇的感情與他交往，其中也有人沉溺於鴉片的氣氛中，終日與他酣睡於鴉片盤中。

不過，在豐裕記的職員生活維持不到五個月。並不是范慶星這方脫逃，而是豐裕記的老闆透過前妻的兄長說要解雇他。根據豐裕記老闆的說法，范慶星錢一拿到手，就換成鴉片，化作煙霧。因此，一整天無法靜下心來工作也不是什麼稀奇事。更糟的是，例如派他拿現金到莊的鄉公所等處繳稅時，他把零錢全部拿來買鴉片。前妻的兄弟們七嘴八舌、異常憤慨。而當事人范慶星只說聲「是嗎」，用包袱巾包住全套的鴉片道具，急忙回家，鑽進床榻，用薪水所換來的鴉片沒有抽完前絕不離床。

日子一天比一天拮据。唯一所剩下的財產「大厝」，虎邊早就讓給別人，就連考究的庭園也面目全非，變成耕種的水田。好不容易得以保有龍邊，卻因長久荒廢，連房間的屋頂也開了大洞。對目前渴望鴉片錢甚過修繕費的范慶星來說，除了出租房間外，別無他法。不過，出租也不是什麼大不了的收入，無法作爲生活的津貼。前妻的兄弟們建議他再度出來工作，范慶星再也不敢嘗試。生活的事就靠兒子們的作爲，他緊抓住鴉片盤不放。可是，次子的信用合作社書記與三子的州實習辦事員，並沒有領到多少薪水，再加上住宿生活，頂多只能寄些生活費。三子雖然沒說鴉片是父親唯一的安慰，次子在之後從母親口中得知他們所寄的生活費幾乎都化成父親鴉片的煙時，認爲不值得而不願意再寄錢。那時，長子離開舅舅們家，當鎮上木匠的學徒，收入也不多，光是養飽自己就要煞費心血，所以不會寄來生活費。

「總之，那個人不抽鴉片就無法活下去。可是，我，我……」

玉鳳去前妻的娘家，經常如此哭著說。雖然無血緣關係，前妻的兄弟們也把溫順的玉鳳視同死去的妹妹一樣疼愛。一聽到她的哭泣，因爲錯在范慶星，只要她能拿白米袋，就讓她裝滿白米帶回家。夫婦總算可以在鄉下過活。

就在這時候，在州工作的三子，說是市內有人要轉讓飲食店，詢問父母是否要承接過來自己營業。由於自己熟悉州的許可申請手續，只要五千圓就綽綽有餘。事到如今，范慶星忽然發覺自己已衰老，油然而生想把分散的兒子們聚集在同一個屋簷下、全家平安地度過餘年的心願，因此立刻找前妻的兄弟們商量這件事。當然，對范慶星的生活深感頭痛的前妻之兄弟們，自然拍手贊成這件事，立刻著手實行。至於五千圓的資金，現在所住的「大厝」之龍邊連同建築用地一起賣掉，大致可得三千圓，剩下的兩千圓就由前妻的五位兄弟負擔。

搬去的飲食店是位於市的妓館集中區之大街的兩層樓建築物。說是兩層樓，只不過是加上天花板的兩層樓。頂樓的二樓只能安排爲廚房與兒子們的臥房，當然沒有客房。凡是有前家商店獨特風格的東西，一律拆除，四壁塗上風格高雅的白漆，煥然一新地開張。不只是把桌子與椅子磨亮，也重新做個新灶。白色的牆壁上掛了兩、三幅有美人畫的玻璃框；親戚們祝賀他們開張送來的時鐘，很有精神地滴答滴答響個不停；前妻兄弟們送的留聲機，從早到晚唱著〈雨夜花〉、〈李阿仙思君〉等歌。始終笑臉迎人的范慶星，像猴子般坐在櫃台內。辭掉工作的次子擔任採買工作，三子負責爲客人點菜與送菜，而玉鳳則忙著在廚房洗碗盤與洗青菜等。雇了一位有雙可愛眼睛與嘴唇的女孩當招待。三子建議讓她穿著白色的圍裙，整個店裡洋溢著清新的氣氛。只有長子謝絕了這種安排。或許是因爲那時他已是能獨立作業的木匠，而且與師傅的養女結婚，育有兩名子女，另外開了一家木器家具店，所以沒有回應父親的呼喚。不過，這樣反而造成玉鳳母子等的生活沒有受到干擾的結果。因此，范慶星的內心毋寧是喜悅的。新開張的飲食店店頭，掛了一塊白底紅邊，以墨寫著「富春園」的招牌。開張後生意相當興隆。白天因賣東西的鄉下人來光臨而熱鬧非凡。到了傍晚，來妓館集中區遊玩的遊客絡繹不絕。晚上後，突然有來自於附近招藝妓作樂租用的房間蜂擁而至要點菜，次子與三子都出去送菜也應接不暇，有時連范慶星都要親自出馬。在廚房的油鍋放水的聲音片刻不歇中，裡面傳出來嘈雜、女高音的嬌笑聲，以及遊客經過門外的腳步聲。夜晚在鄉下生活中無從得知的花街柳巷之熱鬧與絢爛，令范慶星有種如夢般的喜悅。玉鳳也忙碌到無暇覺得辛苦，驚愕於周遭令人耳目一新的一切，心中充滿萬成是個偉大傢伙的幸福感。從宴席到裡面的井邊有一條狹小的通路，右側是廚房、材料堆積倉庫、夫婦的臥室、廁所。由於在井邊與後面招藝妓作樂租用的房間相連，每天到了十一點左右，長衫鈕釦脫落、令人目眩的女招待們，啪嗒啪嗒的拖鞋聲音，沿著後面奔跑過來，或是吃些三十錢的湯麵，或是幫忙洗盤子、開開玩笑。不到幾天，玉鳳就與女招待們混得很熟。她們爽快地談天或唱歌，一整晚使得店裡生氣盎然。由於范慶星自己親自監督佣人且努力工作，緊緊守著櫃台，所以支出與收入間產生了很大的差距，令人有種繚亂的「大厝」時代再度來臨的錯覺。次子、三子與玉鳳眼見范慶星表現出前所未有的認眞態度，深具信心，一切都很順利發展。

「阿母！看起來阿爸也有相當的覺悟了。」

「因爲已經到了山窮水盡的地步了。如果還不能覺醒，還算是個人嗎。」

「鴉片似乎也減少很多了……」

「此時如果能完全戒掉就值得慶幸了。不過……」

「不！阿母！阿爸很認眞在工作，而且店裡也經營得有聲有色，就算阿爸要抽鴉片也是沒有關係的。」

「是啊！阿母！因爲鴉片是阿爸唯一的樂趣啊。」

聽次子與三子這麼說，玉鳳突然眼眶一熱，簌簌淚下。

「你們眞了不起啊。阿爸只熱中於自己的鴉片，什麼也不能給你們。不過，阿爸也上了年紀了，只想跟你們同在一個屋簷下過活，所以才變得這麼認眞吧。」

「是啊！再也沒有什麼可以比得上一家人能團聚一起生活了。」

「有福兄如果也能搬來就好了……」

「他反對你阿爸啊。」

「爲什麼？」

「因爲不想一起生活啊。」

「啊！總之，令人值得慶幸。今後要孝順阿爸。」

在最初開張的兩、三個月間，范慶星的鴉片吸食量的確很少，而且在指定量以下。不過，這是貧窮時的時勢所趨，不會永遠如此的。等他逐漸厭倦了都會的喧囂生活時，每天坐在櫃台裡的例行功課也開始動搖，越來越常在裡面的臥室睡覺。次子出去採買回來時，父親還沒有起床。三子送菜回來時，看不到父親在櫃台管錢的身影，這種情形再三出現。這時，只要去臥房一探究竟，可以看到范慶星獨自一人用鴉片燈照臉、忙著吸鴉片的情景。如今他覺得坐在櫃台裡是件痛苦的事，早上早起也很痛苦。起初，兒子們認爲是過於勞累的緣故，所以什麼話也沒有說。這麼一來，范慶星也就毫不在乎地恢復了昔日的生活。他睡到將近中午，冷不防眺望窗戶，看到後面鄰接的出租房間之窗口有女招待們露胸化粧的身影。他急忙把眼睛張大，毅然打了一個懷念鴉片的大哈欠。從隔天開始，不到這個時刻絕不起床。夜晚則沉浸於嬌笑聲與醉聲交織的氣氛中，再也無法坐在呆板的櫃台內。尤其無法忍受要坐到夜深。他把金庫帶到臥室，與鴉片盤擺在一起，客人要結帳時，就叫女服務生一張一張送到臥室。

不知不覺中，來吃湯麵的女招待們，與他隔著鴉片盤睡在一起。某夜，玉鳳目擊拿帳單前往丈夫臥室的女服務生出來後掩口竊笑的情景，納悶不知發生了什麼事，突然手裡拿著洗到一半的碗，想前往一探究竟，結果一陣目眩，搖搖晃晃的身子勉強斜靠著牆壁。之後，玉鳳流著淚說。

「你仔細想想看。你已經幾歲了？」

「五十六歲。已經沒有多少日子可活了。因此，老後要更加享樂啊。」

「哎呀。小孩與店員看在眼裡，這算什麼。那個金庫會成為衆人窺伺的目標啊。」

「好。我知道了。」

「請再回想以前的情景。還不能瞭解貧窮的滋味嗎？」

「瞭解啊！瞭解啊！不過，現在做生意賺錢了，而且孩子們也在膝下，一家平安度日。再也沒有這麼幸福了。因此，讓我享受一下人生嘛！一坐在櫃台裡，老骨頭就疼痛不已。」

這時，玉鳳從丈夫的表情中，突然看到了沒落時代的散漫交織著厚顏薄恥的陰影，不由得臉色沉下來，又老調重彈了，家運要走下坡了吧。胸口隱隱作痛。玉鳳的預感不是杞人憂天。范慶星的鴉片癮突然又恢復了從前的情景。早上晏起還沒有關係，傍晚也不坐在櫃台裡。一到晚上就躺在床上吸鴉片，眼中完全沒有該照顧店裡生意的意思。不過，它始終不是只有范慶星個人的問題，也影響到整個店裡。不知不覺中，從前的鴉片同伴頻繁出入店內。一到晚上，幾盤特選的菜從廚房端到范慶星的臥室。在那裡，一群臉上洋溢著吸飽鴉片表情的人，笑到眼角都出現皺紋，口中咀嚼著食物，發出豬叫的聲音。因爲是父親的朋友，次子與三子勉強保持沉默。正因爲玉鳳鑒於過去的經驗，沒有給丈夫好臉色，一直嘮叨個不停。不過，那時范慶星吸食鴉片的量已達指定的三倍，除了以加倍的價錢購買同伴的指定量外，別無他法。情勢演變至此，與其挑別人的毛病，倒不如抑止丈夫的鴉片量，玉鳳決定從丈夫手中取回帳簿。這麼做的結果，范慶星悄悄起床，從當天的進帳額中偷偷藏下十圓、二十圓。更糟的是，次子與三子已經賺些錢之後，他們又偷偷地與花街柳巷的妓女有染，結果兩人都必須接受外科醫生的切開手術。一時之間，整個店開始動搖。店員畢竟是店員，結帳的帳目有點奇怪。稍微夜深時，就擺滿一桌的菜，大家圍著桌子，醉到神智不清。唯一力挽狂瀾的，只有玉鳳一個人。幾個月之內，她的眼眶塌陷、臉頰消瘦、頭髮變白。

「忘了貧窮的滋味了。想再度變窮嗎?我們家不是富豪嗎?你的父親不是被叫成范老舍嗎?沒有志氣!把祖先的田地連同房子都賣掉了,還不知羞恥,不想把它們再度買回來。啊!老的與年輕的都一樣。到這般田地，想變成乞丐吧。」

玉鳳如此呼喚。不過，只是消耗她本身的肉體，依然無效。

這樣興隆一時的富春園，不到一年期間，第二年夏天突然衰敗，第三年時，收支已不能平衡。沒有拿到全額薪水的廚師，不只是工作怠慢，還把好不容易買到的豬肉拿來作菜供自己享用，也毫不在乎地喝酒。由於付款紀錄不良，很難買到材料。到了夜晚，後面傳來的嬌笑聲與遊客的腳步聲，依然熱鬧非凡。不過，由於無法作出他們想要的菜，所以來自招藝妓作樂租用的房間之訂貨驟減。而上門的客人一聽到「只有湯麵、炒麵、燒賣……」，扭頭就走出去。富春園變成只賣麵，每天的收入有多少可想而知。兒子們看到這點連明天要採買都不夠的收入，開始驚慌。想到店的命運，臉色不由得暗澹下來。如今很後悔自己的行爲，但爲時已晚。因此，對父親也沒有半句怨言。焦急地想挽回店之頹勢的，只有玉鳳一個人。不過，單憑現在這麼少的收入，只會縮小生意，也找不到肯借他們資本再度擴張生意的人，而且也不能再給前妻的兄弟們添麻煩。結果，即使變成只是當天的小飯館也好，如果不能維持下去就無法生活。因此，玉鳳緊緊看管著每天的收入，自己站在櫃台內，防止錢變成丈夫的鴉片煙。不過，這麼一來，范慶星十分謹愼地監視玉鳳的行動，選在她月經來或去吃飯時間，偷塞二、三圓，然後當天就整天賴在床上不起來。經過兩、三個月後，廚師抱走能換成錢的東西，離開店裡。由於沒有付給他薪水，無法指責他的不是，玉鳳哭著睡著了。從那天起，玉鳳親自下廚作菜。由於顧客大量減少，店裡冷冷淸淸。湯匙生鏽了，碗盤有缺口，白色牆壁上的汚垢極爲顯目，玻璃窗如同陰天般佈滿厚厚的灰塵，灶口的磚有缺口，木柴的煙瀰漫整個室內。次子萬傳對店的前途早就死心了。剛好在這時候，以前認識的朋友，在台東種甘蔗非常成功，他決心藉此機會到那裡工作。反正店裡不需要人手。

「阿母！開店有所得的只有阿爸而已。」

萬傳在即將出發前的早上，寂寞似地笑著說。玉鳳好不容易才得以與兒子們在同一個屋簷下生活，一想到兒子今日又將遠離，從早上就開始哭泣。就連范慶星知道了次子的決心後，臉色蒼白，因嘔氣而躺在床上不肯起來。次子離開後兩個月，三子與次子連絡上，也決心去台東。

「這個店只靠阿母與阿爸就綽綽有餘了。如今沒有什麼客人，我們賺多一點錢，可以作爲資本，再度重新豪華地開張。」

三子如此安慰眼睛哭腫的玉鳳。不過，三子也離去後，收入還不夠付房租。因此，下個月就把店讓給別人，老夫婦開始回去過小巷生活。些微的讓渡金，大部分握在大發雷霆的前妻兄弟們之手中，老夫婦的手中只剩下三個月份的生活費。外面謠傳，前妻的兄弟們說這筆錢是最後的財產，所以要交給長子有福。范慶星也不知道從哪裡聽到這個消息，如果是交給長子，就等於是自己拿到手，因此笑容滿面。從這時開始，范慶星非常注意長子的動靜。他對長子的關心，恐怕是迄今不曾有過的。

這時，長子范有福的木器家具店，由於受到時勢潮流的洗禮，陷入經營困難的狀態。再加上很難買到材料，嫁粧也趨向簡便，所以訂貨的人減少。他從舅舅們的手中接過可說是父親財產的若干金錢。不過，也不是多大的數目。有福就照舅舅們說的，斷了開木器家具店的念頭，當個建築工人，每天出去工作。工作的內容主要是在建築用地做些細格子或拉窗，依照加工的件數計酬，所以有福每天也能賺到將近四圓。如今對舅舅們更加尊敬與信賴。當養母去世時，他被外祖母接去撫養，因此對舅舅們越發敬畏。外祖母死後，從當木匠的學徒、結婚、到開木器家具店，一切都是舅舅們照應的，他們就像親生父親般。范慶星雖說是父親，卻沒有給予任何的照顧，一切都是舅舅們照顧他的。因此，對舅舅們有極深厚的親情，對父親的觀念逐漸淡薄，甚至毫無親情可言。當父親的飲食店開張而要求他一起同住時，舅舅們的不贊成也是原因之一，不過他本身也沒有這個意思，於是斷然拒絕。這種感情並非從孩提時就存在他的心中。他當范慶星的養子是在兩歲時的春天，腦海裡沒有任何記憶。養母去世時，他已經七、八歲了，而且之前也與父親間有過親情的生活，當然有孝敬的念頭。不過，當他由外祖母領養後，那份愛就消失了。不只是由於父子分離生活，自從記憶中出現他想依偎著父親撒嬌，父親卻輕易躲開他的情景，他推測父親是冷酷的、不認爲自己是他的兒子，這種悲傷的心情把他推到谷底。就在外祖母領養他的隔年。某個傍晚，有福與舅舅同年紀的小孩一起在後門的竹叢蔭下玩耍。在他仰臉的瞬間，不由得胸口怦然，向前跑了兩、三步。眼前有兩個男人肩膀扛了一頂轎子，搖搖晃晃來到竹叢蔭下。由於來自平常看慣的地方，孩子們立刻知道轎中的人是誰，歡呼地跑過去。有福看到舅舅的孩子們跑過去，也大聲呼喚、雙手朝空揮舞，雙腳跳得很高之後，率先圍在轎子的周圍。喂！大家集合！這是我的父親。他在心中叫喚。孩子們圍成一團，轎夫停下步伐，范慶星從轎子小小的四角窗裡露出蒼白的笑臉。

「姑丈！姑丈！」孩子們大叫。

「阿爸！」有福想叫，卻被大家的聲音蓋住，錯失了叫喚的機會，無法捕捉到父親的視線，於是保持沉默，胸口起伏不定。

「好！好！大家都很聰明。來！這個給你們。」

聽他這麼一說，孩子們一起把手伸向轎子的小窗，然後用力大聲叫喊「姑丈！姑丈！」，從范慶星的手中接過糖漬柑橘與些許銀幣，彷彿看到神明似地仰望著姑丈，邊舔起柑橘。有福傲慢地看著大家爭先恐後的情景。自己在最後時要大聲喊叫「阿爸」，一定可以得到最好的東西吧。過了一會兒，看到大家都拿到了，他站在轎子的小窗前，盯著父親的臉直瞧。胸中感慨萬千，無法言語。不過，有福認為父親一定會給他非常好的東西。范慶星只是稍微看了一下他的臉，然後放下轎子窗戶的簾子，催促轎夫離去。有福覺得自己的臉縮小了，在轎子後面追了兩、三步。應該不會這樣的。父親一定沒有發覺自己的存在。不過，剛剛已經與自己的視線相接了，所以應該不會這樣的。有福如此認為。為了更加慎重起見，他用力大聲喊叫。

「阿爸！」

轎夫稍微回了一下頭，不過轎子依舊沒有停下來，消失在竹蔭裡。有福佇立著，咬緊嘴唇，淚水簌簌流下，凝視逐漸消失的轎子。

「有福！怎麼了？沒有拿到嗎？」

「你看！有福什麼也沒有拿到。」

到了後來，他只聽到舅舅孩子們的聲音與津津有味吃著東西的聲音。淚水分外湧出，手腳因氣憤而開始發抖。淚眼汪汪立刻使視線變得模糊。

「好！」

有福用力跺了一下腳，盲目地奔跑，然後藏身於別人看不見的甘蔗園裡。當天直到夕陽西下後才回去舅舅家。

由於這個遺憾的記憶，從當天起，有福斷了對父親的愛，他相信自己是讓外祖母扶養的孤兒。可以說他的孤獨癖是這樣產生的，而且認為自己和一般人不同，對一切事情都斷念也是從這時開始。不能上學，他也不覺得奇怪。雖然身為富貴人家子弟，當木匠的學徒或與木匠的女兒風情結婚等，他完全不介意。反而看破一切，認為這樣比較適合自己。當聽舅舅提起父親在市內開設的飲食店經營不善時，他只是垂下視線，引以為可惜，卻不覺得與他有何相干。因為那時他已經有四個小孩，自然所有的煩惱都在家庭上，而且每天為生活繁忙，立刻就把這件事遺忘了。不久，自從那時未曾露面的父親數度來訪後，無關於父親開設飲食店失敗或蕩盡財產，他突然懷疑這就是自己的父親嗎？有種沒有眞實感的厭惡。不過，在對方以強大權力的哀求姿態下屈服，於是把錢給對方。後來越來越覺得懊惱。舅舅知道這件事時，生氣地說：

「你眞是笨蛋。你還打算熱起那支鴉片煙管嗎？仔細看看自己的小孩。一副營養不良的樣子。」

他這才想起父親吸食鴉片的可怕。不過，他還是無法拒絕父親的要求。當父親要求的金額過於無理時，他流露出要父親看他目前處境的表情，然後拚命地、默視自己的小孩與自己所居住的地方。

小孩四人，一人一個模樣，個個營養不良，眼裡滿是眼屎。上面三個是女孩，老么是男孩。所住的房子是挨近舅舅們部落的國語（按：指日語）講習所板壁、低矮的稻草小屋。到了冬天，寒風從木板縫中吹進來；夏天則無法承受激烈的驟雨，屋頂一漏水，板壁就傾倒。由於土地與建築物都歸舅舅所有，所以不需要付房租。不過，只有修繕要自行負責。目前在貧窮的生活下，沒有餘力來修繕。不忍目睹的舅舅們給他當修繕費的錢幾乎都被父親敲詐光了，因此建築物只有任其荒廢。可是，有福像雨中的雞不斷忍耐，唯一的安慰，就是由於靠近國語講習所，年幼的女兒們能夠講兩、三句自己聽不懂的國語。舅舅們說女兒似乎頭腦很聰明，從現在必須開始存她們將來的學費，使有福笑逐顏開。身體的健康勝於一切。只要能工作就工作，有福希望孩子們的將來比自己更好。

某個涼爽的夜晚。有福工作後疲憊回家，來到國語講習所前時，有個男人站在檳榔樹蔭下的暗處眺望夜星。對方似乎熟悉他的身影，一句話也沒有說就來到他的面前。看到浮現在由國語講習所流洩出來的燈光中的臉龐，原來是父親范慶星。

「啊！阿爸！」

「怎麼樣？有福。我需要十圓……」

突然聽他這麼一說，有福和往常一樣，默不吭聲，內心非常鬱悶。腦中浮現現在所擁有不到十五圓的紙幣。范慶星打了一個大哈欠，然後若無其事地，視線移向檳榔樹，不需要有福回答似地說。

「檳榔大概都成熟了。趕快割下來就可以賣掉了。」

心中充分地判斷有福表情的變化。根據迄今的經驗來推測，照這樣子看來應該沒有問題。

「聽說現在的價錢相當好呢……」

「啊……？」

有福回答，一副不懂父親現在所說的話有何含意的表情，不禁皺起眉頭，再度看著父親的臉。

「不……大家都好嗎？」

「是的。勉勉強強啦。」

有福眉頭的皺紋開始舒解，他站在前頭引導父親。表情依然黯淡，一副好像被什麼東西拉住的走路姿態。

范慶星在屋子前就止步了。屋頂上映出傍晚微白的天空。

「壞了差不多了嘛。這樣孩子們會感冒的。」

「不過，還可以忍耐……」

「不行的！這樣子太嚴重了。不搬家是不行的。」

「搬家？」

有福眼也不眨地瞠目看著父親的臉。由於太暗，無法看清楚他的臉。有幾隻蝙蝠從屋簷下飛出來。有福立刻由鼻頭發出傻笑的聲音，然後走進屋裡。要搬到哪裡？哪裡有不需要房租的家呢？范慶星的眼光稍微跟隨消失在黑暗屋裡的長子之背影，然後屏神聆聽。他想或許長子已經在拿錢了。

「阿爸！請進來坐！」

長子的媳婦走出來。抓住她衣服的女孩把手指含在嘴裡跟著出來。

「不用了。我在這裡就可以了。」說著范慶星難得地把雙手伸向女孩。「來！讓祖父抱抱。」女孩卻逃走了。媳婦道歉似地斥責女孩，然後離開。兩人錯開，有福搬出長板凳。

不過，范慶星一直站著沒有坐下來。雖然是涼爽的夜晚，還是有一群蚊子。父子兩人沉默了一會兒。有福默默望著父親的背影。范慶星忽而打哈欠忽而輕咳，彷彿無法鎮定。好不容易再輕咳後，他說：

「這間房子已經不能再住了。會弄壞身體的。哪裡還有這麼殘破不堪的家。」

「不過，是舅舅免費……」

「不！即使免費，也要考慮生命是一切的根本。怎麼樣？有福！搬到我住的地方去吧。」

「咦？」

有福不由得把手扶在長凳上。同時范慶星也坐下來。由於天色越來越暗，看不到對方的臉。有福只感受到范慶星懇切的聲音。

「你出去工作實在辛苦。因此，如果搬到我那兒，可以再開業，而且也可以和我一起生活。再說，我也想含飴弄孫。哈！哈！哈！事實上，我也到了這個年齡了，希望孩子們能承歡膝下。一想到如今一家人四處分散，內心實在悲痛。我還沒有告訴你。事實上，萬傳與萬成都說已厭倦了台東，要去南洋。似乎心意已決。這麼一來，我就孤零零一個人了。想起來，不能與子孫在同一屋簷下生活的我是個不幸者啊。萬傳與萬成選在這個節骨眼，我內心也相當清楚。只有你可以和我一起居住。要不然，我搬來這裡也可以。嗯，不！還是你搬到我那兒比較好吧。因爲房租是一樣的。怎麼樣啊？老實說，一直和你分開生活，想把對你的愛補償給孫子們。怎麼樣啊？有福！」

有福正苦於不知該如何回答時，不知在什麼時候，三舅嘴裡叼著煙管、吐出白煙，從背後黑暗處出現。糟了！范慶星察覺了，有福慌慌張張站起來，請舅舅坐下。

「說得相當動聽嘛。」

「不，什麼也……」

范慶星難爲情地站起來。不過，三舅叼著煙管悠然地坐在長凳上。

「事到如今還有什麼話好說。有福的命都用來點燃那支鴉片煙管啊。」

「這、這件事……」

「那麼，又是怎麼一回事？」

范慶星沉默不語，三舅緩緩用煙管敲地面，把火抖落後說：「有福。」生氣似地呼喊：

「你不要被迷惑了。不可以搬家。」

聽他這麼一說，有福突然覺得眼眶發熱。幸虧是在黑暗中，可以任憑溢出的淚水簌簌落下。不過，不只是感激舅舅對他的疼愛，主要還是因爲目睹是自己父親的人以可憐的姿態出現在眼前。同時更加深刻感受到自己悲慘的立場。他靜靜地閉上眼睛，想起非手足的二弟與三弟。自己如果也能像二弟與三弟一樣逃離家庭的桎梏而到南洋去就好了。不過，慌忙想到自己沒有學問，還是只具備爲二弟與三弟擦屁股的價値。不過，立刻又反省，或許這就是被叫做長子者的立場。如今二弟與三弟已去遠方。被留下來六十多歲的老父與老母，不依靠自己的話，又有誰可以依靠呢？這麼一想，突然覺得老父非常可憐，油然而生出一種未曾有過的親情。不過，自己的力量又是如何呢？四個小孩已經壓得苦不堪言，又如何能扛起那根鴉片煙管呢？父親爲何會落到如今這般田地呢？是父親自業自得吧。想著想著，淚水已乾，有福睜開雙眼，在黑暗中以嫌惡的眼光找尋父親的身影。突然有種魔鬼的念頭，想取笑父親連親生子都不要他的可憐情景。

這時，舅舅突然怒聲大叫。他猛然清醒似的，側耳傾聽。

「怎麼樣？還不明白嗎？去！如果明天沒有勇氣住院接受戒掉鴉片的治療，那就無藥可救了。已經到了今天這般山窮水盡的地步，還不能清醒，倒不如死掉算了。怎麼樣？我幫你出費用。」

聽到舅舅說的這番話，瞬間，有福若有所悟，似乎已清楚瞭解到父親之所以不幸的原因。

原載一九四三年四月《台灣文學》三卷二號

石榴

1

當金生把肥料桶藏入廁所走出來時，周遭已一片漆黑。連隔壁豬舍的內部也伸手不見五指，黑暗中只聞噗—噗豬仔的喧鬧聲。金生上半身打赤膊，邊揮打著成群的蚊子，邊仰望龍眼樹上的星空。因爲今夜是好天氣，晚餐後，想利用這段時間處理稻草。正走到前庭時。

「阿兄，等一下。」

聲音非常惶恐，彷彿從鼻孔發出來。仔細凝視，眼前只能看到黑色人影的輪廓。

「是大頭嗎？」

「是。」

沒想到在鄰村黃福春家當長工的二弟這時候會出現。向來不慌不忙、沉默寡言的金生，現在卻亂了陣腳。

「有什麼事呀？」

話裡含有雖然他是家裡三兄弟的長兄，但現已入贅別人家，希望他不要常常來拜訪的意味。幸虧周遭黝暗，看不見弟弟聽到冷淡的言語後表情的變化。不過，可以想像他對於唯一可信賴的兄長表現的態度一定深不以爲然。昔日兄弟泣別的悲哀現在突然湧上心頭。但是，自己既已被招贅，就是別人家的人，不論何時何地都不應再管親弟弟的事，這種意識強映入他的腦海。

大頭沒有立刻回答。激動得說不出話來，保持了瞬間的沉默。金生也覺得有點喘不過氣來。

「有什麼事?」金生重複問一次。幾乎是在同一時間，大頭扼要地說：

「木火失踪了。從昨天離開家就沒有再回來。」稍帶哭泣、顫抖的聲音激盪著金生的心胸。

「嗯，還是因爲那個病……」

「是的。」

「好。我們一起去。」

把大頭留在那裡，金生匆忙走進家門。他覺得淚水盈眶，難道上蒼也不見憐自己兄弟嗎。三弟木火是三兄弟中的老么，是大頭雇主黃福春同族的螟蛉子。二十二歲，有副魁偉的體格。但從今年初開始精神異常，常常啃食相思樹皮，頗令兄弟操心。養父在工作的地方養個女人，所以從不回家，只留下他與瞎眼的祖母過著貧困的生活，後來他的病越發嚴重。這些事金生也略有所聞。雖然天下孤涯的三兄弟必須面臨各分東西的命運，但人類社會並不曾改變了兄弟間的情誼。從十歲起，金生就代替雙親撫養他。一想到木火現在除了眼盲的祖母可依靠、只有自己兄弟會為了他的事奔走的情景，金生穿衣服的手竟然不聽使喚。

小聲告訴妻子：「木火終於發瘋了」，匆忙催促大頭吃完晚飯，沿著河岸，走在黑暗的小路上。木火的家就在隔河鄰村南端密集的房屋中。平常只要十五分鐘的路程，金生恨不得更早一點到達，邁開雙腿大步急驅。由於伸手不見五指，任憑雙腿踩踏。儘管腳底有踢到東西而發出的聲音，甚至踩到圓滾滾的東西而腳底一滑，他彷彿無感覺似的踩過。大頭幾乎是用跑的，在大哥的背後追趕，然後一面低聲娓娓道出直到知道木火失踪的經緯。今晚他工作完畢路經木火的家門前時，不加思索進屋探望，卻看不到木火的身影。詢問眼盲的祖母，說是從昨夜就沒有歸來。驚問附近的鄰居，誰也沒有瞧見他的踪跡。擔心之餘，一直找到現在，但大家都說不知道，所以只好來找大哥，金生邊聽邊嗯嗯地點頭，但腦海中彷彿前方有顆大而耀眼的星星，不由得想起數日前木火的狂態。那時正當日落前他從廁所來到田圃施肥的時刻。也不知道是在何時，遇見塊頭大的木火低頭在芋田追趕什麼東西。原本就聽說木火多少有點怪異，但那天並沒有特別想起這件事，所以為了農忙時刻，他卻在芋田不知做了什麼而頓覺氣憤，斥責說：

「你在做什麼！沒有工作可做嗎？木火！」

木火只以刺目的表情看了大哥一眼，再度像孩子似地突然在芋田上跳來跳去。威力未減、狠毒的陽光，斜照在木火的背上，彷彿什麼事也不曾發生。金生這才想起弟弟精神異常的事，趕忙放下肥料桶，追入芋田。

「木火！木火！」

由於呼喊得不到回應，他使勁力氣高聲呼叫。大概是因為瘋狂的緣故，把他的下巴抬起來一看，佈滿血絲的雙眼凝視蒼穹，有著呆滯、異樣的光芒。把他閉著好像在嚼著東西的嘴敲開，發現塞滿許多樹根與枯枝。一時間金生咬緊牙關，用力摑了他的臉頰。

「傻瓜！」

他想藉此喚回弟弟迷失的精神。但是，木火只用手摀著臉頰，眼神依然沒有改變，反而張開了嘴巴，流出白沫。金生沒有料想到弟弟竟會發瘋。好不容易費盡千辛萬苦，才把他撫育成人。憤怒之餘，突然粗暴起來。

「傻瓜！這身裝扮……」

木火被推倒在芋田上時，做出個第一次知道恐怖為何物的表情，喘了一口大氣後，站起來，一眼也不瞧大哥的臉，急奔向田間小路。金生手插在腰上，目送弟弟的背影，直到消失了蹤跡。他永遠也無法忘記那時弟弟逃走的情景。現在一回想起那一幕，思及弟弟終於發瘋了，無限懊惱使他咬緊牙關。

處處可聞高昂的流水聲，看不見的河岸草叢裡蟲鳴不絕。跫音接近時，響起沙沙聲，突然從暗黑的水面上傳來撲通聲，原來是烏龜。

或許木火已經回家了，懷著一絲的希望，金生最先來到木火家。入口處有石階，部落北端四、五間並列草屋的第三間，就是木火養父的家。裡面有個頂好的內庭，庭院的右側是豬舍，盡頭就是正房。即使在黑暗中，也依然知道哪裡是哪裡。走上階梯，經過豬舍門前時，金生出於本能地瞧了漆黑的豬舍一眼，覺得豬似乎不在裡面。猶記得兩個月前剛放入兩隻豬仔。暫停下腳步，邊瞧著暗黑的正房，金生立刻直覺地思索，是不是因爲一個瞎眼、一個發瘋，所以連豬都逃跑了。大頭在背後劃根火柴，藉著那亮光，再一次仔細看一下，還是看不到豬的影子，更加留意時，竟然連豬糞也找不到。三弟失去條理、黑暗的家庭生活，促使金生的呼吸更感沉重，刺痛了胸口。

瞎眼的祖母年近七十，二十幾年來大門不出二門不邁。金生現在已想不起她的模樣，不曾正面與她照過面。雖說是黃福春堂兄的媳婦，家境極爲貧困，年輕時似乎是個女中豪傑。如今一個人在黑漆漆的屋裡喀哧喀哧地走動，偶爾拉長尾音，呼喊木火的聲音長達半小時。部落的人民聽到呼聲，這才想起原來那位阿婆還活著。金生之所以答應讓木火做這家的螟蛉子，是爲了回報黃福春的恩義。再則，他認爲自己兄弟們坐困愁城，不論去什麼地方，或許都會比現況還好。

大門開著，他們走進去時，漆黑屋裡的某處，有竹床的咿呀聲，以及響起老婆婆嘶啞的咳嗽聲。

「祖母！我是金生。木火回來了嗎？」

「還沒有啊！」黑暗中有聲音回答。

這時，人聲中夾雜著豬叫聲。大頭覺得很訝異，於是點起燈來。朦朧、昏明的屋裡浮現竹床，眼盲的祖母就坐在邊緣。受光明驚嚇到的兩、三隻老鼠，急奔到竹床裡。房間角落有兩隻豬相偎在一起，前面有一堆糞乾硬了。目睹此一情景，金生不覺得眼眶熱熱的，催大頭將豬趕進豬舍，自己也將糞弄出門外，然後清掃髒污的室內。

祖母一個人喃喃自語木火最近不常回家。看樣子她似乎不知道木火異常的事。如果是這樣的話，怕祖母擔心也是多慮了。他們吹滅燈後就離開。

穿過部落櫛比鱗次的房子，來到保甲路時，金生突然感覺異常忿怒，但也無計可施。木火這傢伙，有事無事竟然得這種病，還驚動別人，不由得怒火燒上心頭。自幼失去雙親，無法與一般人一樣過著相同的生活，在人後謙卑、微不足道，而木火竟然非得到這種病不可，究竟這是怎麼一回事呢？越想越忿恨難平，怒火遠離木火，想向某種眼睛看不見的東西席捲過去，內心焦躁萬分。突然發覺大頭還跟自己在一起，不由得發怒起來。

「大頭！你是有工作的人。立刻回家。」

「可是，木火還沒……」

「好了。由我來找。」

蒼穹佈滿星星，田圃的水面看似淡淡的白色，畦道也整個浮現出來。大頭垂頭回去的影子，一直在白色的田圃上浮動。一會兒彷若線斷了，被黑暗吸進去了。金生開始反省，強迫心痛的二弟回家是否是正確的作法。二弟與三弟恐怕都把自己當作是唯一的支柱。從前如此，今日亦同。果眞如此，自己就必須更加堅強。思及連自己也失去重心時，弟弟們的哀傷，金生猛然使力，在暗黑的路上急奔。

然而，在這種鄉下，而且是在這麼一個夜裡，要去哪裡尋找木火呢？要尋得精神失常的木火踪跡，畢竟不是件容易的事。思及剛才自己狼狽、倉皇離開家的情景，不知不覺步履沉重，佇立在暗黑的路上。或許是年輕時養成的癖好，每當愁眉不展、手足無措時，他會咬緊牙關，瞪著眼，低著頭，彷彿這樣就會出現什麼好主意。現在他也是在不知不覺中又做出這個舉動。好像是起風了，竹叢開始沙沙作響。不管如何絞盡腦汁，不曾有過像樣交際，不曾有過離開田圃一步、出去戶外經驗的他，想不出什麼好主意。最後下了結論，除了找經常是他心靈依託的黃福春舍外，別無他法。想到這裡，他又開始後悔剛剛把大頭趕回去。

黃福春舍正巧在庭前納涼。他們出現在由房間門口洩出一道照著暗黑庭園的白色光線中。看到金生進來的人影，狗激烈地猛叫猛跳，福春舍連忙出聲制止狗。在狗聲中，剛剛離去的大頭也出現在白色的光線中。桂花飄香，即使在黑暗中，也讓人感受到井然有序的庭園所烘托出的氣氛。踏入有錢人家的緊張感，使他彷若全身淋到冷水。挨近時，狗又狂吠威嚇他。或許牠隨時會從黑暗中跳出來，他惶恐小心警戒，卻佇立難安。

「怎麼樣？找到了嗎？」

正當金生不知如何啓齒時，福春舍先發制人地說。

「還沒。這麼暗，而且地這麼廣……」

奇怪的是，在福春舍的面前，受其威嚴所震懾，金生想說的事只能說出一半。不只是因爲福春舍是個有錢人與讀書人，或許是由於日常生活蒙其指導與照顧吧。

「是啊！是啊！」福春舍冷笑說：「我聽大頭說了。在這麼個夜晚，應該是找不到的吧。如果這麼簡單就能找到，或許他就已經沒有發狂了。」

「不過……」

「你擔心也沒有用。發瘋這種病是要長期治療的。」

福春舍以滿不在乎的口吻說。白色的光線中吐出白色的煙，在連呼吸也幾乎聽不到的寧靜中，只聽到吸煙管的聲音。金生這次做出刺目的表情。

「但是，半夜不知在哪裡徘徊，或許……」

「論語曰商聞之矣。死生有命，富貴在天。因此，吉凶禍福死生壽夭的命運，都可說是天之所司。不管是在這麼一個夜半，或是什麼時候，都是沒有關係的。只要是有生命的人，就能生存。也不會發生什麼狼狽事。明天如果找不到的話，就委託警察幫忙吧。」

經他這麼一說，金生積鬱的心胸彷彿水到渠成般的舒解開來，感到心靈的某處射入光明。福春舍不愧是個偉人。

金生安心後，急忙奔向歸家路。或許因爲眼睛已習慣的緣故，覺得夜空更加霽明，風似乎也靜止了。走到畦道，隨著跫音的接近，水蛙的鳴聲戛然而止，待走遠時，鳴聲又起。蟲嗚不絕於耳。經過漆黑的樹蔭時，他忽然有木火就藏在那一帶啃樹皮的錯覺，不由得停下腳步，再三眺望。看著看著，想到弟弟在這麼個夜半還在某處徬徨，悲傷不禁湧上心頭，整顆心跟著沉下去。自己還算好，木火十歲時就失去雙親，後來全憑長兄的雙手，過著悲慘的生活。金生一方面感受到些微的溫情，一方面又被悲傷封鎖住。如福春舍所說，明天也沒有關係。不過，能夠的話，想早點發現他。這種焦躁不由得充塞整個心胸。

考慮到這裡時，不知不覺已來到自宅的竹叢後。朦朧的稻田間，突然有個黑影故意似地急現於眼前，即使是素來大膽的他，也不禁嚇得向後跳了一步。黑影走出來，仔細一瞧，那不就是木火嗎？他突然挨近，把弟弟的右手扭到背部，然後按著他的肩膀。

「喂！木火，你去了哪裡？」

木火一點也沒有抵抗，只是將嘴張得很開，保持臉朝向蒼穹的姿勢，動也不動。這時就著微光，金生才發現弟弟的口中有發臭的東西，手裡拿著樹枝。仔細一瞧，當然會臭，因爲是牛糞。瞬間金生燃起無名火，「傻瓜！吐出來！」

用力拉他的耳朵，卻沒有任何反應，依舊保持不變的表情。看著看著，他突然覺得弟弟已經和自己完全沒有關係，變成另外一個世界的人。驟然間，悲哀使得他的唇顫抖。但立刻又想到，木火在這個地方被他逮到，或許是因爲在瘋狂中，也想到思慕的長兄吧。同意這種想法後，頓覺情何以堪，思及他的現況，悲傷湧上心頭，熱淚盈眶。

2

金生再度回到家時，夜已深，三個小孩早已進入夢鄉。只有妻與岳母、嫂子一起在廚房煮藷葉。金生自己提著水桶在後院沖洗身體。然後草草地吃了四、五碗晚飯。

「怎樣了？」

妻問他。他沒有回答。以溫順的口吻對默默不語的岳母說：

「他終於發狂了。不記得曾做過什麼壞事，爲何會得此因果？」

詳細地敍述今晚發生的事。說著說著，過了一會兒，他覺得自己悲傷得有點不像樣。他抓到木火時，硬把他帶回家，押入柴房裡，從外面上鎖。木火並沒有變得粗暴，眼睛經常沒有焦點，掃瞄所有的地方，一副萬物的聲音皆不入我耳的表情。嘴張得很大，隨手就把東西放入口中。把他押入柴房時，金生再一次大聲呼叫弟弟的名字，他依然嘴裡念念有詞，使人無法接近。

「木火！」

悔恨與忿怒促使他用力摑木火的臉頰。瞬間金生發覺自己的叫聲轉爲哭聲，他抑住聲音，咬緊牙關，唇不停地顫抖，淚流下來。不知道是否因木火心有靈犀一點通，突然眼神似乎恢復清醒，目不轉睛地仰視長兄的臉，嘴也緊緊閉起來。金生正爲弟弟恢復清醒而欣喜時，「木火！你知道這是什麼地方嗎？你知道嗎？」

他在弟弟耳邊喊了這麼兩句話，然後凝視他的表情。但是，木火的表情在一瞬間又立刻消失了，接著又開始念念有詞。金生有被騙的懊惱感覺，不由得猛烈搖晃弟弟的肩膀。

「木火！木火！」

情況依舊不變。剎那間的喜悅立刻又被重重的愁雲遮住了。他又覺得眼眶內有新的淚水，頓覺手腳無力。不管怎麼看，還是覺得弟弟是個與自己完全無關，另一個世界的人，他才死了這條心，站了起來。彷彿演了一齣無聊的戲，再看了坐在屋內的弟弟一眼，然後鎖上門鎖。

飯後，金生到漆黑的牛棚燃燒稻束。四面是土角造的，剛踏入一步的剎那，蚊子的嗡嗡聲縈繞耳際，成群的蚊子攻擊他的臉部。不久後，稻草發出的白煙瀰漫整個房間，蚊子總算安靜下來了。反之，呼吸越來越困難，淚水不停地流下來。雖然看不見水牛的影子，但能感覺到牠正揮動著尾巴。金生任憑淚水亂竄。漸漸地么弟悲慘的狂態，在他的腦海裡，如潮水般不停地沖激，不由得回想起自己兄弟們的不幸。

他們的父親在木火兩歲時過世，撫育兄弟的母親在木火十歲時與世長辭。自那時起，二十歲的金生背負起養育兩位幼弟的運命。雖然有一位叔父，但因爲是個農夫，無法扶養他們兄弟，只能帶些四季的農作物，給予杯水幫助。金生讓兩位弟弟幫忙做些輕鬆的工作，自己耕種一甲步田地。幸運的是地主就是黃福春舍，兄弟總算能勉強餬口。當然根本上還是由於黃福春舍同情的結果。以黃福春舍的立場來說，他對這位帶著兩個幼弟，每天默默工作，精神不輸水牛的青年農夫頗有好感，同情他可憐的遭遇，不時給予幫忙與照顧。

「默默認眞工作。日後上天會眷顧的。」

金生很感激福春舍的這一番話。但是，他決心不求他人幫助，憑自力來生活。兩位弟弟一個十歲、一個十六歲，瀕臨寂寞、無依的生活，他強忍住被自己兄弟悲慘命運牽引出的淚水，鞭策著自己，一心一意努力要成爲弟弟們的支柱。即使在田圃工作，他也儘可能將弟弟們帶在自己的身邊。到了夜晚時，三個兄弟就一起回到暗澹的家。正因爲知道在無人氣、暗黑的家中，弟弟們始終是面帶悲凄的表情，所以不讓弟弟們一個人回家。不僅如此，覺得弟弟們回家後也常常保持沉默的態度極端恐怖，即使是芝麻小事，他也故意發出笑聲，無庸置疑的事也特意告訴弟弟們。雖然是遼闊田圃中，被竹林包圍的獨屋，但因爲鄰居農夫住著一家人，多少能排解孤獨與寂寞。到了夜半人靜時，連弟弟們的呼吸聲也充滿著憂愁。不知爲什麼，他覺得弟弟們在黑暗中一直睁大雙眼，似乎追尋殘留幼小記憶中亡父母的身影。金生再也無法忍受。這時候他突然抓起壁上的胡琴。

「木火！」

「大頭！」

把兩個弟弟叫出院子。

「讓你們聽聽胡琴吧。我現在拉得很好。拉什麼好呢？對了！就拉〈目連救母〉吧。」

一個人自問自答，開始拉起胡琴，努力以明朗的聲音唱出。但是，立刻察覺這首不忘亡父母孝思的〈目連救母〉，反而使弟弟們格外沉靜。他覺得很狼狽，立刻換另一首歌。

「〈目蓮救母〉接下去的一段我忘了。這次拉〈飛虎山〉吧。」

小木火立刻被逗得笑出來，頻頻發問。金生乘興繼續拉下去。那時他的嘴裡笑著，心卻在泣血。偶爾想哭，任憑淚水在黑暗掩護下直流的情形不少。當淚水流入口中時，有鹹鹹的味道，他用手拭去淚水，眼光凝視夜空裡閃爍的星星。看著看著，他突然有星光就是亡父母微笑眼光的錯覺，夜空彷彿是溫柔關懷著自己兄弟們的雙親容顏。這時，他突然停止拉胡琴的動作，唇緊緊抿著。

「阿爸！阿母！」

金生在心中呼喚。以想屈膝跪下的心情，邊迎望蒼穹邊抽噎。當驚覺弟弟們的呼吸聲夾雜著驚愕與不安的情緒時，再拉起胡琴繼續吟唱未完的歌。生活就這樣反覆的度過。

雖然貧窮，但三人能健康的成長，比什麼都可貴。

金生二十五歲時，由福春舍作媒，入贅到同是小佃農的這個家。最初聽福春舍提起時，因不忍與弟弟們分離而反對。經過他再三懇切的開導，弟弟們已達能獨立的年齡，而且生活這般貧困，如果不入贅他家，是無法娶妻的。金生有點動心，但約定只要能安頓好弟弟們的前途，一切都沒有問題。兩、三天後，福春舍開出這麼個條件。木火就給福春舍的同族當螟蛉子，而大頭就由他收留作爲雇農。木火作爲別人家的小孩使他頗放心不下。但是，雖說是貧困，也留下二分左右的土地，再加上他們的生活的確貧困，於是就答應那個提議。從此以後，金生都在暗中爲福春舍祈福。

入贅的條件只說是八年，之後就無條件讓他獨立。是個母親一人、兄嫂有兩個小孩的家庭。爲妹招夫的動機是希望有個勞動的幫手。所以看中金生默默勤奮工作的優點。當然，並沒有說生下的小孩歸屬他們家。

距離兄弟離別，不能一起度日的日子越來越近的某天，金生帶領弟弟們去祭拜雙親在山上的墓，兄弟三人聚齊去掃雙親的墓，恐怕也是最後一次了。一想到這裡，金生的心情充滿悲傷，責備自己竟然爽快允諾福春舍。只有這天，即使在弟弟們的面前，他能毫不在乎地任臉上表露自己的感情。

墓就在山崗的斜面。山崗正好剛燒過雜草，泛著蒸過的草味。踩到燒剩的粗莖，就發出啪——啪的響聲。兄弟們從彷彿要頹圮的許多土饅頭中，找到亡父平坦的墓。以細長石塊代替墓標，上面寫的字大概被風雨洗刷掉了。金生將墓標的前面整理乾淨，擺上銀紙與茶；大頭拔除墓上的粗草；木火則拔除前後的草，丟擲石塊。

「這就是阿爸的墳。要好好記住。好嗎！」

點燃香後，金生對弟弟們說。眼看著香的嬝嬝白煙吹向山崗下。木火屈膝三次跪拜。

金生指著一谷之隔、對面的山崗，大頭立刻伸個腰。

「啊！阿母的墓就在那裡。」

以喜悅的聲音說，眼光似乎在追尋記憶。那個山崗有許多梨田，白色樹林間，水牛揮尾的情景映入他們的眼簾。

在香燃盡之前，兄弟們在父親墓的周圍徘徊，不忍離去。他想起父親斷氣後到埋葬於這塊墓地前發生的事。金生原打算三兄弟聚集，向亡父母作最後的告別。可是，看到就在眼前父親的墓，他想父親一定不高興他們三個兄弟從此要分開過活，父親會認爲自己很窩囊吧。想到自己只爲了想討個妻子，就拋棄了弟弟們，情何以堪。但是，立刻心中又一轉念，雖說是分離，但也是在鄰村，隨時還是可以照應的。雖然住在不同地方，但心中有依然在一起的堅定信念，所以阿爸大可以安心，能夠好好地守住家嗣，想著想著，他的心情逐漸開朗。丟掉燃盡的香腳後，依依不捨地催促弟弟們去探望阿母的墓。

3

難得父母對坐在正廳。仔細一瞧，中案桌上的燈火通明。香的煙嬝嬝上升，一種莊重的香味撲鼻。

「怎麼了？」

金生進屋後就問雙親。一直坐得四平八穩的父母，故意臉朝旁邊，不回答金生的問話。他突然覺得自己被遺棄，不禁悲從中來。

「阿爸！怎麼了？阿母！怎麼了？」

他繼續纏著問。

父母這才正視他的臉。然後視線落到神桌下。尾隨著視線，他不由得「啊」叫出來。神桌下，塊頭大的木火像幼兒般，在地面爬來爬去。看到雞糞，立刻就把它放入嘴裡。

「喂！木火！」

大聲喊時，這才想起木火發狂的事實。連忙向雙親稟告，他們的臉上浮現冷淡的表情。

「你是個不可委託的傢伙，我是這樣拜託你照顧木火與大頭的嗎？」

「他會變成這樣，也是因爲送給別人家。金生，我看了判官的帳簿才得知的。」

「對不起！」

木火發狂還是與自己所料的原因相同。他覺得很後悔，請求忿怒的雙親原諒。

「把他送到別人家，我確實做錯了。」

淚水簌簌地滴下。但是，父母不正眼瞧他，站了起來，拉起木火的手走出房間。

「對不起！對不起！」

正想大聲呼叫時，被自己的聲音驚醒。醒了以後，胸口澎湃的情緒仍未平息，姑且讓淚留在臉上，一動也不動。

「怎麼了？」

妻似乎早就醒了，問他說。

「大概做了噩夢……」

金生沒有回答，手伸到睡在身旁六歲的長子與四歲的次子頭上，撫摸他們的圓頭。孩子們發出有規律、微弱的呼吸聲，但聽起來好像很大聲。手掌觸摸到小孩的實感，使他覺得是對雙親的孝行。一回想到夢中木火的態度，就充滿著不祥的感覺。

他起床，來到院子。旭日還沒東昇。庭前只有星影，天色泛白。他發出腳步聲時，雞鼓動翅膀，發出喧嘩聲。摸索著進入牛棚，抓起鐵鋤後，踩著自樹葉間篩下的星影，步上畦道。

露重使腳冰冷。但當腳踏入田圃中習慣了冰冷後，感覺就變得遲鈍。他把鐵鋤放入發出「咕嚕！咕嚕！」的水溝裡。

當水流被遏止時，稻株間細細碎碎移動的星影，逐漸整個映出倒影。不久，蒼穹依舊動也不動。當凝視這些情景時，金生的心中又想起夢中木火的事，但也只能束手無策。想到木火被父母帶走的夢，似乎意味著木火的死。自發狂以來，被軟禁的弟弟日漸消瘦的身影浮現眼簾。眼看著那般強壯的身體日漸衰弱，他也覺得很痛心。老早就有預感他或許會死，如今做了這麼個不吉利的夢，越發覺得木火的死是不可避免的。另一方面，覺得雙親在心靈的某處對自己說，木火確實會死。他的眼眶又熱了起來，不知不覺淚潸潸。

這都是自己一手造成的嗎？

因此，雙親要帶走木火。自己被雙親憎惡、拋棄的寂寞感，與自責的心情，使他回顧過去，嘴唇哆嗦。

不久後，天色漸明，黑漆漆田圃的每個角落，雞鳴聲處處可聞。金生把鐵鋤扛在肩上，巡了一回田圃。不知不覺中，發現自己正朝向木火住的鄰村。頭上竹林間小鳥婉轉歌唱。星星逐漸消失了踪影。東邊山頂上越來越明亮。不久後，隱約但充滿氣勢的數條光線，倏地延伸到山麓的樹林上。薄明的蒼穹，白鷺靜靜地飛過。他渡過菜瓜棚下的小河，走進木火的家時，周遭已經一片清明，籠罩著淡淡的霧。腐朽的稻草屋頂，在霧中仿若棉絮般的輕柔。鄰家的農夫家，從煙囪裡冒出黑煙，廚房也可聽到鍋鏟的聲音。只有木火的家靜悄悄。

金生從木火被軟禁房間的窗口，看到坐在黑暗房裡的弟弟身影後，好像安心似的，一顆心落實起來。趕忙從坐起的祖母手中接過鑰匙，打開房門。在光線流洩進來的光亮中，木火好似聽覺失聰者，呆呆地坐著，一副想著什麼的表情，凝視著窗外。偷覷他的眼神，閃爍著奇怪的妖光，簡直仿若他人。金生深深覺得已失去一位弟弟。今晨的夢境再度浮現腦海。或許木火的魂已經被雙親帶走了。心裡頓覺不安。呼叫：「木火！木火！」

但是，木火沒有任何反應。這時，他突然開始用手去追趕眼光所停留牆壁上的蟑螂。他的魂還是被攝走了，剩下的只是肉體而已。想到他真的是被忿怒的雙親帶走時，金生痛切感到寂寞。弟弟已經在自己無法到達的地方，他溫柔地將手搭在弟弟的肩膀上，彷彿這樣就能把他喚回似地。

「木火！肚子餓了嗎？有沒有睡飽？木火！」

一個人自言自語，眼眶又再度熱了起來，淚水不停地湧出。

等發覺時，黑夜已經遠離白晝，霧也消散了。金生覺得再這麼愁眉不展也於事無補，於是開始考慮到現實問題，只要依照養生之道，一定可以痊癒的。打掃了弄髒的屋子後就走出去。他看到老祖母在微暗的廚房，摸索著在灶裡點火。本來這工作都是由木火來做，現在他發狂了，變成不孝之人。金生內心充滿愧疚，幫她把米淘到鍋裡。做完了這份工作要離開時，沒想到與扛著鐵鋤迎面而來的二弟大頭碰面。大頭在鐵鋤的柄端掛著一顆椰子的果實。

「福春舍給的。聽說椰子汁是精神病的特效藥噢！他說只要喝下這個，心神就能安定。」大頭的聲音充滿喜悅與開朗。看他不停地摸著椰子，金生也覺得弟弟的病已經快好了。他在心中對福春舍膜拜。

「是啊！我曾經聽過這種說法……」

眞是難得一見的大椰子，大頭說是取自福春舍的家，回到房裡，金生立刻把它剖成兩半，讓木火喝裡面的水，大頭緊緊抓住木火想要拒絕的雙手。

「很快就好了！很快就好了！」

他開始喃喃自語。金生突然覺得連自己的心情也變得極開朗，漸漸失去說出不吉利夢的勇氣。

附近被放置於小屋裡的鵝與鴨的喧嘩聲，熱鬧非凡。各自都有田圃的工作要做，兄弟倆默默一起走出屋外。總覺得再言及木火的事，會油然而生害怕的心情。兩人都願意相信因爲喝了椰子汁，弟弟的病已有轉機。來到保甲路，依依不捨道別時，大頭不走自己的路，卻跟在阿兄後面走了五、六步，好像有什麼難以啓齒的事。

「阿兄！等一下……」

好不容易才開口說。

金生回過頭，這才知道弟弟跟在自己背後。於是，停止腳步，看看他有什麼緊急事要說。大頭的視線移到地面上，也是佇立不動，把玩竹葉一會兒。田圃一帶天色通明，竹叢間灑下白花花的陽光。

「昨夜福春舍又提起。嗯……就是馬力埔的事。想聽聽阿兄的回音。」

大頭好不容易才斷斷續續地說出。

「啊！對噢！」

一面偷窺二弟臉紅的表情，一面想起在爲三弟發瘋的苦惱期間，完全把二弟的親事拋諸腦後了。媒人還是福春舍，馬力埔的某個農家想招大頭入贅，這件事在數月前就已經提過。他好像現在才想起二弟已經二十七歲了，又多蒙福春舍的照顧，所以他非常放心。想起自己兄弟們無法獨力娶妻，必須入贅的命運，他早就贊成這件婚事。再看了一眼眼前略帶靦腆的二弟，還有一位這麼魁偉弟弟的事實，使他彷彿打了一劑強心針。或許是因爲對發狂三弟的反動吧。

「那很好。一直蒙福春舍照顧，而且只要你也中意，那就可以了。對方那個女人你見過了吧。」

「是的。不過……」

看他吞吞吐吐，金生立刻明白是爲了聘金的事苦惱。

「其他的事，就如同我平常所說的，由我來操心。我跟對方約定八年期間入贅。現在已經第七年了，長子六歲、次子四歲。還剩下一年的苦勞，此時要借個一、兩百應該是不成問題的。」

雙親沒有留下半點財產。但是，為了幫助弟弟獨立，再剩一年就能自由工作的自己，總得代替雙親做些什麼事。何況現在一思及夢中雙親的態度，既然已經沒有善待木火，就該好好對待大頭啊。

「可是，木火的病……」

大頭好像格外擔心，但他沒有讓他說出來，他希望為么弟的事操心的大頭，能夠心情愉快一點。於是不管三七二十一，讓他了解自己的想法後，就要離開了。走了數步後，回過頭來，看到大頭一步一步用力走著，不由得面露微笑。

4

木火的病是一種無法恢復正氣的衰弱病。當與莊裡的官廳交涉要不要入院時，病情卻逐漸惡化，四個月後終於去世了。年方二十一歲。正是金生為了甘蔗收割後種甘藍的收穫期，日子異常忙碌。拂曉雞鳴時，以兩輪拖車將甘藍運到鎮上的市場，白天到來後才回家。與妻子的哥哥在甘蔗田裡除草，日落才荷鋤歸。在日復一日忙碌的日子裡，依然沒有忘記弟弟衰弱的身影。然而因為實在太忙碌，一天拖過一天，耽擱了探望的日子。

從朝市回來大約九點左右。聽福春舍派來的人通知，金生才知道木火的死訊。在外庭聽到這個消息後，他也沒有走進屋裡，急忙狂奔到木火的住處。內心暗暗懼怕的事還是實現了，憑著直覺走著走著。剎那間，眼前浮現四、五天前，最後見到弟弟清癯的身影。整個人迷迷糊糊的，感覺有個重量壓下來。

也不知道走了多久。也不知道如何經過某些地方。在門口與福春舍四眼交接時，一瞬間恢復了意識，於是走進屋裡。屋裡沒有人，堆積甘藷的對側壁邊，有個勉強可視作人形的隆起物，用黑布團蓋住。那就是弟弟嗎？他有受騙的感覺，他突然認爲如果是木火，體格應該更魁梧，可是，房間整體給人的印象，確實是木火被軟禁的房間。

於是，金生屈膝，伸出粗糙的大手掀起可怕的黑布，看了一下木火的臉。依舊是清癯的臉，但肉已塌陷，膚色也變色了。雙眼微啓，嘴也張開，露出白齒。他將木火的唇合起來，然後用拇指與食指揑兩邊的臉頰。

「木火。這是沒有辦法的事。這是你自己要走的路吧？安息吧！」

一邊說一邊將他的眼睛闔起來。但是，由於血管已經硬化，無法閉攏。經過數次按撫後，眼睛終於閉起來。他想弟弟一定不甘心就這樣死去，回顧二十一個年頭，他睜開雙眼斷氣的悔恨，似乎也傳染給自己。剎那間悲哀湧上心頭，哽咽無法成語。突然一種對木火夭折極忿怒的感情油然而生，使他的淚水乾涸，甚至有種想仰天長笑的心情。凝視木火的死顏一會兒後，他再度把黑布蓋上。

「今天早上才知道的。或許是昨夜斷氣的。」

來到院子，福春舍如此說明。金生再度想起弟弟兩眼睜開的死顏。他感到不甘心也是不無道理的。突然靈光一現，假若木火是覺得不甘心而兩眼睜著斷氣，那就表示他的瘋病已經痊癒了吧。沒有恢復正氣，應該就不會覺得懊悔。那太好了，木火在另外那個世界就不會瘋癲度日了。於是，心情又愉快起來。

他看到院子裡有幾個福春舍一族的年輕人。也看到大約兩個是他的小佃農。金生走進老祖母的房間，看到老祖母坐在床上哭泣，從雙眼塌陷處溢出淚水。於是又默默走出來。拿著那一族人買來的銀紙，就在木火的腳邊燃香燒銀紙。一瞬間屋裡瀰漫著白煙，有種搖搖晃晃的錯覺。但一想到躺在其中的弟弟時，整個氣氛給人莊嚴的感覺，甚至有種安心的心態。由於來這裡哭泣的人很少，他爲弟弟感到寂寞。

不久，他再次走到外庭，與福春舍商議葬禮的運送方式。福春舍認爲還是有必要舉行一般的葬禮，金生主張弟弟因爲是夭折，只要招喚一位道士誦經即可，最後決定照他所說的。妻子的哥哥穿著田間勞動服來了，告訴他妻子隨後就到。如今會爲弟弟的死哀號的人只有妻子了，瞬間這個念頭閃過他的腦海。

照福春舍的指示，農夫們去街上買棺材時，他聽到部落一大排房屋的對面，傳來女人的哀號聲。最初以爲是一個人，後來才聽出是兩人的聲音。那聲音聽起來不像是妻子的，正想是什麼人時，金生站在院子裡眺望，不久眼眶通紅的大頭走進來。彷彿被打到似地，金生的眼眶頓時熱起來。大頭入贅到馬力埔後才經過三個月。因爲路途較遠，所以他只回來探望過木火兩次。看到他的臉的那一瞬間，金生認爲大頭也一定覺得很遺憾吧。他害怕視線與弟弟交接而避開他，凝視他進入放木火遺體房間的背影。剎那間，淚水使視野迷濛了。哀號聲越來越接近。不久後，大頭的新婦與金生的妻子把白布放在臉上，消失於木火的停屍間。

突然間，他聽到背後的房裡傳來越來越起勁的哭泣聲。金生彷彿被追趕似地，繞到豬舍的後方，手放到積土角上時，再也承受不了的悲哀，一股腦兒的湧出來，聲音哽在咽喉裡。他咬著唇，忍著不要發出聲音。但一想到一個人寂寞死去的木火；「木火！」皺起眉頭，再也忍耐不住，放聲哭出來。

5

不久後，農夫們開始割稻。日影鮮明的田圃上，割稻機一成不變的迴轉聲音，從早響到晚。烏秋交叉飛翔的身影，構成竹林與相思樹間熱鬧的情景，金黃色的稻波逐漸減少，稻束立著的影子越來越多。農家忙得不可開交。男人在田圃割稻時，女人就在院子拚命地曬稻穀。

金生也竭盡心力在工作。家裡只有自己與妻兒兩個男勞工。佃耕面積是稻作有二甲，甘蔗田有一甲多，所以割稻必須假借村裡農夫們的力量。反之，自己的勞力也必須借給別人。總之，由數人組成割稻隊，按順序割成員們的稻田。割稻的工作必須忙碌將近一個月。每日回到家已三更半夜，淋水洗澡後要睡覺時，一直無法忘懷死去的木火。躺到床上，好像將雙親寄存物遺失的悲傷感覺，哽在他的喉嚨裡。每夜努力試著要看到木火的身影，但木火一直不曾入夢。這使得他感到極悲傷與寂寥。他暗自反省，是不是因爲把他送給別人當養子，所以死後也與自己無緣，一直不曾出現在夢中。

日月如梭，他認爲在木火夭折，對養家無任何助益的今日，再把他當作是黃家一員已失去任何意義。於是，他開始認眞考慮要迎回他的靈牌。這種作法，雙親也應該很高興吧，而且也是木火的心願。考慮至此，他決心要這麼做。

稻穀的收穫告一段落後，他利用沒有工作的夜晚，去拜訪福春舍。在溽暑的夜晚，星影淡薄的庭前，他與福春舍碰面。話題儘是這期的收穫，一直無法言及核心。後來總算提到死去的木火，但數次都將到了嘴邊的話吞下去。他很氣自己的膽小。在養家擺了靈牌，卻沒有繼承人，他深爲木火覺得可憐又可悲，但他沒有任何動靜，只是坐著不想站起來。夜漸漸深了，天空裡星光閃爍。

「嗯！有關木火的事！」

他下定決心說出來。瞬間不知道該不該提這件事，但無論如何，希望自己的立場能讓福春舍知道。他的聲音顫抖，帶些哀求的口吻。

「那很傷腦筋啊！戶籍已無法更改。」

聽他大略把話說完，福春舍開口就這麼說，他在內心說戶籍等並不是什麼問題。

「我不知道事情會很棘手。我只是想請求送回木火的靈牌。木火未娶妻就死亡，也沒有繼承人，所以我想給他一個孩子。」

「是這樣啊！木火的養父也有這樣的顧慮。」

小狗舉起前腳，在院子裡跑來跑去。正想牠消失在黑暗中時，牠又突然出現在眼前。在福春舍思考期間，金生目不轉睛地注視那隻狗的一舉一動。他的心裡當然在思索別的事，但常常從外界的事物中返回自我，留心福春舍的反應。涼沁的微風拂過臉頰。

最後福春舍考慮到木火的靈魂，也同意這個辦法。爲了早點找出吉日，他走進屋裡。金生悲哀的心情一掃而空，不停地踱步，仰望星光燦爛的夜空，然後閉上雙眼。

「木火！阿爸！阿母！」

金生努力控制眼角，不使淚水溢出。

「木火！回來吧！」

彷彿遺失物找到，再度回到自己身邊，內心欣喜若狂。但突然襲來的悲傷，使他無法抑止聲音。於是，他咬緊牙關，抑制聲音，不停地顫抖。

依照福春舍選定的方法，同時也爲了節約，決定合爐與過房同日進行。之後田圃的事越來越忙碌。金生幾乎每晚都拜訪福春舍。過房字也漂漂亮亮地寫在紅紙上。有點迷惘，不知該不該通知馬力埔的二弟大頭。他剛結婚沒多久，在別人家過著新生活，大概不太適合常常回到父母的家。除了妻子外，他沒有通知任何人。日期定在期滿後。

這天終於到來，金生悄悄買了香、蠟燭與芭蕉。來到田圃，揮動鐵鋤時，他頻頻眺望太陽西傾的情景，期待黑夜快點來臨。時間定在戌時，所以至少要在合爐的一小時前去木火的養父家。太陽即將西傾時，他想起也欣喜答應讓次子過房的妻子。對於認爲好歹自己還有長子的妻子，他懷著無限感激的心情。到了傍晚，妻子好像有跟家人提過，大家都知道今天的事實，責備他的保密。岳母還訂做了餅，他的內心非常感動。想到樸實度日的自己兄弟們，越發覺得要感謝別人的濃情厚意。

入夜，金生帶回木火的靈牌，已是戌時後半小時，四周一片漆黑，西山頂端一彎明月散發出淡淡的光芒。因爲入贅，所以他祖先的靈位放入吊籠，設置在稻穀脫殼的房間。於是，他走進房裡。在點著昏暗石油燈的稻穀脫殼的房間裡，妻子在堆積殼籠的角落，抱著嬰兒，兩側站著兩個兒子，正等待他的歸來。金生從樑上把掛著的吊籠拿下來，擺在長椅子上，將祖先的靈位放入籠裡，前面擺著供物，悄悄告諸木火合爐的事。他也要孩子們捻香拜拜，目送香嬝嬝上升的煙，他呼喚木火永遠歸來。他一定在另外那個世界與雙親在一起。想得有點出神，但興致勃勃眷戀的心情，充塞整個心胸，熱血沸騰。

他聽見狗想進入房間外的門，用前腳亂抓的聲音。風從沒有玻璃的窗口呼嘯而入，蠟燭光向旁邊搖曳，好像即將熄滅，屋裡的光線非常怪異。在即將熄滅的光線中，金生屏息凝視著靈牌，他想是不是木火的靈魂現在已經回來了。香的煙向旁拉長，緩緩繞著靈牌盤桓。金生突然嗚咽，強力支撐著。遠處傳來狗叫聲。

他覺得妻子與孩子們也在背後屏息。

「木火還是想回到自己的家。」

他回過頭來對妻子說。

「是啊！向叔父拜一下。」

妻子的視線避開他，拿起孩子們的手。他察覺妻子特意逃避的心態，對著小手合十的孩子們露出微笑。

合爐的程序完成後，金生在靈牌前放下過房字，供上芭蕉等物。然後拉著變成木火兒子的次子的手，讓他手持香恭敬的拜拜，這次香的煙直往上升。他想木火一定是很高興。突然他覺得木火的臉浮現眼前，彷彿是要讓他看清楚，「你看！這是你的孩子喲！」他把次子推向前。

木火好像笑了，他覺得許久未曾見過弟弟的笑顏。總之，他爲自己做對了一件事而感到高興，內心充滿著幸福感。

夜已深，庭前的蟲鳴不絕於耳。抓著門的狗尙未休息，不停地哼著鼻音。

儀式結束了，忙碌的妻子獨自走出去。金生看著香燃燒成灰燼，於是站起來，再把靈牌放回吊籠，掛在樑上。拿著的手微微顫抖。他想是因爲增加木火的重量傳達到手上。他覺得木火在黑暗中拉著自己的手，於是閉上雙眼，有好一陣子動也不動。木火的臉淸晰地浮現眼簾。

「阿爸！」

突然間小孩的哭聲粉碎他的幻想。仔細一看，次子張大嘴在哭泣。看到長子獨自抱著香蕉，他才察覺次子是木火兒子的事實。

「喂！」

他對著長子吼一聲。木火的臉再度浮現於腦海。突然他覺得木火的臉出現責備他的表情，於是慌慌張張縮回手，把次子抱過來。

原載一九四三年七月《台灣文學》三卷三號

玉蘭花

即使到了今天，我也依然擁有二十餘張少年時與家人合照的相片。雖然說每一張都已經褪色而變成茶色了，而且其中一部分連輪廓都消失了，變得模糊不清。但是，只要看一眼那些舊相片，就足以使我想起少年時家人生活的氣氛。相片大多是今日已成故人的祖母與伯母、母親等人。她們總是把交椅搬到庭前，配上一盆植物作背景，穿上邊緣縫上粗五線花紋的上衣與裙子，然後才四平八穩的照相。大部分的相片都是由少年的我撒嬌似的依偎在祖母或母親的身旁。祖母或母親等人雖然是握著我的手，但頭卻很生硬地盯著照相機，好像是沒有時間注意到我。

我生於大正三年，照那些相片時，剛好約七歲，所以是在大正九年左右。那時，正當相片是個稀奇物的時代，而且我家遠離都市，位於交通不便的窮鄉僻壤，竟然照了這般爲數可觀的相片，對深知當時社會狀況的人來說，一定是件不可思議的事。而且從這些相片上的服裝與背景來看，並沒有隔多少時日。我本身的打扮幾乎如出一轍，就好像是在同一年間拍攝的。從連我手邊都還殘留二十多張相片的情形看來，當時，我們家一定照了相當數量的相片。

位於僻地卻在一年間照了這麼多相片，確實也令人覺得訝異。那時，人們相信，照相會奪去自己的影子，使自己日漸消瘦，所以大概大家都討厭照相。然而我的家人卻頻繁照相，確實令人無法理解。但是，這並不能解釋成我的家人特別開化的緣故。到了今日，即使有必要照相時，我總是想起母親反對照相時說的話：「照相會使人消瘦。」照這樣看來，我的家人在內心也一定討厭照相吧。既然如此，爲何我們會照這麼多的相片呢？事實上，那是因爲當時我家有位名叫鈴木善兵衛的食客，他正好是個照相師。此外，再加上我唯一的叔父接受了新時代文化的啓蒙的關係，每一件事都對家人們採取高壓、強制的手段吧。那位叫鈴木善兵衛的人，是叔父從留學地東京帶來的日本人（當時，在家庭裡不稱內地人），他也就是現在開始我要敍述的男人。

只因要提及大正九年左右來我家作食客的鈴木善兵衛，所以才先引出照片的話題，實在是有點冗長。接著，我就要正式進入話題了，不過，在這之前，還是得先提提我那帶食客回家的叔父的事。而且在說明之前，我以爲最好是從相片的事開始著手。

祖父在定居於我們現在所住的那部落以前，生活相當貧困，到處流浪。雖然跟著曾祖父從事過各種的勞動，但日子似乎依然很清苦。從小，他就是個非常淘氣，充滿霸氣的人。十八歲與曾祖父死別後，就憑著一己之力，撫養四個幼弟，可見，從小他就是不簡單的人物。從零工到農民，最後流落到現在的部落。生活依然是捉襟見肘。他那剛結婚的妻子又遭病魔襲擊，由於窮於應付醫療費，終於香消玉殞。但失去祖母的祖父一點也不悲嘆，反而把它當作是一個刺激，越發奮起。由於弟弟們已長大成人，所以他就把田圃的事委託他們，自己開始從事賣米的工作。那時，資本只有五十圓，聽說還是跟別人借來的。由於賣米成功，祖父賺了大錢，終於積累了龐大的家產。但那時，他的年齡已超過四十了。然而，祖父還是再婚，她就是我們呼喊爲「老祖母」的祖母。這位老祖母後來以八十一歲高齡去世。由於沒有親生兒子，她於是領養我的兩位伯父充當己子。沒有自己的親生子，祖父似乎感到相當寂寞。那時，他的生活已經非常富裕，祖父因而也跟大部分的富豪一樣，爲了想要孩子而再度結婚。也就是娶了第三任夫人。這位祖母就是生下我父親與叔父的親祖母。爲了與老祖母區別，我們就稱她爲「年輕祖母」。父親、叔父相繼出世以後，祖父似乎感到被幸福包圍著。他於是放棄經營多年的賣米事業;這時，他的弟弟們也能各自獨立，當然也不做農夫了。於是他就開始建築我們現在所住的家。以祖父來說，在名利雙收的今日，他一定希望搬到豪奢的住宅，與幼子們一家團圓度日吧。

這個計畫可說是祖父一生的夢想。然而，在未看到新屋落成前，他就登往他界了。大概祖父與父親、叔父之間年齡差距太大是不幸的原因吧。當時，父親與叔父才只是個二十歲左右的青年。但祖父留下的財產卻出乎意料的多，他們當然不需要爲生活而操心。我的第一位伯父早已作古，因此，家計就由第二位伯父與父親共執牛耳。老邁的老祖母則過著安閒隱居的生活。年輕祖母除了照顧相繼出生的我姊、兄及我等。完全不干涉家事，過著恬靜的日子。叔父似乎對家計也沒有興趣。在他們兄弟中，畢業自公立學校的也只有叔父一人。他不但不識勞苦爲何物，而且不滿舊家庭的氣氛，於是就不停地將新時代的空氣引入家庭。由於伯父與父親都是在舊家庭成長的人，因此也默默守著家產，沒有任何野心。此外，他們對叔父的舉止也感覺很新鮮，認爲他是非常了解新時代的人，因而也就允許他我行我素。再加上叔父又是兄弟中的老么，不只是年輕祖母，也深受老祖母的寵愛。或許因爲這樣，孝心純厚的伯父與父親也深怕得罪祖母吧。

那時，正當台灣被占領不久的明治末年，脫去舊殼接受新時代日本教育的人逐漸增多，希望能成爲律師或博士的心願，點燃了受過教育的青年的心胸。以東京爲行程的留學風潮越來越興盛。向上心比別人強一倍的叔父似乎也按捺不住了。但是，在只聽到搭船就要悲嘆今生即將永別的年輕祖母面前，叔父也不敢提及留學的事，因此，數年來一直悶悶不樂。每次，陸續聽到友人們到內地的消息，他就無法抑制情緒。最後，他終於說動了伯父與父親，瞞著年輕祖母，偷偷跑到東京。後來，年輕祖母知道了，又驚又嘆地日夜呼喚叔父的名字，最後幾乎瀕臨瘋狂邊緣。伯父與父親的悔恨因而無可名狀。老年後的父親常說，那時是自己一生最大一次的不孝。等到達東京的叔父發來電報，才稍微撫慰了年輕祖母的心。但是，她除了每天在家的正廳祭祀天上聖母、玄天上帝、三官大帝等，也到部落各處向土地公、有應公、石頭公等發願，祈求叔父的平安。她平日的元氣也因而盡失，每天都默然地度日。驚惶的父親於是千方百計打聽到東京的生活很安全時，立刻告知年輕祖母。也不知是否能安定年輕祖母的心，總之就這樣過了一年時光。到了第二年，年輕祖母突然焦躁難安，非常渴望見到叔父，常常嚷嚷要把他叫回來。父親也無計可施。那年，叔父好不容易才如願進入明治大學，是無法輕易就把他喚回的。他於是安慰年輕祖母，說是暑假一定會歸來，可是她不答應。不知是因平日痛心作祟，還是感冒的緣故，年輕祖母從此臥病在床。在病床上她頻頻呼喚叔父的名字，說是死前想與他見一面，父親因而頭痛不已。她每聽到腳步聲，就說或許是叔父回來了，掙扎著要抬起頭來。爲了怕萬一發生不幸的事，父親就騙她說叔父已從東京出發，以安慰親心。但經過十天，年輕祖母才發覺被騙了，又悲又嘆之餘，竟然說出：「發出我已死了的電報吧！」的話。身體也因此日漸虛弱。父親覺得不能再置之不理，與伯父商議的結果，決定喚回叔父。當然，他們並沒有照年輕祖母所說那樣發出電報，好像是說母病危速歸。這樣，就在叔父離家的翌年，終於把他喚回來了。那時，與他一起回來的，就是他在東京時的好友鈴木善兵衛。

那是個風的確很強的早上，我在夢中聽到牆壁上方小木窗的對面，傳來竹籔的沙沙聲與鵯的鳴叫聲等。母親已經起床了，漆黑的床上只有我一人還在睡覺。阿兄突然進來，搖著我的肩膀，說：「喂！起床！起床！日本人來了！去看日本人吧！」一聽到日本人，我的眼睛立刻睜得很大。胸口覺得喘不過氣來。平常，每當我們哭泣不止時，祖母或母親經常對我們說：「你看！日本人來了！」爲的是阻止我們哭泣。由於從小被恐嚇，我們對日本人因而非常畏懼。

從房裡走出來時，堂兄們正聚集在院子，鬧哄哄地嚷嚷：「在哪裡？在哪裡？」竹籔與院子裡種植的樹迎風搖曳，風兒從耳際呼嘯而過，想要偷瞧可怕日本人的好奇心，衝激著我小小的胸口。我跟在堂兄們旁邊，小眼睛骨碌碌地轉個不停。但是，我只看到叔父，任何地方也找不出其他人影。由於期待落空，有點失望。但是，阿兄立刻嚷嚷：「他在噢！他在噢！」我的心臟於是又噗通跳個不停，不由得緊緊抓住阿兄的衣服。終於要眞正看見可怕的人之不安心情，突然湧上心頭。

在院子種植的龍眼、石榴、荔枝、佛桑花等枝葉扶疏間，靠近竹叢旁有一株大玉蘭花。背後靠著整齊、修剪很短的竹叢，聳立高約二丈的巨木，泛著黃色的綠葉被風吹得沙沙作響。我們經常避開雙親的視線，偷爬到樹上。這時，我們充滿好奇的人——鈴木善兵衛，正站在那株玉蘭花下，笑容可掬地看著我們。我記得，他當時穿著和服。長長的頭髮隨風飄動。受玉蘭花罕見的白花之花香所吸引，他一直看個不停。當我們這群小孩吱吱喳喳地走近時，他也發覺自己是衆人奇怪眼光的焦點了，爲了表示自己不是可怕的人，他向我們投報溫柔的眼神，似乎滿臉堆著笑容。可是，我們走到他的附近就不再靠近了。保持一定的距離就佇立不動，採取隨時能以最快速度奔跑的姿勢。他則不停地變換各種表情，以便使我們發笑。但是，我們卻緊張地笑不出來。當他稍微移動一下身體時，我們就立刻退後一步。尤其是我，當時只顧緊緊抓住阿兄，竟忘了凝視那可怕的人的臉，有一陣子只聽到自己胸部的鼓動。當阿兄退後一步時，我就立刻跳起來狂奔。在強風中，如此與鈴木善兵衛默默對峙，一定構成極奇妙的景象。就宛如雞在吵鬥。不久後，當覺得再這樣下去不是辦法時，鈴木善兵衛取下肩膀掛著的黑物，朝著我們的方向。現在想起來那就是照相機，但在當時只認爲是什麼可怕的東西。當它朝向我們時，大家才嘩一聲作鳥獸散。當時已經七歲的我還是有個哭聲久久不止的怪癖，拚命鑽在母親的懷裡。後來，父親與叔父們知道這件事時，好像還哈哈大笑。如此一來，我對鈴木善兵衛最初的印象就不好。覺得母親所說的果然是眞的，從此儘可能避開他，不與他面對面，偶爾在門外看到他的身影，也立刻躲入母親的房間。

鈴木善兵衛的生活起居都在護龍最末端的客室。祖父所建的新家是正身一棟，護龍左右各兩棟合計爲四棟，房間恐怕有四十多間。當時的家族，連堂兄們也算在一起，不足三十人，所以護龍有許多空屋。客室與空屋鄰接，生活起居都在正身（母屋）房間的我，自然無從了解鈴木善兵衛的生活狀態。另一方面，年輕祖母眼見叔父歸鄉了，精神立刻抖擻起來，完全恢復了精力，對鈴木善兵衛這位叔父的友人，自然也禮遇有加。不，不只是年輕祖母，家族全體都把他當作是一家人，非常厚待這位遠來的稀客。由於他是家裡最有勢力的叔父的友人，所以大家一面討好叔父，一面照顧這位稀客的情形，是不難想像的。

據說，鈴木善兵衛非常溫順與踏實。「放下！放下！可以了！」儘管被叔父責罵，他也經常做些打掃外庭、修剪花木的工作。他的年齡約與叔父相當，但略瘦幾分，從事研究照相的工作。至於他來台的動機，聽說似乎是因爲當時人人心中對台灣充滿好奇心，再加上叔父的善辯也功不可沒，爲了照顧，他於是決定與叔父同行。現在，我手中殘留的家族照片，可以說是他的副產品了。

從那時起，鈴木善兵衛就在我家待了一年左右的時光，起初我與他不熟。每次一看到他，就立刻躲起來。如果他的影子出現在門口，我就一整天不敢走到中庭。因此，沒有機會與他熟識。就在這個當兒，鈴木善兵衛似乎認爲我的逃避是件有趣的事，不停地想引誘我。但是，我總是不停地哭泣。「呆瓜！這個小孩因爲與你不熟識。」或者「他不可怕啊！叫他鈴木叔叔吧。」母親笑著對我說。然而，我認爲母親是在騙我。「不！日本人很可怕！」「不可怕啊！你爲什麼會感到這麼害怕呢？」被問及原因，我瞠目盯著母親的臉龐。日本人很可怕喲！這句話經常出自母親的口中。我覺得母親說的話前後矛盾，因而爲了不知該相信哪句話而感到困惑不已。現在回想起來，當時我並不知道母親說日本人很可怕，是爲了使我停止哭泣的一個手段。因此，我思索著，好像眞的不可怕。於是決心下次見到他時絕不逃跑。但是，冷不防遇見他時，風強的那個早上，他在玉蘭花下以黑物對準我們的恐懼感又油然而生，於是我又逃跑了。

反之，阿兄與堂兄們，在我不知道的當兒，已經漸漸與鈴木善兵衛親近。猶記得阿兄與父親談過他的事；阿兄不但夜裡留在他的屋裡玩耍，遲遲不肯回來睡覺，有時還與他一起去釣魚，日子似乎過得相當愉快。我的內心越來越感到羨慕。有種只有自己被留下的寂寞感。「那個日本人不可怕嗎？」如果可能的話，我想跟他一起玩耍，內心暗暗這樣打算著，於是詢問阿兄。阿兄笑著說：「不可怕啊。他人很風趣噢。他有做出什麼可怕的事嗎？」是啊！可是我還是半信半疑。「你以爲我說謊嗎？那麼，我就讓你看看他不可怕的地方。」阿兄瞧著我的臉說。「我坐上鈴木善兵衛的肩膀讓你瞧瞧。」「肩膀?」「是啊。坐上肩膀就變成大將軍,要仔細瞧哦!」「嗯!」

是在夕陽西下的時刻裡。阿兄出去找鈴木善兵衛。立刻返回來,「他在!他在!快點來啊!」拉著我的手急忙跑出去。「不要!不要!」我依然覺得害怕,有點想哭出來,卻掙脫不了阿兄的手。阿兄帶我來到能看清楚院子的玉蘭花的護龍末端的稻穀脫殼屋。說聲「你就在這裡看」就走出去了。我把椅子放在窗櫺下,拖著不安、悸動的胸部,縮起身子站在上面。隔著窗櫺,眼前是被暮色籠罩的院子。鵝挺胸嘎嘎叫地走來走去。不久,阿兄與鈴木善兵衛的影子一起出現在玉蘭花下。我突然胸口一縮,屏氣凝神。阿兄爬到玉蘭花的樹幹上,然後坐上鈴木善兵衛的肩膀。兩人邊唱歌邊繞來繞去。我一個人不由得笑出來。阿兄邊笑邊舉手向我這方打暗號。凝視那兩個幸福人兒嬉笑的情景,感覺他果眞不是可怕的人,於是油然而生想親近的心情。

「怎麼樣?不可怕吧。你叫他善兵的話,他會笑著回答噢。如果你認爲我說謊,不妨叫看看。」事後阿兄說。如果可能的話,我想坐他的肩膀。但是,所聽來日本人很可怕的潛在意識,卻根深柢固地盤據我的內心。後來,有好長一段時間,我仍然與他不熟識。

但是,據母親晚年時的說法,我一旦與鈴木善兵衛熟識後,連黃昏來臨了也渾然不自覺,黏在他的身旁寸步不離。經她這麼一說,現在的我依稀殘留無數與鈴木善兵衛遊玩的快樂回憶。雖然逐漸對鈴木善兵衛懷有好感,但向來極端畏懼他的我,在什麼樣的機緣下,才得以與他親近呢？雖然現在已無法探究其眞象，但欽羨兄長們能與他親近的我，在阿兄的誘導下，逐漸與他接近，似乎是不爭的事實。現在所殘留的快樂的回憶，幾乎都是屬於與鈴木善兵衛親近後的事。

首先，我想起晚飯後，在鈴木善兵衛的起居室遊玩的種種情景。由於兄長們已經上公學校（國民學校），黑夜來臨後，經常帶著書本去他的起居室，請他指導。等外面一片漆黑時，只有護龍末端鈴木善兵衛的起居室燈火通明，那光線溢到院子，響起兄長們大聲朗讀著課本的聲音，好似唱著得意洋洋的歌。聽到那聲音，我內心忐忑不安，儘管腳洗到一半，也趕緊匆匆忙忙跑過去。進入時，映入眼簾的是宛如做夢的快樂情景。圍在正方形餐桌四周的兄長們，把書排列起來，像嘈雜的麻雀似地，各自隨意搖頭朗讀。穿著和服的鈴木善兵衛，則與他們面對面地坐著，視線環繞他們的身上。他那在明亮石油燈下照出的臉龐，融入帶笑、喜悅的表情。仔細一瞧，兄長們不時偷瞄鈴木善兵衛的臉，想要博得他褒獎似地，朗讀的聲音越發高昂。但是，這種一心不亂的讀書，沒有維持多久，頃刻間就崩潰了，然後圍繞著鈴木善兵衛，大家開始哇哇地吵鬧。兄長們肆無忌憚地拉扯他的和服，坐在他的肩膀上，或是嘻嘻哈哈鬧成一團。「善兵，糕點！我把它吃了哦！」「好甜的仙貝」「好大的善兵（名字與糕點同音）」，亂喊一通後哈哈大笑。鈴木善兵衛也咧口大笑。

接著，他的說故事時間上場了。我們開始鴉雀無聲，目不轉睛地盯著他的嘴形。他講的故事有「火燒山」、「舌切雀」、「浦島太郎」、「桃太郎」等。單看他的身段與手勢之滑稽樣，即使是聽也聽不懂的日語，我們也聽得興致盎然。夜已深了，母親呼喚了我們幾次，但大家都說：「還不想睡啊！」流連於他的房內不肯離去，百般央求他繼續說故事。面對著我們，他也束手無策。某夜，他提起桃太郎的故事。雖然已經聽過數回，大家依然聽得津津有味而不厭倦，我們坐在餐桌上開懷大笑。說到切開桃子，桃太郎出世時，鈴木善兵衛指著我，好像是說：「桃太郎的大小就跟他一模一樣。」兄長們突然笑出來，邊瞧著我邊喊：「桃太郎！桃太郎！」只知道「摸摸他囉！」這個詞的我，對於被別人稱做桃太郎，頗爲得意，立刻站起來，威風凜凜不可一世，跳起來說：「我就是桃太郎」，誰知竟然樂極生悲地摔到桌下來。由於每次摔倒後的習性使然，我開始號咷大哭。頃刻間，兄長們覺得很有趣，嘲笑我：「啊！桃太郎哭了！」我雖然忿怒，卻也無計可施。摔下來的悲傷轉化成對兄長們的怒火，於是更加放聲大哭。「不要哭！桃太郎不哭！」鈴木善兵衛抱起還躺在地上的我，對我展開笑容。由於兄長們還在旁邊嘲弄，忿怒之火使我哭不停。鈴木善兵衛一籌莫展，只好一直抱著我。我能感受到他正以溫柔、關懷的眼神深深地注視著我。他那充滿喜悅、愛的善良眼光，使我有點後悔，但同時也雀躍不已。這是最初被他抱著的情景，至此，我原先畏懼他的觀念，已整個被連根拔除，反而有種恰似被母親愛撫的甜蜜感覺。因爲讓他深受困擾，內心頗爲過意不去，於是想跟他說自己是在生兄長們的氣，也想立刻對他露齒微笑。可笑的是，在自然而然停止哭泣前，已經變成不是悲傷的哭聲了。

從那件事之後，我對鈴木善兵衛更加感到親密。往往連早飯還沒吃完，就想奔到他的身旁，因而屢次挨母親的責罵。白天，他不常在家，好像是與叔父聯袂到某處去。但是，傍晚一定會歸來。偶爾遇到他白天在家時，我便死黏著他寸步不離。爲何我會對他感到如此親密？他哪裡値得我親近呢？我自己也驚訝不已。現在，當我拿出他爲家人照的相片，也無法回憶出他的容貌。我絲毫也想不起他的一顰一笑了。眼前所浮現的，只是一個穿著和服、笑容可掬、溫順的青年身影。尤其是回想起徜徉於綠意盎然田圃中的兩人，即使現在閉上雙眼，他那時的身影也立刻歷歷在目。那時，我都喊他「奇」。因爲鈴木這個名字唸起來頗繞舌，所以只叫他「奇」。他也會立刻大聲地回答我。當然，大人們教我要喊他叔叔，可是我還是覺得「奇」的稱呼較貼切，所以未曾一次喊過他叔叔。他也都喊我「虎坊」。因爲我是甲寅年出生的。

鈴木善兵衛喜歡釣魚。白天在家時，他經常背著相機出去釣魚。我時常爲了不能與他一起去釣魚而淚眼汪汪。有一天，終於一償宿願，他帶我去田圃。那是個盛夏。眺望陽光普照田圃的情景依稀盤繞腦海。綠色的田、綠色的樹叢、綠色的山，在我們的眼前擴展開來。那種饒富生氣的綠意，彷彿由腦髓分泌出來，令人神清氣爽。我家就建在田圃的正中，北側一排竹叢內植有相思樹，西側與東側有河流過，南側田圃的盡頭是甘蔗田，我們沿著西側的河邊漫步。河邊的相思樹與竹林繁茂，樹根濃密開滿五顏六色的野花，蝴蝶翩翩飛舞。樹林中有不知名的鳥在枝枒間婉轉歌唱。鳶在樹梢上劃圈。從樹叢稀疏的枝葉間，可以看到河是一條急湍，碰到一些石頭時，激出白色的泡泡。那種感覺使我對於未知的世界湧起憧憬，更使我心中有一股快樂暖流流過的感覺。鈴木善兵衛站在前頭，我拿著魚簍亦步亦趨。一直走到南側，來到甘蔗田時，有間水力搗米小屋。由於水是被引入埤圳，所以靜靜地流著，流到此處時，反而捲起白色的漩渦，鈴木善兵衛取下繞在脖上的小毛巾，敷在草地上，「啊，虎坊。坐到這裡來。」他硬是要我坐下，自己卻拔除河邊的雜草，騰出個空間，就蹲下來垂釣。從樹叢枝葉間篩下的陽光，依舊炎熱逼人，一會兒工夫，就使得我汗流浹背。周遭的靜寂包裹住我的心。吹過甘蔗葉梢的風聲、嘩啦啦落下的水聲，以及咚咚的搗米聲，一直縈繞耳際。飛鳥嗚啾啾地飛過，更誘發出無限的寂寥感。

鈴木善兵衛目不轉睛地盯著水面，沒有回過頭，好像在說：「虎坊。累了嗎？」由於不懂他在說什麼，所以一直悶不吭聲，於是他回過頭來對我笑一笑。單是這樣我就已心滿意足了。與他在一起有種安全感，我也笑問：「奇，有魚嗎？」由於言語不通，他只是點頭說：「嗯、嗯。」「奇！今晚交給母親烹調，我們一起吃吧。」「嗯！嗯！」鈴木善兵衛又回過頭，臉上堆滿笑意。我躺在草上，仰望蒼穹。覺得身體彷彿飄浮在宇宙間的輕飄飄。白花花的陽光令人目眩，立刻使我睜不開雙眼。

從那時起，鈴木善兵衛去釣魚時，一定會帶我去。但後來我聽叔父說，好像也沒有幾次。不久，鈴木善兵衛因發燒而臥病在床，或許是因在溽暑中到處亂跑種下的惡因。據說燒到四十多度。鄉下地方除了中醫，再也找不到什麼醫生，於是特地到鄰莊請來醫生。當時，一個人異常寂寞的我，經常去樣子不尋常的鈴木善兵衛的房間，仔細凝視他閉目的睡姿，以及肌肉下陷，滿臉鬍腮的容顏，油然而生一種悲哀的感覺。那時，我對於生死還沒有具體的觀念。

看他不論何時都一動也不動，於是站在門口小聲地呼喚：「奇！奇！奇！奇！」他大概有聽到，稍微動了一下頭部，眼光捕捉到我的身影時，嘴角浮現了牽動一下的笑容。即使只有這樣，我也能夠安心了。於是胸中的陰鬱一掃而空，不知不覺哼著他所教的桃太郎之歌。

他的熱病似乎更加惡化了。我經常可以看見年輕祖母、父親、叔父等人，聚在一起，悄悄地、擔心似地商談。看到這種情景，不由得心生動搖。雖然依然保持沉默，但也開始擔心死亡問題。「奇！奇！奇！奇！」不管如何呼喚，他依然文風不動，我於是佇立在門口哭了起來。某天，也是日暮時分。年輕祖母呼喚我：「你知道鈴木先生釣魚的地方吧！帶我去。」「嗯，我知道！我們一起去過。」我非常驕傲地帶領年輕祖母離開家門。

田圃上連綿的竹叢的樹梢一直靜止不動，對面的天空一片通紅。走在畦道上，蚊子成群地嗡嗡叫，不停地在我們的頭頂上盤旋。水牛已經要回家了。因爲自己能對年輕祖母有所助益而喜不自勝，而且又是與鈴木善兵衛有關。我於是得意洋洋地將頭向左右大幅度擺動地走在年輕祖母的前頭。由於年輕祖母纏足，很快地就落後一大截。我在佇立等待年輕祖母時，大聲言及與鈴木善兵衛一起去釣魚的情景。年輕祖母的腋下抱著鈴木善兵衛的西服上衣，手持著線香與金紙。我帶領年輕祖母來到有水力搗米小屋的河邊。年輕祖母再一次愼重詢問：「就是這裡？」然後點燃香，向著水流的方向拜拜，口中開始念念有詞。我靜靜地在旁邊佇立。黑暗漸漸籠罩四周。眼前的流水呈現白光，從埤圳流下的水聲，滔滔地響個不停。蒼穹的晚霞逐漸消失，舉頭仰望，鷺成列地飛過。不久後，年輕祖母燃燒金紙，拿著鈴木善兵衛的上衣，在火焰上劃圈。眼看著天已全黑。河邊的綠意也模糊不清，我漸漸地感到孤寂迫近身旁。金紙燃燒完畢後，年輕祖母呼喊我：「到家以前不可以講話，無論如何都不能跟祖母講話哦！」「嗯。」年輕祖母拿著香的手上抱著鈴木善兵衛的上衣，走近水邊，以兩根手指掬水，數次灑在上衣上。我也走近。水面映著淡灰色的樹叢影子。忽然間，我看到灰色的樹影間有一顆星影。因驚訝而抬頭仰望蒼穹時，有兩、三顆星星在閃爍，然後年輕祖母捲起衣服的前襬，把鈴木善兵衛的上衣放進去，以持香的手緊緊地抱著，走在前頭，步上歸途。邊走邊喊：「鈴木先生！回來吧！鈴木先生！回來吧！」路已經越來越暗，因爲年輕祖母纏足，她走路的樣子看起來有點蹣跚。我從背後望著年輕祖母每走一步就左右搖晃的身體。默默聆聽年輕祖母呼喊「鈴木先生！回來吧！」的聲音。總之，年輕祖母是在招回鈴木善兵衛被水沖攫奪去的靈魂。母親也曾經爲我做過這種事，所以我知道得很清楚。因此，我認爲鈴木善兵衛的病已經痊癒了。我也小聲地模仿年輕祖母的口吻，不停呼喊：「奇！回來吧！奇！回來吧！」家裡已經點上燈。看到這種情形，我認爲鈴木善兵衛的靈魂已經歸來了，喜不自勝地奔向母親叫道：「奇的病已經好了。」因而，使大家吃了一驚。

雖然鈴木善兵衛的病一度轉成肺炎，如果讓遠來的客人客死他鄉，就太對不起他了，於是在大家悉心的照顧下，鈴木善兵衛的病很快就痊癒了。不過好像也經過一個多月。兄長們與我立刻湧到他的房間，想跟以前一樣玩耍。但是，叔父怒視著我們，「鈴木先生還在生病。回去。」不准我們接近他的房間。他的病不是痊癒了嗎？我們面面相覷，百思不得其解。陽光明媚時，來到庭院曬太陽的鈴木善兵衛，樣子看起來與以前迥然不同，兄長們互相說那會不會是別人呢？蓄鬚、頭髮蓋耳、頰內下陷，看到我們時，面露微笑。我們驚於那笑顏竟判若兩人。但是，我們還是乖乖地聽從叔父的話，等待他完全康復的日子到來。

結果，期待落空，我們永遠無法再與鈴木善兵衛一起玩耍了。在他生病之前的玩耍竟成最後的絕響。因為一復元，他立刻匆忙返回東京。一直到當天之後，我們才曉得這件事。最先知道的是阿兄。他從學校回來經過鈴木善兵衛的房門前時，被他喊進屋裡，手持他贈的鋼筆，正覺得不可思議時，瞧見行李收拾得整整齊齊。堂兄們剛好也從學校歸來，話一傳開來，大家的臉色大變，彷彿遺失了重要的東西。我們一群人衝到門口，看到鈴木善兵衛站在玉蘭花下。這天風也很強，正好與初次見到他時的情景相同。唯一不同的是，那天他穿著和服，今天卻穿著西服。他看到我們時，舉手揮一揮。堂兄們立刻跑到他的身旁。只有我返身跑進屋內。眼眶熱了起來，泫然欲淚。另一方面，我也想向母親詢問眞相。在年輕祖母的指揮下，母親與伯母們在廚房忙著宰雞。是要給鈴木善兵衛帶走的。「阿母！阿母！」我呼喚了幾聲，「眞煩！去外面玩。我現在很忙。」母親看起來眞的很忙，連臉也沒有朝我的方向轉過來。「鈴木先生要回很遠的東京了。因此大家很忙。去外面玩吧。」年輕祖母對看起來滿臉悲淒站著的我說。這件事果然是眞的。我的心中有開個大洞的感覺。想著自己最關心的人之種種情事。想到他為何要回去，他要回去的地方是什麼樣的地方等。如果自己也能跟他一起去的話，那該有多好。我又懷疑是否因為他不再疼愛自己，所以才要回去。從這時起，我品嘗到離別的孤獨心情。這恐怕是一生中最初的經驗。

終於到了要送別鈴木善兵衛的午後。那時的情景，至今仍時時浮現眼簾。風勢不減，午後的天空也呈現怪情景，充滿著灰色的色彩。院子的雞之羽毛被風吹拂，看起來好像很冷。叔父決定送行到基隆，於是離家時兩人聯袂而行。叔父提著皮箱。鈴木善兵衛露出寂寞的笑容，就宛如是與自己的心情正在交戰的表情。看到我的臉時，邊笑邊停下來，好像是跟我說：「虎坊。虎坊。要不要跟我一起去搭火車？」我突然緊緊抱住母親，不肯離開。雖然內心非常高興，也想這麼做，但爲了他要回去的事而生氣的我，正在鬧彆扭。家裡養的兩條狗，看見來到院子的許多家人，顯得異常高興，不停地亂吠，繞著院子跑來跑去。兄長們拉著鈴木善兵衛的手，吊在他的肩下，彷彿這樣就能拂去別離之情。年輕祖母與母親她們只送到內庭，然後原地不動目送他們。「還會再來的。多謝你們了。請保重。」鈴木善兵衛說完後，鄭重地行禮。雖然言語不通，母親她們也笨拙地行禮，然後露出笑容，一副傾注所有感情的表情。當鈴木善兵衛抬起低下的頭，寂寞似地走出去時，年輕祖母的眼裡噙著淚水。「天氣這麼壞，船沒有問題吧！媽祖啊！請保佑他。」她興奮似地念念有詞。

麻雀在屋頂上鳴叫。由於父親與伯父要送他到鎮上的停車場，所以一起走出竹叢外。兄長們也跑步跟在後面。看到這種情景，我突然生出勇氣，離開母親跑向前去。想到從此就再也看不到鈴木善兵衛時，悲傷油然而生，眼眶熱了起來，淚水似乎要奪眶而出。想起常常哭泣使他束手無策的情形，覺得不能再讓他看到現在的淚水，於是低下頭，一直咬著嘴唇。在這個當兒，能淸楚聽到吹過耳際的風聲。「再見」，聽到鈴木善兵衛的聲音而抬起臉來時，我看到他正笑著揮手。站在門樓的兄長們也叫著「再見」。只有我不說一句話。生氣的心情，使我將視線避開，一直凝視他帶我去釣魚的河邊樹叢周圍。心裡吶喊再也不去那裡，一個人也沒什麼搞頭，緊緊抿著雙唇。

田圃呈現一片灰色，風很強勁，還帶著雨。樹木的綠色彷彿已枯萎，一副無精打采的樣子。鈴木善兵衛的身影越走越遠，兄長們好像被他吸去似地，在後面追趕。但是，立刻被伯父趕回來。他說風很大，立刻進入屋裡。雖然如此，兄長們依然不願回到屋裡。站在門樓前，聲音嘶啞地叫著「再見」。

鈴木善兵衛的身影彎入樹叢後就看不見了。兄長們邊喊邊跑到院子。我也在後面追著。院子裡已看不到年輕祖母與母親她們的身影。四周非常寧靜，只有鵝受驚抬起了頭。兄長們宛如猴子，順利地爬上玉蘭花的樹幹。我仰望玉蘭花的葉子，卻找不到一朶白花。「沒有花吧？」阿兄低下頭來看我，「傻瓜！才不是爲了摘花呢。是要看鈴木先生啊。」聽他這麼一說，我也急忙爬上玉蘭花樹。情急之下，手腳發抖，無法順利爬上去。好不容易才在樹幹上站穩，但那時我突然有忘記鈴木善兵衛的容顏之感覺。雖然剛剛才分離，卻怎樣也想不起他的容貌，我鼓起勇氣，抓緊樹幹。想要稍微再爬高一點時，風力強勁，樹枝搖晃，腳似乎要被吹走，兄長們越爬越高。我終於看到田圃了。但四處都看不到鈴木善兵衛與父親們的身影。只有一對像是在甘蔗田裡工作的男女。「看不到啦。阿兄說謊。」我很生氣，向上頭怒喊。「傻瓜！

在那麼低的地方能看得到嗎?」風中聽到阿兄的聲音。我想再度移動身體往上爬。但兄長們各占據一處樹枝，而導致樹枝彎曲，在風兒猛烈地吹拂下，搖晃得很厲害，使我無法攀登。「阿兄。眞的看得到嗎?」「我有說謊嗎?當然看得到。現在要過橋了。」「能淸楚看到臉嗎?」「看得到。」「讓我看!阿兄!」「傻瓜!爬上來。」從風吹過玉蘭花樹葉的沙沙聲中，傳來阿兄的聲音。我如何能再爬上去呢?單是現在的高度，只要風一吹稍微動搖，我就會手腳發抖，只能緊緊抓住樹幹。「啊!鈴木先生回過頭來了!」「和他一起談話的是叔父。」「再見!」我聽到堂兄弟們愉快的聲音。「讓我看!讓我看!」我於是抱緊樹幹，哭了起來。

原載一九四三年十二月《台灣文學》四卷一號

清秋

飄浮在淡淡白色朝靄中的菊葉，張著蜘蛛的細絲，絲上掛著無數白色的露珠。一澆水，露珠撲簌簌地滑落，水珠取而代之。不久後，抗拒似地，彎曲的絲一被切斷，水珠也毫無聲息地自葉上滑落。日益蒼綠的菊葉，籠罩在明亮季節的氣息裡，在逐漸衝破溫煦的拂曉濃霧之光線中搖曳。已經幾年不復見菊花的新葉吧。感受到新鮮植物的氣息，一時之間耀動恍惚拿著噴壺，嗅新葉的味道，同時油然而想把嘴湊近鮮嫩葉面，終於忍不住伸手觸摸葉子。柔軟葉面的觸感及令心情舒暢的冰涼，傳到指尖，沁入背脊。他如小便後般微顫。凝視被露水沾濕的盆栽之色彩，以及褪色的棚架，忽然喚醒他對由於幾年的東京生活而中斷的田園生活之懷念，深深感受到回到故鄉的神清氣爽。而且，發現故鄉之美的喜悅，爲四肢注入了力量，他趕忙替菊棚澆水。從今以後，在所懸念故鄉的醫生生活，也會因與變化萬千的自然接觸而能愉快度過吧。再則，也可以對等待自己歸來的祖父與雙親充分盡到孝道。洋溢著滿足的幸福感，他脫下木屐，用噴壺的水弄濕雙腳。寧靜的早晨，噴壺的水聲聽起來恰似雨聲。

不久，響起開門聲，要去莊公所上班的父親走到庭院。向門樓走了兩、三步後，突然想到什麼事，走近耀勳。

「要出去了嗎？」耀勳問父親。

「嗯！關於那件事，今天正午過後，建築師會來，和他一起去看看。最好早日完工。」

「不過，要先解決開業許可的問題……」

由於事出突然，他脫口而出。糟了！說完後，立刻噤口。因爲他不想再度提出開業許可的事，以免摧毀急著要自己開業的父親與祖父們的期待。醫專畢業後，在東京的醫院工作三年，這次在祖父們的呼喚下回來，原本就是爲了在故鄉的鎮上開業。回來後已經過了三個月。這段期間無法開業的最大理由，就是實施開業許可制。故鄉不到一萬人的鎮上，就有七個自行開業的醫生。他擔心是否會再發給許可，萬一暫時不發給許可，又該如何是好。不過，經過了三個月後的現在，靠曾經當過莊長的祖父之名望與在莊公所當會計的父親爲人講信用的幫忙，尤其專門小兒科醫院很少也是實情，所以演變成大概會許可的形勢。大約一個星期前第一次聽父親提起，因此可以完全不要擔心許可的事，問題就在醫院的改建。現在父親所說和建築師一起去看看，就是指將自家出租的店舖改建成醫院。雖然這是他和祖父及父親之間已經決定好的事，他始終神經質地擔心是否眞的已獲許可。所以在不知不覺中脫口說出這件事後，內心非常後悔，因狼狽不堪而面紅耳赤，毫無意義地澆著噴壺的水。

「改建工程要相當時日，而且當醫師是你的嗜好。必須蓋間近代化且科學化的醫院。」

聽到父親說得那麼高興，他也無來由地高興起來，充塞著想早點讓父親安心，盡到遺忘已久的孝行之心情。

「知道了。我會請他仔細調查一下。」

不是搪塞，耀勳由衷地說出，決心午後詳細看一下建築物。

「那麼，有空我也會過去一下……」

父親說完後就出門。耀勳拿著噴壺呆立一會兒目送父親的背影。在莊公所當會計，工作了十多年，穿著孩提時就很眼熟的某件褪色西服，戴一頂古老的帽子，腋下抱著一個破皮的公事包，風雨無阻。在忠勤工作的父親心中，抱持著要自己進醫專、弟弟進藥專之牢不可破的想法。如今回想起他沁血的努力，也沒有恆產，卻要養家活口，栽培自己兄弟們畢業，其勞苦的情形，不禁使耀勳鼻頭發酸。稍微駝背、步履現老態的背影，足以使他想起父親現在的年齡。恰似突然間發覺長久以來未曾關心的東西，父親的衰老、自己的粗心大意，刺痛了他的心靈，意外地發現自己竟然是個不孝子，悄悄地咬住嘴唇。下定決心，等醫院開業，就要父親早點辭去莊公所的工作。他認爲這樣至少也算是對父親勞苦的孝行。當然，剎那間心中也曾擔心開業後的成績如何。不過，前輩的醫生們在蓋了醫院後，立刻積下巨富，所以自己不可能辦不到。不，辦得到！而且會成果斐然，一定要光宗耀祖，讓父親安心。這才精神爲之一振，赤腳走近小池汲水。

幫二十幾盆菊花澆完水，耀勳終於可以喘一口氣，拿著噴壺，感激似地佇立凝視滲透盆土，從菊棚滴瀝落下的許多水滴。突然間，水滴落下附近有個蠕動的東西映入眼簾。曲身一看，原來是土色的小青蛙。恰似被水滴打得到處逃竄，又似手舞足蹈喜悅地迎接落下的水滴。不知不覺中，感受到生命溫暖的喜悅。老實說，對長久以來除了學問外不曾考慮其他任何事的他而言，簡直是件偉大的發現，這種快樂的悸動熱遍周身。在斯土生根、年幼時點點滴滴的回憶，恰似這隻青蛙從家的一隅逃跑到另一隅的種種記憶，溫暖地充塞心中。再次想起今後做農村醫生的生活，自己畢竟是田園之子，絕不是都市人，連眺望家的眼中都燃燒著美麗的憧憬。度過了將近十年的東京生活，僅僅三個月的農村生活，就已完全習慣，使他有自信面對將來的生活。他反省是否是神對他做醫生重新出發的啓示。

不知不覺中，朝靄消失得無影無踪，清晰地浮現山巒的輪廓，沐浴著溫煦朝陽的山之蒼鬱使瞳孔躍動。天氣一晴朗，山就看似近在眼前，心情無來由地舒暢。

耀動左手抓著木屐的帶子，右手提著噴壺，赤腳離開那裡。自從歸鄉以來，每天早上都做這種勞動，不僅使原本晚起的他早起，由於與早晨的自然接觸，精神也爲之抖擻。尤其工作是替菊棚澆水，每天早晨目睹菊花顯著的成長，不由得連自己也舒動筋骨，四肢非常輕盈。

繞到後院，洗完腳後再回到正門，佇立眺望因接受水而蒼綠盎然的菊花盆栽，籠罩著難以言喻的情緒，耀動有幾分瞭解以植菊爲樂的祖父之心境。聯想到文人與自然的交往，羨慕「文秀才」的祖父雖已年老，卻越發與自然親近的風流。幼時就很崇拜祖父的文學造詣，如今重新回顧自己兄弟兩人以醫學爲志的學問，嘟囔著它只不過是時勢所趨的營利思想罷了。那麼，自己一心一意鑽研醫學，到底是爲了賺錢還是眞的是爲了追求學問，他突然痛切反省。

想到現在要蓋醫院、一家人幸福度日的目標，未必就只是作爲學徒爲莊民的醫療工作鞠躬盡瘁而已。難得能有個學問造詣非凡的祖父，自己卻反而離學問越來越遠，胸中無法否認這種孤寂。

思及這幾天還沒看完祖父的那本書《支那詩人傳記》，趁著現在有空，想繼續讀完它。進入房間時，隔窗突然看到今早難得早起、正在吃早餐的祖父，於是推開房間的門。

「早！祖父今早這麼早起床啊。」

他拘謹地站在祖父的前面。從孩提起，他們早已習慣以極敬畏的心面對威嚴的祖父。

「嗯！幫菊花澆水啊。」

祖父停箸看著他濕潤的腳說。

「是的。每天早上浸冷水照顧菊花倒滿愜意的。好久沒有這樣做了，心情相當愉快。我切實感受到自己畢竟是鄉下小孩噢。」

「是嗎？那很好。總覺得你們現在的年輕人小裡小氣，不解風流。一定要稍微培養一些浩然之氣。你也是相當有學問的，應該瞭解我說的話吧……」

「是的。我很欽羡祖父的心境。」

耀勳感激地望著祖父每咀嚼一口飯就上下移動、耀眼的鬍子，逐漸忘了自己的年齡，回復到公學校時代年少的心情，內心充滿信賴祖父的幸福感。他爲公學校的兒童時，祖父是莊長。每當莊裡有活動時，祖父一定會登台訓辭。耀勳從兒童的行列間，只看到祖父每次講話就會移動的鬍子，籠罩在連自己都變得偉大之優越感中，經常有種想傲視其他小朋友的昂然心情。現在他也沉醉在年少時的心情中，突然想到已經過了幾年，祖父年近七十，臉頰的皺紋尚不深，只有鬍子發白顯示歲月的流逝，由衷地欣喜祖父身體的健康。儘管如此，祖父鬍子子的動作迄今依然沒變，說不出個所以然，他自然而然面露微笑。

「祖父輩們通曉學問的方法很美好。一切都從文章著手倒很實際。我喜歡所謂的讀書人。」

「嗯！這點與時下不同。我還有感到不滿的地方。從前，即使是政治家，也要先從文章入手。因爲文不只有助於教化世道人心，也是瞭解政治的最根本。詩經序曰：正得失動天地感鬼神莫近於詩，先王以是經夫婦成孝敬，厚人倫美教化移風俗。」

「所以才發現文學的價值啊。總之，亦可謂經世文學……」

「有如此明確目的的文學也因應而生。廣義地解釋。魏文帝曰，蓋文章乃經國大業不朽盛事。亦同於韓愈女婿李漢說的文者貫道之器。所以，從前的科舉首重文章與詩賦啊。」

「啊！因此，要當個政治家，都要學習文章。眞令人羨慕啊。相形之下，我等……」

「各有長短吧。不過，還是必須要瞭解文章。昔日，研究儒家經典，學策論或爲官必備的文章，習詩賦、應科舉，因不成功而耽於詩文三昧的大有人在。爲官從政，遠離優美文學者亦甚多。雖然現在已過時……」

「我有同感，文學的嗜好內地（日本國內）亦同。較年長的政治家與軍人等，都善書巧詩，提及現在的年輕人，根本就望塵莫及。我等就是缺乏這點素養。」

「不過，因爲是醫學，系統稍有不同。」

那時祖父已經吃完一碗飯，耀勳接過碗盛滿，再靜靜遞到他的面前。祖孫兩人這樣微不足道的對話，是如何清澄、如何溫馨啊。耀勳陶然於孝道的氣氛中。

「不過，閒暇時，我想嘗試作詩寫書法。」

「當你還是小孩時，不是非常討厭這些事嗎？」祖父笑著說。

他靦腆地用手摸頭。

「哎呀！小孩時嗎？那時覺得漢學像是久醃的醬菜，所以很討厭它。不過，隨著年齡的增長，倒覺得滿遺憾的。」

話是這麼說，不過那時他忙著準備考試，心有餘而力不足。相對於自己完全乾癟的學習，思及祖父昔日的勤勉，可以想像要考取文秀才是要讀破萬卷書的。彷彿想仔細凝視美麗的東西，不由得瞇起雙眼。突然間，深深感受到橫亙在他與祖父間時代的大差異。重新思量祖父時代的家庭生活，不知何時聽人提及，曾祖父也是個讀書人，非常期盼祖父能科舉及第。到了父親的時代，潮流改變了。儘管祖父殷切期望獨子的父親能飛黃騰達，父親中學一畢業就立刻放棄學業。到了自己兄弟兩人，情勢又整個改觀，連祖父都勸他們朝醫藥方面發展。時代的影響力眞令人瞠目。不過，總而言之，他很高興自己的家庭自古以來即與學問有緣。

「祖父應科舉時的情形如何？」

「這個嘛！」祖父擱下碗與筷子，邊擦嘴邊露出沉思的眼神。

發覺祖父已吃飽飯，耀勳靠近窗邊，呼喚在庭前晾衣服的母親。母親慢了一步，女校畢業、現在在莊保育園工作的妹妹婉如捷足先登。

當天早晨，風勢稍強，藍天高高，萬里無雲。雖是用土角蓋的古老、暗黑的房子，因窗邊射進來的光線而通明。玉蘭偌大的葉子，從窗欞間發出微細的聲音，在陽光的反射下，看似在抖動。眞悠閒啊！而且房間籠罩在眼睛所看不到的朦朧東西之無聲嘈雜的氣氛中，耀勳的視線突然離開書本，直凝視窗外的景致。瞬間，鄉下的孤寂襲上心頭。一直看著書也是件痛苦的事。他想去鎮上走走，不到五分鐘就可成行。不過，去了也不知道如何遊玩，此時他的心感到未曾有過的焦躁，不是洩氣，而是心中的某處極力想做某件事，手腳卻不聽使喚，整個人茫然倦懶。儘管如此，這天早上對正在閱讀的李太白奔放詩仙之風采深感興趣，眼光稍微挪開後，立刻又讀得津津有味。

也不知道經過多久時間，發覺院子裡有挖鍋底的聲音。哎呀！已經中午了嗎？此時婉如揮著白色信封跑進來。

「耀東哥來的信噢。」

久無音訊，耀勳以顫抖的手接過來，胸中異常懷念兄弟兩人在內地居住時的情景，不由得閉目了一會兒。很羡慕迄今一人尙留在內地的弟弟，白色的信封看似內地的風景。過了一會兒，他打開信封。

「快點看嘛！好像事出有變噢。」婉如窺覷著說。

他突然想起自己兄妹兩男一女共三人，沉醉在愛的氣氛中，於是笑著說：

「或許出乎意料地，他會說要你快點嫁人。因為耀東是個愛操心的人。」

「討厭！怎麼說這種事……」婉如板起面孔。

耀動開始讀信。她也一張一張接收哥哥讀過的便箋，專心讀了起來。信紙的內容，一開頭就進入正題。公司要在馬來成立辦事處，總公司要派三人赴任，自己也志願為其中一人。近期即將出發，或許途中會順路經過台灣，那時再歸鄉。南方行本來應該獲得祖父與父親的同意，但因為怕他們擔心，所以自己獨斷決定。這一點請代為取得尊親的諒解。耀東去年冬天藥學專門學校畢業後，立刻以優異的成績進入大阪某家製藥公司，現在就想去南方發展，頗讓耀動愕然一會兒。腦海浮現弟弟與自己迥異、奔放豪爽的個性。然後視而不見，視線一直保留在兩隻酣醉於窗外玉蘭葉上的黑蜂身上，思緒在腦海裡翻騰。

「哎呀！」

婉如讀完後，出聲喊叫。他這才清醒過來，望著妹妹的臉。

「去馬來……耀東哥是認真的嗎？現在是一個出色的藥劑師，正可以卯足了勁……」

婉如看起來相當激動，眼睛炯炯發光，微啓的唇間露出白皙的牙齒。看到妹妹這種表情，耀動不由得發出笑聲。

「吃驚嗎？耀東這傢伙還是沒有改變。」

「不過，這樣不行啊。說要去馬來，也不來商量一下……」

「因為怕遭反對啊。而且，南方是現在男人憧憬的世界。你們女人怎麼會懂呢？」

耀勳非常痛快似地笑著說。婉如不服地顰眉。

「不過，耀東哥不是說在獲得一流的製藥技術以前不離開公司嗎？你看！今年春天還那麼努力不懈呢。」

經她這麼一說，笑容從耀勳的臉上消失。事實上，今年春天他們兄弟兩人還在東京時，父親數度來信，催促趁耀東畢業，兩人都歸鄉開辦醫院。父親是想醫院與藥房一起開業。不過，那時耀東說無論如何都不回台灣。兄弟兩人促膝長談，最後只有長子耀勳應父親的要求，耀東計畫將來要開家大製藥公司而去就業。婉如所說的就是指此時的耀東。進入製藥部，熱中研究工作的弟弟，就這樣輕易放棄而去南方嗎？眞令人納悶。不過，正因爲是譎變的時代，不能只考慮自己的方便，弟弟的心境也產生變化，所以才毅然決然投入時代的奔流中吧。或許就是因爲他具備這樣的性格，因此才率先志願馬來行。

「在這樣的時代裡，個人不能任性妄爲。而且，公司的方針也有它的理由。不過，沒有關係。有別於我悶居鄉下，耀東想站在新時代的前端。」

好像說給自己聽似的，他露出寂寞的笑容。突然間，婉如被自己感情的枷鎖困住，她說：

「我要讓母親知道。」

冷不防地拿著信紙走出房間。

「喂！喂！」

耀勳也慌慌張張穿上木屐走出房門。雖說由女孩來告訴母親較好，如今妹妹的狀態不知會告訴母親什麼事。考慮較深入，在不願意的心情驅使下，他從後面追趕。

可是，突然來到母親的面前時，看起來連婉如都難以啓齒，以爲難的眼神默默望著尾隨後面進來的兄長。幸虧母親的身影被灶上冉冉上升的濛濛白煙遮住，耀勳示意妹妹絕對不可說那件事。瞬間，妹妹的臉上浮現苦笑，不過很快就消失了，決然地開始幫忙母親，他總算可以鬆一口氣了。

母親蹲在灶前生火準備午餐。不知道是不是樹葉束發潮的緣故，濃濃的白煙大量上升。廚房瀰漫在霧中。漸漸地他覺得呼吸困難，被煙嗆到眼睛，淚水簌簌流出。拭著淚，突然想到母親在幾十年的漫長歲月裡，經常爲廚房的白煙所苦，深感抱歉之餘，暗自想對母親說些美麗的話。

「母親。有濃煙吧。讓我來。」

充滿著孝養之念站在母親的身後。然後伸手從母親的手中接過樹葉束，蹲下來時，眼前母親特寫的白髮之多，令他大吃一驚。漫不經心中，劬勞的母親快速老化，一點也看不出來才四十六歲。眼前母親的身影刺痛他的胸口。認眞回顧自己兄弟兩人在東京悠哉讀書的背後，隱藏了多大的犧牲。爲了讓兄弟兩人能出人頭地，默默地承受著勞苦日子的煎熬。思及父親老態的身影，如今眼中又映出母親的白髮，他想現在該輪到自己盡孝養之道。因此，先決條件還是醫院要開業。責任感促使他閉目輕咬著嘴唇。

「算了吧。童生（書生）怎麼會做這些事呢？」母親笑著說。

「不過，這麼大的煙對母親的眼睛不好啊。」

「你是要說會瞎眼嗎？」母親又笑了。「哪裡的話。如果這樣就會瞎眼，眼睛早就瞎了。」

「哥哥！如果你這麼關心母親，就不要讓母親準備三餐啊。」

婉如稍微停下淘米的手，以銳利的眼光凝視哥哥。弦外之音使得耀動有點困窘。立刻拚命想說些什麼。

「照這麼說，你只讓母親一人準備三餐囉。」

挖苦地取笑她。不過，婉如也不甘示弱，斬釘截鐵地說：

「我也不會永遠待在家裡的。和男人不同啊。」

「咦？」耀動故意露出吃驚的表情。

「說得坦白一點。是未來的新娘嗎？可是，我是男人啊。眞對不起了。」

「我不是說要哥哥替代我啊。你要娶老婆啊。娶了老婆就可以幫忙母親做家事。」

妹妹爽快回答的話，是認爲他可以辦得到。不料卻觸及他的痛處，不由得皺起臉。關於結婚的問題，雙親們計畫在他的醫院開業的同時舉辦婚禮。因此，頻頻讓他看些年輕女孩的照片，其繁瑣令他悲鳴不已。現在妹妹也和雙親們站在同一陣線，他深知妹妹是藉此機會想說服已不堪其擾的他。

「是啊。你也看過照片了，我想應該要下決定了，祖父與父親都爲了你媳婦的事傷透腦筋呢。」

連母親也突然趁勢站起來凝視他的臉。耀勳越發覺得臉龐發熱。又要開始攻擊了，他不由得想逃開。

「這件事請暫且擱下。等我想要時，隨時會跟母親商量的。」

耀勳含糊其詞，隔著爐灶瞪妹妹。婉如聳肩笑出來。他微怒咬著下唇。照這樣看來，妹妹也不會輕易說出耀東的事，不覺鬆了一口氣。他思索該找什麼樣適當的時機在全家人的面前宣布耀東的事。

中午過後，建築商來了。耀勳帶他一起去鎮上預先檢查一次店鋪。乍看之下，怎麼也看不出這位四十多歲的男人是近代的建築師。他應該只是鄉下地方司空見慣的泥水匠，充其量他會的只是修理工程。如果是這樣的話，他想沒有必要同行。不過，父親已吩咐過，不得已只好隨行。預定當醫院的店鋪，現在是租給農夫當簡單的飲食店。當父親告訴他時，他也覺得這樣很好。因爲占了鎮上顯目的地點。附近有市場、莊公所、派出所、信用合作社，可說是鎮上的鬧市。由於現在是飲食店的關係，內部被煙燻黑了。不過，只要改裝成現代化的醫院，無庸置疑的，一定是鎮上首屈一指的建築物。由於地點好，現在的飲食店每天都高朋滿座，把對方趕出去的話，他覺得很可憐。歸鄉之後，耀勳曾經兩、三次經過它的門前見識到那種熱鬧的情景。它是由將近五十歲的女人與像是她兒子約二十歲的青年來經營。那棟建築物雖然歸自己所有，對方是否願意交還呢？想起租屋糾紛今日時有耳聞，不禁覺得不太保險。不過，父親說對方是個純樸的鄉下人，應該不會想與該莊有名望的人家即他家對抗，所以不會有什麼糾紛，姑且寬心。

雖然已經過了一點，飲食店裡還滿是客人。當耀勳等人進入時，他們手握筷子一起朝這邊望過來。大家都是被太陽曬黑、有紅銅色肌膚、粗壯的農夫。一想到這些人都是同故鄉的人，而且是今後醫院的對象，耀勳有種難以言喻的親切感，不禁浮出笑容。不過，雖說同是故鄉人，卻沒有一個是熟識的面孔，些微的落寞襲上心頭。

當他向置身於油膩灶邊白煙中的母親即老太婆說明來意時，她用骯髒的圍裙擦手，以詫異的表情凝視他們兩人。不久後，似乎若有所悟，倉皇地離開灶邊靠近他們。

「啊！你是仁貴舍的孫子吧。就是那個醫生……」

提心弔膽、擔心的口吻，他深感到鄉下人崇拜醫生的強烈情感，是不是自己有什麼地方流露出傲慢的態度，不知不覺低下頭，現在自己是扮演惡魔的角色，來要求對方騰出空間，開始產生一種類似後悔的情緒。不過，立刻又調整思緒，這只不過是小小的感傷，爲了大事也是莫可奈何的。他故意誇大地仰首望著天花板。

「您眞的要開業嗎？您眞的要當醫生嗎？眞的要使用這間店嗎？」

老太婆顰眉凝視他的臉，站著頻頻詢問，從張開的嘴中吐出臭氣。

一連串的詢問，耀勳沉默不知該從何回答起。建築商替他回答：

「當然是眞的。這種事哪能亂說！所以我們不是來看建築物了嗎？」

「眞的嗎？果然是眞的嗎？」

老太婆垂下視線喃喃自語，整個人陷入沉思中。不過，當耀勳移動步伐，她隨後跟上緊追不放。

「嗯，這是你的店。我只不過是房客。要我還店是理所當然的事。不！我絕不會說不要還店。不過，這間飲食店都設備好了，而且我已到了明天隨時會死的年齡，請可憐可憐我。是不是可以利用其他的店呢？因爲您是有錢人，在外頭還有很多間店面吧。」一副欲哭的表情。

遇到了吧！耀勳非常吃驚。老太婆的話裡充滿拒絕交出店舖的意圖。照這樣看來，似乎會引出租賃糾紛，完全被自己預料到了，心情不禁沉重起來。不過，如果受此拘泥的話，只不過是廉價的人道主義。他勉勵自己。感覺到客席上農夫們的視線全都投射過來。不要胡亂說話。他故意做出生氣的樣子，藉以支撐自己快崩潰的心。

「說什麼其他的店面。第一，不是這間店就不方便。而且，我自己不能隨便作主，是祖父與父親的意見……」

「喂！喂！阿婆！不要說些蠢話。事到如今再說這些有什麼用？」

建築商也生氣似地說。

「你要他放棄開醫院嗎？要當醫生，需要辛苦十多年，以及花費數萬圓的資本。鄉下人要適可而止，歸還這間店吧。」

「我是要還啊。也沒有誰說不要還啊。」

鍋裡發出滋滋聲，老太婆小跑步回到灶邊，顰眉、眼眶浮現淚水。

「反正我是個貧窮的人。」發出哀鳴。

耀勳佇立內心極爲不安。尤其是老太婆流淚抽泣發牢騷的聲音，客席間農夫們都停箸，微慍地傾聽兩人的談話，所以他嫌惡自己是長耳朵的惡魔。眞是令人討厭的工作，原本自己就無法勝任這種工作，要是沒來就好了，他暗自反省。父親早一點來就好了。頻頻探視街道。可是，始終不見父親的踪影。

「沒有必要再跟她囉嗦。快點工作吧。」

被建築商這麼一催促，好不容易才尾隨其後環視整間屋子。實在無法忍受老太婆的牢騷。好像是外出的兒子黃明金突然出現。一看到耀勳，親切地打招呼，「歡迎光臨！」露出笑臉站在他們的後面。似乎看不過去，母親故意大聲說：

「反正我是個貧窮的人。而且店是你的。我會搬家的。沒有理由不搬家，誰叫我沒有錢呢。」

一副說給兒子聽的口吻。

「因爲要稍微設計一下，突然來了，給你們添麻煩了。」

耀勳也斜眼看著老太婆，故意冷淡地對明金說。明金立刻察覺，安慰母親：

「阿母！不要吵。一切交給我來辦。」

然後對著耀勳行禮。

「已經急著開業了嗎？這件事以前就聽說過了。我們一定會搬家的。不過，厚著臉皮拜託您。因爲這個時候鬧房屋荒。或許會慢一點。請多多包涵。當然，我會儘快早一點。」

由於對方過於順從，耀勳覺得有點意外，正視對方的臉。二十二、三歲，經營這家飲食店，體格強壯，眼神明亮，開朗的青年，一接觸到耀勳的視線，搔頭親切地露出笑臉。照這樣看來，他們似乎可以和睦相處。耀勳暗自鬆了一口氣。正因爲平常沒有把這位青年放在心上，所以心情很愉快。

「當然。我不會不講道理。因爲現在許可還沒有下來，還會拖一段時間的。」

「給您添麻煩，眞的很對不起。我絕不會妨礙您開業的。」

「店裡的生意如何？」

由於對方過於平身低頭，耀勳反而有點不好意思，於是更換話題避免再觸及前述的話題。

「這個嘛，因爲是在配給範圍內的買賣。不過，反而做得很好。這種情形意味著，現在不需要考慮地利等問題。不管搬到哪裡都會有客人的。」

一聽到地利的字眼，耀勳覺得像是被罵似地臉上發熱起來。照這麼說來，自己的醫院也是圖個地利才挑中這間店，他想自己被打敗了。他越發感覺到現在的年輕人，儘管年紀很輕，卻個個都很能幹，而且通曉世故。

建築商囉嗦地催促著，因此詳細檢討了一下建築物的構造。由於是飲食店的緣故，到處看都是一片烏黑，令他十分心疼。照這樣看來，內部需要全面改造，也必須實地設計，剩下的工作就交給建築商，於是就此告辭。明金送他到屋外。

「我會儘早找到房子搬家。」

他逃也似地，回答「好的」，加快腳步離開。

在爲莊公所所在地的本鎭，自古就是該地的中心地，所以有許多古色古香的建築。繁茂的老樹使小鎭更加穩重，平添幾許景致。尤其對在本地一直住到公學校時代的耀動來說，有著濃濃的懷舊情懷。綠色的樹葉、葉間若隱若現的紅屋頂、白色的牆壁、藍色的青空、令人心曠神怡的空氣等，隨時看到都引起無限懷思。現在他突然感受到從公學校畢業離開本地、直到今日再度踏上這塊土地之間歲月的流逝。在瞬息萬變的時代中，目睹小鎭依然瀰漫一成不變氣息的風貌，與自己微不足道的存在恰成明顯的對比。現在在自己眼簾移動的鎭民魁梧之身影，到底來自何方？自己果眞能夠與這些人爲伍嗎？他抑止自己動不動就變得惡劣的心情，無精打采地漫步。

歸鄉之後，他很少出門，也難得幫忙家務。漫無目標地走著，回憶起公學校時代的點點滴滴，不知不覺走進繁華的大街。雖說是鬧街，卻很少有行人的踪影，只有商店櫛比鱗次。好像是田舍的陶器店、雜貨店、傘店、綢緞莊、鐵匠舖等毗鄰。能在這些低矮店舖間看到現代化容貌的，只有醫院。牆壁貼上磁磚，玻璃窗耀眼地反射光線，一看就很光鮮，依然君臨鄉下地方者就是醫生。形成這樣人世的信條絕沒有言過其實。耀勳佇立在招牌寫著「博濟醫院」的醫院前面。他從以前就知道江有海這位小兒科內科專門醫生。他是本莊有名望的人，東北某間醫專出身。以小兒科馳名，本莊的小孩都由他親自治療。耀勳也是專攻小兒科，等他開業時，就會有兩位小兒科醫生。基於這個緣故，耀勳對他有份多過其他醫生的親切感。或許是因爲隔壁的店鋪非常貧窮，反而襯托出醫院的雄偉。從大門的色澤到隔窗映出室內牆壁之潔白，給人明快的感覺，可說是美輪美奐。門口上掛著有燙金文字「仙手佛心」的匾額吸引他的目光。隔窗也可以讀到「醫德可風」的文字。突然間，耀勳想起許多醫師喜好使用的詞句。如妙術濟世、名傳醫術、起手回生等。這些事實上充分表現醫師人德的詞句頗讓他感動。大家也都希望能名副其實。同時，是不是所有的醫師都能體悟到那麼高超的醫術呢？他回想自己的情形，有種被痛苦咀嚼的心情。不！不！單只是個招牌，他暗自決定，至少自己開業後，在沒有自信以前，絕不掛上這種招牌。他甚至輕蔑胡亂使用這種招牌來廣告的醫生之厚顏薄恥。

「哎喲！你不是謝耀勳先生嗎？難得。來！請進。」

突然從患者等待的房間傳出聲音，耀勳大吃一驚。仔細一瞧，穿著白色診察衣的江有海雙手放入盥洗的消毒液中，臉朝他的方向。瞬間，耀勳頗爲狼狽。

「午安。……對不起。」

慌慌張張地打招呼，然後頭也不回地離開。悄悄窺視的自己有點慚愧。

自從接到弟弟耀東的信以來，耀勳的心每天都是陰雲密佈，而且日益加重。該如何向雙親們說明弟弟的南方行呢？也苦於不知何時才是談話的時機。正因爲事情過於出乎意料，雙親們的震驚是可想而知的。一想到難以啓齒就令人坐立難安。南方行已經是遲早的問題，與其在弟弟即將出發之際冷不防讓雙親們震驚，倒不如現在求得他們的諒解，弟弟也可以毫無遺憾地南方行。一想到這裡，越發覺得焦躁。有時他也考慮由妹妹來向母親說明，再透過母親來告訴父親與祖父。不過，婉如似乎也難以啓齒，同樣保持沉默。每天只有兄妹兩個人在時，就只能針對這件事竊竊討論。

過了十天左右，弟弟來了第二封信。說是事情終於確定，出發日期也迫近，所以寄回不要的物品，請他領收，從目錄到書籍一起發送。他想行李很快就會到達，沒有理由再沉默下去。於是在當天晚上，趁著家人齊聚共進晚餐時，在餐桌上發表這件事。

難得祖父與父母都心情愉快，從醫院開業聊到他的親事。就在話題告一段落時提出，正因爲事出意外，他們的震驚自然非同小可。父親在驚嚇之餘，抬起臉時，不知不覺跌落飯碗。

「去南方？爲什麼事情突然會變成這樣？」

情緒已慌亂的聲音。母親正要走去廚房，突然止步，說不出一句話。

「嗯！馬來嗎？馬來就在昭南港吧。」

祖父的眼睛朝著耀勳，喃喃自語。然後垂下視線沉默不語。原本熱鬧、充滿談笑聲的晚餐，突然間一片寧靜，耀勳覺得自己的臉快要出血，只能與同樣變了臉色的婉如交換不知所措的眼神。

在能聽到彼此呼吸聲的短暫寂靜中，門外響起風吹過竹叢的聲音。似乎已是秋天的風聲。

「太過放肆的行動吧？也不來商量一下，這種作法未免無視雙親的存在。」

隔了一會兒，父親露出怒容說。父親這樣說也不無道理。他用心地替弟弟道歉。

「關於這一點，耀東也深感抱歉。他不直接寫信給父親，就是因爲這個緣故。他指名寫信給我，是希望我能代他向父親道歉。而且，是公司突然下的命令，沒有時間也是一個理由。」

他爲弟弟製造個辯解的場面。

「如果是公司的命令，那也是沒有辦法的。因爲拿人家的薪水啊。」

當父親還想說些什麼時，祖父突然這樣說。父親立刻恢復溫和的表情凝視祖父的臉。

「啊！是啊！當然，我不是反對。只不過事出突然，覺得他有點過於任性。」

「不過，位於台灣和內地之間，書信往返需要相當時日，這點頗令人心裡不安。」

「是啊！連父親都說好的話……」父親恭敬地說。

「這樣不好嗎？而且，南方現在是能令年輕人熱血沸騰的地方。」

祖父說完後，繼續吃飯。出乎意料地，祖父竟能這麼輕易就理解，所以父親與母親也不再發牢騷。弟弟的問題解決了，耀動自然很高興。不過，目睹祖父在一家的絕對權威，以及父親所表現的孝行，眼裡充滿感激之情。

吃完晚飯，大家閒談耀東的事一會兒後，回到自己的房間，感激之情依然沒有消失，胸口有股暖流流過。它也應該說是家庭生活的基本吧。是一件很美好的事情，無以言喻的幸福感不斷湧上心頭。

他開窗眺望黑漆漆的院子。在從正廳門口流洩出來一條光線的照耀下，菊棚的嫩葉顯目地伸展，伴隨風聲微動。每次搖晃，明暗鮮明，恰似光粉彈開。不過，當他孤寂時，光是風聲與竹子的摩擦聲，就不時喚起心靈對故鄉之美的懷念。思及自己無法忍受一抹寂寞的感情，到底根源何在？呆然了一會兒。是對無法塡滿的青春之感傷嗎？不！也和其他人一樣談過戀愛，現在更沒有想要娶妻，所以頻頻拒絕了婚事。那麼，心靈的空虛到底是爲了什麼？意識到放在窗邊的手極爲無力，視野逐漸朦朧，一直凝視著無數飛舞的光圈。

耳際響起跫音，母親與婉如進來。耀勳無意中窺視了一下窗戶的細縫，祖父房裡的窗戶映出父子和睦的影子。

「耀勳！今天早上還有人來談婚事。是茄萣角林保正的獨生女。女校畢業，而且你看這張照片，似乎很溫順……」

母親把一張照片放在耀勳的前面。

「比我高一屆，溫順又身體健康，給人很好的感覺，我認爲最適合當哥哥的媳婦。」

婉如的手放在母親的肩膀上，笑嘻嘻地盯著哥哥的臉。又來了嗎？耀勳默默地拿起照片。果然是女校畢業不久的年齡，目光清澈，身體健壯的美人。不過，就跟往常一樣，怎樣也喚不起想娶她爲妻的心情。他靜靜地放下照片。母親似乎感到不安。

「怎麼樣？不中意嗎？」

侷促不安的聲調。

「請再等一陣子。母親。不是喜歡或討厭的問題，是否能等一陣子再說？因爲我沒有心情結婚。」

耀勳由衷地對母親點頭。母親默不吭聲。婉如似乎不服氣，放聲說：

「哥哥一直都要讓母親煩心嗎？你不結婚，就等於讓母親做佣人。我非常討厭哥哥這種態度。」

哈！哈！哈！哈！耀勳笑出來，妹妹更加生氣。

「這是沒有辦法的事吧？如果我沒有想娶妻的心情。」

「因爲你太會挑剔了。大概就可以了。」

「不要說了。我會謹記在心的。現在開始要辛苦爲你挑女婿了。」

「我不知道。」

駁倒妹妹，母親也笑了。看到母親這樣的笑容，他心情也很愉快。

「不過，耀勳！你祖父這樣說噢！這次慶祝醫院的開業，同時也舉行你的婚禮和爲他慶生，要好好熱鬧一下。所以，你要早點讓祖父安心。」

「好！我會的。不過，開業許可還沒有下來，而且店鋪的改造也還沒有動工。還有一段時間嘛。」

「是啊。」

母親無力地用肩膀呼吸，喃喃自語著，移開視線，精神恍惚。他忽然想起，針對這個問題，夾在自己與祖父們間，備受兩方攻擊而六神無主的就是母親。耀勳內心充滿歉意，深深體會到自己尙有母親的寶貴。

「然後是耀東的事。母親您有什麼想法？耀東也說很愧對母親。」

母親原本已走到門口，一聽到這句話，稍微回頭。

「我是沒有什麼關係。只要祖父與父親都同意就行了。我是個女人，什麼都不知道。」

說完就靜靜走出去了。就因爲有這麼一位母親，才能支撐溫暖的家。正當耀勳眼角發熱、充滿懷念時，婉如突然靠近他的耳際說：

「嗯——有沒有看見母親最近突然老了許多？」

耀勳無法回答妹妹這句突然迎面襲來、但帶著些許寂寞的話，淚水差點奪眶而出，不由得狼狽地低下頭。

陰曆九月九日重陽節剛好是星期天，許久不曾祭拜祖先墳墓的耀勳，突然動了想去深山走走的念頭。於是決定遠足順便掃墓。利用星期天的休假，婉如也參加，其他還有婉如女校的同學，時常從鄰莊來玩的郭氏碧玉，一行三人。從早上就是個好天氣，所以吃完早餐，三人立刻出門。

山裡瀰漫濃濃的朝靄。露出石河灘、虛有其名的河流流過山麓，佇立此地眺望，白霧迫向山崗的一面。爬上山崗後，樹枝也在霧中若隱若現。他們彷彿迷失在夢中。除了甘蔗園迎風搖曳、發出沙沙聲外，周遭是一片宛如陷入深淵中的靜謐。

不管發出感嘆聲、已經唱起歌來的妹妹們，耀勳追尋記憶，撥去草原的雜草，找到祖母的墓。草根味濃濃撲鼻，露水尚很重。就在拔草、點香祭拜中，感受到一種令人眷戀、回顧的氣氛。由於曾祖父母的墓接近山谷，立刻就前往。渡過山澗，爬上對面的山崗，耀勳一一回想，瞠目眺望自小就熟悉的這一帶之變化，又不斷喚起昔日的記憶。

「我記得那個峭壁上有個竹圍舍的大墓有華麗的樓門與石獅子。」

他問妹妹。婉如離開碧玉，望著哥哥所指的方向。

「已經三年了嗎？聽說已清掃、移轉了。」

「哦——然後，那邊的梨園呢？」

「哎呀！怎麼回事？照這麼說來，那邊的甘蔗園確實是原來的梨園。」

「眞是變化得很厲害啊。」

兄妹談話之間，碧玉稍微離開，眺望山崗下。冒汗的臉頰泛紅，看起來很美，合身的裙子與合宜的舉止，隨風飄動的下襬，耀勳在談話間不時偷覷。雖說她時常來玩，卻不曾和她搭訕。像今天早上，耀勳也只不過和她打個招呼而已。

在山崗一側的墓地，來掃墓的人影越來越多。在逐漸散去的白霧中，可看到點點黃色的銀紙。擦身而過的人群直盯著不同打扮的三人，一下山崗，就消失在霧中。向下俯視，如浮雲的白霧盤旋在山澗，深不見底。

不久後，當三人摸索走到關帝廟時，山麓一帶的霧也已完全散去。稍微溫暖，令人心情舒暢的微風不如從何處吹來，柔和的陽光也開始盈滿山巒。同時，喚醒沉睡心靈的曠野在眼前展開。竹林與田地的濃綠直逼眼簾，一想到這就是自己要定居的故鄉，與迄今的生活相形之下，一種死板的限制感壓著自己，某種依戀之情使胸口陣陣作痛。改變視線，總覺得少年時印象非常深刻的山之形狀，似乎有所不同。猶記得一側的甘蔗園的確是梨園。又追尋到每次從學校到關帝廟遠足時，在梨園玩捉迷藏的如夢回憶。那時腳下的山谷間也湧出清澈的水，跳下去游泳還游刃有餘，哪像現在，已不復見昔日的風貌，另一邊繁茂的芒草令人生懼。時間這個難以掩蓋的障壁，竟然如此截然劃分出過去與現在，令他有無限的感慨。

謝絕了熟識廟守的好意款待，三個人就在廟庭打開便當。這座關帝廟的建築相當古老，剛好位於山的八合目，所以瞭望視野很廣。反之，從鎮上也可以眺望到這棟建築物。地方居民的信仰深厚，耀勳在少年時，母親也經常帶他來這裡。那時，建築物紅色與藍色的鮮明色彩，在他的腦海烙下鮮活的印象。如今所看到的色彩已腐朽成冷清、模糊的單色。

飯後，婉如與碧玉漫步到崖邊，翹起腳尖竊竊私語家在哪裡。耀勳站在兩人的後面，擔心妹妹們腳會踩空。他以孤單一人的姿態，從後面凝視正和妹妹熱中談話的碧玉之側臉。突然無來由地湧出奇怪的想法，爲什麼迄今始終不曾關心這位常來家裡玩的女性。他發覺或許就是因對方是妹妹朋友之強烈意識的作用。於是，重新從後面凝視她。

「哥哥！醫院的改建工程即將動工了吧？」

婉如突然回頭問耀勳。

「嗯！不過，現在的那間店不搬家，有點困難。」耀勳以爲何突然問這件事的表情看著妹妹的臉。

現在換成兄妹間的談話，碧玉獨自離開，頻頻望著下方。突然出聲：「你看！紫色的花哦！」

繞著相思樹下去。就在傳來小鳥吱吱叫聲的楓木下叢，耀勳看到四、五朵紫花迎風搖曳。

「碧玉！危險！有蛇哦！」

婉如的手放在嘴邊大叫。碧玉仰首露出笑容。俯視萬里晴空下閃閃發光的斜坡，接觸到年輕女性快活的俏模樣，耀勳感到心花怒放。

「嗯！哥哥！要不要把碧玉娶來作媳婦啊？」

婉如回過頭，突然靠近耀勳的耳際說。聽到這種出其不意的話，耀勳不由得放聲大笑。

「你說什麼？讓我嚇了一跳。你的腦筋有問題嗎？」

「不！我是認眞的。」婉如露出認眞的表情。「可是，哥哥一直不決定要誰當新娘。如果是碧玉的話，哥哥不是和她很熟嗎？」

「不行！不行！反而不行！」

「哎呀！為什麼？」

「是啊！因為是你的朋友，我會想起孩提時她像你一樣流著鼻涕的模樣。只要想到這點，就會覺得掃興啊。」

由於有點難為情，說完後故意誇張地出聲大笑。反省未免言過其實，立刻就三緘其口。

「哥哥見異思遷呢。一直都讓母親煩惱不已。」

婉如投射過來銳利的眼光，耀動避開視線，眼尖地注視那時手上拿花的碧玉正要爬上來，於是立刻回答。

「不！剛剛說的都是開玩笑的。首先，現在的生活還沒有安定，如何能夠結婚呢？只有解釋成因為還沒有找到好的對象，反而添了許多麻煩。問題在於結婚以前的心態而非對象啊。」

「你說沒有安定？哥哥今後不是想在鎮上開醫院嗎？」

「是啊！要開業。每次看到父親與母親，就想早點開業，以便盡孝養之道。當然。一定要開業。不，已經決定要開業。不過，也不知道為什麼，有種奇怪的不安感覺。總覺得無論怎樣都不能在這個鎮上當醫生、在這個鎮上生活。因此，始終無法安定下來。啊！這是自己心的問題。或許你會問為什麼，我也不知道什麼緣故啊。有種模模糊糊的東西，它……」

發覺說了連自己也聽不懂的話，還是停止吧。於是閉口仰望蒼穹，吹起沒有節奏的口哨。

婉如似乎頗不服氣，還想說什麼。

「你看！婉如。漂亮吧。」

就在這時，碧玉揷著花爬上來。

到現在爲止一直晴朗的靑空，不知在什麼時候浮現烏雲。婉如擔心是立刻要下雨的前兆，所以決定快點回家，三人從山腰的斜面下山。

歸途走不同的路，三人唱歌走竹林的坡路。被他們驚嚇得四處逃竄的聲音，在竹林中嘎嘎作響，小鳥在竹枝上跳躍。聽到歌聲，從竹林深處農夫家傳來狗想要趕走他們的狂吠聲。接著斥責狗的小孩們隨後出現。以好奇的眼光看著三人，一直羨慕似地目送他們。

耀動對山裡的孩子們露出笑臉，油然而生想親近的感情。等他走近時，孩子們立刻逃跑。等稍微離開一段距離後，又停下來眺望他們。他覺得好笑，想起自己在孩提時也是這副德性。由於當醫生的習慣使然，他立刻尋視孩子們的身體。個個都營養不良，好像病人。他重新思考山裡人們的生活，心情沉重起來。

來到山麓就走進甘蔗園，到達某個農夫家的庭院。聽到跫音，兩隻狗狂吠起來。由於事出突然，婉如和碧玉嚇得發出悲鳴，躱在耀動的後面。耀動在看到衝出來罵狗的小孩時，不禁發聲「哎呀」，朝小孩的方向靠近。

約莫六歲的小孩，右手卻腫得像大人的腿那麼粗。他想起學校敎過，這的確是象皮病的症狀。爲了觀察，把臉靠近。可是，小孩發覺他的視線，把右手擺到背後，直往後退，一副欲哭的表情。

「喂！等一下。」

耀動特意露出溫和的笑臉。不過，小孩終於哭了起來。

「哎呀！那隻手怎麼啦？」稍後婉如發出驚嘆聲。

「好像是象皮病。這麼小的小孩，實在很可憐。」

耀動的視線離開小孩的手。除了覺得很可憐外，甚至有種作為醫生的責任感。就在這個時候，小孩的母親出現了。他指著小孩的手，出聲說：

「這是很嚴重的病哦。沒有替他治療嗎？」

「嚴重？」母親皺起鼻頭，回看他的臉。「已經三年了。也沒有什麼事發生。」

「現在再不看醫生，就……」

「醫生？」母親打斷他的話。「要花錢的。已經讓他喝了不要錢的藥。鎮上的醫生不碰我們貧窮人的手的。而且不要說是要命的疾病了。」

說完後，母親以冷淡的眼光看了一下三個人，然後帶小孩進屋裡。耀動有種被遺棄的空虛感。以現代醫術就可治療的病，卻悲慘地置之不理，除了感嘆可悲外，忍不住氣那些在鎮上蓋華麗醫院的醫生們究竟在做什麼。消滅這種病才是身為醫學者的義務吧？近代醫學征服疾病的能力越來越擴大。儘管如此，不透過金錢這個媒介就不發動該力量的情形，到底又是怎麼一回事？即使有金錢的媒介，受其左右，醫術無法接觸到病症的話，醫者也只不過是醫術的商人罷了吧？他再度驚訝於這個既知的事實。油然而生一種醫學也就是金錢奴隸的悲哀心情。立刻想到這就是叫做醫者的人類責任，所有在鎮上開業的醫生都應該令人嫌惡，他們是醫學的冒瀆者，連對從現在開始就要當個開業醫生的自己，都產生一種嫌惡之情。

「是很罕見的疾病啊。不過，一想到把治療視作買賣的醫生，就令人不敢苟同。」

婉如打算挖苦哥哥似地說，然後和碧玉相視而笑。不過，耀動沒有答腔，直望著青空，喃喃自語：

「醫德可風、仙手佛心嗎？不久我也會變成仁醫嗎？」然後大聲笑出來。

一回到家，由於好久沒有遠足，覺得很疲倦，耀動難得睡了個午覺。

當他醒來時，已經傍晚了。風吹過憑窗就可看到種在院子的樹之樹梢，聽到樹葉輕快的摩擦聲。紅色的夕陽照射在窗邊的桌上。刹那間，有種無法追趕現實的異樣感覺。他猛力搖頭，想讓自己的精神恢復正常。

從靠近院子的客廳傳來父親高亢的聲音。屏神聆聽，父親好像在生氣。就在父親說話的空檔，也聽到男人低沉、戰戰兢兢的聲音。父親幾乎不曾這麼高亢說話，所以耀動突然有種不安的感覺，連忙走進廚房，草草洗個臉後就出去一探究竟。

「晚安！」

客廳只有父親和黃明金兩個人。如他所擔心的，父親的臉上出現忿怒的表情，正在指責黃明金。啊！耀動感覺一定是在談那件店舖移轉的事。一看到耀動的臉，明金從座位上站起來，充滿歉意地打招呼，眼眶紅紅的，露出惶恐的笑臉。

父親也看到耀動了，沉默了一會兒，然後輕聲嘆息，不由得低下頭。

「哎呀！歡迎！」耀動坐在椅子上，直盯著黃明金的臉。

「不知道結果怎麼樣？」

關於店舖移轉的事，他也聽說黃明金始終找不到適當移遷的地點，似乎相當苦惱，所以才這麼問。不過，有別於責備對方，反倒帶著同情的心情。這麼一來，黃明金的眼眶越來越紅，看了一下他和父親的臉後，說：

「事實上，今天就是來拜託的。對不起！眞的很對不起。老實說，我相當痛苦。始終找不到店舖，而且像我這樣沒有積蓄的貧窮人，只要一天停止生意，立刻就會斷炊。」

「那是你的事吧。忘了我們的事也是大事，可眞令人傷腦筋啊。」

父親立刻又生氣了，胡亂地反擊。

在過於險惡的氣氛下，耀動望著夕陽強烈照射的窗外。父親生氣是理所當然的。不過，明金說的也有一番道理，今日鬧住宅荒，他的行爲未必就可恨。結果只有等待時間來解決。而且，首先的問題，開業許可沒下來以前就進行改建工程的話，不能說是聰明的作法。因此，他認爲如今是不是以開業許可爲標準再採取行動較好呢。他看著父親的臉，想說是不是等開業許可下來比較好呢？但在黃明金的面前無法說出一句話。

過了一會兒，黃明金再三道歉後就回去了。耀動這才開始問父親開業許可的事。他親自跑到州的衛生課幾次，之後的事就全權委託給父親處理，一問到開業許可的事，父親就露出不高興的表情，望著已完全被暮色籠罩的窗外，沉默了一會兒。覺察到這顯然是事態不妙的證據，耀勳也沉默不語。

突然間發現，門口的正對面，金星明亮地閃爍著。婉如從廚房走來，通知兩人要開飯了。

「當局方面已經諒解，所以沒有問題。因爲本鎭的小兒科只有一間，所以會許可。這是無庸置疑的。不過，是和當局完全無關的事。我之所以憤慨，是因爲鎭上一部分與這個問題有關聯的醫生從中作梗。也就是說，利用開業許可制，幕後活動，不允許我們再在本鎭開醫院。想獨占自己生意的運動。混帳東西，當然，事情也因此受到影響。眞的是混帳東西。」

父親的臉上又重新出現怒意。耀勳聽到父親說幕後活動的字眼，最初有種近乎愕然的感覺，之後越來越覺忿怒。提到醫者，只能認爲是個科學者。可是，社會一般人都像俗商那樣積極推展商術，到底是怎麼一回事？不是把畢生所學的醫術用來爲地方的衛生文化盡瘁，單單只是醫術的生意人嗎？白天在山上看到象皮病患者所產生的憂鬱再度甦醒，加深了他對鎭上醫生的認識。同時，像這樣在鎭上開業加入醫生的行列，結果不是很可笑嗎？頓覺厭煩。耀勳的腦海重新浮現鎭上醫生們的名字，思索策動的醫生是哪一個。立刻就明白一定是江有海。因爲自己是小兒科，外科、耳鼻咽喉科或眼科等應該不會反對他開業，一定是同爲小兒科醫生。一想到這裡，腦海浮現江有海的嘴臉，更加深他嫌惡的念頭。

婉如再度來通知吃晚餐。由於父親站了起來，耀勳也起立，思及自己最近進行中的醫業，今日更加看到醜陋的一面，再也沒有這麼憂鬱了。

吹過樹梢的風逐漸減勢，一天比一天感到寒冷。經常早上是稍微陰沉沉的天空，山巒浮現朦朧的輪廓，突然間變成眼睛看不清周遭事物的陰天，山巒消失了踪跡，雨稀稀落落地下起來。這天早上，耀動收到弟弟耀東從台北打來的電報，說是無論如何想見他一面。根據電報，他判斷耀東已經來到台北。電文說：「一定要見一面、來北等待、耀東、七星旅館」。他也察覺到弦外之音，判斷弟弟不能回到家門，於是立刻準備北上。他很困惑，不知道該不該讓祖父與父母知道這件事。不過，思及弟弟回到台北卻不順路回家，特意打電報叫自己出去，是不想讓雙親們知道，所以他只說要去旅行，搭乘當天午後的火車。

到達台北時已是傍晚時分。從後站坐人力車直奔大稻埕的七星旅館。不巧耀東外出，他獨自一人坐在空蕩的房間等待弟弟的歸來。藍色的皮箱隨便地放在桌上。照這樣看來，弟弟已下了重大的決定，而且也讓他感受到弟弟心情多麼堪憐。

窗外越來越暗，就在街燈明晃晃地照耀時，耀東終於回來了。大概是聽櫃台的說哥哥來訪，慌慌張張地爬上樓梯，門一打開——

「哥哥！勞您在百忙之中來一趟，眞是對不起。」

以顫抖的聲音說，然後露出笑臉。

「哎呀！」耀動看著穿上國民服、精神奕奕的弟弟好像很有出息似的。

「令我大吃一驚哦。眞是出人意料。」

「總之，太好了！太好了！我還在想如果哥哥不來該怎麼辦才好呢。」

一副無法控制自然湧現的感情之表情，使耀東的臉發熱。

「不過，你不回家嗎？」

「嗯！」

「爲什麼？」

「啊！那些話待會再談。」說完，耀東出聲大笑。「先談哥哥開業的事。完全杳無音訊，所以我很擔心。到底開業了嗎？或是……」

「啊！這些事也不要談。」

這次是耀動打斷弟弟的問話，他也放聲大笑。算是對弟弟的報復。兄弟間許久不曾這麼含蓄的對話，忽然使兩人恢復平靜的心情。

「好久不見了，說些愉快的事。」

「是啊。一見到哥哥就說這些話，未免過於陰鬱。那麼，哥哥要不要出去走走？」

兩人結伴走出旅館。街道已完全籠罩在暮色中，黑夜悄悄來臨。由於季節的關係，大稻埕的大馬路也有點昏暗。拂過臉頰的夜風，讓人感到秋天的氣息。

不過，走在亭仔腳（騎樓）的人潮，汽車、人力車的噪音，依然將都會的氣氛表露無遺。這種情形使他非常感動。曾在東京住過很長一段時間的自己，竟然被都會的噪音所吸引，顯然是自己在很短時間內已經變成鄉下人的證據。弟弟毫不驚訝、平靜的表情，氣宇軒昂的步伐，流露出不愧是大都會生活者的風格。自己與弟弟間已經存在了這麼大的距離。難怪弟弟今後想積極地在南方雄飛，而自己獨自回到鄉下，後半輩子奉養雙親，當個開業醫生。積極與消極的迥異，是天性使然，他承認弟弟的積極性，非但不羨慕，反而感到自豪。

「在這裡吃晚飯吧？」耀東佇立在某個階梯的入口。

耀勳抬頭一看，樓梯入口電燈光彩奪目，流洩出音樂的旋律。走進裡面尋找包廂時，音樂繼續響著，那是殘留在腦海某處的名曲。不過，怎麼樣也想不起來。弟弟找到空椅子，招他過去。

在上菜前，耀東告訴哥哥回家之後內地的消息。離開東京回到故鄉後，能得知好久沒有音訊的友人情形，耀勳無限懷念地瞇起眼睛。只過了短短的三個月，自己卻有已是遙遠過去的感覺，眞是不可思議。

「啊！我已經完全變成鄉下人了。」

好像獨白似的，耀勳看著弟弟的臉，插嘴說。

「聽到這麼新鮮的事，我有點躍躍欲試。不過，因爲我是在鄉下長大的，所以住在鄉下是理所當然的事。」

「不過，都會近來特別空虛與無聊，很輕浮呢。」

「嗯。住在都會時，大家都這麼想。」耀勳笑了。「眞是奇怪得很，當眞的決定在鄉下定居時，反而懷念起都會。但是，在都會時，又懷念鄉下。人類實在很任性。」

「不過，之所以有這樣的想法，不也是因爲有享樂的地方吧？」

耀東現在所說的話裡當然有揶揄的意思。於是耀勳慌慌張張地揮手。

「不對。不對。」

由於菜端上來，打斷他們的談話。就在寧靜的瞬間，剛才的交響樂突然變成獨唱、合唱。耀勳這才敲打膝蓋，獨自笑著點頭。

「哎呀！總算想起來了。那是貝多芬的第九交響樂。」

耀東拿著筷子，以不解的表情凝視哥哥的臉。不過，立刻發覺是音樂的緣故，稍微聆聽一下後，又動起筷子。

「是第四樂章。歡喜嗎？不過，有點吃驚在台北餐廳也能聽到第九。」

「那是你認識不夠。」

室內洋溢著強而有力的男聲合唱。耀勳把杯子疊放，默默地聆聽，環視了一下室內。在裝飾光線通明中，多數的客人很吵鬧，也可以聽到餐具的聲音。耀東頻頻勸哥哥飲酒。不過，他自己的眼眶也開始出現醉意。

「啊！鄉下醫生？是爲了盡孝!?」

耀勳突然自言自語，然後挺出身子。

「怎麼樣？回鄉下開藥房吧？不是爲了賺錢，讓我有個說話的伴。聽不懂音樂之類的東西啊。」對著弟弟說。

對於哥哥像是說給自己聽的不對勁的話，耀東並沒有回答，只是默默笑著。由於服務生又端上來新的一盤菜，於是舉箸認眞地看著哥哥。

「哥哥！家人到底怎麼了？」

一直特意憋著避免問現在的問題，但在酒力的驅使下，無論如何都想知道，於是率直地脫口而出。耀勳也極自然地用筷子夾著炸蝦，和弟弟的視線相會。彼此的眼裡已淸楚地映出酒醉的樣子。

「大家都平安。」說完後，耀勳大大地嘆了一口氣。「和我們當小孩時一樣。事實上，我覺得家人等都很偉大。每天持續地忍受平凡的日子。祖父已經上了年紀，儘量遠離家事，每天喜歡讀書三昧。至少這是最後的孝行。我一看到祖父，就覺得很高興哦。」

「我認爲祖父就是神明。」耀東泛淚笑著。

「是啊。是家庭溫暖的根源。和祖父住在一起，一切的雜念都消失，心情變得很愉快。父親還是一樣在莊公所。母親也是每天煮飯和洗衣服。」

「父親與母親大概都老了吧。」

「是啊。一看到他們，就覺得心痛。一切都多虧雙親了。」

想起雙親的身影，耀勳沉默了一會兒。耀東也靜靜地放下杯子。

「他們唯一的希望，就是哥哥和我能出人頭地。」

「嗯。所以決定讓我當醫生，你當藥劑師。然後，婉如也快當新娘了。」

「是啊。有好的新郎人選嗎?因爲是我們唯一的妹妹。」

「不過,說是兩位兄長還單身,吵著不要自己先結婚。」

「白癡!」耀東苦笑。「既然這麼說,哥哥快點結婚,如何?」

「不要開玩笑。」

兄弟當場大笑起來。第九交響樂已進入最後的合唱。現在談到這種事,耀勳考慮要告訴弟弟,由於周遭的力量,或許自己會很快就結婚。不過,八字都還沒一撇,現在提出來的話,有點不好意思,於是打消說出的念頭。

「那麼,這次你爲什麼不能順道回家?」耀勳以認眞的口吻說,皺起眉根。

「嗯,不行。所以才要哥哥來啊。」耀東低下頭。

「爲什麼?要立刻出發了嗎?」

「秘密!秘密!」

耀東誇張地發出笑聲來搪塞。耀勳也立刻察覺弟弟的立場,於是默不吭聲。儘管如此,弟弟特意回到台灣,卻不回家就向南出發,日後雙親們聽到這個消息,一定感到很寂寞吧。想到這點,默默、毫不客氣的直盯著弟弟的臉,想找出答案。

「哥哥!眞的很抱歉。」

耀東也察覺哥哥的心情,連忙道歉:「一直只會給哥哥添麻煩。」

「在向父親們說出你的南方行時,可眞傷腦筋啊。祖父似乎立刻就理解。不過,父親與母親默默不語。可是，到底是怎麼一回事？那麼毅然決然說過要獲得製藥技術的你，竟然這麼輕易就要當外交員，頗讓人意外啊。因為離開總公司，就表示要離開製藥。」

想起收到信時的愕然，耀勳現在也是邊重複當時的表情邊說。對家人而言，這是一件無法理解的事，就是他本身也在來時的火車上，思索著遇到弟弟時，先要問清楚這件事。於是屏神聆聽弟弟的回答。耀東垂下視線，沉默了一會兒。從臉上的表情，他懷疑弟弟有什麼重大的事。耀勳默默舉杯。

「不！沒有什麼理由。」不久後，耀東露出笑臉說：「因為成立了辦事處，我率先志願前往。由於是在南方，言語也可以通，而且我認為本島人最單純。此時，有必要透過醫藥在南方好好地工作，這是我自己決定的事，還有什麼話好說？為了燃燒年輕的熱情，我認為南方是我今後活躍的舞台，作為自己邁開的一大步，打算試煉自己。啊！老實說，或許說是不被認可比較適當吧。」

「嗯。我懂！那種心情……」

耀勳靜靜地點頭。現在決定回鄉下當醫生的自己，常常會有自己已衰老的無力感，所以他對雄飛抱持著幾近羨慕或憧憬的感情。不過，這種年輕人的心情，恐怕不是年輕人一代就無法理解吧。更何況要讓時代背景不同的雙親們瞭解，未免有點困難。照這麼說來，身為受弟弟信賴的哥哥，必須更加出力了。

「不過，當初你進入公司時，相當卯足了衝勁。說是要當個製藥技師，又要如何如何……」

耀動發出笑聲。酒醉發揮了作用，他清清楚楚感覺到心臟的鼓動。耀東有點尷尬，苦笑著偷覷哥哥的臉，正想說些什麼時，一位戴眼鏡的青年靠近，拍打耀動的肩膀。

「哎呀！」

是醫專時代的同學。畢業的同時，他回來台灣，聽說在與某個宗教有關的醫院工作。

「好久不見了。怎麼樣啊？現在怎麼會在這裡？」

耀動站起來，遞出酒杯。對方接過去，咕嚕一口喝乾，然後以酒醉的臉，咧嘴笑著。

「我還在醫院工作。領取微薄的月薪。你呢？」

「我？還賦閒在家。既沒有工作，也沒有開業。」

「這樣很可惜啊。怎麼樣？要不要在台北工作？」

「有好的工作嗎？」他開玩笑的說。

「有啊！有啊！」友人把嘴靠近他的耳際。

「或許我最近要去南方。我的醫院怎麼樣？」認眞的表情。

聽到南方，耀動對照一下友人和弟弟的臉。南方這個字眼，瞬間又使他的心充滿激動的血和緊張。感覺到似乎只有他被留下來的空曠無垠。愕然了一會兒。

「到我那張桌子吧。」友人指向後方，拉著耀動的手。不知不覺中，交響樂又變成弦樂四重奏。大部分的客人都回去了，到處可以看到空位。眺望窗外，好漂亮的星空。

耀動和友人並肩離席，過了一會兒就回來了。

「大家都要去啊。只有我一個人在閒蕩。」

望著弟弟的臉。「不過，還是都會好。因爲隨時可以遇到某人，所以很快樂。」寂寞地笑著。

看到哥哥已經很醉的臉，耀東對哥哥說「該回去了」，算完帳後就走到外頭。

耀勳不停地說：「因爲好久不見，所以喝個大醉了。」腳步踉踉蹌蹌。耀東抱著哥哥的右手，心想在鄉下的哥哥情況不順利吧。

「什麼時候開業？」

「哼！開業？不知道。儘可能越遲越好吧。」

耀東吃驚地望著哥哥的臉。雖然街道昏暗，無法看清楚臉上的表情，但聲調中含著有別於不勝酒力的東西。耀勳本身也立刻察覺現在自己說出的話，不禁苦笑，意識到必須解釋。立刻接著說：

「不！這和藉酒說的不同。是眞正沒有虛僞的心境。我是想開業。尤其看到雙親們的劬勞和體會到他們的心情，我想無論如何都要開業以盡孝行。那時我如此下定決心，而且內心很快樂。不過，之後立刻被厭煩、無法忍受的心情襲擊。總覺得很愚蠢。苦於被問及是什麼原因。爲什麼呢？我也模糊不清，不知道眞正的原因。」

說著說著，他越來越激動地揮手。雖說是講給弟弟聽，反倒像是說給自己聽的語氣。

「建築物是我們家的。就那麼困難嗎？」

耀東說。

「嗯。建築物等不是問題。不過，那是拖延到現在的理由。我所指的是更上一層屬於精神上的東西。硬要舉出一個例子，就是鎭上部分的醫生妨礙我開業。那麼，即使變成地方上的醫生，也無趣吧。其他還有許多原因。你的南方行也是原因之一。總之，看到鎭上的庸醫，我實在討厭開業啊。」在黑暗中，他窺視弟弟那張無法看清的臉。

「這點我懂。事實上，我就是因爲討厭醫生才走藥學這條路的。哥哥被視作與普通一般的庸醫同類，內心是很痛苦的。都是台灣前輩的罪。不過，就是在這樣的時代，哥哥更應該挺身顯示如今的醫生不同於昔日吧？光是賺錢不是醫生的能耐，而且哥哥和我不同，因爲還有父親們的問題。」

「所以我的心裡很難受啊。不過，最近我對那個想法沒有自信。因爲在金錢主義下開業，光是存錢不是對雙親的孝行。做這種事反而是種下禍源，徒留惡名。必須更深一層思考生活的意義啊。」

「哥哥所說的都是千眞萬確。不過，既然特意爲了要這樣做而回來，請要奮戰下去。」

「是要努力。」耀勳發出茫然若失的笑聲。「而且，連結婚問題都糾纏在一起。說是結婚典禮兼開業典儀。可是！慢著……」

兄弟相視而笑。過了一會兒，耀東心平氣和地述懷：

「不是我沒有孝心。事情就是不能這麼簡單。結果，往往被視爲不孝的情形很多。」

耀勳心想他說的是實情。弟弟這次前往南方，也被視爲不孝，而自己決定開業，如果沒有結果，也不知道是孝或不孝。不過，祖父一定能充分理解那件事。不禁想起雙親們的臉。偶爾汽車強烈的燈光向街道投射出一條光線。瞬間，兩人的影子忽然浮雕在暗夜中。喚起兩人在東京時代，每當讀書讀累時就去尋找售貨攤的愉快回憶。臉上感覺吹過夜空的風逐漸變冷。兩人朝旅館方向默默地走了一會兒。

「總之，我無法平靜下來。啊！是矛盾連續的生活啊。」

看到旅館的燈光時，耀勳想起剛才說的話，連忙補充：「我所說的不平靜，也可以說是一切都不順利的緣故。不過，最主要的是對自己的生活根本就抱持著懷疑。無法感到有何意義。」

「不是只有哥哥一個人這樣啊。」耀東靠近哥哥說：「我的情形亦同。我活用比在大阪宣傳藥更有用的言語，在南方工作，就是因爲考慮到生活的本質啊。」

「不過，你不是搞製藥的嗎？」

耀勳覺得奇怪。耀東發出很小聲的笑聲。

「是的。事實上，我進入公司，就被派到宣傳部啊。」

「是嗎!?」

藥專時代，懇切希望能獲得不會低於第二名的優秀成績。只有他一個人合格進入那家入社困難的製藥公司，而且還以進入製藥部爲前提，難怪耀勳會吃驚。照這麼看來，如弟弟所說的去南方比較好吧。事實上，內心暗自想責備弟弟的意志薄弱，也很難立刻就贊成南方行。不過，現在聽到弟弟的眞心話，反而有種祝福他南方行的心情，甚至今夜想盡情與他說明白。

「歡迎回來。」

櫃台的人出聲說，兄弟兩人沒有回答，默默地爬上旅館的樓梯。

與弟弟分手之後，拜訪了學長、朋友。沒想到多逗留了一段時間，等耀勳回到家，已經是四天後的事了。故鄉是含雨的怪天氣，冷颼颼的。到達家已是傍晚時分。或許是因爲天氣惡劣的緣故，籠罩在比平常更暗的暮色中。

祖父與父親都不在。聽來迎接他的婉如說，去出席從軍莊民的餞行會。後來，婉如忽然又想到什麼似地說：

「那間飲食店的兒子啊。瞧！就是叫黃明金的人。這次他也說要從軍。」

不只近來的變化，耀勳對自己四、五天不在家也充滿歉意。現在又聽到黃明金的事，深感驚訝。

「哦——」

正在脫西裝的手不覺停了下來。眼裡浮現黃明金那張給人充滿活力感覺的臉。油然而生一種嚴肅的心情。即使自己已來不及，也決心要趕去餞行會。於是問妹妹地點在哪裡。「我也去一下。」

直接穿著旅裝就出門。天氣越來越奇怪，在逐漸迫近身上的冷空氣中，以一顆赤誠的心邊走邊想。不論弟弟或黃明金，自己身旁的青年都想在遼闊的天空下雄飛。可是，不感興趣的職業卻阻擋了自己的去路。天壤之別使他深感百般寂寞。事實上，這次北上拜訪學長友人，得到的結論不是當個鎭上的庸醫，而是作爲一個科學家，更深入鑽研醫學範疇，樹立人類永遠的幸福。然而問題就是——在著手準備開業的現在，該如何才能收尾。尤其是決心開業，所以歸鄉，將近三個月在雙親們的身旁，目睹他們爲生活所苦的身影，無來由地害怕將背叛他們的期待。結果，反覆被歸鄉是失策根源、大勢已去的情緒啃蝕著。

會場的國民學校位於鎭的南方。從校門就可以看到貝塚伊吹繁茂的車廊，在帶霧的綠葉間隱約可見講堂那座建築物。耀勳踩著大粒砂子進入，沒有看見兒童的身影，整座校舍靜悄悄的，只有從講堂裡傳來激烈的拍手聲。仔細一看，隔著朦朧的玻璃窗，映出黑壓壓一片排列整齊的人頭。

宴席現在致辭結束正準備開宴。看到幾組圍坐圓桌的人。看起來是上座的圓桌，幾個肩上掛著紅帶子、英勇的年輕人，面露緊張的表情坐著。其中黃明金的身影立刻映入眼簾。莊長、祖父等人也圍坐那桌。場內瀰漫著一種莊嚴的氣氛，只有電燈在頭上放出白花花的光芒。

「我遲到了。」

站在服務台前點頭行禮，在莊公所爲父親的下屬、一位眼熟的公務員連忙說：「請進！請進！」接待他到另外一張上座的圓桌。

「哎呀！耀勳君。來！來！歡迎加入。」

出聲的是公醫鄭醫師。這張桌子坐的都是鎮上的醫生。耀勳發覺自己被接待到這張桌子，表示自己已被視爲醫師，心裡有點惶恐。坐在別人拉開的椅子後，慢慢環視一下周遭。好像從剛才就察覺自己進來的樣子，與從上座的桌子一直注視著自己、臉上浮現笑容的黃明金之視線相遇。說聲恭喜，耀勳也露出笑臉，上身微微向前挺出。這麼一來，黃明金不好意思似的，急忙點頭。迄今未曾見過的開朗表情，令他油然而生莫名親切的感情。

在主持人的指示下，菜餚一起端上來，場內忽然引起一陣騷動。

「來！」

勸酒的人就是小兒科的江有海。他用油將頭髮梳得光亮。除了耀勳外，他是這群醫生中最年輕的。很奇怪地，他使用愼重的言詞，又露出笑容。

「耀勳先生。怎麼樣啊？」

由於對方要爲他斟酒，他端出酒杯邊回答：

「我不善於喝酒，不行啊。」

江有海的嘴角出現皺紋。

「不！我是指醫院的事。許可下來了嗎？」

他的語調令人感到些許的認眞。其他人聽到許可的字眼，視線一起投射過來。耀勳看到鎭上醫生們對自己開業的關注，曾聽父親說過不利自己開業的傳聞，現在變成不愉快的現實包圍住自己，想到這裡突然使他憂鬱起來。而且，自己現在的心境不僅對開業非常消極，甚至決定要放棄。不過，在這樣的情勢下，油然而生奇怪的心態，不禁抬頭，無心地脫口說出一番話。

「我想最近會開業。請多多指教。」

說完後彎腰，勉強擠出笑容。

「年輕人有希望。不過，一定要初露頭角銳氣十足。是我們老頭子的刺激劑。」

鎮上最老資格的醫生、頭髮幾乎全白、體仁醫院的蘇醫師如此說，然後咧口大笑。

「哪裡。」耀勳謙遜地回答，覺得臉上發熱。從小他就喜歡蘇醫師。蘇醫師是他們一家人常去看病的醫生，只要一生病，一定吃蘇醫師開的藥。他喜愛作詩文，為人磊落，待人親切，一有空經常和祖父談論詩文，在本鎮擁有穩固的地盤。

「來！為同業的情誼乾杯。」

遞出杯子的是坐在他旁邊、回春醫院的游醫師。耀勳惶恐地接過杯子一飲而盡，其他醫生也陸陸續續遞出杯子。結果，對社交完全如一張白紙的耀勳錯誤百出，也不分杯子的先後，一隻手全部接過來一乾而盡。這麼一來，立刻開始醉了，臉龐滾燙。不可思議地，頓覺逐漸解開了心裡的結。禮貌性地與同桌喝過一巡後，耀勳站起來，走近黃明金的桌子，向披掛紅帶子的年輕人們致意「恭喜各位了」。

冷不防地，黃明金把杯子遞到他的面前。「謝醫師。謝謝您。」雖然有點吃驚，還是被迫乾杯。接著，其他年輕人也紛紛遞出杯子。等他乾完時，感到耳根非常熱，心臟鼓動劇烈。突然發覺祖父以擔心的眼神望著自己的紅臉。立刻挺直身子。「那麼，各位！請多保重。」

愼重地行禮，即將離開時，黃明金站起來抓住他的手。

「謝醫師。請再喝一杯。」

遞出杯子，眼看就強要灌到他的口中。耀動無法輕易拒絕，於是兩個人對乾了一杯。朦朧的黃明金低聲說：「謝醫師，讓您操心了。尤其是店舖的事，給您添了極大的麻煩，實在很抱歉。事實上，我也想早點搬家，到處找尋適當的地點。正巧有人提起南方行的事。由於對飲食店營業的前途絕望，於是決心放棄而去南方。因此，我頓覺輕鬆。現在即將出發。近兩、三天內，母親也要搬到舅舅家。給您添了許多麻煩，實在很抱歉。」

「你說要結束營業？」耀動驚於事情的意外，一直凝視對方的臉。

爲了自己的開業，竟然嚴重到逼迫他們，使他們進退不得，最後導致走上結束營業之途。瞬間，自責的念頭拔山倒海般地襲來，壓得他痛苦不堪。雖然黃明金的臉龐已酣醉，在白色燈光的照耀下，可以看到眼神中流露出毅然的決心與一種崇高的東西。拿著杯子的手很強壯，肩膀很寬，讓人有宛如是挑起時代擔子的選手之感覺。不過，他想放棄開業，容許黃明金維持現狀，卻又行不得。首先，如果店舖騰出來的話，雙親對開業的督促，一定會立刻從今晚開始的。

「黃先生。我對你不同凡響的作爲深爲感動。不過，雖說是去南方，也沒有必要放棄營業吧。從留下來的令堂之生活安定點著眼……」

「不。謝醫師。」黃明金打斷耀勳的話。

「我確信我所找到的這條路絕不會有錯。下了這個決定後，現在只需要實行而已。母親也決定在舅舅家定居下來，所以這點也請您放心！」

耀勳要說的事已經慢了一步。只有公學校畢業的黃明金，到底從何處產生這種毅然決然的想法，然後表現這種令人欽佩的態度呢？反之，受高等教育的自己，反而被教訓、跟不上時代，頓覺臉上無光。事到如今，說出自己的心境反倒會被認爲是在辯解，而且爲自己不徹底的態度深感歉意。而黃明金也頻頻點頭致歉。

「謝醫師。這件事就此作罷。我反而想謝謝您。經營飲食業早晚都會陷入僵局的。您的開業反而提早我的決定。托您的福，我也可以早點找出新生之路，可謂一石二鳥。請給我鼓勵。」

「啊——」耀勳悄悄長聲嘆息。

在黃明金的面前，他完全認輸了。由於一切都很順利，坐在鄰座的祖父始終微笑地看著他們兩人的應對。看到這種情形，耀勳又氣又想哭，好不容易才壓抑住情緒，用力咬著嘴唇。就在這個時候，莊裡的人們手持杯子蜂擁過來抓住黃明金。藉此機會，耀勳再度向披掛帶子的年輕人們致敬後，就回到自己的座位。

整個會場因酒席的興致高昂而人聲沸騰，哇——哇——的吵鬧聲震耳欲聾。幾個醫生離席遠征其他桌子。耀勳坐下來，腦海裡不斷湧現剛才黃明金說的話，邊以呆滯的眼神眺望暮色迫近的窗外。

猩猩木鮮紅的花迎風搖曳，頻頻拍打玻璃窗。周遭籠罩在灰色中，接受電光的花之色彩看起來紅得可怕，令人有種超現實的感覺。

當外頭已完全籠罩在陰闇中時，宴會總算在高呼萬歲後解散。人群溢滿在黑暗的校園裡，向四方消失後，徒留跫音響徹夜空。耀勳心想一定要帶祖父回家，與父親會合後，三個人走出學校。黑暗中聽到校園內所種樹木葉子沙沙的摩擦聲。酒酣耳熱的臉接觸到夜晚的風，冷得打寒顫。天空的樣子很奇怪，烏雲的裂縫中有一、兩顆星星閃閃發光。耳際可以聽到穿透黑暗吹過來的風發出颼颼的怒吼聲，空檔有蟲唧唧的伴奏聲。瞬間，耀勳的腦海掠過昨夜台北熱鬧的街景。如今走在寂寞農村的夜路，如此明顯的對比，象徵人生的流轉，不由得悲從中來。他默默地拉著祖父的手。拉手的他在心中覺得依偎著祖父。祖父以穩健的步伐，一步一步踩在暗路裡。想到祖父依然很健康，不禁心花怒放。

祖父與父親談論農作物的品質。突然間問起耀勳台北行的情形。

「啊？」瞬間，耀勳狼狽地說不出話來。在這裡不能坦白說出耀東的事，在沒有準備好的情況下，他顧左右而言他，敍述台北街道的情形等。他暗自決定，過幾天要詳細敍述耀東的事與自己決定中止開業的經過。

「聽說黃明金要關店。事情可以不用到這個地步嘛。」

父親從旁插嘴。語氣中有幾分後悔對方被自己趕走。

「我剛剛聽黃先生說過這件事了。」

耀勳不想再多說。他默默調整無力的步伐。

「不過，經營飲食店早晚都會到這個田地的。」

「這就是黃先生的先見之明啊。」

父親開始和祖父交談。話裡對店鋪這個棘手問題能解決充滿喜悅亦是實情。

來到街道時，突然從後面傳來吧嗒吧嗒追趕他們的跫音。回頭一看，出乎意料地，電燈照出江有海的臉。他笑嘻嘻地，冷不防舉手靠近。

「哎喲。祖孫三代聚齊，可眞大喜。」

聲音響徹夜空。耀勳在剛才的宴席上看到江有海有別於平日的態度。對這位與其說是故意裝作漠不關心，莫如說是讓人感受到敵愾心的男人，他表現出一種不願理睬對方的高傲態度，佇立直凝視著街上的夜景。

「您來散步啊？」

這條路顯然與去江有海的醫院是不同的方向，所以父親才會這麼問。聲音聽起來極爲冷淡，因爲父親認爲就是這個男人妨礙他們開業。耀勳立刻直覺到與這件事有關。

「不是。有些話想和耀勳先生談一下。」

聽到這句話，耀勳突然把臉朝向江有海。不過，江有海雖然這麼說，卻也沒有意思要和耀勳談下去，他走近祖父的旁邊。「您的身體一直都這麼硬朗，眞是太好了。」

不過，三個人早就對他採取警戒的共同戰線，所以話不投機，瀰漫著奇怪的氣氛。

不知不覺中，四個人並肩走出通往暗街的路上。漆黑的天空中出現許多點點星影。在微弱的白光下，隱約看見烏雲流過。街道籠罩在寂靜中，只有四個人踩著大砂子的雜亂跫音。祖父的咳嗽聲在暗夜中格外響亮。

祖父們爲了迴避不說出正題的江有海，就在轉角處和他分道揚鑣。耀勳突然感到不安。照現在的情況說起來，甫出校門的自己根本不是問題人物的對手。他看穿被玩弄於股掌間的事實。最後決定自己所採取的戰術，不是捉摸不定，就是沉默到底。突然間，江有海開口說話。

「耀勳先生。剛剛在會場，你說開業許可最近會下來，是眞的吧。」

耀勳心想「越來越露出馬腳了吧」。然後採取模稜兩可、既不否認也不肯定的回答方式。

「事實上。」江有海愼重地說。

「事實上……爲了地方的醫療，我必須助你一臂之力。因爲顧忌到這件事還沒有發表。就是從開業醫生被徵召爲野戰工作者。這次由於年齡的關係，國家已經對我下了密令。如果我被徵召離開本莊，那就沒有小兒科醫生了。如此一來，會帶給莊民極大的不安。」

一聽到徵召的字眼，耀勳嚇了一跳。既然如此，他想一併把迄今的事說出來。

「那實在很光榮。辛苦您了。不過，關於我的開業……」

他似乎察覺耀動想說什麼。

「不！不！我能體會。」

江有海以平靜的口吻說。「事實上，身為醫生的我們也實在不應該做出妨礙的工作吧。」

「而且，事實上，我已決定要中止開業。……因為有很多的理由。不只是因為人世的煩瑣，總之，我對醫學缺乏自信。」

耀勳不理會對方的話。

「沒有這回事。就是需要像你這種能作為主導的學術與經驗，我深深期待著。如今我也不打算做一個鎮上的庸醫。我已覺悟到會有萬一的情形，所以來拜託你。無論如何都要為本莊的人民從事醫療的服務。至於開業許可的問題，如今處於這種情況下的我，只要跟當局說一聲就可一舉解決，而且敵我不明的態度，是由於我個人的汚穢，所以不會有問題的。」

不知不覺中，兩人停止步伐，佇立在黑暗中。對於江有海這番不是預期中的談話，耀勳不知所措。與被徵召的黃明金之令人欽佩的態度相形之下，江有海的提案也同樣是眞情流露。思及對方在會場所改變的態度，自己還亂推測是黃鼠狼的行徑。原來是流露出他的決心。毫無搞頭的自己似乎很愚蠢。而且，他也認為無後顧之憂是自己們的本分。不過，自己之所以對開業死心，不只是因為如此簡單的理由。耀勳苦於事情越搞越大。

兩人又開始隨便走走。

「我想你有很多原因。我的出發就在最近了吧。在離開之前，務必把這個問題解決。這就是我現在心情的寫照。」

「我很瞭解。」耀勳回答。

「這是相當重大的問題，所以我要好好考慮一下。我也要好好考慮一下接受徵召奉獻一切的諸位之心情……」

「太好了。太好了……」

不知不覺中，江有海再度佇立在黑暗中，反覆同樣的那句話。

耀勳竟然比祖父們遲了一小時回到家。母親與妹妹坐在一塊兒，照往例一樣開始嚷嚷他不在家中時來提親的事等。耀勳很不高興，趕快回到自己的房裡。

窗外一片漆黑，玻璃窗咯嗒咯嗒地響。戶外的狂風不時咻——咻——地襲過。天氣越來越惡劣。

雖然夜更深了，耀勳的興奮難抑，始終是清醒的。黃明金爲了對自己盡情義，決定去南方。而江有海應徵召，把後續工作委託自己。這時已經不需要轉讓店鋪，也沒有反對開業的運動。必須回到與自己的決定完全對立、即原來的狀態。而且，讓自己採取這種姿態的，就是這兩個人，又是何等的諷刺啊。不過，不管是不是諷刺，此時都不是拒絕這件事的時候。正所謂必須把兩位出征者的心作爲自己的心。自己一個人不能再執著於煩悶中，必須把自己現在所具備的能力發揮到淋漓盡致吧。在沒有江有海後，做個小兒科醫生，為莊裡幼兒們的保健盡綿薄之力乃當務之急吧。他再度感受到時代變化的激烈。在如此劇變時代的對應之道，不受第三者迷惑，只要相信自己，堅守自己的工作崗位，然後達成自己的職責。結果是如雙親所望，也可說是盡了孝道，不亦善哉。

昨夜變天，今天早晨天氣又變得晴朗。耀動以微腫的眼睛看著院子裡的菊棚。菊花一起綻放出美麗的花朵。正因為自己費盡心思栽培它們，心靈雀躍不已。連忙用手去觸摸，微微傳來清香。由於昨夜輾轉反側難眠，覺得額頭有點微熱。不過，迄今仍發硬的肩膀，今天竟然不可思議地完全消失了。反之，他深感到取而代之的重擔。他不禁撫腕仰望蒼穹。宛如內地的秋天、許久不曾有過這麼清澄的青空是那麼高聳，薄薄的綿雲描繪出石階的形狀。

（一九四四年三月小說集《清秋》由台北清水書店出版）

山川草木

有一天，妻子買東西回來，推開門進來，都還沒有看見人影就聽見聲音搶先著說：

「老公，我今天見到一個難得一見的人哦！眞的很難得喲！你猜是誰？」

因爲聽起來是那麼高興的聲音，心想可以讓妻子如此驚奇的難得一見的人物到底是誰呢？正茫然的當時，妻子也不期待我回答就說：

「是寶連啦！簡氏寶連耶！嚇一跳吧！」

她這麼一邊說著，我才看見妻子的人影。

「哦！」

我也感到驚奇而把書放下來。看見妻子把籃子放下，正面看著我笑著。看著妻子額頭上的汗，以及稍微急促的呼吸，似乎她是爲了通知我而急急地趕回來。

「剛開始以爲認錯人。因爲不應該現在回來。」

妻子的臉上再度露出當時的感動，繼續地說著。

根據妻子的話，她本來以爲認錯人而沉默，由於寶連先打招呼才開始交談的。那時，把視線移開那潛入籠中的貓，我也爲了這個意外而皺眉，回想起和寶連分別確實不過是一個月前的事。那天夜裡，她到東京車站來送我們一家人歸鄉，熱心地問何時才能再見面？

她要努力成爲可以獨當一面的琴師才回故鄉，她笑著要我們保重，在她美麗的眼波中可以看出她的決意。她是音樂學校二年級的學生，當時特別被選拔出來參加一年一度的學校演奏會，彈奏鋼琴協奏曲。那時候，連練習時休息片刻都覺得可惜，爲了送我們而挪出時間，而此時應該是在演奏會或是練習才對。可以回來，應該不是因爲有閒暇，但是回來了也沒有一封信通知我一聲，到底是怎麼一回事？我實在是很迷惑。「很奇怪耶！爲什麼回來了？該不會生病了吧！」

於是妻子皺起眉降低聲音說：「這麼說我倒想起來了，她那時不太有精神，完全變了一個人，好像突然老了一樣。而且她回來也已經兩個禮拜了。」

「哦！那你沒問她爲什麼回來嗎？」

「沒問啊！她匆匆忙忙地就跟我道別了，但是她說兩、三天內來看我們。」

「笨哪！」

爲什麼回來？那麼重要的事都沒問，對妻子實在感到很生氣，但聽到要來看我們才終於把怒氣壓回去。然而，寶連歸鄉的謎卻沉悶地壓在胸口，恨不得立刻就知道眞相，而不需等到兩、三天後。

那天傍晚，天空佈滿烏雲，到了夜裡就嘩啦地下起雨來。一邊聽著雨叩在屋瓦的聲音，一邊和妻子談論著好久沒過的東京生活。外頭雖然沒有風，但和著雨聲蛙鳴不絕，在東京住的家，雖然下雨時也是噼哩啪啦的雨聲，但是沒有蛙鳴聲，只有省線電車跑時振動窗戶的聲音。聽到雨聲而想起了在東京的家中聽到的雨聲，想到那時的情景，實在令人懷念。然而，比起來，總覺得現在的生活非常寂寞，因爲懷念，我和妻子都停了下來，不再談論東京生活。

正因這種擔心，爲了間接地講自己的生活而使話題談到了寶連。這也許是受到妻子今天在街上碰到寶連的影響吧！談到這點，妻子就活絡起來了，她和寶連的交往，講了又講，聽了好幾次。但我自己聽到妻子說寶連突然變老了，不禁想起一起在東京時寶連精神勃勃的年輕模樣。她二十歲還是音樂學校在學學生，住在神宮外苑一個高級女子公寓，時常穿著合身時髦的洋裝。深邃烏黑的瞳孔、雙眼皮、長睫毛，既理智唇形又美的雙唇笑起來渾然一體，表情非常具有智慧，穿著洋裝時，擁有一股女性的魅力時而展現出妖婦般的美貌。濃密烏黑的秀髮，燙或捲髮地披在肩上，豐滿的身材及洋裝下纖細的腿，走路時不時引來人們的視線成爲目光的焦點。初次到我家來時，妻見到她閃亮的眼神，直說：當在玄關看到她時，還以爲她是明星呢！和田妮惠田妮（法國明星）長得一模一樣。後來，我的一個朋友在家遇見她，非常喜歡她直嚷著要我幫他作媒。寶連家供應她充分的生活費，沒有一點不自由，學著自己喜歡的音樂，也許是學音樂的學生吧！她看起來非常會打扮也很開朗，充滿幸福的樣子。據說她是長女，我也問過她，她父親是個實業家擁有相當大的印刷廠和在鄉間的製茶工廠。

當然我和她的家庭沒有往來，這些事是從她的生活看來，想像她一定是生活在一個富裕的家庭。認識她是在一個認識的音樂老師的家，那老師是她的個別老師，那老師是因為我和寶連同出身在台灣，才介紹我們認識的，後來一起去日本谷公會堂聽了幾次交響樂團的演奏會就熟了起來，由於和妻子也合得來，就常到家裡來。

因為寶連沒有哥哥，所以她把我當成哥哥，後來，一些身邊的事也都詢問我的意見。直到我因健康不佳離開東京回鄉的那個夜晚。在東京車站告別的那個晚上，她隔著即將開動的火車窗子，眞誠地說，以後凡事要寫信詢問我的意見；而且叮嚀我，希望我收到信後要立即給她回信。那天晚上，邊聽著雨聲，回想往事，為何她回來了，卻沒有隻字片語通知我，百思不解，倚著妻子，到深夜無法成眠。

特別是妻子說寶連毫無生氣且突然老了不少一事，一定是出了什麼大變異，我和妻子相對唏噓，心中充滿了不祥之感。由於擔心，想隔天照著住址去找她，但她已回來兩個禮拜了，都沒有跟我打招呼，我想她一定有什麼不便之處，既然說兩、三天內要來，就相信她吧！我在期待著她的來訪。

果然，簡氏寶連第二天就來了，因為以為是兩、三天後才會來，妻子冷不防地叫了起來：

「先生，寶連來了。」

聽到聲音，胸中震了一下，不覺中趕到玄關處。妻與寶連並立在正廳門旁開滿花充滿花香的二棵大的含笑花下。

二人似乎在講什麼悄悄話，看見我來，妻子走到我身邊，細聲地說：

「寶連的父親過世了！」

妻此時悲然欲泣。

「啊！」

我吃驚地看著寶連。寶連勉強擠出一絲笑容，向我點了一下頭，立即移開了她的視線。剛開始，我抑制著也不知道要說些什麼，昨日以來的迷惑終於解開了。然後，眼中注視著飛近含笑花的黑蜂，腦筋一片空白，只聽見耳中嗡嗡作響。妻也低首沉默了一會兒才走近寶連，要寶連進屋裡去：

「這的確是令人哀傷。嗯！什麼時候的事？……」

在微暗的屋裡坐下，我如此問著寶連。

寶連滿臉哀愁地看著我與妻說：

「是二十天前的事。」

「二十天前!?」

這樣算起來的話，寶連是二個禮拜前回來的，並沒有見到她父親最後一面。妻也注意到了，她目不轉睛地望著寶連。於是，寶連努力做出的明朗表情，似乎想說些什麼……但已熱淚盈眶，急急地拿起手帕，壓抑地啜泣起來。我和妻互看了一眼。妻眼中充滿了淚水。受到這種感動，我不禁眼也熱了起來，才一個月，就改變了，從未看過這樣的寶連，以前她總是開朗健談的。父親的死對她是一個很大的打擊。原本美麗的秀髮，已變黃變塌，用一條黑色的髮帶紮在腦後，用帶孝的麻固定住。比起在東京時的濃粧，現在這種完全不上粧的臉，的確看起來是老多了，妻子並沒有說謊。脖子變細了，皮膚也變得乾燥。樸素的茶色洋裝下的肩膀因啜泣而顫抖著。現在，不管怎麼看，都看不見原來那個開朗的寶連的影子，感覺起來，她倒像一個年輕的寡婦。我再度爲她所受到的打擊感到吃驚，想到身爲長女的她，現在必須挑起一家的責任，但自己嘟囔著，這也是沒辦法的事。現在，寶連正在向她視爲長兄嫂的我們夫婦發洩她滿胸的悲傷吧！在她的朋友中，交往、交談最直爽，最隨便的應該就是我們夫婦吧！覺得不安慰她似乎不行，可是到底要如何安慰，實在是不知道，妻也是用手帕摀著眼沉默著。但又覺得那些安慰的話只是禮貌性，而且太空洞，還是讓她哭個痛快吧！

我一邊覺得自己太殘酷，一邊將視線移到窗外。

昨晚的雨，今天一早雖然已經放晴，但現在天空又起烏雲陰沉沉，似乎又要下雨了。覺得四周冷冷的，冬天已經到了。沉默了一會兒，妻像是逃開了一般進了廚房。過了一會兒，寶連把手帕押在臉上，似乎不再那麼激動，只是靜靜地把淚拭去。說：

「對不起，父親是上個月二十三日去世的。」

上個月二十三日的話，距離現在是二十天的事。一定是沒有見到她父親最後一面，但不知爲什麼她父親會突然過世。

在東京分別的那個夜晚，也沒聽她說她父親生病之類的話。「眞是對不起！因爲不曾聽你說你父親病的事。所以，實在是很吃驚。」

「我也不曉得。當我在東京接到消息時，父親已不在人世了。」

寶連再度湧起了滿心的悲傷，聲音顫抖著說：

「接到的電報竟是父親的死亡通知。」

我想，這是她受到打擊的原因。突然失去了父親，回到家鄉看不見父親的身影，更不得不信這是事實，想必因此而覺得遺憾與悲傷。

「到底是什麼病？這麼突然……」

「腦溢血。」寶連咬著唇輕輕地說。

「哦！的確是不好醫治的病。」

妻子端茶出來，聽到腦溢血嚇了一跳。我把香菸丟入菸灰缸，對寶連的態度也有所了解。恐怕是因爲事情來得太突然，所以不知所措，和妻見面時大概已經辦完喪事多少恢復了冷靜才來的。但是想起她家無兄長，今後她將挑起家中重擔，就覺得難過。

「有困難嗎？」

我考慮像我親妹一般的寶連的立場。寶連看了我似乎懂我的意思，又再度垂下了雙眼。妻也懂我意思地嘆了一聲氣：「唉！」

當然，因爲不是家庭式的交往，因此關於她的家庭我知道的也有限：她母親在她十四歲時過世，有二個弟弟，一個妹妹，十六歲時現在的繼母進門，現在有兩個異母的弟妹。那位繼母以前是做藝妓的，和寶連性情不合，繼母對前妻的小孩並不愛護，在父親的面前，卻看不出來，所以寶連在東京時，心裡常掛念著幼小的弟妹。那時由於她父親還在，我勸她不要瞎疑猜，但，現在她父親去世了，我開始擔心她和她繼母之間的關係。「唉！已經是過去的事了，再鬱悶想不開，都於事無補。還不如建立父親過世後的新生活。」

我這麼說，雖是爲了安慰寶連，事實上是爲了穩定自己的情緒。

「實在傷腦筋，寶連又是長女……」

妻子皺著眉盯著寶連的臉。寶連垂著眼毅然地說：「我會努力的！」

她就這樣短短地說了一句，就再度沉默。她那種固執的態度還是跟在東京時一模一樣。稍注意一下可發現寶連臉上最初那種悲哀已逐漸消失，取而代之的是一種剛強的神采。

「寶連，你眞的要振作起來。」

「謝謝你，大嫂。」

寶連輕輕地點了一下頭，就直直地看著我。我看出她眼神中有著不同於平常的決心和極度的煩惱。

「父親遺留下來的財產，今後的生活應該是沒有問題。現在正在整理中，父親似乎有不少借款。但經濟生活是沒有困難的。我還是考慮到幼小的弟妹們……」說到這，寶連哽咽著，把視線移到窗外。窗戶的玻璃被風吹動的含笑花的硬葉叩得咚咚作響。麻雀被風吹得好像飛起來很危險的樣子。很明顯地看出寶連的情緒已再度混亂。

「兩個弟弟，一個妹妹，眞的還是很小……」

我故意提到她繼母。寶連繼續看著窗外。

「還有同父異母的弟弟……」

說完後，她急切地看著我的臉。

「現在開始擔心我和繼母間的關係。繼母是個觀念老舊的人。父親過世沒多久，已經和我們分家，過著獨立的生活。父親已過世，我想和繼母還要互相依靠……」

根據寶連的說明，繼母是想用遺產獨立生計，但寶連希望自己回東京後，繼母可以照顧家庭。本來我認爲這是件惱人的事，而暗自擔心，但出乎意料，寶連在父親死後卻願意與繼母一起生活，我慶幸她長大了。

「如果那樣的話就用不著操心，只怕你繼母見你的態度會先發制人，不過這也是你咎由自取。」

「是這樣嗎？」

「當然，我想現在是該你表現誠意的時候了。要做的話一定可以解決。」

「眞可怕呀！畢竟曾當藝妓的女人。」

妻抱著寶連的肩說出這樣的話，我偷偷地瞪了妻子。

天空愈來愈奇怪，掩了一層低低的烏雲，不久寶連就回去了。妻子一邊收拾屋內，一邊又爲寶連感到悲哀似地流著眼淚。我倚著窗，看著天上的烏雲，心想今晚大概又會下雨吧！然後我再回到桌邊，繼續才剛要看的書，心定不下來，眞沒辦法。讀了兩、三行又想到寶連的事，就這樣不知不覺地又想起寶連剛才的模樣，她說：「我還是和繼母分開比較好，貌合神離，彼此之間的摩擦也是一種不幸。」

妻已停止工作，在眺望窗外。

「笨蛋。豈可忽視人倫。如果那樣就糟了！還想回東京念書嗎？」

爲了幼小的弟妹，再回到東京念書，我想她畢業後成爲一個有前途有希望的音樂家，而此時她的孝心也應該增長而不會再與繼母分離了。那天下起雨來了，到了夜裡下得更激烈。

後來寶連每隔兩、三天就來訪，大概在我不在時居多。

不曉得都和妻談些什麼。有時遇見我就會和我談談她和繼母無法和睦只有分別生活，還有父親的遺產也漸在整理中等等的事。身爲實業家的父親出乎意料地負債許多整理後大概不會剩下什麼遺產吧！寶連憂鬱著果眞那樣的話，我主張寶連不要和繼母分家，寶連本身也是這個意思，她焦急著要早一點處理這個問題，早點回東京。我想去拜訪她繼母，也想去她父親的靈前參拜，後來，我終於和寶連約了去拜訪她家的時間。

在一個天氣微寒的傍晚，我下班後直接坐車到寶連家，照著她說的那一站下車。寶連在站牌處等我，見到我很高興地揮著手，風很強天空陰沉沉地壓著烏雲，已是日落時分，灰暗的街上鮮少行人，因爲燈火管制所以沒有燈，街上的建築物逐漸在幽暗中露出漆黑的身影，寶連和我並排走著。

「關於父親的借款現在打算把所有的不動產全部賣掉。印刷工廠已經賣掉了，結果只剩下四家店舖和在山中的田地而已。繼母堅持那些店舖要由她自己的孩子來繼承。」

她這樣靜靜地說著。我的眼被她那被風吹亂的頭髮所遮蓋，她這種口氣是下了相當的決心。

「眞是不通情理。那麼你打算怎麼辦？」

「當然是照她說的辦啊！這時還有什麼好爭的。」

我什麼也沒說，眼頭一陣熱。走進了小巷子，寶連帶我到她二層樓的家。從她家大門的形狀一眼就可以看出她父親是個不錯的實業家，一進門就傳來濃郁的香的味道。映入眼簾的是在屋子中間擺著掛有她父親遺像的靈桌，家具都整齊地排列著。從遺像看來，她父親是一位粗眉、健壯的人，果然像個實業家。

我站在這位不相識的死者前心裡想著我是你女兒的朋友然後鞠了一躬。我喊住要去倒茶的寶連告訴她我想燒香，寶連急急地點了一下頭替我點香。這時她的眼中閃爍著淚光。這時我胸口一緊眼中也朦朧起來了。與其說我是爲寶連父親的死感到悲哀，還不如說是爲了她的境遇感到悲傷。一直忍住胸中的情緒，不知何時寶連身邊圍繞著的三個小孩用一種疑惑的眼神看著我。在微暗中像寶連的臉型輪廓的孩子每個都垂著淚水。

「是弟弟嗎？」

「嗯！」

寶連一邊拭去眼淚，一邊撫摸著弟弟的頭，看起來就像是孤苦無依的姊弟。大家都沉默了一會兒之後寶連的繼母就出來了。

「歡迎你來，是紀先生吧！」

她和我打聲招呼後就轉身向寶連。那種態度正是一副慈母的表情，對寶連和藹地笑著說：

「眞是很歡迎你來，寶連在東京時常受你的照顧，對你也沒說什麼感謝的話，寶連的父親也……」

說到這裡遺像映入眼中，我被香的煙燻得拿出手帕摀住眼，「寶連的父親連等寶連回來都沒有就過去了，但臨終時口中還直唸著寶連的名字。」

像這樣說還不是好母親嗎？我把視線移向寶連，她的表情沒什麼變化，爲了要怎麼解釋才好而迷惑著，眼隨著細細直直的香的白煙而轉移視線，繼母開始訴說寶連的父親是如何操心寶連的弟妹，如何委託她而她自己也很擔心寶連的未來，我就那樣靜靜地聽著。看看她繼母看起來就像有錢人家的太太，給人感覺上非常清爽，年約二十八歲，頭髮烏黑，眼神明亮，臉型輪廓很美，看起來很健康。

夜裡穿的長衫下穿著拖鞋白皙的腳，和那天的日子似乎有點不協調的顯眼和美麗。特別是她在說話時銳利的眼波流轉和雙唇的皓齒在在都使她看起來非常的理智。無法想像如寶連所形容那樣的繼母。但她繼母還繼續說著寶連姊弟的立場給我聽：

「嗯！那是當然的，這世上的繼母和前妻的小孩，讓人看起來都很奇怪。更何況我和寶連的年齡又差不多，像這樣最容易惹起謠言，但不管如何還是有一種母女信賴的情感。」

她就那樣滔滔不絕地說著，那時女傭端出茶水來放在我的面前。聽她這麼說，我似乎也沒什麼話好說，只是靜靜地喝茶，感覺外面已經天黑了。外面已是漆黑，只有風聲，我想已經沒事了，向寶連做了個信號說我要回家了就站了起來。

「啊！紀先生，鄉下地方沒什麼菜，您就留下來用飯吧！寶連父親生前也很感謝你對寶連的照顧，難得有這機會。」她繼母一邊挽留我，一邊要寶連留我晚些回家。沒辦法只好再度坐下，繼母儘管客氣，但在配給（戰爭時代日用品均配給）生活之下，那夜還意想不到地吃到鴨的料理、鹹蛋、落花生等豐富的食物。繼母不但要我多吃些，也要寶連勸我多吃點，喝了兩、三杯酒之後，我覺得有些醉意。

在吃飯的時候繼母帶著溫柔的笑臉看著我和寶連，然後又講到寶連留學的事以及自己今後的生活計畫，還有，因爲都是女人家，所以希望我可以成爲她們商量事情的對象。她繼母會提出和寶連姊弟分居的事嗎？

我反而被她那種令人感佩的母愛緊扣住，沉默不語地吃著飯。話題漸漸熱起來後繼母抱著寶連的弟弟讓我看他的臉頰。這到底是怎麼一回事，我看著寶連，她卻如石頭一般，動都不動面無表情。

晚飯後我謝謝寶連繼母的招待向她們告辭，寶連送我出門。管制下的街道一片烏黑，冰冷的寒風使我不得不把領子豎起來。小巷寂靜無聲，路上沒有來往行人。靜靜地整理著思緒走了一會兒，覺得寶連很令我迷惑，於是我佇足停了下來，寶連也停了下來，靜到可以聽到呼吸的聲音。她到底在想些什麼？仰望天空，兩、三顆星星，淡淡地閃爍著。

「你繼母並不是像你講的那樣。」

沉默之後，我如是說，「看起來很有愛心，也很明理……」

「紀先生，你完全信任她，也不是沒道理的。」

寶連打斷我的話，黑暗中我可以感覺到她冷笑的臉。

「畢竟是個做藝妓的。眞擅長交際。」

「藝妓!?」我責問地說：「那已經是過去的事了，她現在是你的母親，你最好不要用這種口氣說話。」

這麼說時，我想到了她繼母的樣子，可以想像她曾是藝妓的模樣。但，我考慮寶連的立場，想使她信任她的繼母。

「那麼說，也是不得已的！」

寶連靜靜地走近我的身邊。

「紀大哥，我已經下決心了，我要照著繼母的要求去做。父親遺留下僅有的財產，給繼母生的弟弟，市內的店舖完全讓給繼母，我和弟妹們到山上去。」

「山上!?」

「嗯！是還父親的債剩下的田地，死去的母親的哥哥在那兒做農，我想在那兒和舅舅一起過活，等弟弟長大成人。」

「嗯！這是個好辦法，但，這麼大的決定是否和繼母商量一下？」

「請不要再說了！」

寶連突然激烈地叫起來。我在黑暗中驚嚇地睜開眼睛。

「拜託，求你不要留我，我是弟弟們的大姊。如果我那麼軟弱的話弟弟們怎麼辦。紀大哥，求你答應我。」

我沒回答想贊成卻無法贊成。我被寶連的激動弄得有點躊躇不決，但仍強裝冷靜。

「這也行，但學校方面怎麼辦？」

「當然是休學。」

寶連若無其事地回答我，但語調卻有點顫抖，我吃驚地挺直了身子，在黑暗中看著她的臉。「休學嗎？」我喃喃自語。在學校是那麼認眞的她，現在要休學，該不是騙人的吧！是眞的嗎？對這逆境來說是一種奮鬥還是放棄，如果她眞這麼打算的話，台灣的女性將從藝術的殿堂掉落下來。在朝鮮出了一個女藝術家叫做崔承喜，而台灣的女性還未從時代錯誤的夢中覺醒。之所以這麼說還不是因爲寶連本身，有一次在音樂會的歸途上，那夜寶連在學校的演奏會中演奏八短調，彈奏得非常棒，而博得喝采，在回家的電車中，興奮未消。眼圈微紅，手顫抖地拉住手環，有點心不在焉。是因爲對自己有自信而高興吧！

我衷心地讚美她的演奏希望她可以成爲一個優越的藝術家，話題扯到台灣的女性，那時寶連憤然地批評台灣的女性再舉崔承喜爲例。我聽了內心非常喜悅。

「這麼說來，你可別被淘汰哦！」

我故意這麼說。

「好，你等著看好了，我要把台灣女性的名譽爭取回來，成爲台灣的崔承喜。」寶連非常地意氣軒昂。

我想以她的才能、環境和堅強的意志，這絕不是空想。她果然被選拔出來彈奏鋼琴協奏曲，這不過是一個月前的事罷了。而今卻因她父親突然病故而失去機會，實在可惜，是什麼使她突然改變了心意!?我不認爲她說的是眞心話，她是屈服於環境之下。

「你說得簡單，那你的努力怎麼辦？藝術呢？還有要挽回台灣女性的名譽啊!?你這種想法是不可以的。」

我想讓她自己反省一下，在黑暗中她突然動了一下。

「我失陪了！再見！」

她就這麼一聲轉身離去。由於太唐突，我站在原地發呆。夜裡非常安靜，可以聽到蟲鳴，忽然覺得可以聽到轉身而去的寶連的啜泣聲。在看不見路的方向傳來咳嗽的聲音，聽到像是有兩人的木屐聲，愈走愈近。

那天夜裡回家，告訴妻子寶連所說的話，妻子急忙停下手中工作說：「我們收養寶連的弟弟吧！不讓她去東京太可憐了！」妻子一臉認眞的表情，那的確是個方法，但簡家有他們的親戚，會容許我們插手管他們的事嗎？

「不行！我們不能做那樣的事，寶連就算說好的話，對簡家來說我們畢竟是外人。」

「說的也是。」

妻似乎是沒有辦法似地嘆了一口氣。我也只有默默地打開窗子，毫無意義地看著漆黑的夜空。

然後，也不曉得怎麼著，那天之後就不再見到寶連的人影。以爲她這兩天會來，但卻一點消息都沒有。我不在意，因爲她一定是爲了處理遺產而忙碌吧！但妻卻焦躁不安。果然，兩個星期後，她打算自己去找寶連。有一天，在我下班回家時，妻含著淚說：

「寶連已經到鄉下去了。」

我並不特別驚訝，個性剛強以致沒有其他可以倚靠的人了的她還是那麼做了，不知爲什麼我心中反而覺得平靜。但爲何她連要走了都沒和我們打聲招呼，是爲了那天夜裡我說的話而生氣嗎？妻遺憾的說：「寶連太過份了！實在太過份了，要去哪兒也不說一聲，就悄悄地離開了。」妻似乎是忘了還要準備晚餐，只是那樣流著淚地說著。我辯明地說，這就是寶連的性格，心裡想著，寶連一定會寫信過來。

從那時開始，每次有郵件來時，我就會神經過敏似地等著她的來信。一點也沒有出乎意料，三個禮拜後，她果然來信了。這次妻子笑嘻嘻地拿著她已經看過的信給我看。「很抱歉直到現在才寫信給你。我只是答應繼母的要求，帶著弟弟在上個月的二十日搬了過去。我們除了舅舅以外沒有其他可以倚靠的人了。除了到那兒之外，也沒有其他的地方可以去，當時要離開時，因怕又哭了出來，所以只有偷偷地離開。

現在每天和舅舅耕種自己的田地，眺望四周的綠山，用河流的清淨河水洗手，呼吸著新鮮的空氣，沉浸於田園之樂。但剛開始還是很苦的。

沒有比不能回東京，藝術的志願受挫更痛苦的事了。每當夜裡想起總忍不住哭泣，但現在已習慣了田園的生活。我想我已有足夠的勇氣。現在提倡增產，我暫時拋下音樂，努力從事生產。是很不錯的生產戰士哦！你也可以這麼叫我，歡迎你到這兒來，等你來！一定要來看看我變成村婦的樣子。請你吃雞肉料理，一定！一定！一定要來哦！我期待著，再見！寶連。」我在唸信時，妻就坐在我旁邊說：

「去啦！明天就去，我想早點見到她！」

她一個人吵著，但又突然想起寶連種田的模樣又覺得可憐，而無精打采起來。我也希望早點兒見到寶連。特別是想看看她所耕種的田地。知道她滿足於鄉下的生活讓我鬆了一口氣，她繼母果眞是個藝妓，那天在她家時被她矇騙了。

但去找寶連又無法當日往返，事實上，上班的地方也不方便。一週週地拖下去，不知不覺已經到了歲暮，寶連那頭焦急地催著，妻也生氣了，已經到了不得不去的地步了，終於排除萬難在三月的一個星期三的午後，與妻前往。

從台北搭火車出發，搖晃了兩個小時，下車後改搭台車，綠色的田地上的植物被風吹得激烈的搖動。那天感覺上有春的氣息，晴朗的天空，層層白雲，輪廓明顯的青山，在田裡休憩的水牛，掠過稻田的飛鳥，眼中充滿鮮明的色調。妻子被這些鮮豔的色彩所感動，直感謝寶連邀我們來這裡，眼裡浮出似乎已見到寶連似的光彩，我也同樣地感到喜悅，台車通過古樹從樹蔭下土地公廟前經過，逐漸綠田也沒有了，聳立在眼前的是一座座的高山。穿過眼前的相思樹林和竹林，可看見斷崖前一條水量很少的清流，遠遠地可以看見河原上的巨岩，從河岸到山的一帶，是紅色的丘陵，在竹林間可以看見灰色的稻草、紅色的磚瓦、白色的牆，隱隱約約的一個村落，圍繞著的是一片青翠美麗的綠色耕地。從車夫那兒知道寶連就住在那個村落裡。看了一下錶，從台北出發到現在已三個多小時。太陽已西斜，樹林的一面還受著陽光，另一面已出現陰影。從山腰橫走過去，有一面已是平地，突然可以感覺到山中的孤寂。空氣非常冷冽，突然丘陵起伏，通過眼前的是田地、道路、山麓的雜木林……。

妻被風吹得裙子飄動起來，瞇著眼看著山，整整頭髮。一下子不知道該往何處走。但在前面不遠一個賣店之前看見穿著洋裝的寶連在揮著手。

「是寶連！」

妻邊說著邊伸出手臂和飛奔過來的寶連相擁在一起。

看著她們兩人，我眼也熱了起來。大概是爲了在東京時寶連總是穿著華美的洋裝，可是現在卻穿著樸素，過著村婦的生活，對照起來，覺得寶連可憐才忍不住流淚。爲了不讓弟弟變成孤兒，寶連帶著弟弟生活，我爲比別人更有前途的寶連感到惋惜，胸口一緊，什麼也說不出來，只能掩面拭淚。

不久，寶連笑著走過來向我點頭問好。

「終於來了，我從早上等到現在。」

我看見她開朗的笑臉，心中充滿喜悅地也笑容滿面。

「我想都過了四、五個月了還不來，一定是把我這個村婦給忘了。」

「這是爲了罰你偷偷地離開呀！」

我終於說話了，和妻子互相望了一眼，妻子接下我的話說：

「寶連，這就是你不對了！老要我們操心！偷偷地就跑掉了，爲了讓你嘗嘗擔心的滋味才故意這麼晚來的！」

「啊!?」

寶連面紅耳赤地笑著。

三人並行地走著，呼吸著新鮮的空氣，望著眼前的山腳，踩著路邊的雜草，感覺就像以前我們一起到奧的摩去遠足時一樣，但不同的是現在寶連樸素的身影。四、五個月不見，差點認不出來，臉被太陽曬黑了，也變得結實，看起來有年輕人的光彩。我從未看過這麼有朝氣而又健康的寶連。以前在東京時，她那種人爲的濃粧，紅唇濃眉，那種美看起來很令人擔心，但現在我覺得勞動的女性也是一種美。驚訝寶連這種完全與以前不同的健康美，我想一定是生活的關係，我輕輕地鬆了一口氣。

「我變得健康了，你看手指這麼粗，我看起來是不是很粗枝大葉？」

也許是我奇怪的眼神吧！寶連邊看著我邊伸出她的指頭，「這都是每天種田養豬的結果，剛開始覺得很苦，但現在覺得很有趣。」

「寶連你眞了不起！」

妻淚汪汪地說。「你曾經是個任性的富家小姐呀！」

「這是由於寶連剛強的脾氣不肯向環境屈服。」

「唉呀！討厭！這到底是褒，還是貶啊？好諷刺哦！」

「諷刺？沒有的事，怎麼在山裡住一住就彆扭起來了！」

「是吧！我每天聞泥土的味道，就變得單純起來了！」

我邊開著玩笑，寶連的視線隨綠油油的田地流轉著。

山腰一帶的美景、蒼綠的作物、鮮綠的色彩，盡入眼簾，荒地卻一點也不像荒地，田與田間、草叢與草叢間、坡道與坡道之間蜿蜒著小路。石牆一層層地高上去，像是把山腰包圍起來一般。電信柱下有一匹牛在吃著草，背上有小孩騎著。寶連指著山裡樹叢內的一家紅屋頂的房子說，那就是她現在與舅舅一起住的地方。她舅舅在當地是自耕農，她會來這原來也是她舅舅要她來的，漸漸地弟弟也喜歡舅舅家的那種健康的生活，而寶連也把弟弟的教育委託舅舅。走著走著路上突然升起了坡度，我已經開始喘了，但看見邊走邊講話的寶連，一步步充滿活力，我悄悄地想著：她已經適應這種生活了吧！弟弟們將來也是這種生活吧！

這樣下去，等弟弟和舅舅都完全熟悉了以後再回來東京吧！「在那兒有用稻草編的擋風的東西，那擋風物一直向南擴展，那一帶就是我和舅舅耕種的田地，已經收穫了蘿蔔、山東菜和荷蘭芹菜。」

我們爬到她家的石牆下時，寶連一邊整理她被風吹亂的頭髮，一邊得意洋洋地說著。

「製茶工廠的話，你看在那個三角形尖尖的山，就在那座山的對面。完全委任給舅舅了！我們家的財產就這些了！」

這樣說完了之後，她卻流露出孤寂的眼神。我默默地想著，還是不要談到她把台北市的店舖讓給繼母的事。

「是父親唯一遺留下來的東西呀！」

妻無限感慨地說。

爬上石垣，轉過一個竹叢就到了她舅舅家的庭院了。

因爲是山中的房子，用難得一見的土磚把屋子圍了起來，紅磚築成的門。向院子內看過去，可看見院子內的果樹和白牆，還有木材與農具，不久，傍晚就悄悄地來到。

看起來是個典雅富裕的老房子。因被細心地整理過，所以感覺很好。

「累了吧！走了那麼遠的山路。」

寶連看見站在門邊龍眼樹下調整呼吸的我們笑著如是說道。

在微暗的樹蔭下，還微微喘著，撫著臉的寶連看起來是美極了！雖已接近日暮還可聽到鳥鳴，回首前來的道路妻嘆息地叫道：

「哇！好美的景色。」

站在龍眼樹下，眼下的田野，與紫色的遠山已逐漸褪色。太陽已下山，微弱的光照著山川草木，明暗交織著。山麓雜木中隱約的河流，在灰色的黃昏之中流著，在綠油油的田與田之間，散落著數個小小的村落，灰色的屋頂，穿過樹叢頂上是五、六條寂寥的炊煙，一列黑色斑點從天空飛翔而過。現在在紫色的遠山處可看見一條火車冒出來的煙，那大概是剛剛下車的地方吧！我漸漸感覺到身邊的空氣變得寒冷，及自己是從遠處來的，緊緊地纏著寂寞之感，重新想起住在山中的寶連，就如在毫無人煙的深山中的一朵可憐的花一般，令人感覺難過。但，面向寶連，卻什麼也說不出口。我只是偷偷地望著她，靜靜地聽著龍眼樹上的鳥鳴和樹葉沙沙的聲音。

突然從那裡跑出了兩條狗狂吠著，露出牙齦嗚著，妻叫了一聲躲在我身後。寶連向前一步斥責了一聲，狗終於退縮且向寶連搖著尾巴，那狗看起來像是一有機會就會跳起來撲過來一樣。正在傷腦筋的當時，隨後跑出一群小孩子。這些小孩看起來都像健壯的山地小孩，他們各抓住了狗的頭啦、肚子啦、尾巴等等護著我們。看起來小孩好像被狗咬住了，其實不過是鬧著玩罷了。不久那狗就使出全身力氣把小孩壓倒在地上。不久，我就看出小孩中有兩個是寶連的弟弟。看見那天眞爛漫的表情，可以想像一定很幸福。

「實在是太好了！」

我問寶連這麼說，她只是高興地靜靜地笑著。

進入庭內，那是棟馬蹄形的古建築，和屋外零亂堆積的農具成對照的是，正廳充滿了整齊、清淨的感覺。桂花的香氣在黃昏的空氣中撲鼻而來，屋子裡的老人帶著一個七歲左右的女孩看見我們就笑嘻嘻地走了出來。

古銅色的皮膚滿臉皺紋的老人看起來像是個農夫，那就是寶連的舅舅。寶連向我們介紹，接著那個老人說：「眞歡迎你們來，寶連每天都念著你們，等你們來。」然後就招呼我們進屋中。那小女孩立刻就抱住了寶連，手吮著指頭，用奇異的眼光回頭看著我們。

「這是最小的妹妹。」

寶連說，本來兩個都是孤兒的，現在看起來卻像母女，妻淚汪汪的。寶連的舅舅是個磊落的人，寶連姊弟這次的不幸，使他們四人緊接在一起，也未嘗不是一種幸。在這棟大棟的建築物中過親情生活，家裡也變得熱鬧起來，坐在家中看著從田野工作後回家的家人。

「剛來這裡時是比較頭痛點，但現在都熟稔起來了，我也勸寶連回東京，但寶連堅持要休學。實在是傷腦筋。」寶連把妻子帶到房間裡面，舅舅好像想到什麼地說。

「哦！」

那還是和我私下想到的一樣，但已漸漸可以習慣現在的生活。這些生活和她的藝術生活是不對稱的。

「現在，每天都幫忙田裡的工作。但也不是田裡或做飯都她一個人在忙，大多是小孩子們在幫忙。要她回學校她也不說聲好不好，最近忙著要在村裡關帝廟弄個保育園什麼的。」

舅舅一邊笑著一邊搖著頭說，實在是不懂現在的年輕人。

轉眼間暮色愈來愈濃。不久，已到了晚餐時刻，舅舅說我們特地到山裡來，卻留在屋裡沒什麼意思，要寶連帶我們出去走走。寶連的兩個弟妹也拉著她的手一起跟來。在路的對面樹蔭下有一個堆肥舍，橫過那兒，再跳過一條小河流，就到了蜜柑園，蜜柑樹上被一堆藍黑色的東西圍繞住，樹上蝙蝠「啪」一聲地飛了起來，從蜜柑園出來可眺望一片廣大的田地和水田。這一帶是丘陵地，一列彎曲的田地被草叢和雜木圍繞著，好像把山腰切開來一樣。現在夕陽光線漸弱，綠色的大自然已愈來愈暗，田園也變得愈來愈模糊，眼前只剩下田園中作物的影子，和灰暗的天空成反比似的，枝葉的顏色反而鮮活起來似的。田裡種著各式蔬菜，看起來很豐盈。

「我就在這兒工作的喲！看著這些菜芽成長是一大樂趣哦！」寶連站在田埂上高興地說著。

「寶連種的蔬菜會不會營養不良啊!?」

妻開著玩笑，我靜靜地笑著。據她舅舅說她在這兒種的蔬菜都是營養不良。當然要生活是不夠的，還要舅舅一家的協助才可以。結果雜草叢生，違反增產原理。她該走的還是有前途的藝術路線吧！我這麼想，立刻走到寶連身邊。

「再回東京去修藝術吧！你聽舅舅說，弟妹和他都親起來了，這樣的條件不是很好嗎!?」

我靜靜地說著。寶連突然抬頭看著我說：

「要我丟下弟弟嗎?」

「丟下弟弟!」

我實在很難理解她的意思，我把視線移到一棵大蓮霧樹上去。

「何況，我也不會放棄我的音樂。雖然現在如此，當初我想放下音樂時，那時下決心是件令人悲傷的事。眞令人難過!但，在這兒生活，使我發覺那樣決定是錯的。」

寶蓮邊說著邊把她的視線也放在蓮霧樹上。

「學音樂是錯的嗎?」

「也不是這樣啦!人的生活不只音樂,還要考慮到其他的事呀!我們都不懂現實的生活，而受到四周環境誘惑著再渡海去大都會裡過著幸福的生活，談論那些藝術，那些哲學，所爲何來?又會得到什麼呢!在父親過世時當我知道也許會破產時，我就開始考慮到生活了，對父親來說也一樣吧!父親夢想要成爲一個有成就的大都會裡的實業家，但今天他得到了什麼?只是他的四個小孩，現在在給別人添麻煩罷了!」

「你是冷靜地在考慮!」我訝異地說。

「嗯!是很冷靜的!當然，我也並不否定人的努力向上與活躍於社會。我考慮的是做事的方法，生存的方法。舅舅已經在這住了四十年了!他在這裡看山、看河、看樹木成長，在這耕種了四十年。舅舅們既不是呆子，也不是無能。我想這就是生活。」

「總而言之，你很喜歡這樣的田園生活。」

「不，並不是因爲景色好我就稱讚這裡，而是覺得這是一種生活的方式。你說——」

寶連指著蓮霧樹。妻帶著疑惑的眼神走近我們。

「這棵蓮霧已經二十年了，二十年間，這棵樹在這兒動也沒動過。而且它的葉子年年新鮮翠綠。我認爲這種生存的方法是很美的，這點在我們的生活中有嗎？我們在藝術、學問中打轉，是否遺忘了什麼？那座山也是！數十年，數百年來，它都是那麼奕奕地存在著。和這些比起來，我覺得我們都像患了夢遊症的人。」

原來如此。難怪她要我們看那棵超然聳立在黃昏天色之中，老葉、嫩葉色彩夾雜一身，非常好看的蓮霧樹！

而已消失在暮色中的山脈，還可清晰地看見它美麗的輪廓。我眺望來時路那種大自然之美，想起了我自己在這種心情下，我竟意外地忘了寶連說了些什麼，是因爲這樣來回的走著？還是因爲空虛的心，充滿了對喜歡大自然樸素的農民的感激？我陷入沉思。現在站在大自然之前的我，心中充滿感激，還會想起藝術學問嗎？不，還不如說這些都忘了！那麼說，今後和山川草木共同誠實地一起生活的寶連，才會說出這樣的話，彈鋼琴的話就會失去人生的意義嗎？我自己也不清楚，沉默地一再玩味著寶連的心境。突然吹起了冷風，樹葉發出了沙沙的聲音。

「對不起！我說了狂妄的話！但，這眞的是我的心聲。再說說我的眞心話吧！我雖然這麼想，但住在這兒也是很寂寞的！是習性吧！每當感到寂寞時就看看山呀、樹呀、河的，接觸這些草木，壓抑住自己的情緒。太軟弱了！所以你們要出來玩哦！我最近和村裡的人們一起工作，在關帝廟辦了一個保育園。從現在開始可以過得很有趣。眞快樂！」

我沉思地望著寶連，她改變語氣道歉地笑著說。漸漸地暮色蒼茫，風聲愈來愈大。一會兒大家都無言地站著，寶連的弟弟在田埂上追逐著。

不久，背後傳來了喊我們回去吃晚飯的聲音。寒氣靜靜地襲了過來，寶連在前頭領著我們回家吃飯。

原載一九四四年五月《台灣文藝》創刊號

風頭水尾

一望無垠的木麻黃防風林，井然有序地排列著。繁茂的綠葉高度及胸，好不容易才得以殘存樹梢的禿枝，暴露在海風中，看起來稀稀疏疏地搖曳。刺骨的海風從禿枝縫間襲來。忽——忽——不時呼嘯而去。每次田裡另一邊的樹木都一起彎腰，田園突然間看起來變低了。下火車後已經過了一小時，海風逐漸增強，徐華的心底感覺到已經來到海邊。一想到從今天開始，這裡就是自己安身立命的地方，不由得用雙手掩住被海風一直吹得無法睜開的眼睛，然後從指間偷偷環視附近。防風林與防風林之間，青翠的甘蔗葉激烈地跳躍著。樹蔭下蓋了房子，每次樹木與農作物一低頭，青葉頭頂就露出茅草屋頂與牆壁。小鳥似乎與風兒嬉戲，全身承受著強風，飛起卻不斷後退。雖然看不見踪影，耳際頻頻傳來鵯和著風聲的激烈嘈雜聲。徐華在如此嚴苛的自然中，強烈感受到生存的氣魄，不由得露出微笑。儘管寒風凜冽，由於心中已有依靠，頓時燃起暖意。眼前浮現今後將成爲自己的師傅、即這座農場的開墾者洪天福的臉龐，微笑逐漸盪開。然後又想起，當前幾天自己終於決定要參加農耕隊，洪天福所說的話。「這裡是風頭水尾。自然很威猛。因此，一偷懶，就會立刻被擊垮。就算是一秒鐘，也必須要工作。如果能有這樣的覺悟，才能完成這裡的工作。」胸中異常興奮，燃起自己也能辦到的勇氣。佇立在通往農場的橋頭時，徐華回顧背著長子尾隨其後的妻子。

「你看！」

指著橋下。河面的水量很少，砂壤浮出水面。鴨子成群走過卻給人是在渡河的感覺。

「這條河流是唯一的眞水（淡水），是生命之繩。不過，因爲這裡是最下游。你看！它的上游被用來做灌溉水，所以水量很少，而且逆風。因爲是在風上，可眞令人傷腦筋。總之，這裡就叫做風頭水尾，是最差的農耕地噢。」

由於風勢強勁，他說的話中途就被風吹走。也不知道妻子是否有聽到，一副不是很明確的表情。在強風中，好不容易才得以仰望丈夫的臉，卻只是默默笑著。

「不過，洪天福是個了不起的人。很會開墾。」

來到橋上，風勢直接從河面吹來，益發猛烈，彷彿被灑下砂塵，眼睛無法睜開，臉頰火辣辣般的刺痛。似乎覺得橋也在搖。想到連自己是男人，都覺得如此的步行苦不堪言，徐華不由得想拉住妻子的手。不過，妻子兩手抱緊長子，瞇著眼睛，頭髮被吹亂！依然以恰似黏在橋上的步伐走著，搖頭拒絕丈夫伸出的援手。

「鳳嬌！」

徐華在風中伸手再度大叫。妻子好像說了什麼，但耳際恰似被風聲包圍，不斷縈繞著忽——忽——的聲音，所以沒有聽到她的回答，只見她露出不知所措的笑臉搖頭。目睹此一情景，徐華這才想起妻子能獨立生活。從少女時代起，肩扛將近百斤的貨物，即使是山間的獨木橋，也能面不改色地走過。這種堅強的身影，使他恥於自己的懦弱，不禁向風中狠狠地吐了口水。他挨近妻子與小孩的身邊，以保護他們的姿態過橋。

夫婦兩人佇立在木麻黃樹蔭下一會兒，躲避強勁的風。從防風林對面的樹葉間，可以看到紅色的水蓮花與黃色的美人蕉。神經早已被風吹得乾乾癟癟，頓覺眼前的花非常鮮活。徐華邊拭去停留在臉上的砂塵，眼光完全被花吸引住了。

「啊！都是鹽呢。」

妻子頻頻舐嘴、蹙眉仰望他的臉。徐華也急忙從嘴裡伸出長長的舌頭舐看看。鹽的鹹味。也舐了一下睡在妻子背上的長子之臉頰，還是鹹鹹的。

「已經來到海邊了。鳳嬌！終於到達海邊了。」

從剛剛就已經感覺到了海邊，但沒有現在這般的實在感。徐華的心中油然而生一種悲壯的感覺，反覆吶喊著「海！海！」。不是好奇心，也非喜悅，是直接面對今後要與海邊農耕地對抗的悲壯現實而引發的感動。再次咀嚼洪天福說的話。風頭水尾的這塊土地，不單是要和風作戰、和水作戰，也必須和鹽分作戰，否則作物的成長就無望。現在這樣的恐怖緊緊地纏著他的身子，令他打了寒顫。既然是會黏在臉頰上的鹽分，想到忍受著海風的作物，即將成爲農夫的事實，使他的呼吸急促，不禁握緊拳頭。突然間，想起什麼似地，握了一把田裡的泥土，然後放入口中。只有撲鼻的肥料發酵味，卻沒有鹽分。妻子似乎也察覺到他的心情，掬取溝裡的水品嘗了一下，夫婦兩人戰戰兢兢地相對而視，彷彿在等待對方開口。不過，立刻從眼裡開始笑起來。

「不鹹噢。」

徐華先吐出泥土後說。

「是眞水噢。」

「當然囉。因爲是由剛剛渡過的那條河水供給的。」

聽到妻子說的話，內心覺得很高興，事實上，就像被迎頭澆水，喜悅與希望充塞心胸。突然間，巴不得早一刻來到自己的小屋，然後與師傅洪天福見面的心情，使他無法靜下來，連忙催促妻子，再度漫步於風中。

竹製屋頂與竹柱的辦公室，爲了避風，蓋在木麻黃的樹蔭下。兩側包圍著倉庫，院子裡有豎起羽毛的雞、鴨與火雞嬉戲其間。除了風聲外，寂靜無聲的辦公室內，有事務員二、三人，師傅和他的兒子去農園工作了。

「喲！來了嗎？」

事務員的話輕輕從耳際溜過。與辦公室的內部連接、難得一見的醃菜工廠之建築物，令徐華瞠目咋舌。它所煥發出忙碌的氣息，燃起徐華心中的希望。那是農夫所無法感受到的大氣息。在他這位山地農夫的眼中看來，如此大規模、有條不紊、活力橫溢的農園，是第一次所看到的印象，始終無法從腦海中拂去。

在到達自己的小屋之前，沿途所經過的農耕地、所見所聞，一切的事物都給他相同的印象。防風林的木麻黃及芒草梢頭忍受海風拂過與鹽分的綠意，直線如棋盤的水溝與田埂，眼看著在風中搖曳的作物莖葉，綿延千里。雖然是再度來訪，走著走著，依然喚起他莫名的感激。棲息在與防風林及水溝平行的路邊之成群家禽，似乎格外歡迎他的到來。他已經開始在腦海裡描繪出這些設計藍圖，想像眼前周遭是二甲步的小塊土地，正在風中迎接豐收。

不過，等他到達自己的小屋時，卻沒有看到能彼此訴說喜悅之情的人，不禁閉口不語。所謂的小屋，其實是形成集團式佃農的部落。密集到從窗戶可以看到鄰家，一發出聲音，連隔四、五間都可以立刻聽到。他遷入的這天，難得會圍著他家小屋的，只有流著鼻涕的小孩。雙親們在田裡工作期間，留下雞群與看家的幼兒們。乍看之下，裸身、肚臍附近一片烏黑，約莫五歲的小孩拉著約莫三歲小孩的手。徐華解開行李，將祝賀用的餅切成數塊，然後遞給孩子們。問他們雙親的消息。說是：「在田裡啊。要不要把他們叫來啊？」

說著就要走去田裡。他不禁微笑，慌慌張張地制止。

事到如今，徐華心想要與其他農夫為伍，工作上可不能輸給他們。自己也想早一刻去田裡，於是急忙開始整頓家裡。現在還把小孩背在背上，汗水也不擦掉而忙著把道具排列在屋裡的妻子，想到來時路上所看到大群的家禽，不禁露出擔心的表情。

「田裡的事比較重要啊。你趕快去田裡看看。讓家禽進入就不得了了。」

她說的也不無道理。徐華取出從遠方帶來的鋤頭，吐了幾口唾液在手掌上後，就摩擦鋤頭的柄。然後走出門口，想看看鄰家，每家卻看不到大人的影子，只有裸身的小孩、貓狗，以及在院子前面走動的鵝、鴨、雞群。一百多位佃農，輕易就被吸引到將近六百甲步、寬廣的農園。

這次他要耕作的二甲步田地，鄰接堤防。是比較後來開墾的土地。還只是泥田的部分，正種植著燈芯草。改善的部分，經由徐華的耕作，今後應該可以種稻。徐華深深感受到這塊遼闊大耕地的一部分是屬於自己田地的實在感，於是在田裡到處走了一會兒。以井然有序的防風林與繁茂的木麻黃做堤防，這塊被包圍的耕作地，在接近正午的太陽之照耀下，以及海風呼嘯而過之美麗，使他突然想起曾在都會所見到的公園之美景。等他發覺時間經過與環境的躍動，想起自己離鄉背井外出工作，思念故鄉天空之情洋溢胸中。

結果，徐華因流露出的情感而茫然無措，鋤頭始終沒有揮下，只是爬到堤防上閒逛看海。面對著田裡的那一面，有別於木麻黃繁茂的情景，從堤防上到海邊的斜面，細小的雜草叢生，恰似牽牛花的紅花正亮麗地綻放著。由於正面迎接海風，他緊按住似乎要被吹走的褲子。揚起白色波頭，以堤防爲目標、蜂擁而至的海浪，與青翠的耕作地相形之下，更令人驚於與海作戰、開墾的危險性。覺得海很恐怖，自己即將被海壓倒的壓迫感，使他正想折回時，發覺白色波頭附近的海濱，有四、五人正在工作的身影。對抗著強烈的海風，無視靠近身旁的海浪的咆哮。仔細一瞧，在海濱植草中的一人，徐華覺得就是師傅洪天福的背影。以鐵鋤爲手杖，挨近一瞧，果然是洪天福與農夫們一起在工作。全身浸透泥水的洪天福，聽到徐華的打招呼，得知是他時，一副沒有笑容的表情，冷不防說：

「只剩半個月就要插秧了。不可以來不及噢。」

「是的。」

徐華回答，堆起笑容。湧現出感動莫名的農夫們間有的親切感。師傅也是與自己一樣是農夫。瞬間，掩飾不住滿心的喜悅。事實上，在此處耕作受到諸多照顧的農夫，描述師傅洪天福的爲人。說是：

「他還是農夫啊。和我們沒有兩樣。每年有數十萬圓的生產總量，本來是自家用轎車可以擁有兩、三輛的身價。不過，他一點也沒有擺出富豪的架子，簡直就和貧農一樣，穿著短褲、裸身工作。」

內心反覆咀嚼這一番話，看到之後不再說話、繼續工作的洪天福被太陽曬黑的皮膚，以及粗糙的大手大腳，胸中充滿佩服的念頭。

在觀看的時候，對方迅速地種植雜草。這些雜草不會有什麼收成，而且海水一滿潮，這裡就會變成海濱。因此，山地農夫徐華覺得這樣只是徒勞而已。於是提出愚蠢的問題：「種那些草有什麼用處？」

「這個嘛！」

洪天福繼續工作，表情不變，以平穩的口吻說：

「製造土地啊。目前是用來保護堤防。總之，藉著種這種草，當海水來時，海濱的土才不會被沖走。不僅如此，由於能留住泥土，海濱的土逐漸變高，最後變成浮洲。這麼一來，海水不會沖到堤防，所以很安全。再則，也能製造出新的土地。」

聽著師傅親切的說明，徐華渾然忘了強烈的海風，覺得自己的前途充滿光明，頓時身子輕快起來。

「海邊的開墾，首先就是要種草。」

一位農夫看著徐華的臉，笑著說。接著，又以在風中呼喚似的高聲繼續說明。現在六百甲步的農耕地，在開墾前，也是和眼前的海濱一樣，原本是雜草不生的砂地。滿潮時，水深及膝。開墾的第一步，就是要建設堤防，擊退海水的浸入。因此，要種植草木來鞏固堤防的土。

「堤防的成功與否，決定勝負。而堤防的成敗，事實上與草木的種植成功與否有關。不過，由於海濱是鹽水，很難把草木種活。」

「原來如此。」

「到堤防成功以前，還是項大工程呢。雖然特意種好草木，暴風雨來襲時，不是都能抵抗的。滾滾湧過來的海水，使草木與堤防一起崩壞。海水入浸，暴風雨的夜晚，苦於堤防決潰的情形不下數次。由於海水猛烈，即使草木的根已深入土中，還是起不了作用，接二連三地流走。因此，我們在夜半時，做成人梯，以身體去擋住海水。」

「現在我所說的話，徐華！」
洪天福突然抬起頭來。
「嗨！」
徐華回過臉來。
「你的也是堤防旁的耕地。所以，堤防的安全最重要噢。」
「我明白了。」
他們所說的事情，使下了堅定決心進入此農園的徐華，更加深切感受到壓力，重新回顧剛才若無其事走過的堤防，其背後竟然隱藏著如此的勞苦。
在激烈的風中，繼續延長堤防。微高斜面上的紅花一起搖曳。堤防上稍露出梢頭、另一側木麻黃葉子的沙沙聲，使徐華覺得彷彿是在脅迫或叱責自己。
太陽西沉，除了風聲外，海的咆哮益發猛烈。高起的波濤逐漸挨近，正覺得迫近眼前時，又向遠方消失。如此反反覆覆，無時無刻都在忍受可怕的海潮聲。
「好像會有暴風雨。」
妻子幾次看著窗外說。由於徐華並不這麼認爲，所以沒有回答妻子，不時走到院子仰望蒼穹。
星光閃爍。眼前看到風以強勁之勢，與屋頂摩擦後呼嘯而去。在風聲與海的咆哮驅使他心中益發寂寥的現在，屋頂吱嘎搖晃的聲音，也使他的心無法平靜下來。只要鄰家的農夫回來，多少可以揮走些許的寂寞。不過，稍微看了一下其他鄰家，卻不見農夫的踪影。只有兩、三家的主婦正在準備晚餐。這時別人都在工作，只有自己一人閒蕩，徐華頓感寂寞，心情越發無法平靜，於是在院子與家中進進出出。

說是家，其實只是三個房間毗鄰的小屋。正廳、寢室與廚房連接在一起。由於是竹柱、竹屋頂的矮屋，風一吹就咯吱咯吱搖動，比起外頭來黑夜更早潛進屋裡。一放置些許的道具與農具，屋裡顯得擁擠，好不容易才空出通道。儘管如此，腦海裡始終盤旋著這是我家的意識。他連忙移動道具，試著左擺右放。最後，總算餐桌的四周變得很乾淨。

今晚他家要招待鄰居的農夫與師傅。雞與鵝已經宰殺淸洗乾淨，祝賀用的湯圓也準備好了。妻子在廚房裡調理得手忙腳亂。

「味道會不會變味？」

經過廚房，徐華如此詢問妻子。

「已用鹽巴醃好放著，所以沒有問題的。」

妻子的話使他安心，於是再度走去庭院。農夫們還沒有回家，已完全變暗的院子前面，風聲中夾雜著雞在窩裡跺腳的啼叫聲。

農夫們回家也是在很晚以後的事了。和著風聲，微弱的蟲鳴與由田裡吹過來的風一起進入窗戶。院子前面沐浴著淡淡的星光。由於大家客氣不好意思來，徐華一間間去拜訪，強邀他們接受招待。好不容易小桌才圍坐五、六人。不過，只有師傅洪天福不知道怎麼回事，始終沒有看到踪影。由於辦公室離得很遠，沒有辦法立刻把他叫來，於是大家喝茶等待。徐華儘管心焦，卻無計可施。一時忍不住，想去叫他時，大家都制止。

「黑漆漆，又是不熟悉的路，實在很危險。而且，師傅也應該快來了。」

「總之，師傅隨時都很忙。現在一定還在某處監督工作。如果你去辦公室，一定不在吧。」

在師傅出現以前，大家也只好耐心等待了。大家都圍著徐華，告訴他一些開墾農耕地的經驗。洪天福突然出現了。還是身穿徐華白天所看到一樣樸實的台灣服。儘管夜深，依然打著赤腳。

「啊。你們在等我嗎？不是說不要等我嗎……」

「歡迎！」

徐華急忙拿把椅子請師傅坐下，他卻把椅子往後推，和大家一起坐在門口旁的長椅上。不過，立刻又站起來，也沒有回頭看徐華遞過來的茶杯。

「怎麼樣啊？房間都整理好了嗎？道具都擺好了嗎？農夫的工作，家裡沒安頓好是不行的。」

說著巡視了一下家裡，然後看了一下院子前面。

「有養家禽吧。農夫是一定要養家禽的。豬也是一樣。有很多間小屋吧。即使是糞便，也是非常有用處的。」

接著走去院子。

對於師傅變化多端的行爲，徐華有點愕然。

「師傅經常都是這個調調。事實上，我們都甘拜下風。」大家笑著說明。

「徐華！最好要快點養豬。因爲這次你的耕地能夠種甘藷。」

洪天福說著再度進入屋裡。

屋裡點著微弱的石油燈，餐桌上勉強擺滿豐盛的菜餚。洪天福與大家一起入座。

「我只要吃湯圓。因爲今天是徐華的大喜日。」

初次露出笑容。不管徐華如何勸他夾菜，他的筷子始終不去夾菜餚，只吃了兩碗湯圓就擱下筷子。由於師傅沒有舉箸，農夫們也客氣，不管徐華如何勸誘，蘑菇了老半天，白糟蹋了特地準備的一桌菜。看到這種情形，洪天福突然正顏厲色斥責他們。

「幹什麼這麼客氣。不要學我。我是我啊。」

儘管如此，大家還是拘謹地吃完這頓飯。主要的大菜幾乎都原封不動。徐華急得頻頻勸菜。大家因爲面對著師傅，還是客客氣氣的，幾乎沒有再舉箸夾菜。不要客氣啊！洪天福對農夫們說了幾次。等看到大家沒有想再繼續吃菜的意思，於是說：

「那麼，就去院子前面聊天吧。點著燈太浪費了。來！把燈熄了再出去。」

說著自己就趕緊拿把椅子走去院子。

夜更深了，管它是風聲、海的咆哮聲或蟲鳴，全部都捲入漩渦裡。院子前面頹圮的竹牆發出咯嗒咯嗒聲。把椅子拿出來後，大家圍坐成圈。徐華留在屋裡一會兒，等泡好茶後端出來。

「怎麼樣啊？徐華！」

黑暗中，洪天福發出聲。「海邊是個寂寞的地方。因爲只有強勁的風聲與海聲。能夠忍受吧。」

「是啊！當然……」

說到一半，徐華就閉嘴了。想起剛開始時，好幾次都覺得異常寂寞，感到對將來實在沒有什麼自信。

「說什麼話。只要住下來就會習慣了。剛開始，大家都是充滿無法忍受的心情啊。」

「因爲多半都是在山裡長大的人。」

「工作嘛！只要拿出全副精神，其他應該就不會在意了。」

聽到農夫們的你一言我一語，徐華立刻有種被罵的感覺。只要與這些人在一起，今後一定可以工作愉快。重新思索一下，然後笑著說：

「又不是來遊山玩水的。我想不會有什麼問題。」

「是啊。大家也都這麼認爲。不過，等試著過了一下日子，卻發出悲鳴，一發不可收拾。」

洪天福拍打雙腳說。在伸手不見五指的院子前面，成群蚊子在飛翔。蚊子瞄準人類的肉體，蜂擁而至。農夫們也接二連三拍打著腳。

「開墾當初，小工逃跑了，眞是苦不堪言。難以忍受寂寞。當時也和現在不同，沒有一草一木，眼中所看到的都是海邊，風勢強勁，在竹柱蓋的小屋裡生活，爲風與水所苦，也是無法勉強的。爲了留住他們，夜裡請說書人來講古，種植落花生供大家晚上喝酒享用。」

聽到師傅的懷古往事，徐華緊張地屏息吞下口水。

「跟那時比較起來，現在的農園實在太難得了。雖說風很強。你看！有樹、有家、有土地。」

大家都陷入沉默中。風依然吹動屋頂，海的咆哮彷彿近在眼前，響徹大家的耳際。想到師傅的辛勞，徐華對這塊農耕地越發有種親切感。瞬間，瞄到海的那邊，有顆閃閃發光的流星斜落下來。

不久後，洪天福站起來。

「大家都說我很了不起。這是不對的。一切都是神明的庇佑。」

拍打一隻腳後說：「已經很晚了。大家都要休息了……」

自己收拾椅子。徐華頗覺惶恐，送師傅到院子前面。洪天福圖個方便似地，對他指示明天開始後的各種工作，然後獨自一人踏著暗黑的夜路回家。忽——忽——風通過師傅消失踪影的黑暗中。

侯鄰居的農夫們回家後，徐華懷著溫馨的回憶把門鎖上，然後走進廚房。廚房裡一片漆黑，只感覺到妻子在動。

「鳳嬌！要快點收拾好。因爲明天要早起。雞一鳴，就打算去田裡。」

好像是在說給自己聽。無法按捺住喜悅之情，黑暗中，忍不住露出笑容。

原載一九四五年八月《台灣時報》第27卷第8號

百姓

農夫的勤儉過於細微，而且相當固執。所以，經常被叫做吝嗇鬼。不只是叫而已，還因此被嫌惡、嘲笑或愚弄。例如，五錢的物品，想殺價到四錢才買；一張三錢的明信片，想殺價到二錢。公車有規定的運費，農夫卻沒知識到想殺價一錢的樣子，經常映入眼簾。此外，由於節省醫藥費，農夫枉送掉一條人命的故事，時有耳聞。這一切都是因爲農夫的勤儉。卻被叫做吝嗇鬼，也是莫可奈何的事。

不過，深入思索時，農夫果眞是吝嗇鬼嗎？不禁想起少年時在鄉村生活之點點滴滴的回憶。例如，村裡在酬神唱戲時，平日一錢一厘都要節儉的農夫，拚命想招待未曾謀面的觀光客到自己的家裡。與其爲廟會節慶花十數圓，爲何不把它分攤到日常生活中，改善飮食呢？頗令我納悶不已。年少時認爲農夫都是一群可笑的人之印象，迄今始終無法忘懷。認爲他們很可笑的印象，一直持續到那天的大空襲。

姓陳的農夫與姓洪的農夫，雖是隔壁鄰居，但感情一向不睦，平日早已反目。姓陳的雞一進入姓洪的耕地，姓洪的就立刻宰殺之。有時姓洪的田裡沒有水，姓陳的水即使溢出流往他處，也絕不會分一滴水給姓洪的。彼此徹底實施利己主義。

有天空襲。由於第一次遇上，陳家、洪家與附近一帶的農夫都到甘蔗園躲避。那是午後的事。洪家的媳婦在甘蔗園裡即將分娩。眞是屋漏偏逢連夜雨啊！敵機就在頭上轟轟叫，大家的頭都伏在地面，擺出一副奇妙的姿勢。洪家措手無策。總之，無法去叫產婆來接生。姓陳的老妻跑過來充當產婆，爲不久後產下的嬰兒剪斷肚臍。在敵機下，陳家的婦人與洪家的女眷，在家中與甘蔗園間來來往往，又是熱水又是尿布，忙得不亦樂乎。因此，產婦得以平安生產。

翌日，陳家雖沒有做雞酒的胡廂油與酒，卻三緘其口。聽到這個消息，姓洪的怒斥老妻。

「就是這個時候了。我們家有，不是嗎？拿出來！」

當然，這時的臉色和平日一樣緊繃。目睹此一情景，不由得想起孩提時代的鄉村生活。

原載一九四四年十二月《台灣文藝》一卷六號

故鄉的戰事一

——改姓名

一天初冬好天氣，午後三點鐘的時候，我急急忙忙的跑進火車站，剪了票就踏入去月台。看看月台上已經一群旅客，正在很拚命地推來讓去的跑來跑去的跑，腳步聲和種種的呼喚聲，混作了一處，熱鬧地傳到耳膜裡來。這因爲打杖（仗）敗勢一天深似一天，火車通統被軍閥獨占，乘客可搭的火車就很少了，所以要搭車的旅客就爲爭先占領坐席的起見，便像賽跑似的跑得很厲害，去占了排列的點兒前頭。因此，月台上的排列，一刻鐘後，就成了長蛇的列出來了。我也在月台上跌來跌去的走了一會，看看四面都許多人在七上八下的爭競著排列，只有一列差不多十數人的放課的小學生，靠著月台的最端邊，很整齊地排列著在那裡等候，我就馬上跑進去排在後面接著。不過這地方因爲太端邊，說不定會碰不著火車廂，所以並沒有大人影。

這些小學生看起來是日本人小學生，在那排列中間唧唧咕咕的說著玩兒，時時也有幾個對他朋友們偷閒搗鬼。但雖然在開玩兒，排列是很規規矩矩不做出亂七八遭（糟），可見學校的訓練是很好的。

等了一會，風送了遠遠的有火車的車輪聲傳來，未久，火車到了。那漆黑的東西便無聲的沿著月台爬，漸漸停歇了下來。月台上忽然起了風浪似的動搖來，下車的旅客尚未下完，就顯出了爭競上車的許多人沙（吵）鬧。看看這些小學生並沒有起了爭競，依舊規規矩矩的排列等著下車的旅客一直下來，頗有使人歡心。可是誰知道到旅客下完的那時候，站在我面前的一個身材矮小的小學生，忽然走出列外從後面拚命地跑進去做先鋒，裝著自自然然的樣子便進入車廂裡去。

被押住著的他們同伴瞬間呆然無聲，一忽兒後，就馬上喊罵起來了。

「後藤……你這個混蛋……改姓名的。」

「改姓名……改姓名。」

罵得很厲害，幾乎要將他拿來打了一打。被罵的那後藤卻也什麼受氣都沒有，只悠悠地占了空闊的坐席，含笑回答說：

「改姓名也可以。」

「怎麼可以呢？改姓名是不行的。」

「改姓名？改姓名。」

於是同伴的小學生，用著了歌唱一樣的聲音，一直齊喊起來，喊得到火車開了後也不止，車廂裡就顯出了一場的沙（吵）鬧起來。

時在皇民化運動極烈的時候，台灣同胞的改姓名是一天又一天的多，所以這時候，我聽了這些小學生一直罵著改姓名，覺得侮辱得很。把很野蠻的強迫手段拿台灣同胞來改了名字，才弄出這樣的侮辱台灣同胞，日本人啊！這是對嗎？台灣同胞啊！你爲什麼會這麼樣的傻子，不但失去名字，而且來被人侮辱。一時我氣得的，想將把那小學生來打了一頓，可是冷嚴的時局拿我的手縛住著，一會兒後，我的思想變了，我就想使那改姓名的後藤儘量地被人家侮辱了後，一定會曉得了改姓名的意義是什麼，這可不是他的進步嗎？我把憐憫地眼光看了後藤，用著台灣話問說：

「你的改姓名就改得錯了，你看，會被人家這樣的笑了。」

我以爲後藤是個和日本人在小學校裡讀書的改姓名的台灣同胞，可是我的料想就不對了。那個後藤不但不響一聲，倒聽了我的台灣話就仔仔細細的看我了一會，他面上的筋肉都發起傲慢又輕蔑的臉色來了。認爲了他是日本人，我就連忙用日本話問說：

「你是改姓名嗎？你的同伴因爲什麼會罵你改姓名呢！」

「你別侮辱著我，我是日本人，誰願意去做台灣人呢。」

後藤便氣憤憤地說。我覺得奇怪起來，就再問了一下。

「那麼，怎麼罵你改姓名？」

「因爲是假僞的，改姓名是假僞的。」

突然地從旁邊聽見有聲音發出，一看原來是那同伴的小學生向我作答的。

「假僞？」我皺了眉頭。

「可不是麼？排在後面的人就擅意的走進做先搭車，亂了排列的程序，這不是假僞？這不是改姓名？」

「唉！對了，對了。」

我聽了那小學生的說明，就禁不住了笑起來，連忙點了頭說。

「對了，你說得眞不錯！」

不消說這些小學生是拿「改姓名」的這個名詞來做「假僞的代名詞」，是認爲改姓名是假僞的。世說，少（小）孩子是純眞的，這句話很對了。日本人聲聲句句總說台灣人改姓名是一視同仁的，是要做過眞正的日本人。但敢不是在此曝露了他的肚子嗎？

火車已經慢慢地在田園中的軌道上動著了。窗外是稻田，蓋著黃色的稻穗，在微風裡顫動。我一面看去一隻野鳥正飛離了稻田在空中飄舞，一面自己暗想地說：

「嗳喲，日本人你眞是個癡子。連你自家的少（小）孩子都騙不著，怎樣能夠騙得著有了五千年文化歷史的黃帝子孫呢？」

原載一九四六年二月，《政經報》二卷三期

編按：本篇由張恒豪先生照原稿抄錄，以存其眞，原稿有訛誤，以（　）示其正字，（　）係張恒豪所加。

故鄉的戰事二

——一個獎

解除空襲警報的電鳴響了。一點鐘前那樣咆哮得像雷鳴似的美機的爆音和炸音已經沉靜下了。春天那金閃閃的陽光很明媚地灑滿著的村莊，一群雀鳥兒在藍色天空爽快地翺翔著，微微的風吹得很柔和，一切覽（藍）得好像不曾被美機炸過一樣的，只看得從不知什麼地方有一陣一陣的黑煙遠遠地望見，可見是被炸過的火燄起來的。這時候，村莊的老百姓從防空壕裡總跑出稻田去了。

唐炎也連忙拿鍬跑到水田去巡一巡，因爲這次的美機投下的炸彈爆裂聲音聽得太近，雖然現在已經曉得不是炸在近處，不過他也很不大安心，總要煩惱地去巡就是。他是一個年近五十歲的自少（小）就只知道耕田的樸實的農人，脾氣很直，做人甚好，整日只好在田裡做得像牛馬一樣的，就不管什麼別的事情了。可以說是官家最喜歡的老百姓。那日，他巡了水田並沒有看見什麼詫異，正在撫著胸膛向天道謝的時候，只有到了水田中央看去在那裡有七八個黑色的怪東西。他便立刻站住了。用駭愕的眼光看了好久，卻也不知道那個是什麼東西。

看看總是好像熱水瓶一樣的大，倒插入在泥水中，覺得有一種臨險的異感一直侵襲著他，使他舉足振臂都有點愼重的。

看去前面走來一個男子，穿著破舊的衫褲，本來也是這村莊的農人，名叫做宋水木，一個瘦長的臉帶著有些略微病容的神情。

「水木，你來看一看，這是什麼東西呢?」唐炎連忙的喊起來。

水木馬上跑近來看了一看，就突突地說：

「喲，不好了!這是……」

「什麼?」唐炎禁不住了心頭跳躍地問。

「炸彈……美機投下的炸彈!」

「啊呀!」

唐炎忽地跳開兩三步,彷彿馬上要躲避著那炸彈的爆裂,於是兩人走開到溪邊的樹蔭下,遠遠地定睛看著那些怪東西，一面不斷地有意無意的在警戒著，一面商量著現在對這個東西的辦法怎樣才好。

宋水木說：「聽說美機投下的炸彈,常常有些不發彈,這些炸彈一定也是那一樣的壞的，所以未經爆裂過。」

「如果照你說的不錯，要怎麼樣就好呢!難道老放在那裡麼?」

唐炎討厭極了，一來因要拿去繳派出所的警察，來動手，恐怕立刻爆裂起來，二來若不拿去，不但那些水田不能種作而且會被警察拘留去做幫敵犯。美機開始炸擊以來，天天投下來的傳單，小型炸彈和其他種種的東西是很多。對此，軍警的搜查追究很厲害，不論怎樣，若沒有繳出來，被他們知道就馬上連祖先都有罪了。唐炎也很熟聽這般消息，尙且這村莊裡有一個農人，因他孩子在放課時候正要回來的路上，拾著兩個機槍彈就珍藏起來，沒有對他父親告訴，所以那農人是完全不關的，可是後來他孩子在學校裡拿那彈子出來玩的時候，誰料被先生瞧見，這就報告警察，那農人馬上就被拘去了。爲虎搏翼的警察大人說他是暗中幫敵，強叫他自認，他怎得承認呢？白白被打得半死才得無罪，但是回來不經過兩三日，因打得重傷不能再起一命終字（於）嗚呼了。唐炎想起來這件事，驚嚇得不能立定，害怕似的顫抖的低聲說：

「水木，我運氣壞了。要死不能死，要活不能活的地步到了。」

「你別說瞎話罷，只可將這些炸彈繳出去派出所怎麼樣？與其沒有繳出來引起著被大人打死，不如冒冒險險的繳出去，說不定會爆裂起來。」

「用著什麼法子來繳出去嗎？」

「我想……」宋水木很自信地說：「再等了明天，倘若沒有爆裂起來，那些炸彈一定是壞的。那時候兒，才拿來繳出去就是。」

「喔，沒法子啦，那也可以。」

想起來，唐炎也曉得自己是個歹命的窮人，自己的命運是要自己來打開的，無論如何總得找條活路才行的。於是，到了第二天的下午，等著美機已經回南去的時候，他就連忙把那些炸彈拿去派出所去了。

這個時候，恰巧派出所的池田大人坐在那彷彿富豪別墅似的辦公室裡，看看四周無人，警防團員已經散去的樣子，一切都很沉寂。唐炎走到院子裡的樹蔭下的時候，忽然覺得懼怕起來。因爲不但從平常就在害怕著派出所的感情發出來，而且現在在窗間看見池田的那樣猙獰的面容，又想起打死村莊的那個農人的也是他，所以禁不住了發抖，便站在那裡遲疑著。

「是誰呀？」

突然地從辦公室裡有一個粗暴的聲音響起來。唐炎心頭突突地跳了一跳，把眼睛同被釘子釘住一樣的看去，看見池田帶著了殘酷的表情，很猙獰地站立起來像要來打他的臉的樣子。唐炎馬上閉了眼睛，裝出掙扎著要受了大人的一番毒打的姿態，動也不動，臉上同火燒的一樣，口也乾渴了。

「來做甚？」

「你拿什麼……」

池田再喊了一聲，並沒有移動一下，但一忽兒後，他一看見唐炎手拿著東西就走出來。

「大人，這是我……」唐炎連忙將仔仔細細的要告訴他，可是說不上兩三句，池田急急地大喊叫起來了。

「喲，這個混蛋！怎拿炸彈來！去罷，走出去，趕快走出去罷。」

唐炎忽然看見池田發出倉皇起來，又一面喊一面立刻跑進去院子裡的防空壕，他一時卻也不知道因爲何故，呆然地立定著，再用低聲說：

「大人，這是敵機投在我的……」

「你聽不懂嗎？去罷，趕快去啦。」

可憐的池田，喊得臉上無色，嚇得氣咻咻的，僅僅從防空壕裡伸出頭來一直喊。可是池田越喊唐炎越起呆然，仍然站在那裡。嚇得瘋瘋癲癲的池田就氣喘起向室裡叫起來。

「媽媽，炸彈……炸彈……危險……會爆裂起來，趕緊跑出來罷！」

辦公室旁邊的警察宿舍裡立刻起了一個騷動，一會兒後，抱著孩子的警察夫人就慌慌張張的穿進去防空壕裡了。

「這個瘋子，好，你不走，我就打你得半死！」

池田在防空壕裡還是一直叫出來，但他卻也連頭都不敢伸出來了。

到了這時候，唐炎才曉得警察大人要穿入防空壕的原因，他看了自己拿著的炸彈一看，便發起笑容來了。他覺得好笑，膽子也更大了。他正想走出去，這時候，保甲書記到了，將唐炎的炸彈接過去，就一直向空闊的水田走去了。

「喂喂，不准你走，來罷。」

唐炎也正要開步走的瞬間，從後面這樣的叫住，轉眼一看，池田已經從防空壕裡爬上來，他的臉上露了一個獰笑。

那天，唐炎被打得叫天叫地，不消說是脫不出了前例的，尚且差一點兒他就要被池田來呈捧一個投彈的暗殺犯的招牌。

「炎哥，你太直了。你看，對你誠意地冒險炸彈繳出去的一個獎品，是那麼大了。」

後來村莊的人家向他這樣說時，唐炎只把（好）像想起什麼似的，眼光來遠遠地看去，就沉重地說：

「不要緊，我知道了，日本人絕不是不怕死的。從前人家老說過日本人是不怕死的，這完全是瞎說，我知道了。」

原載一九四六年三月廿五日《政經報》二卷四期

編按：本篇由張恒豪先生照原稿抄錄，以存其眞，原稿有訛誤，以（　）示其正字，（　）係張恒豪所加。

月光光
——光復以前

市裡的被指定著做防空闊地的一帶的屋子，已經一天比一天的漸漸兒弄壞得很厲害起來了。美機的轟炸愈加來得凶，警察也愈強迫著住在那許多屋子的老百姓，搬出去，無論你有去處沒有去處，總要你搬開，總是要弄壞就是了。於是，有路可走的就好，無路可走的老百姓就叫天不響叫地不應，整日找厝找得腳腫了。

莊玉秋也是這麼樣的一個人，他的已經住得有二十多年的房屋被迫要撤倒，於是萬般無奈的，他就找起厝來至今已經過有十多天了。然而找能夠住得下他八口家眷的房屋，在這房屋欠少的時候而且像他沒有勢頭的人，不消說是找不著的。一間二間的，倒是容易找得著，可是他那有八口的家眷怎樣能夠住得下呢？他覺得討厭起來，越想越沒法子了。

「你去郊外找一找好嗎？說不定會找得著的。」

他的妻，有一天，對他說。他就立刻到郊外找去了。差不多找了兩三天，他就在靠山臨河的郊外的一個地方尋出一軸二樓的房屋，據說是那房屋的二樓一共有四間可以出租的。但是那房東家說的話，卻足以使他切齒。房東本是台灣人，他驕傲地說：

「租你卻是可以，不過，你要有資格才行。就是要全家眷在日常生活都說日本話，要純然的日本式的生活樣式，因爲我在這裡當鄰組長，想要建設著整個和日本人一樣的模範鄰組出來，所以沒有這樣的資格就不行。你怎麼樣？」

莊玉秋一時回答不出來，只是癡呆地睜開著眼睛看房東的嘴巴，但過了半晌，來想著自己的身上，於是又爲這個感到苦惱了。若論起會說日本話這件事，他和他的妻是國民學校畢業的尚且在城市裡住得很久，是不成問題，但是他的年近六十歲的老母和未進學的三個孩子是完全不會的。至於日本式的生活樣式，他日常一點都沒有，怎樣能夠弄出和日本人一樣的生活呢？愈想愈沒有自信了。現在如果不租，要搬到那裡去好呢？左右兩難的遲疑了一會，他決定了，便裝出很自信的笑臉向房東說：

「那是不算什麼，一定可以的，我暫且不說，我的妻是高等女學校畢業的，我的孩子都自小就說日本話，所以台灣話一點兒都不會說的。」

他說到這裡就看見房東馬上顯現著畏敬的臉色，他就再裝得驕傲地說：

「我是個很贊成皇民化的人，我的家庭，是國語家庭，有風呂，有疊，有神棚，有日本衫一式，吃還是日本式的。不過對你這些房間，現在我卻有點兒懷疑，是能夠設備著日本式的房間嗎？請問你。」

搬家的那天，天氣溫和，青天一碧到底，微微的風，一切都很覺得舒服，身上好像能生出兩翼翅膀來，就要飛上空中去的樣子。莊玉秋的孩子們，穿著從前不曾穿過的日本衫，因新奇頗覺喜歡，笑得咪咪地，就兩個三個牽著手向前面走去。

「你們曉得嗎？你們是日本的孩子，絕不可說台灣話出來才行的。」

莊玉秋的妻，把從這兩三日來就一直吩咐著的話，很細緻地再吩咐了一番給孩子們聽。然而說後她又不大安心，繼續地添了一句。

「最好不可說話出來，多說就會弄出失敗來了，懂嗎？」

她自己也穿得很整齊，他的老母也曉得了搬家的今天因爲什麼才不可說台灣話的，而且也很勉強地模傚著日本人的氣概出來了。莊玉秋在心頭，卻不禁有點難受起來，他看見自己的家眷做出不成東西的樣子，只是恨自己太沒有力量，可是以外又有什麼別的好好的法子呢，不過要租著那房屋就要掙扎著點兒罷了。

幸虧那天至於搬完的時候，一句台灣話都沒有說出來，才免得弄出失敗。房東也說不出什麼話，只是把笑臉在遠遠兒地方踱來踱去。等房間裡收拾齊備起來，莊玉秋恐怕他的孩子們要馬上跑到外頭說台灣話，爲預防著露了餡兒起見，就不准孩子們跑去外頭玩耍，他說：

「外頭是滿眼生人，有鬼，有歹人，也有瘋狗，你們敢出去不敢？」

除去要上課的孩子以外的三個幼小的孩子們，就整日和他們的老祖母在一起，站在二樓看看四圍的景致，似乎牢獄似的關起來了。從二樓看出去的四面鄰舍，孩子們都是覺得極新奇有趣。對面偏右住著一家圍繞著花園的洋樓，院子一帶濃蔭掩映，時時有陽光從濃華枝頭射下，這裡一切都是明媚綠潤，常常有孩子們在那裡玩耍。南面一家的屋子後面有一眼井欄可看，兩隻釣桶一高一低的懸在井上的木架上，打水的時候，一條鏈子的響聲就打破了空空寂時的四邊。後面窗口相對的一家不知什麼，只見一個窗口關閉著，不時可以聽見裡邊有孩子們噪聲和留聲機的唱聲流漏出來。一切都覺得有新奇又熱鬧的氣息瀰漫在空中。

莊玉秋的頂小的三個孩子，當初因信了父親的話，一二天就眞不敢出門口一步，整日在室裡和老祖母在一起，但是到第三天就掙扎不住了。外頭的鬼，歹人，瘋狗，這些就忘記了，只是想著要跑出去和那邊孩子們玩耍，在那幽暗的院子裡，在那井欄邊，或是在那漏出唱片聲的房子裡。他們因曉得媽媽是不准他們跑去外頭的。所以就悄悄地偷眼乘機想要溜出去。老祖母雖曉得不可跑到外頭去說台灣話，但看見孫兒們的苦樣兒，便禁不住憐憫起來，而且她自己也感覺著滿肚委屈，她自問自答地暗想：

「台灣人怎樣不可說台灣話呢？豈有此理。好在現今已經搬進來了，何妨從寬饒恕給他說點兒呢？聽天由命罷了。」

她總是裝聾作啞的，尙且看看孫兒躡手躡腳的已偷偷下樓梯的時候，就從後面說出來。

「若碰著人，就要馬上趕緊的回來才好。」

果然未久，時時就有房東家和鄰房都在罵得厲害的聲音從外頭傳過來了。

「誰在說台灣話呀！是誰！」

這個時候，莊玉秋的孩子們就一定忽忽地跑上樓梯，一逕跑到自己的房裡來，就坐在窗邊的靠椅上，裝著彷彿看四面的景致，但卻在自己聽見自己心弦的顫動。

有一天的傍晚，從公司回來的莊玉秋恰巧在厝前碰著了房東家。那時候，房東家就叫住著莊玉秋立定，用帶點憤怒的聲音說：

「我原是不怪你的，可是要問了一問，你本來是不是確確實實的國語家庭嗎？」

莊玉秋覺得詫異起來，想了一想，就知道這定是他的孩子或是他的老母跑出外頭說過台灣話所致，頗感覺焦躁，走入房裡就把小孩子打了一頓，痛責了一番。

「你要發瘋嗎？不是這可憐的孩子使你受氣的，是我，是我……。」

他的老母這樣說著就兩顆眼淚滾下她的頰際來了。看他的老母這樣的傷嘆，他就放下手來，但很懊惱地說：

「假使這裡被他們逐出去，要搬到那裡去才好呢？」

他的老母也並沒有什麼好的辦法，就不作一聲。於是，可憐的孩子們就再嚴嚴重重的被關起來了。

再過了幾天，孩子們便漸漸兒的曉得自己的命運是壞的。只是整日坐在平平凡凡的房裡，俯首只看著自己的手腳，連動也不動了。時時若想著外頭那空闊的地方，隔壁兒的孩子們那麼跳躍似的玩耍，蜻蜓蚱蜢等隨意地飛著跳著，就立刻傷心起來，彼此抱著就哭了。可是也不敢放大了喉嚨啼哭作聲，僅僅眼角上湧了奔流似的眼淚出來，頗有使人傷心的。看見可憐孫兒們的這樣悽慘，老祖母也含了許多眼淚抱著他們，不知不覺地就想起自己也和孫兒一樣的被關住著的人。她因不會說日本話，只是在家裡，外頭的工作一向是莊玉秋的妻去做的。所以絲毫都沒有談話的對手，這老人家就掙扎不住了。他便一天比一天的惡罵起來。

「房東家呀，你不是日本人，你是明明白白的台灣人。爲什麼不准人家說台灣話呢？你是個吃日本屎吃得很多的人呀！」

莊玉秋的妻看看老幼這樣的傷心，也覺難受，她也終究替他抱著不平，每又哀哀的暗哭出來。

那天晚上，莊玉秋看見自己的家眷不成樣子了，都帶了憂鬱，悽慘，陰涼，他就問原因。「你是眞蠢！」他的老母很委屈地說：「我們是要在此永住的，像現在這樣的一也不可說台灣話二也不可說台灣話，我們是台灣人，台灣人若老不可說台灣話，要怎樣過日才好呢？你看，可憐的小孩子都有點淸瘦起來了。你若要繼續這樣的委屈，就是同迫死我們祖孫一樣的呀！」

莊玉秋看見老母的眼裡有一滴一滴的眼淚滾下來，就不作一聲。他也想到這次的辦法顯然是不對的。因要搬家，就來做個社會上的懦弱的受難者，在社會上的虐待，侮辱，欺凌，都拿來對家眷一一的發洩出來，作得像一個凶惡的家庭的暴君，使家眷日日受委屈和苦悶過日。何苦因爲僅僅的住厝問題，就把從來很快樂的家人來做一隻無罪的羔羊，日日在那裡替社會來贖罪，作了暴君的犧牲。這時候，莊玉秋已感覺著從前只是把自己的苦況來做事的錯誤了。像這樣家人的受苦悶，即使有房屋可得永住，還有什麼家庭生活的樂趣呢？他把胸中的悲憤一直向房東家發洩出來，只恨著那眞害死人的皇民化運動，咒詛著爭先擔了先棍的人。又想起沒有說日本話的人也很多在過日，怎樣少少的自家就要一定說日本話才得生活呢？他越想越好笑起來，他決意了，便把笑臉向孩子們喊出來：

「來來，和爸爸唱一唱罷！」

外面是一個很好的月夜。一輪明月，同銀盆似的浮在淡青色的空中，月光孤寂地在已經枯黃的一片草地上面流動。莊玉秋看看月亮是這麼好，天空沒有一片雲，藍色的天，白的圓月，周圍是靜寂的。他便輕輕地開了門，帶了孩子們，走下院子裡去。明月已經斜在頭頂了，他們都披了一身灰白的月光。他叫孩子們圍了四周，就一齊仰起頭來一面看月一面唱出來。

月光光，
秀才郎，
騎白馬，過南塘。
南塘𣍐得過，
掠貓來接貨；……

他們的粗大和微顫的喉音，在銀色的空氣裡悠悠揚揚的浮蕩著。但一忽後，莊玉秋聽見在四面鄰舍忽然起了一陣熱鬧，有喀丹咕咚的開窗聲，有嘿嘿的跑來聲，有木屐聲走近來。

他卻知道這定是鄰房在起驚駭起來的。但他只覺得有些痛快把他的心頭包住了。他想：你們不成台灣人呀！台灣人來裝作日本人，就把它來欺凌著台灣人，你眞眞的是人嗎？而現在他也看孩子們的這麼高興得雀躍，假使從明天起再要跑來跑去的找房子，他可也甘願去了。

原載一九四六年十月十七日《新新》第七期

冬　夜

淡水河邊的路燈，在這冷落的冬夜裡，似乎更加明亮。強光四射，倒使得這些沒有電燈的貧民窟的那幾間房裡，透點光亮。而且寒冷的夜風，由破舊的窗口悠然直入，戲弄著房裡的補了又補的蚊帳，顯得更加冷落的樣子。但這時候，差不多已十二時左右，楊家的父子三個人都圍蓋著破鋪蓋，好像正在沉沉入睡，張了口打了大鼾，連微動也不動地躺著。他們剛才賣香菸回來，因爲明天清早就要賣油炙粿去，所以不顧東西地馬上就睡覺了。除了淡水河上的風聲和由遠方傳來的繁華街的熱鬧聲音之外，不點聲響也沒有，一切都很清靜，儘管讓夜風吹著。

忽然門扉輕輕地鳴響起來了；接著飄然而開，楊家的長女彩鳳由酒館回來了。似乎已經使盡了最後的一分力，彩鳳拖著沉重的步子，抹過父親小弟弟在睡的大床，便走到自己和母親的房間，將小提皮包放在一個方凳上，伸腰鬆一口氣，而後拿起一把茶壺呷了一口，就惘然坐在床沿。這時候在酒館裡喝的酒醉大概都醒了。她拿開蚊帳一看，看見母親還沒有回來，她便皺了眉頭，嘆了一口氣。她的母親平素好賭，時常賭得深更時分才回來，她說是賭錢並不是白白輸的，而要贏了點錢來扶助生活的。彩鳳向來對母親的這毛病是反對的，但是現在生活費高，一斤米超過二十圓，自己在酒館裡賺的錢來維持一家五口人的生活是不夠的，父親和弟弟賣了零零碎碎的東西而賺的錢也當不了什麼用，那麼只好可不是就讓母親儘管去賭？沒有法子了。不過迄今贏的少，大概都是白白拿錢去輸光了，然而越輸就越期望著萬一的僥倖，結果連彩鳳從酒館裡賺的錢，尚未買米以前就白白送到賭場去，彩鳳無可奈何地搖了搖頭，似乎要逃脫七上八落一些雜亂的念頭，可是一點寂寞的威脅，倒使她全身沒一點勁兒。她忽然想起了什麼，連忙地從小提皮包裡拿出一張報紙，就走近窗邊。

外面是淡水河的堤防，旁邊一枝路燈懸著皎皎的電燈，燈光孤寂地在那上面流動。彩鳳打開窗，拿起報紙照著燈光讀下去。從外面射進來的淸冷的燈光，沒遮攔地照在她的臉上，而夜風把她的飄蓬的濃髮吹得微微飄舞。這時候，她的並不美麗的圓臉顯得十分明亮了。二十二歲的一個柔白的臉，一看使別人不相信她是二十二歲的，因受盡了生活煎熬而顯得憔悴了的樣子。不過經過了二回的結婚生活和流浪在男性間的緣故，她的並不大的身材是十分豐滿而柔軟的，在燈光下她的胸脯是那麼豐滿，而凸起處隱隱可以看出兩點的圓暈。

這張報紙是今晚來酒館的很熟識的一位顧客拿給她的。

「來來，彩鳳。我給你一個頂好的消息吧！」

這位顧客看了彩鳳一眼，便笑嘻嘻地這樣說著，一方面就從衣袋裡拿出一張報紙來。

因爲這位客人，在彩鳳從前剛剛來酒館的時候都認識的，而且關於她的第二回結婚的事情，他也是都知道的一個，所以她禁不住地心頭跳躍起來，便走近他的旁邊將報紙接受過來。

「難道有了登載著我的好消息嗎？」

「對了，對了。你腦筋很淸楚，不過請你不可看了一眼就大哭一場。」

那個記事原來是個結婚啓事，就是郭欽明的結婚啓事。

「怎麼？你吃了一大驚沒有？」顧客要笑不笑地帶著一種類似輕蔑的眼光在打量她。因爲郭欽明是她的第二個丈夫的名字。

「哼！跟我何干？」

彩鳳雖然心裡忍受了一大打擊，但表面卻裝著冷淡的態度。

現在她再拿起報紙一看，仔細地念著郭欽明結婚啓事的一些字，就不知不覺地感傷起來。她沉默著，甚至沒有發出一點輕微的聲息。她略略埋下頭，但過了一會兒，她猛然地昂起頭來。心裡雖有點難過，於她卻倒覺得憤怒的情感起來。

「鬼！怪物！」

對於郭欽明的結婚，在已脫離婚緣關係的現在，卻沒有什麼嫉妒，就是只有一點怨恨。假使她在酒館裡沒有碰到郭欽明的話，她一定不會感染梅毒，也不會失掉了孤守三年有餘的貞操，更沒有弄出一天比一天地像墮落了深淵的現在的生活來。她牙齒咬得緊緊地，她恨這個人，將她當作只是被俘虜被玩弄的一個溫軟的肉塊的郭欽明。同時，她回憶了決意跟郭欽明結婚的當時的情景像活動影片似的再現出來。

「木火！爲什麼你不回來？同你去的一大批人敢不是都回來了嗎？因爲你不回來，我現在才會弄到這田地，難道你是已經死掉了嗎？」

跟郭欽明結婚的前夜，彩鳳是這樣叫著前丈夫，深恨丈夫當兵一去就不回來。那個時候，她已等候了丈夫的回來有好久了，但連生死的消息都沒有下落，而且爲了生活的所迫她決意再出嫁，不過她整整的哭了一夜。想起當時的難過，再想到現在的生活的慘淡，兩股熱淚從彩鳳的眼睛裡迸瀉出來了。

她是十八歲時跟林木火結婚的。那是一個最平凡的結婚。其生活僅僅是五個餘月，林木火就被迫當了「志願兵」入營，而後被派到菲律賓的前線去了。彩鳳感覺像在做夢，木火出征後，她跟木火的兩親疏散去靠近山的一個寒村居住。在那個鄉下她整整勞動了三個多月，於她是相當的辛苦，在城市生長的她天天都走到田園種作，不過過著戰時下的窮乏的生活是萬般無奈的。木火到了菲律賓以後，僅僅來了一封信就消息斷絕。據報導看起來，似乎跟日本兵一處打敗仗，就戰死的樣子。彩鳳因此失掉了一切的力量，她像一個要死不能死的臨終的人，並且翁姑也不理她了，所以她回到娘家來求得一個休息。

她的父親本來是個市場的青菜販，這時候，已受著政府統制就沒有生意做，日日閒在家裡，所以她爲了生活計不得不走進職業戰線，在肉類小販統制組合當了店員。薪俸雖然不多，可是在最低的配給生活之下是能夠負起一家五口的生活費。

她會走進了酒館裡的種種原因，都是在終戰後所發生的。在光復的歡天喜地之中，一切物價破天荒地飛漲起來了，而且最不幸的就是因統制組合解散而她倒失業的。她的父親屢次重新地圖謀生意的復業，但是需要高額的資本，所以就辦不到了。這時候，在苦難的生活裡她是掙扎著肚餓，她簡直待望著木火的回來，雖然斷絕了音信，無意中由南方回到家來的人也不少，因此她也相信木火一定會回來的。然而木火始終沒有回來。她聽到了木火的同批人回來的消息，馬上就去問他們，據說，有一天木火在美機的機槍掃射下失掉了消息，所以可以看作已故之人。聽到這消息，彩鳳連一點眼淚都沒有滴下來，她感覺太累了，算起來從終戰以後她已有等了一個年了。

從次天起彩鳳就走進入酒館裡去。被翁姑已完全放棄了的她，爲了挽救娘家的生活起見，酒家林立的那個時候就選擇了這條路走。對於出賣自己的媚態，她並沒有感覺著什麼，她的念頭只是要錢，要能夠負起一家的生活。

「外頭的批評，是不可不注意。」

父親起初有這樣的間接地反對著，但是彩鳳從酒館帶回來的錢拿給他的時候，他卻沒有一句話了。母親也在「贏點錢可做生活費」的口號之下，一天一天地拿彩鳳賺的錢去賭博。

碰到了郭欽明就在那個酒館裡的。起初屢次來酒館裡花天酒地的郭欽明，對他彩鳳是沒什麼注意著，只是聽了同事說他是個××公司的大財子，浙江人，年紀差不多二十六七歲。他來館的時候，都穿著一套很漂亮的西裝，帶著一個笑臉，很愛嬌地講著一口似乎來台以後才學習的本地話，使女招待們圍繞著他笑嘻嘻地呈出一場熱鬧。彩鳳隨著同事作伴只是站在後邊輕聲地笑著。她的這種慇懃的態度倒使郭欽明感覺著興趣的樣子，有一天，他看女招待們不在旁邊的時候，招呼了她進去。

「你到這裡來好久嗎？」

「差不多四年了。」

彩鳳裝著笑臉答道，只是講了應付的話。

「我不相信，我看起來，你不是這酒館裡頭的女人，的確是人家的女子，是不是？」

「……」

彩鳳便糊糊塗塗的笑了一聲，就不再答道。那一天所發生的事情，現在她還有記得清清楚楚，連那天晚上的月亮是這麼好月光是那麼皎潔都不能忘記了。外面是一個很好的月夜，彩鳳閉館後就一個人默默地走在街上，她只是埋著頭只顧想自己的事，想著娘家生活難，也想著丈夫的下落。清冷的月光沒遮攔地照在她的臉上，涼風吹拂著她的頭髮。夜市的路上，充滿著嘈雜的人聲，輝煌的燈光，人推著人，汽車連接著汽車，表現著光復的歡喜。雖然眼前看了另一個世界的熱鬧，耳邊還聽見熱鬧聲音，但彩鳳倒覺得心裡被不知道從什麼地方來的一種幻滅的悲哀包圍著。她似乎要依靠著一個眞實的人可申訴，然而只覺得自己在黑暗中彷徨以外，絲毫都沒有光明。

她到了巷口的時候，她的左膀邊忽然有了一架駛來的汽車停住了，接著一口很熟識的男聲音在叫著她的名字。

「怎麼，你還在這兒？你是不是要回家去嗎？你住在什麼地方？」

彩鳳吃驚地抬起頭來一看，原來從車窗伸出頭來的就是郭欽明。看了酒館的顧客，她就愛嬌地微微一笑，並不作聲。

「來來，我給你送回，上車來吧！」

郭欽明自己這樣說著，一方面打開車門就捉住彩鳳的左膀，將她強拉入車裡。出乎意外之事，彩鳳要拒絕時已來不及了，她已坐在郭欽明旁邊，同時汽車也開了。

「我不要……」彩鳳這樣喊著。

「請你不要客氣，我不是壞人，請你放心點。現在我的車是閒了，給你送回去是不算什麼的。你住在什麼地方，告訴我！」

郭欽明的臉上顯出一個快心的微笑，他鄭重地坐得規規矩矩，而瞇細了眼睛瞧著彩鳳圓胖的面孔。彩鳳看了他的慇懃有禮貌的態度，而且想起了自己的職業，就相信了他靠得住，決接受了好意，把自己的住址告訴他。

汽車過了六七條街，走進一條幽暗清靜的宿舍巷，就在一軒日本房屋門口停下來。

彩鳳下車一看，猛喫一驚，身體便失了平衡，但一會兒後，她卻就曉得了郭欽明的神氣。

「這是什麼地方呀！我不是住在這裡，謝謝你，我要回去。」

彩鳳像從夢中剛剛醒過來，她倉皇四顧，正想跑走，就疾轉過身去飛跑回巷路。但是她走不上兩三步，她覺得自己的手被抓住了，她又聽得郭欽明的聲音說：

「請你不要弄錯，這是我的家，我不過要請你進入來稍息喝茶而已，而後我才送到你的家裡去。」

彩鳳聽了這句話，覺得一團熱力沖上心裡來，立刻燻紅著雙頰，她很拚命地要脫開郭欽明的手，她給了個哀求似地回答：

「謝謝你，現在太晚了，我要回去了。」

可是她的薄弱的抵抗中什麼用？一會兒後，她被拉入門裡面了。她便銳聲叫著哀救，然而只在冷冷靜靜的房裡空虛地響著。

郭欽明看了彩鳳的動作，他的濃眉毛上泛出了兇悍的氣色，便大膽地從背後來擁抱她。

「我老實說，從前我就愛你了，我會天天走進那個酒館去，都是爲著你。請你體諒著我，我要跟你結婚的。」

「請你不要開玩笑。」

彩鳳的臉色全變了。她感覺到一個意思，但倉卒中找不出適當的走路來，只是用雙手蒙著眼睛輕輕地吁一口氣，偷偷地掉落兩滴眼淚。郭欽明的臉上露出了一個勝利的微笑，但他卻突然得了個主意，便拿出一枝手槍，柔聲說：

「假使你不肯接受我的愛，那麼，我們現在一起在這裡打死好不好。」

彩鳳睜開眼睛看了那枝手槍，便耳管裡轟轟地響起來，又有些黑星在眼前跳來跳去。她想起了自己的娘家的情形，就無聲低首無可奈何地嘆了一口氣。隨後她便覺得頸脖子被郭欽明吻了麻癢的一陣密吻，同時有一隻手撫摸到她的胸前，她覺得自己的乳房被壓著揉著。她剛剛想要脫開時，郭欽明的敏捷的動作完全慴伏了她。她只是閉了眼睛，用力咬自己的嘴唇，讓自己的胸部很興奮地起伏著。

經過了一個月後，她就跟郭欽明結婚。雖然沒有舉行過正式的結婚典禮，但於酒館裡的同事們和近鄰隔壁的都當作很有名的一回事了。因爲郭欽明有繳付三萬圓出來做聘金，所以街頭巷尾都羨望著她。彩鳳的兩親拿到三萬圓就沒作一聲，而彩鳳自己也想起錢來，並且丈夫也沒有回來，可斷定是已經身亡，一切都很順利。

關於自己的過去，郭欽明問她的時候，她都把一切明明白白地告訴他。講到了前夫的事情的時候，郭欽明倒高興，他用著憐憫的眼光注在她的臉上，同情地說：

「你這麼可憐！你的丈夫是被日本帝國主義殺死的，而你也是受過了日本帝國主義的殘摧。可是你放心，我並不是日本帝國主義，不會害你，相反地我更加愛著你，要救了被日本帝國主義殘摧的人，這是我的任務。我愛著被日本帝國主義蹂躪過的台胞，救了台胞，我是爲台灣服務的。」

他的聲音是多麼甜蜜，竟使彩鳳覺得萬分的幸福，雖然這次的結婚是被他強迫所致的，但看了這樣的情形，她就沒有一點兒後悔了。

發現著被傳染了性病是在結婚半年後，這可怕的病毒把她變作一個枯黃的女人，而且也奪取了她的第二回結婚的幸福。郭欽明的態度從此就變了。他說是彩鳳生病之原因係被別人傳染著的，他自己本來沒有病毒，所以由此看來，可見彩鳳在結婚後時常辜負著他，秘密裡回到酒館去賣淫。因此，他立刻主張離婚，而要求還了三萬圓的聘金。

「可惡，賊淫婦，我的好意你倒弄壞，以仇報德。」

郭欽明就無論三七二十一將彩鳳送回娘家去，而且收回三萬圓的聘金。

這像是在神經上被刺了一針，彩鳳驀地清醒過來。她在娘家對於兩親是沒有面子了，而兩親對於隔壁四鄰也是沒有臉可應付了。她在斷續雜亂的沉思中，才曉得社會是多麼無情，郭欽明竟還是那樣的凶悍陰沉，自己現在是弄成什麼田地。但她毫無所謂痛苦，只是要設想對付以後的辦法。因此，病癒後她就再走進酒館裡去。

跟麵線嫂子結成了某一種關係的開始，是在這個時候。她毫無後悔，自自然然地跳下了這條路走去。第一她想起來受盡了郭欽明的冤枉的經過，造成一個男人不可信之結論，二來娘家兩親被迫還款三萬圓後，致使借財萬餘，現在生活難得維持，這想起來都是爲她所致的，所以她也覺得無可奈何了。

起初麵線嫂子不敢親自來到家裡招呼她，但她的兩親裝作似知非知的態度以後，就大膽地來到家裡叫她出去。

如今彩鳳因看了郭欽明的結婚啓事，想起了自己的雜亂的過去和像泡沫似的現在，覺得有些難過。可是一會兒後，她就不再想什麼，只是惘然再坐在床沿，似乎等候著什麼事情。報紙也已落在床下，不能再使她著急了。

未久房門外忽有來了細碎的腳步聲，接著有了女人的乾咳聲音，憑經驗，她知道這一定是麵線嫂子。她便拿著小提皮包連忙走出去。她的父親和弟弟們還是發出吵鬧似的鼾聲，也管不了她的行動。

夜是很寒冷的。風帶著低微的聲音吹過。一片暗裡，迎面有幾點黯淡的燈光在晃動，一堆房屋睡在那裡，就像幾個大怪物擠在一起，閃爍地眨著眼睛。麵線嫂子在不遠的前面慢慢走。

「彩鳳，今夜料不到狗春仔回來了。」麵線嫂子低聲說。「他說今夜一定要和你見一面。」

「狗春？」

彩鳳一瞬間想不出了是誰，她回憶著過去有接觸的男人的一個人一個人的面龐，終竟探出了一個野狗似的面孔，兩隻陰沉沉的眼睛，立刻在她的記憶中勾起了從前和自己糾纏的情形，彩鳳忍不住微微笑了。

狗春本名叫做王永春。彩鳳在麵線嫂子家裡已和他接過數次。他是個高身材，寬肩膀，濃眉寬額，鷹鼻的青年。他每和彩鳳見面時，都笑嘻嘻地張開臂膊，作出擁抱的姿勢來。而後馬上就拿彩鳳抱入自己的懷裡，嘴唇就碰在一處作了一陣的密吻。他的這種行爲是和外人不同的。他在擁抱、軟癱、陶醉之中，時常對彩鳳說，他的這種行爲是在菲律賓跟美兵學習的，他如何如何由日本軍隊裡跑到美軍裡去投降，如何如何展開著游擊戰。這一套話都使彩鳳喜歡的，她想起了丈夫的下落，也問過他數次，但結果他們互相根本是沒有認識。他似乎很喜歡彩鳳的樣子，每嫖後都不吝惜而心願地拿給她比普通更多的報酬。

這晚上，狗春果然跟兩三個青年在等候著她，他的同伴的對手娼婦也已經來了兩三個，她們正在大鬧一場的把戲。狗春看見彩鳳進去，就進一步來擁抱著她。時間也不早了。狗春簡直像發了狂，但彩鳳卻是始終冷冷地不作聲。她是像孩子們用繩逗引著小貓玩，輕易地就給他。不過當她的溫柔的身體被擁在強壯的臂彎內時，她就覺得不禁毛骨悚然，起了無窮的悲哀。只是在這當中，竟成熟了她的冷酷憎恨的人生觀，她鄙視了一切，唾棄了一切，憎恨了一切。

疏星的寒光從窗外射進來床沿，冷風依舊呼嘯著，時時咕咚咕咚地打著玻璃窗。隔房的人們還在悉悉索索地成爲許多人的話語。彩鳳聽見了狗春的呼息又急又大，多麼擾人，她只好很生氣似的翻過臉去埋在枕頭裡。她想到了至今所有關係的一切，想到了光復以來的這些離了不久的過去，都像數年來的陳跡。

忽然房外起了倉皇的腳步聲打斷了她的惘念。接著忽響起一聲槍聲。彩鳳正要向狗春脫開以前，狗春敏捷地跳起來了，他連忙穿了褲，從褲裡抽出一枝手槍就跑出去。看了他的臉色，彩鳳便覺得一切不好，一定有什麼騷動發生。待她整衣完後才走出房外時，一齊正在爭著往外面跑，每個人都帶著驚惶的面貌和跳動的心。外面已有恐怖似的大聲在叫起來。

接著連續地槍聲一直響。彩鳳走進門口的時候，已看不見狗春和他的同伴，只看見彷彿有好幾個的拿槍的人們在房屋的周圍奔跑，追逐著什麼東西，又連續地開槍。在對面的厝頂那邊好像有些黑影子在動，似乎也在開槍抵抗。

這時候，門口已被拿槍的陌生人堵塞了路了。他的含怒的臉向著擁擠在後面的許多人，生氣地喊著：

「不准出去，現在盜匪在抵抗中，等一等。」

聽了盜匪的一句話，彩鳳就想到了狗春剛才倉皇拿手槍跑出去的姿勢來。突然地她又想到這些拿槍的陌生人一定是警察人員，就禁不住了起恐怖心來。她怕了被拘，就拚命地跑出去。

「喂！危險！不准出來。」

她只聽見了怒聲在後面這樣喊著。她一直跑著黑暗的夜路走，倒了又起來，起來又倒下去。不久槍聲稀少了。迎面吹來的冬夜的冷氣刺進她的骨裡，但她不覺得。

原載一九四七年二月《台灣文化》二卷二期

附錄

關於詩的感想

針對詩的許多情況我無法述說出來。因爲這是個對「何謂詩」產生迷惑的時代，我對台灣的詩抱持著疑問。有人說：「詩恐怕是原始、野蠻的東西。」寶島的詩人們爭相競賽，謳歌戀愛，吟詠感傷——抒發彷彿虛無的氣氛才能醞釀出如詩境般的詩，這些我完全無法了解。我們的詩就是那樣嗎？

本雜誌九月號雷石楡氏引用森山啓氏的看法，認爲「詩」是——

「以我們片斷經驗中被壓縮的力量來提示主題；能更直接地傳達我們生活中的情緒；對政治、時事的問題，反應最敏感的地方；以及爲了其特殊性，刊載在報紙或雜誌的特殊頁上，或朗讀、吟唱，以達效果的格式——」

由此看來，我們能理解，詩也要與小說一樣，在現實與根本上，是站立在同一觀點上。而且從詩歌的史觀看來，詩絕不是脫離客觀現實的東西。再則，它不是poésie，也不是萩原朔太郎氏所說的：「詩裡有祈禱，沒有生活描寫；而小說裡有生活描寫，沒有祈禱。因此，從這種關係看來，詩的世界是屬於『觀念界』『幻想界』；而小說的世界是屬於『現象界』『經驗界』。」詩是將吾人情緒之波與感情直接表現出來。因此，認爲它是「觀念界」「幻想界」的想法就不對了。所謂情緒之波與感情，都是站立在對現實認識的基礎上，所以應該不會沒有生活描寫。

島上詩人們所作的詩，當然不是全部都沒有歌詠自己的生活，也不是沒有站在現實上。可是，他們所歌詠的情緒之波與感情，都是些無用、無法感動他人，個人主義的產物。在樹木隨風搖曳中，想起戀人；看到白鷺飛過，追憶死去的母親。以個人主義的形式來解釋這些想法或社會現象，甚至以無用的激情抒發感嘆。（所謂沒有面對現實的態度）有兩個睪丸的大男人，竟然會爲了戀人而獨自飲泣，任誰讀到這裡，一定會忍不住笑出來的。——簡言之，希望島上的詩人們，能歌詠更有價值的情緒感情。此時應該要注意的是，當我們在吟詠某種感情時，如果不能正確地認識那種感情所引發的現實事態，對作者來說，即使那種感情表現不是虛假，而是貨眞價實的東西，從客觀上看來，也類似欺瞞，無聊的感慨。到底什麼樣的感情值得歌詠呢？答案呼之欲出。關於此點，森山啓氏列舉了下面的兩項。

「第一，（與所有的藝術、科學等皆同）詩中有表現價值的東西，經常是與一定的社會階級之『必要』相結合的生活感情。所有的詩人只要把那種必要（不管是否是無意識），透過詩人的世界觀與感情的漩渦，表現在詩裡。第二，因此，爲了實現特定社會階級歷史性進步的任務，詩人感情的波濤，越能湧出，那種感情表現在詩裡的價值就越高。」

忠告諸位，《新民報》上發表的〈關於詩〉（東京梧葉生），是值得島上詩人們一讀的出色論文。另外，儘管偉大的詩人雷石榆氏在百忙中，針對關於「詩」的諸論作評語，發表於《台灣文藝》上，作為指導，島上的詩依然呈現充滿感傷、虛無等錯置的狀態。這究竟是怎麼一回事呢？不管怎麼說，首先發表在《台灣新聞》上的「佳里支部」詩集，超越群倫，妙筆生花，其有為的前途值得大書特書。

「眞正寫實派的詩人，應該對現實有正確的認識，將自己眞實的感情，表現於詩的眞實中。」

島上的詩人應該以這段話為座右銘吧。

一九三五年九月書寫

原載一九三六年一月《台灣文藝》三卷二號

兩種空氣

似有若無，依然呈現不得要領狀態的台灣文壇，兩、三年來逐漸抬頭，「台灣文藝聯盟」的組織，《台灣文藝》的發刊等，一般民衆也開始抱持關心的態度，其具有歷史性的、進步的意義，這種可喜現象的表徵之一，就是有志於文學的人們，從古來混沌的氣氛中，向前邁進了一步，更加清楚認識從事文學的自己而勇敢地前進，以眞正的態度來繼續成長。每人都利用一切的機會，明確地揭發自己的本體。這種持續的狀態最應值得注目。也就是說，各人對文學（一般也可稱爲藝術）的見解及有文學以前的生活態度，雖然仍茫然不知，但已清楚地浮現出來，不管本人的意義如何，垂頭喪氣在那裡。

雖然我個人的知己寥寥無幾，但由於能忠實看到迄今的許多議論，而加以綜合，因此覺得人們對「從事文學」的態度，存在著「兩種空氣」。這雖然是來自本人的「文學觀」，但是我等檢討、清算的這種空氣，在台灣文學日後的發展上，扮演著重要的任務吧。當然，硬是機械式地分成「兩種空氣」，有點不妥當，但能夠作爲大體上的基準。

直截了當地說，就是存在著，一心一意記掛著正在大做文學工作的自己而忽略文學本身，只是沉醉，滿足於籠罩在文學青年氣氛的人；以及樸實地執著要從事眞正的文學，沒有虛榮的自我滿足，窮其一生都要努力探究文學的人。前者說難聽一點，彷彿是故意撕裂衣服、披上毛巾、下作木屐打扮，卻像自我陶醉的中學生，單憑我是作家、詩人這些就覺得心情愉快，爲「文學」披上一層神秘的紗，連日常生活也陰陽怪氣。因此，極端討厭藝術是爲了什麼的藝術之問題，只視爲了藝術而藝術的觀念如命。除了酒、酒家、戀愛外，找不出一丁點的價值。有如此觀念者不僅僅台灣世界到處都存在著這種人。何況，這也是眼前過渡期的台灣文壇不得已的現象。相形之下，後者是屬於「進步的」。他們經常能掌握住藝術、文學的本質，著重現實的觀察，不認爲現實的藝術史，及各個的藝術現象，是事先就完成的「一般美」，或是自天而降的東西。然後努力留意自己的生活，「從生活中出發」。我們應效法何者呢？當然是後者。

這些事情雖然不甚明瞭，但自以前，我就有所預感。在八月十一日的文聯大會上，更是痛切感受到。關於「學派」(sect)「血源的不同」，支部報告時（很遺憾不知其名），其意爲「學派與血源的不同，對文學而言，完全在範疇之外。抱持這種想法的人，可說是文藝的門外漢。」我爲這種大膽的說法大吃一驚，他本人沒有提及這種說法有何依據。從那種語氣看來，大概是無所根據，只是想到什麼就說什麼吧。而且，像神一樣崇高的文學會出現這種情形，是很麻煩的想法。他應該是屬於前者吧。與他相形之下，佳里支部的王登山氏之報告，就令人深受感動。大體上，他是敍述關於文學以前生活態度的抱負。立意可說是極好。記得他說「不是要製造擅長寫的專家，而是要製造出人類。」這個「人類」是指關心文學以前的生活態度，能掌握住生活的「眞」之人類。佳里支部的諸君只要抱持著這種信念，應該就不會出現文學青年，也不會瀰漫文學的流浪者、頹廢的氣氛。如此一來，就能有所發展，創作上也能有可觀的收穫。佳里支部醞釀出的空氣，可說是極爲甜美。是値得期待的，他們能掌握住現實客觀的事實之日子即將到來。

不管怎麼說，我們期待佳里支部的會員，對文學抱持著認眞的態度，能從前者所謂樂天，崇拜的文學態度中掙脫桎梏，向前邁進。如此一來，「兩種空氣」才能早點變成「一種空氣」，調整步伐，繼續前進。

原載一九三六年六月《台灣文藝》三卷六號

舊又新的事物

一般人批評楊逵氏的「藝術是大衆化的東西」之說法，是根據張猛三氏的主張，是內地的亞流，不是屬於新的見解。但是，我認爲從台灣的現狀觀來，即使是亞流也沒有關係。當然，我們沒有必要檢討楊逵氏的見解是否是亞流。但台灣迄今的評論不都是亞流嗎？至少都是由內地移入，加上環境不太優渥，應該不會出現新的主張。當前社會正處於台灣的人們學習在內地議論的事物之狀態，既然已經把它融會成自己的東西，以它爲基礎，再敍述事物，還能說是亞流嗎？

雖然以苛酷的「亞流」這字眼來允許這種評論存在，如前所述，由於在台灣文壇上有「流理台的貢獻」，所以一般人毫不介意。這就是爲什麼內地文壇已經拋棄的謬論，卻在台灣屢露頭角的原因。因爲台灣還不知曉那謬論之所以爲謬論的理由，所以那理由雖然已陳舊，但在台灣卻被介紹成新的見解。

前些日子，吳天賞氏在《台灣新聞》的三行通信上記載這麼一段話：「我們沒有必要說文學上的社會性與階級性如何又如何。這是次要的問題，即使不存在於文學中亦可。」這段話像是理論完全落後的台灣所說的話。它是屬於意識上樂天派喝倒采所說的話，或是對意識形態的批評盲目嫌惡，或是動不動就「舊又新的事物」之一。他很憧憬「高度文學的氣氛」，但對何謂忘掉社會性、階級性時的文學氣氛，卻以我們無法理解的奇怪言語來說明。恐怕他並沒有根據什麼高深的理論，只是一時興起說的吧。這種說法矯枉過正時，就會轉化成藝術要超社會性、超……性的主張。

本來藝術的超社會性、超……的主張，已經被歷史打破了。但是，不只是藝術，一般有意識形態的超……性，純粹性的觀念，都是屬於資本家的觀念。由於資本家的社會不停地遞嬗，越發繁榮，所以吳天賞氏所說的也不無道理。我們必須要牢記，藝術離開了階級的利害是無法存在的，而且無法有所發展。

關於此點，本雜誌於昭和十年五月號上，由郭天留氏引用全蘇作家大會哥利奇的報告。我們不是應該考慮到更根本的問題嗎?如衆所周知，關於「文學」，抱持觀念論者陳述了許多見解。認爲文學的本質，是依照無目的精神活動的言語之形象表現、技巧、形式、非形式與內容的調和，基於非精神、無意識活動的感覺表現之有機統一性，以及引用托爾斯泰的藝術論等。但是，卻忽視這種屬於意識形態之一的藝術，是以某種形態來表現作家們的社會意念，作家們於社會生活中的必要與興趣，以及作家們在社會鬥爭中生存方式的事實存在。這個觀點已被談論，意義也很明顯。黑格爾說：「創作由精神產生，依從精神的地基，是屬於精神的東西，保持不失去它的洗禮，當只表現因精神共鳴而形成的東西時，始得到藝術品。」對於現實沒有個人的精神共鳴，就無法產生藝術。這種「精神的共鳴」與感動，沒有與人類社會性、生活實踐的事物交涉就無法產生。所以，藝術裡不僅不能沒有社會性，還擔任極重要的角色。任何純粹的藝術，其目的與素材，也都得之於一定社會關係中人類有效的感性活動中。而且，一般說來，藝術、文學，與科學、哲學、宗教、政治等精神產物，以及其他形態相同，反映創作出它的作家們於社會的生存方式，與現實的生活過程。立於產生出它的社會之現實、經濟的構造上。「是人類物的活動之認識形態，人類在其中意識到社會的衝突，而且在其中完成鬥爭的形式。」

資本家批評家們，試著去看作爲主張藝術永遠性與純粹性的基礎事實之希臘藝術與史詩吧。爲何至今它依然能給予我們藝術的享樂，有時能作爲高難度的模範呢？希臘藝術今日依然給予我們魅力，果眞是因爲它是純粹藝術嗎？馬克斯說了如下的一段話。

「大人是無法第二次再變成小孩的——即使不曾像小孩那般成長。然而，小孩的純眞使他喜悅，他不會努力使那眞實在更高度面再呈現嗎？不管是在什麼時代，只有在少年性中，其本身的特性，才能回復自然的眞實吧。在最亮麗開展的人類之社會的少年時代，作爲不再復返的階段，人類爲何要發揮永遠的魅力呢？有的小孩沒有教養，有的小孩很早熟。古老的民族大多屬於此範疇。希臘人是正常的小孩。他們的藝術凌駕我們的魅力，並不是屬於歷經不發達的社會階段與矛盾的東西。魅力當然是後者的結果。不成熟社會的諸條件——在其下藝術才能成立，而且只能在其下才能成立——，難以脫離無法再度回歸的事實，而與之結合。」

森山啓氏又說了下面一番話。「希臘藝術確實有其今日仍不失卻魅力的理由。更應該強調的事，連此社會的少年時代之藝術，對於自然與現實的人生，在那時代某種程度的限制內，能述說客觀的眞理。因此，對於今日的人生，也具有某種程度的訴求力。」事實確是如此。在「希臘的神話化」方面，描寫自然的本身，並沒有對今日的我們有多大的魅力。因此，它不是作爲純粹藝術，它所充滿的社會性才對我們有無限的魅力。

再來觀看詩歌——我們往往認爲詩歌與社會沒有關係——。我們能夠了解如何才能深入與社會的諸關係結合。但丁的《神曲》及中世西歐的詩歌，爲何充滿奇蹟與幻想，天國與地獄呢？因爲這樣才能反映時代社會的現實。如衆所周知，那時的社會受自然經濟支配，仰賴「自然元素的諸力」，對於天災、外敵所抱持的恐怖感情，使得社會全體認爲一切取決於上天，賦予僧侶階級崇高的地位，更加深了這種傾向。另外，除了宗教的詩篇外，充滿奇蹟的軍事性英雄詩與騎士故事輩出。這也是因當時的支配階級、軍事上的貴族階級，認爲這類題材與處理方式是必要的，從社會的立場而言，「必須讚美武士道」。因此，沒有純粹藝術，而且藝術應該是經常處於一定社會、政治控制下的產物，受社會諸階級政治勢力的影響、控制，以及引導。只要看它充滿於藝術史的角落就可明白。從事農業或家庭手工業的民衆的詩，一定與他們存在的社會有關係。插秧歌、打地基歌、打麥歌、紡紗歌、打撈歌、船歌等，題材與節奏一定與他們的勞動行爲關係密切。端看〈波爾加的船歌〉，那歌詞、節奏、旋律……

盧那查理斯基在藝術論中寫著，「藝術是認識現實的特殊形式。」現實藉科學之助，才得以被認識。科學努力要做到精確與客觀。可是，科學的認識是抽象的，對於人類的感情未曾言及。為了理解原本的認識與所給予的現象，針對那現象，不只是要有純智系統的判斷，而且要確立一定感情的，即所謂溫和道德的及美的關係。例如，要理解俄羅斯的農民時，以統計學的研究為基礎的理解，以及透過威斯本斯基或其他民情派作家的作品而理解，完全是兩碼子事。

我們能夠知道，透過藝術史，文學中社會性的需要。如果文學要忘卻社會性與階級性，我們就必須要將藝術史全部燒毀,再隨意創造出新的藝術史吧。吳天賞氏所謂被抽象化的「文學的氣氛」，究竟是指什麼，我們百思不解。

因為創作方法是指「如何認識現實」之對現實的方法，以及所謂「如何以藝術的眞實性來表現自然、歷史、及人類的思維」之表現方法的統一性。所以我們批評家在評論文學作品時，只著重於藝術上的表現，其形象化或形式，不論其表現時內容客觀的妥當性。如果是作所謂藝術至上主義的批評，那就太可笑了吧。當然反對的人只著重於作家要如何看見現實的抽象問題，一味的進行所謂意識形態的批評，也是依據機械論而產生的，這並不妥當。一定要兩者配合，這是今日一般的常識。不知吳天賞氏是否知曉，竟然採取上述的謬論，除了吳兆行氏封其為「樂天派」外，我認為他是個「虛無主義者」。

總之，我們應該在遼闊的世界中尋得視野。如果諸君都如此做的話，恐怕諸君就能了解二十世紀末的男人高唱藝術（文學）超社會性、超……性的究竟是哪一類的動物吧。

原載一九三六年七、八月合刊號《台灣文藝》

我思我想

張文環氏接任雜誌的編輯工作，要出刊《台灣文學》的消息，使我欣喜若狂，從以前，我就認爲這種工作應該要有人來做，所以總覺得他的這項舉動有點嫌遲。但是，正當大家希望能創造出健康文化的今日，他的親自出馬可說是正好掌握了時機。此時才可說是他傾盡全力也不會後悔的時刻吧！一想到通過這本雜誌的抛磚引玉，可以使有意於台灣文化的人們，將已經充滿趣味性的文化向前更推進一步，致力創造熱情、誠實的台灣文化，我的內心就不禁油然而生一種快樂的心情。因此，當腦海浮現許多人的身影而思及今日自己寂寞的周遭時，期待之心就更加強烈了。

張文環氏是當今最值得信賴的人。在許多的作家中，當決定何時，寫出什麼樣的東西時，絕不會讓人失望的作家，捨他其誰。〈山茶花〉是他利用每日拂曉時光完成的，深獲好評。仔細思量，這也是理所當然的。因爲他修養文學的經歷很長，在東京也生活過好長一段時光，因此，它的作品本身就已經是文學了。即使只將他所思的原封不動寫出來，也依然是不折不扣的文學。能如此使文學變成血、變成肉的人，恐怕唯有他一人才有此能耐。而且他又有無窮的精力、口才、本事，讓他從事這項工作，眞令人額手稱快。這次的《台灣文學》因而就更具有某種意義，我因此感到非常痛快。

每次上台北，我都蒙受他的照拂；此外，我們在台中也碰過幾次面。每次碰面，他給我並不是美男子的印象，而是一個「値得信賴的男人」。猶記得中部震災的翌年，在台中的旅館，他說深夜會因爲喧嘩聲而輾轉難眠，因此就到鄉下的我家借宿一夜。因爲我家是純台灣式的土磚建築，他似乎也一整晚輾轉反側，好不容易才挨到天明。大體說來，他是個敏感，深具感性，且浪漫的男人。〈山茶花〉裡將他的這一面表露無遺。山村的種種情事、想法或事物，只有在山村長大的他才能眞實地描寫出來。這使我不禁想起台中人一邊捧腹大笑，一邊津津有味地從一開始的雞生病閱讀到麻雀醉酒之趣事。創造這種文學，絕不是單憑理論，也不是單靠桌上苦讀就一蹴可幾的。這得全憑生活力，體內流動的血液，浪漫氣質以及天才而成。因此，我始終認爲其作品中蘊涵了張文環氏的文學趣味，以及他的生命。

提到張，我就不由得想起張星建氏。走到台中的那條大街上，寶街的拐角處，有棟名叫中央書局的漂亮建築物。進入其內時，辦公桌旁稍微年長的美男子令人不禁眼前一亮。他就是張星建氏。他讓人有「台灣文化界的綠洲」的感覺，也讓人油然而生「値得信賴」的心情。每當我們遇到任何困難時，腦海裡立刻浮現「因爲有張星建氏在，所以……」的想法，於是就彷彿吃下一顆定心丸。每當待在故鄉心緒萬般寂寞時，只要與他會面，隨便閒聊，立刻就能精神飽滿地歸來。但今日這種情景已不復在，因此心緒極端孤寂。他是個把《台灣文藝》

搞得有聲有色，非常有才華的人。今日，我依然竊喜他能做出轟轟烈烈的事業。總之，他經常讓我有「沒有錯」與「因爲有他在……」的感覺。如果沒有他，台灣的藝術家們會相當落魄吧。今日的文藝界，熱鬧非凡，作家輩出。當我們思及這是《台灣文藝》以來的現象時，就不容我們忽視他對台灣文化的功績。也因爲有他在台中，才得以有一礎石。總之，他是個重寶。

沉默的作家巫永福氏，許久才發表一篇創作，這種做法很好。我經常在想，在台灣這個地方，一般人認爲只要有人常發表作品，「他就是大家，他非常努力」，因此就追隨他。可是當他沉寂，人們就馬上認爲他很差勁。事實上，人們並不了解誰才有實力，也不明白有些人雖然不發表，但依然孜孜不倦在埋頭苦幹。不發表與不努力是兩碼子事。文學的學習就是人生的學習，也就是生活的學習。生活貧乏的文學會令人覺得厭惡。關於此點，他做得很好。與其勉強擠出一些亂七八糟的東西，倒不如遂心悠閒地豐潤生活。不久後，他從豐潤的生活中創造出傑出的文學是指日可待的。目前，對他而言，文學已經融爲他的血與肉。我們經常互相戲謔，同床夜談至天明。同床共眠拉近了我們的距離。最顯著的同床成員是夫婦。同床共眠顯示我等關係非比尋常。聽說他即將結婚。這麼一來，等我回台灣時，再也無法與他如昔日一般同床共眠了，每思及此，不禁黯然神傷。

居住在台中的還有畫家李石樵氏。第一眼看到他時，覺得他是個溫順、沉默寡言的人。但是，等他打開話匣子時，就變成口若懸河的男人。有志於藝術的人們，最初由於對美夢懷著憧憬，所以非常努力地學習。但在經過某段時期後，由於受到現實生活的衝擊，立刻就被打倒的例子比比皆是。就這點而言，我覺得他實在很偉大；內心因而深受感動。他對藝術抱持著堅定的信念，孜孜不倦，嘔心瀝血的精神，正是值得後輩的台灣藝術家師法的長處。去年秋天，我在他的引導下參觀上野美術館的慶祝展。當一眼看到他那震懾人心的作品時，不覺眼睛一熱。藝術是很樸實的東西，需要培養實力。顯然習取他修養的不只是我一人而已。美術家留在台中的，尚有昔日的同年級同學藍運登氏，以及雕刻家陳夏雨氏。藍氏因為與他是同一屆同學，所以經常彼此挖苦對方。但是，也始終不曾喪失對藝術的熱情。他是個非常有為的人，如果將其熱情更運用於藝術之實踐上，定能集大成。

乍見之下，陳氏是個與李石樵氏氣質非常相似的青年。我曾與他見過三次面，第一次是在某位前輩的宅裡，第二次是在李石樵氏要離開東京那夜的東京車站，第三次是我們音樂會在日比谷公會堂公演的會場上。三次，他都給我同樣的印象，對於他是少數雕刻家中背負起台灣責任的作為，令我非常感動。

楊逵氏應該也在台中。昔日他非常活躍，今日不知在從事什麼工作。在台灣文藝界已許久不見他的名字，內心因而有點落寞。期待他能再度活躍於文學界。

賴明弘氏也不知近況如何？聽說他去了廣東。

吳天賞氏終於回到台中了。台中也將越發熱鬧起來，他是我同窗的前輩，是個本身就充滿故事的男人。聽他講話，心情會無比愉快。我所能描述的僅止於此。對他，再也沒有什麼好批評的。在許多運用無用技巧的人群中，他彷彿鶴立雞群。在我離開台灣的那天，於台北市楊佐三郎氏的工作室裡，我與他兩人擠在一張小床上，暢談到天明。面對著侃侃而談的他，我只覺得胸口腫脹，什麼話也說不出來。眞是浪漫極了。與他接觸，就宛如接觸到一件藝術品。不論文學、美術、或音樂方面皆多才多藝的他，成就輝煌的日子應該爲期不遠。

已有一年未見《台灣新聞》文藝版的名編輯田中保男氏從事編輯工作的情形了。不知他近況如何？張深切氏好像回過台中。現在大概也回去北京了吧？

提到台北，腦海裡最先浮現的是，每次北上時，總在百忙中接待我的《興南新聞》學藝版的編輯黃得時氏。他的《水滸傳》，迄今我依然常常津津有味地閱讀。一想到只要持有新聞文藝欄這個利器，依照他的文思，定能左右台灣文藝界的活力時，我對他的期待就更加殷切。往年，他總是訂出各種劃時代的計畫，以挽救台灣文壇的生命。現在，他也一定能完成適應新時代的新計畫與編輯工作。希望他能有堅守台灣文壇一個陣營的自覺，更加使台灣文壇的生命能淋漓盡致的發揮。

龍瑛宗氏陸陸續續地從事許多有意義的工作，每次接觸到他的工作，我總有難以言喻的欣喜感。離開「黃家」時，最先接觸到鉛字的台灣人恐怕就是我吧！曾在台北與他見面三、四次，他的身體羸弱。每次看到他在工作，內心總有股暖流，好想跟他呼籲「文學就像是馬拉松賽跑」。去年春天，我們數人深夜漫步台北街頭時，他挨近我的身旁，詢問：「呂君！今後你到底要從事音樂，或是著手文學？」那時的情景猶歷歷在目。爲什麼他會這麼問呢？即使到了今日，每次看到他的名字時，我依然回想起這段往事。我認為「要從事文學，或是著手音樂」的問題，是心靈狹隘的想法。學習文學就是學習一切事物。只侷限於文學，卻對其他文化部門完全無知的話，這種文學就不能說是眞正的文學。如果今日他看到化著濃粧、穿著戲服站在舞台上的我時，不知道他會說些什麼？或許他會大吃一驚。他的創作具有將來性。我對他的期望是，希望他能有健康的身體，能從書齋中解放出來。

在台北我想見的人還有數位，但不能如願。現在文藝雜誌的發行所已從台中搬到台北，一切只能仰仗台北人士了。

南部的佳里有許多年輕的文學家。如吳新榮氏、郭水潭氏、王登山氏、林精鏐氏等。許久不曾有他們的消息了，不知近況如何？五年後、十年後、或十五年後，他們一定會做出一番大事業吧！

現在沒有想起，或我不知道的人，依然不勝枚舉。這些人當然要進入張文環氏的茅屋《台灣文學》「接受招待」吧。我不禁有種喜悅的感覺。並且能感受到《台灣文學》正逐漸在生根發芽。

關於「接受招待」的人們與《台灣文學》的誕生，我期望能有「誠實的熱情」。或許大家都聽過藝術至上主義。總之，將至今已形成的主觀、客觀、好奇心，以及名譽心等完全拋諸腦後，懷抱著無限的熱情，誠實地從事文學工作。要放棄以好奇心眺望台灣的習性。要改變從台灣風俗習慣之獵取中感受文學的態度。最近，我經常在思索這件事，明治時代的作家與現代的作家相形之下，現代無聊的小說就到處氾濫。我們能清楚看到職業作家的眞面目，也不時接觸到諂媚低俗大衆的許多文化。因此，當務之急就是要琢磨技巧。

原載一九四一年六月《台灣文學》創刊號

媳婦仔的立場

台北大稻埕地方「媳婦仔」與養女意義相同，在中南部卻有差別。雖然媳婦仔和養女都是從小由他處領來，但媳婦仔明確的將來嫁給兒子爲妻，這一點顯然與養女不同。而在大稻埕，尤其商人們，不是爲兒子將來著想純粹爲收養而來的養女也叫媳婦仔。本來「媳婦」就是兒子的妻子，中南部地方還是嚴守這個定義。

因此，中部地方很少聽到媳婦，北部就不同，家裡的養女很少叫媳婦仔。養媳婦仔的動機大概是，占卜的結果或需要人手幫忙工作，沒有女兒太寂寞，或經濟的原因。

總之媳婦仔是兒孩新娘。夫妻是兒童玩伴，從流著鼻涕的小孩開始在吵架中長大，然後選個良辰吉日結成夫妻。昨日是吵架的對手，今天卻要成爲夫妻。曾經有人因不願意叫昨天吵架的對象爲妻子，所以反對結婚，雖然被逼舉行婚禮，仍拒絕進入洞房，通宵頑固的坐在房外。問其緣由，從小天天見面毫無羅曼蒂克氣氛。大概是過份現實化的原因吧。

如果兒子嫌棄媳婦仔，又與外面女人結婚，媳婦仔也不喜歡男方，這樣的問題極容易解決。萬一媳婦仔喜歡男方麻煩就來了。自己的男人被奪走，而淪做妹妹的媳婦仔，心裡自然不甘。於是嫉妒新娘，虐待新娘，從來不懷善意。大抵這時候媳婦仔多半會巴結已有感情的家人聯手攻擊新娘子，家庭的風波從此層出不窮。所以提親的時候，女方都很注意男方是否有媳婦仔。結婚之後丈夫的妹妹經常冷酷無情，調查結果所謂的妹妹大多是媳婦仔，而小姑或婆婆與媳婦仔站在同一陣線的實例不勝枚舉。

相反的，如果與媳婦仔意氣投合而結婚，家庭都能美滿和諧。意氣雖不投合，但只要媳婦仔喜歡，她會儘量做到賢慧妻室的本份。因爲從小在一起，對對方長處、缺點、癖性都很瞭解，也多能遷就他，加上兄妹情與夫妻愛，媳婦仔自然成爲溫柔體貼的賢妻，與家人之間的感情也都篤愛相待。同媳婦仔結婚的人都說「果然同媳婦仔結婚眞好，第一與父母之間相處得非常和諧，夫妻間感情很深厚，懷孕生產時父母照顧得周到無缺，不用擔心。」

與媳婦仔結婚心裡多少難免有嫌隙。小時候起，意識中就知道她是自己的妻子，到了青春期生理衝動，雖然並不是愛她也會自作聰明偷嘗禁果。某男子在鄉下有個媳婦仔，他到城裡讀書暑假後都不回去，不知何時媳婦仔懷了孕，父母眼看媳婦仔肚子大起來狼狽得不得了。辛辛苦苦爲兒子養的媳婦卻懷了孕。父母急得追問對方男人是誰，媳婦仔都紅著臉含糊的應付過去，最後興奮地哭叫著說：「去問你兒子吧。」

父母終於開懷含笑。接到父母來信獲知消息的兒子，輕蔑而後悔的說：「畜生，還有什麼可求。」後來在生產一個月前回家舉行結婚儀式。以後兒子對人苦笑的說：「以前的人以爲媳婦仔有多好。混蛋，被耍了。」

媳婦仔實在是相當惱人的一種人。

原載一九四三年十一月《民俗台灣》三卷十一號

殉道者

——呂赫若小說的「歷史哲學」及其歷史道路

呂正惠

呂赫若於一九三五年、二十二歲時，發表第一篇小說，即他的成名作〈牛車〉；一九四七年（三十四歲），最後一篇小說〈冬夜〉問世；四年後，他即因逃亡至鹿窟基地而被毒蛇咬死。據現在所發現的，在十三年的創作期間，他總共寫了二十六篇小說。其中二十二篇日文作品，四篇中文作品。目前〈季節圖鑑〉尚未出土以外均一一展現在本書中。

要把呂赫若的作品，按照寫作時間，以及呂赫若的生平經歷分成幾個階段，是比較容易的。在一九三五至三七年間，呂赫若還在台灣時，發表了六篇小說，可視爲初期作品；三九至四一年，他在日本留學時所寫的〈季節圖鑑〉和《台灣女性》，算是過渡；從一九四二年返台，一直到太平洋戰爭結束，是他創作的高潮期，四年間共發表了十二篇小說；光復後寫於四六、四七年的四篇中文小說，是他一生創作的尾聲。

本文想要比較全面的考察呂赫若這些小說作品，討論它們的藝術發展、重要主題，以及風格特質。本文的探討順序是這樣的：首先分析早期具有明顯「階級鬥爭」意識的兩篇作品，〈牛車〉和〈暴風雨的故事〉。其次，以女性主題爲焦點，綜合討論呂赫若在日據時期的這一類小說；這一方面可以看出，呂赫若「反封建」主題的一個重要方面，同時，在比較之下，也可以了解，呂赫若從初期發展到高潮期的風格變遷。不屬於女性主題的其餘高潮期作品，本文將分成兩類加以處理：一類是社會範圍更爲廣闊的「反封建」小說，另一類則是和日、台親善，以及皇民化問題有關的作品。最後，本文將簡單說明呂赫若的戰後中文小說，並對他的創作生涯及悲劇死亡作個簡短的評論。

1

七〇年代，日據時代的台灣文學，從歷史的塵埃中重新爲人們所發現。但在其後十餘年間，由於白色恐怖的氣氛並未完全消除，也由於呂赫若作品的中譯不夠全面，評論呂赫若的文章並不多見。不過，當時也聽到老一輩的一些「傳言」，說呂赫若是個「大才子」。從呂赫若的早期小說、特別是從他的成名作〈牛車〉來看，呂赫若被稱爲「才子」，可以說名副其實。

〈牛車〉是一篇相當成熟的左翼社會小說，如果考慮到作者當時只有二十二歲，的確不得不讓人驚訝於作者的「天才」。譬如，「台灣新文學之父」賴和，從一九二五年開始創作小說，在思想上從一個文化啓蒙者和反帝國主義者逐步發展，終至於深刻認識到現代社會的階級矛盾，以及殖民統治下日本對台灣農民的剝削方式，因而能夠在一九三一年、三十八歲時創作了深具台灣複雜社會性格的〈豐作〉。又如楊逵，在參與了四年的社會運動及台灣農民組合運動以後，憑著他個人的實際經驗，才在一九三二、三四年間寫了〈送報伕〉（其時楊逵二十八至三十歲）。我們現在對呂赫若的成長背景及早年生活幾乎沒有什麼了解，但是，顯然的，二十二歲的呂赫若，不可能具有什麼豐富的社會經歷，特別是社會運動經歷。然而，這個時候的呂赫若，竟然能夠在〈牛車〉裡表現了他對當時台灣農村經濟的驚人理解力，實在不能不說是「早慧」的了。

整篇〈牛車〉表現的是：在傳統台灣農業生產中，無田可種、只能靠牛車運送貨物、賺取工資爲生的楊添丁，在面臨現代汽車的逼迫下，無可挽回的沒落命運。楊添丁的命運，正如許許多多的無田勞動者一樣，在社會、歷史條件的巨輪下，「命該如此」，無可逃脫。呂赫若精細的文筆，一步一步地描寫楊添丁的掙扎，最後終不免於「慘敗」。就這樣，我們終於完全認清，下層階級如楊添丁者成爲歷史的「犧牲」了。

小說開始不久，呂赫若就讓楊添丁開始意識到，他的生活好像是在「走下坡」：

再怎麼遲鈍的楊添丁，也能感覺到自己的家近年來已逐漸跌落到貧窮的谷底……等到保甲道變成六個榻榻米寬的道路，交通便利時，即使親自登門拜訪，也無功而返。結果，連老婆都得把小孩放在家裡，不是去甘蔗園，就是去鳳梨工廠，否則明天的飯就無著落。是因爲自己不夠認眞嗎……楊添丁自問自答。不！自己還比以前更認眞，一天也不曾懈怠。

楊添丁自己完全不能理解他的境況爲什麼會越來越差，爲了生活，老婆只好丟下小孩去田裡或工廠裡找零工。老婆阿梅當然更不能了解，只會惡聲惡氣的罵楊添丁偷懶，於是夫妻從吵嘴變成打架，家裡更添加不幸。

呂赫若在初步呈現了楊添丁的困境以後，寫了兩個事件，讓我們更全面的了解到社會的「轉型」。有一次楊添丁去米店找生意，生意沒找著，卻聽到大家的議論：水車碾米被精米機取代了，轎子也讓位給汽車，人家勸他不要再想用牛車運貨賺錢了。另一次他碰到以前的牛車同行老林，才知道老林現在以做賊爲生，被抓到了就進監獄吃「沒錢飯」，說起這些還挺神氣的。

楊添丁終於想放棄牛車生意，租田來種了。然而，租田要押租錢，沒錢有誰要租給他。怎麼辦呢？於是，只能想到一步：要老婆去「賣淫」，以便存錢來租田。

寫到這裡，楊添丁的「命」大概也就「定」了。但好像爲了加深印象，呂赫若又寫了一個事件：楊添丁駕著牛車日夜找工作，極度疲乏，不小心在牛車上打瞌睡被警察抓到，罰款二圓。回家跟老婆要錢，老婆本已委屈，如今更是生氣，無論如何不給。楊添丁只好去偷人家的鵝，最後被警察追到：

突然間，他把扛著的東西抛出去，然後跑起來，跑著跑著，當覺得後面的鞋聲與「咔喳」的聲音越來越近時，他的衣服突然被抓住。

「大、大人……」

他發出一聲垂死般的叫聲。之後，有關他的事就杳無音訊。

在垂死似的哀叫裡，楊添丁終於走到歷史的「宿命」中了。

在處女作中，呂赫若小說的特質已經鮮明的呈現在我們眼前：對於「歷史進程」的掌握，呂赫若一貫的精確、冷酷、而無情，而下層階級則毫無逃脫可能的成爲這一「進程」的「芻狗」，呂赫若在步步爲營的事件、細節處理上，在無法逃避「命運」的主題選擇上，無疑和自然主義頗爲相近。但是，呂赫若是個「歷史決定論」者，完全不同於左拉的「生物決定論」。這麼年輕的呂赫若，就對「歷史」表現出這麼深刻而清晰的認識，並對歷史的「命定性」表現了這麼大的無力感，不能不令人感到驚奇與意外。這種特質，遠遠不是「才子」的稱呼所能形容得了的。

在早期的另一篇有關社會階級問題的小說〈暴風雨的故事〉裡，呂赫若企圖抛棄這種自然主義式的命定觀，以更爲戲劇性的情節來加以突破，然而，卻不見成功。

暴風雨來襲，即將收割的稻子全被沖走，佃農老松請求地主寶財明年補繳田租，寶財不肯答應，反而綑去老松的兩頭豬——這是老松僅剩的財產。老松的妻子罔市，在和老松成親前（她是童養媳），被寶財騙到家裡強姦了。寶財威脅罔市不准聲張，不然就要收回佃租地。其後又以佃租作爲威迫、利誘的手段，對罔市百般需索。罔市想起寶財的承諾，去找寶財，請求寶財不要綑走兩頭豬。寶財翻臉不認帳，並以退租要脅。罔市羞憤交加，自縊而死。老松在妻子自殺後得知實情，一次在路上偶然和寶財相遇，拿起竹棒將寶財打死。

從以上的簡述可以知道，本篇情節頗有變化和高潮。但是，呂赫若的小說寫作方式，基本上是以相當傳統的平緩敍述爲主。這種方式不太容易把情節的重大發展處理得具有戲劇性的張力。因此，這一情節構架，剛好暴露了呂赫若的弱點。又因爲情節變化較大，呂赫若沒有充裕的空間去做細部的仔細描繪。但是，以充分的細節描繪來累積氣氛，從容準備，以使下面的情節轉折成爲「可信」，又恰是呂赫若所擅長的。如此一來，優點也就無從顯現。棄長就短，這就造成了〈暴風雨的故事〉的失敗。

譬如，罔市的自殺是全篇最大的轉折，但呂赫若也只是平平道來，缺少強力的震撼效果。在小說中，罔市回想起以前寶財對她的糟蹋，呂赫若寫道：

「啊，死了算了！」這種悲觀的念頭，曾經數次突然掠過罔市的腦海。但一看老松毫不知情的臉，又多了一層顧慮，想到自己死後佃田將被收回，又想到四個孩子，她怎樣也不能死。但是想到失去了貞操卻不能透露一點風聲的自己何嘗不是一個妖精。實在是痛苦。

這樣的心理描寫，顯得太樸素，力度不夠。因此以下的痛罵寶財，怒斥丈夫軟弱不敢反抗，以至最後自殺，都缺少足夠的「根據」。讓人覺得罔市性格發展不充分，動作太「激烈」，同時也讓人覺得是作者在「牽線」，「駕馭」情節。

2

以上對〈牛車〉和〈暴風雨的故事〉的分析，可以讓我們看到呂赫若小說的長短優劣之處。可以說，呂赫若一九四二至四五年間高潮期作品的最大特質就在於：他不再尋求情節的太大轉折，反而更加強了他的傳統式的平緩敍述，以及更加詳盡的細部描寫。也就是說，他的自然主義風格更爲鮮明，他的無可逃脫的歷史命定觀更爲突出。這是在更進一步的發揮他的專長，因此也就寫出了更好的作品。我們只要比較早期的女性主題小說和後來的〈廟庭〉和〈月夜〉，就可以看出這種發展。

呂赫若早期的女性主題小說共有三篇，即：〈婚約奇譚〉、〈前途手記〉、和〈女人的命運〉。在我看來，情節性比較突出的〈女人的命運〉和〈婚約奇譚〉，藝術成就顯然不及描寫性較多的〈前途手記〉，再次印證了我們在比較〈牛車〉和〈暴風雨的故事〉時所得的結論。

〈女人的命運〉敍述一個年輕、還懷抱著愛情理想的舞女雙美和白瑞奇之間的故事。雙美爲了白瑞奇守身如玉，並在白瑞奇失業時「供養」他，完全不聽「有經驗」的眞砂子的勸告。在雙美和白瑞奇生了女兒麗鴿之後，白瑞奇經過長期的掙扎，終於決定背棄雙美，和一個有錢的寡婦結婚。雙美在深受刺激之餘，吶喊著說：

「我要當妓女了。」她叫了出來。雖然無論如何自己都要走上這條路，但是，即使自己墮落，也都是白瑞奇的罪過。這麼一想，越發產生勇氣。她決定等麗鴿長大後，要宣傳她就是白瑞奇的女兒，且讓她當妓女。想著想著於是露出了愉快的笑容。

整篇小說就數這個結尾較有力量，寫雙美和白瑞奇為「經濟」問題而吵架的情節還算不錯，但敍述白瑞奇為寡婦所「吸引」而掙扎的過程，以及雙美初聽白瑞奇結婚時的反應，都嫌平直而欠缺動人的地方。

呂一篇以「敍述性」為主的〈婚約奇譚〉，更淸楚的表現了呂赫若不太具有「說故事」的才能。在城市裡工作的春木，知道同鄉女性朋友琴琴也要到城裡來，到火車站接她。兩人見面以後，琴琴告訴春木，她是為了逃避她和明和的婚約而出走的，在接著的「倒敍」之中，我們知道琴琴是常和春木、國棟在一起讀書的新女性，明和為了博取她的愛情，也假裝要讀進步書籍。在一時受到蠱惑的情形下，琴琴和明和訂了婚，但逐漸發現他的眞面目，終於勇敢離家出走，決定到城市找工作，謀求獨立的生活。

呂赫若在「敍述技巧」上的欠缺，可以在一個揷曲中看得出來。在小說近結尾處，明和

上城找到春木，跟他「要琴琴」。這一段長達三頁，對話很少有衝突的張力。更重要的是，這一段也許根本沒有必要。如果從強調琴琴是個「勇敢」的新女性的觀點來看，或許直接描寫琴琴和明和、琴琴和父母的衝突要更具張力，而呂赫若卻完全不顧及到這些。〈婚約奇譚〉可以說是呂赫若平直敘述故事，最無特色的作品之一。

〈前途手記〉在情節的設計上就比較的成功，整篇小說的重點就只放在林的姨太太淑眉熱切盼望生個小孩這一點上。淑眉知道，只有生下一個兒子，她在林家的地位才有了保障，但偏偏就是肚子不爭氣。她先是要求林讓她領養一個小孩，但林不理不睬。屢次要求無效之後，她要求林讓她去動子宮手術。從醫院出來以後，她心情開朗起來，深信自己不久就會懷孕。這樣盼望了七個月，她終於病倒。最後，當她確信不懷孕是林有問題時，她有意勾引林的侄兒跟她發生關係，但這也沒有什麼結果。最後，她的腹部眞的起了變化，她以爲是懷孕，但診斷結果卻是胃癌，然後她就死了。

這樣緊扣住「想要懷孕」這一中心問題的設計，讓呂赫若有機會大量描寫淑眉的情緒變化。這種變化一再發展之後，淑眉作爲一個沒有地位的女人可憐的一生也就相當淋漓盡致的呈現在我們面前。對於她的死，呂赫若是這樣描寫的：

> 賣豆腐的搖鈴聲沿著醫院的牆壁漸行漸遠，在可以聽到因降霧寒冷的空氣而發抖的職員或病人們的力量充沛的收音機體操加油聲的拂曉，淑眉的臉浮在從醫院的窗子照射

進來的晨光裡，頭髮亂亂地，靜靜地死了。護士一見那樣就慢慢地打開門出去了。在枕邊只有老母親一人哭泣著。

結尾的抒情筆調的動人力量，其實是前面一再出現的淑眉無數希望與挫折的累積的最後結果。在這種緩慢敍述加上許多仔細描繪的情節發展中，我們看到淑眉的一生早就被「命定」了，即使她不病死，在她年老色衰之後，她也會被人棄置不顧。我個人覺得，呂赫若所擅長描寫的主題，社會體制下無助者無可逃脫的命運，在〈前途手記〉所獲得的成功，是初期作品中僅次於〈牛車〉的一篇。就發揮抒情性而引發讀者的惻隱之情而言，本篇尤其有其特色，不同於〈牛車〉的冷峻客觀。

呂赫若在日本留學時，曾寫過一系列有關「台灣女性」的小說。就目前已找到、並已譯成中文的第一部分〈春的呢喃〉來看，正如〈婚約奇譚〉一般，是以新女性爲主角。但也如〈婚約奇譚〉一樣，這一篇也並沒有什麼特別出色之處。

呂赫若在回國之後的寫作高潮期裡，只寫了兩篇有關女性題材的作品，即：〈廟庭〉和〈月夜〉。這兩篇其實只能算一篇，因爲這是一個故事的上、下兩部分。但是，這一篇卻可以算是呂赫若這方面作品的傑作。在他的筆下，舊式婦女無可逃脫的悲劇命運，具有一種極其凝重而悲愴的氣氛，充分表現了一種進步知識分子所面對的壓力無力感。

這兩篇小說的敍述者是一個從遠地歸來、受過現代高等教育的知識分子。在〈廟庭〉裡，

他一回到家鄉，就得知舅父要他去他家一趟。他一面準備，一面想起兒童時代在舅父家附近關帝廟前與表妹翠竹嬉戲的情景，胸中湧起憶舊的柔情。但這時母親告知他，翠竹在初次結婚喪夫後，雖然已再婚，不過第二次婚姻非常不幸，舅父可能就是要他去幫忙解決這個問題。敍述者在到舅父家途中，以及初進舅父家時，都一再回憶起兒時跟翠竹在一起的快樂時光，特別在獨自漫步於破舊的關帝廟庭、想起表妹以前領他在這裡遊玩的具體情景，更是不勝感傷。就在他完全沉湎於回憶中時，突然看到了正要回娘家的翠竹：

「翠竹！你回來了嗎？」

我笑著跑過去。可是，翠竹的眼角只稍微掠過一絲笑意，立刻移開視線低下頭來，痛苦似地嘆息，想要逃避我。就在我呆立時，翠竹稍微欠身經過我的面前，以非常沒有精神、彷彿生病的步伐，頭也不回地向前走。……從背後所看到的翠竹，右手拿著一把褪色的洋傘，穿著好像是從前訂做寬大的洋裝。走路的神態宛如病重的病人。……

這樣的翠竹，和敍述者一直在懷想著的那個快樂、活潑的小翠竹，產生強烈的對比。

當敍述者回到舅父家時，舅父即跟他談起翠竹的不幸婚姻，並說翠竹想要離婚。舅父說，「因爲你頭腦比較新，而且懂很多事情」，要他勸翠竹和她丈夫和好。事實上，敍述者是無能爲力的，他只能眼睜睜的看著舅父和舅母爭吵，看著舅父一直在「教導」著默默無言的翠竹。

在整個過程中，下面這一段爭吵是很有典型意義的：

……翠竹一副痛苦的表情，動也不動。舅舅發怒，再度逼問時，她突然激動地用雙手扶著臉，放聲哭泣。……翠竹掩臉奔回臥室。……

「你想殺了翠竹嗎？」向舅舅展開攻擊。「這不是再清楚不過的事嗎？要她再度想起往事，太過份了。」

舅舅也生氣了。

「不要說蠢話了。要解決問題就必須這樣吧。」

「你說要解決什麼問題？是想再把她趕回去被虐待吧。」

聽到這句話，我因羞愧與過意不去而抬不起頭來。因爲做這個提議的就是自己，所以在道義上應抑止舅父母的爭吵。可是，我羞愧地提不起勇氣，只能默默不語。

「妖婆！你要女兒嫁幾次才甘心。混帳。」舅舅提高聲音。

「這是沒有辦法的事吧？」

「不可以。這次說什麼也不行。我已經用盡方法才使翠竹再婚。對方拿了我三百圓的陪嫁金與日用家具。絕對沒有白白捨棄的道理。」

「你愛錢勝過愛翠竹的命嗎？」

「我是愛錢。而且離婚看看。你認爲那麼輕易就能再婚嗎？如果不行，後果又會如何？」

「這是沒有辦法的事。都是翠竹的命運。」

「哼！還不是因爲祖先的牌位不祭拜姑婆（女性的直系長輩）。」

舅母終於哭了起來，然後走進臥室。……

不管舅母多麼疼女兒，她都不能不屈服於舅父的最後一句話：女人不能不出嫁，不能在父母家養到死。但是，一旦嫁的男人早死、或有問題，女人的一生也就完了。舅父、舅母、及敍述者誰都淸楚這些，誰都疼惜翠竹，但誰也都想不出辦法。這就是封建制度下女人的「命運」，受過新式教育的「我」完全淸楚，但也完全無能爲力。

翠竹在父、母爭吵中離家，「我」到處尋找後，終於在關帝廟找到她：

「翠竹！」

沒有回答。翠竹像座雕像，動也不動。靜到連她的呼吸聲都聽不到。……

翠竹默默出神地凝視廟的屋頂。我害怕地窺視她的臉。隱藏在雲間的月光灑下來，我發現停留在她眼瞼中的大顆淚水冷冷地反光。心裡一陣劇痛。……一闔上眼，就想起翠竹少女時代的臉與嬌俏的喊叫聲。……我想畢竟都是因爲翠竹是女人的緣故。有沒有什麼可以救翠竹的方法？……

「或許她去尋死了。都是因爲你的關係。被丈夫拋棄，被婆婆虐待，回家又被父親責罵，翠竹去尋死也是理所當然的。」

從店頭傳來舅母的哭泣聲。

我想催促翠竹走出廟庭。這時，目睹月光下翠竹眼裡的淚珠閃閃發光，一滴、兩滴……靜靜落下的情景，我挺起的身子再度倚靠著金亭，始終不敢動一下。

在翠竹父母的吵架聲中，我們看到翠竹的命運如何被社會體制和觀念所「決定」。但在這裡，翠竹的「必然性的命運」透過她的兒時玩伴的充滿憐惜、而又愛莫能助的眼光看來，呈現了一種肅穆的、抒情的哀愁。不懂事的小孩，兒時充滿了幸福；但一旦面對無法逃脫、卻又無法改變的命運時，除了用這種「抒情的哀感」來加以抒發之外，又能怎樣去面對呢？因此，在這裡，我們看到呂赫若「客觀歷史呈現」和「主觀感情抒發」的兩面性的結合。後者使得他的自然主義式的歷史必然圖像，塗抹上一層極其感人的抒情氣息，代表了呂赫若小說藝術的最高成就。

〈月夜〉是〈廟庭〉的後半篇，描寫敍述者企圖帶領翠竹回到夫家、最後終歸失敗的過程。如果不跟〈廟庭〉比較而只單獨來看，〈月夜〉的藝術水準也並不差，但是，〈月夜〉所具有的成功因素，〈廟庭〉一點也不欠缺，而且有過之而無不及。因此，從這一角度來看，可能沒有續寫〈月夜〉的必要——翠竹的命運在〈廟庭〉裡已全部「決定」了。

3

從前兩節的討論可以看到，作爲一個熟悉「歷史唯物主義」的小說家，呂赫若處理社會題材的方式大致可以分成兩類：第一類具有明顯的階級意識及政治意涵，如〈牛車〉和〈暴風雨的故事〉，第二類則比較重視社會體制下的個人無可逃脫的命運，並儘可能抽去直接的政治指涉，如〈前途手記〉及〈月夜〉。

當呂赫若於一九四二年從日本回到台灣時，面對當時嚴峻的政治環境，呂赫若當然不可能再去寫〈牛車〉、〈暴風雨的故事〉一類的作品。因此，他的具有馬克斯主義思想傾向的小說只能限於第二類，是很容易可以理解的。這一類作品，除了前面所提及的〈廟庭〉、〈月夜〉之外，還有〈財子壽〉、〈風水〉、〈合家平安〉，及〈石榴〉四篇。

〈風水〉一篇寫周長乾、長坤兄弟爲父母洗骨之事所起的衝突。周長乾代表傳統農業社會善良的一面。他居住農村，長期不知改變，想爲父親「洗骨」純出孝心。但已移居城鎮的周長坤，卻只知現代社會的功利，他堅持反對爲父親洗骨，因爲他相信父親的風水對他這一房有利（由於他的善於適應，他這一房比他大哥那一房「發達」）。等到他家連遭凶事之後，他以爲問題出在母親墳墓。雖然母親逝世不久，「洗骨」時間未到，他卻不顧大哥的反對，堅持要做。在這樣一篇小說裡，呂赫若看到了傳統到現代的轉變的「多面性格」，注意到了善良的風俗爲功利的計較所取代。

〈石榴〉的主題不是很明顯。故事講的是自小喪失父母的三兄弟金生、大頭、木火的悲慘遭遇。已長大的金生帶著兩個弟弟辛苦地種田度日。在地主黃福春的介紹下，金生入贅另一個佃農之家，而他的弟弟木火也在黃福春的安排下，過繼給黃福春的沒落族人當螟蛉子。沒想到木火不久之後就發瘋。小說的重點擺在金生尋找失踪的木火的過程，以及在尋找過程中想到他未盡大哥之責、愧對父母所感到的痛苦。木火雖然找到，不久就死了，金生決定把次子過繼給木火。小說結尾處，金生看到長子獨自抱著香蕉，次子張嘴大哭，「他才察覺次子是木火兒子的事實」：

「喂！」

他對著長子吼一聲。木火的臉再度浮現於腦海。突然他覺得木火的臉出現責備他的表情，於是慌慌張張縮回手，把次子抱過來。

木火的過繼、木火的因此發瘋、金生的內疚、金生決定把次子過繼給木火，這連貫在一起的事，顯然是小說的重點，但主題卻無法明白（至少我個人感覺如此）。我相信這不是一篇成功的小說，但全篇小說對佃農之子金生三兄弟的「苦境」的描寫卻頗爲動人。

呂赫若這時期最成熟的社會小說應數〈財子壽〉和〈合安平安〉兩篇。正如〈廟庭〉和〈月夜〉描寫封建社會女性「必然的命運」一般，這兩篇寫的是舊地主世家的「歷史性的沒落」。不過，〈廟庭〉和〈月夜〉表現了作者對女性處境的悲愴式的同情，而這兩篇則純是冷峻的批評。雖然這裡的冷峻客觀和〈牛車〉頗爲類似，但〈牛車〉在言外還能激起同情，而這裡的批判頂多只能說是有一點悲天憫人的味道。

〈財子壽〉寫的是「福壽堂」周家的敗德史。在小說開始，作者即以自然主義風格的筆法描寫「福壽堂」附近的景觀，然後逐漸進入到「福壽堂」本身：

門樓已經是座古老的建築物，牆壁上裝飾的色彩與各種人形雕飾紛紛剝落，僅留下痕跡。門上有塊以青字寫著「福壽堂」的匾額。這塊匾額也快壞了，上面結滿蜘蛛網。一進門樓，……四棟與某個後龍大部分的牆壁已傾圮，窗櫺也脫落，滿目瘡痍，每個入口的門都緊閉。只有最靠近門樓那棟的末端房間，牆壁漆得雪白，門也漆上青色，非常漂亮……門口掛著一塊寫著「六角莊第三保保正事務所」的大木牌。……

這樣的描寫長達四頁，顯示呂赫若企圖以自然主義的描寫背景來爲「福壽堂」周家的敗落奠定基礎氣氛。

周家前一代主人周九舍，妻妾三人，大房無子，且早死，二房生海文、海山，一妾生海瑞、海泉，但海泉卻是妾和村民私通所生。

九舍死後，海文繼承家業。海文爲人刻薄慳吝，因此引發親弟海山煽動兩個異母弟要求分家，最後只剩下海文獨守福壽堂。

小說的重點是海文、他的繼室玉梅、和海文母親的下女秋香之間的複雜關係。玉梅爲人善良，甚至前妻之子都把她當下女使喚。秋香和海文私通，被趕出門，多年後卻又回來找海文。秋香生性潑辣，海文對她無可奈何。秋香又欺負玉梅，在玉梅生產後不給她東西吃，逼得玉梅發瘋。小說結尾時，秋香偷走海文一筆錢逃掉，海文母親病死，玉梅被海文送進精神病療養院。

對於許許多多的家庭瑣事，呂赫若全以平直的敍述和精細的描寫加以累積，裡面包含許多精采的片段，如在海文母親葬禮之後，呂赫若寫道：

等所有的葬禮結束、一切都收拾整齊後，海文把弟弟們與寡嫂召集到祭拜母親靈位的正廳。由於睡眠不足，大家都臉色蒼白，出現黑眼眶。一坐下來，睡意自然就湧上來……當海文提到要立刻分配葬儀費時，大家突然睜大眼睛，重新坐直。海文以傲慢的口吻說。

「葬禮已經結束了，不趕快還我錢的話，可就傷腦筋了。我所代墊的部分，照理說是要加上利息的。不過，我沒有把它計算在內。今天內一定要把錢還我。」

呂赫若以「財子壽」這種中國人所嚮往的吉祥語來爲這篇小說命名，無疑充滿了諷刺意味。封建式的地主大家庭的解體命運，應該是這篇小說重點之所在。

〈合家平安〉寫的也是傳統地主大世家的敗落史，不過，作爲主角的范慶星，並不像周海文那樣的慳吝而無人性。他的毛病是因從小享福而養成抽鴉片的習慣。他的後妻玉鳳因能嫁到這樣的家庭而覺得非常的幸福，她的見識不足以預見到范家會因此而敗落。她不但不反對丈夫吸鴉片，甚至還歡迎丈夫的親戚、朋友一起到他們「大厝」內吸食鴉片，因爲這正足以表現他們范家的光彩。於是——

日復一日，寬敞的大厝內，到處可見像猴子般消瘦的人影，而且常常突然響起咳嗽聲劃破寧靜的周遭。原本很少有人氣的大厝，因這些人而出現未曾有過的熱鬧。最初只有白天，逐漸延續到夜晚……

范家就這樣賣掉一甲一甲的田而逐漸敗落下來。更糟糕的是，范慶星即使在家產敗盡之後，他的好吸鴉片、懶散而不工作的習性已深入骨髓，無法面對現實：

他吸食鴉片到半夜，一直睡到隔天的中午。一醒來後，就勞動老妻，又是香菸又是茶，消磨了一整個下午。當黑夜來臨，又緊緊抓住鴉片盤不放。等資金殆盡，終於從床上起來，去住在近郊的長子那兒，死皮賴臉地大聲叫喚（按：指跟長子要錢）。

富豪子弟因從小所養成的不良習性，而種下無法更改的敗家性格，在這一段文字中表露無遺。

范慶星前妻的娘家爲了解救范家的經濟困境，介紹范慶星到一家商店去當職員。但不久范慶星故態復萌，常偷公款去買鴉片，不得不離開。後來，賣掉僅存的「大厝」，並在前妻娘家的資助下頂下一間大飲食店。剛開始范慶星儘量克制自己，又在玉鳳的善於經營下，生意蒸蒸日上。但維持不了多久，范慶星又開始吸鴉片了，而次子、三子也養成走花街柳巷的壞習慣。當然，店面到最後又頂讓出去了。

小說結尾處，玉鳳所生的次子、三子，看到父親無可救藥，遠走他鄉，置之不顧。范慶星只好懇求前妻所養的、從小爲他所拋棄的長子搬回家奉養他們夫妻，但卻被前妻妻舅大聲訓斥：

「怎麼樣？還不明白嗎？去！如果明天沒有勇氣住院接受戒掉鴉片的治療，那就無藥可救了。已經到了今天這般山窮水盡的地步，還不能清醒，倒不如死掉算了。怎麼樣？我幫你出費用。」

這篇小說在結構上並不是沒有缺點，譬如許多有關長子成長史的大段落妨礙了主線的發展。不過，因這些段落和范慶星的敗落史不是全無關連，不會有兩條平行線的感覺。就范家敗落的「過程」而言，呂赫若自然主義風格所累積的細節，以及對范慶星性格的描述，形成一種

「不得不然」的力量，使這篇小說的「社會性」似乎要更勝過〈財子壽〉。

以呂赫若呈現「歷史社會的必然力量」的最佳小說，如〈牛車〉、〈廟庭〉、〈財子壽〉、及〈合家平安〉而言，他的歷史圖像顯然是極其悲觀而黯淡的。在歷史進程中，他看不到個人有擺脫其影響力的可能性。這種思想傾向，應該有其歷史現實的基礎。關於這一點，我們在下節中再進一步申論。

4

呂赫若在一九四二至四五年創作高潮期所寫的小說，除了上兩節所論述的、具有強烈社會性格的作品外，另有幾篇可以稱之爲鼓吹日、台親善、或廣義「皇民文學」的小說。從這些作品可以看到，呂赫若不得已爲了應付日本殖民當局而寫作時，在遷就規定的題材之餘，如何儘可能的保持自己的藝術自主和台灣人尊嚴。

〈鄰居〉和〈玉蘭花〉都在寫日本人的友善：台灣人原本對日本人敬而遠之，但在長期接觸之後，終於發現，這些日本人其實是極好相處，並且對台灣人還能以平等相待。

我個人閱讀這兩篇小說的感想是這樣的：首先，呂赫若所選擇的日本人都是較一般的日本「人民」，他似乎有這樣的言外之意：他們和一般的台灣人的「親善基礎」是他們的「階級」，而不是他們的「國籍」。這一點「主觀的感想」可能不太容易「證明」，但呂赫若其他的特殊設計卻頗堪注意。

在〈鄰居〉裡，作爲日本一般小職員的田中夫婦，因無子而「領養」台灣人的小孩。他們對這小孩的百般疼惜讓敍述者非常感動，從而減少對他們的「戒心」，覺得他們並不像其他日本人那麼「可怕」。當田中夫婦遠調他地而把小孩帶走時，小孩的父母李培元夫婦也到車站相送。當火車駛了開去時，敍述者問：

「阿民已經正式送給田中先生了嗎？」

我問呆呆站著的李培元氏。李氏的視線沒有離開火車，回答說：「還沒有。」

很顯然，李先生捨不得孩子，還不願意過繼給田中先生，而小孩卻被田中先生帶走了。日、台「人民」微妙的不平等關係躍然於紙上。

〈玉蘭花〉透過敍述者的回憶，描寫他小時候所遇見的一個日本人，這個日本人跟他叔叔從東京來他們台灣家中住過一陣子。敍述者原來非常懼怕日本人，一直不敢、也不願跟他接近。後來發現這個日本人對小孩極好，不知不覺受到吸引，最後成爲最好的玩伴。這個日本人已離開多年，但敍述者仍對他戀戀不忘。呂赫若的敍述設計最有意思的一點是，回憶是由一些舊照片所引發的：

即使到了今天，我也依然擁有二十餘張少年時與家人合照的相片。雖然說每一張都已經褪色而變成茶色了，而且其中一部分連輪廓都消失了，變得模糊不清。

從這裡敍述者才談起拍攝這些照片的日本人鈴木善兵衛。到小說結尾時，小孩爬上樹望著逐漸走遠的善兵衛，敍述者因年紀小爬不高，只能在低處聽爬到高處的哥哥的說明：

「傻瓜！爬上來。」從風吹過玉蘭花樹葉的沙沙聲中，傳來阿兄的聲音。我如何能再爬上去呢？單是現在的高度，只要風一吹稍微動搖，我就會手腳發抖，只能緊緊抓住樹幹。「啊！鈴木先生回過頭來了！」「和他一起談話的是叔父。」「再見！」我聽到堂兄弟們愉快的聲音。「讓我看！讓我看！」我於是抱緊樹幹，哭了起來。

呂赫若高明的抒情筆調明顯可以從這一段體會出來。但小說開頭模糊的照片，小說結尾望不到的善兵衛，是否也意味著鈴木和他們的「友誼」，是遙不可及的「舊夢」呢？

不論上面的詮釋是否可以成立，在我看來，〈鄰居〉和〈玉蘭花〉都寫得不卑不亢，一點也沒有折損台灣人的尊嚴，同時也沒有表現出台灣人對日本人的屈服跟歆羨。

呂赫若在維護台灣人的尊嚴上表現得最有風骨的，可能要數表面上最具「皇民文學」傾向的〈清秋〉。這篇小說提及許多台灣人響應日本政府的號召，「要到南方去」（即到南洋參加戰爭或服務）。但如果我們仔細閱讀，就會發現，台灣人的「熱烈響應」其實是「另有原因」

的。

小說的主角耀勳在日本學醫，也在東京的醫院服務過三年。現在應祖父的要求回到台灣，祖父希望他在家鄉結婚、開業。耀勳對於是否留在家鄉開業，一直遲疑不決，其中一個重要原因是：爲了開業，他們家要收回街上租給人家作爲飲食店的店舖，而這又會使開飲食店的那一家人頓時陷入困境，這讓耀勳感到不安。另外，他覺得鎮上的醫師都已成爲「商賈」，成爲金錢的奴隸，他深怕自己也會墮落下去。他就一直懷疑，鎮上的小兒科醫師江有海會因怕他參加競爭，而阻礙當局發給他「開業許可」。

在小說近結尾處，耀勳參加「志願到南方去」的人的送別會。會上，開飲食店的黃明金意外親切的跟他敬酒，並告訴耀勳，他也要到南方去，飲食店就交還耀勳家。當耀勳深感不安、頻頻向他道謝時，黃明金說：

「謝醫師，這件事就此作罷。我反而想謝謝您。經營飲食業早晚都會陷入僵局的。您的開業反而提早我的決定。托你的福，我也可以早點找出新生之路……」

黃明金說：經營飲食業早晚都會陷入僵局的，並不純是客氣話。從小說中可以了解到戰時環境中台灣人生活的艱難，「到南方去」其實只是不得已的「尋求解決之道」，所謂「找出新生之路」，不過是「應時」的冠冕堂皇的話罷了。這一點，從歡送會後江有海對耀勳的「剖心」

之言，可以看得更清楚。江有海說：

「事實上……爲了地方的醫療，我必須助你一臂之力。因爲顧忌到這件事還沒有發表。就是從開業醫生被徵召爲野戰工作者。這次由於年齡的關係，國家已經對我下了密令。如果我被徵召離開本莊，那就沒有小兒科醫生了。如此一來，會帶給莊民極大的不安。」

當耀動告訴江有海說，他不想開業時，江有海又說：

「沒有這回事。就是需要像你這種能作爲主導的學術與經驗，我深深期待著，如今我也不打算做一個鎮上的庸醫。我已覺悟到會有萬一的情形，所以來拜託你。無論如何都要爲本莊的人民從事醫療的服務。……」

江有海的話，按「皇民文學」的觀點，當然可以解釋成：我到南方去爲「國」効力，你留在「國內」盡你的責任。但由於他說的是：沒有小兒科，會給莊民帶來不安，請你無論如何都要爲本莊的人民從事醫療的服務。這話說得很曖昧，即使解釋成：在這個時代裡，我們台灣的村民需要你，也未嘗不可。至少我個人感覺，在送別會當天，黃明金、江有海和耀動之間的「熱誠交流」，並不只是爲了：大家都要獻身於「偉大的運動」，似乎他們之間還有一種特殊的默契——我們「台灣人」在這樣的時代「也只能如此」，我們走了，此地就交給你了。〈清秋〉的這種曖昧性，以呂赫若高明的寫作技巧而言，應該是有意造成的。

這種「曖昧」的兩重性，在呂赫若另外兩篇鼓吹「艱苦奮戰」精神的作品裡也可以看得出來。〈風頭水尾〉寫徐華夫婦遷居到海邊務農。這裡是「風頭水尾」，正如這一塊地的開拓者洪天福所說：

「這裡是風頭水尾。自然很威猛。因此，一偷懶，就會立刻被擊垮。就算是一秒鐘，也必須要工作。如果能有這樣的覺悟，才能完成這裡的工作。」

徐華住定下來的第二天，到海邊田地裡觀察，他看到這樣的景象：

由於正面迎接海風，他緊按住似乎要被吹走的褲子。揚起白色波頭……蜂擁而至的海浪，與青翠的耕作地相形之下，更令人驚於與海作戰、開墾的危險性。覺得海很恐怖，自己即將被海壓倒的壓迫感，使他正想折回時，發覺白色波頭附近的海濱，有四、五人正在工作的身影。對抗著強烈的海風，無視靠近身旁的海浪的咆哮。仔細一瞧，在海濱植草中……

整篇小說，就正如這一段引文所顯示的，一直在描寫這種與惡劣的自然環境搏鬥的堅忍、奮鬥的樂觀精神。單獨來看，我們或許可以說，這是在呼應太平洋戰爭後期的決戰文學氣氛。但是，如果它和〈山川草木〉配合來看，我們也許會懷疑，呂赫若是否「另有所指」。

〈山川草木〉的女主角寶連本是富家女，在東京學鋼琴，極有才華，前途看好。不幸的是，父親突然得腦溢血去世。在分配財產時，她爭不過風塵出身的繼母，下定決心帶著同母所生的二弟一妹，遷居於偏僻的山村，獨自經營一塊貧瘠的田地，以把弟、妹撫養長大。

呂赫若這樣描寫在東京留學時的寶連：

> 時常穿著合身時髦的洋裝。深邃烏黑的瞳孔、雙眼皮、長睫毛，既理智唇形又美的雙唇笑起來渾然一體，表情非常具有智慧。

遷居鄉村、親自勞動的寶連完全變成了另一個樣子。

> 四、五個月不見，差點認不出來，臉被太陽曬黑了，也變得結實，看起來有年輕人的光彩。我從未看過這麼有朝氣而又健康……

寶連是「積極」地「認命」的。她接受父親死後的現實，勇敢的拋棄以前當藝術家的夢想，在勞動和大自然中找到她可以掌握的眞實的生命。寶連指著蓮霧對來看她的朋友說：

「這棵蓮霧已經二十年了，二十年間，這棵樹在這兒動也沒動過。且它的葉子年年新鮮翠綠。我認爲這種生存的方法是很美的……。」

呂赫若在這篇小說所塑造的、現代版的「佳人」，具有面對無法逃避的現實命運的「堅忍」精神。其靜肅、優美的抒情力量，似乎還要超過跟海浪搏鬥的洪天福和徐華們。我們還可以把這篇小說視爲「決戰文學」的精神表現嗎？似乎也還可以，但就不能像〈風頭水尾〉那麼肯定了。

讓我們再回到〈牛車〉、〈廟庭〉和〈合安平安〉所表現的那種命定無法逃避的「歷史哲學」，那是一種個人完全無能爲力的歷史條件。我們再來看寶連遭逢惡劣命運時所表現的、接受一切、積極活下去的堅忍精神。後者不是面對前者的一種「似乎可取」的態度嗎？因此，我相信，呂赫若創作高潮期的這兩類作品，應是他面對太平洋戰爭時期台灣人「無路可走」的歷史命運的表現方式，至少也是一種心理投射。從這個角度來看，他遷就殖民當局所寫的小說，似乎也不應該「等閒視之」。

5

呂赫若於一九四二至四四年間寫作〈廟庭〉、〈合家平安〉和〈山川草木〉時，恐怕不會設想日本戰敗的可能，當然更難設想台灣從日本人手中「解放」的日子。然而，這一天「竟然」來到了。據日人池田敏雄在〈張文環兄及其周邊事〉一文的回憶：

敗戰當初，有事要找楊逵兄，我和立石兄（按：指日人立石鐵臣）到台中時，正好遇到第一次雙十節，街上喜氣洋洋，解放氣氛甚濃，在那兒遇到呂兄（即赫若），正陶醉於亢奮中，與過去的他大為不同。

「過去」的呂赫若在所能見到的歷史條件下，找不到台灣人的出路。現在日本戰敗，台灣解放，重回中國懷抱，這麼人的「歷史」變化，怎麼能不令他陶醉、亢奮呢？

呂赫若在一九四六年二至十月間所發表的三篇中文小說，都以日據時代作背景。但時隔四個月，四七年二月五日所發表的〈冬夜〉就完全不一樣了，它寫的是台灣社會的當代現實。

在這篇小說裡，淪為妓女的彩鳳的悲慘命運來自於新、舊兩個方面。以前，她的丈夫被日本人徵調當兵，一去不回；現在，她受騙於據說是大財子的大陸人郭欽明，被傳染到梅毒。時局紛亂、經濟蕭條，她只能拖著有病的身子賣淫為生。在一次「交易」時，對象可能是「盜匪」，就在警察追捕的槍戰聲中，彩鳳驚恐的逃了出去：

「喂！危險！不准出來。」

她只聽見了怒聲在後面這樣喊著。她一直跑著黑暗的夜路走，倒了又起來，起來了又倒下去。不久槍聲稀少了。迎面吹來的冬夜的冷氣刺進她的骨裡，但她不覺得。

先是感到個人對歷史無能爲力、後來意外的見到歷史有了大轉機、但旋即又發現歷史可能重又掉進深淵裡的呂赫若，表現出這種前所未有的「淒厲」，應該是可以了解的。

這篇小說問世的二十八天之後，就發生了二二八事件。我們現在找不到文字資料足以重建呂赫若這時的心路歷程。他也許徬徨過，也許痛苦過，但他最後選擇中共「台灣省工作委員會」的地下組織，想要追求台灣人的「再解放」，從他的歷史哲學來看，應該是有跡可循的。

如果以他的歷史知識，他相信澎湃於中國各地的群衆力量是唯一可以擊敗以前他那麼無可奈何的那種歷史條件的因素，有什麼理由阻止他不去選擇這條「大有可能」的道路呢？歷史會折磨人，但人也能改變歷史。看到了這樣的機會，像呂赫若那種歷史認識，怎麼會不勇敢的投入呢？雖然他因此而英年早逝，但，求仁得仁，又何怨乎？

（本文作者爲清華大學中語系教授）

呂赫若創作年表

林至潔／輯

一九一四年　一歲

生於台中縣豐原鎭潭子（舊台中州豐原郡豐原街）。原名呂石堆。

一九三四年　二十一歲

台中師範畢業。

一九三五年　二十二歲

一月，短篇小說〈牛車〉載於日本《文學評論》二卷一號，爲其處女作。

五月五日，短篇小說〈暴風雨的故事〉載於台灣文藝聯盟發行的《台灣文藝》二卷五號。

七月，短篇小說〈婚約奇譚〉載於《台灣文藝》二卷七號。

一九三六年　二十三歲

一月，隨筆〈關於詩的感想〉載於《台灣文藝》三卷二號。

三月三日～五日，短評〈文藝時評〉載於《台灣新民報》。

四月，小說〈牛車〉，與楊逵〈新聞配達伕〉（即〈送報伕〉）、楊華〈薄命〉，被選入《朝鮮台灣短篇集——山靈》，胡風譯，上海的文化生活出版社譯文叢書，是日據時代第一次被介紹到中國的台灣小說。

五月四日，短篇小說〈前途手記〉載於楊逵主編的《台灣新文學》一卷四號。

六月，短評〈兩種空氣〉載於《台灣文藝》三卷六號。

八月，短評〈舊又新的事物〉、小說〈女人的命運〉載於《台灣文藝》三卷七、八合併號。

一九三七年　二十四歲

五月六日，短篇小說〈逃跑的男人〉載於《台灣新文學》二卷四號。

一九三九年　二十六歲

負笈日本東京學習聲樂，進入武藏野音樂學校聲樂科，師事聲樂家長坂好子女士，參加東寶劇團，演出《詩人與農夫》歌劇，前後有一年多的舞台生活。

中篇小說〈季節圖鑑〉，載於《台灣新民報》日刊之「新銳中篇小說特輯」，策劃人是黃得時。

一九四〇年　二十七歲

三月，短篇小說〈藍衣少女〉載於《台灣藝術》一卷一號。

五月一日，長篇小說《台灣女性》連載於《台灣藝術》，第一篇〈春的呢喃〉載於一卷三號。

七月，《台灣女性》第二篇〈田園與女人〉，載於《台灣藝術》一卷五號。

一九四一年　二十八歲

六月，新詩〈謹呈陳遜仁君靈前〉、隋筆〈我思我想〉載於張文環主編的《台灣文學》創刊號。

一九四二年　二十九歲

一月，雜文〈拉青與八卦篩——結婚習俗的故事〉載於《民俗台灣》二卷一號。自日本返台，爲《台灣文學》同仁，並擔任《興南新聞》記者。

四月二十八日，短篇小說〈財子壽〉載於《台灣文學》二卷二號。

五月二十日，劇評〈陳夫人公演〉載於《興南新聞》。

七月二十日，雜文〈農村與青年演劇〉載於《興南新聞》。

八月，短篇小說〈廟庭〉載於《台灣時報》。

九月七日，雜文〈日本新劇與新派〉載於《興南新聞》。

十月，短篇小說〈鄰居〉載於《台灣公論》。

十月十九日，短篇小說〈風水〉載於《台灣文學》二卷四號。

一九四三年　三十歲

進入興業統制會社（一電影公司），一邊上班，一邊創作，認識前來應徵女性蘇玉蘭。

一月三十一日，短篇小說〈月夜〉（〈廟庭〉續篇）載於《台灣文學》三卷一號。

二月十二日，劇評〈阿里山〉載於《興南新聞》。

四月二十八日，短篇小說〈合家平安〉載於《台灣文學》三卷二號。

七月三十一日，短篇小說〈石榴〉載於《台灣文學》三卷三號。

籌組「厚生演劇研究會」，發起人爲王井泉、張文環、林博秋、簡國賢、呂泉生等人，會員有一百多人，九月三日起五天，在台北市永樂座公演《閹雞》（張文環原作、林博秋編劇）。

十一月一日，雜文〈媳婦仔的立場〉載於《民俗台灣》三卷十一號。

十一月十三日，在台北公會堂舉行台灣決戰文學會議，台灣文學奉公會主辦，會中由會長山本眞平頒獎，以〈財子壽〉一作，獲得第二回「台灣文學賞」。

十一月二十七日，短篇小說〈風水〉被選入《台灣小說選》，大木書房出版，全爲日文。選集中另收有王昶雄〈奔流〉、龍瑛宗〈不知道的幸福〉、楊逵〈泥娃娃〉、張文環〈媳婦〉、〈迷兒〉。

十二月二十五日，短篇小說〈玉蘭花〉載於《台灣文學》四卷一號。

一九四四年　三十一歲

三月，小說集《清秋》，由台北清水書店出版，前有台北帝大國文系教授瀧田貞治的序，後有呂赫若的跋，收有〈鄰居〉、〈石榴〉、〈財子壽〉、〈合家平安〉、〈廟庭〉、〈月夜〉及未發表〈清秋〉等七篇。

四月一日，雜文〈前線報告——家有妻守著前線戰士更勇〉載於《新建設》三卷四月號。

四月四日，雜文〈小學一年級〉載於《興南新聞》。

五月一日，短篇小說〈山川草木〉載於台灣文學奉公會發行的《台灣文藝》創刊號。

六月十四日，聲言〈合音〉載於《台灣文藝》一卷二號的「台灣文學者總崛起」專輯。

八月二十三日，雜文〈處女作回憶——子曰空空如也〉載於《興南新聞》。內容敘述他的處女作應該是〈暴風雨的故事〉，〈牛車〉則是他第二篇作品。當時他把一篇小說（篇名他已記不清）寄給張文環，想要發表於《福爾摩沙》，結果沒被刊出。後來他將該篇小說修改後投給《台灣文藝》，這篇就是〈暴風雨的故事〉。第二篇作品〈牛車〉，寄到日本東京給《文學評論》主編渡邊順三，後來得獎，於一九三五年一月刊出。呂赫若並於文中道出心境：「我創作小說已九年，尚未寫出一篇稱心滿意之作，而感到遺憾。」

十二月一日，短篇小說〈百姓〉載於《台灣文藝》一卷六號。

一九四五年　三十二歲

被派遣於台中州下謝慶農場參觀，撰寫〈風頭水尾〉，載於《台灣時報》，後收錄於《決戰台灣小說集》坤卷，台灣總督府情報課編。

（八月十五日，日本接受波茨坦宣言無條件投降。）

九月十五日，呂赫若參加三民主義青年團，擔任該團中央直屬台灣區團台中分團籌備處股長。

（十月二十四日下午三時，陳儀率領長官公署官員及國軍抵台，長官公署正式成立。）

（十月二十五日，在台北公會堂舉行台灣區受降典禮。）

據池田敏雄〈張文環兄及其周邊事〉一文，有如下記述：

「敗戰當初，有事要找楊逵兄，我和立石兄（按：立石鐵臣）到台中時，正好遇到第一次雙十節，街上喜氣洋洋，解放氣氛甚濃，在那兒遇到呂兄（按：呂赫若），正陶醉於亢奮中，與過去的他大爲不同。」

一九四六年　三十三歲

二月，中文小說〈故鄉的戰事一——改姓名〉載於《政經報》（半月刊），是第一篇中文小說。

一月，擔任《人民導報》記者。

三月，中文小說〈故鄉的戰事二——一個獎〉載於《政經報》。

十月十七日，中文小說〈月光光——光復以前〉載於《新新》第七期。

一九四七年　三十四歲

二月五日，中文小說〈冬夜〉載於《台灣文化》二卷二期。

（二月二十八日，因私煙查緝員之暴行引起公憤，台灣民衆對陳儀之失政而發生暴動。）

十二月二十三日，當選「台灣省藝術建設協會」候補理事，另兩位是藍蔭鼎、葉榮鍾。

一九四八年　三十五歲

受當時建國中學校長，也是「台灣民主自治同盟」盟員陳文彬的影響，思想逐漸左傾。

一九四九年　三十六歲

擔任台北第一女中（北一女初中部）音樂教師。

並於中山堂舉行音樂演唱會，兼營印刷廠，時有外省籍人士來往。

一九五〇年　三十七歲

據《歷年辦理匪案彙編》（國家安全局編），在「鹿窟武裝基地案」之「通訊方法」一節，有如下記述：

「第二次爲一九五〇年七月上旬，再派呂赫若至香港，由林良材介見古中委，請示工作方針，呂匪往返均乘大武崙走私船，同年八月下旬回台。匪古中委曾允派數名高級幹部，來台擔任訓練部工作，並允送三部電台備用，另計畫密送僞台幣，做爲工作費用及擾亂台灣金融，至配合作戰迫近時，即空投武器及傘兵，以加強戰鬥力量。此外，古匪並曾與呂匪約定於一九五〇年十一月二十日，在鹿窟光明寺會晤，但屆時並未前來，以後因聯絡困難，遂與香港斷絕消息。」

按：「鹿窟武裝基地案」策劃人爲陳本江。

一九五一年　三十八歲

在「鹿窟武裝基地事件」中死難於台北縣石碇附近的鹿窟。據呂赫若遺孀蘇玉蘭（呂另有原配）追憶：

「這年，呂跟我說等候琉球的船隻，要到日本經商，離家後，報載呂因籌措逃亡路費，四處告貸，被人控告詐欺。四個月後，國民黨政府開始抓人，呂之台北住屋被搜查，全套日文版世界文學名著被查扣，呂之表哥被捕判刑，當時懷孕的我則被約談。根據事後出來投案的人說，有人因怕呂出來自首，在山裡頭先槍殺了他，也有人說是被毒蛇咬死，總之都找不到屍體。」

（一九九三年林至潔訪問汐止鹿窟人王文山先生，他說有天晚上在鹿窟基地，他目睹了呂赫若被蛇咬傷毒發斷氣，由他們的同志李石城等給他葬在鹿窟山頭。王文山先生也是基地之人，當時十六歲，後來被國民黨保密局逮捕判刑，坐政治牢十二年，成爲白色恐怖的被害者之一。）

叢書總目錄

郵撥九折，帳號：17623526聯合文學出版社有限公司
《聯合文學》雜誌訂戶八五折。掛號每件另加14元
本書目所列定價如與版權頁有異，以各書版權頁定價為準

編號	書名	作者	定價
A001	人生歌王	王禎和著	140元
A002	刺繡的歌謠	鄭愁予著	100元
A003	開放的耳語	瘂弦主編	110元
A004	沈從文自傳	沈從文著	180元
A005	夏志清文學評論集	夏志清著	130元
A006	如何測量水溝的寬度	瘂弦主編	130元
A010	烟花印象	袁則難著	110元
A011	呼蘭河傳	蕭　紅著	180元
A012	曼娜舞蹈教室	黃　凡著	110元
A015	因風飛過薔薇	潘雨桐著	130元
A017	春秋茶室	吳錦發著	180元
A018	文學・政治・知識分子	邵玉銘著	100元
A019	並不很久以前	張　讓著	140元
A020	書和影	王文興著	130元
A021	憐蛾不點燈	許台英著	160元
A022	傅雷家書	傅　雷著	220元
A023	茱萸集	汪曾祺著	260元
A024	今生緣	袁瓊瓊著	300元
A025	陰陽大裂變	蘇曉康著	140元
A028	追尋	高大鵬著	130元
A029	給我老爺買魚竿	高行健著	130元
A031	獵	張寧靜著	120元
A032	指點天涯	施叔青著	120元
A033	昨夜星辰	潘雨桐著	130元
A034	脫軌	李若男著	120元
A035	她們在多年以後的夜裡相遇	管　設著	120元
A036	掌上小札	蘇偉貞等著	100元
A037	工作外的觸覺	孫運璿等著	140元
A038	沒卵頭家	王湘琦著	140元
A039	喜福會	譚恩美著	160元
A041	變心的故事	陳曉林等著	110元
A043	影子與高跟鞋	黃秋芳著	120元
A044	不夜城市手記	蔡詩萍著	180元

A045	紅色印象	林　翎著	120元
A046	世人只有一隻眼	凌　拂著	120元
A048	高砂百合	林燿德著	180元
A049	我要去當國王	履　彊著	120元
A050	黑夜裡不斷抽長的犬齒	梁寒衣著	120元
A051	鬼的狂歡	邱妙津著	150元
A052	如花初綻的容顏	張啟疆著	100元
A053	鼠咀集——世紀末在美國	喬志高著	250元
A054	心情兩紀年	阿　盛著	140元
A055	海東青	李永平著	500元
A056	三十男人手記	蔡詩萍著	180元
A057	京都會館內褲失竊事件	朱　衣著	120元
A058	我愛張愛玲	林裕翼著	120元
A059	袋鼠男人	李　黎著	140元
A060	紅顏	楊　照著	120元
A062	教授的底牌	鄭明娳著	130元
A068	少年大頭春的生活週記	大頭春著	120元
A069	我們在這裡分手	吳　鳴著	130元
A070	家鄉的女人	梅　新著	110元
A072	紅字團	駱以軍著	130元
A073	秋天的婚禮	師瓊瑜著	120元
A074	大車拚	王禎和著	150元
A075	原稿紙	小　魚著	200元
A076	迷宮零件	林燿德著	130元
A077	紅塵裡的黑尊	陳　衡著	140元
A078	高陽小說研究	張寶琴主編	120元
A079	森林	蓬　草著	140元
A080	我妹妹	大頭春著	130元
A081	小說、小說家和他的太太	張啟疆著	140元
A082	維多利亞俱樂部	施叔青著	130元
A083	兒女們	履　彊著	140元
A084	典範的追求	陳芳明著	250元
A085	浮世書簡	李　黎著	200元
A086	暗巷迷夜	楊　照著	140元
A087	往事追憶錄	楊　照著	130元
A088	星星的末裔	楊　照著	150元
A089	無可原諒的告白	裴在美著	140元

A090	唐吉訶德與老和尚	粟　耘著	140元
A091	佛佑茶腹鳾	粟　耘著	160元
A092	春風有情	履　彊著	130元
A093	沒人寫信給上校	張大春著	250元
A094	舊金山下雨了	王文華著	140元
A095	公主徹夜未眠	成英姝著	160元
A096	地上歲月	陳　列著	120元
A097	地藏菩薩本願寺	東　年著	120元
A098	四十年來中國文學	邵玉銘等編	500元
A099	群山淡景	石黑一雄著	140元
A100	性別越界	張小虹著	180元
A101	行道天涯	平　路著	180元
A102	花叢腹語	蔡珠兒著	180元
A103	簡單的地址	黃寶蓮著	160元
A104	在海德堡墜入情網	龍應台著	180元
A105	文化採光	黃光男著	160元
A106	文學的原像	楊　照著	180元
A107	日本電影風貌	舒　明著	300元
A109	夢書	蘇偉貞著	160元
A110	大東區	林燿德著	180元
A111	男人背叛	苦　苓著	160元
A112	呂赫若小說全集	呂赫若著	500元
A113	去年冬天	東　年著	150元
A114	寂寞的群眾	邱妙津著	150元
A115	傲慢與偏見	蕭　蔓著	170元
A116	頑皮家族	張貴興著	160元
A117	安卓珍尼	董啟章著	180元
A118	我是這樣說的	東　年著	150元
A119	撒謊的信徒	張大春著	230元
A120	蒙馬特遺書	邱妙津著	180元
A121	飲食男	盧非易著	180元
A122	迷路的詩	楊　照著	200元
A123	小五的時代	張國立著	180元
A124	夜間飛行	劉叔慧著	170元
A125	危樓夜讀	陳芳明著	250元
A126	野孩子	大頭春著	180元
A127	晴天筆記	李　黎著	180元

A128	自戀女人	張小虹著	180元
A129	慾望新地圖	張小虹著	280元
A130	姐妹書	蔡素芬著	180元
A131	旅行的雲	林文義著	180元
A132	康特的難題	翟若適著	250元
A133	散步到他方	賴香吟著	150元
A134	舊時相識	黃光男著	150元
A135	島嶼獨白	蔣　勳著	180元
A136	鋼鐵蝴蝶	林燿德著	250元
A137	導盲者	張啟疆著	160元
A138	老天使俱樂部	顏忠賢著	190元
A139	冷海情深	夏曼・藍波安著	180元
A140	人類不宜飛行	成英姝著	180元
A141	夜夜要喝長島冰茶的女人	朱國珍著	180元
A142	地圖集	董啟章著	180元
A143	更衣室的女人	章　緣著	200元
A144	私人放映室	成英姝著	180元
A145	燦爛的星空	馬　森著	300元
A146	呂赫若作品研究	陳映真等著	300元
A147	Caf´e Monday	楊　照著	180元
A148	我的靈魂感到巨大的餓	陳玉慧著	180元
A149	誰是老大？	龐　德著	199元
A150	履歷表	梅　新著	150元
A151	在山上演奏的星子們	林裕翼著	180元
A152	失蹤的太平洋三號	東　年著	240元
A153	百齡箋	平　路著	180元
A154	紅塵五注	平　路著	180元
A155	女人權力	平　路著	180元
A156	愛情女人	平　路著	180元
A157	小說稗類	張大春著	180元
A158	台灣查甫人	王浩威著	180元
A159	黃凡小說精選集	黃　凡著	280元
A160	好女孩不做	成英姝著	180元
A161	古典與現代女性的闡釋	孫康宜著	220元
A162	夢與灰燼	楊　照著	200元
A163	洗	郝譽翔著	200元
A164	朱鴒漫遊仙境	李永平著	380元

A165	兩地相思	王禎和著	180元
A166	再會福爾摩莎	東　年著	160元
A167	男回歸線	蔡詩萍著	180元
A168	文學評論百問	彭瑞金著	240元
A169	本事	張大春著	200元
A170	初雪	李　黎著	200元
A171	風中蘆葦	陳芳明著	200元
A172	夢的終點	陳芳明著	200元
A173	時間長巷	陳芳明著	200元
A174	掌中地圖	陳芳明著	200元
A175	傳奇莫言	莫　言著	200元
A176	巫婆の七味湯	平　路著	200元
A177	我乾杯，你隨意	蕭　蔓著	180元
A178	縱橫天下	舒國治等著	150元
A179	長空萬里	黃光男著	180元
A180	找不到家的街角	徐世怡著	200元
A181	單人旅行	蘇偉貞著	200元
A182	普希金祕密日記	亞歷山大．普希金著	250元
A183	喇嘛殺人	林照真著	300元
A184	紅嬰仔	簡　媜著	250元
A185	寂寞的遊戲	袁哲生著	180元
A186	歡喜讚歎	蔣　勳著	240元
A187	新傳說	蔣　勳著	200元
A188	惡魔的女兒	陳　雪著	200元
A189	與荒野相遇	凌　拂著	220元

校園行銷代理／亞瑟出版事業有限公司
聚書園文化事業有限公司
校園專案國際文化有限公司
地　址／台北市信義區基隆路二段189號11樓之3
台中市北區崇德路一段442號8樓之2
電　話／（02）2378-2626．（04）230-3390

國立中央圖書館出版品預行編目資料

呂赫若小說全集 ：臺灣第一才子 / 呂赫若著 ；
林至潔譯. -- 初版. -- 臺北市 ：聯合文學出
版 ；臺北縣汐止鎮 ：聯經總經銷，民84
面 ； 公分. --（聯合文叢 ；91）
ISBN 957-522-117-6（平裝）

857.63 84007033

聯合文叢 091

呂赫若小說全集

作　　者／呂赫若
譯　　者／林至潔
發 行 人／張寶琴

總 編 輯／初安民
主　　編／江一鯉
編　　輯／黃淑芬
校　　對／唐　琳
美術編輯／吳月春

出 版 者／聯合文學出版社有限公司
地　　址／台北市基隆路一段180號7樓
電　　話／7666759・7634300轉5106
郵撥帳號／17623526聯合文學出版社有限公司
登 記 證／行政院新聞局局版臺業字第6109號

印 刷 廠／秋雨印刷股份有限公司
總 經 銷／聯經出版事業公司
地　　址／台北縣汐止鎮大同路一段367號三樓
電　　話／(02)6422629

出版日期／1995年7月　初版
1999年5月30日 初版五刷

定　　價／500元

ISBN 957-522-117-6 Printed in Taiwan